诗词名家讲

叶嘉莹 主编

陈斐 执行主编

历代词萃（上）

张璋 选编

黄畬 笺注

中国出版集团

東方出版中心

图书在版编目（CIP）数据

历代词萃 / 张璋，黄畬注释. —上海：东方出版中心，2020.8
ISBN 978-7-5473-1653-5

Ⅰ. ①历… Ⅱ. ①张… ②黄… Ⅲ. ①词（文学）－作品集－中国－古代 Ⅳ. ①I222.82

中国版本图书馆CIP数据核字（2020）第092533号

丛书主编　叶嘉莹
执行主编　陈　斐
出版统筹　梁　惠
责任编辑　裴宏江
封面设计　今亮后声 HOPESOUND pankouyugu@163.com

历代词萃

张　璋选编　黄　畬笺注

出版发行　东方出版中心
地　　址　上海市仙霞路345号
邮政编码　200336
电　　话　021-62417400
印 刷 者　上海中华商务联合印刷有限公司

开　　本　890mm×1240mm　1/32
印　　张　23.875
字　　数　428千字
版　　次　2020年8月第1版
印　　次　2020年8月第1次印刷
定　　价　118.00元

“诗词名家讲”丛书总序

叶嘉莹

中国是一个诗的国度。孔子说:“不学诗,无以言。”读诗不仅可以雅化言辞,而且能够美化心灵。我之喜爱和研读古典诗词,本不出于追求学问、知识的用心,而是出于古典诗词中所蕴涵的一种感发生命对我的感召和召唤。在我看来,兴发感动的力量与作用,正是中国古典诗歌所具含的一种极可宝贵的质素。中国传统诗论早就对此做过深入阐发。《诗大序》述及诗歌创作时,即曾提出“诗者,志之所之也”及“情动于中而形于言”的说法,可见内心情志之有所兴起感发的活动,实在乃是诗歌创作的一种基本动力。真正伟大的诗人,不仅用生命来写作诗篇,而且用生活来实践诗篇。优秀的诗篇,往往蓄积了古代伟大之诗人的所有心灵、智慧、品格、襟抱和修养。所以,中国有着源远流长的“诗教”传统,非常重视读者读诗时兴发感动、变化气质的作用。孔门说诗,就一直重视诗之“兴”的作用,既说“兴于诗”,又说“诗可以兴”。在中国文化之传统中,诗歌最可宝贵的价值和意义,就正在于它可以从作者到读者之间,不断传达出一种生生不已的感发的生命,让人葆有一颗关怀宇宙万物与社会人生的不死的心灵。

而我们讲诗的人所要做的，就正是要引导读者体认诗歌中兴发感动的作用，使诗人的心魂得到又一次再生的机会。不过诗人的品质各不相同，写作能力也高下各异，因而一个优秀的说诗人，就不仅应具有能体认诗歌中之兴发感动之生命的能力而已，还需要有一种能分辨出其作品中之感发生命之品质与其写作艺术之高下的修养，并且能加以传述、说明，使聆讲者也能有此种感发与分辨，如此才可以说完成了一种对诗歌中感发生命之传承的责任与使命。

现在喜欢诗词的朋友越来越多，但市面上真正能够引导人领会诗篇所蕴涵的感发之生命的读物却极为罕见。有鉴于此，我们经过详细调查、反复斟酌，编选了这套“诗词名家讲”丛书，按专题分辑推出。所选书籍，大都是夏承焘、程千帆、钱仲联、霍松林等20世纪国学根底深厚、研究和创作兼擅的名家泰斗为大众撰写的诗词普及读物。这些读物，往往言简意赅，深入浅出，既能传达古典诗词的神髓，又可切合现代读者的需求。而且，它们已经经过时间的检验和淘洗，具备了和中华优秀诗词一样的“经典”属性。通过阅读它们，读者朋友们不仅可以了解关于诗词的基本知识，领略鉴赏和创作诗词的主要法门，而且可以“尚友古人”，与千百年来的诗人做朋友，感受那一颗颗关怀宇宙万物与社会人生的不死的心灵，让自己的心灵也得到陶冶、净化。

读诗的好处，就在于可以培养我们拥有一颗美好的活泼不死的心灵。我们作为一个现代人，虽然不一定要再学习写作旧诗，但是如果能学会欣赏诗歌，则对于提升我们的性情品质，实在可以起到相当的作用。孔子与他的学生子夏讨论“巧笑倩兮，美目盼兮，素以为绚兮”的诗句，可以使子夏联系到“礼后乎”的修养。王国维也从晏殊、欧阳修等人的相思怨别之词，联想到“古今之成大事业、大学问者”的三种境界。凡此种种都说明，在中国的诗词中，确实存在有一条绵延不已的、感发之生命的长流。希望这套“诗词名家讲”丛书，能够引领广大的读者朋友们，不仅可以体认到这条生命的长流，在兴发感动中获得生命的享受与快乐，而且可以汇入到这条绵延数千年的生命长流中来，为之推波助澜，使之永不枯竭！

前　言

一

词是一种合乐的抒情诗体，在文学史上占有重要的地位。它的产生，可以追溯到隋唐时代。张炎《词源》称："粤自隋唐以来，声诗间为长短句。"明确指出了它的兴起时代，同时还强调了两个方面：即它与音乐的关系（声诗）和杂言的体裁（长短句），这正是词的基本特征。王灼在《碧鸡漫志》中也说："盖隋以来，今之所谓曲子者渐兴。"说法也完全一致。郭茂倩所辑《乐府诗集》录有隋炀帝与王胄的四首《纪辽东》，已是格式一致的杂言曲调。同样的形式，在敦煌曲辞中还有许多首，其字声、句式和韵位基本相同。这就说明了这种曲调一直在民间流行。不过，确立词在文坛的地位，是晚唐以后的事情。在这以前，如盛唐诗豪李白，稍后的张志和以及刘禹锡、白居易等人，虽然也有词作，不过是偶然为之，影响有限，还未形成填词的潮流。只是到了晚唐五代，出现了像温庭筠、韦庄、冯延巳一批填词专家和《金荃》、《浣花》、《阳春》一类的专集，词的阵地才获得巩固。五代时期由赵崇祚编辑的《花间集》，录有温庭筠以下晚唐、五代十八位词家的五百首作品，是现存的早期选集。所录偏重蜀人，于南唐诸家没有收录，未免有偏狭之弊。然而晚唐词作，多赖以传，影响是深远的。词作为一种独立的文体与诗并传，《花间集》是一个重要的标志。

究其渊源，词包括有燕乐、民歌、近体诗格律三个要素。正是这三个方面的有机结合，才产生了这一具有高度音乐性、韵律美和浓郁的生活气息的文学新形式。这是词之所以发展成为一种崭新的、放出异彩的文学形式的主要原因。词是合乐的，但不同于铿锵鼓舞的汉魏乐府，它已不是赵、代、秦、楚之声了。它所凭依的，是一种新鲜的燕乐。所谓燕乐，乃是以西域音乐（主要是中国西部各兄弟民族的音乐）为主体，同传统的汉民族音乐相结合，逐步发展而成的新声。隋代的九部乐、唐代的十部乐，除了清商、巴渝之声，皆为外来的乐调。天宝末年，又令道调法部与胡乐新声合，古乐因而全变。这种一新耳目的燕乐，是词人倚声所准的曲度的根据。它与一字一音的雅乐不同，它是繁音靡节，澶漫而多变的。为了适应这种情况，需要把齐言的声诗改为杂言形式，于是错落有致的长短句式的曲子词，就应运而生了。

这种变化的过程，最早是在民间发生的。流行于隋代的《河传》、《杨柳枝》，大致就是当时的民歌。20 世纪初期在敦煌发现的曲子歌辞，更是这方面的一个见证。这批歌辞，大致包括了初唐至五代末期的作品，在曲度和格律上，都比较讲究，反映的生活面，也是相当广泛的。正是这些民间艺术家的出色创造，为词的发展开辟了一条宽阔的道路。它是密切反映生活的、口语化的、合乐的和讲究平仄对仗的新的文学形式。词这一美轮美奂的文学殿堂，就在这坚实的基础上兴建起来。

词又叫诗余，这个称呼反映出它与近体诗的密切关系。对此，我们固然不必把诗与词理解为父与子的关系，因为早期的新声里本来就是齐言与杂言并存的。比如李白既有齐言的《清平乐》，又有杂言的《菩萨蛮》、《忆秦娥》，就是明显的例证。可是从它的发展趋势看，杂言体愈益增多，并逐渐取代了齐言为主的地位。这是因为词是配合旋律的乐句，随着音乐本身渐趋复杂，辞句结构必须变化，因之长短句的日益发展，成为追逐新声的必然现象。然而应当了解，这种参差不齐的杂言句式，并不是随心所欲的自由诗，它是参照近体诗的平仄格律和乐调曲度，精心结撰出来的艺术形式。它还要明辨平仄，一点也不能含糊。就其格律来讲，它比近体诗还要严格和富于变化。

基于以上的理解，我们认为，新声燕乐、民间歌辞和近体诗格律乃是词赖以形成的基础，三者缺一，都不可能有词这样的文学形式的出现。

二

回顾一下千年词史，大致可以分为四个阶段：五代以前为形成时期，两宋为极盛时期，金元明为中衰时期，清为复兴时期。

隋代开始萌芽的词，直到晚唐以前，基本上处于在民间自发流传的阶段。个别诗家虽然偶尔也作词，但对文坛没有产生深刻的影响。晚唐五代之际，词家群起，蔚成风气，情况为之一变。晚唐以后，在南中国的西蜀、南唐形成了两个填词中心。《花间》、《尊前》这样囊括一代的选集出现了。词的体裁也逐渐丰富，格律也日趋繁密，并且相继涌现出温庭筠、韦庄、冯延巳和李煜这样具有鲜明个性和独特风格的大家。他们以其出色的成就，把词这种新兴的文学形式提高到一个崭新的水平，从而使之跃出诗坛而独树一帜。陆游于《花间集》跋语中说："唐自大中后，诗家日趋浅薄……会有倚声作词者，本欲酒间易晓，颇摆落故态，适与六朝跌宕意气差近，此集所载是也。故历唐季、五代，诗愈卑，而倚声者辄简古可爱。”（见《渭南文集》卷三十）这正是对词的形成历史的概括。不过我们还应当看到，伴随着文人词的发展，却产生了一种与社会生活脱节的倾向，敦煌词曲中那种粗犷、浓郁的泥土气息被吟风弄月的艳思秾情所替代。对于这种局限，我们也应有必要的认识。

词到宋代进入极盛时期而发展成为一代“独艺”。人材之众，著作之多，各种风格流派并辔争驰，竞秀骋妍，使词坛呈现空前繁荣的局面。仅据《全宋词》的统计，流传至今的词作即有两万首左右，作者达一千三百余家，真可谓蔚然壮观了。所以，如果说词是宋代文坛上最富有创造性和最为成功的文学形式，是并不夸张的。

晏殊、欧阳修可说是宋词早期的代表人物。他们创作的小令，虽然仍旧继承着晚唐、五代以来清新婉丽的词风，不过基调却是从容和明朗的。同时的作家还有宋祁、范仲淹等。范词数量不多，然而他那反映边塞生活的作品感慨苍劲，在内容和形式上都有新的突破。

柳永、苏轼、周邦彦，是北宋词坛上接踵出现的三座高峰。把短小纤巧的小令，拓展成为繁音缛节、成为局面开张的慢词，是柳永所作的可贵的贡献。天才横溢的苏轼，则以他纵横开合的巨笔开创了豪放一派，从而大大扩展了词的表现领域。周邦彦则以精严的格律，清丽融圆的风格，为那千姿百态的词坛提供了一种规范化的标准。他所标榜的婉约一派，甚至被人们奉为词艺的“正宗”。北宋末年登上词坛的女词人李清照，则以风格清新，善用口语而被称为“此道本色当行第一人”（刘体仁《七颂堂词绎》）。她的作品代表了真挚、活泼，向民间靠拢的潮流，是宋词中别具一格的花朵。

公元 1126 年，发生了金兵攻下汴京的靖康之变。这次事变，根本改变了宋朝的国家命运，也使词坛面貌改观。在普遍高涨的抗金怒潮推动下，兴起了以辛弃疾为代表的爱国壮词。他们那些大声镗鞳的词作密切反映现实的斗争，放射出爱国主义的光辉，在内容和形式上都有重大发展，成为南宋词坛的主流，代表了宋词的最高成就。姜夔、吴文英则是南宋格律词派的巨子，姜以清刚擅胜，而吴以温丽见长，在艺术上各有特色，都有新的发展。不过对于词的思想内容都有所削弱，存在着过分追求形式美的倾向，这也是毋庸讳言的。

金人之词，所存不多，然诸家之作，亦自有不可磨灭者。吴激、蔡松年始于前，元好问殿于后。其间虽多为中原文士，但完颜氏中亦有金主亮、完颜璹等人，其词作亦甚高妙、奇特。金词多声宏气壮，振其北风雄劲之音，发其意内言外之辞，以与南宋诸家相抗衡，寻其脉络，多取径于东坡乐府，以"大江东去"为科律。

元明两代，政治上动荡不安，文学空气淡薄，倚声亦趋于衰落。它既没有宋词那样蓬蓬勃勃拓展局面的活力，也缺乏笼括一代开宗立派的大家。加以乐调渐亡，词由乐章变成了徒歌，自然减少了它对群众的吸引力。人们的兴趣和精力大都转向方兴未艾的曲上去了。当然，这并不等于说元明词林就一无可取了。像词这样完美的艺术形式，它的生命力是顽强的，不会戛然中止。事实上，在元明的文学中，词还占有一席地位。比如元代的萨都剌、邵亨贞，明末的陈子龙、夏完淳、王夫之等，他们的作品都在不同程度上追嗣宋人，而各具面目，从不同的侧面反映出一定的时代风貌。

经历了三百余年的中衰，词到清代再度复兴。一时名家辈出，灿若繁星，有名姓可查者，竟达六七千家。词论、词话、词谱、词选等书，亦皆超越前代远甚。早期词人，以纳兰性德情致绵丽的小令最为突出。朱彝尊《曝书亭词》出，敛才就范，力宗姜、张，一时和者甚众。厉鹗继之，主持坛坫，浙西词派遂以成立。陈维崧与朱彝尊同时而风格大异，他的《湖海楼词》骏发踔厉，意气与稼轩相近，影响所及，遂开阳羡一派。张惠言、周济继起，标榜“意内言外”，力宗北宋，主张“问涂碧山，历梦窗、稼轩，以还清真之浑化”（周济《宋四家词序》）。这就是常州派的主张。鸦片战争以后，国步维艰，人心悲惋。这种客观形势，激发了词坛上的爱国主义热潮，一时词家如邓廷桢、林则徐、张景祁、文廷式以及王鹏运、郑文焯、况周颐、朱祖谋诸人的某些作品，念怀国运，哀感极深。而一些革命者如秋瑾等人的动地悲歌，更使词坛增添异彩，尤其值得我们珍视。

三

词作为韵文之一体，绵延不断地持续了一千多年，直到今天仍具有生命的活力。旧体诗词如此广泛地被运用着，其奥秘何在呢？从艺术形式来看，它言简意深，便于记诵，具有节律、韵感和音乐美，故为大家所喜闻乐见，应当是重要的原因。与诗相比，词在形式上要更为活泼多样，它在体现汉语的音、义美上，真是达到淋漓尽致的地步。这就使它在我国文学的百花园中，具有特殊的艺术魅力。如能批判地继承和发扬我国这一份宝贵的文化遗产，不仅能给我们以美的享受，还必然会给我们以有益的艺术营养，为促进社会主义文化的繁荣昌盛做出贡献。正是为了上述目的，我们选编了《历代词萃》一书。共收入历代词家三百余人的名词七百首，上起唐五代，下迄清末民初，包括了各个时代的重要作家的代表作品，意在理出词学发展的脉络，使读者获得比较系统的了解。本书收录的作品，以思想境界比较高的为主，艺术上确有特色和流传较广的各派词作，亦兼收并蓄，以存其风貌。总起来说，此编为历代词中精华所荟萃，因名之为《历代词萃》。

本书多蒙李一氓同志的关心，并赐题签；夏承焘先生亦为之题字。在选编笺注过程中，得到了夏承焘、黄君坦、吴闻、周笃文诸词家的大力支持；职承让等同志，还细心校阅原稿和小样，在此一并致以谢意。对于本书存在的缺点和错误，衷心地期待读者给予批评和指正。

张　璋

一九八二年春节于北京白云楼

凡　例

一、是编所选，包括唐、五代、宋、金、元、明、清及民初词。而民初词所收范围，以作者卒于 1949 年以前者为限。

二、词家先后，以生年为主；其生年不悉者，以卒年为次，如生卒年均不详，则参酌科第或交游排列。

三、词篇排列，以字数多寡为序，字数少者在前，多者列后。

四、所选之词，先列作者简介，后加注释，词中所用典故，多注明出处，俾明辞义。

五、是编并择录有关词评、词论以及词人轶事、佳话，以供参考。

六、本书收词，录自“四印斋”、“双照楼”、《彊村丛书》、《花间集校》、《敦煌曲校录》、《唐五代词》、《全宋词》、《全金元词》、《词综》、《明词综》、《清词综》、《全清词钞》，以及其他专集、选集和词史、词话等，并互相参照，择优而从。

目录

"诗词名家讲"丛书总序 …… 叶嘉莹 1
前言 …… 张　璋 1
凡例 …… 1

唐五代词

敦煌曲子词（五首）
望江南（天上月）…… 3
抛球乐（珠泪纷纷湿绮罗）…… 3
摊破浣溪沙（五里滩头风欲平）…… 4
菩萨蛮（枕前发尽千般愿）…… 4
鹊踏枝（叵耐灵鹊多谩语）…… 5
李　白（二首）
菩萨蛮（平林漠漠烟如织）…… 6
忆秦娥（箫声咽）…… 7
张志和（一首）
渔歌子（西塞山前白鹭飞）…… 9
戴叔伦（一首）
调笑令（边草）…… 10
韦应物（三首）
三台（冰泮寒塘始绿）…… 11
调笑令（胡马）…… 11
又（河汉）…… 12
王　建（一首）
调笑令（团扇）…… 13
韩　翃（一首）
章台柳（章台柳）…… 14
柳　氏（一首）
杨柳枝（杨柳枝）…… 15
刘禹锡（四首）
潇湘神（斑竹枝）…… 16
忆江南（春去也）…… 17
竹枝（杨柳青青江水平）…… 17
又（山桃红花满上头）…… 18

白居易(三首)
花非花(花非花) …… 19
忆江南(江南好) …… 20
长相思(汴水流) …… 20
段成式(一首)
闲中好(闲中好) …… 22
温庭筠(六首)
南歌子(手里金鹦鹉) …… 23
忆江南(千万恨) …… 23
又(梳洗罢) …… 24
菩萨蛮(小山重叠金明灭) …… 24
又(玉楼明月长相忆) …… 25
更漏子(玉炉香) …… 26
皇甫松(四首)
摘得新(摘得新) …… 27
忆江南(兰烬落) …… 27
采莲子(菡萏香连十顷陂) …… 28
又(船动湖光滟滟秋) …… 28
郑　符(一首)
闲中好(闲中好) …… 29
吕　岩(一首)
梧桐影(落日斜) …… 30
司空图(一首)
酒泉子(买得杏花) …… 31
韩　偓(一首)
生查子(侍女动妆奁) …… 32
张　曙(一首)
浣溪沙(枕障熏炉隔绣帷) …… 33
李存勖(二首)
一叶落(一叶落) …… 34
忆仙姿(曾宴桃源深洞) …… 34
韦　庄(十首)
思帝乡(春日游) …… 36
女冠子(四月十七) …… 36
又(昨夜夜半) …… 37
浣溪沙(惆怅梦余山月斜) …… 37
菩萨蛮(红楼别夜堪惆怅) …… 38
又(人人尽说江南好) …… 38
又(如今却忆江南乐) …… 39
又(洛阳城里春光好) …… 39
谒金门(空相忆) …… 40
荷叶杯(记得那年花下) …… 41
王　衍(一首)
醉妆词(者边走) …… 42
薛昭蕴(二首)
浣溪沙(粉上依稀有泪痕) …… 43
小重山(春到长门春草青) …… 43
牛　峤(二首)
望江怨(东风急) …… 45
感恩多(两条红粉泪) …… 45

张　泌（三首）
江城子（碧阑干外小中庭）…… 47
又（浣花溪上见卿卿）…… 48
胡蝶儿（胡蝶儿）…… 48
毛文锡（二首）
醉花间（休相问）…… 50
又（深相忆）…… 50
牛希济（一首）
生查子（春山烟欲收）…… 52
魏承班（一首）
生查子（烟雨晚晴天）…… 53
尹　鹗（一首）
满宫花（月沉沉）…… 54
李　珣（五首）
南乡子（兰棹举）…… 55
又（乘彩舫）…… 55
浣溪沙（晚出闲庭看海棠）…… 56
巫山一段云（古庙依青嶂）…… 56
河传（去去）…… 57
孟　昶（一首）
木兰花（冰肌玉骨清无汗）…… 58
顾　敻（二首）
荷叶杯（春尽小庭花落）…… 59
诉衷情（永夜抛人何处去）…… 59
鹿虔扆（一首）
临江仙（金锁重门荒苑静）…… 61
毛熙震（一首）
清平乐（春光欲暮）…… 62
欧阳炯（五首）
南乡子（嫩草如烟）…… 63
又（画舸停桡）…… 63
江城子（晚日金陵岸草平）…… 64
春光好（天初暖）…… 64
清平乐（春来阶砌）…… 65
和　凝（三首）
渔父（白芷汀寒立鹭鸶）…… 66
抛球乐（尽日登高兴未残）…… 66
春光好（蘋叶软）…… 67
闫　选（一首）
河传（秋雨）…… 68
孙光宪（五首）
定西番（帝子枕前秋夜）…… 69
思帝乡（如何）…… 69
酒泉子（空碛无边）…… 70
生查子（春病与春愁）…… 71
谒金门（留不得）…… 71
冯延巳（十首）
二台令（春色）…… 73
又（明月）…… 73
归国谣（何处笛）…… 74
又（春艳艳）…… 74

长相思(红满枝) …… 74
长命女(春日宴) …… 75
谒金门(风乍起) …… 75
南乡子(细雨湿流光) …… 76
鹊踏枝(谁道闲情抛掷久) …… 77
又(叵耐为人情太薄) …… 77
李　璟(二首)
摊破浣溪沙(手卷真珠上玉钩) …… 79
又(菡萏香销翠叶残) …… 80
李　煜(十一首)
望江南(多少恨) …… 81
捣练子令(深院静) …… 81
长相思(云一緺) …… 82
乌夜啼(无言独上西楼) …… 82
又(林花谢了春红) …… 83
子夜歌(人生愁恨何能免) …… 83
清平乐(别来春半) …… 83
浪淘沙(往事只堪哀) …… 84
又(帘外雨潺潺) …… 85
虞美人(春花秋月何时了) …… 85
破阵子(四十年来家国) …… 86
无名氏(二首)
醉公子(门外猧儿吠) …… 88
菩萨蛮(牡丹含露真珠颗) …… 88

宋　词

王禹偁(一首)
点绛唇(雨恨云愁) …… 93
潘　阆(一首)
酒泉子(长忆观潮) …… 94
寇　准(一首)
江南春(波渺渺) …… 95
林　逋(一首)
相思令(吴山青) …… 96
钱惟演(一首)
木兰花(城上风光莺语乱) …… 97
范仲淹(二首)
苏幕遮(碧云天) …… 98
渔家傲(塞下秋来风景异) …… 99
张　先(三首)
青门引(乍暖还轻冷) …… 101
木兰花(龙头舴艋吴儿竞) …… 102

天仙子（水调数声持酒听） ……… 102

柳　永（五首）

凤栖梧（伫倚危楼风细细） ……… 104
忆帝京（薄衾小枕凉天气） ……… 105
八声甘州（对潇潇暮雨洒江天） ……… 105
雨霖铃（寒蝉凄切） ……… 106
望海潮（东南形胜） ……… 107

晏　殊（四首）

浣溪沙（一曲新词酒一杯） ……… 109
踏莎行（小径红稀） ……… 110
蝶恋花（槛菊愁烟兰泣露） ……… 110
破阵子（燕子来时新社） ……… 111

张　昇（一首）

离亭燕（一带江山如画） ……… 112

宋　祁（一首）

木兰花（东城渐觉风光好） ……… 113

欧阳修（六首）

生查子（去年元夜时） ……… 114
朝中措（平山栏槛倚晴空） ……… 115
望江南（江南蝶） ……… 115
浪淘沙（把酒祝东风） ……… 116
踏莎行（候馆梅残） ……… 116
蝶恋花（庭院深深深几许） ……… 117

王安石（二首）

千秋岁引（别馆寒砧） ……… 119
桂枝香（登临送目） ……… 120

王安国（一首）

清平乐（留春不住） ……… 122

晏几道（五首）

清平乐（留人不住） ……… 123
阮郎归（天边金掌露成霜） ……… 123
鹧鸪天（彩袖殷勤捧玉钟） ……… 124
又（小令尊前见玉箫） ……… 125
临江仙（梦后楼台高锁） ……… 126

张舜民（一首）

卖花声（木叶下君山） ……… 128

苏　轼（十四首）

阳关曲（暮云收尽溢清寒） ……… 129
卜算子（缺月挂疏桐） ……… 129
少年游（去年相送） ……… 130
望江南（春未老） ……… 131
蝶恋花（花褪残红青杏小） ……… 131
江城子（十年生死两茫茫） ……… 132
又（老夫聊发少年狂） ……… 133
洞仙歌（冰肌玉骨） ……… 134
水调歌头（明月几时有） ……… 135
水龙吟（似花还似非花） ……… 136
八声甘州（有情风） ……… 137
念奴娇（大江东去） ……… 138

永遇乐（明月如霜）………… 139
贺新郎（乳燕飞华屋）………… 140
魏夫人（一首）
菩萨蛮（溪山掩映斜阳里）………… 142
僧仲殊（二首）
诉衷情（涌金门外小瀛洲）………… 143
南柯子（十里青山远）………… 144
王　观（一首）
卜算子（水是眼波横）………… 145
王　雱（一首）
眼儿媚（杨柳丝丝弄轻柔）………… 146
谢　逸（一首）
江神子（一江秋水碧湾湾）………… 147
程　垓（一首）
最高楼（旧时心事）………… 148
李元膺（一首）
洞仙歌（雪云散尽）………… 149
舒　亶（一首）
一落索（正是看花天气）………… 151
黄庭坚（四首）
清平乐（春归何处）………… 152
南乡子（诸将说封侯）………… 153
水调歌头（瑶草一何碧）………… 153
念奴娇（断虹霁雨）………… 154
李之仪（一首）
卜算子（我住长江头）………… 156
秦　观（七首）
如梦令（莺嘴啄花红溜）………… 157
好事近（春路雨添花）………… 157
鹊桥仙（纤云弄巧）………… 158
踏莎行（雾失楼台）………… 159
江城子（西城杨柳弄春柔）………… 160
满庭芳（山抹微云）………… 160
望海潮（梅英疏淡）………… 161
赵令畤（一首）
乌夜啼（楼上萦帘弱絮）………… 163
张　耒（一首）
风流子（木叶亭皋下）………… 165
贺　铸（五首）
鹧鸪天（重过阊门万事非）………… 167
青玉案（凌波不过横塘路）………… 167
石州引（薄雨收寒）………… 168
行路难（缚虎手）………… 169
六州歌头（少年侠气）………… 171
晁补之（三首）
盐角儿（开时似雪）………… 173
水龙吟（问春何苦匆匆）………… 173
摸鱼儿（买陂塘）………… 174
毛　滂（一首）
惜分飞（泪湿栏干花著露）………… 176

周邦彦（八首）

少年游（并刀如水） 177
夜游宫（叶下斜阳照水） 178
苏幕遮（燎沉香） 178
满庭芳（风老莺雏） 179
西　河（佳丽地） 180
风流子（新绿小池塘） 181
兰陵王（柳阴直） 183
瑞龙吟（章台路） 184

李重元（一首）

忆王孙（萋萋芳草忆王孙） 186

吕渭老（一首）

思佳客（曾醉扬州十里楼） 187

曹　组（二首）

如梦令（门外绿阴千顷） 188
忆少年（年时酒伴） 188

康与之（二首）

长相思（南高峰） 190
诉衷情令（阿房废址汉荒丘） 191

叶梦得（五首）

点绛唇（缥缈危亭） 192
水调歌头（霜降碧天静） 193
又（秋色渐将晚） 194
八声甘州（故都迷岸草） 194
贺新郎（睡起流莺语） 195

朱敦儒（五首）

相见欢（金陵城上西楼） 197
柳　枝（江南岸） 197
鹧鸪天（我是清都山水郎） 198
念奴娇（插天翠柳） 199
水龙吟（放船千里凌波去） 199

陈　克（一首）

临江仙（四海十年兵不解） 201

周紫芝（一首）

鹧鸪天（一点残红欲尽时） 202

万俟咏（三首）

长相思（一声声） 203
又（短长亭） 203
昭君怨（春到南楼雪尽） 204

李　纲（一首）

六么令（长江千里） 205

吕本中（二首）

采桑子（恨君不似江楼月） 207
踏莎行（雪似梅花） 207

李清照（十首）

如梦令（昨夜雨疏风骤） 208
减字木兰花（卖花担上） 209
武陵春（风住尘香花已尽） 209
醉花阴（薄雾浓云愁永昼） 210
小重山（春到长门春草青） 210

一剪梅(红藕香残玉簟秋) ········ 211
凤凰台上忆吹箫(香冷金猊)······ 212
声声慢(寻寻觅觅) ········ 213
念奴娇(萧条庭院) ········ 213
永遇乐(落日熔金) ········ 214
朱淑贞(四首)
减字木兰花(独行独坐) ········ 216
谒金门(春已半) ········ 217
眼儿媚(迟迟春日弄轻柔) ········ 217
蝶恋花(楼外垂杨千万缕) ········ 217
赵 鼎(一首)
蝶恋花(尽日东风吹绿树) ········ 218
蔡 伸(一首)
苍梧谣(天) ········ 219
陈与义(一首)
临江仙(忆昔午桥桥上饮) ········ 220
曹 勋(一首)
饮马歌(边头春未到) ········ 222
宋 江(一首)
念奴娇(天南地北) ········ 223
无名氏(二首)
御街行(霜风渐紧寒侵被) ········ 225
青玉案(年年社日停针线) ········ 225
张元幹(四首)
浣溪沙(山绕平湖波撼城) ········ 227
水调歌头(举手钓鳌客) ········ 228
石州慢(雨急云飞) ········ 229
贺新郎(梦绕神州路) ········ 230
岳 飞(二首)
小重山(昨夜寒蛩不住鸣) ········ 232
满江红(怒发冲冠) ········ 233
胡 铨(一首)
好事近(富贵本无心) ········ 234
韩元吉(二首)
霜天晓角(倚天绝壁) ········ 236
水调歌头(今日俄重九) ········ 237
陆 游(十首)
卜算子(驿外断桥边) ········ 238
诉衷情(当年万里觅封侯) ········ 239
秋波媚(秋到边城角声哀) ········ 239
鹧鸪天(家住苍烟落照间) ········ 240
鹊桥仙(一竿风月) ········ 241
夜游宫(雪晓清笳乱起) ········ 241
钗头凤(红酥手)········ 242
谢池春(壮岁从戎) ········ 243
汉宫春(羽箭雕弓) ········ 243
水调歌头(江左占形胜) ········ 244
唐 婉(一首)
钗头凤(世情薄)········ 246
蜀 妓(一首)

鹊桥仙(说盟说誓) 247

严　蕊(一首)

卜算子(不是爱风尘) 248

范成大(二首)

霜天晓角(晚晴风歇) 249

忆秦娥(楼阴缺) 249

杨万里(一首)

好事近(月未到诚斋) 251

张孝祥(四首)

西江月(问讯湖边春色) 252

水调歌头(雪洗虏尘静) 252

念奴娇(洞庭青草) 254

六州歌头(长淮望断) 255

京　镗(一首)

定风波(休卧元龙百尺楼) 258

辛弃疾(十六首)

菩萨蛮(郁孤台下清江水) 259

丑奴儿(少年不识愁滋味) 260

清平乐(茅檐低小) 260

太常引(一轮秋影转金波) 261

西江月(醉里且贪欢笑) 261

鹧鸪天(壮岁旌旗拥万夫) 262

南乡子(何处望神州) 263

破阵子(醉里挑灯看剑) 264

青玉案(东风夜放花千树) 265

祝英台近(宝钗分) 266

水调歌头(落日塞尘起) 267

木兰花慢(汉中开汉业) 268

水龙吟(楚天千里清秋) 269

永遇乐(千古江山) 271

摸鱼儿(更能消几番风雨) 272

贺新郎(甚矣吾衰矣) 273

淮上女(一首)

减字木兰花(淮山隐隐) 275

陈　亮(三首)

水调歌头(不见南师久) 276

念奴娇(危楼还望) 277

水龙吟(闹花深处层楼) 278

杨炎正(一首)

水调歌头(寒眼乱空阔) 280

刘　过(三首)

唐多令(芦叶满汀洲) 282

沁园春(斗酒彘肩) 283

六州歌头(镇长淮) 284

黄　机(二首)

霜天晓角(寒江夜宿) 286

满江红(万灶貔貅) 286

姜　夔(六首)

点绛唇(燕雁无心) 288

踏莎行(燕燕轻盈) 289

淡黄柳(空城晓角) …… 289
扬州慢(淮左名都) …… 290
暗香(旧时月色) …… 292
疏影(苔枝缀玉) …… 293

史达祖(三首)

临江仙(愁与西风应有约) …… 295
双双燕(过春社了) …… 295
绮罗香(做冷欺花) …… 296

戴复古(二首)

满江红(赤壁矶头) …… 298
水调歌头(轮奂半天上) …… 299

刘克庄(七首)

清平乐(风高浪快) …… 301
玉楼春(年年跃马长安市) …… 302
一剪梅(束缊宵行十里强) …… 303
满江红(金甲雕戈) …… 303
沁园春(何处相逢) …… 304
贺新郎(北望神州路) …… 305
又(国脉微如缕) …… 307

吴文英(五首)

浣溪沙(门隔花深梦旧游) …… 309
望江南(三月暮) …… 309
唐多令(何处合成愁) …… 310
八声甘州(渺空烟四远) …… 310
莺啼序(残寒正欺病酒) …… 312

文及翁(一首)

贺新郎(一勺西湖水) …… 315

刘辰翁(四首)

霜天晓角(骑台千骑) …… 317
柳梢青(铁马蒙毡) …… 318
兰陵王(送春去) …… 318
宝鼎现(红妆春骑) …… 320

周　密(二首)

曲游春(禁苑东风外) …… 322
一萼红(步深幽) …… 323

王清惠(一首)

满江红(太液芙蓉) …… 325

徐君宝妻(一首)

满庭芳(汉上繁华) …… 327

文天祥(二首)

满江红(燕子楼中) …… 329
念奴娇(水天空阔) …… 330

邓　剡(一首)

唐多令(雨过水明霞) …… 332

蒋　捷(五首)

霜天晓角(人影窗纱) …… 333
虞美人(少年听雨歌楼上) …… 333
一剪梅(一片春愁待酒浇) …… 334
解佩令(春晴也好) …… 335
声声慢(黄花深巷) …… 335

张　炎（三首）

清平乐（采芳人杳）…… 337

八声甘州（记玉关）…… 338

高阳台（接叶巢莺）…… 339

汪元量（二首）

金人捧露盘（越山云）…… 341

莺啼序（金陵故都最好）…… 342

王沂孙（二首）

齐天乐（一襟余恨宫魂断）…… 344

眉　妩（渐新痕悬柳）…… 345

唐五代词

敦煌曲子词

望江南

天上月，遥望似一团银。夜久更阑风渐紧[1]，为奴吹散月边云[2]，照见负心人。

✤ 注释

[1] 更阑：夜深。阑，残。

[2] 月边云："云"字原作"银"，与前句"银"字重复。兹按文义改。

✤ 评笺

张尔田说，这首词词格极似《云谣集》。原卷虽写于唐懿宗咸通间，而作词时代则在此以前。宋罗烨《醉翁谈录》里载有意娘《相思歌》："我有一片心，无人向我说。顺风吹散云，顶对天边月。"与此词极相似，或这首敦煌词至宋犹传，所以袭用其意。

抛球乐

珠泪纷纷湿绮罗[1]，少年公子负恩多。当初姊妹分明道：莫把真心过与他。子细思量着[2]，淡薄知闻解好么[3]？

✤ 注释

[1] 绮罗：指妇女所穿的华丽衣服。绮，细绫。罗，稀孔的丝织品。

[2] 子细：即仔细。

[3] 知闻：知交、友朋。淡薄知闻，这里作薄幸的相知解。

摊破浣溪沙

五里滩头风欲平[1]，张帆举棹觉船轻[2]。柔橹不施停却棹[3]，是船行。　　满眼风波多闪灼[4]，看山恰似走来迎。子细看山山不动，是船行[5]。

✤ 注释

[1] 滩头：或校作“竿头”。风欲平：风势逐渐平息下来。

[2] 张帆：扯起帆篷。原卷作“长风”，接上句“风欲平”有矛盾，从任二北《敦煌曲校录》改。举棹（zhào）：打着船桨。

[3] 柔橹：橹声柔和。橹，拨水推动船前进的器具。施：使用。

[4] 闪灼（zhuó）：形容水光闪动。原作“陕灼”，从王重民《敦煌曲子词集》阴法鲁校改。

[5] “子细看山”二句：梁元帝《早发龙巢》诗：“不疑行舫动，唯看远树来。”这里反用其意。

菩萨蛮

枕前发尽千般愿，要休且待青山烂[1]。水面上秤锤浮[2]。直待黄河彻底枯[3]。　　白日参辰现[4]，北斗回南面[5]。休即未能休，且待三更见日头[6]。

✤ 注释

[1] 休：罢休，割断恩爱。

[2] 秤锤：即秤砣。“锤”原作“棰”。

[3] 直待：一直等待。

[4] 参(shēn)辰：两星名。参宿在西方。辰即心宿，在东方。也叫“参商”。参辰本不能并见，何况在白天，更不能看到。

[5] 北斗：七星组成的星座，位置在天空的西北方。

[6] “休即未能休”二句：“即”，就是。日头之“日”原本作“月”，不合，今改。这两句是说：上面五件事纵使可能，我还是不肯休，除非等到三更看见太阳，才有休的可能。也就是说决不肯休。与汉乐府《上邪》：“上邪(天啊)！我欲与君相知：长命(令)无绝衰，山无陵，江水为竭，冬雷震震夏雨雪，天地合，乃敢与君绝！”意境颇相似，说明爱情永远不变。

鹊踏枝

叵耐灵鹊多谩语[1]，送喜何曾有凭据！几度飞来活捉取，锁上金笼休共语。　　“比拟好心来送喜[2]，谁知锁我在金笼里，愿他征夫早归来，腾身却放我向青云里。”

❖ **注释**

[1] 叵(pō)耐：不可耐，可恶。叵是“可”字的反写、“不可”的切音。灵鹊：《开元天宝遗事》：“时人之家，闻鹊声皆以为喜兆，故谓灵鹊报喜。”谩：欺骗。原本作“满”，是同音借用字。

[2] 比拟：与“本拟”音义相近。“准备”的意思。“比拟”以下都是假设为喜鹊所说的话。这首词与汉乐府中的《蛱蝶行》、《枯鱼过河泣》都是用拟人化的手法来描写，语气活泼生动。

李 白

李白(701—762),字太白,生在碎叶城(唐时属安西都护府),后迁居四川。天宝初,入长安,贺知章看到他的作品,荐于唐玄宗,待诏翰林,后漫游江湖间。永王李璘聘为幕府,璘起兵事败后,李白被流放夜郎(在今贵州省),中途遇赦,后死在当涂(在今安徽省)。李白是浪漫主义诗人。他的《菩萨蛮》和《忆秦娥》两词,被认为是文人词里最早的作品,但也有人认为是后人写的。

菩萨蛮

平林漠漠烟如织[1],寒山一带伤心碧[2]。暝色入高楼[3],有人楼上愁。　　玉阶空伫立[4],宿鸟归飞急[5]。何处是归程?长亭更短亭[6]。

✤ 注释

[1]“平林”句:远望在平地上林木布列着。漠漠,迷蒙的烟雾看不清的样子。烟如织,烟雾稠密得很像织成一片。是形容傍晚山野景色。清李调元说:“词用织字,最妙始于太白词‘平林漠漠烟如织’。孙光宪亦有句云‘野棠如织’,晏殊亦有‘心似织’句,此后遂千变万化。”(见《雨村词话》)

[2]“伤心碧”句:看到寒山的碧色,使人感到伤心。杜甫《滕王亭子》诗有“清江锦石伤心丽”的句子,伤心是重笔,极言文石五色的华美,与此句法虽相似,但含意不同,这里含有惆怅感触于怀的意思。

[3] 暝色：暮色。

[4] 玉阶：白色的石头台阶。一本作“玉梯”(见《花草粹编》),又作“阑干”(见《草堂诗余》)。伫(zhù)立：久立。

[5] 宿鸟：回窠的鸟。

[6] 长亭、短亭：古代设在交通大道上让行人休息的处所。庾信《哀江南赋》：“十里五里,长亭短亭。”

✤ 评笺

清黄蓼园说:“首二句,意兴苍凉壮阔,三四句说到楼,到人。又自静细孤寂,真化工之笔。阑干跟‘楼’字来,伫立跟‘愁’字来,末始点出‘归’字,是题目归宿,所以愁者此也;所以寒山伤心者,亦此也。更觉前半凌空结撰,意兴高远,结仍含蓄不说尽。雄浑无匹。”(见《蓼园词选》)

忆秦娥

箫声咽[1],秦娥梦断秦楼月[2]。秦楼月,年年柳色,灞陵伤别[3]。　　乐游原上清秋节[4],咸阳古道音尘绝[5]。音尘绝。西风残照[6],汉家陵阙[7]。

✤ 注释

[1] 咽：呜咽。形容箫声悲凉。

[2] “秦娥”句：是说秦女在秦楼的月色中醒来。秦娥,古代秦国的女子弄玉,传说她是秦穆公嬴(yíng)任好的女儿,喜爱吹箫作凤鸣,嫁给萧史,后来夫妇随凤凰飞升上天。事见《列仙传》。这里借指秦地(现在陕西省一带)的女子。

[3] 灞陵：地名。因汉文帝(刘恒)的陵墓而得名,在今陕西西安市长安区东。附近有霸桥(今作灞桥),古人常在这里折柳送别。

[4] 乐游原：在西安市南,又名乐游园。有汉宣帝(刘询)乐游庙的故址,地势高敞,是登高游览的地方。清秋节：指九月九日。唐人常于农历三月三日、九月九日登乐游原吟眺。

[5] 咸阳：现在属陕西省，曾经是秦朝的京城。音尘绝：声音听不着，踪迹也看不着(尘，这里是指踪迹)。意即音信断绝。谢庄《月赋》："美人迈兮音尘缺。"

[6] 残照：指夕阳。

[7] 汉家陵阙：汉家，汉朝。陵阙(què)，皇帝的坟墓和宫殿。

✤ 评笺

宋黄昇说："二词为百代词曲之祖。"(《花庵词选》)王国维说："太白纯以气象胜。'西风残照，汉家陵阙'，寥寥八字，遂关千古登临之口。"(《人间词话》)

张志和

张志和(约730—约810),字子同,唐金华(今浙江金华市)人。肃宗时待诏翰林,后隐居江湖间,自号烟波钓徒,著书名《玄真子》,并以自号。他的词传下来的只有《渔歌子》(又名《渔父》)五首。

渔歌子

西塞山前白鹭飞[1],桃花流水鳜鱼肥[2]。青箬笠[3],绿蓑衣[4],斜风细雨不须归。

✤ 注释

[1] 西塞(sài)山:在浙江湖州市吴兴区西。一说在湖北。

[2] 鳜(guì)鱼:是一种大口细鳞淡黄带褐色的鱼,又名桂花鱼。

[3] 箬笠:竹叶制成的斗笠。

[4] 蓑(suō)衣:草或棕编制的雨衣。

✤ 评笺

清张德瀛《词徵》说:“张子同所制《渔歌子》词凡五阕,‘西塞山前’一阕,世尤称之。其时子同弟松龄及南卓、柳宗元、颜真卿、陆鸿渐、徐士衡、陆成矩并有和章。《乐府雅词》谓是调至宋时,已不能歌,故黄鲁直衍之为《鹧鸪天》,苏子瞻、徐师川复衍之为《浣溪沙》。五代而后,惟孙荆台体与张异。若和凝、李珣、欧阳炯、张炎、完颜琦,均仿张体,盖由张始也。”刘熙载《艺概》里称此词“风流千古”,并非溢美之词。

戴叔伦

戴叔伦（732—789），字幼公，唐润州金坛（在今江苏省）人。早年从学于萧颖士，官做到抚州刺史，迁容管经略使，晚年为道士。《全唐诗》有诗附词。

调笑令

边草，边草，边草尽来兵老。山南山北雪晴，千里万里月明。明月，明月，胡笳一声愁绝[1]。

✤ 注释

[1] 胡笳：相传古代北方民族卷芦叶吹之，叫作胡笳。蔡琰有《胡笳十八拍》。

✤ 评笺

这首《调笑令》又名《转应曲》。清俞陛云说："唐代吐蕃、回纥，迭起窥边，故唐人诗词，多言征戍之苦。当塞月孤明，角声哀奏，正征人十万碛中回首之时。李陵所谓胡笳夜动，只增忉怛。"（《唐五代两宋词选释》）

韦应物

韦应物(737—786),长安(今陕西省西安市)人。早年充当唐玄宗三卫郎,后读书成进士,任过洛阳丞。曾一度辞官闲居,德宗时任比部员外郎和滁州、江州、苏州等地刺史。他是唐代有名诗人,但词流传不多。

三　台

冰泮寒塘始绿[1],雨余百草皆生。朝来门阊无事[2],晚下高斋有情。

✤ 注释

[1] 冰泮:冰已融化。

[2] 门阊:里门为阊。"门阊"《尊前集》作"门巷",《全唐诗》作"衡门"。这首《三台》入郭茂倩《乐府诗集》,列入"杂曲歌辞",约在贞元(785—804)初韦应物做苏州刺史时所作。

调笑令

胡马,胡马,远放燕支山下[1]。跑沙跑雪独嘶,东望西望路迷。迷路,迷路,边草无穷日暮。

✤ 注释

[1] 燕支山：在甘肃山丹县东。《史记·匈奴列传》的“索隐”：匈奴失焉支山，歌曰：“失我焉支山，使我妇女无颜色。”按“焉支”通作“燕支”，或“胭脂”。本植物名，花汁可制成颜料。

又

河汉[1]，河汉，晓挂秋城漫漫[2]。愁人起望相思，江南塞北别离。离别，离别，河汉虽同路绝。

✤ 注释

[1] 河汉：即天河。

[2] 漫漫：模糊看不清的样子。

✤ 评笺

这两首《调笑令》商调曲，一名《古调笑》，一名《转应曲》，凡三换韵，起用叠句，第六、七句，即倒叠第五句末，转应者，意即取此。清俞陛云解说：“上首言胡马东西驰突，终至边草路迷，犹世人营扰一生，其归宿究在何处。下首言人虽南北遥睽，而仰视河汉，千里皆同，有少陵依斗望京、白傅共看明月之意。而河汉在空，人天路绝，下视尘寰，尽痴男騃女，诉尽离愁，固不值双星一笑，此二词见韦苏州托想之高。”（《唐五代两宋词选释》）

王　建

王建(约767—830),字仲初,颍川(属今河南)人。大历十年(766)进士。太和中出为陕州司马。从军塞上,后归咸阳。与张籍齐名,以《宫词》百首著称。词有《调笑令》、《三台》流传于世。

调笑令

团扇[1],团扇,美人病来遮面[2]。玉颜憔悴三年,谁复商量管弦?弦管,弦管,春草昭阳路断[3]。

✤ **注释**

[1] 团扇:圆形的扇子,又称宫扇。据说汉成帝宠幸赵飞燕姐妹后,原来受到宠幸的班婕妤失宠,她要求到长信宫侍奉太后,作了一首《怨歌行》:“新裂齐纨素,皎洁如霜雪;裁为合欢扇,团团似明月。出入君怀袖,动摇微风发。常恐秋节至,凉飙夺炎热;弃捐箧笥中,恩情中道绝。”唐王昌龄《长信怨》诗:“奉帚平明金殿开,暂将团扇共徘徊。玉颜不及寒鸦色,犹带昭阳日影来。”古人常用团扇故事代表宫女失宠。

[2] 病:《尊前集》作“并”。

[3] “春草昭阳”句:昭阳,宫殿名。汉武帝(刘彻)后宫八区有昭阳殿。见《三辅黄图》。这句是说通往昭阳宫的路上长满了春草,说明宫人失宠,皇上久不来眷顾。

韩　翃

韩翃（约766年前后在世），字君平，南阳（今属河南）人。天宝十三载（754）进士。唐德宗朝除驾部郎中、知制诰，擢中书舍人卒，为“大历十才子”之一。其姬柳氏，曾为沙吒利所夺，后复归韩。

章台柳

寄柳氏

章台柳[1]，章台柳，颜色青青今在否[2]？纵使长条似旧垂，也应攀折他人手。

✤ 注释

[1] 章台柳：章台，汉长安中街名，多设妓馆，遍植杨柳，在唐人诗中多咏及之。许尧佐《章台柳传》云，柳氏，韩翃姬也……后为番将沙吒利所劫，宠之专房。翃随侯希逸入觐，见柳氏在辎軿中，殊不胜情。虞侯许俊曰：“请足下数字，当立致之。”乃衣缦胡，佩双鞬，从一骑造沙吒利之第，伺其出，排闼大呼曰：“将军中恶，使召夫人。”仆侍辟易，无敢仰视。遂升堂挟柳氏跨鞍马，逸尘倏忽而至。引裾而前曰：幸不辱命。四座惊叹。柳氏与翃执手涕泣。是时沙吒利恩宠殊等，翃、俊惧祸，乃诣希逸。希逸大惊曰：“吾平生所难事，俊乃能尔乎？”乃以事闻于朝，寻有诏柳氏宜还韩翃，许俊赐钱二百万。柳氏归翃，翃后累迁至中书舍人。孟棨《本事诗》亦载此事，但略有不同。

[2] 颜色青青：一作“往日依依”。见《全唐诗》本。

柳　氏

事迹见前。

杨柳枝

杨柳枝，芳菲节，可恨年年赠离别。一叶随风忽报秋[1]，纵使君来岂堪折。

✤ 注释

[1]“一叶”句：《淮南子》：“见一叶落而知岁之将暮。”清陆昶说：“柳诗语不多而胸情缭绕，前后都到，句法亦紧峭，与韩翃同一工妙。”（见《历朝名媛诗词》）

刘禹锡

刘禹锡(772—842),字梦得,洛阳人。贞元九年(793)进士。后因王叔文事贬为朗州(今属湖南常德市)司马。元和十年(815)召还,又贬连州(今属广东清远市)刺史,晚为太子宾客,加检校礼部尚书。他在朗州时,作过很多《竹枝词》等,都用地方俗语。白居易称他为“诗豪”。有《刘宾客集》。

潇湘神

斑竹枝[1],斑竹枝,泪痕点点寄相思。楚客欲听瑶瑟怨[2],潇湘深夜月明时[3]。

✤ 注释

[1] 斑竹:亦名湘妃竹,其斑如泪痕,产在江浙一带。《博物志》载:“尧之二女,舜之二妃,曰湘夫人。舜崩,二妃啼,以涕挥竹,竹尽斑。”

[2] “楚客”句:楚客,湖北一带的旅客。因湖北一带春秋时属楚国,所以称为楚客。瑶瑟,镶嵌美玉的宝瑟。瑟是古乐器,相传为伏羲所作,原为五十弦,黄帝破为二十五弦。

[3] 潇湘:水名。潇水和湘水的总称。在今湖南零陵县北,其地有潇湘镇。

✤ 评笺

俞陛云说:“李白诗:‘白云明月吊湘娥。’与此词之深夜月明,同其幽怨。”(《唐

五代两宋词选释》)

忆江南

春去也[1]! 多谢洛阳人。弱柳从风疑举袂[2],丛兰裛露似沾巾[3],独坐亦含颦[4]。

✤ **注释**

[1] 春去也:《历代诗余》引《古今词话》说:"春去也,多谢洛阳人云云,刘宾客词也,一时传唱,乃名为《春去也曲》。"

[2] 举袂:举袖。袂(mèi),袖。

[3] 裛(yì)露:露水沾袭。

[4] 颦:眉蹙。

✤ **评笺**

这首词是作者忆南姬之作,柳飘离袂,尘浥啼痕,写春色多情,别饶风趣。况周颐说此流丽之笔:"下开北宋子野、少游一派。唯其出自唐音,故能流而不靡。所谓'风流高格调',其在斯乎!"(《餐樱庑词话》)

竹　枝[1]

杨柳青青江水平,闻郎江上唱歌声。东边日出西边雨,道是无晴还有晴[2]。

✤ **注释**

[1] 竹枝:本是古代西南地区的民间歌谣,刘禹锡学习民歌仿作此词。

[2] "无晴"句:借用"晴"和"情"的谐音,既写了江上的阵雨天气,又写了女子的心情。用文字的谐音来表达思想感情,这是民歌中常见的一种手法。清黄白山

说:“此以‘晴’字双关‘情’字,其源出于《子夜》、《读曲》。”“如‘雾露隐芙蓉,见莲不分明’‘石阙生口中,衔碑不得语’之类是也”(《唐诗摘钞》卷四)。

又

山桃红花满上头[1],蜀江春水拍山流[2]。花红易衰似郎意,水流无限似侬愁[3]。

✤ 注释

[1] 上头:指山上。

[2] 蜀江:四川省境内的江水。拍山:是说江水浪急冲击到山根。

[3] 侬:我,女子自称。吴人称我曰侬,如乐府《子夜歌》:“郎来就侬嬉……负侬非一事。”“许侬红粉妆。”皆所谓“我侬”。又如《浔阳乐》:“离亭故侬去,九里新侬还。”《读曲歌》“冥就他侬宿”,皆所谓渠侬,则当“你”讲。

白居易

白居易(772—846),字乐天,号香山居士,下邽(guī)(今陕西省渭南县)人。元和三年(808)拜左拾遗,后贬江州(今属江西九江市)司马,移忠州(今重庆忠县)刺史。后又为杭州、苏州、同州(今属陕西渭南市)各地任刺史。以刑部尚书致仕,晚居洛阳,又号“醉吟先生”。他是伟大的现实主义诗人,诗作甚富。写词虽不多,但对后世影响甚大。有《白氏长庆集》。

花非花

花非花[1],雾非雾,夜半来,天明去。来如春梦不多时[2],去似朝云无觅处[3]。

✤ 注释

[1] 花非花:明朝杨慎说:“白乐天之辞,予独爱其《花非花》一首,盖其自度之曲,因情生文者也。‘花非花,雾非雾’,虽《高唐》、《洛神》,奇丽不及也。张子野衍之为《御街行》,亦有出蓝之色。”(见《词品》卷一)。按此词末二语,宋欧阳修、张先、毛幵词里都袭用过,堪称千古名句。

[2] “春梦”句:由岑参诗“枕上片时春梦中”句脱化而来。

[3] “朝云”句:用楚襄王梦巫山神女事。宋玉《高唐赋》:“妾在巫山之阳,高丘之阻,旦为朝云,暮为行雨,朝朝暮暮,阳台之下。”

忆江南[1]

江南好，风景旧曾谙[2]：日出江花红胜火[3]，春来江水绿如蓝[4]。能不忆江南？

✤ **注释**

[1]《忆江南》调，本名《谢秋娘》。唐李德裕镇浙西，为妾谢秋娘所制，后改为《望江南》，又名《忆江南》。

[2] 旧曾谙（ān）：往时所十分熟习。

[3] 红胜火：是说江边盛开的花被日光照着比火花还鲜艳好看。

[4] 绿如蓝：蓝是一种蓼科植物，其叶可制青绿染料。《通志》说："蓼蓝，染绿。大蓝，如芥，浅碧。槐蓝，如槐，染青。"古代汉语中的"似"、"如"有胜过的意思。

长相思

汴水流[1]，泗水流[2]，流到瓜洲古渡头[3]。吴山点点愁[4]。思悠悠[5]，恨悠悠，恨到归时方始休。月明人倚楼。

✤ **注释**

[1] 汴（biàn）水：在河南省荥阳市北受黄河之水东南流入淮河，至江苏省与运河相通。

[2] 泗水：从山东省发源，亦注入淮河，和运河相通。

[3] 瓜洲：在江苏省扬州南，是运河通往长江口的市镇。

[4]"吴山"句：江苏一带的山称吴山。因江苏春秋时为吴国地域。点点，形容远山望去很小且多。

[5] 思悠悠：思，相思之情，读作去声。悠悠，无穷无尽。

✤ 评笺

这首词，清俞陛云说："此词若晴空冰柱，通体虚明，不着迹象而含情无际，由汴而泗而江，心逐流波，愈行愈远，直至天末吴山，仍是愁痕点点，凌虚着想，音调复动宕入古。"（见《唐五代两宋词选释》）

段成式

段成式(803? —863),字柯古,临淄(今山东淄博)人。唐代宰相段文昌之子,以荫补校书郎,累官太常少卿。《全唐诗》录存诗一卷。

闲中好

闲中好,尘务不萦心[1]。坐对当窗木,看移三面阴。

✤ 注释

[1]“尘务”句:是说心情不受俗冗事务的牵缠。

温庭筠

温庭筠(813？—870?)，字飞卿，唐末太原祁(今山西祁县)人。大中(847—859)初应进士不第。好讥刺达官贵人，被贬为方城(今属河南)尉，改随县(今属湖北)尉。后为国子助教。有《握兰》、《金荃》等集。今存词六十余首，载《花间集》、《金奁集》中。

南歌子

手里金鹦鹉，胸前绣凤凰[1]。偷眼暗形相[2]，不如从嫁与[3]，作鸳鸯。

✤ 注释

[1]“手里金鹦鹉”二句：是说手里举着金黄色的鹦鹉，胸前衣裳绣着彩色凤凰鸟的花纹。这指的贵公子说的。用真鸟与假鸟对举，引起下文抽象的鸟。

[2] 暗形相：仔细窥视。罗隐《堠子》诗：“君知不识字，第一莫形相。”

[3] 不如从嫁与：女子私慕之辞。《栩庄漫记》评论说：“《花间集》词多婉丽，然亦有以直快见长者，如‘不如从嫁与，作鸳鸯’‘此时还恨薄情无’等词，盖有乐府遗风。”

忆江南

千万恨，恨极在天涯[1]。山月不知心里事，水风空落眼前花。摇曳碧云斜[2]。

✤ 注释

[1] 天涯：指情人所在遥远之地。

[2] 摇曳：双声连语，犹摇荡。这句有感于碧云摇摇，以兴起离绪之悠悠。

又

梳洗罢，独倚望江楼。过尽千帆皆不是，斜晖脉脉水悠悠[1]。肠断白蘋洲[2]。

✤ 注释

[1] “过尽千帆”二句：是说成千的帆船过来过去都看不见情人所坐的船来。斜晖，夕阳。脉脉，含情不语。悠悠，无穷尽的意思。

[2] 肠断：形容愁苦已极的样子。江淹《别赋》：“行子肠断，百感凄恻。”白蘋洲：白蘋，白色的蘋花。蘋，生浅水边，又名四叶菜、田字草。洲，水中小块平地。

菩萨蛮

小山重叠金明灭[1]，鬓云欲度香腮雪[2]。懒起画蛾眉[3]，弄妆梳洗迟[4]。　照花前后镜，花面交相映。新帖绣罗襦，双双金鹧鸪[5]。

✤ 注释

[1] “小山”句：小山，指屏山，即屏风。金明灭，状日光闪烁与画屏相映。这句描绘早晨情景。有人把“小山”解作形容“山枕”或“山额”，均欠妥。

[2] “鬓云”句：鬓云，指发鬓，云是形容女子鬓发蓬松之态。香腮雪，说两腮粉

香而且皮肤如白雪一般。中间用“欲度”二字连接起来便觉生动,这是化静为动的手法。

[3] 蛾眉: 蚕蛾触须细而长曲,所以用来比喻美女的眉毛。《诗经》:“螓首蛾眉。”

[4] 弄妆: 化妆。

[5] “新帖绣罗襦”二句: 帖,同“贴”,即绣贴。罗襦,丝绸的短袄。这二句是说在短袄上用金线绣成鹧鸪鸟的图案。

又

玉楼明月长相忆[1],柳丝袅娜春无力[2]。门外草萋萋[3],送君闻马嘶。　　画罗金翡翠[4],香烛销成泪[5]。花落子规啼[6],绿窗残梦迷。

✤ 注释

[1] “玉楼”句: 美女所居之处为玉楼。这句是说居者和行者别后,当明月之时,两相怀念。

[2] “柳丝”句: 袅娜,犹婀娜。这句是说柳丝被春风吹着软弱无力,也象征着人别后情绪不佳,懒倦无力;既写景,又抒情。

[3] 草萋萋: 草生长茂盛的样子。《楚辞・招隐士》:“王孙游兮不归,春草生兮萋萋。”

[4] “画罗”句,画罗,指衾帐之属。金翡翠,指衾帐上用金线绣成翡翠鸟形状。

[5] “香烛”句: 是说蜡烛烧残,油将滴尽。

[6] 子规: 即杜鹃,又名杜宇。此鸟每于月夜哀鸣,声甚凄怆。

✤ 评笺

这首词写一深闺女子思念情人,回忆临别时种种情景。玉楼明月,写离别的前夜;柳丝袅娜,芳草萋萋,写分手时光景。“画罗”以下各句,写空闺独守的寂寞无聊的情景。

更漏子

玉炉香，红蜡泪，偏照画堂秋思。眉翠薄[1]，鬓云残，夜长衾枕寒。　　梧桐树，三更雨，不道离情正苦。一叶叶，一声声，空阶滴到明[2]。

✤ **注释**

[1] 眉翠薄：形容眉色消褪。用翠黛画眉，故睡后褪色。眉翠，即翠眉。

[2] “梧桐树”以下数句：胡元任说：“语弥淡，情弥苦，非奇丽为佳矣。”（见谢章铤《赌棋山庄词话》）后来宋万俟咏《长相思》词：“一声声，一更更，窗外芭蕉窗里灯，此时无限情。梦难成，恨难平，不道愁人不喜听，空阶滴到明。”即本此词末三句词意。

皇甫松

皇甫松(约857年前后在世),字子奇,自称檀栾子,睦州新安(今浙江淳安)人。皇甫湜之子,牛僧孺甥,工诗善词。词载《花间集》、《尊前集》中。

摘得新

摘得新,枝枝叶叶春。管弦兼美酒,最关人。平生都得几十度[1],展香茵[2]。

✤ 注释

[1] 几十度:几十回。雪艳亭本《花间集》作“几千度”。

[2] 香茵:茵,车席子。《酉阳杂俎》:“妓女十余,排大门而入,轻绡翠裾,艳冶绝世。有从者具香茵,列坐月中。”

忆江南

兰烬落[1],屏上暗红蕉[2]。闲梦江南梅熟日[3],夜船吹笛雨潇潇[4]。人语驿边桥[5]。

✤ 注释

[1] 兰烬:是说灯烛芯于油将尽时结成花,有如兰花心。李贺诗:“蜡泪垂兰烬。”

[2] “红蕉”句：《益部方物略记》载：“红蕉花，于芭蕉盖自一种(即今之美人蕉)，叶小，其花鲜明可喜，蜀人语染深红色者谓之蕉红。”这句是说残夜灯昏，映着画屏作深红色。

[3] 梅熟日：江南四五月间蒸湿多雨，其时正当梅子黄熟，叫作黄梅天。梅熟日，即黄梅季节。

[4] 潇潇：雨声。

[5] 驿边桥：靠近驿站的桥。驿站是古代传递公文者休息之所。

采莲子

菡萏香连十顷陂举棹[1]，小姑贪戏采莲迟年少。晚来弄水船头湿举棹[2]，更脱红裙裹鸭儿年少。

✤ 注释

[1] 菡萏(hàn dàn)：即荷花。《尔雅·释草》：“荷，芙蕖……其华菡萏。”

[2] 举棹、年少：都是和声。《词律》说《采莲子》：“即七言绝句，其‘举棹’、‘年少’字，乃相和之声，说见‘竹枝’。然‘竹枝’二字，用于句中，‘女儿’二字，用于句尾，此则一句一换耳，或曰‘竹枝’之‘枝’、‘儿’两字，此调之‘棹’‘少’两字，亦自相为叶，不可不知。”

又

船动湖光滟滟秋举棹[1]，贪看年少信船流年少[2]。无端隔水抛莲子举棹，遥被人知半日羞年少。

✤ 注释

[1] 滟滟(yàn)：水光摇动的样子。张若虚《春江花月夜》诗：“滟滟随波千万里。”

[2] 信：任意，随意。

郑　符

郑符（生卒年不详），字梦复，官校书郎。与段成式、张希复三人游常乐坊赵景公寺，作联句五古一首，载于《唐诗纪事》。

闲中好

闲中好，尽日松为侣。此趣人不知，轻风度僧语。

✤ 评笺

清俞陛云说郑符、段成式二人《闲中好》："调名同，用意亦同，一用仄韵，一用平韵，皆本体也。郑言人在松阴，但听风传僧语，乃耳闻之静趣。段言清昼久坐，看日影移尽，乃目见之静趣。皆写出静者之妙心。"（《唐五代两宋词选释》）按此首旧本作"闲中好，此趣人不知。尽日松为侣，轻风度僧扉"（见沈雄《古今词话》）。

吕 岩

吕岩(约 874 年前后在世),字洞宾,一名岩客,号纯阳子。唐礼部侍郎吕渭之孙,河中府永乐县(今山西永济)人,一说京兆(今西安市)人。咸通中举进士不第,携家隐于终南。《全唐诗》附词。

梧桐影

落日斜,秋风冷。今夜故人来不来?教人立尽梧桐影。

✤ 评 笺

此首为吕岩词中代表作,后来柳永《倾杯》词:“愁绪终难整,又是立尽、梧桐碎影。”即袭此词末句意。

司空图

司空图(837—908),字表圣,河中虞乡(今山西运城永济)人。咸通年间进士。僖宗时以中书舍人知制诰,后隐居中条山王官谷。朱温篡唐,召为礼部尚书,不食而死。自号知非子、耐辱居士。

酒泉子

买得杏花,十载归来方始坼[1]。假山西畔药阑东[2]。满枝红。　　旋开旋落旋成空。白发多情人便惜,黄昏把酒祝东风。且从容。

✤ 注释

[1] 坼(chè):裂开,开放。

[2] 药阑:芍药阑。一说作“围援”解,即篱笆之类。《资暇录》:“园亭中药阑,阑即药,药即阑,犹言围援也。有不知者,以为藤架、蔬圃可作切对,是不知其由来矣。”

韩 偓

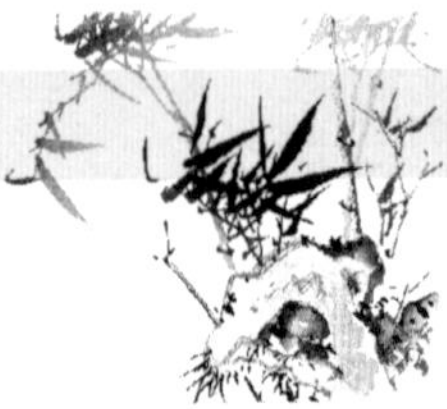

韩偓(约842—923),字致尧,一作致光,小字冬郎,号玉山樵人。京兆万年(今陕西西安)人。龙纪元年(889)进士。官至兵部侍郎,以不附朱温,贬濮州司马。唐亡,依王审知。王国维辑有《香奁词》一卷。

生查子

侍女动妆奁,故故惊人睡[1]。那知本未眠,背面偷垂泪。懒卸凤凰钗[2],羞入鸳鸯被[3]。时复见残灯,和烟坠金穗[4]。

✤ 注释

[1]“故故”句:故故,故意。这句是说因为人睡着久候不耐烦,有意惊醒她。

[2] 凤凰钗:钗头作凤凰形。一作凤头钗。《炙毂子》:“汉武帝时诸仙女从王母下降,皆贯凤首钗,孔雀搔头。”于濆《古宴曲》:“十户手胼胝,凤凰钗一只。”

[3] 鸳鸯被:古诗:“文彩双鸳鸯,裁为合欢被。”

[4]“和烟坠金穗”句:是说灯油将烧尽时,灯芯结成花,带着烟掉下一些火星,仿佛金黄色的麦穗。

✤ 评笺

《香奁集发微》说:“一腔热血,寂寞无聊,惟以眼泪洗面而已。”

张　曙

张曙，小字阿灰（一作阿咸，见杜文澜《词人姓氏录》），侍郎张祎之侄，成都人。龙纪元年（889）进士。词仅传一首。

浣溪沙

枕障熏炉隔绣帷[1]，二年终日苦相思，杏花明月始应知。　　天上人间何处去？旧欢新梦觉来时，黄昏微雨画帘垂。

✤ 注释

[1] 枕障：枕头和屏障。熏炉：香炉。

✤ 评笺

这首词载入叶申芗《本事词》卷上，云："张祎侍郎丧爱姬，伤悼不已；其犹子张曙，戏作《浣溪沙》词，密置几上，云云。祎见之，哀恸曰：此必阿灰作也。"按此词又传为张泌作。载在《花间集》卷四，惟句中字稍异。

李存勖

李存勖(885—926),小字亚子,本西突厥人,李克用长子。灭后梁称帝,在位四年。以伶人郭从谦之变,中流矢死,史称后唐庄宗。他虽为武将,而文才颇高,洞晓音律。存词四首。

一叶落

一叶落,褰朱箔[1],此时景物正萧索。画楼月影寒,西风吹罗幕。吹罗幕,往事思量著。

✤ 注释

[1] 褰(qiān):掀起。朱箔(bó):朱帘,红色的帘子。《历代诗余》作“珠箔”。

✤ 评笺

清俞陛云说:“庄宗尚有《一叶落》词,其佳处在结句与《如梦令》同一机局。……‘往事思量’句,直书己意用赋体也。因悲秋而怀旧,情耶怨耶? 在‘思量’两字中索之。”(《唐五代两宋词选释》)

忆仙姿

曾宴桃源深洞[1],一曲清歌舞凤[2]。长记欲别时,和泪出门相送。如梦,如梦,残月落花烟重。

✤ 注释

[1] 桃源洞：《清一统志》载："浙江台州府，刘阮洞在天台县西北二十里，又名桃源洞。相传汉永平（东汉明帝年号）中，有刘晨、阮肇入山采药，遇仙女于此。"

[2] "一曲清歌舞凤"句：杨湜《古今词话》作"舞鸾歌凤"。孙绰《游天台山赋》："睹翔鸾之裔裔，听鸣凤之嘤嘤。"又《西京杂记》载："庆安世年十五，为成帝侍郎，能为《双凤》《离鸾》之曲。"

✤ 评笺

卓人月《古今词统》说："庄宗喜音声歌舞俳优之戏，自度曲云云。或曰庄宗修内苑掘得断碑，有此三十三字。"这首词卒章有"如梦，如梦"句，所以后又改名《如梦令》。

韦 庄

韦庄(836—910),字端己,京兆杜陵(今陕西西安)人。少孤,家贫力学,工诗,尤善长短句。唐昭宗乾宁元年(894)进士,授校书郎。前蜀王建称帝,他累官至吏部侍郎同平章事。有《浣花集》传世。

思帝乡

春日游,杏花吹满头。陌上谁家年少,足风流?妾拟将身嫁与,一生休[1]。纵被无情弃,不能羞。

✤ 注 释

[1] 一生休:一辈子就算罢了。休,罢。

✤ 评 笺

这首词明白如话,不用典故。清贺裳说:“小词以含蓄为佳,亦有作决绝语而妙者,如韦庄‘陌上谁家年少,足风流?妾拟将身嫁与,一生休。纵被无情弃,不能羞’之类是也。”(《皱水轩词筌》)

女冠子

四月十七,正是去年今日,别君时。忍泪佯低面[1],含羞半敛眉[2]。　　不知魂已断,空有梦相随。除却天边月,没人知。

✤ 注释

[1] 佯：假装。

[2] 敛眉：皱着眉毛。

✤ 评笺

这首词写得一往情深，却似毫不着力。清王闿运说："不知得妙，梦随乃知耳，若先知那得有梦？惟有月知，则常语耳。"(《湘绮楼词选》)

又

昨夜夜半，枕上分明梦见，语多时。依旧桃花面，频低柳叶眉。　　半羞还半喜，欲去又依依。觉来知是梦，不胜悲！

✤ 评笺

"语多时"以下几句，都是写梦境。《栩庄漫记》说："韦相《女冠子》'四月十七'一首，描摹情景，使人怊怅，而'昨夜夜半'一首，稍为不及，以结句意尽故也。若士(汤显祖字)谓与题意稍远，实为胶柱之见，唐词不尽本题意，何足为病！"

浣溪沙

惆怅梦余山月斜，孤灯照壁背红纱。小楼高阁谢娘家[1]。　　暗想玉容何所似？一枝春雪冻梅花。满身香雾簇朝霞[2]。

✤ 注释

[1] 谢娘家：唐李太尉德裕有妾谢秋娘，太尉以华屋贮之，眷之甚隆。后来词人多因用其事而称谢家或谢娘家，即泛指金闺之意，不必泥于秋娘。如温庭筠《更漏子》词："惆怅谢家池阁。"即其例。

[2] 簇朝霞：簇，聚也。意思是说新妆初罢，如朝霞光彩掩映，盖增其艳丽。

✤ 评笺

《栩庄漫记》说："'梨花一枝春带雨'、'一枝春雪冻梅花'，皆善于拟人，妙于形容，视滴粉搓酥以为美者，何啻仙凡。"

菩萨蛮

红楼别夜堪惆怅[1]，香灯半卷流苏帐[2]。残月出门时，美人和泪辞。　　琵琶金翠羽[3]，弦上黄莺语[4]。劝我早归家，绿窗人似花[5]。

✤ 注释

[1] 红楼：女子所居处所。李白《陌上赠美人》诗："美人一笑褰珠箔，遥指红楼是妾家。"

[2] 香灯：庾信《灯赋》："香添燃蜜，气杂烧兰。"旧注：蜜，蜜香，即沉香。温庭筠诗："香灯怅望飞琼鬓。"流苏帐：古代用五彩羽为垂饰，帐幕等多饰之，以为美观。王维诗："翠羽流苏帐。"

[3] 金翠羽：琵琶挥拨上嵌金点翠的装饰。

[4] 黄莺语：形容弹琵琶的音调动听。白居易《琵琶行》："间关莺语花底滑。"

[5] "劝我"二句：是承上"和泪辞"说，美人劝我蜀地不可久居，当早还家，家中绿窗尚有如花之貌，不必在外冶游。

又

人人尽说江南好，游人只合江南老[1]。春水碧于天，画船听雨眠。　　垆边人似月[2]，皓腕凝霜雪[3]。未老莫还乡，还乡须断肠[4]。

✤ 注释

[1]“人人尽说”二句：是作者写初会宠姬时的情景。只合，只应。

[2]“垆边”句：垆边，暗用文君当垆卖酒事。西汉时卓文君新寡，司马相如以琴心挑之，文君乃夜奔相如。后因穷困，二人设酒肆在临邛，文君日日秾妆出店前，当垆卖酒。人似月，指人的风度像月亮似的爽朗。

[3]“皓腕”句：形容玉人双手如雪一般的洁白。

[4]“未老”二句：说出故乡丧乱难还之意。

又

如今却忆江南乐[1]，当时年少春衫薄[2]。骑马倚斜桥，满楼红袖招[3]。　　翠屏金屈曲[4]，醉入花丛宿。此度见花枝，白头誓不归[5]。

✤ 注释

[1]却忆：反想。

[2]年少：指作者自己。

[3]满楼红袖：指冶游处妓女之多。

[4]金屈曲：指屏风上的扇铰，用金属制成。屈曲，疑即屈戌之类。

[5]“此度”二句：留恋花枝，誓死不归，比上章“未老莫还乡”，说得更明确坚决。花枝，指妓女如花枝招展。

又

洛阳城里春光好，洛阳才子他乡老[1]。柳暗魏王堤[2]，此时心转迷。　　桃花春水渌[3]，水上鸳鸯浴。凝恨对残晖，忆君君不知。

✤ 注释

[1] 洛阳才子：洛阳古时多才子，故韦庄用以自拟。

[2] 魏王堤：洛水堤。白居易《三月三日祓禊洛滨》诗序云："宴于舟中，由斗亭历魏堤抵津桥。"诗有"蹋破魏王堤"之句。白又有《魏王堤》七绝一首，末句云："柳条无力魏王堤。"按《明一统志》载："洛水溢为池，为唐都城之胜，贞观中以赐魏王泰，故名。"

[3] 渌：清水。与"绿"字义不同。

✤ 评笺

韦庄以才名入蜀，值王建割据，被羁留授以要职。作《菩萨蛮》词五章，寄寓他的惓惓故国之思。兹选录其中四首如上。

谒金门

空相忆，无计得传消息。天上嫦娥人不识[1]，寄书何处觅？　　新睡觉来无力，不忍把君书迹[2]。满院落花春寂寂，断肠芳草碧。

✤ 注释

[1] 嫦娥：《后汉书·天文志》注："羿请不死之药于西王母，姮娥窃之以奔月。"姮娥，即嫦娥，羿妻。

[2] "不忍把君书迹"句：书迹，书信笔迹。这句是说现在无计得传消息，所以不忍再看旧时的书信笔迹，以免触绪伤怀。

✤ 评笺

《古今词话》说："韦庄有宠姬，姿质艳丽，善词翰，王建闻之，托以教内人（宫女）

为辞，强夺去。庄追念悒怏，作《小重山》、《谒金门》，姬闻之，不食死。”

荷叶杯

记得那年花下，深夜，初识谢娘时。水堂西面画帘垂[1]，携手暗相期。　　惆怅晓莺残月[2]，相别，从此隔音尘[3]。如今俱是异乡人，相见更无因。

✤ 注释

[1] 水堂：临水堂屋。如水榭。

[2] 晓莺残月：是别时情景。

[3] 音尘：参见李白《忆秦娥》注[5]。

王　衍

王衍(？—926)，初名宗衍，字化源，许州舞阳(今河南舞阳)人。继其父王建位，史称前蜀后主。有文才，能为浮艳之词。著有《烟花集》，词传二首。

醉妆词

者边走[1]，那边走，只是寻花柳。那边走，者边走，莫厌金杯酒。

✤ 注释

[1] 者：与“这”同。

✤ 评笺

按孙光宪《北梦琐言》载：“蜀主衍裹小巾，其尖如锥，宫伎多衣道服，簪莲花冠，施胭脂夹脸，号醉妆，衍作《醉妆词》。”清张德瀛说：“此词较莲峰居士(李后主号)所制，遂觉欢戚异趣，盖二主之遭际殊也。”(《词征》)

薛昭蕴

薛昭蕴(约932年前后在世),字里无考。新旧《唐书》有《薛昭纬传》,言纬于乾宁(894—897)中为礼部侍郎,《北梦琐言》谓昭纬好唱《浣溪沙》词,后世乃有以昭纬、昭蕴为一人者。然史载昭纬卒于唐末,而《花间集》列昭蕴于韦庄、牛峤之间,当为前蜀时人。词存《花间集》中。

浣溪沙

粉上依稀有泪痕,郡庭花落欲黄昏。远情深恨与谁论?　记得去年寒食日[1],延秋门外卓金轮[2]。日斜人散暗销魂[3]。

✤ **注释**

[1] 寒食日:农历清明前一或二日,相传春秋时晋文公重耳焚林求介之推,之推抱木而死。文公为了纪念他,禁止人家在那天举火,名为寒食节。

[2] 延秋门:唐代长安禁苑的西门。《长安志》:"禁苑中宫庭凡二十四所。西面二门,南曰延秋门,北曰玄武门。"卓金轮:卓,立。金轮,车轮。

[3] 销魂:极端愁苦的样子。江淹《别赋》:"黯然销魂者,唯别而已矣。"

小重山

春到长门春草青[1]。玉阶华露滴,月胧明[2]。东风吹断紫箫声，宫漏促，帘外晓啼莺。　　愁极梦难成，红妆流宿泪，不胜情。手挼裙带绕花行[3]，思君切，罗幌暗尘生[4]。

✤ 注释

[1] 长门：汉宫名。司马相如有《长门赋》。

[2] 胧明：月光明的样子。

[3] 挼(ruó)：用手揉。

[4] "暗尘生"句：寓有君恩已远，车驾久不到来之意。

牛 峤

牛峤(生卒年不详),字松卿,一字延峰,唐宰相牛僧孺之孙,陇西(今属甘肃)人。唐乾符五年(878)进士,历官拾遗,补尚书郎。王建镇蜀,辟为判官,及称帝,拜给事中。有《歌诗集》三卷。词存《花间集》中。

望江怨

东风急,惜别花时手频执,罗帏愁独入。马嘶残雨春芜湿[1],倚门立。寄语薄情郎,粉香和泪泣。

✤ 注释

[1] 春芜湿:春芜,春草。汤显祖称“湿”字下得天然。

✤ 评笺

况周颐称这首词:“繁弦促柱间,有劲气暗转,愈转愈深。此等佳处,南宋名作中,间一见之。北宋人虽绵博如柳屯田,顾未克办。”(《餐樱庑词话》)

感恩多

两条红粉泪[1],多少香闺意。强攀桃李枝,敛愁眉。

陌上莺啼蝶舞，柳花飞[2]。柳花飞，愿得郎心，忆家还早归。

✤ 注释

[1]“两条红粉泪”句：与韦庄《天仙子》“泪界莲腮两线红”句，同臻妙境。

[2] 柳花：柳絮。

✤ 评笺

汤显祖说：“起语一问一答，便有无限委宛。”（《花间集》评语）

张　泌

张泌（生卒年不详），字里无考。《花间集》列他在牛峤、毛文锡之间，称为张舍人，因推知他为前蜀时人。有词二十余首，存《花间集》中。史传另有同名者二人，一为常州诗人（一作佖），字子澄，为中书舍人、内史舍人等官；一为淮南人，为句容县尉，曾向李后主上书极谏者，均为南唐时人。（见李调元《全五代诗》注）旧传多把三者混为一人，列为南唐时人，实误。（王国维辑《张舍人词》，也误认为此作者为南唐诗人张子澄。）

江城子

碧阑干外小中庭，雨初晴，晓莺声。飞絮落花，时节近清明。睡起卷帘无一事，匀面了[1]，没心情。

✤ 注释

[1] 匀面了：妆罢的意思。

✤ 评笺

明汤显祖说："无一事，不消匀面了。匀面了，没心情，连匀面也是多的。"（《花间集》评语）《栩庄漫记》说："飞絮落花时节近清明，流丽之句，却寓伤春之感。"按此首又传为冯延巳作，见《阳春集》，唯字句稍异。

又

浣花溪上见卿卿[1]，脸波秋水明，黛眉轻。绿云高绾[2]，金簇小蜻蜓[3]。好是问他来得么？和笑道，莫多情。

✤ 注释

[1] 浣花溪：《老学庵笔记》载："浣花溪在成都西五里，一名百花潭，杜甫故宅在此，谓之浣花草堂。所谓'万里桥西宅，百花潭北庄'是也。四月十九日，蜀人多游宴于此，谓之浣花日。"卿卿：古代夫妻间的爱称，亦用为对人的昵称。刘义庆《世说新语·惑溺》："王安丰妇常卿安丰，安丰曰，妇人卿婿，于礼为不敬，后勿复尔！妇曰：亲卿爱卿，是以卿卿；我不卿卿，谁当卿卿。"按上"卿"字动词，下"卿"字，妻对夫之称。

[2] 绿云：形容美女的发髻。绾：盘绕。

[3] 金簇小蜻蜓：指金钗上装饰品。

✤ 评笺

按以上二词，前人有认为应合为一首分上下两段者。宋黄昇解说："唐词多无换头，如此词两段，自是两首，故押两'情'字，今人不知，合为一首，则误矣。"（《花庵词选》卷一）

胡蝶儿

胡蝶儿，晚春时。阿娇初著淡黄衣[1]，倚窗学画伊。
还似花间见，双双对对飞。无端和泪拭胭脂，惹教双翅垂。

✤ 注释

[1] 阿娇：《汉武故事》：武帝刘彻为胶东王，数岁，长公主抱问曰：儿欲得妇

否？曰：欲得。又指女曰：阿娇好否。曰：若得阿娇，当作金屋贮之也。陶宗仪《辍耕录》载："关中以女儿为阿娇。"此词中"阿娇"，泛指美女而言。

✤ 评 笺

汤显祖说："阿娇二句妩媚。"（《花间集》评语）

毛文锡

毛文锡(约公元913年前后在世),字平珪,南阳(今属河南)人。仕前蜀官至司徒,复仕后蜀。著有《前蜀纪事》二卷、《茶谱》一卷。所作词存《花间集》中。

醉花间

休相问,怕相问,相问还添恨。春水满塘生,鸂鶒还相趁[1]。　昨夜雨霏霏[2],临明寒一阵。偏忆戍楼人,久绝边庭信。

✤ 注释

[1] 鸂鶒(xī chì):一作溪鸡,似鸳鸯稍大,羽毛五彩而多紫色,故又名紫鸳鸯。头有缨,尾羽上矗如船舵。

[2] 霏霏:雨多的样子。《诗经·小雅·采薇》:"雨雪霏霏。"

✤ 评笺

况周颐说:"毛文锡三十一首,余只喜其《醉花间》后段'昨夜雨霏霏'数语,情景不奇,写出正复不易,语淡而真,亦轻清,亦沉着。"(《餐樱庑词话》)

又

深相忆,莫相忆,相忆情难极。银汉是红墙,一带遥相隔[1]。　　金盘珠露滴[2]，两岸榆花白。风摇玉佩清[3]，今夕为何夕？

✤ 注释

[1]“银汉是红墙”二句：李商隐诗：“本来银汉是红墙。”银汉，天河。又用古诗“盈盈一水间，脉脉不得语”之意。

[2] 金盘：即汉宫苑内承露盘。《史记·孝武本纪》：“又作柏梁、铜柱、承露仙人掌之属矣。”《集解》引苏林曰：“仙人以手掌擎盘，承甘露也。”

[3] 玉佩：仙女装饰物。《诗经·秦风·渭阳》：“何以赠之，琼瑰玉佩。”

✤ 评笺

清陈廷焯说：“笔意古雅，与上章起笔合拍，结笔尤胜上章。”（《白雨斋词话》及《闲情集》）

牛希济

牛希济（约公元913年前后在世），陇西（今属甘肃）人，牛峤侄。前蜀王衍时为翰林学士、御史中丞。后唐时为雍州节度副使。词载《花间集》中。

生查子

春山烟欲收，天澹稀星小。残月脸边明，别泪临清晓。语已多，情未了，回首犹重道：记得绿罗裙，处处怜芳草[1]。

✤ 注释

[1]“记得”二句：结笔尤佳，是说芳草色绿与佳人罗裙正同，若不忘怀旧情，自当随处怜它。这句本杜诗“蔓草见罗裙”脱化而来。

✤ 评笺

这首小词，正如《栩庄漫记》里所说：“‘记得绿罗裙，处处怜芳草’，词旨悱恻温厚，而造句近乎自然，岂飞卿辈所可企及？‘语已多，情未了，回首犹重道’，将人人共有之情和盘托出，是为善于言情。”

魏承班

魏承班(约公元930年前后在世),字籍未详。魏宏夫子。宏夫为前蜀王建养子,赐姓名王宗弼,封齐王。承班为驸马都尉,官至太尉。词载《花间集》中。

生查子

烟雨晚晴天,零落花无语。难话此时心,梁燕双来去。琴韵对薰风[1],有恨和情抚。肠断断弦频,泪滴黄金缕[2]。

✤ 注释

[1] 琴韵:弹琴的韵调。《零陵总记》:“于頔司空尝令客弹琴。其嫂知音,听于帘下,曰:‘三分中一分筝声,二分琵琶声,绝无琴韵。’”

[2] 黄金缕:衣上所饰。作者《满宫花》词有“泪滴缕金双衽”句可证。

✤ 评笺

魏词多浅易,这首却蕴藉可诵。清俞陛云解说:“上阕‘花落燕飞’,有《珠玉词》‘无可奈何花落去,似曾相识燕归来’之意。下阕怀旧而兼悼逝,殆有凤尾留香之感耶?”(《唐五代两宋词选释》)

尹 鹗

尹鹗（约公元896年前后在世），四川成都人。前蜀王衍时为翰林校书，累官至参卿。词存《花间集》中。

满宫花

月沉沉，人悄悄，一炷后庭香袅。风流帝子不归来[1]，满地禁花慵扫[2]。　　离恨多，相见少，何处醉迷三岛[3]？漏清宫树子规啼，愁锁碧窗春晓。

✤ **注释**

[1] 帝子：帝王子女的通称。《楚辞・湘夫人》："帝子降兮北渚。"

[2] 禁花：宫苑中的花。

[3] 三岛：喻仙境。《神仙传》："海上有三神山，曰蓬莱，曰方丈，曰瀛洲，谓之三岛。"

李　珣

李珣（约公元896年前后在世），字德润。其先为波斯人，后家梓州（今四川三台县），前蜀时秀才，王衍昭仪李舜弦兄。他少有诗名，兼通医理。著有《琼瑶集》，已佚，词载《花间集》、《尊前集》中。

南乡子

兰棹举[1]，水纹开，竞携藤笼采莲来[2]。回塘深处遥相见，邀同宴，渌酒一卮红上面[3]。

✤ **注释**

[1] 兰棹：即木兰舟。《述异记》："七里洲中有鲁班刻木兰为舟。"《唐五代词》作"兰桡"，此从《花间集校》改。张九龄《东湖临泛饯王司马》诗："兰棹无劳速，菱歌不厌长。"

[2] 藤笼：用藤编制的筐，作采莲用。笼，读上声。

[3] 渌酒：清酒。

又

乘彩舫[1]，过莲塘，棹歌惊起睡鸳鸯。带香游女偎伴笑[2]，争窈窕[3]，竞折团荷遮晚照[4]。

✤ **注释**

[1] 彩舫：画船。《幸蜀记》："咸康元年四月，游浣花，龙舟彩舫，十里绵亘。自浣花潭至万里桥，游人士女，珠翠夹岸。"

[2]"带香游女"句：一作"游女带花"。

[3] 窈窕：美好的样子。

[4] 团荷：圆荷叶。

✤ **评笺**

《栩庄漫记》里说："写景物，写风俗，均以明净之句绘影绘声，引人入胜。"

浣溪沙

晚出闲庭看海棠，风流学得内家妆[1]。小钗横戴一枝芳。　　镂玉梳斜云鬓腻[2]，缕金衣透雪肌香[3]。暗思何事立残阳。

✤ **注释**

[1] 内家妆：宫女的梳妆。李贺《酬答二首》其一诗："柳花偏打内家香。"内家，指宫人。

[2] 镂玉梳：用宝玉刻的头梳。

[3] 缕金衣：就是用金线绣成的衣裳。杜秋娘有《金缕衣》诗。

✤ **评笺**

《栩庄漫记》说："前五句实写，而结句一笔提醒，遂觉全词俱化空灵，实者亦虚矣。此之谓笔妙。"

巫山一段云

古庙依青嶂[1]，行宫枕碧流。水声山色锁妆楼，往事思悠悠！　　云雨朝还暮[2]，烟花春复秋。啼猿何必近孤舟，行客自多愁。

✤ **注释**

[1] 青嶂：嶂，山峰。沈约《游钟山》诗："崚嶒起青嶂。"

[2] "云雨"句：见白居易《花非花》词注。

✤ **评笺**

清陈廷焯说："'啼猿'二语，语浅情深，不必猿啼，行客已自多愁，又况闻猿啼乎。"(《白雨斋词评》)

河　传

去去，何处？迢迢巴楚[1]，山水相连。朝云暮雨，依旧十二峰前[2]。猿声到客船。　　愁肠岂异丁香结[3]？因离别，故国音书绝。想佳人花下，对明月春风。恨应同。

✤ **注释**

[1] 巴楚：指四川、湖北地区。

[2] 十二峰：指巫山。《天中记》："巫山十二峰，曰望霞、翠屏、朝云、松峦、集仙、聚鹤、净坛、上升、起云、飞凤、登龙、圣泉。"李端诗："巫山十二峰，皆在碧虚中。"

[3] 丁香结：丁香花蕾。李商隐《代赠二首》其一诗："芭蕉不展丁香结。"

✤ **评笺**

清况周颐说："'想佳人花下，对明月春风，恨应同'。高竹屋《齐天乐·中秋夜怀梅溪》云'古驿烟零，幽垣梦冷，应念秦楼十二'。两家用意略同，高词伤格不可学，李词则否，其故当细思之。"(《餐樱庑词话》)

孟昶

孟昶(919—965),初名承赞,字保元,邢州龙冈(今河北邢台)人。继其父孟知祥即位,史称后蜀后主,奢侈无度,然好文。一日大热,与花蕊夫人夜纳凉摩诃池上,作《木兰花》词。在位二十八年,国亡降宋。

木兰花

冰肌玉骨清无汗[1],水殿风来暗香满[2]。绣帘一点月窥人[3]。敧枕钗横云鬓乱。　　起来琼户启无声,时见疏星渡河汉。屈指西风几时来[4],只恐流年暗中换。

✤ 注释

[1] 冰肌玉骨:形容美女的清莹洁白。

[2] 水殿:建筑在成都摩诃池上的宫殿。

[3] 一点月:岑参《送李明府赴睦州,便拜觐太夫人》诗:"严滩一点舟中月,万里烟波也梦君。"

[4] 屈指:掐指计算。

✤ 评笺

清俞陛云说:"水香吹鬓,明月窥帘,幽静而兼绮丽,可谓良夜千金矣。而抡指西风,有赵孟视荫之感,知偏霸之不长也。"(《唐五代两宋词选释》)

顾　敻

顾敻(约928年前后在世),字里无考。蜀王建时给事内廷,擢茂州(今四川汶川、茂县)刺史,后累官至太尉。性好诙谐,见武官多拳勇之夫,作《武举谍》以讥刺,为一时传笑。词载《花间集》中。

荷叶杯

春尽小庭花落,寂寞。凭槛敛双眉,忍教成病忆佳期。知摩知[1]? 知摩知?

✤ 注释

[1] 知摩知:清万树《词律》说:"'摩'字应系'么'字,设为问答之辞。"清张德瀛《词徵》里说:"顾敻所赋九首词'么'皆作'摩',自后仿其体者,明人有小词二阕:一叠'催么催'三字,一叠'乾么乾'三字。曹秋岳词叠'留么留'三字,毛大可词叠'参么参'三字。"

诉衷情

永夜抛人何处去? 绝来音。香阁掩,眉敛,月将沈。争忍不相寻[1]? 怨孤衾。换我心,为你心,始知相忆深。

✤ 注释

[1] 争:怎。白居易《燕子楼诗》三首其三诗:"见说白杨堪作柱,争教红粉不成灰。"

✤ **评笺**

这首词,清王士祯说:“顾太尉:‘换我心,为你心,始知相忆深。’自是透骨情语。徐山民:‘妾心移得在君心,方知人恨深。’全袭此,然已为柳七一派滥觞。”(《花草蒙拾》)

鹿虔扆

鹿虔扆(约公元 933 年前后在世),字里无考。后蜀进士,累官学士,为永泰军节度使,进检校太尉、加太保。国亡不仕,词流传不多,载《花间集》中。

临江仙

金锁重门荒苑静,绮窗愁对秋空[1]。翠华一去寂无踪[2]。玉楼歌吹,声断已随风。　　烟月不知人事改,夜阑还照深宫。藕花相向野塘中[3]。暗伤亡国,清露泣香红。

✤ 注释

[1] 绮窗:华美的窗户。《古诗十九首》:“交疏结绮窗,阿阁三重阶。”

[2] 翠华:用翠羽为饰的宫旗。司马相如《上林赋》:“建翠华之旗。”后来多用以代表皇帝鸾驾。

[3] 藕花:荷花。孟郊《送李翺习之》诗:“新秋折藕花,应对吴语娇。”

✤ 评笺

《栩庄漫记》说:“太白诗:‘只今惟有西江月,曾照吴王宫里人。’已开鹿词先路。此阕之妙,妙在以暗伤亡国托之藕花。无知之物,尚且泣露啼红,与上句‘烟月还照深宫’相衬,而愈觉其悲惋。其全词布置之密,感喟之深,实出后主‘晚凉天净’一词之上。”

毛熙震

毛熙震(约公元 947 年前后在世),字里不详。曾为后蜀秘书监。词存《花间集》中。

清平乐

春光欲暮,寂寞闲庭户。粉蝶双双穿槛舞,帘卷晚天疏雨。　　含愁独倚闺帏[1],玉炉烟断香微。正是销魂时节,东风满树花飞。

✤ 注释

[1] 闺帏:闺中帐帏。

✤ 评笺

这首词情味宛然,为人传诵。"东风"句六字,精湛,凄艳。《栩庄漫记》说:"毛熙震词如《清平乐》之蕴藉,《后庭花》之凄婉,岂与夫丰艳曼睩竞丽者比?"

欧阳炯

欧阳炯(896—971),益州华阳(今属四川)人。仕前后蜀,累官至门下同平章事,入宋为左散骑常侍。曾为《花间集》作序,词载《花间集》中。

南乡子

嫩草如烟,石榴花发海南天[1]。日暮江亭春影绿,鸳鸯浴。水远山长看不足。

✤ 注释

[1] “石榴花发海南天”句:《桂海花志》:“石榴花,南中一种,四季常开。”

又

画舸停桡,槿花篱外竹横桥[1]。水上游人沙上女,回顾。笑指芭蕉林里住。

✤ 注释

[1] “槿花”句: 吕祖谦《入越记》:“南岸有覆斗山,山形正方,若斗覆,五里兴乐,槿花夹道,室庐篱落皆整。”按槿花,朝开暮落,南方民间多用它代替篱笆,叫槿篱。如沈约《宿东园》诗就有“槿篱疏复密”之句。

✤ 评笺

《栩庄漫记》说："(欧阳炯)《南乡子》多写炎方风物，不知其以何因缘而注意及此。炯，蜀人，岂曾南游耶？然其词写物真切，朴而不俚，一洗绮罗香泽之态，而为写景纪俗之词，与李珣可谓笙磬同音者矣。"

江城子

晚日金陵岸草平[1]，落霞明，水无情。六代繁华[2]，暗逐逝波声。空有姑苏台上月[3]，如西子镜[4]，照江城。

✤ 注释

[1] 金陵：今为南京市。楚威王时曾以其地有王气，埋金镇之，故名金陵。

[2] 六代：东吴、东晋、宋、齐、梁、陈皆都金陵，史称六朝，或称六代。

[3] 姑苏台：在江苏吴县西南姑苏山上，相传为吴王夫差所建。

[4] 西子：西施。

✤ 评笺

《栩庄漫记》说："妙处在'如西子镜'一句，横空牵入，遂尔推陈出新。"

春光好

天初暖，日初长，好春光。万汇此时皆得意[1]，竞芬芳。　笋迸苔钱嫩绿[2]，花偎雪坞浓香[3]。谁把金丝裁剪却[4]，挂斜阳？

✤ 注释

[1] 万汇：万类。

[2] 苔钱：苔圆错落如钱。刘孝威《怨诗》："素壁生点钱。"

[3] 雪坞：四面高中央低的地方筑以障风，叫坞，如船坞、山坞、村坞、花坞等。雪坞，雪后的坞。

[4] 金丝：状垂柳。李绅《柳》二首其二诗：“千条垂柳拂金丝。”

清平乐

春来阶砌，春雨如丝细。春地满飘红杏蒂，春燕舞随风势。　　春幡细缕春缯[1]，春闺一点春灯。自是春心缭乱，非干春梦无凭。

✤ 注释

[1] 春幡：《岁时风土记》：“立春之日，士大夫之家剪彩为小旛，谓之春旛，或悬于家人之头，或缀于花枝之下。”牛峤《菩萨蛮》词：“玉钗风动春幡急。”即其例。

✤ 评笺

清陈廷焯说：“逐句用‘春’字，亦见姿态，但非正格。”见(《别调集》卷一)又许昂霄说：“《玉台新咏》载梁元帝《春日》诗用二十三‘春’字，鲍泉奉和用三十‘新’字，《文体明辨》目为用字体，名甚不典，未知其何据也。余谓此体，实起于渊明《止酒诗》，当名曰‘止酒诗体’。”

和　凝

和凝（898—955），字成绩，郓州须昌（今山东东平）人。五代后梁朝进士。仕后晋为中书侍郎同中书门下平章事。仕后汉封鲁国公，入后周为侍中。他长于短歌艳曲，故号为“曲子相公”。原著有《红叶稿》等集，已失传。

渔　父

白芷汀寒立鹭鸶[1]，蘋风轻剪浪花时。烟幂幂[2]，日迟迟，香引芙蓉惹钓丝[3]。

✤ 注释

[1] 白芷：香草。“芷”亦作“茝”。

[2] 幂幂（mì）：覆盖貌。

[3] 芙蓉：荷花。

✤ 评笺

这首词遣词琢句，清秀雅丽。清俞陛云说：“凡赋《渔父》词者，多作高隐之语，此词专赋本题，鹭立寒汀，蘋风剪浪，写水天风景，而扁舟蓑笠翁宛在其间。结句袅袅竿丝，摇曳于芙蓉香里，颇堪入画也。”（《唐五代两宋词选释》）

抛球乐

尽日登高兴未残[1]，红楼人散独盘桓[2]。一钩冷雾悬珠箔[3]，满面西风凭玉阑。归去须沈醉，小院新池月乍寒。

✤ **注释**

[1] 尽日：终日。

[2] 盘桓：徘徊不进的样子。陶潜《归去来辞》："景翳翳以将入，抚孤松而盘桓。"

[3] 珠箔：即珠帘。珍贵的帘子。

✤ **评笺**

这首词又传为冯延巳作。见《阳春集》。

春光好

蘋叶软，杏花明，画船轻。双浴鸳鸯出绿汀，棹歌声。　　春水无风无浪，春天半雨半晴。红粉相随南浦晚[1]，几含情。

✤ **注释**

[1] 红粉：指美女或艳丽的花朵。南浦：本地名，这里泛指水。江淹《别赋》："送君南浦，伤如之何。"

✤ **评笺**

清俞陛云说："前半写烟波画船，见春光之好。后言浪静风微，乍晴乍雨，确是江南风景，绝好惠崇之图画也。"（见《唐五代两宋词选释》）

闫选

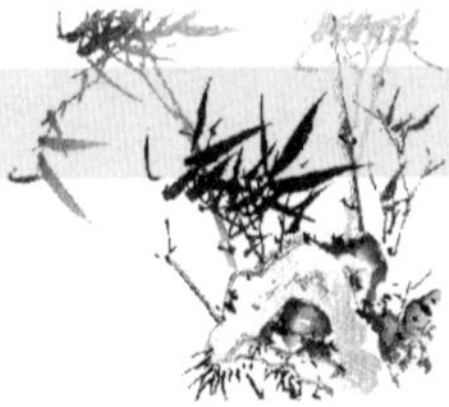

闫选(生卒年不详),字里不明,后蜀布衣。与欧阳炯、鹿虔扆、毛文锡、韩琮被时人称“五鬼”。善小词,与毛文锡相伯仲,时人目为“闫处士”。所作词载于《花间集》中。

河 传

秋雨,秋雨,无昼无夜,滴滴霏霏。暗灯凉簟怨分离,妖姬[1],不胜悲。　　西风稍急喧窗竹,停又续,腻脸悬双玉[2]。几回邀约雁来时,违期,雁归,人不归。

✤ 注释

[1] 妖姬:妖艳的女子。陈后主《玉树后庭花》诗:“妖姬脸似花含露。”

[2] 腻脸悬双玉:是说粉面上垂着两行眼泪。薛道衡《昔昔盐》:“恒敛千金笑,长垂双玉啼。”

✤ 评笺

这首词起疏爽,结凄婉。汤显祖说:“三句皆重叠字,大奇大奇。宋李易安《声声慢》用十叠字起,而以‘点点滴滴’四字结之,盖用其法,而青于蓝者。”(《花间集》评语)

孙光宪

孙光宪（？—968），字孟文，自号葆光子，贵平（即陵州领县，今属四川）人。后唐陵州判官。仕荆南，官至御史中丞。后劝高继冲归宋，在宋为黄州刺史。著有《荆台》、《笔佣》、《橘斋》、《巩湖》诸集，均散失。今存《北梦琐言》一卷。词存《花间》、《尊前》二集中。

定西番

帝子枕前秋夜[1]，霜幄冷。月华明，正三更。　　何处戍楼寒笛，梦残闻一声。遥想汉关万里，泪纵横。

✤ 注释

[1] 帝子：见尹鹗《满宫花》注[1]。

✤ 评笺

《采兰杂志》引《乌孙公主歌》云：“‘我家嫁我兮天一方，远托异国兮乌孙王，愿为黄鹄兮归故乡。’故此词下文又云：‘遥想汉关万里，泪纵横。’正属其意。”汤显祖说：“吴子华云：‘无人知道外边寒。’谢叠山云：‘玉人歌吹未曾归。’可见深宫之暖，不知边塞之寒；玉人之娱，不知蚕物之苦。”（《花间集》评语）

思帝乡

如何？遣情情更多！永日水精帘下[1]，敛羞蛾[2]。六幅罗裙窣地[3]，微行曳碧波。看尽满池疏雨，打团荷。

✤ **注释**

[1] 水精帘：水精即水晶，用以为帘，取其透明。李白诗："却下水晶帘，玲珑望秋月。"

[2] 羞蛾：指女子的眉毛。

[3] "六幅罗裙"句：李群玉诗："裙拖六幅潇湘水。"窣地，拂地。

✤ **评笺**

清王闿运说："常语常景，自然丰采。"(《湘绮楼词选》评语)

酒泉子

空碛无边[1]，万里阳关道路[2]。马萧萧[3]，人去去，陇云愁[4]。　　香貂旧制戎衣窄[5]，胡霜千里白[6]。绮罗心，魂梦隔，上高楼[7]。

✤ **注释**

[1] 碛：水中沙堆。

[2] 阳关：在今甘肃省敦煌市西南一百三十里，党河之西，为西行出塞必经之地。《元和郡县志》："以居玉门关之南，故曰阳关。"

[3] 萧萧：马叫声。李白《送友人》诗："挥手自兹去，萧萧班马鸣。"

[4] 陇云：指陇西一带的云彩。陇山在今陕西陇县西北。

[5] 香貂：貂皮所制的皮袍。

[6] 胡霜：北方的结霜。

[7] "绮罗心"句：承上香貂戎衣，是说从前那种盛况，现在只是魂梦空隔，独上高楼而已。

✤ 评笺

汤显祖说："三叠文之《出塞曲》，而长短句之《吊古战场文》也，再读令人酸鼻。"（《花间集》评语）

生查子

春病与春愁，何事年年有？半为枕前人，半为花间酒。　　醉金尊，携玉手，共作鸳鸯偶。倒载卧云屏[1]，雪面腰如柳[2]。

✤ 注释

[1] 云屏：画云物的屏风。张协《七命》："云屏烂旰，琼壁青葱。"

[2] "雪面"句：形容面白如雪。白居易《柘枝妓》诗："帽转金铃雪面回。"白诗又有"杨柳小蛮腰"之句。

谒金门

留不得！留得也应无益。白纻春衫如雪色[1]，扬州初去日。　　轻别离，甘抛掷，江上满帆风疾。却羡彩鸳三十六[2]，孤鸾还一只[3]。

✤ 注释

[1] 白纻：细而白的夏布。古乐府《白纻歌》："质如轻云色如银，制以为衫余作巾。"

[2] 彩鸳：五彩鸳鸯。三十六：三十六对。《谢氏诗源》："霍光园中凿大池，植五色睡莲，养鸳鸯三十六对，烂若披锦。"李商隐《代应》诗："谁与王昌报消息，尽知三十六鸳鸯。"

[3] "孤鸾"句：刘敬叔《异苑》云："罽宾王有鸾，三年不鸣。夫人曰：闻鸾见影

则鸣。乃悬镜照之，中宵一奋而绝。”按鸾鸟，相传似凤，五彩而多青色。陈廷焯说：“结笔妙，一‘还’字，可知孤栖非一日。”（见《白雨斋词评》）

✤ 评笺

《栩庄漫记》说：“字字呜咽，相思之苦，飘泊之感，使人荡气回肠，百读不厌，其清新哀惋处，盖神似端己也。”

冯延巳

冯延巳(903—960),一名延嗣,字正中,广陵(今江苏扬州)人。南唐李昪时为秘书郎,有辞学,多伎艺。与李璟友善,屡为宰相,后罢为太子少傅卒。有《阳春集》传世。

三台令

春色!春色!依旧青门紫陌[1]。日斜柳暗花嫣[2],醉卧谁家少年?年少!年少!行乐直须及早[3]。

✤ **注释**

[1] 青门:汉长安城南门。紫陌:东西路为陌。都城用紫色土铺的道路,叫紫陌。贾至《早朝大明宫呈两省僚友》诗:"银烛朝天紫陌长。"

[2] 嫣:美貌。

[3] "行乐直须及早"句:本杜秋娘"花开堪折直须折,莫待无花空折枝"诗意。

又

明月!明月!照得离人愁绝。更深影入空床,不道帏屏夜长。长夜!长夜!梦到庭花阴下。

归国谣

何处笛？深夜梦回情脉脉[1]。竹风檐雨寒窗滴。
离人数岁无消息。今头白，不眠特地重相忆[2]。

✤ 注释

[1] 脉脉：见前温庭筠《忆江南》"斜晖脉脉"句注。

[2] 特地：特别，特为。诗词中常用语。

✤ 评笺

清俞陛云说："挥毫直书，不用回折之笔而情意自见，格高气盛，嗣响唐贤。"(《唐五代两宋词选释》)

又

春艳艳[1]，江上晚山三四点。柳丝如剪花如染。
香闺寂寂门半掩。愁眉敛，泪珠滴破胭脂脸。

✤ 注释

[1] 艳艳：形容春光鲜艳明媚。韩偓《春昼》诗："春融艳艳，大醉陶陶。"

✤ 评笺

陈秋帆说："'愁眉敛，泪珠滴破胭脂脸'，与韦庄'恨重重，泪界莲腮两线红'，同一风韵，较后主'多少泪，断脸复横颐'为隽。"(《阳春集笺》)

长相思

红满枝，绿满枝，宿雨厌厌睡起迟[1]。闲庭花影移。

忆归期，数归期，梦见虽多相见稀。相逢知几时？

✤ 注释

[1] 厌厌：同“恹恹”（读作平声），醉病的样子。白居易《不如来饮酒》七首其一诗：“不如来饮酒，相对醉厌厌。”

✤ 评笺

明李廷机说：“梦多见稀，正是闺中之语；‘相逢知几时’，又发相思之意。”（《草堂诗余》）

长命女

春日宴，绿酒一杯歌一遍。再拜陈三愿：一愿郎君千岁，二愿妾身常健，三愿如同梁上燕，岁岁长相见[1]。

✤ 注释

[1] “绿酒”以下各句：本白居易《赠梦得》诗：“为我尽一杯，与君发三愿。一愿世清平，二愿身强健。三愿临老头，数与君相见。”

✤ 评笺

宋吴曾《能改斋漫录》载：“南唐宰相冯延巳有乐府一章，名《长命女》……其后有以其词意改为《雨中花》云：‘我有五重深深愿，第一愿且图久远，二愿恰如雕梁双燕，岁岁得长相见。三愿薄情相顾恋，第四愿永不分散，五愿奴哥收因结果，做个大宅院。’味冯公之词，典雅丰容，虽置在古乐府，可以无愧。一遭俗子窜易，不惟句意重复，而鄙恶甚矣。”

谒金门

风乍起，吹皱一池春水。闲引鸳鸯香径里，手挼红杏蕊。　　斗鸭栏杆独倚[1]，碧玉搔头斜坠[2]。终日望君君不至，举头闻鹊喜[3]。

✤ 注释

[1] 斗鸭栏杆：古人常在养鸭池旁设有围栏，以观鸭斗。《三国志·吴书·陆逊传》："时建昌侯虑于堂前作斗鸭阑，颇施小巧，逊正色曰：'君侯宜勤览经典以自新益，用此何为？'"

[2] 碧玉搔头：就是碧玉簪。《西京杂记》："武帝（刘彻）过李夫人，就取玉簪搔头，自此后宫人搔头皆用玉，玉价倍贵焉。"

[3] 闻鹊喜：《墨客挥犀》："南中多有信鹊者，类鹊而小，能为百禽声。春时其声极可爱，忽飞鸣而过庭（詹）间者，则其占为有喜。"

✤ 评笺

宋马令《南唐书》载："元宗乐府辞云'小楼吹彻玉笙寒'，延巳有'风乍起，吹皱一池春水'之句，皆为警策。元宗尝戏延巳：'吹皱一池春水，干卿何事？'延巳曰：'未如陛下小楼吹彻玉笙寒。'元宗悦。"按此首又传为成幼文所作。清俞陛云说："'风乍起'二句，破空而来，在有意无意间，如絮浮水，似沾非著。宜后主盛加称赏。"（《唐五代两宋词选释》）

南乡子

细雨湿流光，芳草年年与恨长。烟锁凤楼无限事，茫茫。鸾镜鸳衾两断肠[1]。　　魂梦任悠扬[2]，睡起杨花满绣床。薄幸不来门半掩[3]，斜阳。负你残春泪几行。

✤ 注释

[1] 鸾镜：见前孙光宪《谒金门》"孤鸾"句注。鸳衾：绣着鸳鸯鸟的衾被。或说是特制独幅阔锦被。唐司空图《白菊杂书四首》其一诗："却笑谁家扃绣户，正薰龙麝暖鸳衾。"

[2] 悠扬：飞扬。

[3] 薄幸：薄情。杜牧《遣怀》诗："赢得青楼薄幸名。"

✤ 评笺

王国维说："'细雨湿流光'五字，皆能摄春草之魂者也。"按此句昔人多称赏，周方泉、王荆公均极赞其妙，此语实由温庭筠《荷叶杯》"朝雨湿愁红"、皇甫松《怨回纥》"江路湿红蕉"脱化而来，不过更加奇妙。

鹊踏枝

谁道闲情抛掷久？每到春来，惆怅还依旧。旧日花前常病酒[1]，不辞镜里朱颜瘦。　　河畔青芜堤上柳[2]，为问新愁，何事年年有？独立小楼风满袖[3]，平林新月人归后。

✤ 注释

[1] 旧日：一作"日日"。病酒：即酒醉的意思。

[2] 青芜：青草。

[3] 小楼：一作"小桥"，不若"小楼"为胜。

✤ 评笺

梁启超说："稼轩《摸鱼儿》起处，从此脱胎。文前有文，如黄河伏流，莫穷其源。"(《阳春集笺》引)按此首又传为欧阳修作。

又

叵耐为人情太薄。几度思量，真拟浑抛却。新结同心香未落[1]，怎生负得当初约[2]。　　休向尊前情索莫[3]。手举金罍[4]，凭仗深深酌。莫作等闲相斗作[5]，与君保取长欢乐。

✤ 注释

[1] 结同心：表示恩爱的意思。《隋书》:“炀帝(杨广)遣使者赍金合子帖纸,于际亲署封字,以赐夫人。盒中内有同心结数枚。”

[2] 怎生：如何。欧阳修《六一诗话》称唐人语辞好用“生”字,如“太瘦生”,如“‘作么生’‘何似生’之类”。

[3] 索莫：沮丧的样子。

[4] 金罍：罍,酒尊。刻画作云雷形,故名罍。

[5] 等闲：不留意、随便。斗作：争闹。

✤ 评笺

这首词前半阕责人薄情,后半阕转作强颜欢笑。“手举金罍”二句,一种沉郁潦倒的神态可以想见,结句悲在言外,尤为沉着。

李 璟

李璟(916—961),字伯玉,初名景通,后避周讳改名璟,徐州人。唐宗室之裔,李昪长子。在位十九年,是为中主,迁南都死。他所作词大部分失传。

摊破浣溪沙

手卷真珠上玉钩[1],依前春恨锁重楼[2]。风里落花谁是主?思悠悠。　　青鸟不传云外信[3],丁香空结雨中愁。回首绿波三楚暮[4],接天流。

✤ 注释

[1] 真珠:指珠帘。《漫叟诗话》说:“李璟有曲云,手卷真珠上玉钩,或改为‘珠帘’,非所谓知音者。”玉钩:用玉琢成的帘钩。

[2] “依前”句:是说依然和从前一样,把春恨锁在楼里。

[3] “青鸟”句:青鸟,指传信的人。《汉武故事》说,七月七日,忽有一青鸟飞集殿前,东方朔曰,此西王母欲来。有顷,王母至,二青鸟夹侍王母旁。李商隐《无题》诗:“青鸟殷勤为探看。”

[4] 三楚:指南楚、东楚、西楚。《汉书·高帝纪》“羽自立为西楚霸王”句注:“孟康曰:旧名江陵为南楚,吴为东楚,彭城为西楚。”一本作“三峡”,又作“春色”。

✤ 评笺

清黄蓼园说:“‘手卷珠帘’,似可旷日舒怀矣。谁知依然恨锁重楼。所以恨者何也？见落花无主，不觉心共悠悠耳。且远信不来，幽愁空结。第见三峡波接天流，此恨何能自已乎？清和婉转，词旨秀颖。”（《蓼园词选》）

又

菡萏香销翠叶残[1]，西风愁起绿波间。还与韶光共憔悴[2]，不堪看。　细雨梦回鸡塞远[3]，小楼吹彻玉笙寒[4]。多少泪珠无限恨，倚栏干。

✤ 注释

[1] 菡萏：见前皇甫松《采莲子》词注。

[2] 韶光：春光。

[3] 鸡塞：即鸡鹿塞，在今陕西省榆林市横山区西。《汉书·匈奴传》：“汉遣长乐尉万昌侯董忠、车骑都尉韩昌将骑万六千，又发边郡士马以千数，送单于出朔方鸡鹿塞。”词里泛指边塞。

[4] “吹彻玉笙”句：笙，古乐器，共十三管，列置弧中，施簧管底，吹之发声。吹彻，吹到最后一曲。李商隐《银河吹笙》诗：“怅望银河吹玉笙。”

✤ 评笺

据《南唐书》说：“王感化善讴歌……元宗尝作《浣溪沙》二阕，手写赐感化。后主即位，感化以其词札上之，后主感动，赏赉感化甚优。”这二首词确为李璟所作。清陈廷焯说：“南唐中主，‘还与韶光共憔悴，不堪看’，沈之至，郁之至，凄然欲绝。后主虽善言情，卒不能出其右。”（《白雨斋词话》）王国维说：“菡萏香销翠叶残，西风愁起绿波间’，大有众芳芜秽，美人迟暮之感。乃古今独赏其‘细雨梦回鸡塞远，小楼吹彻玉笙寒。’故知解人正不易得。”（《人间词话》）

李　煜

李煜（937—978），初名从嘉，字重光，号钟隐，李璟第六子。善属文，工书画，精音律。世称南唐后主，在位十五年。开宝八年（975）宋将曹彬攻破金陵，煜出降，封违命侯，为宋太宗赐牵机药所毒死。煜著作甚多，惜已散佚。诗词今有辑本。

望江南

多少恨，昨夜梦魂中。还似旧时游上苑[1]，车如流水马如龙[2]。花月正春风。

✤ 注释

[1] 上苑：即上林苑。本秦时旧苑，汉武帝增广之。见司马相如《上林赋》。这里泛指皇宫苑囿。

[2] 车如流水马如龙：《后汉书·马后纪》："前过濯龙门上，见外家问起居者，车如流水，马如游龙。"

捣练子令

深院静，小庭空，断续寒砧断续风[1]。无奈夜长人不寐，数声和月到帘栊[2]。

✤ **注释**

[1] 砧(zhēn):捣衣帛石。

[2] 栊(lóng):窗。《说文》:“房室之疏也。”段注:“小曰窗,阔远曰栊。”

长相思

云一緺[1],玉一梭[2],澹澹衫儿薄薄罗。轻颦双黛螺[3]。　　秋风多,雨相和,帘外芭蕉三两窠。夜长人奈何。

✤ **注释**

[1] 緺(wō):《说文》:“绶紫青也。”这里比喻髻发如云。

[2] 玉一梭:指牙齿说。或有解作扎发用玉簪之属,亦可通。

[3] 双黛螺:妇人画眉用螺黛。《隋遗录》:“殿脚女争效为长蛾眉,司宫吏日给螺子黛五斛,号为蛾绿,螺子黛出波斯国。”

乌夜啼

无言独上西楼,月如钩[1]。寂寞梧桐深院锁清秋。

剪不断,理还乱,是愁离。别是一般滋味在心头。

✤ **注释**

[1] 月如钩:鲍照《玩月》诗:“始见西南楼,纤纤如玉钩。”

✤ **评笺**

宋黄昇说:“此词最凄惋,所谓亡国之音哀以思。”(《花庵词选》)王闿运说:“词之妙处,亦别是一般滋味。”(《湘绮楼词选》)

又

林花谢了春红，太匆匆。无奈朝来寒雨晚来风。胭脂泪，留人醉，几时重？自是人生长恨水长东！[1]

✤ 注释

[1]“林花”等句：用杜甫诗“林花带雨胭脂落”之意。但这里“胭脂泪”兼指人事，由春红着雨自然联想而来。

✤ 评笺

王国维说：“词至李后主而眼界始大，感慨遂深，遂变伶工之词而为士大夫之词。周介存置诸温、韦之下，可谓颠倒黑白矣。‘自是人生长恨水长东’，‘流水落花春去也，天上人间’，《金荃》、《浣花》能有此气象耶！”（《人间词话》）

子夜歌

人生愁恨何能免，销魂独我情何限！故国梦重归，觉来双泪垂。　　高楼谁与上，长忆秋晴望。往事已成空，还如一梦中。

✤ 评笺

清俞陛云说：“起句用翻笔，明知难免而我自消魂，愈觉埋愁之无地。马令《南唐书》本注谓……皆思故国者也。”（《南唐二主词辑述评》）

清平乐

别来春半，触目愁肠断。砌下落梅如雪乱，拂了一身还满。　　雁来音信无凭[1]，路遥归梦难成。离恨恰如春草，更行更远还生[2]。

✤ 注释

[1] 雁来音信无凭：古代有雁足传书信的故事，这句是说大雁已来，但没有想念的人的音信。

[2] “离恨”二句：后人多有袭此意者。秦观《八六子》词：“恨如芳草，凄凄划尽还生。”就是由此脱化而来。

浪淘沙[1]

往事只堪哀！对景难排。秋风庭院藓侵阶。一任珠帘闲不卷[2]，终日谁来？　　金锁已沈埋[3]，壮气蒿莱[4]。晚凉天净月华开。想得玉楼瑶殿影，空照秦淮[5]！

✤ 注释

[1] 词题：侯文灿本《二主词》调下有注：“传自池州夏氏。”《续选草堂诗余》题作“感念”。《古今词统》题作“在汴京念秣陵作”。

[2] 一任：又作一行、一桁。

[3] 金锁：金质的锁钥。这里疑指金锁甲。杜甫《重过何氏》诗：“雨抛金锁甲，苔卧绿沉枪。”仇兆鳌注引薛苍舒说：“车频《秦书》：‘苻坚使熊邈造金银细铠，金为线以缧之。’今谓甲之精细者为锁子甲，言相衔之密也。”又作“金剑”。

[4] “壮气蒿莱”句：就是壮气已经消沉之章。蒿莱，指野草、杂草。

[5] 秦淮：即南京秦淮河，当时属南唐，河中有画舫游艇，两岸有歌楼舞馆，系金陵胜地。

✤ 评笺

明沈际飞说：“此在汴京念秣陵事作，读不忍竟。”（见《草堂诗余》续集眉评）

又

帘外雨潺潺[1]，春意阑珊[2]。罗衾不耐五更寒。梦里不知身是客，一晌贪欢[3]。　独自莫凭栏，无限江山。别时容易见时难[4]。流水落花春去也，天上人间！

✤ 注释

[1] 潺潺(chán)：雨水声。

[2] 阑珊：衰落的意思。白居易诗："诗情酒兴渐阑珊。"

[3] 一晌：片刻，一会儿。

[4] 别时容易见时难：曹丕《燕歌行》有"别日何易会日难"句。

✤ 评笺

宋蔡絛《西清诗话》："后主归朝后，每怀江国，且念嫔妾散落，郁郁不自聊，尝作长短句'窗外雨潺潺'云云，念思凄惋，未几下世。"

虞美人

春花秋月何时了[1]？往事知多少！小楼昨夜又东风，故国不堪回首月明中。　雕栏玉砌应犹在[2]，只是朱颜改[3]。问君能有几多愁？恰似一江春水向东流。

✤ 注释

[1] 春花秋月：代表一年光景。一本作"春花秋叶"。

[2] 雕栏玉砌：泛指宫殿。

[3] 朱颜：王闿运说："朱颜本是山河，因归宋不敢言耳。"改，是指故国已改朝换代。

✤ 评笺

这首词是脍炙人口的名作。清俞陛云说:“亡国之音,何哀思之深耶?传诵禁庭,不加悯而被祸,失国者不殉宗社而任人宰割,良足伤矣。《后山诗话》谓秦少游词‘飞红万点愁如海’出于后主‘一江春水’句,《野客丛书》又谓白乐天之‘欲识愁多少,高于滟滪堆’、刘禹锡之‘水流无限似侬愁’,为后主词所祖。但以水喻愁,词家意所易到,屡见载籍,未必互相沿用。就词而论,白、刘、秦诸家之以水喻愁,不若后主之‘春江’九字,真伤心人语也。”(《南唐二主词辑述评》)

破阵子

四十年来家国[1],三千里地山河[2]。凤阁龙楼连霄汉[3],玉树琼枝作烟萝[4],几曾识干戈。　　一旦归为臣虏,沈腰潘鬓消磨[5]。最是仓皇辞庙日[6],教坊犹奏别离歌[7],垂泪对宫娥[8]。

✤ 注释

[1]“四十年”句:南唐自公元937年开国至975年李煜作此词时,已近四十年。

[2]三千里:马令《南唐书·建国谱》,称南唐“共三十五州之地,号为大国”。

[3]凤阁龙楼:指帝王所住的楼阁。

[4]烟萝:烟聚萝缠,形容茂密的草木。

[5]沈腰:形容腰肢瘦减。《南史·沈约传》:“沈约与徐勉素善,遂以书陈情于勉,言己老病,‘百日数旬,革带常应移孔。以手握臂,率计月小半分’。欲谢事,求归老之秩。”潘鬓:形容鬓发斑白。潘岳《秋兴赋》:“斑鬓发以承弁兮。”

[6]辞庙:就是辞别了帝王宗庙,意思是离开祖先创建的社稷。

[7]教坊:唐初就设置教坊在宫中,掌理伎乐。唐明皇开元二年(714)复置内教坊在蓬莱宫侧,京都长安置左右教坊。

[8]宫娥:宫女。

✤ **评 笺**

这首词是描述离开南唐时的情景。清尤侗说:“东坡谓后主既为樊若水所卖,举国与人,故当恸哭于九庙之外,谢其民而后行。何乃挥泪对宫娥听教坊离曲?然不独后主然也,安禄山之乱,明皇当迁幸,当是时渔阳鼙鼓惊破霓裳,天子下殿走矣,犹恋恋于梨园一曲。何异挥泪对宫娥乎!后主尝寄旧宫人书云:‘此中日夕,只以眼泪洗面’……此种情况自是可怜。乃太宗以‘小楼昨夜又东风’置之死地,不犹炀帝以‘空梁落燕泥’杀薛道衡乎?”(见《西堂全集》)

无名氏

醉公子

门外猧儿吠[1]，知是萧郎至[2]。刬袜下香阶[3]，冤家今夜醉。　　扶得入罗帏，不肯脱罗衣。醉则从他醉，还胜独睡时。

✤ 注释

[1] 猧(wō)儿：一种宠物小狗。王涯《宫词》："白雪猧儿拂地行，惯眠红毯不曾惊。"

[2] 萧郎：古代女子对所爱男子的称呼。崔郊《赠去婢》诗："侯门一入深如海，从此萧郎是路人。"

[3] 刬袜：刬(chǎn)，本有削平的意思，这里解作以袜贴地。

✤ 评笺

这首词一气呵成，深情曲意毕至。《怀古录》里说："此唐人词也。前辈谓读此，可悟诗法。或以问韩子苍曰：只是转折多耳。且如喜其至，是一转也。而苦其今夜醉，又是一转。入罗帏是一转矣，而不肯脱罗衣，又是一转。后二句自家开释，又是一转。直是赋尽醉公子也。"按《醉公子》又名《四换头》，以其词意四换故名。（见毛先舒《填词名解》）

菩萨蛮

牡丹含露真珠颗，美人折向庭前过。含笑问檀郎[1]，花强妾貌强？　　檀郎故相恼，须道花枝好。一面发娇嗔，碎挼花打人。

✤ 注释

[1] 檀郎：旧时女子对夫婿或所爱男子的美称。李商隐《王十二兄与畏之员外相访，见招小饮，时予以悼亡日近，不去，因寄》诗："今朝歌管属檀郎。"姚培谦注："檀奴，潘安仁小字，后人因号为檀郎。"一说，檀，喻其有香气。（见《坚瓠集》）

✤ 评笺

明周珽云："佳人自恃其貌美，问郎意即相恼，无限风情，妙在'故'字。"（《删补唐诗选脉笺释会通评林》）清沈雄云："旧曲有衍古诗而作者，如'牡丹带露真珠颗'云云。宣宗尝爱唱之，戏语左右，似妇人支解其夫者。《词品》以为远在《花间》之先也。"（《柳塘词话》）

宋词

王禹偁

王禹偁(954—1001),字元之,济州钜野(今属山东)人。太平兴国八年(983)进士。历迁大理评事,拜左司谏、知制诰,后出知黄州。著有《小畜集》等书。

点绛唇

雨恨云愁[1],江南依旧称佳丽[2]。水村渔市,一缕孤烟细[3]。　　天际征鸿,遥认行如缀[4]。平生事,此时凝睇[5],谁会凭栏意。

✤ 注释

[1] 雨恨云愁:因江南多云雨天,望之易引起离人愁恨。

[2] 佳丽:秀丽。谢朓《入朝曲》诗:“江南佳丽地,金陵帝王州。”

[3] 一缕孤烟细:指村落人家的炊烟稀少。

[4] “天际征鸿”二句:是说鸿雁高飞,行列连接在一起。孙光宪《浣溪沙》:“目送征鸿飞杳杳。”

[5] 凝睇:注目观看。睇,小视貌。

✤ 评笺

王禹偁因与当时宰相张齐贤、李沆意见不协,被贬到黄州做官,曾作《三黜赋》以见志。这首词虽描写江南水村景物,但末句“谁会凭栏意”,暗寓被贬后不得舒展壮志的郁闷心情。

潘 阆

潘阆(生卒年不详),字逍遥,河北大名县人。宋太宗时赐进士第,授四门国子博士。诗效晚唐,间有五代粗犷之习。后以罪名被斥,真宗朝,受到赦免,做过滁州参军。著有《逍遥词》。

酒泉子

长忆观潮,满郭人争江上望[1]。来疑沧海尽成空[2],万面鼓声中[3]。　　弄潮儿向涛头立,手把红旗旗不湿[4]。别来几向梦中看,梦觉尚心寒。

✤ **注 释**

[1] “长忆观潮”二句:吴自牧《梦粱录》:“临安风俗,四时奢侈,赏玩殆无虚日,西有湖光可爱,东有江潮堪观,皆绝景也。每岁八月内潮怒胜于常时,都人自十一日起,便有观者。至十六、十八日倾城而出。车马纷纷。十八日最为繁盛,二十日则稍稀矣。”

[2] 沧海:大海。因海水呈青苍色,故称沧海。《十洲记》:“沧海岛,在北海中,水皆苍色,仙人谓之沧海也。”

[3] “万面鼓声中”句:形容潮水来时汹涌澎湃,发出巨响,如万面鼓声。元稹《夜深行》诗:“震地江声似鼓声。”

[4] “弄潮儿向涛头立”二句:周密《武林旧事》:“吴儿善泅者数百,皆披发文身……腾身百变,而旗略不沾湿,以此夸能。”又《元和志》载:“浙江潮,高至数丈,每年八月十八日数百里,士女共观。舟人渔子,溯涛触浪,谓之弄潮。”

寇　准

寇准(961—1023),字平仲,宋下邽(今陕西渭南县)人。进士出身,累官中书侍郎、同中书门下平章事,被称为一代名相。著有《寇忠愍公诗集》三卷。词不多,以《江南春》一首著称。

江南春[1]

波渺渺[2],柳依依[3]。孤村芳草远,斜日杏花飞。江南春尽离肠断,蘋满汀洲人未归。

✤ 注释

[1] 江南春:《词律》说,李白《秋风清》词即《江南春》之滥觞,但两调韵不合,或即为寇准自度曲。

[2] 渺渺:微远貌。

[3] 依依:柔弱貌。《诗经·小雅·采薇》:"昔我往矣,杨柳依依。"

✤ 评笺

宋司马光《温公续诗话》里说:"莱公才思融远,年十九进士及第,初知巴东县,有诗云:'野水无人渡,孤舟尽日横。'又尝为《江南春》云:'波渺渺,柳依依。孤村芳草远,斜日杏花飞。江南春尽离肠断,蘋满汀州人未归。'为人脍炙。"

林 逋

林逋(967—1028),字君复,浙江钱塘(今杭州市)人。隐居西湖孤山,不做官,梅妻鹤子,后人称他为林处士。死谥和靖先生。著有《和靖先生诗集》,词流传不多。

相思令

吴山青,越山青[1],两岸青山相对迎。争忍有离情[2]。　　君泪盈,妾泪盈,罗带同心结未成[3]。江边潮已平。

✤ **注释**

[1]“吴山青”二句:钱塘江北岸为吴山,南岸为越山,两山隔岸相对。

[2]“争忍有离情”:《词林纪事》作“谁知离别情”。

[3]“罗带同心结未成”句:古人常把罗带打成同心结,表示永远相爱。梁武帝《有所思》诗:“腰间双绮带,梦为同心结。”

✤ **评笺**

清彭羡门说:“处士妻梅子鹤,可称千古高风。乃其《长相思》惜别词云云,何等风致。《闲情》一赋,讵必玉瑕珠颣耶!”(见曲滢生《唐宋词选笺》)

钱惟演

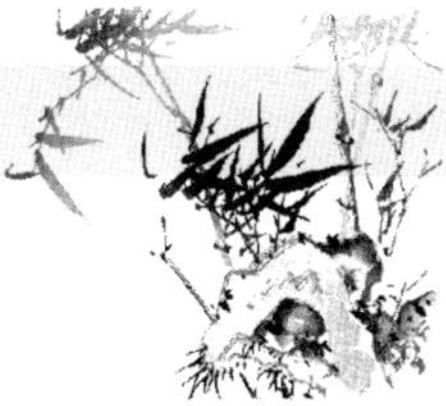

钱惟演(约1033年前后在世),字希圣,吴越忠懿王俶之子。少补牙门将,归宋累迁为翰林学士,拜枢密使,罢为镇国军节度使、观察留后,改保大军节度使,知河阳,入朝加同中书门下平章事,坐事落职,为崇信军节度使。死谥曰思,改谥文僖。有《拥旄集》。

木兰花

城上风光莺语乱,城下烟波春拍岸。绿杨芳草几时休,泪眼愁肠先已断。　　情怀渐觉成衰晚,鸾镜朱颜惊暗换。昔年多病厌芳尊,今日芳尊惟恐浅。

✤ **评笺**

宋黄昇说:“此词暮年作,词极凄惋。”胡仔《苕溪渔隐丛话》引《侍儿小名录》记载:“钱思公谪汉东日,撰《玉楼春》(即《木兰花》)词……每酒阑歌之,则泣下。后阁有白发姬,乃旧日邓王歌鬟惊鸿也,遽言:‘先王将薨,预戒挽铎中歌《木兰花》,引绋为送,今相公亦将亡乎?’果薨于随州。”

范仲淹

范仲淹（989—1052），字希文。其先邠（今陕西彬州）人，后徙苏州吴县（今苏州市）。大中祥符八年（1015）进士，官至枢密副使、参知政事，以资政殿学士为陕西四路宣抚使，知邠州。他在陕西守卫边疆多年，西夏不敢来犯，称他“胸中自有数万甲兵”。词流传不多，后人辑有《范文正公诗余》。

苏幕遮

碧云天，黄叶地。秋色连波，波上寒烟翠。山映斜阳天接水。芳草无情，更在斜阳外。　　黯乡魂[1]，追旅思[2]。夜夜除非，好梦留人睡。明月楼高休独倚。酒入愁肠，化作相思泪。

✤ 注释

[1] 黯乡魂：是说因怀念家乡，不觉心神沮丧。江淹《别赋》：“黯然销魂者，惟别而已矣。”

[2] 追旅思：思，读去声。是说追念羁旅中的情怀。

✤ 评笺

沈际飞说：“‘芳草无情，更在斜阳外’与‘行人更在春山外’句，不厌百回读。”又说：“人但言睡不得尔。‘除非好梦’反言愈切。”又说：“‘欲解愁肠还是酒，奈酒至愁还又。'似此注脚。"(《草堂诗余正集》)李继昌《左庵词话》里说:"希文,宋一代名臣,词笔婉丽乃尔,比之宋广平赋《梅花》,才人何所不可,不似世之头巾气重,无与风雅也。"

渔家傲[1]

塞下秋来风景异[2],衡阳雁去无留意[3]。四面边声连角起[4]。千嶂里[5],长烟落日孤城闭。　　浊酒一杯家万里[6],燕然未勒归无计[7]。羌管悠悠霜满地[8]。人不寐,将军白发征夫泪。

✤ 注释

[1] 据《东轩笔录》说:范仲淹守边时作《渔家傲》数阕,都用"塞下秋来"为首句,咏叹边防将士的辛劳,但只存这一首。

[2] 塞下:边塞。唐人有《塞下曲》,多写边塞景物。

[3] "衡阳雁去"句:衡阳:今湖南衡阳市,其城南有回雁峰,峰势如雁之回。或传说雁飞到衡阳则不过,遇春而回。(见《清一统志》)这句是说雁飞到衡阳没有留住的意思。

[4] "四面边声"句:边声,边塞悲凉之声。角,军中号角。《李陵答苏武书》:"侧耳远听,胡笳互动,吟啸成群,边声四起。"这句即用其意。

[5] 千嶂:即千山。山峰如屏障者为嶂。

[6] 浊酒:酒有清浊之分。杜甫《登高》诗:"潦倒新停浊酒杯。"

[7] "燕然未勒"句:燕然山,即今蒙古人民共和国境内的杭爱山。勒,刻。《后汉书·窦宪传》载:永元元年,窦宪破北单于,登燕然山,刻石勒功而还。这句指没有击败敌军,边塞还不安全。

[8] 羌管:即羌笛。相传汉武帝时丘仲所作,长一尺四寸。因为出在羌中,所以叫羌管。

✤ 评笺

宋仁宗赵祯时,西北方的西夏是侵犯宋境的强敌。范仲淹任陕西招讨使,韩琦作副使，威震西夏。欧阳修曾讥笑他此词说是“穷塞主之词”。清徐釚《词苑丛谈》说：庐陵欧阳修讥范希文《渔家傲》为穷塞主之词。自矜其“战胜归来飞捷报，倾贺酒。玉阶遥劝南山寿”，为真元帅之事。范词像“长烟落日孤城闭”等句，写边疆荒寒的景象，是词的另一异境，更能反映出他的英雄气度。这当是宋初词坛上一种新风格。

张　先

张先(990—1078),字子野,乌程(今属浙江)人。天圣八年(1030)进士,尝知吴江县,官至都官郎中,晚年退居乡间。著有《子野词》。

青门引

乍暖还轻冷,风雨晚来方定。庭轩寂寞近清明,残花中酒[1],又是去年病。　　楼头画角风吹醒[2],入夜重门静。那堪更被明月,隔墙送过秋千影[3]。

✤ 注释

[1] 中酒:喝酒过量。齐己《折杨柳词》:“秾低似中陶潜酒,软极如伤宋玉风。”

[2] 画角:角,古军乐。或说创自黄帝,或说制出羌胡,长五尺,形如竹筒,本细末大,以竹木或皮做成,亦有用铜者,外加彩绘,叫着画角,始仅直吹,后渐用以横吹,发声呜呜然,哀厉高亢。

[3] “隔墙送过秋千影”句:按此句与作者《天仙子》词“云破月来花弄影”及其诗“浮萍断处见山影”句,并脍炙人口,世谓张三影。(见《苕溪渔隐丛话》引《高斋诗话》)

✤ 评笺

清黄蓼园说:“落寞情怀,写来幽隽无匹,不得志于时者,往往借闺情以写其幽思,角声而曰风吹醒,‘醒’字极尖刻,末句那堪送影,真见描神之笔,极希微窅渺之致。”(《蓼园词选》)

木兰花

乙卯吴兴寒食[1]

龙头舴艋吴儿竞[2]，笋柱秋千游女并[3]。芳洲拾翠暮忘归[4]，秀野踏青来不定[5]。　　行云去后遥山暝，已放笙歌池院静[6]。中庭月色正清明，无数杨花过无影。

✤ 注释

[1] 乙卯：宋神宗赵顼熙宁八年(1075)。吴兴：今浙江湖州市。

[2] 龙头舴(zhà)艋(meng)：蚱蜢式的小龙船。宋代寒食节日有玩龙船之举。《广雅疏证》："小舟谓之舴艋，小蝗谓之蚱蜢，义相近也。"

[3] 笋柱：竹子做的秋千架。

[4] 拾翠：古代妇女春游采百草叫拾翠。

[5] 秀野踏青：秀野，景色秀丽的原野。踏青，旧俗寒食或清明节日出游郊野叫踏青。

[6] 放：停止。古代歌舞杂戏，呼唤他们来时叫勾队，遣他们去时叫放队。

✤ 评笺

清朱彝尊说："张子野吴兴寒食词：'中庭月色正清明，无数杨花过无影。'余尝叹其工绝，在世所传'三影'之上。"(见《静志居词话》)

天仙子

时为嘉禾小倅，以病眠，不赴府会[1]。

水调数声持酒听[2]，午醉醒来愁未醒。送春春去几时回？临晚镜，伤流景[3]，往事后期空记省[4]。　　沙上并禽池上暝[5]，云破月来花弄影。重重帘幕密遮灯，风不定，人初静，明月落红应满径。

✤ 注释

[1] 词题：嘉禾，宋时郡名，今浙江嘉兴市。小倅(cuì)，辅助州郡长官的小官。张先在宋仁宗庆历元年(1041)春做嘉禾判官。

[2] 水调：词曲调名。《海录碎事》："隋炀帝开汴河，自造水调。"按水调，商调曲词牌有《水调歌头》。

[3] 流景：逝水般的时光。

[4] 后期：复会的期约。

[5] 并禽：双栖的禽鸟。这里指水鸟相并就宿。

✤ 评笺

胡仔《苕溪渔隐丛话》引《遁斋闲览》载："张子野郎中以乐章擅名一时，宋子京尚书奇其才，先往见之。遣将命者谓曰：'尚书欲见"云破月来花弄影"郎中。'子野屏后呼曰：'得非"红杏枝头春意闹"尚书耶？'遂出置酒尽欢。"张初见欧公(欧阳修)迎谓曰："好，'云破月来花弄影'，恨相见之晚也。"清黄蓼园解说："子野第进士为都官郎中，此词或系未第时作。子野吴兴人，听水调而愁，为自伤卑贱也。'送春'四句伤其流光易去，而后期茫茫也。'沙上'之句，言其所居岑寂，以沙禽与花自喻也。'重重'三句，言多蔽障也。结句仍缴送春本题，恐其时之晚也。"(见《蓼园词选》)

柳　永

柳永（生卒年不详），字耆卿，原名三变，字景庄，崇安（今属福建）人。景祐元年（1034）进士，官屯田员外郎，排行第七，世称柳七或柳屯田，放荡不羁。善为乐章，著有《乐章集》。

凤栖梧[1]

伫倚危楼风细细[2]，望极春愁，黯黯生天际[3]。草色烟光残照里，无言谁会凭栏意？

拟把疏狂图一醉[4]，对酒当歌[5]，强乐还无味[6]。衣带渐宽终不悔[7]，为伊消得人憔悴[8]。

✤ 注释

[1] 凤栖梧：即《蝶恋花》调的别名。

[2] 伫倚危楼：伫，久立。危楼，高楼。

[3] 黯黯：伤别的样子。

[4] 疏狂：狂放散漫。

[5] 对酒当歌：曹操《短歌行》：“对酒当歌，人生几何。”

[6] 强乐：勉强寻乐。

[7] 衣带渐宽：说明人消瘦。《古诗十九首》：“相去日已远，衣带日以缓。”

[8] 消得：值得。

✤ 评笺

清贺裳说:“小词以含蓄为佳,亦有作决绝语而妙者,如韦庄‘谁家年少足风流,妾拟将身嫁与,一生休。纵被无情弃,不能羞’之类是也。……柳耆卿‘衣带渐宽终不悔,为伊消得人憔悴。’亦即韦意,而气加婉矣。”(《皱水轩词筌》)

忆帝京

薄衾小枕凉天气,乍觉别离滋味。展转数寒更,起了还重睡。毕竟不成眠,一夜长如岁[1]。　　也拟待,却回征辔。又争奈[2],已成行计。万种思量,多方开解[3],只恁寂寞厌厌地[4]。系我一生心,负你千行泪。

✤ 注释

[1] 一夜长如岁:古人有夜长如岁的话。司马相如《长门赋》:“夜曼曼其如岁兮,怀郁郁其不可再更。”

[2] 争奈:怎奈。

[3] 多方开解:多方面宽解自己。

[4] 厌厌:见前冯延巳《长相思》词注。

八声甘州

对潇潇暮雨洒江天,一番洗清秋。渐霜风凄紧[1],关河冷落[2],残照当楼。是处红衰翠减[3],苒苒物华休[4]。惟有长江水,无语东流。　　不忍登高临远,望故乡渺邈[5],归思难收[6]。叹年来踪迹,何事苦淹留[7]?想佳人妆楼颙望[8],误几回天际识归舟[9]?争知我[10],倚阑干处,正恁凝愁[11]!

✤ 注释

[1] 凄紧：凄清而急剧。

[2] 关河：关塞和山河。

[3] 是处红衰翠减：是处，到处，红指花，翠指叶。这句意即花草凋零。李商隐诗："此荷此叶常相映，翠减红衰愁煞人。""翠"一作"绿"。

[4] 苒苒物华：苒苒，渐进貌。物华，指景物风光。杜甫《曲江陪郑八丈南史饮》诗："且尽芳尊恋物华。"

[5] 渺邈(miǎo)：遥远。

[6] 归思：想回乡的情绪。思，读去声。

[7] 淹留：久留。

[8] 颙(yóng)望：抬头凝望。颙，本有想慕的意思。

[9] 误几回天际识归舟：是说视远来的船错认为情人的来船。谢朓《之宣城郡岁新林浦向板桥》诗："天际识归舟。"

[10] 争：怎么。

[11] 正恁凝愁：恁，如此、这样。凝愁，愁结不解。

✤ 评笺

这首词写秋天旅客的漂泊凄苦心情，又有李白"西风残照，汉家陵阙"那种苍凉豪迈的情调。宋苏轼评论说："人皆言柳耆卿词俗，然如'霜风凄紧，关河冷落，残照当楼'，唐人佳处，不过如此。"（见《侯鲭录》）

雨霖铃

寒蝉凄切[1]，对长亭晚，骤雨初歇。都门帐饮无绪[2]，方留恋处，兰舟催发[3]。执手相看泪眼，竟无语凝噎[4]。念去去，千里烟波[5]，暮霭沈沈楚天阔[6]。　　多情自古伤离别。更那堪，冷落清秋节！今宵酒醒何处？杨柳岸，晓风残月。此去经年，应是良辰好景虚设。便纵有、千种风情[7]，更与何人说。

✣ 注释

[1] 寒蝉：是蝉的一种，也名寒螿、寒蜇。《礼记·月令》："孟秋之月，寒蝉鸣。"

[2] 帐饮无绪：古时送客饯别，常设帐幕在郊野。《海录碎事》卷六载："野次无宫室，故曰帐饮。"这句是说在野外饯行饮酒，心绪不佳。

[3] 兰舟：木兰做的船，对客船的美称。

[4] 凝噎：由于悲伤，喉咙像堵塞着说不出话来。一作"凝咽"。

[5] "去去千里"句：去去，往前走了又走。孟浩然《送吴悦游韶阳》诗："去去日千里，茫茫天一隅。"

[6] 楚天阔：刘长卿《石梁湖有寄》诗："相思楚天阔。"

[7] 风情：情意。

✣ 评笺

这首词，写离别之情，真挚委婉，情景交融。清黄蓼园说："送别词清和朗畅，语不求奇而意致绵密，自尔稳惬。"(《蓼园词选》)刘熙载也说："词有点有染，柳耆卿《雨霖铃》……上二句点出'离别''冷落'；'今宵'二句，乃就上三句染之，点染之间，不得有他语相隔，否则警句亦成死灰矣。"(《艺概》)

望海潮

东南形胜[1]，江吴都会[2]，钱塘自古繁华。烟柳画桥，风帘翠幕，参差十万人家[3]。云树绕堤沙。怒涛卷霜雪，天堑无涯[4]。市列珠玑[5]，户盈罗绮，竞豪奢。　　重湖叠巘清嘉[6]。有三秋桂子，十里荷花。羌管弄晴，菱歌泛夜[7]，嬉嬉钓叟莲娃[8]。千骑拥高牙[9]。乘醉听箫鼓，吟赏烟霞[10]。异日图将好景[11]，归去凤池夸[12]。

✣ 注释

[1] 东南形胜：是指钱塘为东南形势重要之地。

[2] 江吴都会：钱塘，古代属吴国之地，位置在钱塘江北岸，故说江吴都会。

[3] 参差：形容人家所居楼房高低不齐。

[4] 天堑：天然的壕沟。古时称长江为天堑。《南史·孔範传》："範奏曰：'长江天堑，古来限隔，虏军岂能飞渡？'"

[5] 珠玑：珍珠。玑是不圆的珠。

[6] 重湖叠巘清嘉：西湖有外湖里湖，故称重湖。叠巘（yǎn），重叠的山峰。清嘉，清秀、美丽。

[7] "羌管弄晴"二句：羌管见范仲淹《渔家傲》词注。这两句是说羌笛在晴天里吹着，夜归的船上一片歌声。

[8] 嬉嬉：笑乐貌。莲娃：采莲女。

[9] 高牙：即牙旗，为大将出巡时所建军前大旗。

[10] 烟霞：指山水风景。

[11] 图：描绘。

[12] 凤池：凤凰池，唐宋时中书省所在地。这里指朝廷。

✤ 评笺

这首词，用渲染的手法描绘钱塘风光的美丽及形势的雄伟壮观。据《钱塘遗事》载："孙何帅钱塘，柳耆卿作《望海潮》词赠之云：'东南形胜，三吴都会，钱塘自古繁华。烟柳画桥，风帘翠幙，参差十万人家。云树绕堤沙。怒涛卷霜雪，天堑无涯。市列珠玑，户盈罗绮，竞豪奢。重湖叠巘清佳。有三秋桂子，十里荷花。羌管弄晴，菱歌泛夜，嬉嬉钓叟莲娃。千骑拥高牙，乘醉听萧鼓，吟赏烟霞。异日图将好景，归去凤池夸。'此词流播，金主亮闻之，欣然有慕于'三秋桂子，十里荷花'，遂起投鞭渡江之志。近时谢处厚诗云：'谁把杭州曲子讴，荷花十里桂三秋。那知卉木无情物，牵动长江万里愁。'予谓此词虽牵动长江之愁，然湖山之清丽，使士大夫流连于歌舞嬉游之乐，遂忘中原，是则深可恨耳。"可见当时这首词流传之广，影响之大。

晏　殊

晏殊（991—1055），字同叔，抚州临川（今江西抚州市）人。七岁能属文，以神童荐。真宗景德二年（1005）召试，赐同进士出身。仁宗庆历间，官至集贤殿学士，同平章事兼枢密使。著有《珠玉词》。

浣溪沙

一曲新词酒一杯，去年天气旧亭台[1]。夕阳西下几时回。　　无可奈何花落去，似曾相识燕归来[2]。小园香径独徘徊。

✤ 注释

[1]“去年天气”句：本郑谷《和知己秋日伤怀》诗句“去年天气旧池台”而来，只改一字。

[2]“无可奈何”二句：杨慎说：“二语工丽，天然奇偶。”（《词品》）《四库全书·珠玉词提要》说：“集中《浣溪沙》春恨词‘无可奈何花落去，似曾相识燕归来’二句，乃殊示张寺丞王校勘七言律中腹联，《复斋漫录》尝述之，今复填入词内，岂自爱其词语之工，故不嫌复用耶！”又传此句下联为王琪所对，其故事载在《苕溪渔隐丛话》。

✤ 评笺

这首词，沈际飞说：“‘油壁车轻金犊肥’二句，歌行丽对也。‘细雨梦回鸡塞远’，‘青鸟不传云外信’，‘无可奈何花落去’六句，律诗俊语也，然自是天成一段词，

著诗不得也。”（见《蓼园词选》引）

踏莎行

小径红稀，芳郊绿遍[1]，高台树色阴阴见。春风不解禁杨花，濛濛乱扑行人面[2]。　　翠叶藏莺，朱帘隔燕，炉香静逐游丝转[3]。一场愁梦酒醒时，斜阳却照深深院。

✤ **注释**

[1]“小径红稀”二句：是写春末夏初景色。红稀指花少，绿遍指草多。

[2]“春风不解禁杨花”二句：濛濛形容杨花飞散的样子。李调元说：“《珠玉词》极流丽，而以翻用成语见长，如‘垂杨只解惹春风，何曾系得行人住’，又‘东风不解禁杨花，濛濛乱扑行人面’等句是也。翻复用之，各尽其致。”（《雨村词话》）

[3]游丝：指蜘蛛、青虫之类所吐的丝飞扬空中。

蝶恋花

槛菊愁烟兰泣露[1]，罗幕轻寒，燕子双飞去。明月不谙离恨苦，斜光到晓穿朱户。　　昨夜西风凋碧树，独上高楼，望尽天涯路。欲寄彩笺兼尺素[2]，山长水阔知何处。

✤ **注释**

[1]“槛菊愁烟兰泣露”句：是说菊花笼烟有似凝愁，兰花带露也似含泪。兰泣露，与刘禹锡《忆江南》词“丛兰裛露似沾巾”及白居易《杨柳枝》词“叶含浓露如啼眼”同意。但“泣”字更加精练。

[2]彩笺兼尺素：彩笺，指题写诗词用的一种精美的笺纸之类。尺素，古人书写所用长尺许的白色生绢，后来作书信代称。《古乐府》：“客从远方来，遗我双鲤鱼。呼童烹鲤鱼，中有尺素书。”

✤ 评笺

王国维说:“《诗 · 蒹葭》一篇,最得风人深致,晏同叔之‘昨夜西风凋碧树,独上高楼,望尽天涯路’意颇近之,但一洒落,一悲壮耳。”(见《人间词话》)

破阵子

燕子来时新社[1],梨花落后清明。池上碧苔三四点,叶底黄鹂一两声,日长飞絮轻。　　巧笑东邻女伴[2],采桑径里逢迎。疑怪昨宵春梦好,元是今朝斗草赢[3],笑从双脸生。

✤ 注释

[1] 燕子来时新社: 新社,指春社日,为古代祭祀土地神的日子,在立春后第五个戊日,约在春分前后。古人观察到燕子是候鸟,以为它是春社时来,秋社时去。(见《格物总论》)

[2] 巧笑:《诗经 · 卫风 · 硕人》:“巧笑倩兮,美目盼兮。”

[3] 斗草: 古代妇女常用草来做比赛的游戏。南朝梁宗懔《荆楚岁时记》:“五月五日四民并踏百草,又有斗百草之戏。”

张　昇

张昪(992—1077),字杲卿,韩城(今陕西韩城市)人。进士出身,王曾称其有公辅器。仁宗时拜御史中丞,嘉祐中历参知政事枢密使,后以太子太师致仕。死谥康节。词不多见,以《离亭燕》一首著称。

离亭燕

一带江山如画,风物向秋潇洒[1]。水浸碧天何处断,霁色冷光相射[2]。蓼屿荻花洲[3],掩映竹篱茅舍。　　云际客帆高挂,烟外酒旗低亚。多少六朝兴废事,尽入渔樵闲话。怅望倚层楼,寒日无言西下。

✤ 注释

[1]“风物向秋潇洒”句:是说秋天景物爽朗萧疏。杜甫《玉华宫》诗:“秋色正潇洒。”

[2]霁色:新晴的景色。

[3]蓼屿:长满蓼花的水边小岛。蓼,一年生草,生在水边。种类甚多,有水蓼、马蓼、辣蓼等。

✤ 评笺

这首词,不事雕琢,流利自然,写出秋日水乡景物如画。

宋　祁

宋祁（998—1061），字子京，安陆（今湖北安陆市）人。后徙开封雍丘（属河南）。天圣二年（1024）与兄庠同举进士，奏名第一，章献太后以为弟不可先兄而置祁第十，时号“大小宋”，累迁知制诰、工部尚书、翰林学士承旨，死谥景文。近人赵万里辑《宋景文公长短句》一卷。

木兰花

东城渐觉风光好，縠皱波纹迎客棹[1]。绿杨烟外晓寒轻，红杏枝头春意闹[2]。　　浮生长恨欢娱少[3]，肯爱千金轻一笑[4]。为君持酒劝斜阳，且向花间留晚照。

✤ 注释

[1] 縠皱：一作皱縠，即绉纱的皱纹。这里用以形容水的波纹。客棹：即游客所坐的船。

[2] 春意闹：春意浓盛。闹，热闹。

[3] 浮生：指空虚不实的人生。《庄子·刻意》：“其生若浮，其死若休。”

[4] “千金一笑”句：李白《古风》五十九首其五十五：“一笑双白璧，再歌千万金。”

✤ 评笺

这首是宋词中名作，作者因“红杏”之句而博得“红杏枝头闹尚书”的美称。清黄蓼园说：“沈丽，‘春意闹’三字，尤奇辟。”（见《蓼园词选》）王国维也说：“红杏枝头著一‘闹’字，而境界全出。”（《人间词话》）

欧阳修

欧阳修（1007—1072），字永叔，自号醉翁，晚号六一居士，庐陵（今江西吉安市）人。天圣八年（1030）省元，中进士甲科。累迁擢知制诰、翰林学士，历枢密副使参知政事。神宗朝迁兵部尚书，以太子少师致仕。卒赠太子太师，谥文忠。著有《欧阳文忠公诗文集》及《六一词》。

生查子

元　夕

去年元夜时[1]，花市灯如昼[2]。月上柳梢头，人约黄昏后。　　今年元夜时，月与灯依旧。不见去年人，泪湿春衫袖。

✤ **注释**

[1] 元夜：农历正月十五日为元宵节。元夜即元宵节夜晚。

[2] 花市：有人把花市注作繁华的街市，不确。花市名称古已有之，如《成都古今记》及《南宋市肆记》里，都载有花市，花市即卖花之市。

✤ **评笺**

这首词又传为朱淑贞作，见《断肠集》。但宋曾慥《乐府雅词》已列为欧阳修作，较为可信。况周颐《蕙风词话》里亦认为系欧作，误入朱集。

朝中措

平山堂[1]

平山栏槛倚晴空[2],山色有无中。手种堂前垂柳[3],别来几度春风[4]? 文章太守[5],挥毫万字,一饮千钟。行乐直须年少,尊前看取衰翁。

✤ 注释

[1] 平山堂：旧址在扬州蜀冈山上,欧阳修守扬州时所建,负高远眺,江南诸山,皆拱揖槛前,山与堂平,故名。欧公每携客堂中命妓以花传客行酒,往往戴月而归。

[2] 倚晴空：形容阑槛的高。晴空即晴天。

[3] 手种堂前垂柳：堂前,平山堂前,欧阳修为扬州守时手植柳一株,人谓“欧公柳”。(见《墨庄漫录》)

[4] 几度春风：经过许多年头。

[5] 文章太守：作者此时做扬州太守,这句是自负语。

✤ 评笺

胡仔《苕溪渔隐丛话》后集引《艺苑雌黄》说:“欧阳永叔送刘贡父守维扬。作长短句云‘平山栏槛倚晴空,山色有无中’,平山堂望江左诸山甚近,或以为永叔短视,故云。东坡笑之,因赋快哉亭道其事云:‘长记平山堂上,欹枕江南烟雨,杳杳没孤鸿,认取醉翁语：山色有无中。’盖‘山色有无中’,非烟雨不能然也。”

望江南

江南蝶,斜日一双双。身似何郎全傅粉,心如韩寿爱偷香[1]。天赋与轻狂。 微雨后,薄翅腻烟光[2]。才伴游蜂来小院,又随飞絮过东墙。长是为花忙。

✤ 注释

[1]“何郎傅粉”二句：何郎，指何晏，字平叔，美姿仪，面至白，魏文帝疑其傅粉，正夏月与热汤饼，既啖，大汗出，以朱衣自拭，色转皎然可观。韩寿偷香，晋贾充女悦韩寿美姿，遂与通，窃奇香以与韩。这两句是用以形容蝴蝶。

[2] 腻：指蝴蝶翅膀上的粉腻。

浪淘沙

把酒祝东风，且共从容[1]。垂杨紫陌洛城东[2]。总是当时携手处，游遍芳丛[3]。　　聚散苦匆匆，此恨无穷。今年花胜去年红。可惜明年花更好，知与谁同？

✤ 注释

[1]“把酒祝东风”二句：从容，舒缓貌。这里是说希望春光不要匆匆地过去。司空图《酒泉子》词：“黄昏把酒祝东风，且从容。”

[2] 紫陌：见前冯延巳《三台令》词注。洛城：洛阳城。

[3] 芳丛：花丛。

踏莎行

候馆梅残[1]，溪桥柳细[2]，草薰风暖摇征辔[3]。离愁渐远渐无穷，迢迢不断如春水[4]。　　寸寸柔肠，盈盈粉泪，楼高莫近危栏倚。平芜尽处是春山[5]，行人更在春山外。

✤ 注释

[1] 候馆：能望远的楼。《周礼·地官·遗人》“市有候馆”注：“候馆，楼可观望者也。”又说：“远郊之内有候馆，可以小休止沐浴。”

[2] 溪桥柳细：溪桥，小溪旁的桥梁。杜甫《西郊》诗：“市桥官柳细。”

[3] 草薰：草香。江淹《别赋》："闺中日暖，陌上草薰。"辔：马缰。这里征辔指马。

[4] 迢迢：远貌。

[5] 平芜：平坦的草地。

✤ **评 笺**

清王士祯说："'平芜尽处是春山，行人更在春山外。'升庵（杨慎字）以拟石曼卿'水尽天不尽，人在天尽头'，未免河汉。盖意近而工拙悬殊，不啻霄壤。且此等入词为本色，入诗即失古雅，可为知音道耳。"（《花草蒙拾》）黄蓼园解说："首阕言时物暄妍，征辔之去，自是得意，其如我之离愁不断何？次阕言不敢远望，愈望愈远也。语语倩丽，情文斐亹。"（见《蓼园词选》）

蝶恋花

庭院深深深几许[1]？杨柳堆烟，帘幕无重数[2]。玉勒雕鞍游冶处[3]，楼高不见章台路[4]。　　雨横风狂三月暮[5]，门掩黄昏，无计留春住。泪眼问花花不语，乱红飞过秋千去。

✤ **注 释**

[1] "庭院深深"句：在此词之前，晏殊《踏莎行》词也有"斜阳却照深深院"之句，后来李清照《临江仙》词序里说："欧阳公作《蝶恋花》有'庭院深深深几许'之句，予酷爱之，用其语作'庭院深深'数阕，其声即《临江仙》也。"几许，犹言几何。

[2] 帘幕无重数：是说帘幕重重数不清。

[3] "玉勒雕鞍"句：勒，络马头的革带、玉勒，用玉装饰。玉勒雕鞍，代表骑马。游冶，即冶游。《子夜四时歌》："冶游步春露。"

[4] 章台路：汉长安有章台街，在章台下。（见《汉书》）可参阅唐词韩翃《章台柳》词注。

[5] 雨横：雨势很猛。横读去声。

✤ 评笺

毛先舒说:“偶拈永叔词云:‘泪眼问花花不语,乱红飞过秋千去。’此可谓层深而浑成。何也?因花而有泪,此一层意也;因泪而问花,此一层意也;花竟不语,此一层意也;不但不语,且又乱落,飞过秋千,此一层意也。人愈伤心,花愈恼人,语愈浅而意愈入,又绝无刻画费力之迹,谓其层深而浑成耶?然作者初非措意,直如化工生物,笋未出而苞节已具,非寸寸为之也。若先措意便刻画,愈深愈堕恶境矣。此等一经拈出后,便当扫去。”(见《古今词论》引)

王安石

王安石(1021—1086),字介甫,临川(今江西抚州)人。庆历二年(1042)进士,神宗朝累除知制诰、翰林学士,拜同中书门下平章事,加尚书左仆射,兼门下侍郎,封荆国公。政事、文学皆著称。罢相后居金陵,号半山老人,卒谥文,崇宁间追封舒王。著有《临川先生歌曲》一卷、《补遗》一卷。

千秋岁引

别馆寒砧,孤城画角,一派秋声入寥廓。东归燕从海上去,南来雁向沙头落。楚台风[1],庾楼月[2],宛如昨。　　无奈被些名利缚,无奈被他情担阁,可惜风流总闲却。当初漫留华表语[3],而今误我秦楼约。梦阑时,酒醒后,思量著。

✤ 注释

[1] 楚台风:宋玉《风赋》:"楚襄王游于兰台之宫……有风飒然而至,王乃披襟而当之,曰:'快哉此风!'"

[2] 庾楼月:典出《世说·容止》:"晋庾亮在武昌,与诸佐吏殷浩之徒,乘夜月共上南楼,据床咏谑。"庾楼,又称庾公楼,在湖北鄂州市。

[3] 华表语:《续搜神记》:"辽东城门有华表柱,忽有一白鹤集柱头……言曰:'有鸟有鸟丁令威,去家千年今来归。城中如故人民非,何不学仙冢累累!'"

✤ **评笺**

李攀龙说:“不着一愁语,而寂寂景色。隐隐在目,洵一幅秋光图,最堪把玩。”(《草堂诗余隽》)先著说:“‘无奈’数语鄙俚,然首尾实是词家法门,阅北宋词须放一线道,往往北宋人一二语,又是南渡以后丹头,故不可轻弃也。”(《词洁》)

桂枝香

金陵怀古[1]

登临送目[2],正故国晚秋,天气初肃[3]。千里澄江似练[4],翠峰如簇[5]。归帆去棹残阳里[6],背西风,酒旗斜矗[7]。彩舟云淡,星河鹭起[8],画图难足。　　念往昔,繁华竞逐。叹门外楼头,悲恨相续[9]。千古凭高,对此漫嗟荣辱。六朝旧事随流水,但寒烟衰草凝绿。至今商女,时时犹唱,《后庭》遗曲[10]。

✤ **注释**

[1] 词题:金陵,即今南京,六朝建都之地。怀古,怀念古代兴亡之事。

[2] 送目:远眺。

[3] 天气初肃:天气刚刚高爽寒冷。

[4] 澄江似练:练,绢类的丝织品,洁白有光,借以形容江水澄净。谢朓《晚登三山还望京邑》诗:“澄江静如练。”

[5] 翠峰如簇:簇,攒聚,是说青山攒聚在一起。

[6] 归帆去棹:来往的船。

[7] 矗(chù):竖起。

[8] 星河鹭起:是说远望江上的白鹭飞起如在星河里。南京西南长江中有白鹭洲,多白鹭。

[9] “叹门外楼头”二句:杜牧《台城曲》:“门外韩擒虎,楼头张丽华。”这两句诗意是说陈后主沉溺声色,不问国事,宠幸贵妃张丽华,隋将韩擒虎率兵攻破金陵,斩

张丽华，俘陈后主。“门外”指韩擒虎攻进朱雀门，“楼头”指张丽华所住的结绮阁。这两句是感叹历朝帝王多荒淫奢侈，终不免陈后主那样的下场，而使六朝亡国的悲恨相续不断。

[10]《后庭》遗曲：“《南史》：‘陈后主以宫人袁大舍等为女学士，因狎客共赋新诗，采其尤艳者，有《玉树后庭花》、《临春乐》等曲。’”杜牧《泊秦淮》诗：“商女不知亡国恨，隔江犹唱后庭花。”

✤ 评 笺

金陵怀古词，北宋时作者较多，而这首词却为当时苏轼所称赏。据杨湜《古今词话》里说：“金陵怀古，诸公寄调《桂枝香》者三十馀家，惟王介甫为绝唱，东坡见之，叹曰：‘此老乃野狐精也。’”由此可知，王安石虽作词不多，但他的代表作《桂枝香》正如梁启超所说：“颉颃清真、稼轩，未可漫诋也。”（《艺蘅馆词选》评语）

王安国

王安国(1028—1074),字平甫,临川人。王安石弟,数举遗士,又举茂才异等,终赐进士及第。熙宁初,任西京国子教授,终秘阁校理。有词见《花庵词选》。

清平乐

留春不住,费尽莺儿语。满地残红宫锦污[1],昨夜南园风雨。　　小怜初上琵琶[2],晓来思绕天涯。不肯画堂朱户,春风自在杨花。

✤ 注释

[1] 宫锦:宫中锦缎。这里比喻落花。

[2] 小怜:为北齐冯淑妃之名。《北齐书·冯小怜传》:"后主冯淑妃名小怜,大穆后从婢也。穆后爱衰,以五月五日进之,号曰续命,慧黠能弹琵琶,工歌舞,后主惑之,愿得生死一处。"词里借以泛指歌女。

✤ 评笺

周紫芝《竹坡诗话》说:"大梁罗叔共为余言:'顷在建康士人家,见王荆公亲写小词一纸,其家藏之甚珍,其词即《清平乐》云云。仪真沈彦述谓皆平甫诗,非荆公诗也。"清谭献说:"'满地'二句,倒装见笔力;末二句见其品格之高。"(《词辨》评语)

晏几道

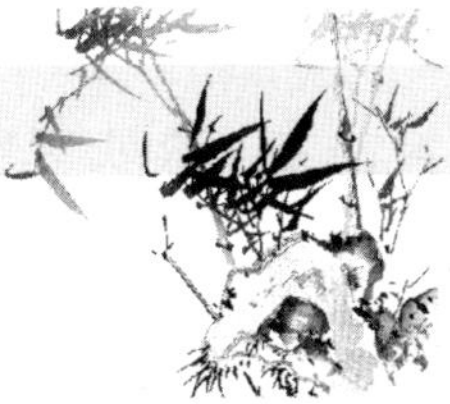

晏几道（约 1030—约 1106），字叔原，号小山，晏殊幼子。曾任颍昌府许田镇监，后为乾宁通判、开封府推官。著有《补亡》一编，即后世所传的《小山词》。

清平乐

留人不住，醉解兰舟去。一棹碧涛春水路，过尽晓莺啼处。　　渡头杨柳青春，枝枝叶叶离情[1]。此后锦书休寄[2]，画楼云雨无凭[3]。

✤ 注释

[1]“枝枝叶叶”句：李白《古意》诗：“枝枝相纠结，叶叶竞飘扬。”

[2] 锦书：书信的美称。李白《久别离》诗：“别来几春未还家，玉窗五见樱桃花。况有锦书字，开缄使人嗟。”

[3] 云雨：见前白居易《花非花》词注。

✤ 评笺

据王焕猷《小山词笺》说：“此词含有怨望之意，当是之官颍州时作。”按晏几道监颍昌府许田镇，时在宋哲宗（赵煦）元祐元年丙寅（1086）。

阮郎归

天边金掌露成霜[1]，云随雁字长[2]。绿杯红袖趁重阳[3]，人情似故乡。　　兰佩紫[4]，菊簪黄[5]，殷勤理旧狂[6]。欲将沈醉换悲凉，清歌莫断肠[7]。

✤ 注释

[1]“天边金掌露成霜”句：《三辅故事》：“建章宫承露盘高二十丈，大七围，以铜为之，上有仙人掌承露和玉屑饮之。”金掌，指金铜仙人掌而言。“露成霜”出《诗经·秦风·蒹葭》：“白露为霜。”

[2]雁字：秋天大雁高空飞行，常结阵排成一字或人字。

[3]红袖：指歌妓。

[4]兰佩：屈原《离骚》：“纫秋兰以为佩。”词里作佩带解，动词。

[5]菊簪黄：是说头上插着黄菊花。“簪”作动词。

[6]理旧狂：显出从前的狂态。

[7]清歌莫断肠：就是说听到歌唱不要想起往事而悲伤。

✤ 评笺

况周颐说：“‘绿杯’二句意已厚矣，‘殷勤理旧狂’五字三层意：狂者所谓一肚皮不合时宜，发现于外者也。狂已旧矣而理之，而殷勤理之，其狂若有甚不得已者。‘欲将沉醉换悲凉’，竟是上句注脚。‘清歌莫断肠’，仍含不尽之意。此词沉着厚重，得此结句，便觉竟体空灵。”（见《蕙风词话》）

鹧鸪天

彩袖殷勤捧玉钟[1]。当年拚却醉颜红[2]。舞低杨柳楼心月，歌尽桃花扇底风[3]。　　从别后，忆相逢。几回魂梦与君同。今宵剩把银釭照，犹恐相逢是梦中[4]！

✤ 注释

[1]彩袖：指歌女。

[2]拚却：不惜，甘愿之辞。

[3]“舞低杨柳楼心月”二句：上句是说舞的时间长，直到杨柳楼心月已低沉，下句是说歌者手持桃花扇，挥扇生风。歌尽，唱到风停，极言唱的时间久。

[4]“今宵剩把银釭照”二句：银釭（gāng），银灯。这两句用杜甫《羌村》“夜阑更秉烛，相对如梦寐”诗意。

✤ 评笺

这首词琢句尤工。“舞低杨柳”一联，仿佛六朝宫体诗句。宋晁无咎说：“不蹈袭人语而风调闲雅，自是一家。”（《侯鲭录》引）清黄蓼园说：“‘舞低’二句，比白香山‘笙歌归院落，灯火下楼台’，更觉浓至。”（《蓼园词选》）

又

小令尊前见玉箫[1]，银灯一曲太妖娆[2]。歌中醉倒谁能恨，唱罢归来酒未消。　　春悄悄，夜迢迢，碧云天共楚宫遥[3]。梦魂惯得无拘检[4]，又踏杨花过谢桥[5]。

✤ 注释

[1] 小令：《晋书·王珉传》：“代王献之为长兼中书令，二人素齐名。世谓献之为大令，珉为小令。”按小令，作者用以自比。玉箫：《云溪友议》载：西川节度韦皋，少游江夏，止于姜使君之馆，有小青衣曰玉箫。常令祗侍，后稍长，因而有情，时廉使得韦季父书，发遣归觐，遂与言约，少则五载，多则七年，取玉箫。至八年春，玉箫遂绝食而殒。词里“玉箫”是借指所欢莲鸿或蘋云。

[2] 妖娆：妍媚貌。

[3] 楚宫：楚王宫，相传楚王宫中多美女，有“楚王好细腰，宫中多饿死”之谚语。

[4] 拘检：拘束的意思。

[5] 谢桥：李商隐诗：“谢游桥上澄江馆。”谢桥或即谢游桥，待考。

✤ 评笺

宋邵博说：“程叔微云，伊川闻诵晏叔原‘梦魂惯得无拘检，又踏杨花过谢桥’长

短句，笑曰：'鬼语也！'意亦赏之。"(《邵氏闻见后录》)

临江仙

梦后楼台高锁，酒醒帘幕低垂[1]。去年春恨却来时。落花人独立，微雨燕双飞[2]。　　记得小蘋初见[3]，两重心字罗衣[4]。琵琶弦上说相思[5]。当时明月在，曾照彩云归[6]。

✤ 注释

[1]"梦后楼台"二句：是说过去繁华不再，阒寂无人。这两句妙在"梦后""酒醒"四字，否则仅说楼锁、帘垂，便觉无味。

[2]"落花人独立"二句：是袭用翁宏《宫词》原句，是承"去年春恨"句而来，以"人独立""燕双飞"作对比，突出写别后寂寞心情。

[3]"记得小蘋"句，是回忆当时与歌儿相见，小蘋或即指歌儿蘋云。据张宗橚《词林纪事》引《小山词》跋云："始时，沈十二廉叔、陈十君家，宠有莲、鸿、蘋、云，品清讴娱客，每得一解，即以草授诸儿……此词当是追忆蘋、云而作。又按《小山词》尚有《玉楼春》两阕，一云：'小蘋若解愁春暮。'一云：'小莲未解论心素。'其人之娟姿艳态，一座皆倾，可想见矣。"

[4]两重心字罗衣：杨慎《词品》："范石湖《骖鸾录》云：'番禺人作心字香，用素馨、茉莉半开者著净器中，以沈香薄劈层层相间，密封之，日一易，不待花蔫，花过香成。'所谓心字香者，以香末萦篆成心字也。心字罗衣，则谓心字香熏之耳。或谓女人衣曲领如心字，又与此别。"

[5]琵琶弦上说相思：李贺《冯小怜》诗有"湾头见小怜，请上琵琶弦"之句。

[6]彩云：比喻美女，这里指小蘋。江淹《丽色赋》："其少进也，如彩云出崖。"又李白《宫中行乐词》八首其一诗："只愁歌舞散，化作彩云飞。"

✤ 评笺

陈世宜说："此为小山词品传诵之作，极深婉沈着之妙，寻绎词意，当系别后追忆。小蘋，歌姬之名。《小山词序》有莲、鸿、蘋、云，皆人名。《木兰花》曰‘小蘋若解愁春暮’是也。宋初小词，每用歌姬名，东山、淮海以后，语惟求典，不复用矣。”（《宋词举》）

张舜民

张舜民(1034？—1100?)，字芸叟，自号浮休居士，又号矴斋，邠州(今陕西彬州)人。进士出身，元祐初官监察御史，徽宗朝为吏部侍郎，以龙图阁待制知同州，因元祐党争，贬商州卒。有《画墁集》。

卖花声

岳阳楼[1]

木叶下君山[2]，空水漫漫[3]。十分斟酒敛芳颜。不是渭城西去客，休唱阳关[4]。　　醉袖抚危栏，天淡云闲。何人此路得生还。回首夕阳红尽处，应是长安[5]。

✣ 注释

[1] 岳阳楼：在湖南岳阳县城西门上，下瞰洞庭湖，风景绝佳。

[2] 君山：即湘山，亦名洞庭山，在岳阳县西南洞庭湖中，正对岳阳楼。《水经注》："是山湘君之所游处，故曰君山。"湘君，帝舜。

[3] 漫漫：水远无边的样子。

[4] "渭城"二句：渭城故址在今陕西省西安西。阳关，曲名。唐王维《阳关曲》："渭城朝雨浥轻尘，客舍青青柳色新。劝君更尽一杯酒，西出阳关无故人。"后歌入乐府，以为送别之曲。反复歌之谓之"阳关三叠"，亦谓《渭城曲》。

[5] "回首夕阳红尽处"二句：本白居易《题岳阳楼》诗"夕波红处近长安"句脱化而来。按长安，今陕西西安市。汉唐时为京城，这里借指宋都汴京。

苏 轼

苏轼（1037—1101），字子瞻，号东坡居士，四川眉山人。苏洵长子，嘉祐二年（1057）进士。因反对王安石新法，被劾下狱，后贬谪黄州。哲宗时为翰林学士，官礼部尚书。绍圣初年复行新法，又被贬惠州，再贬琼州。徽宗立，遇赦召还，第二年死在常州。高宗朝，赠太师，谥文忠。学识广博，文章、诗词、书画无不工。词集有《东坡乐府》。

阳关曲[1]

中秋作

暮云收尽溢清寒[2]，银汉无声转玉盘[3]。此生此夜不长好，明月明年何处看？

✤ 注释

[1] 阳关曲：本名《小秦王》，入腔即《阳关》。系七言绝句形式，中有拗句。

[2] 溢清寒：溢，溢出，满。清寒，指月光。

[3] 银汉：天河。玉盘：形容圆月。李白《古朗月行》："小时不识月，呼作白玉盘。"

卜算子

黄州定慧院寓居作[1]

缺月挂疏桐，漏断人初静[2]。谁见幽人独往来[3]？缥缈孤鸿影[4]。　　惊起却回头，有恨无人省[5]。拣尽寒枝不肯栖[6]，寂寞沙洲冷[7]。

✤ 注释

[1] 词题：黄州，时宋神宗元丰五年（1082）作者谪居黄州（今湖北黄冈市）定慧院，《诗集》作定惠院。《名胜志》："定惠院在黄冈市东南。"

[2] 漏断：漏壶的水已滴完，指夜已深。漏壶，古代计时器。

[3] 幽人：幽雅的人。《周易·履卦》："幽人贞吉。"

[4] 孤鸿：孤雁，作者自比。

[5] 省（xǐng）：知道，了解。

[6] "拣尽寒枝"句：不直说雁不栖于树枝，而说它不肯栖，是作者有所寄托，即陈鹄所说"取兴鸟择木之意"（见《耆旧续闻》）。

[7] "寂寞沙洲冷"句：一本作"枫落吴江冷"，词意全不相属。

✤ 评笺

这首词是苏轼在黄州时作。宋黄庭坚说："语意高妙，似非吃烟火食人语。非胸中有万卷书，笔下无一点尘俗气，孰能至此！"可谓推崇备至。

少年游

润州作，代人寄远[1]

去年相送，余杭门外[2]，飞雪似杨花。今年春尽，杨花似雪，犹不见还家。　　对酒卷帘邀明月[3]，风露透窗纱。恰似姮娥怜双燕[4]，分明照、画梁斜[5]。

✤ 注释

[1] 词题：这首词是在宋神宗熙宁七年（1074）四月作于润州（今江苏镇江市）。代人寄远，是作者托词，实际上是写自己感于行役之作。

[2] 余杭门：杭州城门。《清一统志》："杭州府，隋置杭州，大业三年改曰余杭郡，宋仍曰杭州余杭郡。"

[3] 邀明月：李白《月下独酌》诗："举杯邀明月，对影成三人。"

[4] 姮娥：见前韦庄《谒金门》嫦娥注。

[5] "分明照"二句：宋玉《神女赋》："月初出，照画梁。"

望江南

超然台作[1]

春未老，风细柳斜斜。试上超然台上望，半壕春水一城花[2]，烟雨暗千家。　　寒食后，酒醒却咨嗟[3]。休对故人思故国，且将新火试新茶[4]，诗酒趁年华。

✣ 注释

[1] 词题：超然台，在山东诸城市北城上。据朱彊村编年本《东坡乐府》注："《纪年录》：'乙卯于超然台作《望江南》。'案公于甲寅十一月至密州任。《超然台记》谓：'移守胶西，处之期年。园之北因城以为台者旧矣。稍葺新之，时相与登览，放意肆志焉。'词作于春，当属丙辰。"

[2] 半壕：壕，城下池，即护城河。

[3] 咨嗟：叹息。《孔丛子》："驽骥同辕，伯乐为之咨嗟。"

[4] 新火：旧俗寒食节不举火，节后举火称新火。唐宋时清明日赐百官新火。

蝶恋花

春　景

花褪残红青杏小[1]。燕子飞时，绿水人家绕[2]。枝上柳绵吹又少[3]，天涯何处无芳草。　　墙里秋千墙外道。墙外行人，墙里佳人笑。笑渐不闻声渐悄，多情却被无情恼。

✤ **注释**

[1] “花褪(tùn)残红”句：是说花谢了残红满地，杏树已长出小的青色果实。

[2] “绿水人家绕”句：《古今词话》里说：“予得此词真本于友人处，极有理趣。‘绿水人家绕’，非‘绕’字，乃曰‘人家晓’，‘晓’字与‘绕’字盖霄壤也。”

[3] 柳绵：柳花如绵。

✤ **评笺**

宋释惠洪《冷斋夜话》说：“东坡《蝶恋花》词云云，东坡渡海，惟朝云王氏随行，日诵‘枝上柳绵’二句，为之流泪，病极，犹不释口，东坡作《西江月》悼之。”《林下词谈》说：“子瞻在惠州，与朝云闲坐，时青女初至，落木萧萧，凄然有悲秋之意。命朝云把大白，唱‘花褪残红’，朝云歌喉将啭，泪满衣襟，子瞻诘其故，答曰：‘奴所不能歌是“枝上柳绵吹又少，天涯何处无芳草”也。’子瞻翻然大笑曰：‘是吾正悲秋，而汝又伤春矣。’遂罢，不久抱疾而亡。子瞻终身不复听此词。”清王士禛说：“‘枝上柳绵’，恐屯田(柳永)缘情绮靡，未必能过。孰谓坡但解作‘大江东去’耶？髯直是轶伦超群。”(见《花草蒙拾》)

江城子

乙卯正月二十日夜记梦[1]

十年生死两茫茫[2]，不思量，自难忘。千里孤坟[3]，无处话凄凉。纵使相逢应不识，尘满面，鬓如霜[4]。　　夜来幽梦忽还乡。小轩窗，正梳妆。相顾无言，惟有泪千行[5]。料得年年肠断处，明月夜，短松冈[6]。

✤ **注释**

[1] 词题：乙卯，宋神宗赵顼(xù)熙宁八年(1075)，作者这时在密州(今山东省

诸城市)任太守。

[2]"十年生死两茫茫"句：作者之妻王弗于赵曙治平二年(1065)五月,死在开封,距作者写这首词时正是十年。

[3]千里孤坟：作者王氏死在开封,后来归葬在四川眉山故乡,与密州相隔数千里。

[4]"纵使相逢应不识"三句：是说生前既不能相聚,只有寄幻想在死后,而憔悴的老态,恐怕死后相逢也不相识。

[5]"夜来幽梦忽还乡"至"惟有泪千行",都是作者记述梦里相见的情景。

[6]"料得年年肠断处"以下三句,是写梦醒后思念之情无时能已。短松冈,指亡妻的坟地。孟棨《本事诗》中载有开元中幽州牙将姓张,妻不幸去世,忽于冢中出,题诗赠张曰:"欲知肠断处,明月照松冈。"作者即用此诗意。

又

密州出猎[1]

老夫聊发少年狂,左牵黄,右擎苍[2]。锦帽貂裘[3],千骑卷平冈[4]。为报倾城随太守,亲射虎,看孙郎[5]。　酒酣胸胆尚开张[6]。鬓微霜,又何妨！持节云中,何日遣冯唐[7]?会挽雕弓如满月[8],西北望,射天狼[9]。

✤ **注释**

[1]词题：在密州任太守时出去打猎,大约在神宗熙宁乙卯年(1075)冬天。

[2]牵黄、擎苍：牵着黄狗,举着苍鹰。南朝梁张克少时不持操行,好逸游。其父绪尝请假还吴,始入西郭,值克出猎,左手臂鹰,右手牵狗。(见《梁书·张克传》)

[3]锦帽貂裘：锦蒙帽与貂皮袍,是古代贵族官僚的装束。

[4]千骑卷平冈：是说打猎的马队很多直冲过平坦的山冈。

[5]孙郎：指孙权。《三国志》记载,孙权曾"亲乘马射虎于凌亭"。

[6]胸胆尚开张：形容胆气豪壮的样子。

[7]"持节云中"二句：汉文帝时,匈奴入侵。文帝接受冯唐建议,令冯唐持节到

云中，赦免因犯罪被拘押的名将魏尚。详见《汉书 · 冯唐传》。云中，汉郡名，在今内蒙古自治区托克托一带。这里以魏尚自比。

[8] 满月：圆月。形容拉满的弓。

[9] 射天狼：天狼，相传为天上恶星。《楚辞 · 九歌 · 东君》："举长矢兮射天狼。"王逸注："天狼，星名，比喻贪残。"这里把天狼比作西夏。

洞仙歌[1]

余七岁时，见眉州老尼，姓朱，忘其名，年九十岁。自言尝随其师入蜀主孟昶宫中。一日大热，蜀主与花蕊夫人夜纳凉摩诃池上，作一词。朱具能记之。今四十年，朱已死久矣，人无知此词者，但记其首两句。暇日寻味，岂《洞仙歌》令乎？乃为足之云。

冰肌玉骨，自清凉无汗。水殿风来暗香满[2]。绣帘开，一点明月窥人，人未寝，攲枕钗横鬓乱。　　起来携素手，庭户无声，时见疏星渡河汉。试问夜如何[3]？夜已三更，金波淡[4]，玉绳低转[5]。但屈指西风几时来，又不道流年暗中偷换。

✤ 注释

[1] 词题：孟昶，五代时后蜀后主。花蕊夫人，徐匡璋女，蜀主孟昶纳为贵妃。摩诃池，在孟蜀宣华苑内，旧址在今成都郊外昭觉寺。作一词，指孟昶写的《木兰花》词（见《唐五代词》）。而沈雄《古今词话》认为，这首词是东京人士檃括东坡《洞仙歌》为之，以记摩诃池上之事。未知确否。

[2] 水殿：见前孟昶《木兰花》词注。

[3] 夜如何：杜甫《春宿左省》诗："明朝有封事，数问夜如何。"

[4] 金波淡：指月光淡明。《汉书 · 礼乐志》："月穆穆以金波。"

[5] 玉绳低转：玉绳，星名。张衡《西京赋》："正睹瑶光与玉绳。"李善注引《春秋元命苞》："玉衡北两星为玉绳。"这里是说星已低落。

✤ 评笺

明沈际飞评此词说："清越之音，解烦涤苛。"郑文焯也说："坡老改添此词数字，诚觉意象万千，其声亦如空山鸣泉，琴筑并奏。"(《手批东坡乐府》)

水调歌头

丙辰中秋，欢饮达旦。大醉，作此篇兼怀子由[1]。

明月几时有？把酒问青天[2]。不知天上宫阙，今夕是何年[3]？我欲乘风归去，又恐琼楼玉宇，高处不胜寒。起舞弄清影[4]，何似在人间！　　转朱阁，低绮户，照无眠。不应有恨[5]，何事长向别时圆？人有悲欢离合，月有阴晴圆缺，此事古难全。但愿人长久，千里共婵娟[6]。

✤ 注释

[1] 词题：丙辰中秋，宋神宗熙宁九年(1076)中秋夜，作者那年四十一岁。子由，作者弟苏辙的字。

[2] "明月几时有"二句：屈原有《天问》篇，李白有《把酒问月》诗，此句本此。

[3] "琼楼玉宇"二句：琼楼玉宇，指月中宫殿。《大业拾遗记》："瞿乾祐于江岸玩月，或谓此中何有，瞿笑曰：'可随我观之。'俄见月规半天，琼楼玉宇烂然。"

[4] 起舞弄清影：用李白《月下独酌》"我舞影零乱"诗意。

[5] "不应有恨"句：石曼卿有"月如无恨月长圆"对李贺诗"天若有情天亦老"的趣话，见司马光《温公诗话》，作者此句与石句意同。

[6] "婵娟"句：许浑《怀江南同志》诗："唯应洞庭月，万里共婵娟。"婵娟，美好貌。

✤ **评笺**

这是一首抒情词，全篇从中秋明月着眼，另一方面也为怀念他的弟弟子由。因苏轼在这些年月里受了很多刺激，在家庭生活上是夫人王弗的死，在政治上因与王安石意见不合，一直被贬；将这种郁悒忠愤心情，用浪漫主义与现实主义相结合的手法写出。清黄蓼园说："通首只是咏月耳，前阕是见月思君，言天上宫阙，高不胜寒。但仿佛神魂归去，几不知身在人间也。次阕言月何不照人欢洽，何事有恨，偏于人离索之时而圆乎？复又自解，人有离合，月有圆缺，皆是常事。惟望长久共婵娟耳。缠绵惋恻之思，愈转愈曲，愈曲愈深，忠爱之思，令人玩味不尽。"（见《蓼园词选》）

水龙吟

次韵章质夫杨花词[1]

似花还似非花[2]，也无人惜从教坠。抛家傍路，思量却是，无情有思[3]。萦损柔肠[4]，困酣娇眼[5]，欲开还闭。梦随风万里，寻郎去处，又还被莺呼起[6]。　　不恨此花飞尽，恨西园，落红难缀[7]。晓来雨过，遗踪何在，一池萍碎[8]。春色三分，二分尘土，一分流水。细看来，不是杨花，点点是离人泪[9]。

✤ **注释**

[1] 词题：章楶字质夫，与作者苏轼同官，他曾填有《水龙吟》调咏杨花一首著称，此首是苏轼和作，次韵就是依照原韵而写的。

[2] 似花还似非花：这里把杨花形容得非常巧妙，说杨花看来像花，细看来又不像花。白居易词有《花非花》。

[3] 无情有思：是说杨花看似无情，却也有它的深意。"思"读去声。韩愈诗："杨花榆荚无才思，惟解漫天作雪飞。"

[4] 萦损柔肠：表示极端愁苦的样子。萦，回转，古人有"肠一日而九回"之语。

[5] 困酣娇眼：表示极困顿，眼睁不开。古人称柳叶为柳眼，这是双关的话。

[6] “梦随风万里”三句：是运用唐金昌绪五绝《春怨》诗意。

[7] 落红难缀：落花难拾。

[8] “遗踪何在，一池萍碎”句：《本草纲目》载：“杨柳……至春晚叶长成后，花中结细黑子，蕊落而絮出，如白绒，因风而飞。入池沼即化为浮萍。”所以词句说：“一池萍碎。”杨花（即柳絮）化萍的说法，是无科学根据的。

[9] “不是杨花”二句：与唐诗“君看陌上梅花红，尽是离人眼中血”造语相似。

✤ 评笺

南宋张炎《词源》评论说：“词不宜强和人韵，若倡者之曲韵宽平，庶可赓歌。倘韵险，又为人所先，则必牵强赓和，句意安能融贯？徒费苦思，未见全章妥溜者。东坡次章质夫杨花《水龙吟》韵，机锋相摩，起句便合，让东坡出一头地。后片愈出愈奇，真是压倒今古。”

八声甘州

寄参寥子[1]

有情风、万里卷潮来，无情送潮归。问钱塘江上，西兴浦口[2]，几度斜晖？不用思量今古，俯仰昔人非[3]。谁似东坡老，白首忘机[4]。　　记取西湖西畔，正春山好处，空翠烟霏[5]。算诗人相得，如我与君稀。约他年、东还海道，愿谢公雅志莫相违[6]。西州路[7]，不应回首，为我沾衣。

✤ 注释

[1] 词题：参寥子，僧道潜，字参寥，杭州于潜（今浙江杭州临安）人。本姓何，幼不茹荤，以童子诵《法华经》为比丘。能文章，尤善为诗，与苏轼交往甚密。这首词是宋哲宗赵煦元祐六年（1091）三月三日苏轼写给参寥子的。

[2] 西兴：在浙江。《会稽志》：“西陵在萧山县，吴越改为西兴。”

[3] 俯仰昔人非：王羲之《兰亭集序》：“俯仰之间，已为陈迹。”

[4] 忘机：忘用心机。李白《下终南山过斛斯山人宿置酒》诗："我醉君复乐，陶然共忘机。"

[5] 烟霏：烟雾迷漫的样子。韩愈《山石》："出入高下穷烟霏。"

[6] "约他年东还海道"二句：《晋书·谢安传》："安虽受朝寄，然东山之志始末不渝，每形于言色。及镇新城，尽室而行，造泛海之装，欲须经略粗定，自江道还东。雅志未就，遂遇疾笃。寻薨，年六十六。"

[7] 西州：《晋志》："扬州廨，王敦所创，开东南西三门，俗谓之西州，今润州是也。"（见傅幹《注坡词》残本。）

✤ 评笺

近人郑文焯说："突兀雪山，卷地而来，真似钱塘江上看潮时，添得此老胸中数万甲兵，是何气象雄且杰！妙在无一字豪宕，无一句险怪，又出之以闲逸感喟之情，所谓骨重神寒，不食人间烟火气者，词境至此，观止矣！"又说："云锦成章，天衣无缝，是作从至情流出，不假熨贴之工。"（见《手批东坡乐府》）

念奴娇

赤壁怀古[1]

大江东去，浪淘尽[2]，千古风流人物。故垒西边[3]，人道是，三国周郎赤壁[4]。乱石穿空，惊涛拍岸，卷起千堆雪[5]。江山如画，一时多少豪杰。　　遥想公瑾当年[6]，小乔初嫁了[7]，雄姿英发[8]。羽扇纶巾[9]，谈笑间，樯橹灰飞烟灭[10]。故国神游[11]，多情应笑我，早生华发[12]。人间如梦，一尊还酹江月[13]。

✤ 注释

[1] 词题：赤壁，本应是三国时吴将周瑜击破曹操大军的地方，在今湖北嘉鱼县东北。作者所游历的赤鼻矶，在黄州城外。这里借用赤壁典故兴起怀古之思。

[2] 浪淘尽：白居易《浪淘沙》词："一泊沙来一泊去，一重浪灭一重生。相搅相淘无歇日，会教山海一时平。"淘，冲洗。

[3] 故垒：旧时的营垒。

[4] 周郎：指周瑜，他在二十四岁就任吴国将军，于赤壁之战中，大破曹军。

[5] 卷起千堆雪：形容浪花卷起如雪色。李后主《渔父》词："浪花有意千里雪。"

[6] 公瑾：周瑜字。

[7] 小乔：《三国志·周瑜传》："时得桥公两女，皆国色也。策自纳大桥，瑜纳小桥。"按乔，是姓。史作桥。

[8] 英发：姿态雄俊，意气奋发。

[9] 羽扇纶巾：羽扇，羽毛做的扇子。纶巾，丝帛做的头巾。

[10] "樯橹灰飞烟灭"：指曹操率领的战舰被火烧毁。樯，是桅杆。一本作"强虏"。

[11] 神游：神魂往游。

[12] "多情应笑我"二句：应笑自己多情善感，头发都变得花白了。

[13] "酹(lèi)"：以酒洒地祭奠。

✤ **评笺**

这首词极豪放雄健，是苏轼的代表作。胡仔说："东坡《大江东去》词，语意高妙，真古今绝唱。"(见《苕溪渔隐丛话》)又俞文豹《吹剑录》载："东坡在玉堂，有幕士善讴，因问，我词比柳词何如？对曰：'柳郎中词，只好十七八女孩儿，执红牙拍板，唱"杨柳岸晓风残月"。学士词，须关西大汉，执铁板唱"大江东去"。'公为之绝倒。"

永遇乐

彭城夜宿燕子楼，梦盼盼，因作此词[1]。

明月如霜[2]，好风如水，清景无限。曲港跳鱼，圆荷泻露，寂寞无人见。紞如三鼓[3]，铿然一叶[4]，黯黯梦云惊断。夜茫茫，重寻无处，觉来小园行遍。　　天涯倦客，山中归路，望断故园心眼[5]。燕子楼空，佳人何在，空锁楼中燕。

古今如梦，何曾梦觉，但有旧欢新怨。异时对，黄楼夜景[6]，为余浩叹。

✤ 注释

[1] 词题：彭城，今江苏徐州市。这首词是宋神宗元丰元年(1078)苏轼知徐州时作。白居易诗序："徐州故尚书(张建封)有爱妓曰盼盼，善歌舞，雅多风态。……尚书既殁，彭城有旧第，第中有小楼名燕子，盼盼念旧爱而不嫁，居是楼十余年。"

[2] 明月如霜：李频《八月十五日对月》诗："看与雪霜同。"

[3] 紞(dǎn)如三鼓：紞，打鼓声。如，助词。三鼓，三更。《晋书・邓攸传》："紞如打五鼓，鸡鸣天欲曙。"

[4] 铿然一叶：铿然，形容声音清脆。因夜深人静，一片落叶声都能听清楚。

[5] 故园心眼：杜甫《春日梓州登楼二首》其二诗："天畔登楼眼，随春入故园。"

[6] 黄楼：彭城东门上的大楼。傅幹注："公守徐州请增筑徐城，于是为大楼于城东门之上，垩以黄土，因土实胜水，因名之黄楼。"

✤ 评笺

近人郑文焯评说："公以'燕子楼空'三句语秦淮海，殆以示咏古之超宕，贵精神，不贵迹象也。"(见《东坡乐府》批语)

贺新郎

乳燕飞华屋[1]，悄无人，桐阴转午，晚凉新浴。手弄生绡白团扇[2]，扇手一时似玉。渐困倚，孤眠清熟。帘外谁来推绣户？枉教人梦断瑶台曲[3]。又却是，风敲竹。　石榴半吐红巾蹙[4]，待浮花浪蕊都尽，伴君幽独[5]。秾艳一枝细看取，芳心千重似束。又恐被，秋风惊绿[6]。若待得君来向此，花前对酒不忍触。共粉泪，两簌簌[7]。

✤ 注释

[1] 乳燕：小燕子。

[2] 生绡白团扇：白色生丝制的团扇。《晋书·乐志》："《团扇歌》者，晋中书令王珉与嫂婢有情，爱好甚笃，嫂捶挞婢过苦，婢素善歌，而珉好捉白团扇，故制此歌。"

[3] 瑶台：指仙境。《楚辞·离骚》："望瑶台之偃蹇兮。"

[4] 石榴半吐红巾蹙：形容石榴花瓣皱叠如红巾。白居易《题孤山寺石榴花示诸僧众》诗："山榴花似结红巾。"

[5] "待浮花浪蕊都尽"两句：等待轻浮的花朵都谢了，那时你很孤寂，石榴才开花来陪伴着你。

[6] 秋风惊绿：夏末石榴被秋风吹落后只剩一片绿叶，所以说"惊绿"。后来姜夔《八归》"疏桐吹绿"句，或即学此。

[7] 簌簌：落下貌。元稹《连昌宫词》："风动落花红簌簌。"

✤ 评笺

胡仔《苕溪渔隐丛话》引《古今词话》云："苏子瞻守钱塘，有官妓秀兰，天性黠慧，善于应对。一日湖中有宴会，群妓毕集，惟秀兰不至，督之良久，方来。问其故，对以沐浴倦睡，忽闻叩户甚急，起而问之，乃乐营将催督也。子瞻已恕之，坐中一倅怒其晚至，诘之不已。时榴花盛开，秀兰折一枝藉手告倅，倅愈怒，子瞻因作《贺新凉》，令歌以送酒，倅怒顿止。"苕溪渔隐曰："东坡此词，冠绝古今，托意高远，宁为一妓而发耶？"（《词林纪事》）

魏夫人

魏夫人，湖北襄阳人。魏泰妹，南丰（今江西南丰县）曾布丞相之妻，曾纡之母。工诗文词，封鲁国夫人。《朱子语录》说："本朝妇人能文，只有李易安与魏夫人。"孙鸿庆《曾公卷文集序》说："学诗以母夫人鲁国魏氏为师。"

菩萨蛮

溪山掩映斜阳里，楼台影动鸳鸯起。隔岸两三家，出墙红杏花[1]。　　绿杨堤下路，早晚溪边去。三见柳绵飞，离人犹未归。

✤ **注释**

[1] 出墙红杏花：叶适《游小园不值》诗："一枝红杏出墙来。"

僧仲殊

僧仲殊，姓张氏，安州（今湖北安陆）人。进士出身，后弃家为僧，居杭州吴山宝月寺。苏轼称他为蜜殊。有《宝月集》。

诉衷情

寒　食

涌金门外小瀛洲[1]，寒食更风流。红船满湖歌吹[2]，花外有高楼。　　晴日暖，淡烟浮，恣嬉游。三千粉黛[3]，十二栏干，一片云头。

✤ 注释

[1] 涌金门：杭州城门。小瀛洲：古代传说海上有三神山，即蓬莱、方丈、瀛洲。小瀛洲，是说杭州风景秀丽，如同瀛洲。

[2] 红船：游湖的大船，按江淮间古时人称帆船大的为红船或官船。歌吹：歌唱与鼓吹。

[3] 粉黛：粉用以搽面，黛用以画眉，此为美女代称。白居易《长恨歌》："六宫粉黛无颜色。"

✤ 评笺

这首词是仲殊所作《诉衷情》五首之一。宋黄昇说："仲殊之词多矣，佳者固不少，而小令为最。小令之中，《诉衷情》一调，又其最。盖篇篇奇丽，字字清婉，高处不减唐人风致也。"黄蓼园云："按宋之南渡，西湖号为销金窝，一时繁华游冶之盛，

有心者能不忧之，不谓物外缁流，已于冷眼中觑之，‘一片云头’四字，真力弥满，杰句也。”（见《蓼园词选》）

南柯子

忆　旧

十里青山远，潮平路带沙。数声啼鸟怨年华。又是凄凉时候、在天涯！　　白露收残月，清风散晓霞。绿杨堤畔问荷花：记得年时沽酒、那人家[1]？

✤ **注释**

[1] 年时：那年时候，诗词中常用语。

王　观

王观(生卒年不详),字通叟,如皋(今江苏南通)人。试开封府第一,中元祐二年(1087)进士。官至翰林学士。以赋应制词得罪被贬,因自改号“逐客”。有《冠柳集》。

卜算子

送鲍浩然之浙东[1]

水是眼波横,山是眉峰聚[2]。欲问行人去那边?眉眼盈盈处。　　才始送春归,又送君归去。若到江南赶上春,千万和春住。

✤ 注释

[1] 词题:鲍浩然,不详。浙东,今浙江东南部,宋属浙江东路。

[2] “水是眼波横”二句:是说水像眼波横流,山像愁眉攒聚。《西京杂记》:“卓文君眉色姣好,如望远山。”作者是把原形容美女的眼波和眉峰用来形容山水的清丽。

✤ 评笺

胡仔《苕溪渔隐丛话》引《复斋漫录》说:“王逐客送鲍浩然之浙东长短句云云,韩子苍在海陵送葛亚卿,用其意以为诗。断章云:‘明日一杯愁送春,后日一杯愁送君。君应万里随春去,若到桃源记归路。’苕溪渔隐曰:‘山谷词云:“春归何处,寂寞无行路。若有人知春去处,唤取归来同住。”王逐客云:“若到江南赶上春,千万和春住。”体山谷语也。’”

王　雱

王雱（1044—1076），字元泽，抚州临川（今属江西）人。王安石子。幼聪慧，未冠即著书甚多，举进士，官龙图阁学士，早卒。词流传不多。

眼儿媚

杨柳丝丝弄轻柔，烟缕织成愁[1]。海棠未雨，梨花先雪，一半春休。　　而今往事难重省，归梦绕秦楼[2]。相思只在：丁香枝上[3]，豆蔻梢头[4]。

✤ 注释

[1] “烟缕织成愁”句：烟缕密织在一起，看来使人发愁。李白《忆秦娥》词：“平林漠漠烟如织。”

[2] 秦楼：见前李白《忆秦娥》词注。

[3] 丁香：一名鸡舌香。叶椭圆形，春开紫花或白花，子黑色，以为香料，并供药用。

[4] 豆蔻：春日开花，有深红及黄白各色，南人取其未大开的叫含胎花，故以喻处女。杜牧《赠别二首》其一诗：“娉娉嫋嫋十三余，豆蔻梢头二月初。”

✤ 评笺

清黄蓼园说：“按此词亦为日月易逝而事多不偶，托闺情以写意耳。语语清新婉倩，后人争鲜斗艳，终不能及，数百年来，脱口如新。”（《蓼园词选》）

谢　逸

谢逸（约公元1077年前后在世），字无逸，临川（今属江西）人。博学工文词，从吕希哲学，尝作咏蝶诗三百首，人盛传之，因呼为“谢胡蝶”。再举进士不第，遂老布衣。有《溪堂词》一卷。

江神子

一江秋水碧湾湾。绕青山，玉连环[1]。帘幕低垂，人在画图间。闲抱琵琶寻旧曲，弹未了，意阑珊[2]。　飞鸿数点拂云端。倚栏看，楚天寒。拟倩东风，吹梦到长安。恰似梨花春带雨，愁满眼，泪阑干[3]。

✤ 注释

[1] 玉连环：形容绿水环绕青山的样子。李商隐《赠歌妓二首》其一诗：“水精如意玉连环。”

[2] 阑珊：衰落，将残、将尽之意。李煜《浪淘沙》词：“春意阑珊。”

[3] “恰似梨花春带雨”三句：用白居易《长恨歌》“玉容寂寞泪阑干，梨花一枝春带雨”诗意。

✤ 评笺

这首词标致隽永。《复斋漫录》里说：“无逸尝过黄州杏花村馆，题《江神子》于驿壁，过者索笔于馆卒，卒苦之，因以泥涂焉。其为赏重如此。”

程　垓

程垓(约公元1096年前后在世),字正伯,眉山(今属四川)人。家有拟舫名书舟,故人称为书舟。生平事迹无可考。他工诗文及词。有《书舟词》一卷。

最高楼

旧时心事,说着两眉羞。长记得,凭肩游。缃裙罗袜桃花岸[1],薄衫轻扇杏花楼。几番行,几番醉,几番留。　　也谁料,春风吹已断。又谁料,朝云飞亦散[2]。天易老,恨难酬。蜂儿不解知人苦,燕儿不解说人愁。旧情怀,消不尽,几时休!

✤ 注释

[1] 缃裙:浅黄色的绸裙。李商隐《燕台四首 · 夏》诗:"安得薄雾起缃裙,手接云軿呼太君。"

[2] 朝云:白居易《花非花》词:"来如春梦不多时,去似朝云无觅处。"

李元膺

李元膺（约公元1096年前后在世），东平（今属山东）人。曾任南京教官。绍圣间，李孝美作《墨谱法式》，李元膺为之作序。词存《花庵词选》中。近人赵万里辑有《李元膺词》一卷。

洞仙歌

一年春物[1]，惟梅柳间意味最深。至莺花烂熳时，则春已衰迟，使人无复新意。予作《洞仙歌》，使探春者歌之，无后时之悔。

雪云散尽，放晓晴池院，杨柳于人便青眼[2]。更风流多处，一点梅心，相映远，约略颦轻笑浅。　　一年春好处，不在浓芳，小艳疏香最娇软。到清明时候，百紫千红花正乱，已失春风一半[3]。早占取，韶光共追游，但莫管春寒，醉红自暖。

✤ **注释**

[1] 春物：春天景物。

[2] “杨柳于人便青眼”句：卓人月说：“‘于人’二字，本杜诗‘竹叶于人既无分，菊花从此不须开。’又晋阮籍不拘礼教，能为青白眼，见礼俗士，以白眼对之；嵇康赍酒挟琴造之，籍大悦，乃见青眼。”柳叶常称为柳眼，词里用青眼来形容柳叶。

[3] “已失春风一半”句：杨慎说：“南唐潘祐尝应后主令作词云：‘楼上春寒山四面，桃李不须夸烂漫，已失了春风一半。’盖讽其地渐侵削也。李元膺词用之。”(《词品》)

✤ 评笺

明沈际飞说：“不在浓芳，在疏香小艳，独识春光之微，至已失一半句，谁不猛省。”(《草堂诗余正集》)明李攀龙说：“梅心映远，一字一珠。春寒醉红自暖，得旸谷初回。”(《草堂诗余隽》)清黄蓼园说：“随分自得，有知足持盈意，说来亹亹可听，知此可以养福，亦可以养德。”(《蓼园词选》)

舒　亶

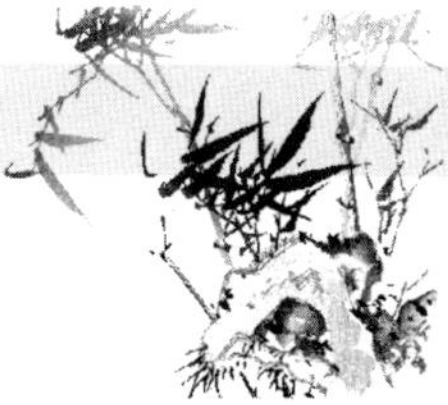

舒亶（？—1104），字信道，明州慈溪（今浙江宁波）人。治平二年（1065）进士，试礼部第一，神宗朝为御史中丞。徽宗朝累除龙图阁待制。

一落索

蒋园和李朝奉

正是看花天气，为春一醉。醉来却不带花归，诮不解看花意。　　试问此花明媚，将花谁比？只应花好似年年，花不似人憔悴。

✤ 评笺

丁绍仪说：“舒亶与苏门四学士同时，词亦不减秦（观）、黄（庭坚）。”（《听秋声馆词话》卷二）

黄庭坚

黄庭坚(1045—1105),字鲁直,号山谷道人,晚号涪翁,洪州分宁(今江西修水县)人。治平四年(1067)进士,哲宗时为校书郎,《神宗实录》检讨官。后因元祐党人,屡遭贬谪,死在宜州(今广西河池市)。有《山谷词》。

清平乐

春归何处,寂寞无行路。若有人知春去处,唤取归来同住。　　春无踪迹谁知,除非问取黄鹂[1]。百啭无人能解[2],因风飞过蔷薇。

✤ **注释**

[1] 黄鹂:即黄莺。《云仙杂记》:"戴颙携黄柑斗酒,人问何之,曰:'往听黄鹂声,此俗耳针砭,诗肠鼓吹,汝知之乎?'"

[2] 啭:鸟鸣。庾信《春赋》:"新年鸟声千种啭。"

✤ **评笺**

这首词,写晚春景色,不用典故,宛转自然,几乎全把"我"融入晚春境界中,正如王国维《人间词话》里所说:"无我之境,以物观物,不知何者为我,何者为物。古人为词,写有我之境者为多,然未始不能写无我之境。"

南乡子

重阳日，宣州城楼宴集，即席作[1]。

诸将说封侯，短笛长歌独倚楼。万事尽随风雨去，休休，戏马台南金络头[2]。　　催酒莫迟留，酒味今秋似去秋。花向老人头上笑，羞羞，白发簪花不解愁[3]。

✤ **注释**

[1] 宣州城：今安徽宣城县城。

[2] 戏马台：在彭城。相传项羽因山筑台以戏马。金络头：马笼头。古乐府："黄金络马头。"

[3] "花向老人头上笑"三句：与苏轼诗"年老簪花不自羞，花应羞上老人头"之意相同。

水调歌头

瑶草一何碧[1]，春入武陵溪[2]。溪上桃花无数，花上有黄鹂。我欲穿花寻路，直入白云深处，浩气展虹蜺[3]。只恐花深里，红露湿人衣。　　坐玉石，倚玉枕，拂金徽[4]。谪仙何处[5]？无人伴我白螺杯[6]。我为灵芝仙草，不为朱唇丹脸[7]，长啸亦何为[8]？醉舞下山去，明月逐人归[9]。

✤ **注释**

[1] 瑶草：仙草。杜甫《赠李白》诗："方期拾瑶草。"

[2] 武陵溪：陶渊明《桃花源记》："晋太元中，武陵人捕鱼为业，缘溪行，忘路之

远近，忽逢桃花林。”武陵，今湖南常德市一带。

[3]“虹蜺”句：是说胸中浩气吐如长虹。皮日休《送令狐补阙归朝》诗：“文如日月气如虹。”

[4]金徽：即琴徽，用来定琴声高低音节的。梁元帝《咏秋夜》诗：“金徽调玉轸，兹夜抚离鸿。”

[5]谪仙：唐人贺知章称李白为谪仙人，李白善饮酒赋诗。

[6]白螺杯：陶穀《清异录》：“以螺为杯，岩穴极湾曲，则可以藏酒，有一螺能贮三盏许者，号九曲螺杯。”张籍《流杯渠》诗：“渌酒白螺杯，随流去复回。”

[7]朱唇丹脸：本形容美女，这里借指媚世的小人。

[8]长啸：嘬口作声为啸。阮籍尝于苏门山遇孙登，与商略终古及栖神导气之术，登皆不应，籍因长啸而退。

[9]明月逐人归：苏味道诗有“明月逐人来”之句。

✤ 评笺

清黄蓼园评此词说：“一往深秀，吐属隽雅绝伦。”(《蓼园词选》)

念奴娇

八月十七日，同诸甥待月。有客孙彦立者，善吹笛，有名酒酌之[1]。

断虹霁雨[2]，净秋空，山染修眉新绿[3]。桂影扶疏，谁便道，今夕清辉不足？万里青天，姮娥何处，驾此一轮玉。寒光零乱，为谁偏照醽渌[4]？　年少从我追游，晚凉幽径，绕张园森木。共倒金荷[5]，家万里，难得尊前相属[6]。老子平生，江南江北，最爱临风笛。孙郎微笑[7]，坐来声喷霜竹[8]。

✣ **注释**

[1] 词题：毛晋汲古阁本《山谷词》题作“八月十八日，同诸生步自永安城楼，过张宽夫园待月。偶有名酒，因以金荷酌众客。客有孙彦立，善吹笛。援笔作乐府长短句，文不加点”。

[2] 断虹霁雨：是说雨后天晴，天上彩虹已逐渐消失。

[3] “净秋空”二句：是说秋空明净，远望山峰一片新绿，像美人眉峰一样。修眉，即长眉。

[4] 醽渌(lìng lǜ)：又作酃渌或醽醁，美酒名。《荆州记》：“渌水出豫章康乐县，其间乌程乡有酒官，取水为酒，极甘美，与湖东酃湖酒，年常献之，世称酃渌酒。”或以为酃湖水所酿的酒。

[5] 金荷：用金荷叶倒酒。广义也可作酒杯解，欧阳修诗“潋滟十分金卷荷”即其例。

[6] 尊前相属(zhǔ)：举杯对饮。韩愈《八月十五夜赠张功曹》：“一杯相属君当歌。”

[7] 孙郎：指吹笛者孙彦立(也称孙叔敏)。

[8] 声喷霜竹：霜竹，犹寒笛。喷，喷发，吹出。这句是说用笛子吹出声调。

李之仪

李之仪(1045？—1125),字端叔,自号姑溪居士。沧州无棣(今山东庆云县)人。熙宁三年(1070)进士。曾从苏轼于定州幕府,历官枢密院编修官。后以文章获罪,编管太平(今安徽当涂县),卒年八十。有《姑溪词》。

卜算子

我住长江头,君住长江尾。日日思君不见君,共饮长江水。　　此水几时休,此恨何时已。只愿君心似我心,定不负相思意。

✤ 评笺

明毛晋跋《姑溪词》时说他的词:“长于淡语、景语、情语……至若‘我住长江头,君住长江尾。日日思君不见君,共饮长江水’。直是古乐府俊语矣。至于‘只愿君心似我心,定不负相思意’,与顾夐《诉衷情》‘换我心,为你心,始知相忆深’词意极相似。”

秦观

秦观(1049—1100),字少游,一字太虚,扬州高邮人。进士出身,宋哲宗元祐(1086—1093)年间任太学博士兼国史院编修官,曾因党祸贬到杭州做官,后又被削职,流到湖南郴州。著有《淮海居士长短句》,又名《淮海词》。

如梦令

莺嘴啄花红溜[1],燕尾点波绿皱。指冷玉笙寒[2],吹彻小梅春透[3]。依旧,依旧,人与绿杨俱瘦。

❖ 注释

[1] 莺嘴啄花红溜:这句是说莺嘴啄着花朵,发出红色鲜艳的光彩。

[2] 指冷玉笙寒:笙,管乐器的一种。李璟《浣溪沙》词:“小楼吹彻玉笙寒。”

[3] 小梅:唐乐曲里有《大梅花》、《小梅花》等曲名。

好事近

梦中作

春路雨添花,花动一山春色。行外小溪深处,有黄鹂千百。　　飞云当面化龙蛇,夭矫转空碧[1]。醉卧古藤阴下，了不知南北。

✤ 注释

[1] 天矫：飞腾貌。郭璞《江赋》："吸翠霞而夭矫。"

✤ 评笺

宋释惠洪《冷斋夜话》载：秦少游在处州梦中作《好事近》词云云，"久之，北归，逗溜于藤州，遂终于瘴江之光华亭，时方醉起，以玉盂汲泉欲饮，笑视之而化"。贺铸曾作《青玉案》词哀悼他。黄鲁直有诗云："少游醉卧古藤下，谁与愁眉唱一杯。解道江南断肠句，只今惟有贺方回。"就是咏的这回事。

鹊桥仙[1]

纤云弄巧[2]，飞星传恨[3]，银汉迢迢暗度。金风玉露一相逢，便胜却人间无数[4]。　　柔情似水，佳期如梦，忍顾鹊桥归路[5]。两情若是久长时，又岂在朝朝暮暮！

✤ 注释

[1] 鹊桥仙：这词牌原是咏七夕牛郎织女相会事。《荆楚岁时记》载："天河之东，有织女，天帝之子也，年年织杼劳役，织成云锦天衣。天帝怜其独处，许嫁河西牵牛郎，嫁后遂废织纴。天帝怒，责令归河东，唯每年七月七日夜，渡河一会。"

[2] "纤云"句：是说天上纤细的云彩做出各种巧妙的花样。

[3] "飞星传恨"句：飞星，指牵牛、织女二星。传恨，流露出终年不得会面的离恨。

[4] "金风玉露"二句：用欧阳修《七夕》："暮云天上休相见，犹胜人间去不同。"金风玉露，是秋天的气候。李商隐《辛未七夕》："由来碧落银河畔，可要金风玉露时。"

[5] 鹊桥：《风俗记》："七夕织女当渡河，使鹊为桥，相传七日鹊首无故皆髡，因为梁以渡织女故也。"

✤ 评笺

这首词是借神话传说天上牛郎织女七夕相会事,来表达人间男女久别相忆之情。黄蓼园说:“按七夕歌以双星会少别多为恨,少游此词谓两情若是久长,不在朝朝暮暮。所谓化臭腐为神奇。”

踏莎行

郴州旅舍[1]

雾失楼台,月迷津渡,桃源望断无寻处[2]。可堪孤馆闭春寒,杜鹃声里斜阳暮。　　驿寄梅花[3],鱼传尺素[4],砌成此恨无重数[5]。郴江幸自绕郴山,为谁流下潇湘去[6]?

✤ 注释

[1] 词题:郴(chēn)州,今湖南地名。旅舍,旅馆。

[2] 桃源:县名,在湖南省。陶潜有《桃花源记》,详见前注。

[3] “驿寄梅花”句:引用陆凯《寄赠范晔》“折梅逢驿使,寄与陇头人。江南无所有,聊赠一枝春”诗意。

[4] 鱼传尺素:详前晏殊《蝶恋花》词注。

[5] 砌:堆积的意思。

[6] “郴江幸自绕郴山”二句:顾祖禹《读史方舆纪要·湖广》载,郴水在州东一里,一名郴江,源发黄岑山,北流经此,下流会耒水及白豹水入湘江。释天隐注《三体唐诗》,谓此二句实自“沅湖日夜东流去,不为愁人住少时”变化而来。(见汲古阁本此词附注)

✤ 评笺

宋释惠洪《冷斋夜话》载:“少游到郴州作此词,东坡绝爱其尾两句,自书于扇曰:少游已矣,虽万人何赎!”又宋王楙《野客丛书》引范元叟《诗眼》载:“前辈有病少游‘杜鹃声里斜阳暮’似觉意重,余谓不然,此句读之于理无碍。谢庄诗曰:‘夕天际晚气,轻霞澄暮阴。’一联之中三见晚意,尤为重叠。梁元帝诗:‘斜景落高舂。’既言斜景，复言高春，岂不为赘，古人为诗正不如是之泥。观当时米元章所书此词，乃是‘杜鹃声里斜阳曙’，非‘暮’字也。得非避庙讳而改为暮乎？”

江城子

西城杨柳弄春柔[1]，动离忧[2]，泪难收。犹记多情曾为系归舟。碧野朱桥当日事，人不见，水空流。　　韶华不为少年留[3]，恨悠悠，几时休？飞絮落花时候、一登楼。便做春江都是泪，流不尽，许多愁。

✤ 注释

[1] 杨柳弄春柔：杨柳枝叶被春风吹动，显出轻柔的姿态。

[2] 离忧：忧伤。《史记·屈原列传》：“忧愁幽思而作《离骚》。离骚者，犹离忧也。”

[3] 韶华：美好的青春。

✤ 评笺

这首词末尾“便做春江都是泪，流不尽，许多愁”，或以为本李后主《虞美人》词“问君能有几多愁，恰似一江春水向东流”而来。以水喻愁，词家意所易到，屡见载籍，未必即为沿用。

满庭芳

山抹微云，天粘衰草[1]，画角声断谯门[2]。暂停征棹，聊共引离尊[3]。多少蓬莱旧事[4]，空回首，烟霭纷纷。斜阳外，寒鸦数点，流水绕孤村[5]。　　销魂，当此际，香囊暗解[6]，罗带轻分。谩赢得青楼，薄幸名存[7]。此去何时见也，襟袖上，空染啼痕。伤情处，高楼望断，灯火已黄昏。

✤ 注释

[1]“山抹”二句：抹、粘二字，锤炼虽工，但亦有所本，如杜牧诗“红霞一抹广陵春”，张祜诗“草色粘天鹧鸪恨”便是。

[2] 谯门：城上望远的楼。《汉书》师古注：“门上为高楼以望曰谯。”

[3] 引离尊：离别时接连饮酒。如杜甫《夜宴左氏庄》诗：“看剑引杯长。”与此“引”字用法同。

[4] 蓬莱旧事：胡仔《苕溪渔隐丛话》引《艺苑雌黄》说：“程公辟守会稽，少游客焉，馆之蓬莱阁。一日，席上有所悦，自尔眷眷不能忘情，因赋长短句。所谓‘多少蓬莱旧事，空回首，烟霭纷纷’也。”按蓬莱阁，旧址在今浙江绍兴市龙山下。

[5]“寒鸦数点”二句：用隋炀帝《野望》诗“寒鸦千万点，流水绕孤村”之意。

[6] 香囊：古代有佩带香囊的风尚。

[7] 谩赢得青楼，薄幸名存：杜牧《遣怀》诗：“赢得青楼薄幸名。”薄幸，薄情。

✤ 评笺

这首词，当时流传很广，酒楼歌馆，传唱尤多。所以有“山抹微云秦学士，露花倒影柳屯田”之语，与柳永并称。

望海潮

梅英疏淡[1]，冰澌溶泄[2]，东风暗换年华。金谷俊游，铜驼巷陌[3]，新晴细履平沙。长记误随车。正絮翻蝶舞，芳思交加[4]。柳下桃蹊[5]，乱分春色到人家。　　西园夜饮鸣笳[6]。有华灯碍月，飞盖妨花[7]。兰苑未空[8]，行人渐老，重来是事堪嗟！烟暝酒旗斜。但倚楼极目，时见栖鸦。无奈归心，暗随流水到天涯。

✤ 注释

[1] 梅英疏淡：是说梅花渐渐稀少、褪色。

[2] 冰澌溶泄：是说冰块已融化。

[3] 金谷、铜驼：金谷，洛阳园名。铜驼，洛阳街名，古人常以二者并举。如骆宾王诗："铜驼路上柳千条，金谷园中花几色。"刘禹锡《杨柳枝》词："金谷园中莺乱飞，铜驼陌上好风吹。"

[4] 芳思：春色引起思绪。思，读去声。

[5] 桃蹊：桃树旁边的小路。王涯《游春》词："经过柳陌与桃蹊。"

[6] 西园：曹植《公宴》诗："清夜游西园，飞盖相追随。"

[7] 飞盖：来往车盖。飞，指奔驰的车。

[8] 兰苑：美丽的花园。

✤ 评笺

清周济说："两两相形，以整见劲，以两'到'字作眼，点出'换'字精神。"（见《宋四家词选》）谭献说："'长记误随车'句，顿宕。'柳下桃蹊'二句，旋断仍连。后遍陈、隋小赋缩本，填词家不以唐人为止境也。"（见《词辨》评语）

赵令畤

赵令畤(约公元1110年前后在世),初字景贶,涿郡(今天津市蓟州区)人。苏轼为改字德麟。宋太祖次子燕王德昭之孙。元祐中签书颍州公事,坐与苏轼交通,罚金入党籍,绍兴初袭封安定郡王,同知行在太宗正事,卒赠开府仪同三司。有《侯鲭录》,其词近人赵万里辑有《聊复集》。

乌夜啼

春　思

楼上萦帘弱絮,墙头碍月低花。年年春事关心事,肠断欲栖鸦。　　舞镜鸾衾翠减[1],啼珠凤蜡红斜[2]。重门不锁相思梦[3],随意绕天涯。

✤ 注释

[1] 鸾衾:绣着鸾鸟的被子。李白《清平乐》词:“鸾衾凤褥,夜夜常孤宿。”

[2] 凤蜡:即凤烛。唐皇甫松《抛球乐》词:“几回冲凤蜡,千度入香怀。”

[3] “重门不锁相思梦”句:本齐己诗“重门不锁梦”句而来。

✤ 评笺

胡仔《苕溪渔隐丛话》说:“赵德麟‘重门不锁相思梦,随意绕天涯’,徐师川‘柳外重重叠叠山,遮不断愁来路’,二词造语虽不同,其意绝相类。”沈际飞说:“休文

‘梦中不识路，何以慰相思。’反其旨而用之，情思缠绵动人。”黄蓼园说：“按絮扑帘而情动，花碍月而望沉，年年心事，最难处者，日落栖鸦时耳。末二句犹写得沉挚，情到处，不觉神魂飞动矣。”(《蓼园词选》)

张　耒

张耒（1052—1112），字文潜，楚州淮阴（今属安徽）人。登进士第。元祐中官至起居舍人，徽宗朝召为太常寺卿。因元祐党，复贬房州别驾，晚居陈州，主管崇福宫，卒，年六十一。为“苏门四学士”之一，近人辑有《柯山诗余》。

风流子

木叶亭皋下[1]，重阳近，又是捣衣秋[2]。奈愁入庾肠[3]，老侵潘鬓[4]，漫簪黄菊，花也应羞。楚天晚，白蘋烟尽处，红蓼水边头。芳草有情，夕阳无语，雁横南浦，人倚西楼。

玉容知安否？香笺共锦字[5]，两处悠悠。空恨碧云离合[6]，青鸟沈浮[7]。向风前懊恼，芳心一点[8]，寸眉两叶，禁甚闲愁？情到不堪言处，分付东流。

✤ 注释

[1] 木叶亭皋下：亭子建在水边低洼处叫亭皋。木叶，树叶。屈原《九歌·湘夫人》：“袅袅兮秋风，洞庭波兮木叶下。”

[2] 捣衣秋：指秋天传来捣衣的声音。髙士奇《大禄识余》引《字林》云：“直舂曰捣。古人捣衣，两女子对立，执一杵如舂米然，今易作卧杵对坐捣之，取其便也。尝见六朝人画捣衣图，其制如此。”

[3] 愁入庾肠：北周时庾信曾作过《愁赋》，所以说愁入庾肠。这句和下句均用

以自比。

[4] 老侵潘鬓：晋潘岳有《秋兴赋》云："余春秋三十有二，始见二毛。"后来谓未老先衰常曰"潘鬓"。

[5] 锦字：指书信。

[6] 碧云离合：江淹《休上人怨别》诗："日暮碧云合，佳人殊未来。"

[7] 青鸟：见前李璟《摊破浣溪沙》词注。

[8] 芳心一点：李商隐《无题》诗："心有灵犀一点通。"

✤ 评笺

清黄蓼园说："(文潜)坐党籍，谪官，晚监南岳庙，主管崇福宫。建炎初，赠集英殿修撰。曰'楚天晚'，必其监南岳时作也。所云'玉容知安否'，忧主之心也。曰'分付东流'，愁岂随流而去乎，亦与流俱长而已。"(《蓼园词选》)

贺　铸

贺铸(1052—1125),字方回,卫州(今河南卫辉)人。宋太祖孝惠皇后族孙。授右班殿直,元祐中通判泗州,又倅太平州。晚年退居吴下,自号庆湖遗老。有《东山词》。

鹧鸪天

重过阊门万事非[1],同来何事不同归?梧桐半死清霜后,头白鸳鸯失伴飞[2]。　原上草,露初晞[3],旧栖新垅两依依[4]。空床卧听南窗雨,谁复挑灯夜补衣。

✤ 注释

[1] 阊门:苏州城门名。

[2] “梧桐半死”二句:是作者以喻失偶。枚乘《七发》:“龙门之桐,其根半死半生。”鸳鸯,匹鸟,诗人常用以比夫妇。

[3] 原上草,露初晞(xī):古代的挽歌《薤露》说:“薤上露,何易晞!”曹操《短歌行》:“譬如朝露,去日苦多。”这里用草头露水易干,比喻人的寿命短促。

[4] 旧栖新垅:旧栖,指从前同居的寓所。新垅,指死者的坟墓。

青玉案

凌波不过横塘路[1],但目送,芳尘去[2]。锦瑟华年谁与度[3]？月台花榭[4]，琐窗朱户[5]，只有春知处。　　碧云冉冉蘅皋暮[6]，彩笔新题断肠句[7]。若问闲愁都几许？一川烟草，满城风絮，梅子黄时雨[8]。

✤ 注释

[1] 凌波：曹植《洛神赋》："凌波微步，罗袜生尘。"后来文人用来形容美女轻盈的步履。横塘：《中吴纪闻》："铸有小筑在姑苏盘门外十余里，地名横塘，方回往来于其间。"

[2] 芳尘：晋王嘉《拾遗记》："石虎于太极殿前起楼四十丈，春杂宝异香为屑，使数百人于楼上吹散之，名曰'芳尘'。"词里承"凌波"句而来，指所思慕者的行迹。

[3] 锦瑟华年：指青春时期。李商隐《无题》诗："锦瑟无端五十弦，一弦一柱思华年。"

[4] 月台花榭：指花园里的台榭。一作"月桥花院"。

[5] 琐窗朱户：琐窗，雕窗。朱户，红门，指豪富人家。

[6] "碧云冉冉"句：碧云，一作"飞云"。冉冉，流动貌。蘅，杜蘅，香草。蘅皋，芳原。

[7] 彩笔：五色笔。《南史》载，江淹少时梦人授五色笔，由是文藻日新。"后宿于冶亭，梦一丈夫自称郭璞，谓淹曰：'吾笔在卿处多年，可以见还'，淹乃探怀中得五彩笔以授之，自后为诗绝无美句，时人谓之才尽"。

[8] 梅子黄时雨：南方四五月时梅欲黄落，水润土溽，蒸郁成雨，谓之"梅雨"。此句本寇莱公"梅子黄时雨如雾"句而来。

✤ 评笺

宋周紫芝《竹坡诗话》载："贺方回尝作《青玉案》，有'梅子黄时雨'之句，人皆服其工，士大夫谓之'贺梅子'。"罗大经《鹤林玉露》里也说："'试问闲愁都几许，一川烟草，满城风絮，梅子黄时雨。'盖以三者比愁之多也，尤为新奇。"

石州引

薄雨收寒，斜照弄晴[1]，春意空阔。长亭柳蓓才黄[2]，倚马何人先折？烟横水漫，映带几点归鸿，平沙销尽龙荒雪[3]。犹记出关来，恰如今时节。　　将发，画楼芳酒，红泪清歌[4]，便成轻别。回首往年，杳杳音尘都绝。欲知方寸[5]，共有几许新愁？芭蕉不展丁香结[6]。憔悴一天涯，两厌厌风月。

✤ **注释**

[1]“薄雨收寒”二句：原为“风色收寒，云影弄晴”，后改作此二句。见王灼《碧鸡漫志》。

[2] 柳蓓才黄：蓓，蓓蕾，这里指柳初发芽。

[3]“烟横水漫”三句：水漫，远水迷漫。龙荒，即龙沙边境白龙堆荒远地带。此三句一作“烟横水际，映带几点归鸿，东风消尽龙沙雪”。

[4] 红泪：指妇女的眼泪，沾了脸上的胭脂，成为红色。

[5] 方寸：寸心。《列子·仲尼》：“吾见子之心矣，方寸之地虚矣。”

[6] 芭蕉不展丁香结：是说愁眉如芭蕉不展，愁心如丁香结蕾不解。这句用李商隐《代赠》诗句。

✤ **评笺**

宋吴曾《能改斋漫录》载：“贺方回眷一姝，别久，姝寄诗云：‘独倚危阑泪满襟，小园春色懒追寻。深恩纵似丁香结，难展芭蕉一寸心。’”贺因赋此词，先叙分别时景色，后用所寄诗语有“芭蕉不展丁香结”之句。

行路难[1]

缚虎手[2]，悬河口[3]，车如鸡栖马如狗[4]。白纶巾[5]，扑黄尘，不知我辈可是蓬蒿人[6]？衰兰送客咸阳道，天若有情天亦老[7]。作雷颠[8]，不论钱，谁问旗亭美酒斗十千[9]？
酌大斗，更为寿，青鬓常青古无有。笑嫣然，舞翩然，当垆秦女十五语如弦[10]。遗音能记秋风曲[11]，事去千年犹恨促。揽流光，系扶桑[12]，争奈愁来一日却为长[13]！

✤ 注释

[1] 行路难：即《小梅花》。

[2] 缚虎手：指有胆识才干的人。《孟子·尽心下》："晋人有冯妇者，善搏虎。"

[3] 悬河口：口才好，说话滔滔不绝。《晋书·郭象传》："王衍每云听象语如悬河泻水，注而不竭。"

[4] "车如鸡栖"句：说穷困的人车不大，马不大。《后汉书·陈蕃传》说：蕃友人朱震字伯厚，初为州从事，奏单匡臧罪，并连匡兄中常侍超。谚曰："车如鸡栖马如狗，疾恶如风朱伯厚。"鸡栖，即鸡窠。

[5] 白纶巾：白丝的头巾。

[6] 蓬蒿人：《三辅决录》："张仲蔚……隐居不仕，所居蓬蒿没人。"李白《南陵别儿童入京》诗："仰天大笑出门去，我辈岂是蓬蒿人。"

[7] "衰兰"二句：是借用李贺《金铜仙人辞汉歌》里原句，上句是说咸阳道上送客时只有开谢的兰花，景色凄凉。下句是说苍天如果有情也会老的，何况是人？

[8] 雷颠：就是疯癫、狂放的意思。雷，指宋代喜舞的教坊雷大使，因他常狂舞，称为雷颠。

[9] "谁问"句：旗亭，市楼。斗十千，李白诗："金樽清酒斗十千，玉盘珍羞值万钱。"

[10] "当垆秦女"句：汉李延年《羽林郎》："胡姬年十五，春日独当垆。"语如弦，形容娇语动听。韦庄《菩萨蛮》："琵琶金翠羽，弦上黄莺语。"

[11] 秋风曲：即汉武帝《秋风辞》。

[12] 扶桑：相传为神木，在东海，为日出处。《淮南子·天文训》："朝发扶桑，入于落棠。"

[13] "争奈愁来"句：是说穷人一天光阴还觉得长，不容易挣扎过去。李益《同崔邠登鹳雀楼》诗："事变千年犹恨速，愁来一日即为长。"

✤ 评笺

这首词，运用前人成语，很自然的来抒写感情，有如已出，毫无堆砌痕迹。近人夏敬观说："稼轩豪迈之处，从此脱胎，豪而不放，稼轩所不能学也。"吴梅说："《行路难》一首，颇似玉川（卢仝字）长短句诗……与《江南春》七古体相似，为方回所独有也。要之骚情雅意，哀怨无端，盖得力于风雅，而出之以变化。故能具绮罗之丽，而复得山泽之清，此境不可一蹴即及也，世人徒知'黄梅雨'佳，非真知方回者。"（见《词学通论》）

六州歌头

少年侠气，交结五都雄[1]。肝胆洞[2]，毛发耸[3]。立谈中，死生同，一诺千金重[4]。推翘勇[5]，矜豪纵[6]，轻盖拥，联飞鞚[7]，斗城东[8]。轰饮酒垆[9]，春色浮寒瓮[10]，吸海垂虹[11]。闲呼鹰嗾犬[12]，白羽摘雕弓，狡穴俄空[13]。乐匆匆。 似黄粱梦[14]，辞丹凤[15]。明月共，漾孤篷。官冗从[16]，怀倥偬[17]，落尘笼[18]，簿书丛[19]。鹖弁如云众[20]，供粗用，忽奇功。笳鼓动[21]，渔阳弄，思悲翁[22]。不请长缨，系取天骄种，剑吼西风[23]。恨登山临水。手寄七弦桐，目送归鸿[24]。

✤ **注释**

[1] 五都：汉唐均有五都，而地点不同。这里五都指宋朝当时各大都市。

[2] 肝胆洞：犹肝胆照人。洞，透彻。

[3] 毛发耸：正义凛然的样子。

[4] 一诺千金：成语。比喻说话有信用。语本《史记·季布栾布列传》："得黄金百斤，不如得季布一诺。"谓一许诺下来就价值千金。

[5] 翘勇：特别勇敢。翘，特出。

[6] 矜豪纵：豪华放纵，夸耀于人。

[7] "轻盖拥"二句：是说车马很多。盖，车盖，指车。飞鞚，指飞奔的马。鞚，马勒。

[8] 斗城：长安城的别称。这里指汴京。

[9] 轰饮酒垆：狂饮在酒肆。

[10] 春色浮寒瓮：古人常爱用“春”字来代酒，如唐名酒中就有玉窟春、石炼春、烧春、金陵春等。这句是说酒装满坛子。

[11] 吸海垂虹：狂饮的形态。杜甫《饮中八仙歌》：“饮如长鲸吸百川。”又刘敬叔《异苑》：“晋义熙初，晋陵薛愿有虹，饮其釜澳，须臾噏响便竭，愿辇酒灌之，随投随涸。”这里垂虹即用虹饮典故。

[12] 呼鹰嗾(sǒu)犬：鹰犬是出猎时所用。嗾，指使犬的声音。

[13] 狡穴俄空：将巢穴内的野兽很快猎取一空。狡穴，即狡兔三窟之意。

[14] “似黄粱梦”二句：是说离家之后，回忆游乐生活如黄粱一梦。《枕中记》说：卢生困居邯郸旅舍，遇道士吕翁授以枕，梦中历尽富贵荣华，以至老死，醒后主人黄粱还未熟。

[15] 辞丹凤：离开京城。沈佺期《古意呈补阙乔知之》诗：“丹凤城南秋夜长。”

[16] 冗从：侍卫官名。

[17] 倥(kǒng)偬(zǒng)：事务匆忙。

[18] 落尘笼：指受了尘俗事务的束缚。

[19] 簿书丛：官府的文书堆里。

[20] 鹖(hé)弁：指武官。鹖，鸟名，勇健好斗，汉代虎贲中郎将等官都戴鹖冠(以鹖尾为饰)。弁，古时帽子的一种。

[21] “笳鼓动”二句：此借唐安禄山据渔阳称兵叛变事，指当时外族侵略战争。白居易《长恨歌》：“渔阳鼙鼓动地来。”弄，弄兵。发动战争。

[22] 思悲翁：汉铙歌有《思悲翁》，以古辞首句名篇，见《晋书・乐志》。这里自伤衰老的意思，时作者年已过七十。

[23] “不请长缨”三句：请缨，《汉书・终军传》：“军自请曰：‘愿受长缨，必羁南越王而致之阙下。’”天骄，《汉书・匈奴传》：“胡者，天之骄子也。”这里指外族。此三句是说不能抵抗外族侵略，随身宝剑也会感到不平，在西风里怒吼起来。

[24] “手寄七弦桐”二句：琴用桐木做成，或五弦，或七弦。嵇康《赠秀才入军》诗有“目送征鸿，手挥五弦”之句。这里是以弹琴寄托自己的愤愤不平的情感作结。

✤ 评笺

这首词，慷慨激昂，反映出满腔爱国热情。词的风格颇近苏、辛。近人夏敬观评说：“与《小梅花》曲同样功力，雄姿壮采，不可一世！”

晁补之

晁补之(1053—1110),字无咎,济州钜野(今山东巨野县)人。宋神宗时进士,为“苏门四学士”之一,曾官著作郎,后受贬谪,归隐东皋,号归来子。著有《晁氏琴趣外编》。

盐角儿

亳社观梅[1]

开时似雪,谢时似雪,花中奇绝。香非在蕊,香非在萼,骨中香彻。　　占溪风,留溪月,堪羞损、山桃如血。直饶更、疏疏淡淡,终有一般情别。

✤ 注释

[1] 词题:亳社,《晁氏琴趣外篇》内咏亳社者非一处,如:《江神子》词题为“亳社观梅,呈范守,秦令”,《尉迟杯》词题为“亳社作惜花”,《蓦山溪》词题为“亳社寄文潜舍人”等,可见亳社乃作者常游之处。

水龙吟

次韵林圣予惜春[1]

问春何苦匆匆?带风伴雨如驰骤。幽葩细萼,小园低槛，壅培未就。吹尽繁红，占春长久，不如垂柳。算春常不老，人愁春老，愁只是，人间有。　　春恨十常八九，忍轻辜、芳醪经口[2]。那知自是，桃花结子，不因春瘦。世上功名，老来风味，春归时候。纵尊前痛饮，狂歌似旧，情难依旧[3]。

✤ 注释

[1] 词题：次韵，依照原韵而作。林圣予，未详。

[2] 芳醪：美酒。李贺《恼公》诗："细管吟朝幌，芳醪落夜枫。"

[3] "纵尊前痛饮"三句：《乐府雅词》作："最多情，犹有尊前青眼，相逢依旧。"

摸鱼儿

东皋寓居[1]

买陂塘[2]，旋栽杨柳，依稀淮岸江浦[3]。东皋嘉雨新痕涨，沙觜鹭来鸥聚[4]。堪爱处，最好是一川夜月光流渚。无人独舞，任翠幄张天，柔茵藉地[5]，酒尽未能去。　　青绫被，莫忆金闺故步[6]，儒冠曾把身误[7]。弓刀千骑成何事，荒了邵平瓜圃[8]。君试觑[9]，满青镜，星星鬓影今如许[10]！功名浪语。便似得班超，封侯万里[11]，归计恐迟暮。

✤ 注释

[1] 词题：东皋指济州的东山，为作者归隐寓居之所。《耆旧续闻》载："晁无咎闲居济州金乡，葺东皋归去来园，楼观堂亭，位置极潇洒，尽用陶语名目之，自画为大图，书记其上。"

[2] 陂塘：即池塘。

[3] 依稀淮岸江浦：是说仿佛淮水湘江的风景。

[4] 沙觜：沙洲口。

[5] “翠幄张天”二句：即幕天席地之意。

[6] “青绫被”二句：是说不要留恋以往的官场生活。《汉官典职仪式选用》：“尚书郎入直台中，官供新青缣白绫被，或锦被。”金闺，即金马门，为汉武帝时学士们草拟皇帝文稿的地方。

[7] 儒冠曾把身误：语本杜甫《奉赠韦左丞丈二十二韵》诗：“纨袴不饿死，儒冠多误身。”

[8] 邵平瓜圃：邵平，秦时人，封东陵侯。秦亡后隐居长安城东种瓜。瓜有五色，很美，世称东陵瓜。见《史记·萧相国世家》。这里是说做官误了农事（即隐居生活）。

[9] 觑(qù)：看，注视。

[10] 星星：形容鬓发花白。

[11] 班超封侯：《后汉书·班超传》载：班超少有大志，尝投笔叹曰：“大丈夫无它志略，犹当效傅介子、张骞立功异域，以取封侯，安能久事笔砚间乎？”后来在西域建立大功，封定远侯。

✤ 评笺

清刘熙载说：“无咎词堂庑颇大，人知辛稼轩《摸鱼儿》‘更能消几番风雨’一阕，为后来名家所竞效，其实辛词所本即无咎《摸鱼儿》‘买陂塘旋栽杨柳’之波澜也。”此种评论，未免过于夸大。

毛　滂

毛滂(1055？—1120?),字泽民,衢州江山(今属浙江)人。元祐间,为杭州法曹。元符二年(1099),知武康县。苏轼尝以文章典丽可备著述科荐他,官至祠部员外郎,知秀州。著有《东堂词》。

惜分飞

富阳僧舍代作别语

泪湿栏干花著露,愁到眉峰碧聚。此恨平分取,更无言语空相觑。　　断雨残云无意绪,寂寞朝朝暮暮。今夜山深处,断魂分付潮回去。

✤ **评笺**

据宋周辉《清波杂志》载:“毛泽民元祐间罢杭州法曹至富阳所作赠别词也。因是受知东坡,语尽而意不尽,意尽而情不尽,何酷似少游(秦观字)也。”

周邦彦

周邦彦（1056—1121），字美成，浙江钱塘（今杭州市）人。元丰初献《汴都赋》，为神宗所赏识，后曾为溧水（今属江苏）令。徽宗时为徽猷阁待制，提举大晟府，晚年提举南京鸿庆宫卒。有《清真词》（又名《片玉词》）。

少年游

感　旧

并刀如水[1]，吴盐胜雪[2]，纤手破新橙[3]。锦幄初温[4]，兽烟不断[5]，相对坐调笙[6]。　　低声问：向谁行宿？城上已三更。马滑霜浓[7]，不如休去，直是少人行。

✤ 注释

[1] 并刀如水：本杜甫《戏题画山水图歌》“焉得并州快剪刀，剪取吴淞半江水”诗句缩减而来。并州，今山西太原。这里形容切刀刀光闪亮如水。

[2] 吴盐胜雪：李白《梁园吟》诗：“吴盐如花皎如雪。”《玉海》：“唐肃宗初第五琦请于江淮置租庸使，吴盐、蜀麻、铜冶皆有税。”按吴盐即今淮盐。

[3] 纤手：指女子的手。古诗：“纤纤出素手。”新橙：橙色正黄，瓤味酸，其皮香气甚烈，又柑之佳者出广东新会县。

[4] 锦幄：锦帐。上下四旁悉周为幄。

[5] 兽烟：金兽炉中所燃香烟。长安巧工丁缓作博山香炉，为奇禽怪兽，烟自兽

口出。见《西京杂记》。

[6] 调笙：顾敻《甘州子》词："红炉深夜醉调笙。"

[7] 马滑霜浓：是说早行路上有霜，故觉马滑。

✤ 评 笺

据张宗橚《词林纪事》引《贵耳录》载："道君幸李师师家，偶周邦彦先在焉，知道君至，遂匿床下，道君自携新橙一颗云江南初进来，遂与师师谑语，邦彦悉闻之，檃括成《少年游》云。余谓道君皇帝虽猝至，何至无处藏身，必躲入床下。道君虽微行，随行必有人，路上人虽少，道君随行，自不患少。且'向谁行宿'句，似舍师师家，更有许多可宿处，语气绝不相似，不如仍作'感旧'较妥。"

夜游宫

叶下斜阳照水，卷轻浪沈沈千里。桥上酸风射眸子[1]，立多时，看黄昏，灯火市。　　古屋寒窗底[2]，听几片、井桐飞坠。不恋单衾再三起，有谁知？为萧娘[3]，书一纸。

✤ 注 释

[1] 酸风射眸子：酸风，犹凄风。李贺《金铜仙人辞汉歌》："东关酸风射眸子。"

[2] 古屋：旧房子。杜甫《禹庙》诗："荒庭垂橘柚，古屋画龙蛇。"

[3] 萧娘：古代女子泛称。杨巨源《崔娘》诗："风流才子多春思，肠断萧娘一纸书。"

苏幕遮

燎沉香[1]，消溽暑[2]。鸟雀呼晴，侵晓窥檐语。叶上初阳干宿雨[3]。水面清圆，一一风荷举[4]。　　故乡遥，何日去？家住吴门[5]，久作长安旅[6]。五月渔郎相忆否？小楫轻舟，梦入芙蓉浦[7]。

✤ 注释

[1] 燎沉香：沉香，植物名，瑞香料，花白色，木材为著名的薰香料，又名沉水香。燎，燃烧。

[2] 溽暑：潮湿闷热的暑气。

[3] 初阳：刚出的太阳。宿雨：昨夜下的雨。

[4]“水面清圆”二句：是说露出水面的荷叶，临风圆溜溜的高挺着。“举”字写出荷叶凌波的姿态。

[5] 吴门：作者钱塘人，这里称家住吴门，因古吴地包括今浙江省北部。

[6] 长安旅：京城的旅客。长安，借指汴京。

[7] 芙蓉浦：芙蓉，指荷花。浦，浅水。

✤ 评笺

这首词是客居汴京，消夏思乡之作。上阕写景，下阕写情。“五月渔郎相忆否”一句，暗指隐者，末以“芙蓉浦”回顾上阕咏荷，针线严密。

满庭芳

夏日溧水无想山作[1]

风老莺雏[2]，雨肥梅子[3]，午阴嘉树清圆[4]。地卑山近，衣润费炉烟[5]。人静乌鸢自乐[6]，小桥外，新绿溅溅[7]。凭阑久，黄芦苦竹[8]，拟泛九江船。　　年年，如社燕[9]，飘流瀚海[10]，来寄修椽[11]。且莫思身外[12]，长近尊前。憔悴江南倦客，不堪听，急管繁弦。歌筵畔，先安簟枕，容我醉时眠。

✤ 注释

[1] 词题：这首词是作者任江苏溧水县令时，夏日在县署内所作。他对于县署

诸景，悉取释典语名之，姑射山、无想山皆是。详见郑文焯校语。

[2] 风老莺雏：小莺在暖风中成长。

[3] 雨肥梅子：雨水浇肥了梅子。杜甫《陪郑广文游何将军山林》诗："红绽雨肥梅。"

[4] 午阴嘉树清圆：正午日当头，树影显得清晰而圆正。嘉树，好的树木。

[5] 衣润费炉烟：衣服潮湿，要费炉火烘干。沈际飞说："此句景语也，景在'费'字。"(《草堂诗余正集》)

[6] 乌鸢自乐：乌，乌鸦。鸢，鹞鹰。这里泛指鸟类。

[7] 新绿溅溅：新绿，指春水。溅溅，流水声。

[8] 黄芦苦竹，拟泛九江船：白居易《琵琶行》："住近湓江地低湿，黄芦苦竹绕宅生。"九江，即浔阳。拟，比拟。这二句是说，作者这时的心情和白居易遭贬到浔阳的心情可以相比。

[9] 社燕：见前晏殊《破阵子》词注。

[10] 瀚海：沙漠。这里泛指边远地区。

[11] 修椽：长的椽子，指房屋。

[12] 身外：身外之物，指功名利禄。杜甫《漫兴》诗："莫思身外无穷事，且尽尊前有限杯。"

✤ **评 笺**

清陈洵说："方喜嘉树，旋苦地卑，正羡乌鸢，又怀芦竹；人生苦乐万变，年年为客，何时了乎！且莫思身外，则一齐放下，急管繁弦，徒增烦恼，固不如醉眠之自在耳。词境静穆，想见襟度，柳七(柳永)所不能为也。"(见《海绡说词》)

西 河

金陵怀古

佳丽地[1]，南朝盛事谁记[2]？山围故国[3]，绕清江，髻鬟对起[4]。怒涛寂寞打孤城，风樯遥度天际[5]。　断崖树，犹倒倚，莫愁艇子曾系[6]。空余旧迹，郁苍苍，雾沈半垒[7]。

夜深月过女墙来[8]，伤心东望淮水。　　酒旗戏鼓甚处市[9]？想依稀王谢邻里[10]。燕子不知何世，向寻常巷陌人家相对，如说兴亡斜阳里[11]。

✤ 注释

[1] 佳丽地：指金陵。详见前王禹偁《点绛唇》词注。

[2] 南朝：南北朝时的宋、齐、梁、陈均都建业（即金陵）。

[3] "山围故国"句：刘禹锡《金陵》诗："山围故国周遭在，潮打孤城寂寞回。淮水东边旧时月，夜深还过女墙来。"

[4] 髻鬟对起：形容隔江山峦对峙，如妇女的髻鬟。

[5] 风樯：指风帆。樯，桅杆。

[6] 莫愁艇子：古乐府《莫愁乐》："莫愁在何处，莫愁石城西。艇子打两桨，催送莫愁来。"今南京水西门外有莫愁湖。

[7] 雾沈半垒：遥望雾气遮了半边城垒。

[8] 女墙：城上小墙。《释名》："城上垣曰睥睨……亦曰女墙。"

[9] 酒旗戏鼓：指有酒楼戏馆的繁华市区。

[10] 想依稀王谢邻里：王导、谢安是东晋时豪门大族的代表人物，他们都曾住在南京市东南的乌衣巷。依稀，仿佛。

[11] "向寻常巷陌人家"等句：寻常巷陌，普通街道。如说兴亡，卓人月说："瞿宗吉《西湖十景》云：'余音自语，也似说成败。'许伯扬《咏隋河柳》云：'如将亡国恨，说与路人知。'都与此词末句一例。"（《古今词统》）

✤ 评笺

这首金陵怀古词，檃括唐人诗句，浑若天成。梁令娴说："张玉田（张炎字）谓：'清真（周邦彦）最长处，在善融化古人诗句，如自己出。'读此词，可见词中三昧。"（《艺蘅馆词选》评语）

风流子

新绿小池塘，风帘动，碎影舞斜阳。羡金屋去来[1]，旧时巢燕；土花缭绕[2]，前度莓墙[3]。绣阁里，凤帏深几许，听得理丝簧[4]。欲说又休，虑乖芳信；未歌先噎，愁近清觞[5]。　遥知新妆了，开朱户，应自待月西厢[6]。最苦梦魂，今宵不到伊行[7]。问甚时说与，佳音密耗，寄将秦镜[8]，偷换韩香[9]？天便教人，霎时厮见何妨[10]。

✤ 注释

[1] 金屋：汉武帝幼时，长公主指其女阿娇谓曰："儿欲得妇否？"帝笑对曰："若得阿娇，当作金屋贮之。"（见《汉武故事》）

[2] 土花：指苔藓类。李贺《金铜仙人辞汉歌》："三十六宫土花碧。"

[3] 莓墙：长满苔藓的墙。

[4] 丝簧：管弦乐器。

[5] 清觞：清净酒杯。杜甫《阌乡姜七少府设脍，戏赠长歌》："清觞异味情屡极。"

[6] 待月西厢：唐元稹《会真记》记载：张生与崔莺莺恋爱事，崔与张诗有"待月西厢下，迎风户半开"之句，又说"待月"是作者为溧水令时主簿厅轩名。（见《挥麈余话》）

[7] 伊行：他那边。

[8] 秦镜：汉秦嘉妻徐淑赠秦嘉明镜，秦嘉赋诗答谢。庾信《燕歌行》："盘龙明镜饷秦嘉，辟恶生香寄韩寿。"

[9] 韩香：见前欧阳修《望江南》词注。

[10] 厮见：相见。"厮"义同"相"。

✤ 评笺

宋王明清《挥麈余话》说："美成为溧水令，主簿之姬有色而慧，每出侑酒，美成为《风流子》以寄意。"况周颐说："最苦"二句，"天便"二句，亦"愈朴愈厚，愈厚愈雅"（见《蕙风词话》）。

兰陵王

柳

柳阴直[1]，烟里丝丝弄碧[2]。隋堤上[3]，曾见几番，拂水飘绵送行色[4]。登临望故国[5]，谁识京华倦客[6]？长亭路，年去年来，应折柔条过千尺。　　闲寻旧踪迹，又酒趁哀弦[7]，灯照离席[8]，梨花榆火催寒食[9]。愁一箭风快[10]，半篙波暖。回头迢递便数驿[11]，望人在天北。　　凄恻[12]，恨堆积。渐别浦萦回[13]，津堠岑寂[14]，斜阳冉冉春无极[15]。念月榭携手，露桥闻笛。沈思前事，似梦里，泪暗滴。

✤ **注释**

[1] 柳阴直：岸边一行行柳树，被正午日光照着，所以说阴影是直的。

[2] 弄碧：舞弄着碧色的枝叶。

[3] 隋堤：隋炀帝杨广疏洛为河，直到江都，沿河筑堤种柳，后人呼为隋堤。

[4] 飘绵：飘荡的柳絮。行色：指行役匆匆的人。《庄子·盗跖》："车马有行色。"

[5] 故国：犹言故乡。

[6] 京华倦客：作者自指。言久客京师，感到厌倦。

[7] 酒趁哀弦：是说伴随着哀伤的乐声饮酒。

[8] 离席：饯别的筵席。

[9] 梨花榆火催寒食：梨花开时正是寒食节候。榆火，指榆柳火。《周礼·夏官·司爟》："四时变国火，以救时疾。"郑玄注引邹子："春取榆柳之火。"

[10] 一箭风快：说行者所乘的船顺风走得很快。

[11] 数驿：过好几个驿站，表示去得远。

[12] 凄恻：悲惨。江淹《别赋》："行子肠断，百感凄恻。"

[13] 别浦萦回：别浦，小河水。陈元龙注："萦回，曲折宛转。王勃云：'穷岛屿

之萦回。'"

[14] 堠：候望船只的土堡。

[15] 春无极：春色一望无边。

✤ 评笺

这首词题目虽是咏柳，而实际上是借柳而写离别之情。据毛幵《樵隐笔录》载："绍兴初，都下盛行周清真《兰陵王慢》，西楼南瓦皆歌之，谓之'渭城三叠'，以周词凡三换头，至末段声尤清越，唯教坊老笛师能倚之以节歌者。"陈廷焯说："美成词极其感慨，而无处不郁，令人不能遽窥其旨。如《兰陵王》'登临望故国，谁识京华倦客'，二语是一篇之主，上有'隋堤上曾见几番，拂水飘绵送行色'之句，暗伏倦客之根，是其法密处，故下文接云'长亭路，年去岁来，应折柔柳过千尺'，久客淹留之感，和盘托出，他手至此，以下便直行抒愤蹶矣，美成则不然。'闲寻旧踪迹'二叠，无一语不吞吐，只就眼前景物，约略点缀，更不说淹留之故，却无处非淹留之苦，直至收笔云：'沈思前事，似梦里，泪暗滴。'遥遥挽合，妙在才欲说破，便自咽住，其味正自无穷。"(《白雨斋词话》)

瑞龙吟

章台路[1]，还见褪粉梅梢[2]，试花桃树[3]。愔愔坊陌人家[4]，定巢燕子[5]，归来旧处。　　黯凝伫，因念个人痴小[6]，乍窥门户。侵晨浅约宫黄[7]，障风映袖，盈盈笑语。　　前度刘郎重到[8]，访邻寻里，同时歌舞。惟有旧家秋娘[9]，声价如故。吟笺赋笔，犹记燕台句[10]。知谁伴、名园露饮[11]，东城闲步[12]。事与孤鸿去[13]。探春尽是，伤离意绪，官柳低金缕[14]。归骑晚，纤纤池塘飞雨。断肠院落，一帘风絮。

✤ 注释

[1] 章台路：汉张敞走马章台街。见《汉书·张敞传》，并请参阅前韩翃《章台

柳》词注。

[2] 褪(tuì)粉梅梢：是形容枝头梅花褪去花粉，将凋谢。

[3] 试花桃树：花始开曰试花。张司业《新桃行》："植之三年余，今夏初试花。"

[4] 愔愔坊陌人家：愔愔，静悄悄。坊陌，郑文焯校本云："杨升庵云：'俗改曲为陌。'案唐人《北里志》有'海论三曲中事'，盖即平康里旧所聚处也，当时长安诸倡家谓之曲；其选入教坊者居处则曰坊，故云'坊曲人家'，非泛言之也。本集《拜星月慢》云'小曲幽坊月暗'，可证'坊曲'为美成习用。"

[5] 定巢燕子：语本杜甫《堂成》："频来语燕定新巢。"定巢，犹言安巢。

[6] 个人痴小：个人，伊。痴小，陈元龙注："苏子美常云：'痴小失所记，倚柱愔愔更有情。"

[7] 浅约宫黄：古代妇女面颊常涂一点黄粉，如给人眉心点胭脂一般。

[8] 前度刘郎重到：刘禹锡《重游玄都观》诗："种桃道士归何处，前度刘郎今又来。"

[9] 秋娘：杜秋娘，李锜妾，锜败，入宫有宠，后赐归故乡。详见杜牧《杜秋娘诗序》。

[10] "燕台"句：李商隐有为妓柳枝赋《燕台》诗。

[11] 名园露饮：陈元龙注："杜诗：名园依绿水。《笔谈》：石曼卿露顶而饮。"

[12] 东城闲步：陈元龙注："杜牧佐沈传师幕在江西时，张好好以善歌入籍。一年镇宣城，复置好好宣籍。又二年，沈著作以双鬟纳之。又二年往东城纵步复见之。"

[13] 事与孤鸿去：杜牧《题安州浮云寺楼寄湖州张郎中》："恨如春草多，事逐孤鸿去。"

[14] 官柳低金缕：是说官柳低垂着金黄色丝缕。

✤ 评笺

这首词写重游旧地，但已看不到旧日情人的怅惋之情。夏孙桐评说："清真平写处与屯田无异，至矫变处，自开境界，其择言之雅，造句之妙，非屯田所及也。"（见《手评本〈清真词〉》）

李重元

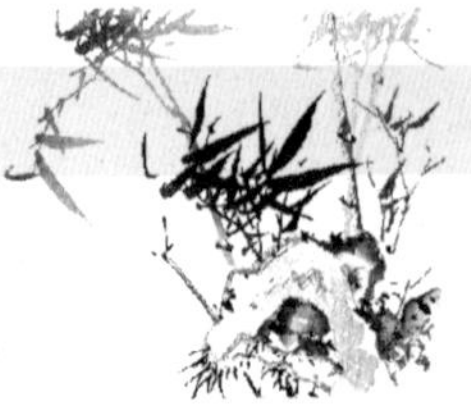

李重元（约 1122 年前后在世），事迹不详。《花庵词选》录存他的词四首。

忆王孙

春　词

萋萋芳草忆王孙[1]，柳外楼高空断魂，杜宇声声不忍闻[2]。欲黄昏，雨打梨花深闭门。

✤ 注释

[1]“萋萋芳草”句：萋萋，草茂盛貌。刘安《招隐士》赋：“王孙游兮不归，春草生兮萋萋。”

[2] 杜宇：就是杜鹃鸟。按杜宇本古蜀帝名。《成都记》载：“杜宇死，其魂化为鸟，名曰杜鹃。亦曰子规。”

✤ 评笺

明沈际飞说：“一句一思，因‘楼高’曰‘空’，因‘闭门’曰‘深’，俱可味。”（《蓼园词选》引）

吕渭老

吕渭老（1122年前后在世），一作滨老，字圣求，秀州（今浙江嘉兴市）人。宋徽宗宣和末年为朝士。有《圣求词》一卷。

思佳客

竹西从人去数年矣，今得归，偶以此烦全美述之。

曾醉扬州十里楼，竹西歌吹至今愁[1]。燕衔柳絮春心远，鱼入晴江水自流。　　情渺渺，梦悠悠，重来罗带认银钩。挂帆欲伴渔人去，只恐桃花误客舟[2]。

注释

[1] 竹西歌吹：竹西，亭名，在扬州城东禅智寺旁。杜牧《题扬州禅智寺》诗："谁知竹西路，歌吹是扬州。"

[2] "挂帆欲伴渔人去"二句：用桃花源渔人问津事，注见前。

曹　组

曹组(1125年前后在世),字元宠,颍昌(今河南许昌市)人。曹纬弟。宣和三年(1121)进士。召试中书,换武阶,兼阁门宣赞舍人,任给事殿中,官至副使。有《箕颍集》。

如梦令

门外绿阴千顷,两两黄鹂相应[1]。睡起不胜情[2],行到碧梧金井[3]。人静,人静,风动一枝花影。

✤ 注释

[1] 黄鹂:即黄莺。杜甫《绝句》:“两个黄鹂鸣翠柳。”

[2] 胜:读平声。

[3] 碧梧金井:古代宫中多以金色雕饰井栏,叫金井。

✤ 评笺

按此词又传为秦观作。(见《淮海长短句》)

忆少年

年时酒伴,年时去处,年时春色。清明又近也,却天涯为客。　　念过眼光阴难再得,想前欢,尽成陈迹。登临恨无语，把栏干暗拍。

✤ **评笺**

以上两首小令，不事雕饰，清新自然，纯用白描手法，宜其当时教坊与田中行小令并唱。（见《碧鸡漫志》）

康与之

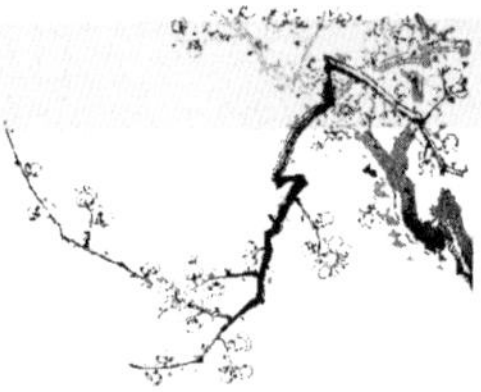

康与之(约 1131 年前后在世),字伯可,又字叔闻。号退轩,滑州(今河南滑县)人。宋南渡后,流寓嘉禾(今属浙江),建炎初上《中兴十策》,为汪伯彦等所抑不得用,及秦桧当国,乃附桧求进,擢为台郎。桧死,贬广州五年。有《顺庵乐府》。

长相思

南高峰,北高峰[1],一片湖光烟雾中,春来愁杀侬。
郎意侬,妾意侬,油壁车轻郎马骢[2],相逢九里松[3]。

✣ 注释

[1] 南北高峰:《西湖志》载:“南高峰高一千六百丈,上有塔,晋天福中建,今下级尚存,塔下有小龙井;北高峰石磴数万级,曲折三十六湾,唐天宝中建浮屠七层于顶。”

[2] 油壁:车厢用油漆彩饰的车子。古乐府:“妾乘油壁车,郎乘青骢马。”

[3] 九里松:《西湖志》:“唐刺史袁仁敬植松于行春桥,西达灵竺路,左右各三行,每行相去八九尺,苍翠夹道,人行其间,衣袂尽绿。”

✣ 评笺

明杨慎《词品》说:“盖效和靖(林逋)吴山青之调也。二词可谓敌手。”

诉衷情令

长安怀古

阿房废址汉荒丘[1]，狐兔又群游。豪华尽成春梦，留下古今愁。　　君莫上，古原头，泪难收。夕阳西下，塞雁南飞，渭水东流。

✤ 注释

[1] 阿房：秦宫名，故址在今陕西西安市长安区西北。《三辅黄图》："阿房宫亦曰阿城。惠文王(秦孝公之子)造，宫未成而亡，始皇广其宫，规恢三百余里。"杜牧有《阿房宫赋》。

✤ 评笺

这首词有古乐府遗意。王性之评说："如此居然不俗。"(见《词林纪事》)

叶梦得

叶梦得(1077—1148),字少蕴,号石林居士,苏州吴县人。绍圣四年(1097)进士。帅杭州,高宗朝除尚书右丞、江东安抚使,兼知建康府行宫留守移知福州,提举洞霄宫,居吴兴弁山。有《石林词》。

点绛唇

绍兴乙卯登绝顶小亭[1]

缥缈危亭,笑谈独在千峰上。与谁同赏,万里横烟浪[2]。　　老去情怀,犹作天涯想[3]。空惆怅,少年豪放,莫学衰翁样。

✤ 注释

[1] 词题:绍兴乙卯,为宋高宗绍兴五年(1135)。作者当时闲居吴兴弁山,山巅有小亭,风景尤佳。

[2] 烟浪:烟云如浪。

[3] “老去情怀”二句:是说年龄虽老,还有立功万里的雄心壮志。

✤ 评笺

这首词上阕写登高眺望的情景,下阕写“老骥伏枥,志在千里”的胸怀。“少年豪放”二句,堪称壮语。

水调歌头

九月望日，与客习射西园，余病不能射。因作《水调歌头》以寄意[1]。

霜降碧天静，秋事促西风[2]。寒声隐地初听，中夜入梧桐[3]。起瞰高城回望，寥落关河千里，一醉与君同。叠鼓闹清晓[4]，飞骑引雕弓。　岁将晚，客争笑，问衰翁[5]。平生豪气安在，走马为谁雄？何似当筵虎士[6]，挥手弦声响处，双雁落遥空[7]。老矣真堪愧，回首望云中[8]。

✤ 注释

[1] 词题：曾慥《乐府雅词》题作："九月望日与客习射西园，余偶病不能射，客较胜相先。将领岳德，弓强二石五斗，连三发中的，观者尽惊。因作词示坐客。前一夕大风，是日始寒。"

[2] 秋事促西风：秋事指秋收之事，意思是说西风催促秋收。唐彦谦《和陶渊明〈贫士〉》之七："去年秋事荒，贩籴仰邻州。"

[3] "寒声"二句，是说起初寒声隐约可闻，到了中夜，风吹梧桐，听得更清楚了。

[4] 叠鼓：接连不断地打鼓。

[5] 衰翁：作者自称。

[6] 虎士：猛士，指岳德。

[7] 双雁落遥空：《北史·长孙晟传》载有一笥贯双雁的故事，这里形容射术精妙。

[8] "老矣真堪愧"二句：是说自己虽然年老，仍关心北方边境战事。云中，地名，在今内蒙古自治区托克托县，为古时边防要地。

又

秋色渐将晚，霜信报黄花[1]。小窗低户深映，微路绕欹斜。为问山公何事[2]？坐看流年轻度，拚却鬓双华。徙倚望沧海[3]，天净水明霞。　　念平昔[4]，空飘荡，遍天涯。归来三径重扫，松竹本吾家[5]。却恨悲风时起，冉冉云间新雁，边马怨胡笳。谁似东山老，谈笑净胡沙[6]。

✤ 注释

[1] 霜信报黄花：是说在菊花开时是霜降的季候。霜信，霜降的信息。

[2] 山公：《晋书·山简传》载：山简好酒易醉，时人称为山公。这里作者借以自称。

[3] 徙倚望沧海：徙倚，徘徊。沧海，这里指太湖。

[4] 平昔：往日。

[5] "归来三径"二句：陶潜《归去来辞》："三径就荒，松菊犹存。"这两句写归隐田园情况。

[6] "谁似东山老"二句：本李白《永王东巡歌》"但用东山谢安石，为君谈笑净胡沙"而来。这是作者因居山中以晋朝东山谢安自况。

八声甘州

寿阳楼八公山作[1]

故都迷岸草，望长淮，依然绕孤城。想乌衣年少[2]，芝兰秀发[3]，戈戟云横[4]。坐看骄兵南渡，沸浪骇奔鲸[5]。转盼东流水，一顾功成。　　千岁八公山下，尚断崖草木，遥拥峥嵘[6]。漫云涛吞吐，无处向豪英。信劳生，空成今古，笑我来，何事怆遗情。东山老，可堪岁晚，独听桓筝[7]。

✤ 注释

[1] 词题：寿阳楼，即寿州城楼，在安徽省。八公山，在淝水之北，本以淮南八公曾在此炼丹得名。

[2] 乌衣年少：乌衣巷在秦淮南，晋南渡王谢诸名族居此，时谓其子弟为乌衣诸郎。

[3] 芝兰秀发：《世说新语·言语》载，谢玄说："譬如芝兰玉树，欲使生于庭阶耳。"这里比喻青年子弟，英俊有为。

[4] 戈戟云横：《世说新语·赏誉》："见钟士季(会)如观武库，但睹戈戟。"这里指他们胸有韬略。

[5] 奔鲸：奔逃的鲸鱼。这里是借喻。

[6] 峥嵘：高峻貌。

[7] 桓筝：《晋书·桓伊传》："伊便抚筝而歌《怨诗》曰：'为君既不易，为臣良独难。忠信事不显，乃有见疑患……'声节慷慨，俯仰可观。(谢)安泣下沾衿，乃越席而就之。'"

贺新郎

睡起流莺语。掩苍苔、房栊向晚，乱红无数。吹尽残花无人见，唯有垂杨自舞。渐暖霭、初回轻暑。宝扇重寻明月影，暗尘侵、上有乘鸾女[1]。惊旧恨，遽如许！　江南梦断横江渚[2]。浪粘天、葡萄涨绿，半空烟雨[3]。无限楼前沧波意[4]，谁采蘋花寄取[5]？但怅望、兰舟容与[6]。万里云帆何时到？送孤鸿、目断千山阻。谁为我，唱金缕？

✤ 注释

[1] "宝扇重寻明月影"三句：是说宝扇团团如明月形状，上面画着仙女。班婕

好《怨歌行》:“新裂齐纨素,皎洁如霜雪。裁为合欢扇,团团似明月。”又江淹《拟班婕妤咏扇》诗:“纨扇如圆月,出自机中素。画作秦王女,乘鸾向烟雾。”

[2] 横江渚:《清一统志》:“安徽和州横江浦在州东南。”此横江渚或即横江浦。

[3] “浪粘天”三句:是说在半空烟雨里江水绿如葡萄酒色,远望无边无际,好像粘贴在天上。李白《襄阳歌》:“遥看汉水鸭头绿,恰似葡萄初酦醅。”苏轼《武昌西山》诗:“春江渌涨葡萄醅。”

[4] 沧波:水青苍色叫沧波。王俭《褚渊碑》文:“鼓棹则沧波振荡,建旗则日月蔽亏。”

[5] “谁采蘋花”句:柳宗元《酬曹侍御过象县见寄》诗:“春风无限潇湘意,欲采蘋花不自由。”

[6] 容与:舒适貌。《汉书·礼乐志》:“练时日,澹容与。”与读去声。

✤ 评笺

黄蓼园说:“梦得理学名臣,晚年致政家居而作。此词自有所指,可细玩之。”(《蓼园词选》)

朱敦儒

朱敦儒（1080？—1175？），字希真，洛阳人。早年以布衣负重名，宋高宗绍兴初出仕，累任秘书省正字、兵部郎官、鸿胪少卿等官。他的词风格与苏轼相近。有《樵歌》三卷。

相见欢

金陵城上西楼，倚清秋[1]。万里夕阳垂地大江流[2]。
中原乱，簪缨散，几时收[3]？试倩悲风吹泪、过扬州[4]。

✤ **注释**

[1] 倚清秋：指倚城楼远望秋景。

[2] 夕阳垂地：写斜阳西落情景。

[3] “中原乱”三句：簪缨，贵人的冠饰，这里代表宋王朝的达官。这几句是回忆汴京陷落在敌人之手，达官已散，何日可以收复。

[4] “试倩”句：是说把我的悲哀的眼泪请西风吹到扬州去吧！因扬州地区在建炎三年(1129)曾遭金兵焚烧蹂躏，破坏不堪，所以这样说。倩，托也。

柳　枝[1]

江南岸，柳枝；江北岸，柳枝；折送行人无尽时，恨分离，柳枝。
酒一杯，柳枝；泪双垂，柳枝；君到长安百事违，几时归？柳枝。

✤ 注释

[1] 词牌：按《柳枝》与《采莲子》，皆唐教坊曲名，各有和声。白居易诗注："杨柳枝，洛下新声，其诗曰：'听取新翻杨柳枝'是也。"乐府横吹曲有《折杨柳》名。此则借旧曲名，别创新声。此词句后"柳枝"二字，与皇甫松《采莲子》之有"举棹"、"年少"，孙光宪《竹枝》之有"竹枝"、"女儿"之语作和声者，情况略同。

鹧鸪天

西都作[1]

我是清都山水郎[2]，天教懒慢带疏狂。曾批给露支风敕，累奏留云借月章[3]。　　诗万首，酒千觞[4]，几曾着眼看侯王。玉楼金阙慵归去，且插梅花醉洛阳。

✤ 注释

[1] 词题：西都，指洛阳，兹依沈雄《柳塘词话》。这首词是作者回洛阳时自述。

[2] 我是清都山水郎：是说我本是天上管理山水的郎官。清都，道家传说是紫微天帝所居之处。

[3] "曾批给露支风敕"二句：敕、章都是公文，这两句借指自己的生涯中，只管露、风、云、月，不管人间尘俗的事务。

[4] 千觞：犹言千杯，形容饮酒之多。

✤ 评笺

朱敦儒词构思新颖，语言清畅，宋黄昇称赞他："天资旷达，有神仙风致。"虽不免溢美之辞，但他隐居嘉禾（今浙江嘉兴），本不想出来做官，后被迫做鸿胪少卿，致贻后人讥笑口实。据《二老堂诗话》载："朱希真致仕居嘉禾，诗词独步一世。秦丞相欲令教秦伯阳作诗，遂除鸿胪少卿，盖久废之官也。或作诗云：'少室山人久挂冠，不知何事到长安。如何纵插梅花醉，未必王侯著眼看。'盖希真旧有《鹧鸪天》云。"

念奴娇

插天翠柳，被何人、推上一轮明月？照我藤床凉似水，飞入瑶台琼阙[1]。雾冷笙箫，风轻环佩[2]，玉锁无人掣。闲云收尽，海光天影相接。　　谁信有药长生[3]？素娥新炼就，飞霜凝雪。打碎珊瑚，争似看、仙桂扶疏横绝[4]。洗尽凡心，满身清露，冷浸萧萧发。明朝尘世，记取休向人说。

✤ **注释**

[1] 瑶台琼阙：指天上宫阙，犹言琼楼玉宇。

[2] 环佩：仙女身所佩带的饰物。杜甫《咏怀古迹五首》其三："环佩空归月夜魂。"

[3] 谁信有药长生：迷信传说月中有玉兔捣药。杜甫《月》诗："入河蟾不没，捣药兔长生。"素娥，指嫦娥，月中仙女。李商隐《霜月》诗："青女素娥俱耐冷，月中霜里斗婵娟。"

[4] "仙桂"句：旧传说月中有桂树，吴刚罚去伐桂。杜甫诗有"斫却月中桂，清光应更多"之句。扶疏，枝叶繁茂貌。

✤ **评笺**

张正夫说："敦儒月词：'插天翠柳，被何人、推上一轮明月。'词意绝奇，似不食人间烟火人语。是作今载集中，余皆音律谐缓，情至文生，宜其独步一时也。"（见吴枚庵《关于〈樵歌〉考证及朱敦儒史料》一文）

水龙吟

放船千里凌波去[1]，略为吴山留顾[2]。云屯水府，涛随神女[3]，九江东注[4]。北客翩然[5]，壮心偏感，年华将暮。念伊嵩旧隐，巢由故友[6]。南柯梦[7]，遽如许！　　回首妖氛未扫[8]，问人间，英雄何处？奇谋报国，可怜无用，尘昏白羽[9]。铁锁横江[10]，锦帆冲浪[11]，孙郎良苦[12]。但愁敲桂棹，悲吟《梁父》[13]，泪流如雨。

✤ 注释

[1] 放船：放任船随波而流。杜甫诗："落日放船好，轻风生浪迟。"

[2] 吴山：泛指江苏南部的山，江苏南部古为吴国境界。

[3] "云屯水府"二句：形容江水汹涌的样子。水府，水神住的地方。韦应物《鼋头山神女歌》："水府沉沉行路绝，蛟龙出没无时节。"

[4] 九江：众水汇流的大江。《尚书·禹贡》："九江孔殷。"北客：北来之客。作者是洛阳人到南方去，自称北客。

[5] 翩然：一本作"苍颜"。

[6] "念伊嵩旧隐"二句：伊，伊阙，在河南洛阳市南。嵩，嵩高，在河南登封县北。皆名山。巢，巢父；由，许由。都是古时隐居之士。这二句是说怀念过去在洛阳一同游玩名山的隐居者和旧友。

[7] 南柯梦：李公佐《南柯记》里叙述有淳于棼梦到槐安国，国王妻以公主，用他做南柯太守，备极荣显，醒来方知所谓南柯郡，就是大槐树下的蚁穴。后来一些作品中常以"南柯一梦"比喻往事。

[8] 妖氛：指侵宋的金军。

[9] 尘昏白羽：尘昏，指战尘昏黑。白羽，箭名。

[10] 铁锁横江：三国时吴国闻晋军来攻，在长江险要之处以铁锁横截江底，以拒楼船。

[11] 锦帆：本隋炀帝游江都造锦帆事。这里借指兵船。

[12] 孙郎：指吴主孙皓，他因战败投降于晋。这里暗指南宋为金兵所迫，节节后退的危亡局面。

[13] 悲吟《梁父》：《三国志·诸葛亮传》载，诸葛亮好为《梁父吟》，这里作者用以自比。

✤ 评笺

当金兵大举南侵，宋朝廷岌岌可危之时，作者面临这种国家危亡局面，写了不少有关国事的沉痛篇章。这首词就是他的《樵歌》里杰出的一篇。

陈　克

陈克(1081—?),字子高,自号赤城居士,浙江临海人。侨居金陵,吕祉帅建康,辟为参议。诗多情致,词尤工。有《赤城词》。

临江仙

四海十年兵不解,胡尘直到江城。岁华销尽客心惊。疏髯浑如雪,衰涕欲生冰。　　送老齑盐何处是[1]?我缘应在吴兴[2]。故人相望若为情。别愁深夜雨,孤影小窗灯。

✤ 注释

[1] 齑盐:切碎的腌菜,引申为细碎。

[2] 吴兴:今浙江省湖州市吴兴区。

周紫芝

周紫芝（1082—?），字少隐，自号竹坡居士，宣城（今属安徽）人。绍兴中始登第，历官枢密院编修官、右司员外郎，出知兴国军，为政简静而不扰。以阿附秦桧，世论卑之。有《竹坡词》。

鹧鸪天

一点残红欲尽时，乍凉秋气满屏帏。梧桐叶上三更雨，叶叶声声是别离。　　调宝瑟[1]，拨金猊[2]，那时同唱《鹧鸪词》[3]。如今风雨西楼夜，不听清歌也泪垂。

✤ 注释

[1] 宝瑟：瑟，古乐器，原为五十弦，后改为二十五弦，弦各有柱，可上下移动，以定声的清浊高下。何逊《咏娼妇诗》："宝瑟凤雏声。"

[2] 金猊：狮形的铜香炉。《潜确类书》："金猊宝鼎，焚香器也。"

[3] 鹧鸪词：《乐府诗集》里有李益、李涉《鹧鸪词》及羽调曲的《山鹧鸪》等。

万俟咏

万俟（mò qí）咏（生卒年不详），字雅言，自号词隐。崇宁中充大晟府制撰。有《大声集》，周美成为序，山谷亦称之为“一代词人”。

长相思

雨

一声声，一更更，窗外芭蕉窗里灯。此时无限情。梦难成，恨难平，不道愁人不喜听。空阶滴到明。

又

山　驿[1]

短长亭，古今情，楼外凉蟾一晕生[2]。雨余秋更清。暮云平，暮山横，几叶秋声和雁声。行人不要听。

✤ 注释

[1] 山驿：山路中驿舍，为行人中途休息之所。

[2] 凉蟾：俗传月中有蟾蜍，故借称月为蟾。凉蟾即凉月。

✤ 评笺

清黄蓼园说：“按‘一晕生’三字，仍带有古今情之意。末句‘不要听’三字，含有

无限惋恻。”(《蓼园词选》)

昭君怨

春到南楼雪尽，惊动灯期花信[1]。小雨一番寒，倚栏干。莫把栏干频倚，一望几重烟水。何处是京华[2]，暮云遮。

✤ 注释

[1] 灯期：农历正月十五日上元节，又称灯节，为赏灯之期。花信：《吕氏春秋·贵信》：“春之德风，风不信，其花不盛。”故谓花开时风名花信风。《书肆说铃》：“花信风自小寒起至谷雨，合八气得四个月，每气管十五日，每五日一候，计八气分得二十四候，每候以一花之风信应之。”

[2] 京华：京都。这里指汴京。

✤ 评笺

万俟咏曾充宋大晟府制撰，精通声律，按月填词制谱呈进。以上小令，清新骚雅。宋黄昇评说：“雅言之词，词之圣者也。发妙音于律吕之中，运巧思于斧凿之外，平而工，和而雅，比诸刻琢句意而求精丽者远矣。”(《花庵词选》)

李　纲

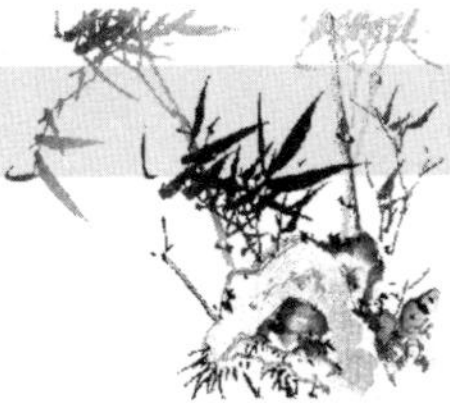

李纲（1083—1140），字伯纪，常州无锡（今江苏无锡）人，祖籍邵武（今属福建）人。政和二年（1112）登进上第，官至监察御史，以言事忤权贵，改比部员外郎，靖康初为兵部侍郎。金兵进犯，力主迎战被谪。高宗即位，首召为相，修内治，整边防，讲军政，力图恢复。他是抗金的著名英雄。著有《梁溪集》。

六么令

次韵和贺方回《金陵怀古》。鄱阳席上作[1]。

长江千里，烟澹水云阔。歌沈玉树[2]，古寺空有疏钟发。六代兴亡如梦，苒苒惊时月。兵戈凌灭[3]，豪华销尽，几见银蟾自圆缺！　　潮落潮生波渺，江树森如发[4]。谁念迁客归来，老大伤名节。纵使岁寒途远，此志应难夺。高楼谁设？倚阑凝望，独立渔翁满江雪。

✤ **注释**

[1] 词题：贺方回，贺铸字方回。鄱阳，在江西省。

[2] 玉树：陈后主制《玉树后庭花》等曲。见《隋书·乐志》。许浑《金陵怀古》诗："玉树歌残王气终。"

[3] 兵戈凌灭：指金兵侵扰已经暂时平静下去。

[4] 江树森如发：是说江边树一丛丛，望如人的头发。

[5]“独立渔翁满江雪”句：用柳宗元《江雪》“孤舟蓑笠翁，独钓寒江雪”诗意。

✤ 评笺

在宋钦宗靖康元年(1126)，金帅斡离不攻破相、浚二州，击破了镇守黄河渡口的宋兵，金兵便从容渡河，直逼汴京城下。这时奸臣童贯等已拥徽宗逃至镇江，李纲独坚持抗金，但屡被当道者阻挠。这首词题虽是和贺铸的《金陵怀古》，其中如："谁念迁客归来，老大伤名节。纵使岁寒途远，此志应难夺。"却写出他坚决抗金的意志。

吕本中

吕本中（1084—1145），原名大中，字居仁，寿州（今安徽寿县）人。宋哲宗朝宰相吕公著之曾孙。幼敏悟，以荫补承务郎，累迁中书舍人兼直学士院。后因得罪秦桧，被免职。学者称为“东莱先生”。小词清新，今传有《紫微词》。

采桑子

别　情

恨君不似江楼月，南北东西。南北东西，只有相随无别离。　　恨君却似江楼月，暂满还亏。暂满还亏，待得团圆是几时？

踏莎行

雪似梅花，梅花似雪，似和不似却奇绝。恼人风味阿谁知，请君问取南楼月。　　记得去年，探梅时节，老来旧事无人说。为谁醉倒为谁醒，到今犹恨轻离别。

✤ 评笺

以上二首词，明白如话，具有民歌气息，不似其诗受江西诗派的束缚。

李清照

李清照（1084—约1151），号易安居士，山东济南人。李格非之女，适赵明诚。其夫死后，流寓在浙江金华、绍兴地区。她是宋代第一流的女词人，作品多散失。著有《漱玉词》。

如梦令

昨夜雨疏风骤[1]，浓睡不消残酒[2]。试问卷帘人[3]，却道海棠依旧。知否？知否？应是绿肥红瘦[4]。

✤ 注释

[1] 雨疏风骤：雨小风急。

[2] 浓睡：酣睡。卢仝《茶歌》："日高丈五睡正浓。"残酒：残余酒意，等于残醉。

[3] 卷帘人：指侍女。

[4] 绿肥红瘦：绿，指叶子；红，指花，即花少叶盛的意思。用肥瘦来形容叶和花，这是拟人的手法。

✤ 评笺

宋胡仔说："近时妇人能文词，如李易安颇多佳句。……'绿肥红瘦'，此语甚新。"（《苕溪渔隐丛话》）清黄蓼园说："按一问极有情，答以'依旧'，答得极澹，跌出'知否'二句来，而'绿肥红瘦'，无限凄婉，却又妙在含蓄。短幅中藏无数曲折，自是圣于词者。"（《蓼园词选》）

减字木兰花

卖花担上，买得一枝春欲放[1]。泪点轻匀，犹带彤霞晓露痕[2]。　怕郎猜道，奴面不如花面好[3]。云鬓斜簪[4]，徒要教郎比并看。

✤ 注释

[1] 春：春色，指花。

[2] 彤霞：红霞。曹唐《小游仙》诗："红草青林日半斜，闲乘小凤出彤霞。"

[3] 奴：封建社会女子的谦称。李煜《菩萨蛮》词："奴为出来难，教人恣意怜。"

[4] 云鬓：形容妇女鬓发如云。

武陵春

风住尘香花已尽[1]，日晚倦梳头。物是人非事事休，欲语泪先流。　闻说双溪春尚好，也拟泛轻舟。只恐双溪舴艋舟[2]，载不动，许多愁。

✤ 注释

[1] 尘香：花落在地面使尘土都染香气。

[2] 双溪舴艋舟：舴艋，小舟。双溪，浙江金华有永康、东阳二水合流。

✤ 评笺

这首词是作者在绍兴五年(1135)避难金华时所写。清吴衡照说："其作于祭湖州之后欤，悲深婉笃，犹令人感伉俪之重。"(《莲子居词话》)

醉花阴

薄雾浓云愁永昼[1]，瑞脑消金兽[2]。佳节又重阳，玉枕纱厨[3]，半夜凉初透。　　东篱把酒黄昏后[4]，有暗香盈袖[5]。莫道不消魂，帘卷西风，人比黄花瘦[6]。

✤ 注释

[1] 薄雾浓云：一本作“薄雾浓雰”。永昼：长昼。

[2] 瑞脑消金兽：瑞脑，一称龙瑞脑，香料。金兽，兽形的香炉。

[3] 纱厨：即纱帐，形如小屋用以避蚊蝇，中可置榻。框上糊以绿色薄纱。称作碧纱厨。

[4] 东篱：陶潜《饮酒》诗：“采菊东篱下，悠然见南山。”

[5] 暗香盈袖：《古诗十九首》：“馨香盈怀袖，路远莫致之。”

[6] “帘卷西风”二句：明王世贞说：“康与之‘人比梅花瘦几分’，又‘天还知道，和天也瘦’，又‘帘卷西风，人比黄花瘦’……字字俱妙。”

✤ 评笺

元伊世珍《嫏嬛记》载：“易安以重阳《醉花阴》词函致明诚，明诚叹赏自愧不逮，务欲胜之。一切谢客，忘食忘寝者三日夜，得五十阕，杂易安作，以示友人陆德夫。德夫玩之再三曰：‘只三句绝佳。’明诚诘之，答曰：‘莫道不消魂，帘卷西风，人比黄花瘦。’正易安作也。”真如清李调元所论：“直欲压倒须眉。”

小重山

春到长门春草青[1]。红梅些子破[2]，未开匀。碧云笼碾玉成尘。留晓梦，惊破一瓯春[3]。　　花影压重门，疏帘铺淡月，好黄昏。二年三度负东君[4]，归来也，著意过今春[5]。

✤ 注释

[1] “长门”句：用薛昭蕴《小重山》词句。注见薛词。

[2] 些子破：些子，有些。破，开放。

[3] 一瓯春：指饮茶，可以敌睡。

[4] 东君：太阳神。日出东方，故名。见《楚辞·九歌》及《汉书·郊祀志》。这里代替时间光阴。

[5] 著意：犹言注意。《楚辞·九辩》：“惟著意而得之。”

一剪梅

红藕香残玉簟秋[1]，轻解罗裳，独上兰舟。云中谁寄锦书来[2]，雁字回时[3]，月满西楼。　　花自飘零水自流，一种相思，两处闲愁。此情无计可消除，才下眉头，却上心头[4]。

✤ 注释

[1] 红藕：红藕花，即红荷花。孟郊《送李翱》诗：“新秋折藕花，应对吴语娇。”玉簟：珍贵的席子。《仙吏传》：“国人皆织珠玉为簟。”刘禹锡《刘驸马水亭避暑》诗：“千竿竹翠数莲红，水阁虚凉玉簟空。”

[2] 锦书：书信的美称，见前晏几道《清平乐》词注。

[3] 雁字：见前晏几道《阮郎归》词注。

[4] “此情无计可消除”三句：本范仲淹《御街行》“都来此事，眉间心上，无计相回避”脱化而来。

✤ 评笺

伊世珍《嫏嬛记》载：“赵明诚、易安结缡未久，明诚即负笈远游，易安殊不忍别，觅锦帕，书《一剪梅》以送之。”从这首词里可以看出作者新婚初别的真挚爱情。

凤凰台上忆吹箫

香冷金猊[1]，被翻红浪[2]，起来慵自梳头。任宝奁尘满[3]，日上帘钩。生怕离怀别苦[4]，多少事，欲说还休。新来瘦，非干病酒[5]，不是悲秋。　　休休！这回去也，千万遍《阳关》[6]，也则难留。念武陵人远，烟锁秦楼[7]。惟有楼前流水，应念我，终日凝眸[8]。凝眸处，从今又添，一段新愁。

✤ 注释

[1] 金猊：见前周紫芝《鹧鸪天》词注。

[2] 红浪：形容没有叠好乱堆床上的红锦被。

[3] 宝奁(lián)：华贵的梳妆镜匣。

[4] 生怕：最怕。

[5] 非干病酒：非干，不关。病酒，即酒病。这句是说与酒醉没有关系。

[6]《阳关》：见前张舜民《卖花声》词“渭城”句注。

[7] “念武陵人远”二句：武陵，郡名，在今湖南常德市一带。上句引用武陵人到桃花源的故事，见陶潜《桃花源记》。下句秦楼，即凤女台，在陕西宝鸡市东南，相传秦穆公女弄玉及其丈夫萧史在此吹箫随凤升仙。锁，有隔绝的意思。这二句是说想念丈夫如同武陵人一样远去，而自己所住的妆楼却被烟雾笼罩着。

[8] 凝眸(móu)：注视，呆望。

✤ 评笺

这首词，也是作者与赵明诚别离时所作。明李攀龙说：“写其一腔临别心神。新瘦新愁，真如秦女楼头，声声有和鸣之奏。”(《草堂诗余隽》)张祖望说：“‘唯有楼前流水，应念我，终日凝眸’，痴语也，如巧匠运斤，毫无痕迹。”(《古今词论》)

声声慢

寻寻觅觅[1]，冷冷清清，凄凄惨惨戚戚[2]。乍暖还寒时候，最难将息[3]。三杯两盏淡酒，怎敌他，晚来风急！雁过也，正伤心，却是旧时相识[4]。　　满地黄花堆积，憔悴损，如今有谁堪摘？守着窗儿，独自怎生得黑[5]！梧桐更兼细雨，到黄昏点点滴滴。这次第[6]，怎一个愁字了得！

✤ 注释

[1] 寻寻觅觅：心神无主，像丢失什么东西似的。

[2] 戚戚：忧愁苦恼。

[3] 将息：调养、休息的意思。王建《留别张广文》诗："千万求方好将息，杏花寒食约同行。"

[4] "雁过也"三句：是说正伤心时有雁飞过，这只雁原来是替她带过书信的"旧时相识"。赵嘏《寒塘》诗："乡心正无限，一雁度南楼。"

[5] 怎生：怎样。

[6] 次第：光景。

✤ 评笺

宋张端义《贵耳集》卷上载："此乃公孙大娘舞剑手，本朝非无能词之士，未曾有一下十四叠字者，用《文选》诸赋格。后叠又云：'梧桐更兼细雨，到黄昏点点滴滴。'又使叠字，俱无斧凿痕。"

念奴娇

萧条庭院[1]，又斜风细雨，重门须闭。宠柳娇花寒食近[2]，种种恼人天气。险韵诗成[3]，扶头酒醒[4]，别是闲滋味。征鸿过尽，万千心事难寄。　　楼上几日春寒，帘垂四面，玉栏杆慵倚[5]。被冷香消新梦觉，不许愁人不起。清露晨流，新桐初引[6]，多少游春意！日高烟敛，更看今日晴未？

✤ 注释

[1] 萧条：寂寞冷落的意思。

[2] 宠柳娇花：宠是宠爱，娇是娇贵，原均用以指人，这里用来形容柳和花，是拟人的手法。宋黄昇说："'宠柳娇花'之语亦甚奇俊，前此未有能道之者。"（《花庵词选》）

[3] 险韵诗：用生僻难押的字做韵脚来作诗。

[4] 扶头酒：古人于卯时饮酒称卯酒，又名扶头酒。又容易喝醉的酒，亦称扶头酒。白居易《早饮湖州酒寄崔使君》诗："一榼扶头酒，澄泓泻玉壶。"

[5] 慵：懒。

[6] "清露晨流"二句：《世说新语·赏誉》："于时清露晨流，梧桐初引。"初引，初生，初长。

✤ 评笺

这首词写出作者抑郁苦闷的心情，感情真挚动人，语言亦清新流利。清黄蓼园解说："只写心绪落寞，近寒食更难遣耳。陡然而起，便尔深邃。至前段云'重门须闭'，后段云'不许不起'，一开一合，情各戛戛生新。起处雨，结句晴，局法浑成。"（《蓼园词选》）

永遇乐

落日熔金[1]，暮云合璧[2]，人在何处？染柳烟浓，吹梅笛怨[3]，春意知几许？元宵佳节，融和天气，次第岂无风雨[4]？来相召，香车宝马[5]，谢他酒朋诗侣。　　中州盛日[6]，闺门多暇，记得偏重三五[7]。铺翠冠儿[8]，捻金雪柳[9]，簇带争济楚[10]。如今憔悴，风鬟雾鬓[11]，怕见夜间出去。不如向帘儿底下，听人笑语。

✤ 注释

[1] 熔金：形容日光灿烂如黄金熔化的颜色。廖世美《好事近》词："落日水熔金。"

[2] 合璧：暮云连成一片，如白玉相合。王安石有"浮云堆白玉"之句。

[3] 吹梅笛怨：笛谱中有《梅花落》曲。

[4] 次第：犹言转眼。

[5] 香车宝马：华美的车马。

[6] 中州盛日：指汴京没有被金兵攻陷之前的繁盛时期。汴京，今河南开封市。

[7] 三五：指正月十五日元宵节。

[8] 铺翠冠儿：妆饰着翡翠的帽子。吴自牧《梦粱录·元宵》："官巷口、苏家巷二十四家傀儡，衣装鲜丽，细旦戴花朵肩、珠翠冠儿，腰肢纤袅宛若妇人。"

[9] 捻金雪柳：以捻金为饰的雪柳。宋代元宵时，妇女插戴的一种装饰品。《东京梦华录》"正月十六日"条："市人卖玉梅、夜蛾、蜂儿、雪柳……"

[10] 簇带争济楚：簇带，插戴着很多的饰物。周密《武林旧事》引"都人避暑戴茉莉花"条云："妇人簪戴，多至七插。"济楚，整齐好看。

[11] 风鬟雾鬓：形容女子鬓发蓬松散乱。苏轼《题毛女真》诗："雾鬓风鬟木叶衣。"

✤ 评笺

这首词，是作者在建康（今南京）所作，词中回忆当年汴京元宵的繁华景象，全词交织着故国之思和流亡之感。所以宋刘辰翁读了为之涕下，足见感人之深。至于措辞精粹，更有独到之处，宋张端义《贵耳录》里说："易安居士……南渡来常怀京洛旧事，晚年赋元宵《永遇乐》词云'落日熔金，暮云合璧'，已自工致。至于'染柳烟浓，吹梅笛怨，春意知几许'气象更好。后叠云：'于今憔悴，风鬟雾鬓，怕见夜间出去。'皆以寻常语度入音律，炼句精巧则易，平淡入妙者难。……山谷谓以故为新，以俗为雅者，易安先得之矣。"

朱淑贞

朱淑贞（生卒年不详），自号幽栖居士，家居钱塘。幼警慧，喜读书，匹配非人，抑郁不得志，所作诗词多幽愤之言，死后为其父母一火焚之。后人辑有《断肠诗集》和《断肠词》。

减字木兰花

独行独坐，独倡独酬还独卧[1]。伫立伤神，无奈轻寒著摸人[2]。　　此情谁见，泪洗残妆无一半。愁病相仍[3]，剔尽寒灯梦不成。

✤ 注释

[1] 独倡独酬：自倡自和的意思。《诗经・郑风・萚兮》："倡予和女。"酬即和也。

[2] 著摸：撩惹或拈惹之意。毛滂《粉蝶儿》词："正春风，新著摸花花叶叶。"

[3] 相仍：相因。

✤ 评笺

这首小词连用五个"独"字，而意境连贯宛转，一气呵成，不觉其重复，其手法不亚李易安《声声慢》使用叠字也。

谒金门

春　半

春已半，触目此情无限！十二栏干闲倚遍，愁来天不管。　　好是风和日暖，输与莺莺燕燕。满院落花帘不卷，断肠芳草远？

✣ 评笺

这首词前二句，与南唐李煜《清平乐》“别来春半，触目柔肠断”句颇相似，可谓深得其髓。

眼儿媚

春　怨

迟迟春日弄轻柔，花径暗香流。清明过了，不堪回首，云锁朱楼。　　午窗睡起莺声巧，何处唤春愁？绿杨影里，海棠亭畔，红杏梢头。

蝶恋花

送　春

楼外垂杨千万缕，欲系青春，少住春还去。犹自风前飘柳絮，随春且看归何处？　　绿满山川闻杜宇，便做无情，算也愁人苦。把酒送春春不语，黄昏却下潇潇雨。

赵 鼎

赵鼎(1085—1147),字元镇,号得全居士,解州闻喜(今属山西)人。累官至尚书左仆射、同中书门下平章事兼枢密使,与秦桧论和议不合,罢谪岭南,移吉阳军,不食而卒。有《得全居士词》。

蝶恋花

河中作

尽日东风吹绿树,向晚轻寒,数点催花雨。年少凄凉天付与,更堪春思萦离绪[1]。　　临水高楼携酒处,曾寄哀弦[2],歌断黄金缕。楼下水流何处去,凭栏目送苍烟暮。

✤ 注释

[1] 春思:惜春情绪。思读去声。

[2] 哀弦:见前周邦彦《兰陵王》词注。

✤ 评笺

宋黄昇说:“赵公中兴名相,词章婉丽,不减《花间》。”(张宗橚《词林纪事》引)

蔡 伸

蔡伸（1088—1156），字仲道，自号友古居士，福建莆田人。忠惠公蔡襄之孙。政和五年（1115）进士。做过太学博士和徐州等处的地方官。有《友古词》。

苍梧谣[1]

天！休使圆蟾照客眠[2]。人何在？桂影自婵娟[3]。

✤ **注释**

[1] 苍梧谣：即《十六字令》。

[2] 圆蟾：指满月，古代传说月亮中有蟾蜍，所以称月为蟾。韩琦《庚戌秋分》诗："西园宴集偏宜夜，坐看圆蟾过丽谯。"

[3] 桂影自婵娟：旧传月中有仙桂，桂影即月影。婵娟，美好貌。

陈与义

陈与义(1090—1138),字去非,号简斋,洛阳人。政和三年(1113)进士。南渡后,官至参知政事。以诗著名,有《简斋集》附《无住词》。

临江仙

夜登小阁,忆洛中旧游[1]。

忆昔午桥桥上饮[2],坐中多是豪英[3]。长沟流月去无声。杏花疏影里,吹笛到天明。　　二十余年如一梦[4],此身虽在堪惊!闲登小阁看新晴。古今多少事,渔唱起三更[5]。

✤ **注释**

[1] 词题:这是作者回忆洛阳旧友而作。《草堂诗余》题作“忆吴中旧游”,恐误。

[2] 午桥:庄名。《新唐书·裴度传》说:裴度晚年居洛阳,在午桥作别墅,和白居易、刘禹锡为文章,把酒相欢,不问人间事。按午桥庄在洛阳城南十里。见《清一统志》。

[3] 豪英:指杰出的人物。

[4] “二十余年”二句:作者在政和三年(1113)做官后,曾遭贬谪,特别在金兵占领汴京以后,他曾避乱襄、汉、湖、湘,南逾五岭,受尽艰难困苦,回想起往昔真如一梦,所以说实堪惊叹。

[5] 渔唱:渔歌。王勃《滕王阁序》:“渔歌唱晚。”

✤ **评笺**

胡仔说:“此数语奇丽,《简斋集》后载数词,惟此词为最优。”(《苕溪渔隐丛话》)王世贞说:“子瞻‘与谁同坐,明月清风我’‘明月几时有,把酒问青天’,快语也;‘大江东去,浪淘尽千古风流人物’,壮语也;‘杏花疏影里,吹笛到天明’……爽语也。此词在浓与淡之间。”(《艺苑卮言》)

曹勋

曹勋(1098—1174),字公显,阳翟(在今河南禹县)人。曹组之子。宣和时官至太尉,提举皇城司、开府仪同三司,卒于淳熙初。为北宋末一大慢曲作家,自度新曲颇多。有《松隐乐府》。

饮马歌

此腔自虏中传至边,饮牛马即横笛吹之,不鼓不拍,声甚凄断。闻兀术每遇对阵之际吹此,则鏖战无还期也[1]。

边头春未到,雪满交河道[2]。暮沙明残照,塞烽云间小[3]。断鸿悲,陇月低[4],泪湿征衣悄,岁华老。

✤ **注释**

[1] 词题:兀术,金太祖的第四子,善骑射,屡侵宋,江南呼为“四太子”。尝为韩世忠所困。与岳飞战于郾城,大败,将北还,会秦桧主和,飞被杀,遂与宋和。

[2] 交河道:在交河旁的道路。金置交河县,明清皆属直隶河间府。

[3] 塞烽:边塞的烽火。古人戍守边塞多作土台,台上作桔皋,桔皋头上有笼,用薪草置其中,有寇警即点燃相告,叫举烽火。

[4] 陇:陇山,在今陕西、甘肃两省界上。亦称陇坂。

宋　江

宋江（生卒年不详），字公明，排行第三，绰号“呼保义”，山东郓城县人。幼年为把笔司吏，为人疏财仗义，扶困济贫，因此山东、河北闻名，称他为“及时雨”。他为梁山好汉，被拥护为农民起义军领袖。但由于他的阶级局限性，梁山最后被招安，使起义军终归失败。词见于《全宋词》。

念奴娇

天南地北，问乾坤，何处可容狂客？借得山东烟水寨[1]，来买凤城春色[2]。翠袖围香，鲛绡笼玉，一笑千金值[3]。神仙体态，薄幸如何销得[4]！

回想芦叶滩头，蓼花汀畔，皓月空凝碧[5]。六六雁行连八九[6]，只待金鸡消息[7]。义胆包天，忠肝盖地，四海无人识。闲愁万种，醉乡一夜头白。

✤ 注释

[1] 山东烟水寨：指梁山泊山寨。

[2] 凤城春色：指狎游汴京名妓李师师家。

[3] “翠袖围香”三句：指狎妓说。翠袖：杜甫《佳人》诗：“天寒翠袖薄，日暮倚修竹。”鲛绡：丝绸的衣裳。《述异记》：“南海出鲛绡纱，泉室潜织，一名龙纱，其价百金，以为服，入水不濡。”一笑千金值：晏几道《生查子》词：“妆罢立春风，一笑千

金少。”

[4] 薄幸：即薄情。

[5] “回想芦叶滩头”三句：是描绘梁山泊的景色。

[6] “六六雁行连八九”句：雁行：指同起义的兄弟行列，这句指梁山好汉一百零八将。

[7] “只待金鸡消息”句：这句是说等待招安。金鸡，皇帝大赦。《新唐书·百官志》：“中尚署令……赦日，树金鸡于仗南，竿长七丈，有鸡高四尺，黄金饰首，衔绛幡长七尺，承以彩盘，杂以绛绳。”

无名氏

御街行

霜风渐紧寒侵被[1]，听孤雁，声嘹唳[2]。一声声送一声悲，云淡碧天如水。披衣告语：雁儿略住，听我些儿事。　　塔儿南畔城儿里，第三个桥儿外，滨河西畔小红楼，门外梧桐雕砌[3]。请教且与，低声飞过，那里有人人无寐。

✤ 注释

[1] 寒侵被：是说棉被抵不住寒气的侵袭。

[2] 嘹唳（liáo lì）：雁叫声。

[3] 雕砌：雕花的台阶。

✤ 评笺

这首词以物拟人的写法，与敦煌曲子词中《鹊踏枝》写法相似。王闿运说：“纯乎渐调，透一层写法，却是真情真景。”（《湘绮楼词选》）

青玉案

年年社日停针线[1]，怎忍见，双飞燕。今日江城春已半。一身犹在，乱山深处，寂寞溪桥畔。　　春衫著破谁针线，点点行行泪痕满。落日解鞍芳草岸。花无人戴，酒无人劝，醉也无人管。

✤ 注释

[1] 社日停针线：张邦基《墨庄漫录》："今人家闺房，遇春秋社日，不作组纫（编织和针线工作），谓之忌作。"张籍《吴楚词》及周邦彦《秋蕊香》词均有"社日停针线"之语。

✤ 评笺

清贺裳《皱水轩词筌》："无名氏《青玉案》曰：'落日解鞍芳草岸，花无人戴，酒无人劝，醉也无人管。'语淡而情浓，事浅而言深，真得词家三昧，非鄙俚朴陋者可冒。"

张元幹

张元幹(1091—1160后),字仲宗,号芦川居士,福建长乐人。向伯恭之甥。绍兴元年(1131)李纲任亲征行营使抗击金兵,他曾为属官,官至将作监丞。在秦桧当权时致仕南归,后因作词赠送胡铨,触怒秦桧,削除官职。有《芦川词》。

浣溪沙

山绕平湖波撼城[1],湖光倒影浸山青。水晶楼下欲三更[2]。　　雾柳暗时云度月[3],露荷翻处水流萤。萧萧散发到天明。

✤ 注释

[1] 波撼城:形容波涛很大,有摇动城墙之势。孟浩然《临洞庭》诗:"气蒸云梦泽,波撼岳阳城。"

[2] 水晶楼下欲三更:是说湖光荡漾,照到楼上有如水晶清莹。杜牧《悲吴王城》诗:"水精波动碎楼台。"

[3] "雾柳"二句:上句是说天上流云遮月,使雾柳越显发暗。下句是说含露的荷叶翻动时,水光闪烁,如飞流的萤火一般。

水调歌头

追　和[1]

举手钓鳌客[2]，削迹种瓜侯[3]。重来吴会三伏[4]，行见五湖秋。耳畔风波摇荡，身外功名飘忽，何路射旄头[5]？孤负男儿志，怅望故园愁。　　梦中原，挥老泪，遍南州。元龙湖海豪气，百尺卧高楼[6]。短发霜粘两鬓，清夜盆倾一雨，喜听瓦鸣沟[7]。犹有壮心在，付与百川流[8]。

✤ **注释**

[1] 追和(hè)：和朋友以前所作的词韵。

[2] 举手钓鳌客：赞成有胆识、有豪迈气概的人。《唐语林补遗》："李白开元中谒宰相，封一板，上题曰：'海上钓鳌客李白。'相问曰：'先生临沧海钓巨鳌，以何为钩线？'曰：'以风波逸其情，乾坤纵其志，虹霓为丝，明月为钩。'又曰：'何物为饵'？曰：'以天下无义气大夫为饵。'时相悚然。"

[3] 削迹种瓜侯：是说匿迹销声，去学故侯种瓜。见前晁补之《摸鱼儿》词注。

[4] 吴会：今江苏苏州市。三伏：农历夏至后第三庚日为初伏，第四庚日为中伏，立秋后第一庚日为末伏。

[5] 旄头：古时一种先驱的骑兵。

[6] "元龙湖海豪气"二句：《三国志》说：许汜与刘备在刘表坐，共论天下人物。曰："陈元龙湖海之士，豪气未除。"按元龙，陈登字。又许汜曰："昔见元龙，元龙自上大床卧，使客卧下床。"刘备曰："君求田问舍，言无可采，小人欲卧百尺楼上，卧君于地，何但上下床之间邪。"

[7] 瓦沟：仰瓦受覆瓦之流叫瓦沟，见《六书故》。句中"瓦鸣沟"即鸣瓦沟，鸣指雨声，因为求平仄叶，故颠倒使用。

[8] 百川流：汉乐府《长歌行》："百川东到海，何时复西归。"形容时光过得很快。

石州慢

己酉秋，吴兴舟中[1]。

雨急云飞，惊散暮鸦[2]，微弄凉月。谁家疏柳低迷[3]，几点流萤明灭。夜帆风驶，满湖烟水苍茫[4]，菰蒲零乱秋声咽[5]。梦断酒醒时，倚危樯清绝[6]。　　心折[7]。长庚光怒[8]，群盗纵横[9]，逆胡猖獗[10]。欲挽天河，一洗中原膏血[11]。两宫何处[12]？塞垣只隔长江[13]，唾壶空击悲歌缺[14]。万里想龙沙[15]，泣孤臣吴越[16]。

✤ 注释

[1] 词题：己酉，宋高宗赵构建炎三年（1129），作者时六十三岁。吴兴，今浙江湖州市。

[2] 暮鸦：黄昏时的宿鸦。

[3] 低迷：模糊不清。

[4] 苍茫：茫无边际。

[5] 菰蒲：水草，菰（gū），水生植物，又名茭。蒲，蒲草。咽：幽咽，声音凄切。

[6] 危樯：船上的高桅。

[7] 心折：中心摧折，伤心之极。江淹《别赋》："心折骨惊。"

[8] 长庚光怒：长庚，金星，即太白星。《史记·天官书》载：金星生兵戈之事。这句是说长庚星发出忿怒的光芒。

[9] 群盗纵横：指建炎三年（1129）苗傅、刘正彦等作乱。

[10] 逆胡猖獗：指金军到处猖狂侵扰。

[11] "欲挽天河"二句：杜甫《洗兵马》诗："安得壮士挽天河，净洗甲兵长不用。"这里是说打退敌人，洗涤中原的血腥。

[12] 两宫：指宋徽宗和钦宗，这时他们已被金人掳走。

[13] "塞垣"句：塞垣指国界，当时以淮河为界，宋之国境日蹙。

[14] "唾壶"句：《世说新语·豪爽》："王处仲（敦）每酒后，辄咏'老骥伏枥，志在

千里；烈士暮年，壮心不已’，以铁如意打唾壶，壶口尽缺。”“老骥”四句是曹操的诗。

[15] 龙沙：见前注。这里指徽、钦二帝被囚之地。

[16] 吴越：今江苏南部和浙江。

✤ 评笺

这首词是作者在南宋高宗赵构建炎三年（1129）秋天所作。那年春天金兵大举南侵，直达扬州。高宗从扬州渡江逃走。词里表现了同仇敌忾的悲愤心情。

贺新郎

送胡邦衡待制赴新州[1]

梦绕神州路[2]。怅秋风、连营画角，故宫离黍[3]。底事昆仑倾砥柱，九地黄流乱注[4]。聚万落千村狐兔[5]。天意从来高难问，况人情、老易悲难诉！[6]更南浦，送君去。　凉生岸柳催残暑。耿斜河、疏星淡月，断云微度。万里江山知何处，回首对床夜语。雁不到、书成谁与？目尽青天怀今古，肯儿曹、恩怨相尔汝[7]。举大白[8]，听《金缕》[9]。

✤ 注释

[1] 词题：胡邦衡，即胡铨。待制，皇帝顾问官。高宗绍兴八年（1138）胡铨因反对宋金和议，请斩王伦、秦桧，遭贬。绍兴十二年（1142）被编管新州（今广东新兴）。

[2] 神州：战国时，驺衍称中国为赤县神州。这里指北方金占地区。

[3] 故宫离黍：《诗经·黍离》篇，是写周朝的志士看到故宫里尽是禾黍，念国亡而不忍去，而作此诗，首句“彼黍离离”，故以名篇。

[4]“底事昆仑倾砥柱”二句：底事，何事。相传昆仑山有铜柱，其高入天，称为天柱。古代共工与颛顼争帝位，共工怒触不周山，天柱折。禹治水，破山通河，河水包山而过，山在水中如柱。见《神异经》、《水经注》及《淮南子》等书。九地，犹言遍

地。九是虚数。黄流，比喻金兵侵扰，如黄河之水泛滥成灾。这句用以比喻中原沦陷的颠危时局。

[5] 千村狐兔：指敌人到处盘踞。

[6] “天意从来高难问”三句：用杜甫“天意高难问，人情老易悲”诗意。

[7] 肯儿曹、恩怨相尔汝：韩愈《听颖师弹琴》诗：“昵昵儿女语，恩怨相尔汝。”

[8] 大白：指斟满的酒尊。《说苑·善说》：“魏文侯与大夫饮酒，使公乘不仁为觞政，曰饮不釂者，浮以大白。”

[9] 金缕：指《金缕曲》。杨慎《百绯真珠》：“张元幹以送胡铨及寄李纲词坐罪，皆《金缕曲》也。”

✤ 评笺

这首词是作者在绍兴十二年(1142)时所作，表现出强烈的爱国思想。通篇豪宕悲壮，堪称杰作。

岳飞

岳飞(1102—1141),字鹏举,相州汤阴(今属河南)人。宣和间应真定宣抚幕,累立战功,南渡历少保、河南北诸路招讨使,进枢密副使,封武昌郡开国公。罢为万寿观使,为秦桧所陷害,死在大理寺狱。淳熙六年(1179)赐谥武穆。词仅传数首。

小重山

昨夜寒蛩不住鸣[1]。惊回千里梦,已三更。起来独自绕阶行。人悄悄,帘外月胧明[2]。　　白首为功名,旧山松竹老,阻归程。欲将心事付瑶琴[3],知音少。弦断有谁听?

✤ 注释

[1] 寒蛩: 蛩,蟋蟀。陆玑《毛诗疏》:"蟋蟀似蝗而小……一名蛬,一名蜻蛚。楚人谓之王孙,幽州人谓之促织。"

[2] 月胧明: 月光明亮。薛昭蕴《小重山》词:"玉阶华露滴,月胧明。"

[3] 瑶琴: 玉琴。

✤ 评笺

这首词约作于宋与金人和议之后。清陈郁《藏一话腴》说:"武穆《贺讲和赦表》云:'莫守金石之约,难充溪壑之求。'故作词云:'欲将心事付瑶琴,知音少,弦断有谁听。'盖指和议之非也。"

满江红

写　怀

怒发冲冠[1]，凭栏处、潇潇雨歇。抬望眼，仰天长啸，壮怀激烈。三十功名尘与土[2]，八千里路云和月[3]。莫等闲、白了少年头，空悲切[4]。　　靖康耻[5]，犹未雪。臣子恨，何时灭？驾长车踏破[6]，贺兰山缺[7]。壮志饥餐胡虏肉，笑谈渴饮匈奴血。待从头、收拾旧山河，朝天阙[8]。

✤ 注释

[1] 怒发冲冠：人当愤怒时头发竖立起来，好像要冲掉帽子似的。《史记·廉颇蔺相如列传》："相如因持璧却立倚柱，怒发上冲冠。"

[2] "三十功名"句：岳飞当时约三十岁左右，已立战功。尘与土，言功名微小不足道。

[3] "八千里路"句：是说自己披星戴月，转战几千里，从事抗金活动。

[4] "莫等闲"二句：是说不要辜负青春的意思。

[5] 靖康耻：指宋钦宗靖康元年(1126)，金人攻陷汴京，次年掳去徽、钦二帝。

[6] 长车：即长毂，古代的兵车。

[7] 贺兰山：一名阿拉善山，在今宁夏回族自治区与内蒙古自治区交界处。北宋姚嗣宗诗："踏破贺兰石，扫清西海尘。"

[8] 天阙：宫门。有人考证，"天阙"为"金阙"。

✤ 评笺

清陈廷焯说："何等气概，何等志向，千载下读之，凛凛有生气焉。'莫等闲'二语，当为千古箴铭。"(《白雨斋词话》)近人有认为这首词不是岳飞所作的。最近河南汤阴县发现一块《满江红》词碑，下注："《满江红》词乃宋少保岳鄂武穆王作，天顺二年春，庠生王熙书。"(天顺，为明英宗年号。)这对于探讨这首词的作者问题很有价值。

胡　铨

胡铨(1102—1180),字邦衡,号澹庵,庐陵(今江西吉安市)人。建炎二年(1128)进士,任枢密院编修官。他因反对与金议和上书请斩王伦、秦桧、孙近三人头并羁留虏使,贬谪福州签判。后来和议成,主和派诬他上书为妄言,予以除名,押送新州(今广东新兴县)编管,后又远徙吉阳军(今海南岛南部)。孝宗即位后,回到朝廷任职,仍坚持抗金。有《澹庵词》一卷。

好事近

富贵本无心,何事故乡轻别?空使猿惊鹤怨[1],误薜萝秋月[2]。　　囊锥刚要出头来[3],不道甚时节。欲驾巾车归去[4],有豺狼当辙[5]。

✤ 注释

[1] 猿惊鹤怨:孔稚圭《北山移文》:"蕙帐空兮夜鹤怨,山人去兮晓猿惊。"这是说猿鹤都惊怪他去做官。

[2] 薜萝秋月:《楚辞·山鬼》:"若有人兮山之阿,被薜荔兮带女萝。"后来此辞借以指隐居者。

[3] 囊锥:成语有"锥处囊中,其末立见",见《史记·平原君列传》。这里是说自己本可像毛遂一样表现出才能,但被奸臣所嫉妒而不能做到。

[4] 巾车:古代带帷幔的坐车。陶潜《归去来辞》:"或命巾车,或棹孤舟。"

[5] 豺狼当辙：东汉顺帝时梁冀专权，张纲斥为“豺狼当路”。见《后汉书·张纲传》。当辙，即当车道的意思。

✤ 评笺

这首词，是宋绍兴十八年(1148)作者被贬广东新州时所作。《挥麈后录》载：“邦衡在新兴，尝赋词……郡守张棣缴上之，以谓讥讪，秦(桧)愈怒，移送吉阳军编管，乃择使臣之刻核者名游崇，管押封小项筒过海。邦衡与其骨肉，徒步以涉瘴疠，路人莫不怜之。至雷州，太守王彦恭趯，虽不学而有识，适使臣行囊中有私茶，彦恭遣人捕获，送狱奏治，别差使臣护送，仍厚饷以济其渡海之费，邦衡赖以少苏。”

韩元吉

韩元吉(1118—1187),字无咎,号南涧,许昌(今河南许昌市)人。寓居信州(今江西上饶市)。隆兴间官吏部尚书。他主张恢复中原,但反对轻举妄动,张浚不听他的劝阻,招致符离之败。有《南涧诗余》。

霜天晓角

题采石蛾眉亭[1]

倚天绝壁[2],直下江千尺。天际两蛾凝黛[3],愁与恨,几时极[4]?　　暮潮风正急,酒阑闻塞笛。试问谪仙何处?青山外,远烟碧[5]。

✤ 注释

[1] 词题:采石矶,在安徽当涂西北牛渚山下,突出于江中。宋虞允文尝大败金军于此,其上建有蛾眉亭。

[2] 倚天:形容其高,一作"倚空"。

[3] 两蛾凝黛:把东西对峙的梁山比作美女黛眉。

[4] 极:尽。

[5] "试问谪仙"三句:谪仙,李白。见前黄庭坚《水调歌头》词注。因李白晚年住在安徽当涂县,并死在那里,埋在当涂县青山西北麓,所以说"青山外,远烟碧"。

水调歌头

九　日[1]

今日俄重九，莫负菊花开。试寻高处，携手蹑屐上崔嵬[2]。放目苍崖万仞[3]，云护晓霜成阵，知我与君来。古寺倚修竹，飞槛绝纤埃[4]。　笑谈间，风满座，酒盈杯。仙人跨海休问，随处是蓬莱[5]。落日平原西望，鼓角秋深悲壮，戏马但荒台[6]。细把茱萸看[7]，一醉且徘徊。

✤ 注释

[1] 九日：指农历九月九日重阳节。

[2] 蹑屐：屐，木屐。古人登高常爱穿木屐。崔嵬：山高而险。

[3] 万仞：形容山的高。古时以七尺或八尺为一仞。

[4] 飞槛：高楼的阑干。

[5] 蓬莱：见前僧仲殊《诉衷情》词“小瀛洲”注。

[6] 戏马台：见前黄庭坚《南乡子》词注。

[7] 细把茱萸看：杜甫《九日蓝田崔氏庄》诗：“明年此会知谁健，醉把茱萸仔细看。”茱萸，植物名。古人重阳节登高，常携带茱萸饮酒，谓避灾祸。

✤ 评笺

这首词是作者寓居信州（上饶）时所作。清黄蓼园说：“不过一首登高词耳，易入熟径，最难超卓，词虽未甚奇辟，但亦清雅不俗，有俊拔自喜之概。无咎系南渡遗老，辛幼安作寿词所望之以真儒事业者也，其后事业不甚著。次阕平原西望，应亦有神州陆沈之慨乎。‘休问随处是蓬莱’句，见南渡非可苟安也。有志未逮，有心者能弗感慨系之。”（见《蓼园词选》）

陆　游

陆游（1125—1210），字务观，晚号放翁。山阴（今浙江绍兴）人。陆佃之孙，陆宰之子，以荫补登仕郎。隆兴初，赐进士出身。范成大帅蜀时为参政官，累知严州。嘉泰（1201—1204）初，诏同修国史兼秘书监，升宝章阁待制，致仕卒。有《剑南诗稿》、《放翁词》。

卜算子

咏　梅

驿外断桥边[1]，寂寞开无主。已是黄昏独自愁，更著风和雨。　　无意苦争春，一任群芳妒。零落成泥碾作尘[2]，只有香如故。

✤ 注释

[1] 驿：古代递送官文书的驿站。

[2] 碾：压碎。

✤ 评笺

这首词是作者借咏梅来表述自己的坚毅不屈的劲节。卓人月《词统》说："末句想见劲节。"但词里也有孤芳自赏的一面。

诉衷情

当年万里觅封侯[1]，匹马戍梁州[2]。关河梦断何处？尘暗旧貂裘[3]。　　胡未灭，鬓先秋[4]，泪空流。此生谁料，心在天山，身老沧洲[5]。

✤ 注释

[1] 觅封侯：想建立功业取得封侯。王昌龄《闺怨》诗："悔教夫婿觅封侯。"

[2] 戍梁州：梁州，今陕西汉中一带地区。陆游在四十八岁时曾在汉中的川陕宣抚使署，故云。

[3] 尘暗旧貂裘：在军队里穿的貂皮袍已积满灰尘。这是说长期闲散没有机会建立功勋。

[4] 鬓先秋：是说鬓发已经像秋霜一样的白了。

[5] "心在天山"二句：天山，比喻边疆。沧洲，水边，指隐居地方。这二句是说自己虽有边疆建立功业之志，但年岁已老，只能隐居了。

秋波媚

七月十六日晚，登高兴亭，望长安南山[1]。

秋到边城角声哀[2]，烽火照高台。悲歌击筑[3]，凭高酹酒，此兴悠哉[4]！　　多情谁似南山月，特地暮云开。灞桥烟柳[5]，曲江池馆[6]，应待人来。

✤ 注释

[1] 词题：宋乾道八年(1172)，作者四十八岁，在川陕宣抚公署任干办公事，这是他登南郑高兴亭之作。

[2]“秋到边城”句：汉中这时临近宋金分界线，故称边城。角声，号角之声。

[3]悲歌击筑：筑，古乐器。《战国策·燕策》：燕太子丹遣荆轲刺秦王至易水上，“其友高渐离击筑，荆轲和而歌”。

[4]此兴悠哉：这意兴多么深长。

[5]灞桥：在陕西西安市长安区东灞水上，桥边垂柳甚多，古人常送别于此。

[6]曲江：在陕西长安东南，为唐朝名胜地区。

✤ 评笺

这首词写于乾道八年(1172)，当时主战派正筹划收复长安，作者目睹前方有利形势，充满胜利信心。所以末句说灞桥、曲江等处都在等待宋朝大军的到来。

鹧鸪天

家住苍烟落照间，丝毫尘事不相关[1]。斟残玉瀣行穿竹[2]，卷罢《黄庭》卧看山。　　贪啸傲，任衰残，不妨随处一开颜。元知造物心肠别[3]，老却英雄似等闲。

✤ 注释

[1]尘事：世间杂事。

[2]玉瀣(xiè)：美酒。《龙城录》：“魏左相能治酒，其名有醽醁、翠涛，贮以大罂，十年味不败。太宗文皇帝尝有诗赐公，称：‘醽醁称兰生，翠涛过玉薤。千日醉不醒，十年味不败。’”按玉薤，即玉瀣。

[3]《黄庭》：道家的书，相传为老子所著。造物：指上天。

✤ 评笺

这首小词表面上写的是闲适生活，实际上蕴含着英雄无用武之地的不平之气。

鹊桥仙

一竿风月，一蓑烟雨，家在钓台西住[1]。卖鱼生怕近城门，况肯到红尘深处？　　潮生理棹[2]，潮平系缆，潮落浩歌归去。时人错把比严光[3]，我自是、无名渔父。

✤ **注释**

[1] 钓台：指严陵钓台，今浙江桐庐县西有富春山，一名严陵山，前临大江，为东汉严子陵垂钓处。有东西二钓台，各高数百丈。

[2] 理棹：泛船。谢灵运《之郡》诗："述职期阑暑，理棹变金素。"

[3] 严光：东汉人，字子陵，少有高名。与光武同游学，及光武即位，乃变姓名隐身不见。光武令以物色访之，遇一男子披羊裘钓大泽中，乃备安车，置使聘之，三返而后至，车驾即日临其馆。见《后汉书・逸民传》。

夜游宫

记梦，寄师伯浑[1]。

雪晓清笳乱起[2]，梦游处，不知何地？铁骑无声望似水[3]。想关河，雁门西[4]，青海际[5]。　　睡觉寒灯里，漏声断，月斜窗纸。自许封侯在万里。有谁知？鬓虽残，心未死！

✤ **注释**

[1] 词题：师伯浑，即师浑甫，字伯浑，四川眉山人，隐居不做官，能诗文，与作者常以诗文往来。

[2] 清笳：早晨的笳声。笳，古时军中乐器。

[3] 铁骑：披着铁甲的骑兵。

[4] 雁门：关名，在山西省代县西北，为古要塞之一。

[5] 青海际：青海边。青海，湖名，在青海省。

✤ 评笺

这首词是作者在成都所写。他假托于梦来抒写杀敌报国的雄心壮志，与他的诗句“铁马冰河入梦来”，同样豪迈。

钗头凤

红酥手[1]，黄縢酒[2]，满城春色宫墙柳。东风恶，欢情薄，一怀愁绪，几年离索[3]。错，错，错！　　春如旧，人空瘦，泪痕红浥鲛绡透[4]。桃花落，闲池阁，山盟虽在[5]，锦书难托。莫，莫，莫[6]！

✤ 注释

[1] 红酥手：红润而又柔软的手。

[2] 黄縢(téng)酒：縢有缄封义，宋时官酒上有黄纸封口称黄封酒。《耆旧续闻》说是黄封酒，一本作“黄藤”，当状酒的颜色如藤黄色。

[3] 离索：《礼记·檀弓》：“吾离群而索居，亦已久矣。”

[4] 浥(yì)：湿。鲛绡：指丝绸织的手帕。相传古代南海中有鲛人，水居如鱼，不废机织。见《述异记》。

[5] 山盟：盟誓如山，喻不可改变。

[6] 莫，莫，莫：唐司空图《耐辱居士歌》：“休、休、休，莫、莫、莫。”意为罢了。

✤ 评笺

这首词，是宋绍兴二十五年(1155)陆游三十一岁时所作。意绪缠绵悱恻，令人不能读竟。据周密《齐东野语》载：“陆务观初娶唐氏，闳之女也，于其母夫人为姑侄，伉俪相得而弗获于其姑，既出，而未忍绝之，则为别馆，时时往焉。其姑知而掩之，虽先知挈去，然事不得隐，竟绝之，亦人伦之变也。唐后改适郡宗子士程。尝以春日出游，相遇于禹迹寺南之沈氏园。唐以语赵，遣致酒肴，翁怅然久之，为赋《钗头凤》一词，题园壁间……实绍兴乙亥岁也……未久，唐氏死。”

谢池春

壮岁从戎[1]，曾是气吞残虏[2]。阵云高，狼烽夜举。朱颜青鬓，拥雕戈西戍[3]。笑儒冠自来多误。　　功名梦断[4]，却泛扁舟吴楚。漫悲歌[5]，伤怀吊古。烟波无际，望秦关何处[6]？叹流年、又成虚度！

✤ **注释**

[1] 壮岁从戎：指作者四十八岁在汉中军幕时期。

[2] 残虏：残余的敌兵。

[3] 拥雕戈西戍：用雕戈作卫护，防守西边，指乾道八年（1155）从军南郑事。

[4] 功名梦断：指事业落空。

[5] 漫：徒然。

[6] 秦关：函谷关。在河南灵宝市西南，战国时秦人所建，故称秦关。

汉宫春

初自南郑来成都作[1]

羽箭雕弓，忆呼鹰古垒[2]，截虎平川[3]。吹笳暮归野帐[4]，雪压青毡[5]。淋漓醉墨，看龙蛇，飞落蛮笺[6]。人误许，诗情将略，一时才气超然[7]。　　何事又作南来，看重阳药市[8]，元夕灯山。花时万人乐处，敧帽垂鞭[9]。闻歌感旧，尚时时、流涕尊前。君记取，封侯事在，功名不信由天[10]。

✤ 注释

[1] 词题：这是作者从南郑被派到成都摄理政务后所作。南郑，今陕西汉中。

[2] 呼鹰古垒：打猎时用鹰来猎取鸟兽。古垒，废垒。

[3] 截虎平川：作者在汉中时有刺虎之举，他的《忆昔》诗有"挺剑刺乳虎"之句。平川，平原。

[4] 野帐：野营的帐篷。

[5] 青毡：盖在帐幕上的毛毡。

[6]"龙蛇"二句：龙蛇形容所写的草书。蛮笺，指蜀地生产的笺纸。

[7]"人误许"三句：是作者自谦之词，意思是说旁人称赞他诗情将略，才气超然，是不符合实际的。

[8] 药市：四川以产药材著称，成都在重阳日有药市。

[9] 欹帽垂鞭：表示闲散的样子。

[10]"封侯事在"二句：是说建立功业取得封侯是靠自己努力，并不在天命。

✤ 评笺

这首词反映出作者不愿在成都后方担任闲散官员，十分怀念在南郑（汉中）时的军旅生活，抱着恢复中原为国立功的坚定信念。

水调歌头

多景楼[1]

江左占形胜[2]，最数古徐州[3]。连山如画，佳处缥缈著危楼。鼓角临风悲壮，烽火连空明灭[4]，往事忆孙刘[5]。千里曜戈甲[6]，万灶宿貔貅[7]。　　露沾草，风落木，岁方秋。使君宏放[8]，谈笑洗尽古今愁。不见襄阳登览，磨灭游人无数，遗恨黯难收[9]。叔子独千载，名与汉江流[10]。

✤ 注释

[1] 多景楼：在江苏省镇江市北固山甘露寺内，宋郡守陈天麟建。

[2] 江左：江东。

[3] 古徐州：徐州为古九州之一，京口属于古徐州，称为南徐州。

[4] "烽火"句：烽火，边防报警之用。在镇江常可看到江两岸的烽火。明灭，忽明忽灭的样子。

[5] 孙刘：三国时的孙权与刘备曾合攻曹操。

[6] 曜戈甲：曜，照耀。戈，兵器。甲，盔甲。

[7] "万灶"句：指军中炊灶之多。貔貅：猛兽名，通常作为军队的别称。

[8] 使君：指刘备。古时州郡长官称使君，刘备曾为豫州牧，故称使君。宏放：豪放。

[9] "不见襄阳登览"三句：襄阳，现在湖北襄阳市。刘备曾兵败襄阳。磨灭，即消灭。这里是说登览襄阳的人已不见了，但对刘备的失败，还觉遗恨难收。

[10] "叔子"二句：晋羊祜，字叔子，晋武帝时以尚书左仆射都督荆州诸军事镇襄阳。作者赞美他的名字与汉江千古长流。这里以羊祜比张浚。

唐　婉

唐婉，唐闳之女，与陆游之母为姑侄，初适陆游，伉俪相得，而弗获于其姑，因而离异，改适同郡赵士程，未几以愁怨死。有《钗头凤》一首传世。

钗头凤

世情薄，人情恶，雨送黄昏花易落。晓风干，泪痕残，欲笺心事，独语斜阑。难，难，难！　　人成各，今非昨，病魂常似秋千索[1]。角声寒，夜阑珊，怕人寻问，咽泪装欢。瞒，瞒，瞒[2]！

✤ 注释

[1] 病魂常似秋千索：病魂好像秋千上飘荡的绳索。形容自己心神恍惚，动荡不安。

[2] “咽泪装欢”二句：眼睛含着眼泪而佯装着欢笑的样子，来隐瞒自己的感情。

✤ 评笺

《历代诗余词话》引夸娥斋主人说：“陆放翁娶妇，琴瑟甚和，而不当母夫人意，遂至解缡，然犹馈遗殷勤，尝贮酒赠陆，陆谢以词，有‘东风恶，欢情薄’之句，盖寄声《钗头凤》也。妇亦答词云……未几，以愁怨死。”

蜀　妓

蜀妓，姓名籍贯均不详。

鹊桥仙

说盟说誓，说情说意，动便春愁满纸。多应念得脱空经[1]，是那个先生教底。　　不茶不饭，不言不语，一味供他憔悴。相思已是不曾闲，又那得工夫咒你。

✤ 注释

[1] 脱空经：宋时俗语，口是心非为念脱空经。

✤ 评笺

这首词以十分幽默而辛辣的口吻写出。据周密《齐东野语》载：“蜀娼类能文，盖薛涛之遗风也。放翁客自蜀挟一妓归，置之别室，率数日一往，偶以病少疏，妓颇疑之，客作词自解，妓即韵和之。……或谤翁尝挟蜀尼以归，即此妓也。”

严　蕊

严蕊，字幼芳，天台营妓。

卜算子

不是爱风尘，似被前身误。花落花开自有时，总是东君主。　　去也终须去，住也如何住？若得山花插满头，莫问奴归处。

✤ **评 笺**

据周密《齐东野语》载："天台营妓严蕊，字幼芳。善琴奕、歌舞、丝竹、书画，色艺冠一时。间作诗词，有新语，颇通古今。善逢迎，四方闻其名，有不远千里而登门者，唐与正守台日，酒边尝命赋红白桃花，即成《如梦令》云……其后朱晦庵以使节行部至台，欲摭与正之罪，遂指其尝与蕊滥，系狱月余。虽备受棰楚，而一语不及唐。""未几，朱公改除，而丘霖商卿为宪，因贺朔之际，怜其病瘁，命之作词自陈。蕊略为构思，即口占《卜算子》云云，即日判令从良。"

范成大

范成大（1126—1193），字致能，号石湖居士，吴县（今江苏苏州市）人。绍兴二十四年（1154）进士，曾充赴金使节。孝宗时累官吏部尚书、参知政事，进资政殿学士，提举洞霄宫，卒。有《石湖词》。

霜天晓角

晚晴风歇，一夜春威折[1]。脉脉花疏天淡[2]，云来去，数枝雪。　　胜绝[3]，愁亦绝，此情谁共说？惟有两行低雁，知人倚，画楼月[4]。

✤ 注释

[1]“晚晴风歇”二句：是说晚来狂风已停，春寒的威力受到挫折。

[2] 脉脉：见前温庭筠《忆江南》词“斜晖脉脉”句注。

[3] 胜绝：好极了。

[4]“惟有两行低雁”三句：是说把愁思离情寄托于低飞的大雁，它应该知道我一人在独自倚楼望月的寂寞心情。古代有鸿雁传书之说。

忆秦娥

楼阴缺，栏干影卧东厢月。东厢月，一天风露，杏花如雪。　　隔烟催漏金虬咽[1]，罗帏暗淡灯花结[2]。灯花结，片时春梦，江南天阔。

✤ 注释

[1] 隔烟催漏金虬咽：龙子有角者为虬(qiú)。金虬，等于说铜龙，是装有龙头的计时漏壶。这句是说隔了烟雾，所以听到漏声断断续续在滴着。咽，呜咽，形容水流声。

[2] 罗帏暗淡灯花结：是说夜深灯油将尽，灯芯结花，照在罗帏上，显得暗淡不明。

✤ 评笺

郑文焯说："范石湖《忆秦娥》'片时春梦，江南天阔'，乃用岑嘉州'枕上片时春梦中，行尽江南数千里'诗意，盖檃括余例也。"(《绝妙好词校录》)

杨万里

杨万里（1127—1206），字廷秀，号诚斋，吉州（今属江西吉安市）人，绍兴间进士。曾任秘书监等，官至宝谟阁学士。有《诚斋乐府》。

好事近

七月十三日夜登万花川谷望月作[1]。

月未到诚斋[2]，先到万花川谷。不是诚斋无月，隔一庭修竹[3]。　如今才是十三夜，月色已如玉[4]。未是秋光奇绝[5]，看十五十六。

✤ 注释

[1] 词题：万花川谷，作者的花园。因花木很多，故名为万花川谷。

[2] 诚斋：作者书斋名。因作者平生很佩服张浚为人，当时张浚曾勉以正心诚意之学，故起名“诚斋”。

[3] 修竹：长得很高的竹子。王羲之《兰亭集序》：“此地有崇山峻岭，茂林修竹。”

[4] 月色已如玉：是形容月光皎洁如玉色。

[5] “未是秋光奇绝”二句：是说今夜还不是秋天里月色奇绝的时候，要看到奇绝，还要等待十五、十六夜晚。

✤ 评笺

据张宗橚《词林纪事》引《续清言》说：“杨万里不特诗有别才，即词亦有奇致，其《好事近》云……昔人谓东坡词是曲子中缚不住者，廷秀词又何多让，乃知有气节人，笔墨自然不同。”

张孝祥

张孝祥(1132—1170),字安国,历阳乌江(今安徽和县)人,绍兴二十四年(1154)廷试第一。孝宗朝累迁中书舍人直学士院,领建康留守,寻以荆湖北路安抚使进宝谟阁直学士,致仕卒。有《于湖词》。

西江月

题溧阳三塔寺[1]

问讯湖边春色,重来又是三年。东风吹我过湖船,杨柳丝丝拂面。　　世路如今已惯,此心到处悠然[2]。寒光亭下水连天[3],飞起沙鸥一片。

✤ 注释

[1] 词题:《花庵词选》作“洞庭”,《绝妙好词》作“丹阳湖”,兹依《景定建康志》所题。三塔寺,在江苏溧阳县三塔湖旁。

[2] “世路如今已惯”二句:是说平生宦海浮沉,风波见惯,心中已处之泰然。悠然,闲暇貌。

[3] 寒光亭:在三塔寺里。岳珂《玉楮集》云:“溧阳三塔寺寒光亭柱上刻张于湖词。”

水调歌头

闻采石战胜[1]

雪洗虏尘静,风约楚云留[2]。何人为写悲壮,吹角古城楼。湖海平生豪气[3]，关塞如今风景，剪烛看吴钩[4]。剩喜燃犀处[5]，骇浪与天浮。　　忆当年，周与谢，富春秋[6]。小乔初嫁[7]，香囊未解[8]，勋业故优游[9]。赤壁矶头落照[10]，肥水桥边衰草[11]，渺渺唤人愁。我欲乘风去，击楫誓中流[12]。

✤ 注释

[1] 闻采石战胜：指虞允文击败金完颜亮在采石矶的战事。题又作“和庞佑父”。

[2]“雪洗”二句：上句是说敌人的战尘已被雪洗净，指前方战胜。下句是说自己为风云所阻，留在后方。那时作者知抚州，故云“楚云”，抚州旧属楚国。

[3] 湖海平生豪气：是作者自比三国时陈登。详前张元幹《水调歌头》词注。

[4] 吴钩：宝刀名。

[5] 燃犀处：《晋书·温峤传》载：“苏峻兵反，温峤奉命平乱。还镇，至牛渚矶，水深不可测，世云其下多怪物。峤遂毁犀角而照之，须臾见水族覆火，奇形异状，或乘马车著赤衣者。”按毁犀，后人多作燃犀，即照妖的意思。这里把金兵作为妖魔来看。燃犀处，指牛渚矶，即采石矶。

[6] 周与谢，富春秋：指周瑜与谢玄。周瑜是三国时吴军的主将，他在赤壁之战击败曹操的军队，时年三十四岁。谢玄是东晋军的主将之一，他在淝水之战击败前秦的大军，时四十一岁。富春秋，指少壮之年。

[7] 小乔初嫁：见前苏轼《念奴娇·赤壁怀古》词注。

[8] 香囊：见前秦观《满庭芳》词注。

[9]“勋业”句：是说从容不迫地建立功业。优游，闲暇自得貌。

[10] 赤壁：见前苏轼《念奴娇·赤壁怀古》词注。

[11] 肥水：即淝水，在安徽省境，为晋谢玄等击溃苻坚大军的地方。

[12] 击楫誓中流：《晋书·祖逖传》说：祖逖统兵北伐，渡江，“中流击楫而誓曰：‘祖逖不能清中原而复济者，有如大江！’辞色壮烈，众皆慨叹”。

✤ 评笺

南宋绍兴三十一年(1161)秋，金主亮大举入寇，将至采石。中书舍人参谋军事虞允文奉命至采石犒师，见王权败，兵尚有八千人，乃召其统制张振、时俊等激以忠义，众许为一战。允文即与时俊等谋，整步骑陈于江岸，而以海鳅船载兵驻中流击之。允文来往行间，亲自督战，金兵大败，遂引去。张孝祥时知抚州，闻采石之捷而作此词。词里以周瑜、谢玄比虞允文，而以赤壁之战及淝水之役比采石之捷，关系之重大颇为相似。末二句写出作者的壮志，因虞允文建立奇功，自己亦颇思有所施展。

念奴娇

过洞庭[1]

洞庭青草[2]，近中秋，更无一点风色。玉鉴琼田三万顷[3]，著我扁舟一叶[4]。素月分辉，明河共影，表里俱澄澈[5]。悠然心会[6]，妙处难与君说。　　应念岭表经年[7]，孤光自照，肝胆皆冰雪[8]。短鬓萧骚襟袖冷，稳泛沧溟空阔。尽挹西江，细斟北斗，万象为宾客[9]。扣舷独啸[10]，不知今夕何夕[11]！

✤ 注释

[1] 洞庭：湖名，在湖南岳阳市西南。

[2] 青草：湖名，在洞庭湖南，古代相连，所谓重湖。杜甫《宿青草湖》诗："洞庭犹在目，青草续为名。"

[3] 玉鉴琼田：形容月光下的湖光如琼玉般莹澈。琼，美玉。《绝妙好词笺》作"玉界琼田"。

[4] 扁舟一叶：形容湖中船小。苏轼《赤壁赋》："驾一叶之扁舟。"

[5] "素月分辉"三句：分辉是月将光辉分给湖水。共影，是空中天河与水里天河倒影没有分别，这是把月光、天河、湖水三者贯串起来写，构成上下表里通明的画面。

[6] 悠然：形容领会深透。

[7] 岭表经年：指作者担任广西路经略宣抚使事。岭表，五岭以南。

[8]“孤光自照”二句：是说自己的心地光明磊落，肝胆像冰雪一样的晶莹洁白。

[9]“尽挹西江”三句：《传灯录》：“庞居士参马祖云：‘不与万法为侣者是什么人？’祖曰：‘待汝一口吸尽西江水，即向汝道。’”《楚辞·九歌》：“援北斗兮酌桂浆。”挹就是舀。这三句说把西江水舀来当酒，用天上的北斗杓当酒器，以万象为宾客，都是形容自己豪放气概。

[10]舷：船边。

[11]“不知”句：《诗经·唐风·绸缪》：“今夕何夕，见此良人。”这句称赞今夜有此良辰美景。

✤ 评笺

鹤山魏了翁跋此词真迹说：“洞庭所赋，在集中最为杰特。方其吸江酌斗、宾客万象时，讵知世间有紫微青琐哉。”清黄蓼园说：“写景不能绘情，必少佳致，此题咏洞庭，若只就洞庭落想，纵写得壮观，亦觉寡味。此词开首从洞庭说至‘玉鉴琼田三万顷’，题已说完即引入‘扁舟一叶’，以下从舟中人心迹与湖光映带写隐现离合，不可端倪。镜花水月，是二是一，自尔神采高骞，兴会洋溢。”（见《蓼园词选》）

六州歌头

长淮望断，关塞莽然平[1]。征尘暗，霜风劲，悄边声[2]。黯销凝[3]。追想当年事[4]，殆天数，非人力。洙泗上，弦歌地，亦羶腥[5]。隔水毡乡，落日牛羊下，区脱纵横[6]。看名王宵猎，骑火一川明[7]。笳鼓悲鸣。遣人惊。　　念腰间箭，匣中剑，空埃蠹，竟何成[8]！时易失，心徒壮，岁将零[9]。渺神京[10]。干羽方怀远[11]，静烽燧[12]，且休兵。冠盖使[13]，纷驰骛[14]，若为情[15]。闻道中原遗老，常南望、翠葆霓旌[16]。使行人到此，忠愤气填膺[17]，有泪如倾。

✤ 注释

[1]“长淮望断”二句：是说从淮河方向远望，边界上的草木却长的和关塞一样

高。关塞，边界上守卫的地方。莽然，草木茂密的样子。

[2]“征尘”三句：是说在淮北附近地方，风吹尘起，感到一片阴暗和荒寂。边声，是边塞声（包括风声、马声、鼓角声等）。悄，寂静。

[3] 销凝：无语出神的样子。

[4] 当年事：指的是 1127 年金人侵占中原的事变。

[5]“洙泗上”三句：是说古代文化教育圣地，也被敌人玷污了。洙（zhū）泗（sì），山东省二水名，流过今曲阜市一带。弦歌地，是孔子讲学的地方。弦歌，弹琴唱歌。膻腥，本是羊肉腥味，这里借指金兵。

[6]“隔水毡乡”三句：是说淮水北边满是金人的毡帐，太阳西下，只见回来的牛羊和纵横罗列的土房子。区（ōu）脱，古代北方民族在边界上守望的土房。

[7]“看名王宵猎”二句：是说金兵的主将夜出打猎，马队的火把照亮了淮河。

[8]“念腰间箭”四句：匣（xiá），剑鞘。蠹，蠹鱼，蛀虫。这几句是说武器长期不用，积满了尘埃，有的被虫蛀蚀坏了。

[9] 岁将零：年将过尽。

[10] 神京：指汴京。

[11] 干羽方怀远：用礼乐感化远方不服从的民族，指对金妥协。干盾和羽翟，都是供乐舞之用的。

[12] 静烽燧（suì）：平静无战事。

[13] 冠盖使：指与金国求和的使臣。冠盖，官员的服装和车马。

[14] 纷驰骛：骛（wù），奔驰。这句是说许多人往来奔驰。

[15] 若为情：何以为情，难为情。

[16]“闻道”二句：翠葆霓旌，翠羽装饰的车盖，像虹霓似的彩色旌旗。这二句指中原遗老常南望故国的旌旗，想早日收复河山。

[17] 填膺：满胸。江淹《别赋》：“置酒欲饮，悲来填膺。”

✤ 评 笺

这首词是作者在宋孝宗隆兴二年（1164）任建康留守时所作。当时宋朝伐金大败，主和派得势议和。作者是主战派，所以词句慷慨悲愤。首二句雄杰突起，长淮两岸，本宋朝腹地，自中原沦陷，遂变为关塞，成南北兵争之战场，言外有无穷感慨。以下写其惨淡荒凉之状，追念北宋沦亡之痛，声情悲壮。下阕说自己虽有壮志，无奈朝廷方主和议，数遣使臣，即张浚所谓“内外之议未决，而遣使之诏已下，失中原将士四海倾慕之心也”。不便明斥朝廷,故用“干羽怀远”之辞,语极含蓄,而意极悲愤。“闻道中原遗老”三句,尤沉痛,言朝廷一意主和,而中原遗老则正望王师之北伐。末三句直说出“忠愤气填膺,有泪如倾”,结束极有力。此词多三字句,音节顿挫,沉雄豪宕,而无粗犷之失。张浚闻歌此词,罢席而入,可见感人之深。(参见《朝野遗记》评语)

京 镗

京镗（1138—1200），字仲远，豫章（今江西南昌）人。绍兴二十七年（1157）进士。年六十三岁卒。有《松坡居士乐府》。

定风波

休卧元龙百尺楼[1]，眼高照破古今愁。若不擎天为八柱[2]，且学鸱夷，归泛五湖舟[3]。　　万里西南天一角，骑气乘风[4]，也作等闲游。莫道玉关人老矣，壮志凌云[5]，依旧不惊秋。

✤ **注释**

[1] 元龙百尺楼：见前张元幹《水调歌头》词注。

[2] 擎天八柱：屈原《天问》："八柱何当，东南有亏。"注："言天有八山为柱，皆何当值，东南不足，谁亏缺之也。"张说《姚崇神道碑》："八柱擎天，高明之位列。四时成岁，亭毒之功存。"

[3] 且学鸱夷，归泛五湖舟：范蠡，号鸱夷子皮。《史记·货殖列传》：范蠡"乘扁舟浮于江湖，变名易姓，适齐为鸱夷子皮"。又《吴越春秋》载："范蠡去越，乘舟出三江之口，入五湖之中。"

[4] 骑气乘风：骑气，葛洪《抱朴子》载，乘跻可以周流天下，跻道有三法："一曰龙跻，二曰气跻，三曰鹿卢跻。"按气跻，即乘气，传说为神仙之术。乘风，见前苏轼《水调歌头》词注。

[5] 凌云：《史记·司马相如列传》："（司马）相如既奏《大人》之颂，天子大悦，飘飘有凌云之气，似游天地之间。"

辛弃疾

辛弃疾(1140—1207),字幼安,号稼轩,历城(今山东济南)人。出生时山东已为金人所占领,二十一岁参加抗金义军活动。归宋后,历任湖北、江西、湖南、福建、浙东安抚使等职,宁宗时知镇江府。因刚直疾恶,屡遭群小排挤,恢复北方的志愿未能实现。有《稼轩词》。

菩萨蛮

书江西造口壁[1]

郁孤台下清江水[2],中间多少行人泪?西北望长安[3],可怜无数山!　　青山遮不住,毕竟东流去。江晚正愁余[4],山深闻鹧鸪[5]。

✤ 注释

[1] 词题:造口,即皂口镇。在今江西省万安县西南六十里。

[2] 郁孤台:在今江西赣州市西南,也称望阙台。《舆地纪胜》:"江南西路赣州南康郡,郁孤台在郡治,隆阜郁然,孤起平地数丈。"清江:袁江与赣江合流处,旧称清江。这里指赣江。

[3] 西北望长安:长安,汉唐时的京城,这里指北宋都城汴京。

[4] 愁余:使我发愁。《楚辞·九歌·湘夫人》:"帝子降兮北渚,目眇眇兮愁予。"

[5] 鹧鸪(zhè gū):鸟名,形似鹌鹑稍大,背灰苍色,有紫赤色的斑点,腹灰色,

胸前有白圆点如真珠，鸣声“行不得也哥哥”。

✤ 评笺

这首词，情感虽悲愤郁积雄壮，而词笔则于健拔振奋中仍能含蓄蕴藉。宋罗大经《鹤林玉露》里说：“南渡之初，虏人追隆祐太后御舟至造口，不及而还，幼安自此起兴。‘闻鹧鸪’之句，谓恢复事行不得也。”清陈廷焯说：“用意用笔，洗脱温、韦殆尽态，然大旨正见吻合。”（《白雨斋词话》）谭献说：“西北二句，宕逸中亦深炼。”（《词辨》评语）

丑奴儿

书博山道中壁[1]

少年不识愁滋味，爱上层楼。爱上层楼，为赋新词强说愁。　　而今识尽愁滋味，欲说还休。欲说还休，却道天凉好个秋。

✤ 注释

[1] 词题：博山，《清一统志・江西广信府》：“（博山）在广丰县西南三十余里，南临溪流，远望如庐山之香庐峰。”作者闲居信州（今江西上饶市）时，经常往来博山道中。

清平乐

村　居

茅檐低小，溪上青青草。醉里吴音相媚好[1]，白发谁家翁媪[2]？　　大儿锄豆溪东，中儿正织鸡笼。最喜小儿无赖[3]，溪头卧剥莲蓬。

✤ 注释

[1] 吴音：柔媚的江西一带口音。作者居住的江西上饶地区，旧属吴国。

[2] 翁媪(ǎo)：老头儿和老妇人。

[3] 无赖：调皮。

太常引

建康中秋夜，为吕叔潜赋[1]。

一轮秋影转金波[2]，飞镜又重磨[3]。把酒问姮娥，被白发，欺人奈何？　　乘风好去，长空万里，直下看山河。斫去桂婆娑，人道是清光更多。

✤ 注释

[1] 词题：宋孝宗淳熙元年(1174)中秋节夜晚，作者时在建康任江东安抚司参议官。吕叔潜，名大虬(qiú)，当时文人，作者的朋友。生平不详。

[2] 金波：见前苏轼《洞仙歌》词注。

[3] 飞镜又重磨：是说月光像铜镜新磨了那样明亮。

✤ 评笺

这首词末句"斫去桂婆娑，人道是清光更多"，婆娑桂影，似指主和派的黑暗势力。作者意思是说如能削弱主和派的黑暗势力，积极抗战，则南宋朝廷还有光明前途。清周济《宋四家词选》说："所指甚多，不止秦桧一人而已。"

西江月

遣　兴

醉里且贪欢笑，要愁那得工夫[1]。近来始觉古人书，信着全无是处[2]。　　昨夜松边醉倒，问松“我醉何如”？只疑松动要来扶，以手推松曰“去”[3]！

✤ 注释

[1]“醉里且贪欢笑”二句：是说酒醉之中暂且尽情欢乐，哪有工夫再去发愁。

[2]“近来始觉古人书”二句：是说我近来才认识那些古人书，如果都相信了它，一点是处也没有。《孟子·尽心下》：“尽信书，则不如无书。”

[3]“以手推松曰‘去’”句：《汉书·龚胜传》：“胜以手推常（夏侯常）曰：‘去’。”假设醉里与松树对话，表示了作者的倔强兀傲性格。

鹧鸪天

有客慨然谈功名，因追念少年时事，戏作[1]。

壮岁旌旗拥万夫[2]，锦襜突骑渡江初[3]。燕兵夜娖银胡䩮[4]，汉箭朝飞金仆姑[5]。　　追往事[6]，叹今吾[7]，春风不染白髭须[8]。却将万字平戎策[9]，换得东家种树书[10]。

✤ 注释

[1] 词题：《宋史·辛弃疾传》：“绍兴三十二年（耿）京令弃疾奉表归宋……会张安国、邵进已杀京降金，弃疾还至海州，与众谋曰：‘我缘主帅命来归朝，不期事变，何以复命？’乃约统制王世隆及忠义人马全福等径趋金营，安国方与金将酣饮，即众缚之以归，金将追之不及，献俘行在，斩安国于市……弃疾时年二十三。”追念少年时事，指此。

[2]“壮岁”句：壮岁，指青年时期。旌旗，军旗。拥，统领。夫，指抗金战士。黄庭坚《送范德孺知庆州》诗：“春风旌旗拥万夫。”

[3]“锦襜（chān）突骑”句：指统帅部队和敌战斗事。锦襜突骑，精锐的锦衣骑兵。张孝祥《水调歌头》：“少年荆楚剑客，突骑锦襜红。”

[4]“燕兵夜娖银胡䩮”句：娖（chuò），整顿，准备。银胡䩮，《新唐书·仪卫志》：

"诸队仗佩弓箭、胡簶,出铺立廊下。"按"胡簶"亦作"弧箓",箭袋多用皮革制成,除装箭之外,还可以用作测听器。据唐代杜佑《通典》记载:人们卧地,头枕空胡簶,可以测听三十里外敌军动静。这句是说金军夜间使人拿着空箭囊,倾听远方声息,以免受暗袭。

[5] 汉箭朝飞金仆姑:汉,这里指宋朝。金仆姑,箭名。《左传·庄公十一年》:"公以金仆姑射南宫长万。"这句是说宋军一早上便万箭齐发,向敌人发动猛烈的进攻。

[6] 追:回忆。

[7] 今吾:今天的我。

[8] 春风不染白髭须:髭(zī),嘴上边的胡子。这句是说自己老了,就是那能使万物新生的春风,也无法使白胡子变黑。欧阳修《圣无忧》词:"好景能消光景,春风不染髭须。"

[9] 平戎策:指作者屡有奏疏论对金事。

[10] 种树书:韩愈《送石洪处士赴河阳幕得起字》诗:"长把种树书,人言避世士。"

✤ 评笺

这首词回忆了少年时代英勇杀敌的情景。而由于朝廷主和派的阻挠,使抗敌恢复方略,未能实现,只得以平戎之策来换种树之书。虽然自称戏作,实际感慨很深。

南乡子

登京口北固亭有怀[1]

何处望神州[2]?满眼风光北固楼。千古兴亡多少事?悠悠。不尽长江滚滚流[3]!　　年少万兜鍪[4]。坐断东南战未休[5]。天下英雄谁敌手?曹刘。生子当如孙仲谋[6]。

✤ **注释**

[1] 词题：京口，在江苏省镇江市。北固亭，即北固楼，晋蔡谟在北固山上所建。

[2] 神州：指中原。

[3] 不尽长江滚滚流：从杜甫《登高》诗“不尽长江滚滚来”脱化而来。

[4] 年少万兜鍪(móu)：年少，指孙权。万兜鍪，是说他统率强大的军队。兜鍪，俗语叫盔，这里指士兵。

[5] 坐断：占据。

[6] “天下英雄谁敌手”三句：是说天下的英雄只有曹操、刘备才是孙权的敌手。《三国志·刘备传》：“曹公从容谓先主曰：今天下英雄，惟使君与操耳。”《三国志·孙权传》：“曹公见(孙权)军伍整齐，喟然叹曰：生子当如孙仲谋(孙权字)。”

✤ **评笺**

这首词是作者任镇江知府时写的。全篇即景抒情，借古喻今，三问三答，互相呼应，写出作者在暮年仍追慕孙权那样的英雄人物，并借以讽刺南宋最高统治者的无能。

破阵子

为陈同父赋壮语以寄[1]

醉里挑灯看剑[2]，梦回吹角连营。八百里分麾下炙[3]，五十弦翻塞外声[4]。沙场秋点兵[5]。　马作的卢飞快[6]，弓如霹雳弦惊[7]。了却君王天下事，赢得生前身后名[8]。可怜白发生！

✤ **注释**

[1] 词题：陈同父，陈亮字同甫。“父”与“甫”同。

[2] 看剑：杜甫《夜宴左氏庄》：“看剑引杯长。”

[3] 八百里分麾下炙：麾(huī)：旌旗。麾下犹言部下。炙(zhì)，烤肉。八百里炙，是说牛肉。《世说新语·汰侈》：“王君夫(恺)有牛，名八百里驳(驳杂，毛色不

一)，常莹(擦亮)其蹄角。王武子(济)语君夫：‘我射不如卿，今指赌卿牛，以千万(钱)对之。’君夫即恃手快，且谓骏物无有杀理，便相然可，令武子先射，武子一起便破的，却据胡床，叱左右速探牛心来，须臾炙至，一脔便去。”苏轼《约公择饮是日大风》诗：“要当啖公八百里，豪气一洗儒生酸。”

[4]“五十弦”句：李商隐《锦瑟》诗：“锦瑟无端五十弦。”此处泛指音乐。

[5] 沙场：战场。点兵：阅兵。

[6] 马作的卢飞快：作犹作为。《相马经》：“马白额入口至齿者，名曰榆雁，一名的卢。”是一种性烈的快马。相传刘备曾骑的卢马跃过檀溪。(见《三国志 · 蜀书 · 先主传》)

[7] 弓如霹雳弦惊：《南史 · 曹景宗传》：“景宗谓所亲曰：我昔在乡里，骑快马如龙，与年少辈数十骑，拓弓弦作霹雳声，箭如饿鸱叫。”

[8] 身后名：《世说新语 · 任诞》记张翰语：“使我有身后名，不如即时一杯酒。”

✤ 评笺

这首词，梁启超说：“无限感慨，哀同甫亦自哀也。”(《艺蘅馆词选》评语)

青玉案

元　夕[1]

东风夜放花千树，更吹落，星如雨[2]。宝马雕车香满路。凤箫声动[3]，玉壶光转[4]，一夜鱼龙舞[5]。　　蛾儿雪柳黄金缕[6]，笑语盈盈暗香去。众里寻他千百度，蓦然回首[7]，那人却在[8]，灯火阑珊处[9]。

✤ 注释

[1] 元夕：农历正月十五日叫上元节，这天晚上叫元夕、元宵或元夜。

[2]“花千树”二句：形容元夕灯火之多。苏味道《十五日夜》诗：“火树银花合，星桥铁锁开。”《东京梦华录》“(正月)十六日”条谓是日京城各坊巷“各以竹竿出灯毬于半空，远近高低，若飞星然”。

[3] 凤箫：一说排箫，以其形参差像凤翼，亦名参差。又其声如凤鸣，《荀子·解蔽》引逸诗："凤凰秋秋，其翼若干，其声若箫。"

[4] 玉壶：指月亮。唐朱华《海上生明月》诗："影开金镜满，轮抱玉壶清。"或说指灯，周密《武林旧事》记元夕云："灯之品极多……其后福州所进则纯用白玉，晃耀夺目，如清冰玉壶，爽彻心目。"

[5] 一夜鱼龙舞：《汉书·西域传赞》"漫衍鱼龙角牴之戏"句下颜师古注云："鱼龙者为舍利之兽，先戏于庭极。毕，乃入殿前激水，化成比目鱼，跳跃漱水，作雾障日。毕，化成黄龙八丈，出水敖戏于庭，炫耀日光。"

[6] "蛾儿雪柳"句：见前李清照《永遇乐》词注。

[7] 蓦(mò)然：忽然。

[8] 那人：指所爱的人。

[9] 阑珊：零落。

✤ 评笺

谭献评《词辨》说："稼轩心胸发其才气，改之(刘过字)而下则扩，起二句赋色瑰异，收处和婉。"彭孙遹说："稼轩'蓦然回首，那人却在，灯火阑珊处。'秦(观)、周(邦彦)之佳境也。"(见《金粟词话》)

祝英台近

晚 春

宝钗分[1]，桃叶渡[2]，烟柳暗南浦[3]。怕上层楼，十日九风雨。断肠片片飞红，都无人管，倩谁唤流莺声住。

鬓边觑[4]，试把花卜归期，才簪又重数[5]。罗帐灯昏，呜咽梦中语。是他春带愁来，春归何处，却不解带将愁去。

✤ 注释

[1] 宝钗分：古代常有分钗赠别，留作纪念。白居易《长恨歌》："钗留一股合一扇，钗擘黄金合分钿。"

[2] 桃叶渡：晋王献之《桃叶歌》："桃叶复桃叶，渡江不用楫。"按桃叶，献之妾。

[3] 南浦：见前和凝《春光好》词注。

[4] 觑(qù)：见晁补之《摸鱼儿》词注。

[5] "试把花卜归期"二句：卜，占卜。这里是以花朵的数目，来预测情人归来的日期。簪，插的意思，作动词。这两句意思是由于思念殷切，反复占卜。

✤ 评笺

沈谦在《填词杂说》里说："稼轩词以激扬奋厉为工，至'宝钗分，桃叶渡'一曲，昵狎温柔，魂销意尽，词人伎俩，真不可测。"

水调歌头

舟次扬州，和人韵。[1]

落日塞尘起[2]，胡骑猎清秋[3]。汉家组练十万[4]，列舰耸高楼[5]。谁道投鞭飞渡[6]？忆昔鸣髇血污，风雨佛狸愁[7]。季子正年少，匹马黑貂裘[8]。　今老矣！搔白首，过扬州。倦游欲去江上[9]，手种橘千头[10]。二客东南名胜[11]，万卷诗书事业，尝试与君谋。莫射南山虎[12]，直觅富民侯[13]。

✤ 注释

[1] 词题：舟次扬州，船停泊在扬州。和人韵，指和作者词友杨炎正及周显先韵。一本题作："舟次扬州和杨济翁、周显先韵。"按杨济翁名炎正，江西吉水人，杨万里族弟。周显先未详。

[2] 塞尘起：指边塞发生战事。

[3] 胡骑猎清秋：指北方敌人经常耀武扬威在秋天发动战争。猎，侵扰。

[4] 汉家组练十万：指装备好的宋军之多。《左传·襄公三年》："楚子……组甲三百，被练三千，以侵吴。"杜预注："组甲，漆甲成组文。"被练，练袍。

[5] 列舰耸高楼：兵船耸立江中如高楼。

[6] 投鞭飞渡：《晋书·苻坚载记》："坚曰：以吾之众旅，投鞭于江，足断其流。"飞渡，见前柳永《望海潮》词"天堑"条注。

[7] "忆昔鸣髇血污"二句：鸣髇，是一种响箭。血污，被杀死。《史记·匈奴传》记载这样一件事：匈奴头曼单于的太子冒顿曾作鸣镝，对他的部下说："如果我鸣镝射谁，不跟着射的，就要被处死。"一次他随其父头曼打猎，以鸣镝射头曼，于是，他的部下都跟着鸣镝发箭，射死了头曼。佛狸，北魏太武帝小字，他南侵中原受挫，回去后，被太监杀死。这里影射金主亮南侵，为其部属所杀。

[8] "季子正年少"二句：季子，苏秦字。《战国策·赵策》："李兑送苏秦明月之珠、和氏之璧、黑貂之裘、黄金百镒，苏秦得以为用，西入于秦。"这里指作者辛弃疾少年时奉耿京命南归。

[9] 倦游：倦于宦游。《史记·司马相如列传》："长卿故倦游。"

[10] 橘千头：《襄阳耆旧传》：李衡预先教人在故乡种橘千株，临死时，对他的儿子说："家里有千头木奴，不责衣食，岁绢千匹。"

[11] 二客东南名胜：说杨济翁和周显先二人是东南名士。

[12] 莫射南山虎：《史记·李将军列传》："广当斩，赎为庶人，家居数岁，居蓝田南山中射猎，所居郡闻有虎，尝自射之。"

[13] 富民侯：《汉书·食货志》："武帝末年，悔征伐之事，乃封丞相为富民侯。"

木兰花慢

席上呈张仲固帅兴元[1]

汉中开汉业[2]，问此地，是耶非？想剑指三秦[3]，君王得意[4]，一战东归。追亡事[5]，今不见，但山川满目泪沾衣[6]。落日胡尘未断，西风塞马空肥。　一编书是帝王师[7]，小试去征西[8]。更草草离筵，匆匆去路，愁满旌旗。君思我，回首处，正江涵秋影雁初飞[9]。安得车轮四角[10]，不堪带减腰围[11]。

✤ **注释**

[1] 词题：张仲固，张坚字仲固，曾任江南西路转运判官、兴元府知府等。帅，帅领。兴元，兴元府，治所在今陕西汉中市。

[2] 汉中开汉业：是说刘邦以汉中为基础建立了汉朝的帝业。《史记·项羽本纪》载："项羽立刘邦为汉王，王巴蜀、汉中，都南郑。"

[3] 剑指三秦：对三秦作战的意思。三秦，《史记·高祖本纪》："项羽自立为西楚霸王……三分关中，立秦三将：章邯为雍王，都废丘；司马欣为塞王，都栎阳；董翳为翟王，都高奴。"

[4] 君王：指刘邦。

[5] 追亡事：指萧何追韩信事。《史记·淮阴侯列传》："信数与萧何语，何奇之。至南郑，诸将行道亡者数十人。信度何等已数言上，上不我用，即亡。何闻信亡，不及以闻，自追之。"这句意思是说像萧何追韩信那样重用人才，完成统一大业的事情，现在已看不见了。

[6] 山川满目泪沾衣：用唐李峤《汾阴行》中句。

[7] 一编书是帝王师：《史记·留侯世家》载：下邳圯上老父以《太公兵法》示张良曰："读此，则为王者师矣。"后来张良果然辅佐刘邦成就了帝业。这句是称赞张仲固有张良之才。

[8] 小试去征西：是说张仲固西行去帅兴元府，只是小试其技。

[9] 江涵秋影雁初飞：涵，包涵。秋影，秋天的景物在水中的倒影。杜牧《九日齐山登高》诗："江涵秋影雁初飞，与客携壶上翠微。"

[10] 车轮四角：陆龟蒙《古意》诗："愿得双车轮，一夜生四角。"这是说车轮如果生了四角就不能走，意思是希望把行人留住。

[11] "带减腰围"句：带，衣带。这句是说因想念远人而消瘦。杜甫《伤秋》诗："艰难带减围。"

水龙吟

登建康赏心亭[1]

楚天千里清秋，水随天去秋无际。遥岑远目，献愁供恨，玉簪螺髻[2]。落日楼头，断鸿声里，江南游子。把吴钩看了[3]，栏杆拍遍。无人会，登临意！　　休说鲈鱼堪脍，尽西风，季鹰归未[4]？求田问舍，怕应羞见，刘郎才气[5]。可惜流年[6]，忧愁风雨[7]，树犹如此[8]！倩何人唤取红巾翠袖，揾英雄泪[9]。

✤ 注释

[1] 词题：建康，是六朝时的京城，即今江苏南京市。赏心亭，《景定建康志》："赏心亭在下水门城上，下临秦淮，尽观览之胜。"

[2] 玉簪螺髻：是说山形像玉簪，又像螺形的发髻。韩愈《送桂州严大夫》诗："水作青罗带，山如碧玉簪。"皮日休《缥缈峰》诗："似将青螺髻，撒在明月中。"

[3] 吴钩：见前张孝祥《水调歌头》词注。

[4] "休说鲈鱼堪脍"三句：是说自己不想归隐。《晋书·张翰传》："翰因见秋风起，乃思吴中菰菜、莼羹、鲈鱼脍，曰：'人生贵得适志，何能羁宦数千里以要名爵乎。'遂命驾而归。"脍，把鱼肉细切成片。

[5] "求田问舍"三句：是说求田问舍，无雄心壮志，会被人耻笑。出《三国志·陈登传》。详见前张元幹《水调歌头》词"元龙湖海豪气"句注。刘郎，指刘备。

[6] 流年：年光如流水过得很快。

[7] 忧愁风雨：指国势飘摇，如在风雨之中，使人忧愁。

[8] 树犹如此：《晋书·桓温传》："温自江陵北伐，行经金城，见少为琅琊时所种柳皆已十围，慨然曰：'木犹如此，人何以堪！'攀枝执条，泫然流泪。"

[9] "倩何人"三句：唤取，唤得。红巾翠袖，指歌女。揾，揩掉。英雄泪，英雄失意的眼泪。

✤ 评笺

这首词，陈洵说："起句破空而来，秋无际，从'水随天去'中见；'玉簪螺髻'之'献愁供恨'，从'远目'中见；'江南游子'，从'断肠落日'中见；纯用倒卷之笔。'吴钩看了，阑干拍遍'，仍缩入'江南游子'上。'无人会'纵开，'登临意'收合。后片愈转愈奇，'季鹰归未'则鲈脍徒然一转，'刘郎羞见'则田舍徒然一转，如此则江南游子，亦惟长抱此忧以老而已；却不说出，而以'树犹如此'作半面语缩住。'倩何人'以下十三字，应'无人会登临意'作结。稼轩纵横豪宕，而笔笔能留，字字有脉络如此。"(《海绡说词》)

永遇乐

京口北固亭怀古

千古江山，英雄无觅，孙仲谋处[1]。舞榭歌台，风流总被，雨打风吹去。斜阳草树，寻常巷陌，人道寄奴曾住[2]。想当年，金戈铁马[3]，气吞万里如虎[4]。　　元嘉草草，封狼居胥，赢得仓皇北顾[5]。四十三年[6]，望中犹记，烽火扬州路。可堪回首，佛狸祠下[7]，一片神鸦社鼓[8]。凭谁问，廉颇老矣，尚能饭否[9]？

✤ **注释**

[1]“英雄无觅”二句：是说英雄的孙权无处可寻。孙权，字仲谋，为吴帝，他曾都京口，又北败曹操，保卫江东。

[2] 寄奴：南朝宋武帝刘裕的小字，东晋安帝时刘裕任下邳太守，桓玄叛晋，刘裕起兵京口，平定了桓玄之乱，后来他推翻了东晋，建立了刘宋王朝。

[3] 铁马：披甲的战马。

[4] 气吞万里如虎：指刘裕统率军队，驰骋中原，先后灭掉南燕和后秦，光复了洛阳、长安等地。

[5]“元嘉草草”三句：是说宋文帝草草从事北伐而败。元嘉，南朝宋文帝刘义隆（刘裕之子）的年号（424—453）。封，积土增山，用以祭天。汉霍去病追击匈奴，至狼居胥（在今内蒙古自治区），封山而回。《宋书·王玄谟传》：“玄谟每陈北侵之策，上（宋文帝）谓殷景仁曰：‘闻玄谟陈说，令人有封狼居胥意。’”这三句是希望执政者吸取历史教训，应作北伐的准备。

[6] 四十三年：辛弃疾于绍兴三十二年（1163）率众南归，至开禧元年（1205）出守京口，前后四十三年。

[7] 佛狸祠：后魏太武帝小字佛狸，他击败刘宋，追到长江边上，在瓜步山（在今江苏南京六合区东南）上建立行宫，后来改为太武庙，又称佛狸祠。此借魏太武以喻金主亮南侵。

[8] 神鸦社鼓：神鸦，啄食残余祭品的乌鸦。据《岳阳风土记》载："巴陵乌鸦甚多，土人谓之为神鸦，无敢戈者。"社鼓，指祭祀时的鼓声。

[9]"凭谁问"三句：是说有谁问我年纪老了，还能不能起用呢？《史记·廉颇列传》："赵王思复得廉颇，廉颇亦思复用于赵。赵王使使者视廉颇尚可用否。廉颇之仇郭开多与使者金，令毁之。赵使者既见廉颇，廉颇为之一饭斗米，肉十斤，被甲上马，以示尚可用。赵使还报王曰：'廉将军虽老，尚善饭，然与臣坐，顷之，三遗矢矣。'赵王以为老，遂不召。"

✤ 评笺

这首词，杨慎说："辛词当以京口北固亭怀古《永遇乐》为第一。"(《词品》)先著说："发端便欲涕落，后段一气奔注，笔不得遏，廉颇自拟，慷慨壮怀，如闻其声，谓此词用人名多者，尚是不解词味。"(见《词洁》)

摸鱼儿

淳熙己亥，自湖北漕移湖南，同官王正之置酒小山亭，为赋[1]。

更能消几番风雨，匆匆春又归去。惜春长怕花开早，何况落红无数。春且住，见说道，天涯芳草无归路[2]。怨春不语，算只有殷勤，画檐蛛网，尽日惹飞絮[3]。　长门事[4]，准拟佳期又误，蛾眉曾有人妒[5]。千金纵买相如赋，脉脉此情谁诉[6]？君莫舞[7]！君不见，玉环飞燕皆尘土[8]。闲愁最苦。休去倚危栏，斜阳正在，烟柳断肠处。

✤ 注释

[1] 词序：淳熙己亥，南宋孝宗淳熙六年(1179)自湖北漕移湖南。漕，转运使的省称，那时作者从湖北转运副使改任湖南转运副使。同官王正之，名特起。小山亭在鄂州(今湖北武昌)湖北转运副使的官署内。

[2] “见说道天涯芳草”句：听说天边长满了芳草，春没有回去的路了。

[3] “算只有殷勤，画檐蛛网”二句：是说算来只有蛛网网住飞絮，像是要把春光留住似的。这里暗寓南宋局势趋向没落，想挽回这种局势的人又没有权力，不能有所作为。

[4] 长门事：司马相如《长门赋序》说：汉武帝的陈皇后失宠，住在长门宫，她听说司马相如文章写得好，就以黄金百斤请他作一篇解其悲愁的文章，于是相如作了《长门赋》，使武帝悔悟，陈皇后因而又得亲幸。准拟，表示揣测。

[5] “蛾眉”句：蛾眉，指美人的眉毛像飞蛾的触须。屈原《离骚》：“众女嫉余之蛾眉兮，谣诼谓余以善淫。”

[6] “脉脉此情谁诉”句：脉脉，含情欲吐的样子。谁诉，向谁诉说。这里暗喻自己得不到宋孝宗的信任。

[7] 君：指好忌妒的人，也就是当权的主和派。

[8] 玉环、飞燕：玉环，是唐玄宗贵妃杨氏的小字。飞燕姓赵，汉成帝的皇后。两人都是恃宠而又善妒。

✤ 评笺

清陈廷焯说：“‘更能消几番风雨’一章，词意殊怨，然姿态飞动，极沉郁顿挫之致。起处‘更能消’三字，是从千回百转后倒折出来，真是有力如虎。”（《白雨斋词话》）

贺新郎

邑中园亭，仆皆为赋此词。一日，独坐停云，水声山色竞来相娱，意溪山欲援例者，遂作数语，庶几仿佛渊明思亲友之意云。[1]

甚矣吾衰矣[2]！怅平生，交游零落，只今余几？白发空垂三千丈[3]，一笑人间万事。问何物、能令公喜[4]？我见青山多妩媚，料青山见我应如是[5]。情与貌，略相似[6]。

一尊搔首东窗里[7]。想渊明，《停云》诗就，此时风味。江左沉酣求名者，岂识浊醪妙理[8]？回首叫，云飞风起[9]。不恨古人吾不见，恨古人不见吾狂耳[10]！知我者，二三子[11]。

✤ **注释**

[1] 词题：邑中园亭，指作者所在江西铅山县境内的园亭。仆，古人对自己的谦称。停云，即停云堂，在江西瓢泉，为作者所建，四周多松竹。“意溪山欲援例者”，是说想溪山看到我给铅山县境内的其他园亭都写了《贺新郎》词，叫我也照例给停云写一首。渊明思亲友之意，陶渊明所写《停云》诗序中说：“停云，思亲友也。”

[2] “甚矣”句：《论语·述而》篇：“子曰：甚矣，吾衰也！久矣，吾不复梦见周公。”

[3] 白发空垂三千丈：李白《秋浦歌》：“白发三千丈，缘愁似个长。”

[4] 能令公喜：《世说新语·宠礼》：“王恂、郗超并有奇才，为大司马（桓温）所眷拔，恂为主簿，超为参军。超为人多须，恂状短小。荆州为之语曰：‘髯参军，短主簿，能令公喜，能令公怒。’”这里的“公”是指辛弃疾自己。

[5] “我见青山多妩媚”二句：妩媚，姿态美好可爱。《新唐书·魏徵传》：“帝大笑曰：‘人言徵举动疏慢，我但见其妩媚耳。’”

[6] 情与貌，略相似：说山和人的感情与面貌约略相像。

[7] “一尊搔首东窗里”二句：陶潜《停云》诗：“有酒有酒，闲饮东窗。”

[8] “江左沉酣求名者”二句：江左，亦称江东，今长江下游江苏等地。东晋及南朝都以这一带为统治中心。沉酣求名，喝得大醉还一心追求名利。苏轼《和陶饮酒》：“江左风流人，醉中亦求名。”浊醪（láo），古人酿米做酒，呈乳色，也叫浊酒。杜甫《晦日寻崔戢李封》诗：“浊醪有妙理，庶用慰沉浮。”这两句讽刺当时人只知争名夺利。

[9] 云飞风起：汉高祖刘邦《大风歌》：“大风起兮云飞扬。”这句表现作者的豪迈气概。

[10] “不恨古人吾不见”二句：《南史·张融传》：“融常叹曰：不恨我不见古人，所恨古人又不见我。”

[11] 二三子：这里指作者志同道合的朋友。

淮上女

淮上良家女，南宋宁宗赵扩嘉定（1208—1224）间，或言金宣宗完颜珣兴定（1217—1221）末人，后被金人掠去。（见《续夷坚志》卷下）

减字木兰花

淮山隐隐，千里云峰千里恨。淮水悠悠，万顷烟波万顷愁。　　山长水远[1]，遮住行人东望眼。恨旧愁新，有泪无言对晚春。

✤ **注释**

[1] 山长水远：晏殊《蝶恋花》词："山长水阔知何处。"

陈　亮

陈亮(1143—1194),字同甫,号龙川,永康(今属浙江)人,光宗绍熙四年(1193)状元。孝宗乾道五年(1169)时上《中兴五论》,主张北伐,反对与金人议和。有《龙川词》。

水调歌头

送章德茂大卿使虏[1]

不见南师久,谩说北群空[2]。当场只手,毕竟还我万夫雄[3]。自笑堂堂汉使,得似洋洋河水,依旧只流东[4]。且复穹庐拜,会向藁街逢[5]。　　尧之都,舜之壤,禹之封[6]。于中应有,一个半个耻臣戎[7]。万里腥膻如许[8],千古英灵安在,磅礴几时通[9]?胡运何须问,赫日自当中[10]。

✤ **注释**

[1] 词题:章森字德茂,广汉人,绍兴五年(1135)进士。在孝宗淳熙十三年(1186)八月使金,贺金主正旦,词即写在此时。章森曾为侍郎,故称大卿。

[2] “不见南师久”二句:是说别因为久不见南师北伐,便以为宋朝没有人才。谩说,休说。北群空,指没有良马,借喻没有人才。韩愈《送温处士赴河阳军序》:“伯乐一过冀北之野,而马群遂空。夫冀北马多天下,伯乐虽善知马,安能空其群耶?解之曰:吾所谓空,非无马也,无良马也。”

[3] “当场只手”二句:是颂扬章森有独当一面,办好外交的才干,且有力敌万夫

的气概。

[4]“自笑堂堂汉使”三句：是说堂堂的汉家大使哪能年年朝拜虏廷像河水东流不变方向似的。洋洋，大水貌。苏轼《送吕希道知和州》诗：“无言赠君有长叹，美哉河水空洋洋。”得似，哪得似，不能像。

[5]“且复穹庐拜”二句：是说姑且再朝拜胡虏一次，将来总会掳它到中国来。穹庐，毡帐。藁街，汉朝给外国人所住的房子在长安藁街。六朝时丘迟《与陈伯之书》：“方当系颈蛮邸，悬首藁街。”

[6]“尧之都”三句：是说中原地区本是古代圣贤帝王尧、舜、禹的故都。封，疆界。

[7]“于中”句：这里面总有个把人是以向敌人称臣为耻的。

[8]万里腥膻如许：感叹金人占领地区如此广阔。

[9]“千古英灵”二句：是说我们祖先的民族正气何时得伸张发扬。千古英灵，指先圣先烈，承上尧、舜、禹来。磅礴，广大貌。

[10]“胡运何须问”二句：是说金人的命运必定不久，我们正如红日中天。赫，光明貌。

✤ **评笺**

陈亮才气超迈，喜谈兵，愤于宋室之不振，尝上书痛陈时事，他曾说：“堂堂之阵，正正之旗，推倒一世之智勇，开拓万古之心胸。”毛晋说他的词：“读至卷终，不作一妖语、媚语。”（见《龙川词跋》）

念奴娇

登多景楼[1]

危楼还望[2]，叹此意，今古几人曾会？鬼设神施，浑认作，天限南疆北界[3]。一水横陈，连岗三面，做出争雄势[4]。六朝何事，只成门户私计[5]？　　因笑王谢诸人，登高怀远，也学英雄涕[6]。凭却江山管不到，河洛腥膻无际[7]。正好长驱，不须反顾，寻取中流誓[8]。小儿破贼，势成宁问强对[9]！

✤ 注释

[1] 词题：多景楼，见前陆游《水调歌头》词题注。

[2] 危楼还望：高楼四望。还，同“环”。

[3] “鬼设神施”三句：是说江山形势的奇伟壮观，非人工所能，但不能认为上天用以划分南北的疆界。

[4] “一水横陈”三句：是说镇江北临长江，东南西三面都是群山环抱，显出争雄中原的有利形势。

[5] “六朝何事”二句：是说六朝只凭长江作天险，苟存偏安，不去北定中原，私计互相争战。

[6] “因笑王谢诸人”三句：指当时有些声望的士大夫也徒学东晋王导、谢安在新亭洒泪，无补实际，实为可笑。《晋书·王导传》：“过江人士，每至暇日，相要出新亭饮宴，周顗中坐而叹曰：‘风景不殊，举目有江河之异！’皆相视流涕。唯导愀然变色曰：‘当共戮力王室，克复神州，何至作楚囚相对泣邪！’”

[7] 河洛腥膻无际：指中原大片土地已被金人占据。河洛，黄河、洛水经流之地。

[8] 中流誓：见前张孝祥《水调歌头》注。

[9] “小儿破贼”二句：是说据优势反攻，一定能够取胜，何怕强大敌人。东晋谢玄淝水大捷，谢安得报时方与客围棋，他置书床上，了无喜色，仍旧下棋。客问他，答说：“小儿辈遂已破贼。”(见《世说新语·雅量》)强对，犹说劲敌。

✤ 评笺

这首词，上阕批评了过去有人错把江山形势认为是“鬼设神施”的防守疆界，并抨击退守江左的六朝统治者，只是门户私计的庸人。下阕表现了对长驱破敌、统一全国的必胜信心和义无反顾的高昂斗志。它不同于一般怀古每多伤感之作。

水龙吟

春恨

闹花深处层楼[1]，画帘半卷东风软。春归翠陌，平莎茸嫩[2]，垂杨金浅[3]。迟日催花[4]，淡云阁雨[5]，轻寒轻暖。恨芳菲世界[6]，游人未赏，都付与，莺和燕。　　寂寞凭高念远，向南楼、一声归雁。金钗斗草[7]，青丝勒马[8]，风流云散。罗绶分香[9]，翠绡封泪[10]，几多幽怨！正销魂，又是疏烟淡月，子规声断。

✤ 注释

[1] 闹花：形容盛开的花朵。闹，热闹。宋祁《木兰花》词："红杏枝头春意闹。"

[2] 平莎茸嫩：平原上生出一片嫩草。莎，一年生草，茎三角形，高尺许，叶多由根出，可编笠及蓑衣。茸，草发生貌。

[3] 垂杨金浅：垂杨刚发嫩叶呈浅黄色。

[4] 迟日：《诗经·豳风·七月》："春日迟迟。"

[5] 淡云阁雨：阁，同"搁"。是说云彩淡薄了，雨即停止。

[6] 芳菲：本指花草香气，这里用以代替花草。

[7] 斗草：见前晏殊《破阵子》词注。

[8] 青丝勒马：用素丝绳做马络头。古乐府："青丝系马尾，黄金络马头。"

[9] 罗绶分香：绶，带。用香罗带赠与所惜人。

[10] 翠绡封泪：绿色的纱巾裹着眼泪。《丽情集》："灼灼，锦城官妓女，善舞《柘枝》，能歌《水调》，御史裴质与之善。裴召还，灼灼以软绡聚红泪为寄。"

✤ 评笺

《词苑丛谈》说："陈同父开拓万古之心胸，推倒一世之豪杰，其《水龙吟》词，乃复幽秀。"黄蓼园解说："'闹花深处层楼'，见不事事也。'东风软'，即东风不竞之意也。'迟日'、'淡云'、'轻寒轻暖'，一暴十寒之喻也。好世界不求贤共理，惟与小人游玩如莺燕也。'念远'者，念中原也。'一声归雁'，谓边信至，乐者自乐，忧者徒忧也。"（《蓼园词选》评语）

杨炎正

杨炎正（生卒年不详），字济翁，庐陵（今江西吉安市）人。宋宁宗庆元（1195—1200）间进士。曾任大理司直，知藤州（今广西藤县）、琼州（今海南省）。有《西樵语业》。

水调歌头

寒眼乱空阔，客意不胜秋。强呼斗酒，发兴特上最高楼[1]。舒卷江山图画[2]，应答龙鱼悲啸[3]，不暇顾诗愁[4]。风露巧欺客，分冷入衣裘。　忽醒然，成感慨，望神州。可怜报国无路，空白一分头。都把平生意气，早做如今憔悴，岁晚若为谋[5]！此意仗江月，分付与沙鸥[6]。

✤ **注释**

[1]“寒眼乱空阔”四句：是说乘兴携酒登楼，遥望长天空阔，顿觉眼花缭乱，客怀不胜秋寒之感。

[2] 舒卷江山图画：眼前江山，正像一幅图画在舒卷着。

[3] 应答鱼龙悲啸：鱼龙在大江里悲啸着，好像一唱一答似的。杜甫《秋兴八首》其四：“鱼龙寂寞秋江冷。”

[4] 不暇顾诗愁：顾不上赋诗吟愁。

[5] 岁晚若为谋：是如何度过这残余年月呢？

[6] 分付与沙鸥：表示要与鸥鸟为伴侣。分付，交付。

✤ **评笺**

此词是宋孝宗淳熙五年(1178年),作者与辛弃疾等同舟过镇江,登多景楼而作。“可怜报国无路”语,尤感人。

刘 过

刘过(1154—1206),字改之,自号龙洲道人,吉州太和(今江西泰和)人。曾上书朝廷提出恢复中原方略,不被采用。宁宗时辛弃疾帅浙东,他为幕宾,以词相唱和,后流浪以终。有《龙洲词》。

唐多令

重过武昌[1]

芦叶满汀洲,寒沙带浅流。二十年重过南楼[2]。柳下系船犹未稳,能几日,又中秋。　　黄鹤断矶头[3],故人曾到否?旧江山浑是新愁。欲买桂花同载酒,终不似,少年游!

✤ 注释

[1] 词题:重过武昌,《宋六十名家词》题作"安远楼小集,侑觞歌板之姬黄其姓者,乞词于龙洲道人,为赋此《唐多令》。同柳阜之、刘去非、石民瞻、周嘉仲、陈孟参、孟容,时八月五日也"。武昌,今属湖北武汉市。

[2] 南楼:即定远楼,相传东晋庾亮曾和佐吏乘秋夜登此赏月。

[3] 黄鹤断矶头:黄鹤矶,在湖北武昌,又名黄鹄矶,因山得名。

✤ 评笺

清黄蓼园说:"按宋当南渡,武昌系与敌分争之地,重过能无今昔之感?词旨清越,亦见含蓄不尽之致。"(见《蓼园词选》评语)

沁园春

寄辛承旨，时承旨招不赴[1]。

斗酒彘肩[2]，风雨渡江，岂不快哉！被香山居士[3]，约林和靖[4]，与坡仙老[5]，驾勒吾回[6]。坡谓："西湖，正如西子，浓抹淡妆临照台。"[7]二公者，皆掉头不顾，只管衔杯。

白云："天竺飞来，图画里、峥嵘楼阁开。爱东西双涧，纵横水绕；两峰南北，高下云堆。"[8]逋曰："不然，暗香浮动[9]，争似孤山先探梅。须晴去，访稼轩未晚，且此徘徊。"

✤ 注释

[1] 词题：辛承旨，即辛弃疾，因他六十八岁去世的那年，皇帝进他为枢密都承旨的官。词题又作："风雪中欲诣稼轩，久寓湖上，未能一往，因赋此词以自解。"（见《宋六十名家词》本《龙洲词》）

[2] 斗酒彘(zhì)肩：《史记·项羽本纪》载，樊哙见项王，项王赐与斗卮酒与彘肩。彘肩，即猪肘子。

[3] 香山居士：白居易晚年自号"香山居士"。

[4] 林和靖：林逋字和靖，隐居在西湖孤山，一生爱梅花，人称"梅妻鹤子"。

[5] 坡仙老：宋苏轼自称东坡居士，后人称他"坡仙"。

[6] 驾勒吾回：强迫拉我回去。

[7] "西湖西子"二句：苏轼《饮湖上初晴后雨》诗，有"欲把西湖比西子，淡妆浓抹总相宜"之句。照台，即镜台。

[8] "天竺飞来"六句：白居易在杭州时，很欣赏灵隐、天竺（寺）一带的景色，他的《寄韬光禅师》诗："东涧水流西涧水，南山云起北山云。"就是写东西二涧，南北高峰的句子。

[9] 暗香浮动：林逋《梅花》诗："疏影横斜水清浅，暗香浮动月黄昏。"

✤ 评笺

据张宗橚《词林纪事》引《词苑》说:“刘改之能诗词,酒酣耳热,出语豪纵。嘉泰癸酉,寓中都,辛稼轩帅越遣使招之,适以事不及行,因仿辛体作《沁园春》一词缄往,下笔便逼真。辛得词大喜……尝以此词语岳侍郎倦翁,掀髯有得色。岳曰:‘词句固佳,但恨无刀圭药,疗君啽呓症耳。’举座大噱。”

六州歌头

镇长淮,一都会,古扬州[1]。升平日[2],珠帘十里,春风小红楼[3]。谁知艰难去,边尘暗,胡马扰;笙歌散,衣冠渡,使人愁[4]。屈指细思,血战成何事,万户封侯。但琼花无恙[5],开落几经秋。故垒荒丘,似含羞[6]。　　怅望金陵宅,丹阳郡,山不断绸缪[7]。兴亡梦,荣枯泪,水东流,甚时休?野灶炊烟里[8],依然是,宿貔貅[9]。叹灯火,今萧索,尚淹留[10]。莫上醉翁亭[11],看濛濛细雨,杨柳丝柔。笑书生无用,富贵拙身谋[12],骑鹤来游[13]。

✤ 注释

[1]“镇长淮”三句: 扬州,宋时是淮南东路的首府。长淮即长长的淮河。镇,镇守,屏障的意思。

[2] 升平: 太平。

[3]“珠帘十里”二句: 写扬州的繁华景象。杜牧《赠别》诗:“春风十里扬州路,卷上珠帘总不如。”

[4]“边尘暗”五句: 是说金兵不断侵犯骚扰,旧时笙歌已散,在朝官员纷纷渡江南逃,这种景象,实在令人发愁。

[5] 琼花: 一种珍异的名花。周密《齐东野语》载:“扬州后土祠琼花,天下无二本,绝类聚八仙,色微黄而有香。”

[6] 含羞: 指宋朝国土被金人侵占的羞耻。

[7]“怅望金陵宅”三句：这里的金陵、丹阳都是指与扬州隔江相望的镇江。《丹徒县志》建置沿革表载：“《张氏行役记》言甘露寺在金陵山上。赵璘《因话录》言李勉至金陵屡赞招隐寺标致，盖时人称京口（即镇江）亦曰金陵。”又载：“唐天宝初始以今京口为丹阳郡，而以曲阿为丹阳县。”绸缪，连绵。

[8]野灶：野外的军用灶。

[9]貔貅：见前陆游《水调歌头》词注。

[10]“叹灯火”三句：指村镇兵后百姓逃散，人家稀少的景象。

[11]醉翁亭：此指平山堂。在扬州西北蜀冈上，为宋欧阳修所建，他自称醉翁。

[12]富贵拙身谋：不善于谋取富贵。

[13]骑鹤来游：《五朝小说大观》：“有客相从，各言所志，或愿为扬州刺史，或愿多资财，或愿骑鹤上升，其一人曰‘腰缠十万贯，骑鹤上扬州’，欲兼三者。”

黄 机

黄机（约 1216 年前后在世），字几仲（一说几叔），东阳（今浙江县名）人。生有大志，曾做过州郡小官。常与岳珂唱酬。有《竹斋诗余》。

霜天晓角

仪真江上夜泊[1]

寒江夜宿，长啸江之曲。水底鱼龙惊动，风卷地[2]，浪翻屋[3]。　诗情吟不足，酒兴断还续。草草兴亡，休问功名，泪欲盈掬[4]。

✣ 注释

[1] 仪真：宋时州名。今江苏仪征市。

[2] 风卷地：狂风卷地而来，岑参《白雪歌送武判官归京》："北风卷地白草折。"

[3] 浪翻屋：形容波涛汹涌。杜甫《观李固请司马弟山水图三首》其三："高浪垂翻屋，崩崖欲压床。"

[4] 盈掬：满握。孟郊《楚竹吟》："一掬灵均泪，千年湘水文。"

满江红

万灶貔貅[1]，便直欲、扫清关洛[2]。长淮路[3]、夜亭警燧[4]，晓营吹角。绿鬓将军思下马，黄头奴子惊闻鹤[5]。想中原、父老已心知，今非昨。　　狂鲵剪，於菟缚[6]；单于命，春冰薄[7]。正人人自勇，翘关还槊[8]。旗帜倚风飞电影，戈铤射月明霜锷[9]。且莫令、榆柳塞门秋，悲摇落[10]。

✤ 注释

[1] 万灶貔貅：形容南宋的军队勇猛而众多。灶，军中用的锅灶。

[2] 扫清关洛：扫清关中、洛阳地区之敌。

[3] 长淮路：指淮南西路和东路，当时为宋金的分界线。

[4] 夜亭警燧：古代边塞筑亭堠以防守，遇警即举烽火。燧，烽火。

[5] "绿鬓将军思下马"二句：是说敌方水陆兵士均无斗志。绿鬓，指壮年的敌陆军。黄头，戴黄色帽子的敌水师。《汉书·枚乘传》："遣羽林黄头循江而下。"师古注："羽林黄头郎，习水战者也。"奴子，对敌人的蔑称。闻鹤，指风声鹤唳。《晋书·谢玄传》载：苻坚的部众在淝水之战溃败，闻风声鹤唳，皆以为是晋军。

[6] "狂鲵剪"二句：《左传·宣公十二年》："古者明王伐不敬，取其鲸鲵而封之，以为大戮。"杜预注："鲸鲵，大鱼名，以喻不义之人吞食小国。"於菟，虎的别名。《左传·宣公四年》："三日於菟，其气食牛。"以上以狂鲵、於菟，比喻金国敌人，要缚取而杀灭。

[7] "单(chán)于命"两句：是说金主的命运不长，如春冰容易消融。

[8] "正人人自勇"二句：说南宋人人自告奋勇，拿起武器打击敌人。翘关，举关。左思《吴都赋》："翘关扛鼎。"还槊，还，同"旋"，盘弄。槊，长柄的矛。

[9] "旗帜倚风"二句：形容军容壮盛，兵器精良。

[10] "且莫令"三句：不要让秋来边塞的榆柳逢秋摇落，这表示要及时北伐取得胜利。

姜　夔

姜夔（约 1155—1221），字尧章，鄱阳（今属江西）人。幼时从父官居汉阳，萧德藻爱其词，以兄女妻之。因寓吴兴之武康，与白石洞天为邻，自号白石道人。一生未出仕，曾著有《大乐议》，宁宗时献于朝。往来鄂、赣、皖、苏间，卒于杭州。有《白石道人歌曲》。

点绛唇

丁未冬，过吴松作。

燕雁无心，太湖西畔随云去[1]。数峰清苦[2]，商略黄昏雨[3]。　　第四桥边[4]，拟共天随住[5]。今何许？凭阑怀古，残柳参差舞。

✤ 注释

[1]“燕雁”二句：从船中远望天空飞鸟，由太湖西边随云而去。

[2] 清苦：形容寒山的凄清冷落。

[3] 商略：商量酝酿的意思。

[4] 第四桥：在吴江城外，即甘泉桥，因泉品居第四得名。（见《苏州府志》）

[5] 天随：唐朝诗人陆龟蒙，号天随子。居松江甫里，带笔墨、茶灶泛游于江湖。（见《唐才子传》）这里作者以天随自比。

✤ 评笺

清陈廷焯说：“白石长调之妙，冠绝南宋，短章亦有不可及者，如《点绛唇·丁未冬过吴松作》一阕，通首只写眼前景物，至结处云：‘今何许？凭阑怀古，残柳参差舞。’感时伤事，只用‘今何许’三字提倡。‘凭阑怀古’下，仅以‘残柳’五字咏叹了之。无穷哀感，都在虚处。令读者吊古伤今，不能自止，洵推绝调。”(《白雨斋词话》)

踏莎行

自沔东来，丁未元日至金陵，江上感梦而作。[1]

燕燕轻盈，莺莺娇软[2]，分明又向华胥见[3]。夜长争得薄情知？春初早被相思染。　　别后书辞，别时针线，离魂暗逐郎行远。淮南皓月冷千山[4]，冥冥归去无人管。

✤ 注释

[1] 词题：沔，今湖北汉阳，作者早岁流寓于此。丁未元日，宋孝宗淳熙十四年(1187)元旦(农历正月初一)。

[2] “燕燕轻盈”二句：莺燕，借喻所爱的人。轻盈，指体态。娇软，指语言。

[3] 华胥：《列子・黄帝》：“黄帝昼寝而梦游于华胥氏之国。”后来多以华胥指梦境。

[4] 淮南：指合肥。

✤ 评笺

王国维《人间词话》说：“白石之词，余所最爱者，亦仅二语，曰：‘淮南皓月冷千山，冥冥归去无人管。’”这两句确实写得空灵而不质实。

淡黄柳

客居合肥南城赤阑桥之西，巷陌凄凉，与江左异。唯柳色夹道，依依可怜。因度此阕，以纾客怀[1]。

空城晓角[2]，吹入垂杨陌。马上单衣寒恻恻[3]。看尽鹅黄嫩绿[4]，都是江南旧相识。　　正岑寂，明朝又寒食。强携酒，小桥宅[5]，怕梨花落尽成秋色[6]。燕燕飞来[7]，问春何在？唯有池塘自碧。

✤ 注释

[1] 词题：客居合肥，是作者在宋光宗绍熙二年(1191)所作。赤阑桥，即《送范仲讷往合肥》诗"我家昔住赤阑桥，邻里相过不寂寥。君若到时秋已半，西风门巷柳萧萧"所说之地。

[2] 晓角：清晨时的号角声。

[3] 寒恻恻：轻寒貌。韩偓《寒食夜》诗："恻恻轻寒剪剪风。"

[4] 鹅黄：形容柳初出芽的颜色。成彦雄《柳枝词》："鹅黄剪出小花钿。"

[5] 小桥宅：指合肥所观住处。另一说，桥是姓，大桥、小桥见《三国志·吴书·周瑜传》，后来多省作乔。

[6]"梨花"句：用李贺《河南府试十二月乐词·三月》"梨花落尽成秋苑"句改一"色"字。

[7] 燕燕：双燕。《诗经·邶风·燕燕》："燕燕于飞，差池其羽。"

✤ 评笺

清黄昇说："白石、稼轩，同音笙磬，但清脆与镗鞳异响，此事自关性分。"(《花庵词选》)

扬州慢

淳熙丙申至日，予过维扬。夜雪初霁，荠麦弥望。入其城则四顾萧条，寒水自碧，暮色渐起，戍角悲吟。予怀怆然，感慨今昔。因自度此曲。千岩老人以为有《黍离》之悲也[1]。

淮左名都[2]，竹西佳处[3]，解鞍少驻初程[4]。过春风十里[5]，尽荠麦青青。自胡马窥江去后[6]，废池乔木，犹厌言兵[7]。渐黄昏，清角吹寒，都在空城。　　杜郎俊赏[8]，算而今，重到须惊。纵豆蔻词工，青楼梦好，难赋深情[9]。二十四桥仍在[10]，波心荡，冷月无声[11]。念桥边红药[12]，年年知为谁生？

✤ **注释**

[1] 词题：淳熙丙申，宋孝宗淳熙三年(1176)。至日，指农历冬至日。维扬，即扬州。《尚书·禹贡》："淮海维扬州。"后来就截取"维扬"二字代表扬州。荠麦，葶苈之类。《淮南子·天文训》："阴生于午，故五月为小刑，荠麦葶苈枯。"弥望，满眼。戍角，戍军的号角。自度曲，自创曲调。千岩老人，萧德藻的别号，作者是他的侄女婿。黍离，旧说周平王东迁后，周大夫经过故都见宗庙宫室长满了禾黍，伤周室颠覆作《黍离》，载在《诗经·王风》。

[2] 淮左：宋置淮南东路与淮南西路，东路称淮左。扬州属东路，故称淮左。

[3] 竹西：亭名，扬州的蜀冈南边有竹西亭。

[4] 初程：开始的行程。

[5] 春风十里：指从前扬州城的繁华街道。杜牧《赠别》："娉娉袅袅十三余，豆蔻梢头二月初。春风十里扬州路，卷上珠帘总不如。"

[6] 胡马窥江：指金兵侵犯到长江。宋高宗建炎三年(1129)、绍兴三十一年(1161)两度遭金兵南侵，扬州遭受破坏。词当指后一次侵犯骚扰后。

[7] "废池乔木"二句：是说战后只剩下废池和古树，老百姓都厌恨敌人的侵扰战争。

[8] 杜郎俊赏：扬州是杜牧的游赏之地。俊赏，卓越的赏鉴。

[9] "纵豆蔻词工"三句：是说就有像杜牧的才华，也难以表达这时的悲怆的深情。豆蔻词，见注[5]。青楼，妓女所居之处。杜牧《遣怀》诗："十年一觉扬州梦，赢得青楼薄幸名。"

[10] 二十四桥：杜牧《寄扬州韩绰判官》诗有"二十四桥明月夜，玉人何处教吹箫"之句。沈括《梦溪笔谈》载，唐代扬州有二十四桥，但宋时仅存八桥。而《扬州画舫录》载"廿四桥即吴家砖桥，一名红药桥，在熙春台后。"又传古代有二十四个美人吹箫于此。词里说"二十四桥仍在"，恐非事实。

[11] 冷月无声：与苏轼《阳关曲》“银汉无声转玉盘”咏月句同妙。

[12] 桥边红药：相传开明桥(二十四桥之一)左右，春天芍药花市甚盛。(见《明一统志》)

暗　香

辛亥之冬，余载雪诣石湖。止既月，授简索句，且征新声。作此两曲，石湖把玩不已，使工妓隶习之，音节谐婉，乃名之曰《暗香》、《疏影》[1]。

旧时月色[2]，算几番照我，梅边吹笛？唤起玉人，不管清寒与攀摘[3]。何逊而今渐老[4]，都忘却、春风词笔。但怪得，竹外疏花，香冷入瑶席[5]。　　江国[6]，正寂寂。叹寄与路遥[7]，夜雪初积。翠尊易泣，红萼无言耿相忆[8]。长记曾携手处，千树压西湖寒碧[9]。又片片吹尽也，几时见得？

✤ 注释

[1] 词题：辛亥，宋光宗绍熙二年(1191)。石湖，宋诗人范成大晚年退居苏州西南的石湖，自号石湖居士。止既月，住了一个多月。征新声，请作新词调。工妓，乐工歌妓。隶(yì)习，学习。《暗香》、《疏影》，宋林逋《梅花》诗中有一联：“疏影横斜水清浅，暗香浮动月黄昏。”姜夔取以名自度词调。

[2] 旧时月色：化用温庭筠诗“唯向旧山留月色”和周紫芝《清平乐》词“月到旧时明处，共谁同倚栏干”。

[3] “唤起玉人”二句：是说叫起美人，不管夜间清寒一齐去攀折梅花。这是回忆以前的事。

[4] 何逊：梁代诗人，字仲言，他在扬州曾作《咏早梅》诗一首。后来杜甫诗《和裴迪登蜀州东亭送客逢早梅相忆见寄》：“东阁官梅动诗兴，还如何逊在扬州。”即咏其事。此词句以何逊咏梅自比。

[5] 瑶席：席的美称。

[6] 江国：江乡。

[7] 叹寄与路遥：是说感叹路远不能把梅花寄给所想念的情人。此暗用陆凯寄范晔“折梅逢骑使，寄与陇头人”诗意。

[8] “翠尊”二句：是说连绿酒红梅都怀念玉人。翠尊，绿色的酒杯。红萼，红梅。

[9] 千树压西湖寒碧：是说西湖畔梅树与湖水相辉映成趣，远望花枝像压在碧水之上。(《宋四家词选》)

✤ 评笺

这首词与《疏影》都是姜夔自度曲。清周济评说：“前五句为盛时如此，‘何逊而今渐老’四句为衰时如此。‘长记曾携手处’二句为想其盛时，‘又片片’二句为感其衰时。”

疏　影

苔枝缀玉[1]，有翠禽小小[2]，枝上同宿。客里相逢，篱角黄昏，无言自倚修竹[3]。昭君不惯胡沙远[4]，但暗忆、江南江北。想佩环、月夜归来，化作此花幽独[5]。　犹记深宫旧事，那人正睡里，飞近蛾绿[6]。莫似春风，不管盈盈，早与安排金屋。还教一片随波去，又却怨、玉龙哀曲[7]。等恁时、重觅幽香，已入小窗横幅[8]。

✤ 注释

[1] 苔枝缀玉：是说苔梅枝上点缀着如玉的美丽花朵。范成大《梅谱》：“古梅会稽最多，四明、吴兴亦间有之，其枝樛曲万状，苍藓鳞皴，封满花身。又有苔须垂于枝间或长数寸，风至，绿丝飘飘可玩。”《武林旧事》亦载：“苔梅有二种，一种宜兴张公洞者，苔藓甚厚，花极香。一种出越上，苔如绿丝，长尺余。”

[2] 翠禽：即翠鸟。

[3] 无言自倚修竹：这是把梅花比作美女。杜甫《佳人》诗："天寒翠袖薄，日暮倚修竹。"

[4] 昭君不惯胡沙远：是说汉王昭君远嫁匈奴，住在沙漠地区。这里用昭君来比梅花。王建《塞上咏梅》诗有"昭君已没汉使回"之句。

[5] "想佩环、月夜归来"二句：是说梅花大概是昭君的灵魂在月夜归来所化成的。杜甫《咏怀古迹》有"环佩空归月夜魂"之句。

[6] "犹记深宫旧事"三句：《太平御览》引《杂五行书》："宋武帝女寿阳公主人日卧于含章殿檐下，梅花落公主额上，成五出花，拂之不去。皇后留之看得几时，经三日，洗之乃落。宫女奇其异，竞效之。今梅花妆是也。"蛾绿，等于说蛾眉。

[7] 玉龙哀曲：玉龙，笛子名。林逋《霜天晓角》词："甚处玉龙三弄。"与此意合。哀曲，古代笛曲有《梅花落》。

[8] "等恁时、重觅幽香"二句：是说等到梅花落了只有在画上才能找到。横幅，横条幅。

✤ 评 笺

郑文焯说："此盖伤心二帝（指徽钦二宗）蒙尘，诸后妃相从北辕，沦落胡地，故以昭君托验。发言哀断，考唐王建《塞上咏梅》诗曰：'天山路边一株梅，年年花发黄云下。昭君已没汉使回，前后征人谁系马。'白石词意当本此。"（见郑校《白石道人歌曲》）

史达祖

史达祖（1160？—1210?），字邦卿，号梅溪，汴（今开封）人。宋宁宗时，韩侂胄当国，他是韩最亲信的堂吏。后韩败，他也被贬死。他以咏物见长。有《梅溪词》。

临江仙

闺　思

愁与西风应有约，年年同赴清秋。旧游帘幕记扬州。一灯人著梦，双燕月当楼。　　罗带鸳鸯尘暗淡[1]，更须整顿风流。天涯万一见温柔。瘦应因此瘦，羞亦为郎羞。

✤ 注释

[1] 罗带鸳鸯：是说罗带上绣着鸳鸯。江总《杂曲》："合欢锦带鸳鸯鸟，同心绮袖连理枝。"

双双燕

咏　燕

过春社了[1]，度帘幕中间，去年尘冷。差池欲住[2]，试入旧巢相并。还相雕梁藻井[3]，又软语商量不定。飘然快拂花梢，翠尾分开红影。　　芳径，芹泥雨润[4]。爱贴地争飞，竞夸轻俊。红楼归晚，看足柳昏花暝[5]。应自栖香正稳，便忘了天涯芳信[6]。愁损翠黛双蛾[7]，日日画阑独凭。

✤ 注释

[1] 春社：古代在春分前后祭祀土地神的节日，相传燕子在这时候从南方飞来。

[2] 差池：燕子舒张尾翼的样子。

[3] 还相雕梁藻井：相，看。藻井，即天花板，因装饰如井栏形状，彩绘荷花菱藻，所以称为藻井。

[4] 芹泥：带有芹草的泥。这句有燕子衔泥之意，杜甫《徐步》诗："芹泥随燕嘴。"

[5] 暝：昏暗。

[6] "芳信"句：指情人的音信。唐长安女子绍兰，丈夫任宗经商于湘中，绍兰托双燕寄书，吟诗一首。（见王仁裕《开元天宝遗事》）

[7] 翠黛双蛾：指美女眉毛。

✤ 评笺

张炎称这首咏燕词为"全章精粹，所咏瞭然在目，且不留滞于物"。黄昇说："形容尽矣。"又说：姜尧章（姜夔）最赏其"柳昏花暝"之句。陈世宜说："如以寄托言，则'红楼归晚'以下六句，讥不思恢复晏安鸩毒之非。喻中原父老望眼欲穿之苦，曰'看足'，曰'应自'，曰'便忘了'，曰'愁损'，曰'独凭'，微而显，志而晦，婉而成章，居然春秋之笔，白石赏之，殆以与己之《暗香》《疏影》诸词，异曲同工乎。"（见《宋词举》卷上）

绮罗香

咏春雨

做冷欺花[1]，将烟困柳[2]，千里偷催春暮[3]。尽日冥迷，愁里欲飞还住。惊粉重，蝶宿西园[4]；喜泥润，燕归南浦[5]。

最妨它，佳约风流，钿车不到杜陵路[6]。　　沉沉江上望极，还被春潮晚急，难寻官渡[7]。隐约遥峰，和泪谢娘眉妩[8]。临断岸，新绿生时；是落红、带愁流处，记当日，门掩梨花[9]，剪灯深夜语[10]。

✤ 注释

[1] 做冷欺花：是说春雨添寒，影响花的开放。陆龟蒙《早春雪中作吴体寄袭美》诗："欺花冻草还飘然。"

[2] 将烟困柳：春雨冥濛，带着烟雾，笼罩着杨柳。

[3] "千里"句：孟郊《喜雨》诗："朝见一片云，暮成千里雨。"

[4] 惊粉重，蝶宿西园：蝴蝶身上有粉，被雨沾湿，便觉重了。张泌《春夕言怀》诗："欲化西园蝶未成。"

[5] 喜泥润，燕归南浦：是说燕子喜欢下雨泥润，便于垒巢。南浦，水的泛称。以上两句用李商隐《细雨成咏献尚书河东公》"稍稍落蝶粉，斑斑融燕泥"诗意。

[6] 钿车不到杜陵路：因下雨泥泞，使车子不能驾到杜陵路上。钿车，指华丽的车。杜陵，在今陕西西安市附近，为汉代贵族的住处，这里泛指繁华处所。

[7] "春潮晚急"二句：用韦应物《滁州西涧》"春潮带雨晚来急，野渡无人舟自横"诗意。官渡，官方所设的渡口。

[8] "隐约遥峰"二句：是说远山隐约，好像美人的眉黛。谢娘，美女代称。见前韦庄《浣溪沙》词注。

[9] 门掩梨花：刘方平《春怨》诗："寂寞空庭春欲晚，梨花满院不开门。"

[10] "剪灯深夜语"句：用李商隐《夜雨寄北》"何当共剪西窗烛，却话巴山夜雨时"诗意。

✤ 评笺

这首词题是咏雨，而全篇不见"雨"字，用雨中景物，以拟人的手法烘托写出。清黄蓼园说："《玉林诗话》云：'临断岸'以下数语，最为姜尧章称赏，谓梅溪之词，盖能融情景于一家，会句意于两得，其谓是欤？"（见《蓼园词选》）

戴复古

戴复古(1167—1250?),字式之,号石屏。黄岩(今浙江台州)人。居南塘石屏山,因以自号。长年浪游江湖间,卒年八十余。有《石屏词》。

满江红

赤壁怀古[1]

赤壁矶头,一番过、一番怀古。想当时,周郎年少,气吞区宇[2]。万骑临江貔虎噪[3],千艘列炬鱼龙怒。卷长波、一鼓困曹瞒[4],今如许! 江上渡,江边路,形胜地,兴亡处。览遗踪、胜读诗书言语。几度东风催世换,千年往事随潮去。问道旁、杨柳为谁春,摇金缕[5]。

✤ 注释

[1] 词题:赤壁,三国时吴将周瑜击破曹操大军的地方,在今湖北嘉鱼县东北长江南岸。

[2] 区宇:天下。

[3] 貔虎:貔貅、猛虎。这里指英勇的军队。

[4] 曹瞒:曹操小字阿瞒,所以称曹瞒。姜夔《满江红》词:“一篙春水走曹瞒。”

[5] 摇金缕:指柳叶被风吹动。戴叔伦《长亭柳》诗:“雨搓金缕细,烟袅翠丝柔。”

✤ 评笺

《四库全书提要》称这首词豪情壮采，不减苏轼。

水调歌头

题李季允侍郎鄂州吞云楼[1]

轮奂半天上[2]，胜概压南楼[3]。筹边独坐[4]，岂欲登临豁双眸[5]？浪说胸吞云梦[6]，直把气吞残虏[7]，西北望神州。百载好机会，人事恨悠悠[8]！　骑黄鹤[9]，赋鹦鹉[10]，谩风流。岳王祠畔[11]，杨柳烟锁古今愁。整顿乾坤手段，指授英雄方略，雅志若为酬[12]？杯酒不在手，双鬓恐惊秋。

✤ 注释

[1] 词题：宋李埴，字季允，曾任礼部侍郎，沿江制置副使兼知鄂州知府。鄂州，今湖北武昌。

[2] 轮奂：高大华丽貌。《礼记·檀弓》："美哉轮焉，美哉奂焉。"

[3] 胜概压南楼：景物胜况压倒南楼。南楼注见前。

[4] 筹边：筹划边防。

[5] 豁双眸：开眼界的意思。

[6] 浪说胸吞云梦：浪说，漫说。云梦，泽名，在今湖北省境。司马相如《子虚赋》中有"吞若云梦者八九，于其胸中，曾不蒂介"之语。

[7] 残虏：指当时的金军。

[8] "百载好机会"二句：是说百年来恢复中原的一个好机会，可惜被人事所误，遗恨至今。

[9] 骑黄鹤：崔颢《黄鹤楼》诗："昔人已乘黄鹤去，此地空余黄鹤楼。"

[10] 赋鹦鹉：三国祢衡写过一篇著名的《鹦鹉赋》，他死后，埋在江边沙洲里，后人称为鹦鹉洲。洲在今湖北汉阳江边。

[11] 岳王祠：纪念岳飞的庙宇，一名忠烈庙。（见《舆地纪胜》）

[12] "整顿乾坤手段"三句：这是称赞李季允有整顿天下的本领，指挥作战的方

略，又惋惜他恢复中原的壮志难酬。

✤ 评笺

此词作于宁宗嘉定十四年（1221），风格豪迈，颇近苏、辛。

刘克庄

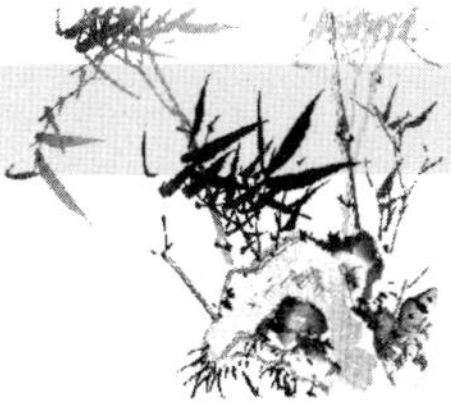

刘克庄（1187—1269），字潜夫，号后村居士，莆田（今属福建）人。淳祐六年（1246）赐同进士出身，官至龙图阁学士。他渴望恢复北方土地，反对南宋政权的妥协苟安。为江湖派的重要作家，词风近辛弃疾。有《后村先生大全集》及《后村长短句》。

清平乐

五月十五夜玩月

风高浪快，万里骑蟾背[1]。曾识姮娥真体态[2]，素面原无粉黛[3]。　身游银阙珠宫[4]，俯看积气濛濛[5]。醉里偶摇桂树[6]，人间唤作凉风。

✤ 注释

[1]“风高浪快”二句：是说乘风破浪飞过万里长空，到了月宫去游玩。蟾背，蟾宫之背。古人传说月中有蟾蜍，因呼月为蟾宫。

[2] 姮娥：嫦娥。

[3] 素面原无粉黛：是说嫦娥面貌洁白，不必施粉画眉。

[4] 银阙珠宫：形容月宫的美。

[5] 积气濛濛：是说云气迷茫的样子。《列子・天瑞》：“天，积气耳，亡处亡气。”

[6] 桂树：相传月中有仙桂。

玉楼春

戏林推[1]

年年跃马长安市[2]，客舍似家家似寄[3]。青钱换酒日无何[4]，红烛呼卢宵不寐[5]。　　易挑锦妇机中字，难得玉人心下事[6]。男儿西北有神州，莫滴水西桥畔泪[7]。

✤ 注 释

[1] 词题：《花庵词选》题作："戏呈林节推乡兄。"节推，即节度推官。

[2] 跃马：骑马。杜甫《后出塞》诗："跃马二十年。"长安市：借指临安。

[3] 客舍似家家似寄：是说作客日长如在家，在家日少如寄居。

[4] "青钱"句：是说天天拿钱买酒喝。古代钱制有青黄两种成色。青色的叫青钱。杜甫《拨闷》诗："已办青钱防雇直，当令美味入吾唇。"《汉书・袁盎传》："丝(盎)能日饮，无何。"师古注："无何，言更无余事。"

[5] 呼卢：指赌博，古时掷骰子，五子全黑叫作卢。掷得卢，便获全胜。所以赌徒争着喊卢。李白《少年行三首》其三："呼卢百万终不惜。"

[6] "易挑锦妇机中字"二句，是说妻子的爱情真挚不移，妓女的真心不易得到。锦妇机中字，苏蕙为前秦窦滔妻，滔携妾赴任所，与她断音问。她织锦挑字，为回文诗寄滔。滔感悟，与她和好如初。玉人，美人。指林所狎之妓。

[7] "男儿西北有神州"二句：是说西北方还有广大土地沦陷在金人手中，待我们男子汉来收复，不须把眼泪洒在水西桥畔。按水西桥为南宋妓女所住地方。

✤ 评 笺

这首词是劝告同乡林推官勿忘国事。况周颐说："杨升庵谓其壮语足以立懦。"(《蕙风词话》)

一剪梅

余赴广东，实之夜饯于风亭[1]。

束缊宵行十里强[2]，挑得诗囊，抛了衣囊。天寒路滑马蹄僵，元是王郎，来送刘郎。　　酒酣耳热说文章[3]，惊倒邻墙，推倒胡床[4]。旁观拍手笑疏狂，疏又何妨，狂又何妨！

✤ **注释**

[1] 词题:“余赴广东”，是说作者到广东潮州去做通判。实之，王迈字，是作者的诗友，唱酬篇章较多。风亭，在今福建莆田市。

[2] 束缊：把长袍束起来，以便行走。

[3] 酒酣耳热：醉时状态。魏文帝（曹丕）《与吴质书》：“酒酣耳热，仰而赋诗，当此之时，不自知其乐也。”

[4] 胡床：坐具，即交椅。可以转缩，便于携带。

满江红

夜雨凉甚，忽动从戎之兴[1]。

金甲雕戈[2]，记当日、辕门初立[3]。磨盾鼻[4]，一挥千纸，龙蛇犹湿。铁马晓嘶营壁冷[5]，楼船夜渡风涛急[6]。有谁怜、猿臂故将军[7]，无功级[8]！　　平戎策，从军什[9]，零落尽，慵收拾。把茶经香传[10]，时时温习。生怕客谈榆塞事[11]，且教儿诵《花间集》[12]。叹臣之壮也不如人[13]，今何及！

✤ **注释**

[1] 词题：从戎之兴，忽然产生从军抗金的念头。

[2] 金甲雕戈：形容武装的壮丽。金甲，铁甲衣。雕，即雕刻文彩的武器。

[3] 辕门初立：是说开始担任军幕工作。辕门，军门。作者参加军幕，草拟军中文书，才二十三岁。

[4] 磨盾鼻：在盾鼻上磨墨。指在军中做文书工作。《北史·荀济传》："会楯上磨墨作檄文。"

[5] 铁马：见前辛弃疾《永遇乐》词注。

[6] 楼船：高大的战舰。刘禹锡《西塞山怀古》诗："王濬楼船下益州。"

[7] 猿臂故将军：指李广。《史记·李将军列传》："广为人长，猿臂，其善射亦天性也。"

[8] 无功级：指李广与匈奴大小七十余战，不得封侯。古代杀敌以首级的数目计功，故称功级。

[9] 什：篇什，指诗词等作品。

[10] 茶经：记茶叶的品种及烹茶方法的书籍。唐陆羽有《茶经》三卷。香传：即香谱，记香的品种、烧香的方法、器具等。丁谓有《天香传》，沈立、洪刍均有《香谱》。

[11] 榆塞：指北方边塞。《汉书·韩安国传》："累石为城，树榆为塞。"

[12]《花间集》：唐五代词集，五代蜀人赵崇祚编。

[13] 叹臣之壮也不如人：《左传·僖公三十年》载：烛之武对郑文公说："臣之壮也，犹不如人；今老矣，无能为也已。"

沁园春

梦孚若[1]

何处相逢？登宝钗楼，访铜雀台[2]。唤厨人斫就，东溟鲸脍[3]；圉人呈罢，西极龙媒[4]。天下英雄，使君与操，余子谁堪共酒杯[5]？车千乘，载燕南赵北，剑客奇材[6]。　饮酣画鼓如雷，谁信被晨鸡轻唤回？叹年光过尽，功名未立；

书生老去，机会方来。使李将军，遇高皇帝，万户侯何足道哉[7]！披衣起，但凄凉感旧[8]，慷慨生哀。

✤ 注释

[1] 词题：孚若，是方信孺字，福建莆田人，曾三次使金不屈。梦孚若，追怀亡友孚若之作。

[2] “登宝钗楼”二句：宝钗楼，汉武帝时所建，故址在今陕西咸阳市。《邵氏闻见录》：“予尝秋日饯客咸阳宝钗楼上。”陆游《对酒》诗：“但恨宝钗楼，胡沙隔咸阳。”铜雀台：故址在今河北省临漳县西南，曹操时所建。这两个名胜古迹都在北方，时中原已沦于金人之手，所以作者托以梦游。

[3] “唤厨人斫就”二句：是说厨夫把东海里捕的鲸鱼切成细块。这是夸张的写法。东溟，东海。脍，细切肉。

[4] “圉人呈罢”二句：是说养马的人呈送西方来的良马。圉(yǔ)人，养马的人。西极龙媒，极远的西方出骏马。《汉乐府·郊祀歌》有“天马徕，从西极”“天马徕，龙之媒”。

[5] “天下英雄”三句：见前辛弃疾《南乡子》词注。这是把曹操和刘备比方孚若和作者自己。

[6] “车千乘”三句：按《宋史·方信孺传》说：“信孺性豪爽，挥金如粪土，所至宾客满其后车。”燕南赵北，即燕赵间，约当今河北省中部。剑客，指才能武艺出众的人。《汉书·李陵传》云：“臣所将屯边者皆荆楚勇士，奇材剑客。”

[7] “使李将军，遇高皇帝”三句：《史记·李将军列传》载汉文帝对李广说：“惜乎，子不遇时，如令子当高皇帝时，万户侯岂足道哉。”

[8] 感旧：一作“四顾”。

贺新郎

送陈真州子华[1]

北望神州路。试平章、这场公事，怎生分付[2]？记得太行山百万[3]，曾入宗爷驾驭[4]。今把作握蛇骑虎[5]。君去京东豪杰喜，想投戈下拜真吾父[6]。谈笑里，定齐鲁[7]。两河萧瑟惟狐兔。问当年，祖生去后，有人来否[8]？多少新亭挥泪客，谁梦中原块土[9]？算事业须由人做。应笑书生心胆怯[10]，向车中、闭置如新妇[11]。空目送，塞鸿去。

✤ 注释

[1] 词题：陈靴，字子华，有将帅才，曾知真州（今江苏仪征市）兼淮南东路提点刑狱。《宋六十名家词·后村别调》题作"送陈子华赴真州"。

[2] 试平章、这场公事：平章，评论。这场公事，指组织敌后或边地抗金队伍事。怎生分付，即如何安排。

[3] 记得太行山百万：指北宋王朝倾覆后，结集在今河北山西等地的起义军。

[4] 曾入宗爷驾驭：宋徽宗、钦宗被金人掳去后，名将宗泽留守东京，金人很怕他，称他为"宗爷爷"。义军杨进、王善先后帅众数十万来归。驾驭，统率。

[5] 今把作握蛇骑虎：是说当权的人把依靠义军的做法看作冒险行动。《魏书·彭城王勰传》："握蛇骑虎，不觉艰难。"

[6] 投戈下拜真吾父：是说陈子华将受众豪杰的爱戴。唐时，仆固怀恩诱吐蕃、回纥、党项等深入，郭子仪率铠骑出入阵中，回纥问知是郭，很惊异。郭更与数十骑出，免胄见回纥领袖。回纥遂投兵下马而拜，说："真吾父也。"南宋初，张用在江西作乱，岳飞以书晓喻利害，张得书也说："真吾父也。"投戈，放下武器。

[7] 齐鲁：指山东，属京东路。

[8] 问当年、祖生去后、有人来否：祖生，祖逖。晋元帝时，祖逖统兵北伐，收复黄河以南地区。这句叹南宋久已无人到中原去做恢复工作。

[9] "多少新亭挥泪客"二句：责备当时士大夫只知感慨哀伤，实无收复中原的壮志。新亭挥泪，见前陈亮《念奴娇》词注。

[10] 书生：作者自称。

[11] 向车中、闭置如新妇：梁曹景宗性急躁，不能沉默，曾对他亲近的人说："今来扬州作贵人，动转不得，路行开车幔，小人辄言不可。闭置车中如三月新妇。"（见《梁书·曹景宗传》）

又

实之三和，有忧边之语，走笔答之[1]。

国脉微如缕[2]。问长缨、何时入手，缚将戎主[3]？未必人间无好汉，谁与宽些尺度[4]？试看取、当年韩五[5]。岂有谷城公付授[6]，也不干、曾遇骊山母[7]。谈笑起，两河路[8]。　少时棋柝曾联句[9]。叹而今、登楼揽镜[10]，事机频误。闻说北风吹面急，边上冲梯屡舞[11]。君莫道、投鞭虚语[12]。自古一贤能制难[13]，有金汤、便可无张许[14]？快投笔[15]，莫题柱[16]。

✤ **注释**

[1] 词题：实之三和，这首词的原韵是王实之所押，他们反复唱和了五次。三和指第三次和韵。忧边，忧虑边境敌人侵扰。

[2] “国脉微如缕”：形容国家的命脉危殆已极。微如缕，微弱得像一缕丝线，很容易断。

[3] “问长缨”三句：长缨，见贺铸《六州歌头》词注。戎主，敌人的头子。这几句是说什么时候请长缨去战场杀敌，缚取敌人的头子。

[4] 宽些尺度：放宽用人的标准。

[5] 韩五：抗金名将韩世忠排行第五，世称韩五。

[6] 谷城公：是授张良以兵法书的老人。他对张良说：“孺子见我济北，谷城山下黄石即我矣。”（见《史记·留侯世家》）因此后世称他为谷城公或黄石公。

[7] 骊山母：传说中的仙人。《太平广记》骊山姥引《集仙传》载：李筌在嵩山得黄帝《阴符经》，“抄读数千遍，竟不晓其义理。因入秦，至骊山下逢一老母……为说《阴符》之义”。按李筌是唐朝的将军，著有《太白阴经》。

[8] 两河路：指河北东路与河北西路，北宋末年韩世忠在这一带屡败金兵。

[9] 少时棋柝曾联句：是说作者少年时曾与王实之一道下棋联句，按“柝”疑为“槊”之误。

[10] 揽镜：照镜。

[11] 边上冲梯屡舞：是说边城受敌军围攻。冲，冲车。梯，云梯。都是攻城的工具。《后汉书·公孙瓒传》：“袁氏之攻，状若鬼神，梯冲舞吾楼上，鼓角鸣于地中。”

[12] 君莫道、投鞭虚语：是说你不要说敌军渡过长江是一句空话。投鞭，见前辛弃疾《水调歌头》词“投鞭飞渡”句注。

[13] 制难：克服困难。

[14] 有金汤、便可无张许：金汤，金城、汤池，喻坚固的防御城池。《汉书·蒯通传》：“边地之城……必将婴城固守，皆为金城汤池，不可攻也。”张、许，张巡、许远，他们在唐朝安史之乱战争中死守睢阳。这句是说哪能只有坚固的防御城池，而缺乏像张、许这样忠勇的大将。

[15] 投笔：后汉班超投笔从戎。

[16] 题柱：常璩《华阳国志·蜀志》载：“（成都）城北七里有升仙桥，有送客观。司马相如初入长安，题其门曰：不乘高车驷马，不过汝下也。”

吴文英

吴文英（约 1200—1260），字君特，号梦窗、觉翁，四明（今浙江宁波）人。本姓翁氏，曾为吴潜浙东安抚使幕僚，复为宗室赵与芮门客。知音律，能自度曲，常往来于江浙间。有《梦窗词》（或称《甲乙丙丁稿》）。

浣溪沙

门隔花深梦旧游，夕阳无语燕归愁。玉纤香动小帘钩[1]。　　落絮无声春堕泪[2]，行云有影月含羞[3]。春风临夜冷于秋。

✤ 注释

[1] 玉纤：指美人纤纤的玉手。

[2] 春堕泪：用苏轼《水龙吟》“细看来不是杨花，点点是离人泪”词意。

[3] “月含羞”句：用李商隐《无题》“扇裁月魄羞难掩”诗意。

✤ 评笺

陈廷焯说：“《浣溪沙》结句，贵情余言外，含蓄不尽，如吴梦窗‘东风临夜冷于秋’，贺方回之‘行云可是渡江难’，皆耐人玩味。”（《白雨斋词话》）

望江南

三月暮，花落更情浓。人去秋千闲挂月，马停杨柳倦嘶风，堤畔画船空。　　恹恹醉，长日小帘栊。宿燕夜归银烛外，啼莺声在绿阴中，无处觅残红。

唐多令

惜　别

何处合成愁？离人心上秋[1]。纵芭蕉、不雨也飕飕。都道晚凉天气好，有明月，怕登楼。　　年事梦中休[2]，花空烟水流。燕辞归、客尚淹留[3]。垂柳不萦裙带住，漫长是，系行舟[4]。

✤ 注释

[1] 心上秋：把“愁”字拆为“心”、“秋”二字。而秋之训“愁”，也有所本。《礼记·乡饮酒义》：“秋之为言愁也。”此句用离合法，应解为别离之人秋在心上。

[2] 年事：年岁。

[3] 燕辞归、客尚淹留：曹丕《燕歌行》：“群燕辞归雁南翔，念君客游思断肠。慊慊思归恋故乡，何为淹留寄它方。”客，作者自称。淹留，久留。

[4] “垂柳不萦裙带住”三句：是说垂柳留不住情人的裙带，却想系住我的行舟。萦，旋绕。

✤ 评笺

张炎《词源》说：“此词疏快，却不质实，如是者集中尚有，惜不多耳。”

八声甘州

陪庾幕诸公游灵岩[1]

渺空烟四远，是何年、青天坠长星[2]？幻苍崖云树，名娃金屋[3]，残霸宫城[4]。箭径酸风射眼[5]，腻水染花腥[6]。时靸双鸳响，廊叶秋声[7]。　　宫里吴王沈醉，倩五湖倦客，独钓醒醒[8]。问苍天无语，华发奈山青。水涵空[9]、阑干高处，送乱鸦、斜日落渔汀。连呼酒，上琴台去[10]，秋与云平[11]。

✤ **注释**

[1] 词题：庾幕，即仓幕，吴文英曾经在苏州为仓台幕僚。《十驾斋养新录》："提举常平司为仓司、庾司。"又作者《木兰花慢》词有"题游虎丘陪仓幕"。此题"庾幕诸公"，是管理仓库治文书的同事。灵岩，山名，在江苏苏州市西，天平山之南，上有吴王馆娃宫遗迹。

[2] 青天坠长星：是说灵岩山疑是天空中落下来的大星。

[3] 名娃金屋：娃，美女。指西施住在馆娃宫。金屋，见前周邦彦《风流子》词注。

[4] 残霸：过去的霸业，指吴王夫差。

[5] 箭径：灵岩山上有采香径，是吴王宫女采集香花香草的地方，径直如箭，故名。酸风射眼：李贺《金铜仙人辞汉歌》："东关酸风射眸子。"

[6] 腻水染花腥：腻水，带有脂粉的水。杜牧《阿房宫赋》："渭流涨腻，弃脂水也。"这句是说落花飘在凝滞的腻水中，沾染脂粉气味。

[7] "时靸双鸳响"二句：靸（sǎ）是拖鞋，双鸳代替女子的鞋子。因女子的鞋古代常绣作鸳鸯，因称。廊叶秋声，相传吴王在灵岩山建有响屧廊，廊下空虚，上铺梓、楠。西施步屧绕廊，发出响声，故名。屧（xiè），木屐类的鞋子。这二句是说现在听到廊上落叶的声音，好像是吴宫西施步屧的响声。

[8] "宫里吴王沈醉"三句：《越绝书》："勾践（越王）令范蠡（越大夫）取西施以献夫差……西施亡吴国后，复归范蠡，同泛五湖而去。"五湖指太湖及其附近的四湖。这几句是说夫差沉溺酒色，不修国政。但范蠡却是清醒的，终于佐勾践复仇灭吴，且能知几避难。独钓，承上文五湖而言。醒醒，加重语气，与沉醉相对而言。

[9] 水涵空：灵岩山上有涵空洞，下临太湖。涵，包容。

[10] 琴台：在灵岩山上。

[11] 秋与云平：秋色和云气一望无际。

✤ 评笺

清陈洵说："北宋已矣，南渡宴安，又将岌岌，五湖倦客，今复何人？一'倩'字有众人皆醉意，不知当时庾幕诸公，何以对此？"（见《海绡说词》）

莺啼序

残寒正欺病酒，掩沉香绣户[1]。燕来晚、飞入西城，似说春事迟暮。画船载、清明过却，晴烟冉冉吴宫树[2]。念羁情[3]，游荡随风，化为轻絮。　　十载西湖，傍柳系马，趁娇尘软雾[4]。溯红渐、招入仙溪[5]，锦儿偷寄幽素[6]。倚银屏、春宽梦窄[7]，断红湿、歌纨金缕[8]。暝堤空，轻把斜阳，总还鸥鹭[9]。　　幽兰渐老，杜若还生[10]，水乡尚寄旅。别后访、六桥无信[11]，事往花萎[12]，瘗玉埋香[13]，几番风雨？长波妒盼，遥山羞黛[14]，渔灯分影春江宿，记当时、短楫桃根渡[15]。青楼仿佛，临分败壁题诗，泪墨惨澹尘土。　　危亭望极[16]，草色天涯，叹鬓侵半苎[17]。暗点检[18]、离痕欢唾，尚染鲛绡[19]。亸凤迷归，破鸾慵舞[20]。殷勤待写，书中长恨，蓝霞辽海沉过雁[21]，漫相思、弹入哀筝柱[22]。伤心千里江南，怨曲重招，断魂在否[23]？

✤ 注释

[1] 沉香绣户：犹言香闺、兰房，用沉香木做的华美的门户。

[2] 晴烟冉冉吴宫树：冉冉，轻柔的样子。吴宫，指南宋的宫苑。南宋的都城临安旧属吴地。

[3] 羁情：旅思，离情。

[4] 趁娇尘软雾：趁，追逐，寻求。娇尘软雾，形容娇柔、美丽的西湖景色。

[5] 溯红渐、招入仙溪：是说沿着花溪逐渐走入仙境之中，遇到仙女，暗用刘晨、

阮肇入天台山遇仙女事。

[6] 锦儿偷寄幽素：锦儿，南宋钱塘妓女杨爱爱的侍婢，这里用来代表作者所爱的人的侍婢。幽素，幽情。素，同“愫”。

[7] 春宽梦窄：春长梦短，是说欢聚的时间很少。

[8] 断红湿、歌纨金缕：断红，指眼泪。是说惜别的红泪沾湿了歌扇和舞衣。歌纨，歌唱时用的纨扇。金缕，金线绣的舞衣。

[9] “暝堤空”三句：是说堤上天色渐暗，游人散去，夕阳景色都归鸥鹭享受。

[10] “幽兰渐老”二句：是说花渐渐地凋谢，草还在生长，这是写暮春景色。幽兰，兰花。杜若，香草。旋，不久。

[11] 六桥：西湖外湖有六桥，名映波、锁澜、望山、压堤、东浦、跨虹，为苏轼所建。

[12] 花委：花谢。

[13] 瘗(yì)玉埋香：玉和香均指美人。瘗，埋葬。

[14] “长波妒盼”二句：是说长波和远山也妒忌她的美貌。盼，形容眼睛的美丽。《诗经·卫风·硕人》：“美目盼兮。”黛，黛眉。

[15] 短楫桃根渡：王献之《桃叶歌》：“桃叶复桃叶，渡江不用楫。但渡无所苦，我自迎接汝。”又：“桃叶复桃叶，桃叶连桃根。相怜两乐事，独使我殷勤。”按桃根，王献之的爱妾桃叶的妹妹。这句指送别爱人。

[16] 危亭望极：登上高亭，极目远望。

[17] 鬓侵半苎：头发半白的意思。苎，白色的苎麻，比喻白发。

[18] 点检：即检点。

[19] “离痕欢唾”二句：离痕，离别时的泪痕。欢唾，李煜《一斛珠》词：“烂嚼红茸，笑向檀郎唾。”鲛绡，鲛人所织的绡，注见前。这里指手帕。这两句是说旧手帕上还留着爱人的泪痕和唾液。

[20] “亸凤迷归”二句：喻爱人离散。亸凤，孤独无归的凤鸟垂下它的翅膀。亸，下垂貌。鸾，指鸾镜。见范泰《鸾鸟诗序》。破鸾，即破镜不能重圆之意。

[21] 蓝霞辽海沉过雁：是说海阔天空相距辽远，传信的雁也飞不过去。

[22] 哀筝：筝的声调凄凉哀怨。柱，筝上系弦的小立柱。

[23] “伤心千里江南”三句：《楚辞·招魂》：“目极千里兮伤春心，魂兮归来哀江南。”相传《招魂》是宋玉为招屈原的魂而作。作者这里又用筝曲招爱人的魂。所以说“重招”。

✤ **评笺**

这首《莺啼序》是最长的词调，共分四阕。第一段写伤春，第二段回忆当年的欢情，第三、四段写伤别和悼亡，也寄寓了作者的身世感慨。陈洵说："通体离合变幻，一片凄迷，细绎之，正字字有脉络，然得其门者寡矣。"（见《海绡说词》）

文及翁

文及翁(生卒年不详)，字时学，号本心，绵州(今四川绵阳市)人。进士出身，历官参知政事，宋亡不仕。闭门著书，有文集。

贺新郎

游西湖有感[1]

一勺西湖水[2]。渡江来、百年歌舞，百年酣醉。回首洛阳花石尽[3]，烟渺黍离之地。更不复、新亭坠泪。簇乐红妆摇画舫[4]，问中流、击楫谁人是？千古恨，几时洗？　余生自负澄清志。更有谁、磻溪未遇，傅岩未起[5]。国事如今谁倚仗，衣带一江而已[6]！便都道，江神堪恃。借问孤山林处士，但掉头、笑指梅花蕊[7]。天下事，可知矣。

✤ 注释

[1] 词题：游西湖有感，一题作“西湖”。李有《古杭杂记》：“蜀人文及翁登第后，期集游西湖，一同年戏之曰：‘西蜀有此景否？’及翁即席赋《贺新郎》。”

[2] 一勺：量器名，升的百分之一。又酌酒之器，一勺，极言其少。

[3] 洛阳花石：宋徽宗采民间花石，在汴京作艮岳，金人破汴时，民众坏之以泄恨。北宋时洛阳多名园，李格非有《洛阳名园记》，载之甚详。词里借指汴京艮岳。

[4] 簇乐红妆摇画舫：是说在湖上摇荡画船，听妓女奏乐唱歌。这句指当时醉生梦死之人。

[5]“磻(pán)溪未遇”二句：是说贤能的人没有得到朝廷任用。姜太公钓于磻溪，遇周文王。磻溪在今陕西宝鸡市。傅岩，傅说(yuè)版筑于傅岩之野，遇殷高宗。今山西平陆县有其故迹。

[6]衣带一江：以衣带比喻长江。《南史·陈后主纪》载：隋文帝将出兵攻陈，对高颎说：“我为百姓父母，岂可限一衣带水，不拯之乎？”

[7]“借问孤山”三句：指当时不顾国事，自命清高的人。林处士，即林逋。

刘辰翁

刘辰翁（1232—1297），字会孟，号须溪，庐陵（今江西吉安）人。太学生，景定三年（1262）进士。以对策触犯贾似道，置于丙等。曾任濂溪书院山长，后来被荐居史馆，又除太学博士。宋亡不仕。有《须溪词》。

霜天晓角

和中斋九日[1]

骑台千骑[2]，有菊知何世？想见登高无处，淮以北，是平地[3]。　　老来无复味，老来无复泪。多谢白衣迢递[4]，吾病矣，不能醉。

✤ **注释**

[1] 词题：中斋，邓光荐号。宋亡，以义行著，有《鹧鸪》词著称。九日，即农历九月九日重阳节。

[2] 骑台：检阅骑兵之台。

[3] 淮以北，是平地：淮水以北平原地区已被元人占领。

[4] “白衣”句：《续晋阳秋》：“陶潜尝九月九日无酒，宅边菊丛中摘盈把，坐其侧久之，望见白衣至，乃刺史王宏送酒，即便就酌，醉而后归。”迢递，遥远貌。

柳梢青

春　感

铁马蒙毡[1]，银花洒泪[2]，春入愁城[3]。笛里番腔[4]，街头戏鼓[5]，不是歌声[6]。　　那堪独坐青灯[7]，想故国高台月明[8]。辇下风光[9]，山中岁月[10]，海上心情[11]。

✤ **注释**

[1] 铁马蒙毡：敌人战马身上蒙着一层毛毡保暖，这里指的是元人骑兵。

[2] 银花洒泪：银花，灿烂的花灯。洒泪，烛蜡滴沥犹如感时的眼泪。

[3] 愁城：荒城使人发愁。庾信《愁赋》："攻许愁城终不破。"

[4] 番腔：指元人所吹的腔调。

[5] 戏鼓：周邦彦《西河》："酒旗戏鼓甚处市。"

[6] 不是歌声：不是好听的歌声。含有鄙视侵略者的口气。

[7] 青灯：灯光青荧。

[8] 想故国高台月明：用李煜《虞美人》"故国不堪回首月明中"词意。

[9] 辇下风光：指故都风光。辇(niǎn)下，京都。

[10] 山中岁月：作者在南宋亡后隐居在山中。

[11] 海上心情：南宋末年许多人士多逃亡海上参加抗元工作，此为作者心所向往。

兰陵王

丙子送春[1]

送春去，春去人间无路。秋千外、芳草连天，谁遣风沙暗南浦[2]？依依甚意绪，漫忆海门飞絮[3]。乱鸦过，斗转城荒[4]，不见来时试灯处[5]。　　春去，最谁苦？但箭雁沉边，梁燕无主[6]，杜鹃声里长门暮。想玉树凋土[7]，泪盘如露[8]。咸阳送客屡回顾[9]，斜日未能度。　　春去，尚来否？正江令恨别[10]，庾信愁赋[11]，苏堤尽日风和雨。叹神游故国，花记前度。人生流落，顾孺子[12]，共夜语。

✤ 注释

[1] 词题：丙子，宋德祐二年(1276)，即元兵攻入南宋都城的一年。送春，南宋都城临安破于三月，《须溪词》中有几首送春词，都是写亡国之痛。

[2] 风沙暗南浦：写国土沦丧后的凄凉景象。

[3] 漫忆海门飞絮：指逃往海滨的南宋君臣。

[4] 斗转城荒：杜甫《春日寄韦氏妹》诗："秦城回北斗。"这里说斗转春回时，宋都城临安已荒废了。

[5] 试灯：南宋都临安，其习俗以正月初预赏花灯为试灯。周密《武林旧事》载："禁中自去岁九月赏菊灯之后，迤逦试灯，谓之预赏。"

[6] "箭雁"二句：箭雁，带箭受伤的大雁。这里指被俘的人。梁燕，梁上的燕子，指留在沦陷区里的人。

[7] 玉树凋土：《世说新语·伤逝》："庾文康亡，何扬州(何逊)临葬云：'埋玉树著土中，使人情何能已。'"这里指为国捐躯的人。

[8] 泪盘如露：魏明帝青龙元年(233)八月，诏宫官牵车西去，取汉孝武捧露盘仙人，欲立置前殿，宫官既拆盘，仙人临载，乃潸然泪下。唐诸王孙李长吉遂作《金铜仙人辞汉歌》。此句本此。

[9] 咸阳送客：李贺《金铜仙人辞汉歌》："衰兰送客咸阳道，天若有情天亦老。"这里用来表示对故国的眷恋。

[10] 江令恨别：江令，江淹曾为建安吴兴令，故称江令。他写有《别赋》。

[11] 庾信愁赋：庾信出使北周被留，著有《愁赋》，后失传。这里指亡国的愁恨。

[12] 孺子：指作者自己的儿子。

✤ 评笺

明卓人月说："'送春去'二句悲绝。'春去最谁苦'四句，凄清何减夜猿。第三

叠悠扬悱恻，以为《小雅》、楚骚可也。”（见《古今词统》）

宝鼎现

春　月

红妆春骑[1]，踏月影、竿旗穿市[2]。望不尽、楼台歌舞，习习香尘莲步底[3]。箫声断，约彩鸾归去[4]，未怕金吾呵醉[5]。甚辇路、喧阗且止？听得念奴歌起[6]。　父老犹记宣和事[7]，抱铜仙、清泪如水。还转盼、沙河多丽[8]。滉漾明光连邸第[9]，帘影冻[10]、散红光成绮。月浸葡萄十里[11]。看往来、神仙才子[12]，肯把菱花扑碎[13]。　肠断竹马儿童[14]，空见说、三千乐指[15]。等多时、春不归来，到春时欲睡。又说向、灯前拥髻[16]，暗滴鲛珠坠。便当日、亲见《霓裳》，天上人间梦里[17]！

✤ **注释**

[1] 红妆春骑：指妇女骑马春游。沈佺期《夜游・咏元宵》诗：“南陌青丝骑，东都红粉妆。”骑，车骑。

[2] 竿旗穿市：竿旗，悬在竿上的旗。苏轼《上元夜》诗：“牙旗穿夜市。”

[3] 习习香尘莲步底：莲步，指美人足。《南史・废帝东昏侯本纪》：“凿金为莲花以帖地，令潘妃行其上，曰：‘此步步生莲花也’。”习习，风吹貌。

[4] 彩鸾：仙女。林坤《诚斋杂记》：“钟陵西山有游帷观，每至中秋，车马喧阗。……大和末，有书生文箫往观，睹一姝（吴彩鸾）甚妙……生意其神仙，植足不去，姝亦相盼……乃与生下山，归钟陵，为夫妇。”这里指妇女。

[5] 金吾：汉官有执金吾，颜师古注：“金吾，鸟名也，主辟不祥，天子出行，职主先导，以御非常，故执此鸟之象，因以名官。”苏味道《观灯》诗：“金吾不禁夜，玉漏莫相催。”呵醉：呵斥街上酒醉的人。

[6] 念奴：唐天宝时名歌女。

[7] 宣和：宋徽宗年号(1119—1125)。

[8] 还转盼、沙河多丽：转盼，回头来看。沙河，即沙河塘，在钱塘(即杭州)南五里。田汝成《西湖游览志余》："沙河，宋时居民甚盛，碧瓦红檐，歌管不绝。"

[9] 滉漾明光连邸第：滉漾，明光反映在水里，指浮动的灯光。邸第，达官贵人的住宅。周密《武林旧事》"元夕"："邸第好事者，如清河张府、蒋御药家，闲设雅戏烟火，花边水际，灯烛烂然。"

[10] 冻：一作"动"。

[11] 月浸葡萄十里：葡萄，形容水色深碧。

[12] 神仙：借指美女。《武林旧事》云："靓妆笑语，望之如神仙。"

[13] 肯把菱花扑碎：暗用徐德言和乐昌公主于陈亡后，破镜各分其半，作为凭信的故事。这句是说，怎肯自己把幸福的生活毁掉。菱花，镜名。

[14] 竹马：李白《长干行》："郎骑竹马来。"

[15] 三千乐指：指，用来计算人数(一人十指)，三千乐指就是三百人的大乐队。

[16] 拥髻：低头用手拥着发髻，形容愁苦的样子。

[17] "便当日"二句：是说即使当日亲睹故国的歌舞承平景象，现在也成梦境。

✤ 评笺

张孟浩说："反反复复，字字悲咽，真孤竹、彭泽之流。"(《历代诗余》引)陈廷焯说："通篇炼金错采，绚烂极矣，而一二今昔之感处，尤觉韵味深长。"(见《白雨斋词话》)

周　密

周密（1232—1298），字公谨，号草窗，济南（今山东济南市）人。自号弁阳啸翁，又号萧斋。流寓吴兴（今属浙江），南宋淳祐（1241—1252）中为义乌令，宋亡不仕。著有《蘋洲渔笛谱》等，又编选《绝妙好词》。

曲游春

禁烟湖上薄游，施中山赋词甚佳，余因次其韵。盖平时游舫，至午后则尽入里湖，抵暮始出断桥，小驻而归，非习于游者不知也。故中山亟击节余“闲却半湖春色”之句，谓能道人之所未云[1]。

禁苑东风外[2]，飏暖丝晴絮，春思如织。燕约莺期，恼芳情偏在，翠深红隙[3]。漠漠香尘隔，沸十里、乱弦丛笛[4]。看画船尽入西泠，闲却半湖春色。　　柳陌，新烟凝碧，映帘底宫眉[5]，堤上游勒[6]。轻暝笼寒，怕梨云梦冷[7]，杏香愁幂[8]。歌管酬寒食，奈蝶怨、良宵岑寂。正满湖碎月摇花，怎生去得？

✤ **注释**

[1] 词题：《武林旧事》载：“虎头岩施梅川墓，名岳，字仲山，吴人，能词，精于律

吕,杨守斋为树梅作亭以葬。”

[2] 禁苑：皇宫的园林。因南宋都城在杭州,所以西湖一带称为禁苑。

[3] 翠深红隙：翠指叶,红指花,这句是说在花叶深处。

[4] 乱弦丛笛：指管弦乐迭奏交响在一起。

[5] 帘底宫眉：指楼中丽人画的是宫中眉样。刘仲尹《墨梅》十一首其五:“丁香小麝印宫眉。”

[6] 堤上游勒：指堤上乘马的游人。欧阳修《蝶恋花》词:“玉勒雕鞍游冶处。”

[7] 梨云梦冷：王建《梦梨花》诗:“落落漠漠路不分,梦中唤作梨花云。”

[8] 杏香愁幂：是说杏花的香气被烟雾覆盖着使人发愁。

✤ 评笺

《武林旧事》载:“都城自过烧灯,贵游巨室,皆争先出郊,谓之探春,至禁烟为最盛。……两堤骈集,几于无置足地。水面画楫,栉比如鱼鳞,亦无行舟之路。歌欢箫鼓鼓声,振动远近,其盛可以想见。若游之次第,则先南而后北,至午则尽入西泠桥里湖,其外几无一舸矣。弁阳老人有词云:‘看画船尽入西泠,闲却半湖春色。’盖纪实也。”

一萼红

登蓬莱阁有感[1]

步深幽。正云黄天淡,雪意未全休。鉴曲寒沙[2],茂林烟草[3],俯仰千古悠悠[4]。岁华晚、漂零渐远,谁念我、同载五湖舟。磴古松斜[5],厓阴苔老[6],一片清愁。　　回首天涯归梦,几魂飞西浦,泪洒东州[7]。故国山川,故园心眼,还似王粲登楼[8]。最负他、秦鬟妆镜[9],好江山、何事此时游?为唤狂吟老监,共赋消忧[10]。

✤ 注释

[1] 词题：蓬莱阁,旧址在今浙江绍兴市龙山下,五代时吴越王建。以唐元稹

《以州宅夸于乐天》诗“谪居犹得近蓬莱”句得名。

[2] 鉴曲：鉴湖一曲。《新唐书·贺知章传》：“有诏赐镜湖剡川一曲。”镜湖即鉴湖。

[3] 茂林：指兰亭。王羲之《兰亭集序》：“此地有崇山峻岭，茂林修竹。”

[4] 俯仰：王羲之《兰亭集序》：“俯仰之间，已为陈迹。”

[5] 磴：石级。

[6] 厓阴：山角落里阴暗之处。

[7] “几魂飞西浦”二句：作者自注：“阁在绍兴，西浦、东州皆其地。”几，几回。

[8] 王粲登楼：王粲，三国时有名的文人，建安七子之一。因避乱到荆州，登荆州襄阳县城楼作《登楼赋》。

[9] “最负他、秦鬟妆镜”二句：妆镜，指鉴湖。秦鬟，指绍兴的秦望山，山的形状像髻鬟，所以称秦鬟。又和妆镜相映衬。句意是说，山水虽好，可惜没有心情赏玩，辜负了眼前的景物。

[10] “狂吟老监”二句：唐诗人贺知章，绍兴人，晚年辞官回乡隐居，他曾为秘书监，自号四明狂客，所以称为狂吟老监。这里是说安得有如贺知章其人与之吟咏销忧，寓有怀念友人之意。

✤ 评 笺

清人周济《绝妙好词》说：“草窗擅美在缜密，如此章稍空阔，愈益佳妙。”吴梅说：“苍茫感慨，情见乎词，当为草窗集中压卷，虽使美成、白石为之，亦无以过，惜不多觏耳。”（见《词学通论》）

王清惠

王清惠(生卒年不详),南宋末年被选入宫,为昭仪女官。宋亡,被元人俘往燕京。后作女道士,号冲华。

满江红

题驿壁[1]

太液芙蓉[2],浑不似、旧时颜色。曾记得、春风雨露[3],玉楼金阙[4]。名播兰馨妃后里[5],晕潮莲脸君王侧[6]。忽一声、鼙鼓揭天来[7],繁华歇。　　龙虎散,风云灭,千古恨,凭谁说[8]?对山河百二[9],泪盈襟血。驿馆夜惊尘土梦,宫车晓碾关山月[10]。问姮娥、于我肯从容,同圆缺[11]。

✤ 注释

[1] 词题:陶宗仪《辍耕录》:“至元十三年丙子春正月十八日,淮安王伯颜以中书右相统兵入杭,宋谢、全两后以下皆赴北,有王昭仪者题《满江红》于驿。”

[2] 太液芙蓉:太液池,汉武帝作建章宫,其北治大池、渐台,命名太液池。唐时长安城东大明宫内也有太液池。这里泛指宋宫池沼。芙蓉,荷花。白居易《长恨歌》:“太液芙蓉未央柳。”

[3] 春风雨露:封建时代用以比喻皇帝恩泽。

[4] 玉楼金阙:指皇宫。

[5] 名播兰馨妃后里:声名传播在宫中像兰草般的芳香。

[6] 晕潮莲脸：晕潮，含羞的样子。莲脸，面如莲花美丽。这句形容得宠。

[7] 鼙鼓揭天来：指元兵的战鼓惊天动地而来。

[8] “龙虎散”二句：龙虎，指南宋君臣。《易经·乾卦》：“云从龙，风从虎。”后人应用这句话而把意思倒转过来，作龙虎得到风云而更有威势讲。

[9] 山河百二：说山河险要。《史记·高祖本纪》：“秦形胜之国，带山河之险，悬隔千里，持戟百万，秦得百二焉。”这里指宋朝江山。

[10] “驿馆夜惊尘土梦”二句：写北行途中的凄凉情景。宫车，指北行时所坐宫中的车子。碾，车轮压地而过。

[11] “问姮娥”二句：是说自己不愿留在元朝，问嫦娥可否让她从容一些，去天宫陪伴嫦娥，和月亮一同存在。姮娥即嫦娥。

✤ 评笺

作者被元兵所俘，北去途中题于驿壁。据传，文天祥觉其“问姮娥”数语有幸免苟安之意，代她重作一阕。末二句为：“算妾身，不愿似天家，金瓯缺。”（见《永乐大典》卷三零零四人字韵）

徐君宝妻

徐君宝妻，岳州（今湖南岳阳市）人。宋末，被掠至杭州，不从敌，自投池水而死。

满庭芳

汉上繁华，江南人物，尚遗宣政风流[1]。绿窗朱户，十里烂银钩[2]。一旦刀兵齐举[3]，旌旗拥，百万貔貅[4]。长驱入，歌楼舞榭，风卷落花愁。　　清平三百载[5]，典章人物[6]，扫地都休。幸此身未北，犹客南州[7]。破鉴徐郎何在？空惆怅，相见无由[8]。从今后，梦魂千里，夜夜岳阳楼[9]。

✤ **注释**

[1]“汉上繁华”三句：南宋时汉水到长江一带都为汉上。宣政，宣和、政和，都是宋徽宗的年号。这三句说南宋的汉上各繁华都市和人物，还保持着北宋徽宗时的流风余韵。

[2]“绿窗朱户”二句：是说挂着珠帘带着灿烂帘钩的朱户有十里之多，承上“汉上繁华”而言。

[3]刀兵齐举：指元兵渡江南侵。

[4]百万貔貅：指敌兵之多。貔貅，注见前。

[5]清平三百载：宋自太祖赵匡胤建隆元年庚申（960）讫恭帝赵㬎德祐二年丙子（1276），计三百一十六年，此约计其数说三百载。

[6]典章：指制度文物。

[7]“幸此身未北”二句：是说幸而自己还留在祖国的土地上。南州，南方。

[8]“破鉴徐郎何在”三句：用徐德言与他的妻子乐昌公主破镜重圆事。作者丈夫也姓徐，用此典故更妙。

[9]岳阳楼：在湖南岳阳市西，作者是岳阳人，所以说魂魄留恋这个地方。

✤ **评笺**

陶宗仪《辍耕录》载："徐君宝妻某氏，亦同时被掳来杭，居韩蕲王府。自岳至杭，相从数千里，其主者数欲犯之，而终以巧计脱。盖某氏有令姿，主者弗忍杀之也。一日，主者怒甚，将即强焉。因告曰：'俟妾祭谢先夫，然后为君妇不迟也。君奚用怒哉？'主者喜诺。即严妆焚香，再拜默祝，南向饮泣，题《满庭芳》词一阕于壁上。已，投大池中以死。"

文天祥

文天祥(1236—1283),字宋瑞,号文山,吉水(在今江西省)人。理宗宝祐年(1253)状元。官至丞相,封信国公。元兵南侵,奉诏勤王,出使与元军议和,因坚决抗争被扣留。后逃回到温州,拥立益王赵昰,以图兴复。他抵御元兵,转战于赣、闽、岭南,兵败被俘,在拘囚中敌人多方折磨,百端诱降,终以不屈被害。有《文山乐府》。

满江红

和王夫人《满江红》韵,以庶几后山《妾薄命》之意[1]。

燕子楼中[2],又捱过、几番秋色?相思处、青年如梦,乘鸾仙阙[3]。肌玉暗消衣带缓[4],泪珠斜透花钿侧[5]。最无端、蕉影上窗纱,青灯歇。　　曲池合,高台灭;人间事,何堪说!向南阳阡上[6],满襟清血。世态便如翻覆雨[7],妾身元是分明月。笑乐昌、一段好风流,菱花缺。

✤ 注释

[1] 词题:王夫人,王清惠。《满江红》词见前。后山,陈师道字,他的集中有《妾薄命》篇。

[2] 燕子楼:见苏轼《永遇乐》词注。

[3] 乘鸾仙阙:江淹《别赋》:"驾鹤上汉,骖鸾腾天。"仙阙,仙境。

[4] 衣带缓：指消瘦。《古诗十九首》："衣带日以缓。"

[5] 花钿：古代妇女头上妆饰。沈约《丽人赋》："陆离羽佩，杂错花钿。"

[6] 南阳阡上：南阳，今河南焦作沁阳市。阡，墓道，指王清惠所葬地。

[7] 翻覆雨：杜甫《贫交行》诗："翻手作云覆手雨，纷纷轻薄何须数。"

✤ 评笺

刘熙载《艺概》说："文文山词有'风雨如晦，鸡鸣不已'之意，不知者以为变声，其实乃正之变也，故词当合其人之境地以观之。"

念奴娇

驿中言别友人[1]

水天空阔，恨东风、不借世间英物[2]。蜀鸟吴花残照里，忍见荒城颓壁[3]。铜雀春情，金人秋泪[4]，此恨凭谁雪！堂堂剑气，斗牛空认奇杰[5]。　　那信江海余生，南行万里[6]，属扁舟齐发。正为鸥盟留醉眼[7]，细看涛生云灭[8]。睨柱吞嬴，回旗走懿[9]，千古冲冠发。伴人无寐，秦淮应是孤月。

✤ 注释

[1] 词题：驿，指金陵驿馆，友人当指邓剡。作者《怀中甫》诗里注明："时中甫以病留金陵天庆观。"中甫，邓剡字。

[2] "恨东风"二句：是感叹南宋抗元得不到天助，军事失利。《通鉴》叙述赤壁之战周瑜火攻曹操军舰事说："时东南风急……火烈风猛，船行如箭，烧尽北船，延及岸上营落。"杜牧《赤壁》诗："东风不与周郎便，铜雀春深锁二乔。"不借，不与。英物，英雄杰出的人物。

[3] "蜀鸟吴花残照里"二句：是写金陵的残破景象。蜀鸟指杜鹃鸟，相传它是蜀国的望帝所化，故名。吴指金陵。李白《登金陵凤凰台》诗："吴宫花草埋幽径。"

[4]“铜雀春情”二句：写伤时怀国之感。上句借铜雀二乔事，暗指宋室投降后妃嫔都归于元宫。下句借汉武金铜仙人事，暗指南宋文物宝器都被敌人劫运一空。

[5]“堂堂剑气”二句：上句赞美宝剑的光芒上冲霄汉。下句是说辜负了宝剑把自己作为英雄人物的期望。堂堂，赞美之辞。斗牛，北斗、牵牛二星，《晋书·张华传》载：“斗牛之间常有紫气。……焕曰：‘宝剑之精，上彻于天耳。’”

[6]“那信江海余生”二句：作者奉使元营，被拘逃回南方，经历种种艰危，所以说：“江海余生，南行万里。”

[7]鸥盟：黄庭坚《登快阁》诗：“此心吾与白鸥盟。”言欲与鸥鸟作盟友，这里指所别的友人。

[8]涛生云灭：指局势的变化。

[9]“睨柱”二句：睨，斜视。嬴，秦王的姓。吞嬴，用蔺相如完璧归赵的事，说蔺相如持璧睨柱，壮气压倒了秦王。又诸葛亮死，司马懿来追，亮遗言教姜维设计把懿吓走。见《三国志·诸葛亮传》注。上句似是作者自谓在皋亭山不屈于元将伯颜，下句自誓死后也要抗敌。

邓 剡

邓剡(生卒年不详),字光荐,一说名光荐,字中甫,庐陵(今江西吉安)人。宋末官礼部侍郎,厓山(在广东新会南大海中)破,投海殉国,被元兵救起。元将张弘范很敬重他,但他终不屈节。有《中斋词》。

唐多令

雨过水明霞,潮回岸带沙。叶声寒、飞透窗纱。堪恨西风催世换[1],更吹我,落天涯。　　寂寞古豪华[2],乌衣日又斜。说兴亡、燕入谁家?只有南来无数雁,和明月,宿芦花。

✤ 注释

[1] 西风催世换:从季节变换,暗示更换朝代。

[2] 寂寞古豪华:金陵古代以繁华著名,当时南宋已亡,在这首词里,寂寞有衰歇的意思。

✤ 评笺

王闿运说:“亡国不死,仍有羁愁一语,写尽黄梨洲、王船山一辈人。”(见《湘绮楼词选》)

蒋　捷

蒋捷(生卒年不详),字胜欲,号竹山,阳羡(今江苏宜兴)人。咸淳十年(1274)进士。宋亡,隐居竹山,不仕,学者称竹山先生。有《竹山词》。

霜天晓角

人影窗纱[1],是谁来折花?折则从他折去,知折去,向谁家?　　檐牙枝最佳[2],折时高折些。说与折花人道:“须插向,鬓边斜。”

✤ 注释

[1] 人影窗纱:是写折花的人影映在纱窗上。

[2] 檐牙枝:临近屋檐的花枝。房檐的滴水瓦排列着,像一排牙齿似的,叫檐牙。

虞美人

听　雨[1]

少年听雨歌楼上,红烛昏罗帐。壮年听雨客舟中,江阔云低,断雁叫西风。　　而今听雨僧庐下,鬓已星星也[2]！悲欢离合总无情，一任阶前，点滴到天明。

✤ 注释

[1] 词题：这首词通过少年冶游生活，壮年追求功名事业奔走江湖的生活和老来亡国后避世僧庐的流离生活，在不同的环境下听雨，有不同的感受，写来明白如话。

[2] 鬓已星星也：是说双鬓斑白。

一剪梅

舟过吴江[1]

一片春愁待酒浇。江上舟摇，楼上帘招[2]。秋娘渡与泰娘桥[3]。风又飘飘，雨又萧萧。　　何日归家洗客袍？银字笙调[4]，心字香烧[5]。流光容易把人抛。红了樱桃，绿了芭蕉。

✤ 注释

[1] 词题：长江流过江苏为吴江，崔信明有“枫落吴江冷”之句。

[2] 楼上帘招：是说酒楼上的旗子迎风招展。帘，酒帘，俗称酒望子，或酒旗。

[3] 秋娘渡与泰娘桥：均吴江地名。作者另一首《行香子》有“过窕娘堤，秋娘渡，泰娘桥”可证。有作“秋娘容与泰娘娇”，疑误。

[4] 银字笙调：银字笙，乐器名。《新唐书·礼乐志》：“倍四本属清乐，形类雅音，有银字之名，中管之格，皆前代应律之器也。”白居易《秋夜听商调凉州》诗：“楼上金风声渐紧，月中银字韵初调。”

[5] 心字香烧：范成大《骖鸾录》：“番禺人作心字香，用素馨茉莉半开者著净器中，以沈香薄劈层层相间，密封之，日一易，不待花萎，花过香成。”又杨慎《词品》：“所谓心字香者，以香末萦篆成心字也。”

解佩令

春

春晴也好，春阴也好，著些儿，春雨越好。春雨如丝，绣出花枝红裊。怎禁他，孟婆合早[1]。　　梅花风小，杏花风小，海棠风、蓦地寒峭。岁岁春光，被二十四风吹老[2]。楝花风，尔且漫到。

✤ **注释**

[1] 孟婆：杨慎《词品》："俗谓风曰孟婆……宋徽宗词云：'孟婆好做些方便，吹个船儿倒转。'"

[2] "二十四风"：即二十四候花信风。见前万俟咏《昭君怨》词"花信"句注。

声声慢

秋　声

黄花深巷，红叶低窗，凄凉一片秋声。豆雨声来[1]，中间夹带风声。疏疏二十五点[2]，丽谯门[3]、不锁更声。故人远，向谁摇玉佩？檐底铃声。　　彩角声吹月堕[4]，渐连营马动，四起笳声[5]。闪烁邻灯，灯前尚有砧声[6]。知他诉愁到晓，碎哝哝多少蛩声！诉未了，把一半分与雁声。

✤ **注释**

[1] 豆雨：即豆花雨。《荆楚岁时记》："里俗以八月雨为豆花雨。"

[2] 二十五点：指更点。古代用铜壶滴漏计时，一夜分为五更，一更分为五点，

所以叫更点。

[3] 丽谯门：魏武帝(曹操)有楼名丽谯，又城上望远的楼为谯门。

[4] 彩角：即画角。

[5] 笳声：胡笳的声音。

[6] 砧声：砧杵声，即捣衣的声音。砧，捣衣帛具。

✤ 评笺

此词为独木桥体，又名福唐体，即全篇之韵悉用同一字。

张　炎

张炎(1248—1314后),字叔夏,号玉田,又号乐笑翁,祖籍秦州成纪(今甘肃天水),张俊之六世孙,后住在临安(今浙江杭州),遂为临安人。宋亡,落魄纵游,在四明(今宁波)设卜市。他从事词学研究,对词的音律、技巧、风格皆有论述。著有《山中白云词》及《词源》。

清平乐

采芳人杳[1],顿觉游情少。客里看春多草草,总被诗愁分了[2]。　　去年燕子天涯,今年燕子谁家。三月休听夜雨,如今不是催花。

✤ 注释

[1] 采芳人:春天采集花草的人。陈陶《续古二十九首》其七:"吴洲采芳客,桂棹木兰船。"

[2] 诗愁:封建时代的诗人多愁善感。苏轼《郭熙秋山平远》二首其一:"水落萧骚人已秋,不堪平远发诗愁。"

✤ 评笺

这首小令上阕写春深花残时候的景色,并抒发客里无心赏春的寂寞心情。下阕以燕子的"去年天涯"、"今年谁家"暗喻自己在亡国后飘泊无定,写出了羁旅的愁思。

八声甘州

辛卯岁，沈尧道同余北归，各处杭、越。逾岁，尧道来问寂寞，语笑数日，又复别去，赋此曲，并寄赵学舟[1]。

记玉关、踏雪事清游[2]，寒气脆貂裘[3]。傍枯林古道，长河饮马，此意悠悠。短梦依然江表[4]，老泪洒西州[5]。一字无题处，落叶都愁[6]。　　载取白云归去[7]，问谁留楚佩，弄影中洲[8]？折芦花赠远，零落一身秋[9]。向寻常，野桥流水，待招来，不是旧沙鸥[10]。空怀感，有斜阳处，却怕登楼。

✤ 注释

[1] 词题：辛卯岁，元世祖至正二十八年(1291)。沈尧道名钦，他与作者张炎在辛卯的前一年同游燕京，后来一同由北方回到南方。那时沈尧道在杭州，张炎在绍兴。赵学舟，赵与仁字学舟，宋朝的宗室，做过教授，是作者的词友。

[2] 记玉关、踏雪事清游：指年前北游事。玉关，玉门关在甘肃省内，这里是借用，泛指燕京居庸、山海各关。

[3] 寒气脆貂裘：脆，脆弱。这是说燕京寒气甚重，使貂裘都不感觉温暖。

[4] 短梦依然江表：是说北游匆匆如同短梦，醒来依然身在江南。

[5] 老泪洒西州：西州，古城名，在今南京市西，此借指杭州。《晋书·谢安传》说羊昙为谢安所重，安薨后，辍乐弥年，行不由西州路，尝大醉，不觉至州门，痛哭而去。

[6] "一字无题处"二句：是说深秋叶落，无处题诗句。暗用红叶题诗的故事。

[7] 载取白云归去：是说沈尧道来访后又复别去。白云，隐居的标志。

[8] "问谁留楚佩"二句：《楚辞·湘君》："捐余玦兮江中，遗余佩兮澧浦。"又"君不行兮夷犹，蹇谁留兮中洲。"楚佩，楚女湘夫人的佩玉。词句里用来表示友情。

[9] 零落一身秋：身世像秋天一样零落。

[10] 旧沙鸥：指旧友。

✤ 评笺

陈匪石说:“前五句追溯同沈尧道同入燕都事,伤枯林古道,长城饮马,莽苍气象中独有怀抱,所以说,‘此意悠悠’。第六句折到南归,‘短梦依然江表,老泪洒西州’而已。‘一字无题处,落叶都愁’,词意十分沉痛,使唐人题叶故实,化顽艳为悲凉,又可悟死典活用之法。‘零落一身秋’五字,人与芦花合写,亦凄断,亦隽永。野桥流水,由芦花想出,招得沙鸥,定非旧侣,足音空谷,寥落晨星,言外见之,离别情怀,畸零身世,更不待论。结拍从稼轩‘休去倚危栏,斜阳正在,烟柳断肠处’化出,而气味各别,言尽而意不尽。”(见《宋词举》)

高阳台

西湖春感

接叶巢莺[1],平波卷絮[2],断桥斜日归船[3]。能几番游?看花又是明年,东风且伴蔷薇住,到蔷薇、春已堪怜。更凄然,万绿西泠[4],一抹荒烟。　　当年燕子知何处?但苔深韦曲[5],草暗斜川[6]。见说新愁,如今也到鸥边。无心再续笙歌梦,掩重门、浅醉闲眠。莫开帘,怕见飞花,怕听啼鹃。

✤ 注释

[1] 接叶巢莺:是说密接的树叶遮住莺巢。杜甫《陪郑广文游何将军山林》:“接叶暗巢莺。”

[2] 平波卷絮:柳絮落在平静的波面,被水卷去。

[3] 断桥:在杭州西湖白沙堤东。

[4] 西泠:在西湖白沙堤西。《武林旧事》:“西陵桥,又名西林桥,又名西泠桥。”

[5] 韦曲:在唐长安城南明德门外,韦后家在此。

[6] 斜川:在今江西庐山市,这里指西湖。

✤ **评笺**

陈廷焯说:“玉田《高阳台》凄凉幽怨,郁之至,厚之至,与碧山如出一手。乐笑翁集中亦不多见。”(见《白雨斋词话》)

汪元量

汪元量（生卒年不详），字大有，号水云，钱塘（今杭州）人。度宗时，为宫廷琴师。元兵陷临安，掳幼帝与太后北去，他随行。后为道士，南归，漫游各地，不知所终。有《水云词》。

金人捧露盘

越州越王台[1]

越山云，越江水，越王台。个中景，尽可徘徊。凌高放月，使人胸次共崔嵬[2]。黄鹂紫燕报春晚，劝我衔杯[3]。

古时事，今时泪，前人喜，后人哀。正醉里，歌管成灰。新愁旧恨，一时分付与潮回。鹧鸪啼歇夕阳去，满地风埃。

✤ 注释

[1] 词题：越州越王台，《清一统志》："勾践登眺之所，在会稽稷山。"

[2] 崔嵬：高峻不平貌。

[3] 衔杯：饮酒。司马迁《报任安书》："仆与李陵……趋舍异路，未尝衔杯酒，接殷勤之余欢。"

莺啼序

重过金陵

金陵故都最好，有朱楼迢递[1]。嗟倦客、又此凭高，槛外已少佳致[2]。更落尽梨花，飞尽杨花，春也成憔悴。问青山，三国英雄，六朝奇伟？　麦甸葵丘[3]，荒台败垒，鹿豕衔枯荠[4]。正潮打孤城，寂寞斜阳影里[5]。听楼头、哀笳怨角，未把酒、愁心先醉。渐夜深，月满秦淮，烟笼寒水[6]。　凄凄惨惨，冷冷清清，灯火渡头市。慨商女、不知兴废，隔江犹唱庭花，余音亹亹[7]。伤心千古，泪痕如洗。乌衣巷口青芜路，认依稀、王谢旧邻里。临春结绮[8]，可怜红粉成灰，萧索白杨风起[9]。　因思畴昔，铁索千寻[10]，漫沈江底。挥羽扇障西尘，便好角巾私第[11]。清谈到底成何事[12]？回首新亭，风景今如此。楚囚对泣何时已，叹人间、今古真儿戏。东风岁岁还来，吹入钟山[13]，几重苍翠。

✤ **注释**

[1]“金陵”二句：谢朓《入朝曲》：“江南佳丽地，金陵帝王州。逶迤带绿水，迢递起朱楼。”

[2] 槛外：栏干以外。王勃《滕王阁序》：“槛外长江空自流。”

[3] 麦甸葵丘：指废墟。是说丘陵上都长了葵麦。刘禹锡《再游玄都观》诗序：“兔葵燕麦，动摇于春风。”

[4] 鹿豕衔枯荠：写台垒的荒废景象。荠，野菜。

[5]“正潮打孤城”二句：见前周邦彦《西河》词“山围故国”句注。

[6] 月满秦淮：用杜牧《泊秦淮》“烟笼寒水月笼沙，夜泊秦淮近酒家”诗意。

[7] 余音亹亹(wěi)：犹言余音袅袅，形容声音婉转悠扬。

[8] 临春结绮：皆陈后主张丽华所居宫名，见《南史·后妃传》。

[9] “红粉成灰”二句：白居易《和关盼盼感事》诗：“见说白杨堪作柱，争教红粉不成灰。”

[10] 铁索千寻：晋武帝（司马炎）咸宁五年（279），大举伐吴，遣龙骧将军王濬等下巴蜀，吴人于江碛要害之区，以铁锁横截之。刘禹锡《西塞山怀古》诗：“千寻铁锁沉江底。”

[11] “挥羽扇障西尘”二句：均晋王导事。《世说新语·轻诋》：“庾公（亮）权重，足倾王公（导）。庾在石头，王在冶城。坐大风扬尘，王以扇拂尘曰：‘元规尘污人。’”按庾亮字元规。又，庾有东下意，王曰：“若其欲来，吾角巾径还乌衣，何所稍严。”此亦系借用。

[12] 清谈：《晋书·王衍传》：“终日清谈。”又说王衍“妙善玄言，唯谈老庄为事”。

[13] 钟山：在南京市北，即紫金山。

王沂孙

王沂孙（？—1290），字圣与，又字咏道，号碧山、中仙、玉笥山人，会稽（今浙江绍兴）人。入元，曾任庆元路（路治今浙江宁波市鄞州区）学正。其词多咏物之作，间寓身世之感。有《花外集》（又名《碧山乐府》）。

齐天乐

蝉[1]

一襟余恨宫魂断[2]，年年翠阴庭树。乍咽凉柯[3]，还移暗叶，重把离愁深诉。西窗过雨，怪瑶佩流空[4]，玉筝调柱[5]。镜暗妆残，为谁娇鬓尚如许[6]？　　铜仙铅泪似洗，叹移盘去远，难贮零露[7]。病翼惊秋，枯形阅世[8]，消得斜阳几度？余音更苦，甚独抱清商，顿成凄楚[9]。漫想薰风，柳丝千万缕[10]。

✤ **注释**

[1] 词题：《乐府补题》作“遗恨”。

[2] 一襟余恨宫魂断：一襟，满怀。宫魂断，崔豹《古今注》云：“牛亨问董仲舒曰：‘蝉为齐女，何？’答曰：‘昔齐王后怨王而死，尸变为蝉，登庭树嘒唳而鸣，王悔恨之，故曰齐女。”因蝉传说是宫中人魂魄所化，以说“宫魂”。

[3] “乍咽凉柯”句：凉柯，秋天的树枝。这句是说蝉刚刚在枝头上悲鸣。

[4] 瑶佩：玉制的佩饰。晁端礼《雨中花》词：“瑶佩空传好好，秦筝闻说琼琼。”

这句是说蝉鸣像玉佩声音。

[5] 玉筝：古琴的美称。这句是说蝉鸣又像玉筝的声音。

[6] 娇鬓：指蝉鬓说。崔豹《古今注》："魏文帝宫人莫琼树，始制为蝉鬓，望之缥缈如蝉翼然。"

[7] "铜仙"三句：铜仙，即金铜仙人，注见前。这几句是说金铜仙人承露盘既然移走了，没有贮存露水之处，蝉的饮料也成问题。

[8] 枯形阅世：枯形指蝉蜕的枯壳。词意是说蝉蜕还遗留在世间。

[9] 凄楚：凄凉悲痛。

[10] "薰风"二句：薰风，夏天的暖风。《史记·乐书》："舜作五弦之琴，以歌南风。辞曰：'南风之薰兮，可以解吾民之愠兮。'"词意是说好光景一去不复返，像吹着南风柳条千万缕的时候，只是空想罢了。

✤ 评笺

这首词意有所托。清人端木埰说："详味词意，殆亦黍离之感耶……"（见张惠言《词选》评语）

眉妩

新月

渐新痕悬柳[1]，淡彩穿花[2]，依约破初暝[3]。便有团圆意，深深拜[4]，相逢谁在香径？画眉未稳，料素娥[5]、犹带离恨。最堪爱，一曲银钩小[6]，宝帘挂秋冷[7]。　　千古盈亏休问，叹慢磨玉斧[8]，难补金镜[9]。太液池犹在，凄凉处，何人重赋清景[10]？故山夜永，试待他、窥户端正[11]。看云外山河，还老尽、桂花影[12]。

✤ 注释

[1] 新痕悬柳：说新月的光痕悬挂在柳梢上。

[2] 淡彩穿花：说淡淡的月色穿过了花间。

[3] 依约破初暝：说月光仿佛把刚发暗的天色都冲破了。

[4] 深深拜：用李端《拜新月》"开帘见新月，便即下阶拜"诗意。

[5] 素娥：指月里的嫦娥。李商隐《霜月》诗："青女素娥俱耐冷。"

[6] 银钩：指月。杜甫《咏月》诗："尘匣元开镜，风帘自上钩。"

[7] "宝帘"：华美的帘子。秦观《浣溪沙》词："宝帘闲挂小银钩。"

[8] 玉斧：神话传说有仙人用玉斧修月的故事。《酉阳杂俎》载，太和中郑仁本曾游嵩山，见一人曰：君知月乃七宝合成乎，其凸处地常有八万二千户修之，予即一数。因出襆有斤凿数事。

[9] 难补金镜：金镜，指月，比喻宋朝的国土。词意说就是有仙人的玉斧，也难补月亮的亏缺。也就是说，虽有干才，亦无法挽救宋朝的破碎山河。

[10] "太液池"三句：《后山诗话》："太祖幸后池，对新月置酒，问当直学士为谁？曰：'卢多逊。'召使赋诗，请韵，曰：'些子儿。'其诗云：'太液池边看月时，好风吹动万年枝。谁家玉匣开新镜，露出清光些子儿。'太祖大喜，尽以坐间饮食器赐之。"词意是说宋都临安已经沦陷，皇帝流亡海外，宫中太液池虽在，更有什么人再来吟赏月亮清景呢？

[11] 窥户端正：指月亮圆时。韩愈《和咏月》诗："三五端正月，今夜出东溟。"

[12] "云外山河"二句：古代以为月中所见是大地山河的影子。（详见《酉阳杂俎》）又传说月中有桂树，仙人吴刚被罚去砍桂树。词意是说月里山河影暗为桂影侵尽，借指元侵宋灭宋事。

✤ 评笺

清谭献说："圣与精能以婉约出之。律以诗派，大历诸家，去开宝未远，玉田正是劲敌，但士气则碧山胜矣。"（《词辨》评语）清陈廷焯说："'渐'字、'便有'字，却是新月寓意，微而多讽。"又说："后半忽用纵笔，却又是虚笔，寄慨无端，别有天地，极龙跳虎卧之奇，海涵地负之观。"（见《词则·大雅集》卷四）

诗词名家讲

叶嘉莹 主编

陈斐 执行主编

历代词萃（下）

张璋
选编

黄畬
笺注

中国出版集团
東方出版中心

目

录

金　词

刘　著（一首）

鹧鸪天（雪照山城玉指寒）……… 349

宇文虚中（一首）

念奴娇（疏眉秀目）……… 350

吴　激（二首）

人月圆（南朝千古伤心事）……… 352

风流子（书剑忆游梁）……… 353

蔡松年（三首）

鹧鸪天（秀樾横塘十里香）……… 355

水调歌头（星河淡城阙）……… 356

念奴娇（倦游老眼）……… 357

完颜亮（三首）

昭君怨（昨日樵村渔浦）……… 358

鹊桥仙（停杯不举）……… 358

念奴娇（天丁震怒）……… 359

张中孚（一首）

蓦山溪（山河百二）……… 361

蔡　珪（一首）

江城子（鹊声迎客到庭除）……… 363

刘　迎（一首）

乌夜啼（离恨远萦杨柳）……… 364

王　寂（一首）

采桑子（十年尘土湖州梦）……… 365

完颜璟（一首）

蝶恋花（几股湘江龙骨瘦）……… 366

党怀英（一首）

鹧鸪天（云步凌波小凤钩）……… 367

王庭筠（一首）

谒金门（双喜鹊）……… 368

辛　愿（一首）

临江仙（谁识虎头峰下客）……… 369

赵秉文（二首）

青杏儿（风雨替花愁） …… 371

水调歌头（四明有狂客） …… 371

完颜璹（三首）

朝中措（襄阳古道灞陵桥） …… 373

青玉案（冻云封却驼冈路） …… 374

春草碧（几番风雨西城陌） …… 374

李俊明（一首）

感皇恩（忍泪出门来） …… 375

王　渥（一首）

水龙吟（短衣匹马清秋） …… 376

邓千江（一首）

望海潮（云雷天堑） …… 378

折元礼（一首）

望海潮（地雄河岳） …… 380

元好问（五首）

江月晃重山（塞上秋风鼓角） …… 382

鹧鸪天（只近浮名不近情） …… 383

临江仙（今古北邙山下路） …… 383

最高楼（商於路） …… 384

水龙吟（少年射虎名豪） …… 384

段克己（一首）

满江红（雨后荒园） …… 386

段成己（一首）

江城子（阶前流水玉鸣渠） …… 388

董解元（一首）

哨遍（太皞司春） …… 389

元　词

耶律楚材（一首）

鹧鸪天（花界倾颓事已迁） …… 393

刘秉忠（二首）

干荷叶（干荷叶） …… 394

木兰花慢（望乾坤浩荡） …… 394

白　朴（二首）

清平乐（朱颜渐老） …… 396

沁园春（我望山形） …… 396

王　恽（二首）

后庭花破子（绿树远连洲） …… 398

鹧鸪天（短短罗袿澹澹妆） …… 398

张弘范（二首）

点绛唇（独上高楼）……400
临江仙（千古武陵溪上路）……400
梁　曾（一首）
木兰花慢（问花花不语）……402
仇　远（二首）
思佳客（日影扶花一万重）……403
齐天乐（夕阳门巷荒城曲）……404
刘　因（二首）
鹊桥仙（悠悠万古）……405
念奴娇（中原形势）……406
张　野（二首）
鹊桥仙（无穷前古）……407
水龙吟（岭头一片青山）……407
曾允元（一首）
点绛唇（一夜东风）……409
释中峰（一首）
行香子（短短横墙）……410
滕　宾（一首）
鹊桥仙（斜阳一抹）……411
赵孟頫（二首）
浪淘沙（今古几齐州）……412
蝶恋花（侬是江南游冶子）……412
鲜于枢（一首）
念奴娇（长溪西注）……414
管道昇（四首）
渔父词（遥想山堂数树梅）……416
又（南望吴兴路四千）……416
又（身在燕山近帝居）……416
又（人生贵极是王侯）……416
周玉晨（一首）
十六字令（眠）……418
马致远（一首）
天净沙（枯藤老树昏鸦）……419
虞　集（一首）
苏武慢（云淡风轻）……420
张　雨（一首）
太常引（莫将西子比西湖）……422
许有壬（一首）
水龙吟（几年三到三台）……423
张　翥（二首）
踏莎行（芳草平沙）……425
多　丽（晚山青）……425
倪　瓒（二首）
人月圆（伤心莫问前朝事）……427
江城子（窗前翠影湿芭蕉）……427
司马昂夫（一首）
最高楼（花信紧）……429
萨都剌（五首）
卜算子（明月丽长空）……430

小阑干（去年人在凤凰池） …… 430
满江红（六代繁华） …… 431
百字令（石头城上） …… 432
木兰花慢（古徐州形胜） …… 432
邵亨贞（一首）
凭阑人（谁写江南一段秋） …… 434
顾德辉（一首）
青玉案（春寒恻恻春阴薄） …… 435
刘燕哥（一首）
太常引（故人别我出阳关） …… 436

明　词

刘　基（二首）
小重山（月满江城秋夜长） …… 439
千秋岁（淡烟平楚） …… 439
杨　基（一首）
夏初临（瘦绿添肥） …… 441
高　启（一首）
沁园春（木落时来） …… 442
瞿　祐（一首）
摸鱼儿（望西湖） …… 443
张红桥（一首）
念奴娇（凤凰山下） …… 445
陈　霆（一首）
踏莎行（流水孤村） …… 447
唐　寅（一首）
一剪梅（雨打梨花深闭门） …… 448
文徵明（一首）
满江红（漠漠轻阴） …… 449
杨　慎（二首）
转应曲（银烛） …… 450
临江仙（滚滚长江东逝水） …… 450
黄　氏（一首）
巫山一段云（巫女朝朝艳） …… 452
李　濂（一首）
柳梢青（烂漫春游） …… 453
王世贞（一首）
渔家傲（细雨轻烟装小暝） …… 455
汤显祖（一首）
千秋岁引（草展华茵） …… 456
孙承宗（一首）
塞翁吟（云叶才生雨） …… 458

徐石麒（一首）

拂霓裳（望中原） …… 460

徐之瑞（一首）

水龙吟（怒涛千叠横江） …… 462

陈洪绶（四首）

鹧鸪词（行不得也哥哥。我也图兰不作坡） …… 464

又（行不得也哥哥。凤雏龙种已无多） …… 464

又（行不得也哥哥。霜风夜剪向南柯） …… 465

又（行不得也哥哥。华面鸠头舞婆娑） …… 465

卢象昇（一首）

渔家傲（搔首问天摩巨阙） …… 467

卓人月（一首）

瑞鹧鸪（城中火树落金钱） …… 468

陈子龙（五首）

浣溪沙（百尺章台撩乱飞） …… 470

诉衷情（小桃枝下试罗裳） …… 471

山花子（杨柳迷离晓雾中） …… 471

蝶恋花（雨外黄昏花外晓） …… 472

江城子（一帘病枕五更钟） …… 472

归　庄（一首）

锦堂春（半壁横江矗起） …… 473

金　堡（二首）

小重山（落落寒云晓不流） …… 474

水调歌头（好雨正重九） …… 474

叶小鸾（一首）

南歌子（门掩瑶琴静） …… 476

王夫之（三首）

青玉案（桃花春水湘江渡） …… 477

绮罗香（流水平桥） …… 477

摸鱼儿（剪中流） …… 478

朱一是（一首）

二郎神（岷峨万里） …… 480

吴　易（一首）

满江红（斗大江山） …… 481

张煌言（一首）

满江红（萧瑟风云） …… 483

屈大均（四首）

梦江南（悲落叶，叶落落当春） …… 485

又（悲落叶，叶落绝归期） …… 485

江城梅花引（黄花和我满头霜） …… 485

长亭怨（记烧烛） …… 486

夏完淳（三首）

卜算子（秋色到空闺） …… 488

一剪梅（无限伤心夕照中） …… 488

烛影摇红（辜负天工） …… 489

清及民初词

钱谦益（一首）

永遇乐（银汉红墙）……493

邹祗谟（一首）

玉人歌（春欲去）……495

李　雯（一首）

菩萨蛮（蔷薇未洗胭脂雨）……496

吴伟业（四首）

生查子（一尺过江山）……497

临江仙（苦竹编篱茅覆瓦）……498

满江红（沽酒南徐）……498

贺新郎（万事催华发）……499

曹　溶（一首）

满江红（浪涌蓬莱）……501

沈　雄（一首）

金明池（山上围棋）……503

宋　琬（二首）

浣溪沙（乍暖犹寒二月天）……505

破阵子（拔地千盘深黑）……505

龚鼎孳（一首）

东风第一枝（凤琯排烟）……507

余　怀（一首）

桂枝香（江山依旧）……509

宋徵舆（一首）

忆秦娥（黄金陌）……511

龚　贤（一首）

渔家傲（昨日落花今日扫）……512

董元恺（三首）

忆王孙（一江江水阅兴亡）……513

酷相思（帘卷帘垂朝复暮）……513

永遇乐（千古崤关）……514

万　树（二首）

杨柳枝（不合临池起画楼）……515

苏幕遮（彩分鸾）……515

尤　侗（一首）

踏莎行（独上妆楼）……517

徐　灿（三首）

少年游（衰杨霜遍灞陵桥）……518

踏莎行（芳草才芽）……518

永遇乐（无恙桃花）……519

毛奇龄（一首）

南柯子（驿馆吹芦叶） …… 521

陈维崧（八首）

点绛唇（晴髻离离） …… 522

虞美人（无聊笑捻花枝说） …… 523

醉落魄（寒山几堵） …… 523

唐多令（无梦觅封侯） …… 524

水龙吟（夜来几阵西风） …… 524

永遇乐（如此江山） …… 525

贺新郎（掷帽悲歌发） …… 526

又（战舰排江口） …… 527

朱彝尊（六首）

忆王孙（天边新月两头纤） …… 529

卖花声（衰柳白门湾） …… 529

南楼令（疏雨过轻尘） …… 530

解珮令（十年磨剑） …… 530

消息（千里重关） …… 531

金明池（西苑妆楼） …… 532

吴兆骞（二首）

生查子（秋高紫塞风） …… 534

念奴娇（牧羝沙碛） …… 534

彭孙遹（三首）

牛杳子（薄醉不成乡） …… 536

柳梢青（何事沉吟） …… 536

画屏秋色（野照芜城夕） …… 537

曹贞吉（二首）

浪淘沙（秋老伏波营） …… 539

扫花游（元宵过也） …… 540

王士祯（三首）

点绛唇（水满春塘） …… 541

醉花阴（香闺小院闲清昼） …… 542

贺新郎（过雨花如绣） …… 542

李良年（一首）

踏莎行（两岸洲平） …… 544

顾贞观（二首）

金缕曲（季子平安否） …… 546

又（我亦飘零久） …… 547

李　符（二首）

河满子（惨澹君王去国） …… 549

绮罗香（屏山翠远） …… 549

蒲松龄（一首）

浣溪沙（旧向长堤缆画桡） …… 551

孔尚任（一首）

西江月（几度平山高会） …… 552

纳兰性德（八首）

江城子（湿云全压数峰低） …… 553

采桑子（谁翻乐府凄凉曲） …… 553

菩萨蛮（问君何事轻离别） …… 554

太常引（西风乍起峭寒生） …… 554

浪淘沙（夜雨做成秋） …… 555

念奴娇（人生能几） …… 555

齐天乐(六宫佳丽谁曾见) ……… 556
金缕曲(德也狂生耳) ……… 557
曹　寅(一首)
浣溪沙(曲曲蚕池数里香) ……… 559
龚翔麟(一首)
好事近(极目总悲秋) ……… 560
洪　昇(一首)
更漏子(暗潮生) ……… 561
厉　鹗(五首)
谒金门(凭画槛) ……… 562
眼儿媚(一寸横波惹春留) ……… 563
百字令(春光老去) ……… 563
曲游春(一水仙源曲) ……… 564
齐天乐(簟凄灯暗眠还起) ……… 565
郑　燮(一首)
浪淘沙(春气晚来晴) ……… 567
蒋士铨(一首)
水调歌头(偶为共命鸟) ……… 568
王　昶(一首)
洞仙歌(梨云梦远) ……… 570
吴翌凤(一首)
齐天乐(十年不上吹笙路) ……… 572
吴蔚光(一首)
喝火令(画阁层层上) ……… 573
黄景仁(四首)
点绛唇(瘦骨无情) ……… 575
贫也乐(一匹马) ……… 575
苏幕遮(雪初晴) ……… 576
贺新郎(何事催人老) ……… 576
左　辅(一首)
南浦(浔阳江上) ……… 578
凌廷堪(一首)
国香慢(怕惹离愁) ……… 580
张惠言(四首)
相见欢(年年负却花期) ……… 581
玉楼春(一春长放秋千静) ……… 581
水调歌头(东风无一事) ……… 582
水龙吟(疏帘不卷东风) ……… 583
张　琦(二首)
丑奴儿慢(乍晴又雨) ……… 584
南浦(惊回残梦) ……… 584
邓廷桢(六首)
酷相思(百五佳期过也未) ……… 586
青玉案(天涯未识春来处) ……… 587
月华清(岛列千螺) ……… 587
换巢鸾凤(梅岭烟宵) ……… 588
高阳台(鸦度冥冥) ……… 589
水龙吟(关河冻合梨云) ……… 590
周　济(三首)
蝶恋花(柳絮年年三月暮) ……… 592

垂杨（秋怀渐远）……593
渡江云（春风真解事）……593
董士锡（二首）
虞美人（韶华争肯偎人住）……595
江城子（寒风相送出层城）……595
周之琦（二首）
踏莎行（劝客清尊）……597
三姝媚（交枝红在眼）……597
林则徐（二首）
月华清（穴底龙眠）……599
高阳台（玉粟收余）……600
戈　载（一首）
徵招（幽居喜傍青山住）……602
龚自珍（六首）
桂殿秋（明月外）……604
又（惊觉后）……604
减字木兰花（人天无据）……605
浪淘沙（好梦最难留）……605
又（云外起朱楼）……605
定风波（燕子矶头擪笛吹）……606
项鸿祚（三首）
清平乐（水天清话）……608
太常引（杏花开了燕飞忙）……609
水龙吟（西风已是难听）……609
吴　藻（一首）
连理枝（不怕花枝恼）……611
沈善宝（一首）
满江红（滚滚银涛）……612
顾　春（十首）
栏干万里心（窗前新种绿芭蕉）……613
如梦令（昨日送春归了）……613
风光好（好时光）……613
浪淘沙（碧瓦指离宫）……614
南乡子（一夜妒花风）……614
定风波（事事思量竟有因）……615
喝火令（久别情尤热）……615
江城子（花开花落一年中）……616
江城梅花引（故人千里寄书来）……616
霜叶飞（萋萋芳草）……617
陈　澧（一首）
百字令（江流千里）……618
承　龄（一首）
忆旧游（怎燕子莺儿）……620
蒋春霖（五首）
卜算子（燕子不曾来）……621
柳梢青（芳草闲门）……621
浪淘沙（云气压虚阑）……622
唐多令（枫老树流丹）……622
木兰花慢（泊秦淮雨霁）……623

薛时雨（一首）

临江仙（雨骤风驰帆似舞） ……… 624

张景祁（四首）

小重山（几点疏鸦眷柳条） ……… 625

齐天乐（客来新述瀛洲胜） ……… 625

曲江秋（寒潮怒激） ……… 627

秋霁（盘岛浮螺） ……… 628

庄　棫（二首）

定风波（为有书来与我期） ……… 629

凤凰台上忆吹箫（瓜渚烟消） ……… 629

谭　献（三首）

蝶恋花（庭院深深人悄悄） ……… 631

渡江云（大江流日夜） ……… 632

金缕曲（又指离亭树） ……… 632

王闿运（二首）

南乡子（春恨压屏山） ……… 634

宴清都（春梦无拘管） ……… 634

黄遵宪（一首）

双双燕（罗浮睡了） ……… 636

王鹏运（五首）

点绛唇（抛尽榆钱） ……… 638

忆闷令（倚竹愁生珠未卖） ……… 638

南乡子（斜月半胧明） ……… 639

满江红（风帽尘衫） ……… 639

八声甘州（是男儿） ……… 640

陈廷焯（二首）

鹧鸪天（一夜西风古渡头） ……… 642

蝶恋花（回首行云三月暮） ……… 642

志　锐（一首）

柳梢青（水戏鱼龙） ……… 643

文廷式（四首）

浣溪沙（缥缈眉痕忆远山） ……… 645

鹧鸪天（万感中年不自由） ……… 645

八声甘州（响惊飙） ……… 646

水龙吟（落花飞絮茫茫） ……… 647

谭嗣同（一首）

望海潮（曾经沧海） ……… 649

刘毓盘（一首）

解语花（新篘送怨） ……… 651

秋　瑾（四首）

昭君怨（恨煞回天无力） ……… 653

鹧鸪天（祖国沉沦感不禁） ……… 653

满江红（小住京华） ……… 654

如此江山（萧斋谢女吟《愁赋》） ……… 655

徐自华（一首）

满江红（岁月如流） ……… 656

庞树柏（一首）

满江红（南渡江山） ……… 658

吴　梅（二首）
清平乐（骚魂呼起）……659
临江仙（短衣羸马边尘紧）……660
冯　煦（二首）
一枝花（帆影收残驿）……661
琵琶仙（何事西风）……662
樊增祥（二首）
采桑子（娟娟月子随人惯）……663
金缕曲（江外青青柳）……664
沈曾植（二首）
临江仙（倦客池塘残梦在）……665
渡江云（十分春已去）……665
林　纾（一首）
齐天乐（一襟天宝年间恨）……667
陈　锐（二首）
望江南（春不见）……669
水龙吟（十年雪涕神州）……669
康有为（一首）
蝶恋花（记得珠帘初卷处）……671
郑文焯（五首）
杨柳枝（谁家笛里返生香）……672
又（万枝寒玉照溪桥）……672
谒金门（行不得）……673
湘月（夜铃语断）……673
庆春宫（霜月流阶）……674
陈　衍（一首）
扬州慢（南浦残红）……675
朱孝臧（七首）
减字木兰花（剑头微映）……677
隔溪梅令（换年箫鼓沸邻东）……678
鹧鸪天（野水斜桥又一时）……678
小重山（过客能言隔岁兵）……679
声声慢（鸣螀颓城）……679
夜飞鹊（沧波放愁地）……681
摸鱼儿（占城阴）……681
夏孙桐（一首）
南楼令（残叶下寒阶）……683
易顺鼎（二首）
踏莎行（铁瓮楼船）……684
霜花腴（乱山做雨）……685
梁鼎芬（一首）
卜算子（万叶与千枝）……686
潘飞声（二首）
清平乐（一庭香雾）……687
双双燕（罗浮睡了）……687
况周颐（六首）
减字浣溪沙（万里移春海亦香）……689
定风波（未问兰因已惘然）……690
握金钗（铁笛倚层楼）……690
满路花（虫边安枕簟）……691

曲玉管(两桨春柔) 691
苏武慢(愁入云遥) 692
赵　熙(一首)
婆罗门令(一番雨滴心儿碎) 694
桂念祖(一首)
临江仙(落尽红英万点) 695
徐　珂(二首)
南乡子(疏雨晚来晴) 696
霓裳中序第一(斜阳闪屈戍) 696
陈　洵(二首)
南乡子(不用问田园) 698
风入松(人生重九且为欢) 698
梁启超(一首)
金缕曲(瀚海飘流燕) 700
易　孺(一首)
满江红(一叶舆图) 702
张尔田(三首)
木兰花令(繁华催送) 704
玉漏迟(乱离词客少) 704
满庭芳(照野江烽) 705
王国维(五首)
点绛唇(屏却相思) 707
浣溪沙(掩卷平生有百端) 707
又(六郡良家最少年) 708
蝶恋花(阅尽天涯离别苦) 708
青玉案(姑苏台上乌啼曙) 708
吕碧城(四首)
绛都春(禅天妙谛) 710
齐天乐(曜灵初破鸿濛色) 711
汨罗怨(翠拱屏峰) 712
解连环(万红深坞) 713
邵瑞彭(二首)
木兰花慢(渡黄河北去) 715
夜半乐(素商荏苒行迈) 716
蔡　桢(一首)
摸鱼儿(问铜犀) 718

金词

刘　著

刘著（约公元1140年前后在世），字鹏南，舒州皖城（今安徽潜山县）人。北宋政、宣年间（1111—1125）进士，入金历仕州县。年六十余，始入翰林，充修撰。后出守武遂，终忻州刺史。皖有玉照乡，自号玉照老人。善诗，与吴激时相酬答。词见《中州乐府》。

鹧鸪天

雪照山城玉指寒，一声羌笛怨楼间[1]。江南几度梅花发，人在天涯鬓已斑。　　星点点，月团团，倒流河汉入杯盘[2]。翰林风月三千首，寄与吴姬忍泪看[3]。

✤ **注释**

[1] 羌管：见前范仲淹《渔家傲》词注。

[2] 倒流河汉入杯盘：是说天河仿佛倒流入杯盘里，这里描写露天痛饮情景。

[3] 翰林风月三千首：用欧阳修《赠王安石》诗句。翰林，指李翰林，即李白。

[4] 吴姬：江浙一带的美女。李白《金陵酒肆留别》诗："吴姬压酒劝客尝。"

宇文虚中

宇文虚中(1079—1146),字叔通,成都华阳(今四川成都)人。宋大观三年(1109)进士。历官州县,入为起居舍人、国史编修官。南渡后,使金被留,累官翰林学士知制诰。金熙宗皇统六年(1146),他密谋劫金帝,挟宋钦宗南归,事败,全家被杀。诗词多愤激慷慨。有集行世。

念奴娇

疏眉秀目,看来依旧是,宣和妆束[1]。飞步盈盈姿媚巧[2],举世知非凡俗。宋室宗姬,秦王幼女,曾嫁钦慈族[3]。干戈浩荡,事随天地翻复[4]。　　一笑邂逅相逢,劝人满饮,旋旋吹横竹[5]。流落天涯俱是客,何必平生相熟。旧日黄华,如今憔悴,付与杯中醁[6]。兴亡休问,为伊且尽船玉[7]。

✤ **注释**

[1] 宣和妆束:指宋宫姬是宣和殿里的打扮。

[2] 飞步盈盈:指宫姬步履轻盈如飞。盈盈,美好的样子。

[3] “宋室宗姬”三句:写宋宫姬的身份。钦慈族,指钦宗皇族。

[4] “干戈浩荡”二句:是说宋室已亡,宫姬遭干戈丧乱,流离在张侍御家中。

[5] 吹横竹:指吹笛子。

[6] 醁:醽醁,酒名。

[7] 船玉：酒杯之属。苏轼有《独酌试药玉船》诗，又有“快泻钱塘药玉船”之句。

✤ 评笺

据宋洪迈《容斋题跋》载：“先公（洪皓）在燕山，赴北人张总侍御家集，出侍儿佐酒，中有一人，意状摧抑可怜，叩其故，乃宣和殿小宫姬也。坐客翰林直学士吴激，赋长短句纪之，闻者挥涕。”这首词与吴激的《人月圆》同咏宋宫姬事，寄慨亡国之痛。

吴 激

吴激（1090—1142），字彦高，建州（今福建建瓯市）人，北宋宰相吴栻之子，书画家米芾之婿，工诗能文，字画俊逸，得妇翁笔意。宋钦宗靖康末使金被留，任翰林待制。后出知深州，到官三日卒。词风清婉，有《东山乐府》。

人月圆

宴张侍御家有感[1]

南朝千古伤心事，犹唱后庭花[2]。旧时王谢，堂前燕子，飞向谁家[3]！　恍然一梦，仙肌胜雪，宫髻堆鸦[4]。江州司马，青衫泪湿，同是天涯[5]。

✤ **注释**

[1] 词题：作者在北人张总侍御家宴集，遇宋宫人佐酒，有感而赋此词。

[2] “南朝”二句：指北宋已亡，而宫人犹唱旧曲。后庭花，陈后主所制曲名。详见前王安石《桂枝香》词注。

[3] “旧时王谢”三句：用刘禹锡《乌衣巷》“旧时王谢堂前燕，飞入寻常百姓家”诗意。这几句是感叹北宋世族旧家都因王朝倾覆而衰败，声伎随之散失。

[4] 宫髻堆鸦：髻，挽束在头顶的头发。鸦，形容发色乌黑。

[5] “江州司马”三句：用白居易《琵琶行》“同是天涯沦落人，相逢何必曾相识”与“座中泣下谁最多，江州司马青衫湿”句意，这里以白居易自比，以商妇比宫人。

✤ **评笺**

这首词词意凄婉，寓有故国之思。篇中虽多用前人诗句点缀而成，却有如己出。清人许昂霄说："花庵称其精妙，凄婉良然，然只是善于运化唐句耳。"(《词综偶评》)

风流子

书剑忆游梁[1]！当时事，底处不堪伤[2]？念兰楫嫩漪[3]，向吴南浦[4]；杏花微雨，窥宋东墙[5]。凤城外[6]，燕随青步障[7]，丝惹紫游缰[8]。曲水古今[9]，禁烟前后[10]，暮云楼阁，春草池塘[11]。　　回首断人肠！年芳但如雾[12]，镜发成霜。独有蚁尊陶写[13]，蝶梦悠扬[14]！听出塞琵琶，风沙淅沥；寄书鸿雁，烟月微茫。不似海门潮信，能到浔阳[15]。

✤ **注释**

[1] 书剑忆游梁：书剑，读书击剑。《史记·司马相如传》说，相如少好读书，学击剑。梁，指汴梁，即今河南开封市，作者曾到过汴梁。

[2] 底处：何处。

[3] 兰楫：即木兰舟。嫩漪：细小的波纹。

[4] 南浦：见前和凝《春光好》词注。

[5] 窥宋东墙：宋玉《登徒子好色赋》："臣里之美者，莫若臣东家之子……然此女登墙窥臣三年，至今未许也。"

[6] 凤城：犹京城。李商隐《为有》诗："凤城寒尽怕春宵。"

[7] 步障：立竹张幕为屏障，用以障蔽尘土。《晋书·石崇传》："崇作锦步障五十里。"

[8] 紫游缰：紫色马缰。温庭筠《江南曲》诗："傍岸骑马郎，乌帽紫游缰。"

[9] 曲水：王羲之《兰亭集序》："清流激湍，映带左右，引以为流觞曲水。"

[10] 禁烟：宗懔《荆楚岁时记》："介之推三月五日为火所焚，国人哀之，每岁春暮为不举火，谓之禁烟。"

[11] 春草池塘：谢灵运《登池上楼》诗："池塘生春草，园柳变鸣禽。"

[12] 年芳：犹年华。沈约《三月三日率尔成章》诗："年芳俱在斯。"

[13] 蚁尊：酒尊。白居易《问刘十九》诗："绿蚁新醅酒。"

[14] 蝶梦悠扬：《庄子·齐物论》："庄周梦为胡蝶，栩栩然胡蝶也。"悠扬，飞越貌。

[15]"海门潮信"二句：海门，海口。潮信，潮水按月亮圆缺涨落，有一定的规律，所以称潮信。浔阳，江名，在江西。

✤ 评笺

这首词上阕回忆当年在宋都汴梁泛舟赏花、骑马游玩的情景，历历在目。下阕是写作者年岁已老，两鬓成霜，对北国风沙烟月，无限感慨。范文白说："声律悲凉，不止属对之工也。"（张宗橚《词林纪事》引）

蔡松年

蔡松年（1107—1159），字伯坚，真定（今河北正定县）人。仕金由行台尚书省令史至右丞相，封卫国公。自号萧闲老人。文笔雅洁，与吴激齐名，号“吴蔡体”。词有《明秀集》。

鹧鸪天

赏　荷

秀樾横塘十里香[1]，水光晚色静年芳[2]。胭脂肤瘦熏沉水[3]，翡翠盘高走夜光[4]。　　山黛远[5]，月波长[6]，暮云秋影照潇湘。醉魂应逐凌波梦，分付西风此夜凉。

✤ **注释**

[1] 秀樾（yuè）：清秀的树荫。横塘：今江苏南京江宁区及苏州吴中区西南十里都有地名横塘。温庭筠《惜春词》：“百舌问花花不语，低徊似恨横塘雨。”这里泛指水塘。

[2] 晚色静年芳：用杜甫《曲江对雨》“江亭晚色静年芳”诗意。

[3] 沉水：沉香的别称。见前周邦彦《苏幕遮》词“燎沉香”注。

[4] 翡翠盘：形容荷叶。走夜光：夜光，珠名。《述异记》：“南海有珠即鲸目，夜可以鉴，谓之夜光。”这里形容水珠。走，流动。

[5] 山黛：山色远望青翠如眉黛。《飞燕外传》：“为薄眉，号远山黛。”

[6] 月波：月光如波。

✤ 评笺

这首赏荷词细腻贴切，与宋姜夔自度曲《惜红衣》之清虚骚雅异曲同工。

水调歌头

丙辰九日，从猎涿水道中[1]。

星河淡城阙，疏柳转清流。黄云南卷千骑[2]，晓猎冷貂裘。我欲幽寻节物[3]，只有西风黄菊，香似故园秋[4]。俯仰十年事[5]，华屋几山丘[6]。　倦游客，一樽酒，便忘忧。拟穷醉眼何处，还有一层楼[7]。不用悲凉今昔[8]，好在西山寒碧，金屑酒光浮[9]。老境玩清世[10]，甘作醉乡侯[11]。

✤ 注释

[1] 涿水道中：即今河北涿州市道中。

[2] "黄云南卷千骑"句：黄云，黄尘如云。千骑，指出猎随从之多。苏轼《江城子·密州出猎》词："千骑卷平冈。"

[3] 幽寻节物：追寻欣赏适应节候的幽胜景色。

[4] 故园：指汴都。

[5] 俯仰十年事：是说十年间的事过得很快。俯仰，犹瞬息。

[6] 华屋：指豪华的屋舍。

[7] "拟穷醉眼何处"二句：用王之涣《登鹳雀楼》诗"欲穷千里目，更上一层楼"诗意。

[8] 不用悲凉今昔：是说对今昔之事不要感慨。

[9] 金屑酒光浮：是说把黄菊花削成细碎片，如金屑，放入酒杯之中。

[10] 玩清世：魏道明注："公尝自称玩世酒狂，故有此句。"

[11] 醉乡侯：晋刘伶自称为醉侯。苏轼《乔将行烹鹅鹿出刀剑以饮客以诗戏之》："不妨仍带醉乡侯。"

念奴娇

九日作[1]

倦游老眼[2]，放闲身，管领黄花三日[3]。客子秋多茅舍外，满眼秋岚欲滴[4]。泽国清霜[5]，澄江爽气，染出千林赤[6]。感时怀古，酒前一笑都释[7]。　千古栗里高情[8]，雄豪割据，戏马空陈迹[9]。醉里谁能知许事，俯仰人间今昔。三弄胡床[10]，九层飞观[11]，唤取穿云笛[12]。凉蟾有意，为人点破空碧。

✤ **注释**

[1] 九日：农历九月九日为重阳节，又叫重九。这首词就是重九日所作。

[2] 倦游：见前。

[3] “放闲身”二句：魏道明旧注云：“旧制，重九假三日，故有闲身三日之句。”黄花，指菊花。

[4] 秋岚欲滴：岚，山上的雾气。

[5] 泽国：水乡。

[6] 千林赤：指满山红叶。

[7] “感时怀古”二句：是说感今怀古，胸中不平之气，一醉自然消释。

[8] 栗里高情：栗里，在庐山侧，为晋陶潜所居之处。高情，指陶潜尝于重九日在东篱采菊，以王弘送酒，便饮至醉事。

[9] 戏马：指戏马台，见前黄庭坚《南乡子》词注。

[10] 三弄胡床：《晋书·桓伊传》：“王徽之赴召京师，泊舟青溪侧。素不与徽之相识。伊于岸上过，船中客称伊小字曰：‘此桓野王也。’徽之便令人谓伊曰：‘闻君善吹笛，试为我一奏。’伊是时已贵显，素闻徽之名，便下车，踞胡床，为作三调，弄毕，便上车去，客主不交一言。”按胡床，即交椅。

[11] 九层飞观：曹植《杂诗》七首其六：“飞观百余尺。”飞指高。

[12] 穿云笛：指笛有穿云裂石之声。

完颜亮

完颜亮（1122—1161），即金海陵王，字元功，辽王宗幹第二子。喜读书，有文才，其诗固雄鸷，词亦如之。后为部下所杀。

昭君怨

雪

昨日樵村渔浦，今日琼川银渚[1]。山色卷帘看，老峰峦[2]。　　锦帐美人贪睡，不觉天孙剪水[3]。惊问是杨花？是芦花？

✤ **注释**

[1] 琼川银渚：川渚雪后银装琼饰，分外好看。

[2] 老峰峦：是说峰峦顶上覆盖一层白雪，看起来好像人老头白。

[3] 天孙剪水：天孙，神话传说织女为天帝之孙。剪水，陆畅《咏雪》诗："仙人宁许巧，剪水作花飞。"

鹊桥仙

待　月

停杯不举，停歌不发，等候银蟾出海[1]。不知何处片云来，做许大、通天障碍。　　虬髯捻断[2]，星眸睁裂[3]，唯恨剑锋不快。一挥截断紫云腰，仔细看、嫦娥体态。

✤ 注释

[1] 银蟾：见前蔡伸《苍梧谣》“圆蟾”注。

[2] 虬髯：蜷曲的颊须。虬，古代传说中的一种龙。

[3] 星眸：形容眼珠如星星般的明亮。

✤ 评笺

清徐釚说：“出语倔强，真是咄咄逼人。”（见《词苑丛谈》）

念奴娇

天丁震怒，掀翻银海，散乱珠箔[1]。六出奇花飞滚滚[2]，平填了，山中丘壑。皓虎颠狂，素麟猖獗，掣断真珠索[3]。玉龙酣战，鳞甲满天飘落[4]。　　谁念万里关山，征夫僵立，缟带占旗脚[5]。色映戈矛，光摇剑戟，杀气横戎幕[6]。貔虎豪雄[7]，偏裨真勇，非与谈兵略[8]。须拚一醉，看取碧空寥廓。

✤ 注释

[1] “天丁震怒”三句：道家传说天上有六丁力士。这三句意思是说天上的六丁力士发怒了，他掀翻银海波涛，化作雪花，飘洒在珠帘上。

[2] 六出奇花：六出，六瓣。雪花六角，称六出之花。

[3] “皓虎颠狂”三句：是说大雪纷纷飞坠，好像天上白色的老虎和麒麟癫狂猖獗，掣断了珠绳洒下珠粒一般。

[4] “玉龙酣战”二句：用张元“战退玉龙三百万，败鳞残甲满天飞”诗意。

[5] 缟带：白色的带子。韩愈《咏雪赠张籍》诗：“随车翻缟带，逐马散银杯。”

[6] 戎幕：即军幕。

[7] 貔虎：指勇猛兵士。

[8] 兵略：用兵的计划。

张中孚

张中孚（约1154年左右在世），字信甫，陕西安定县（今甘肃宁县）人。以父荫补承节郎，天会（1123—1137）间降金，授镇洮军节度使，累官南京留守。平生喜读书，自号长谷老人。有《三谷集》。

蓦山溪

山河百二，自古关中好[1]。壮岁喜功名，拥征鞍[2]，貂裘绣帽。时移事易，萍梗落江湖[3]；听楚语[4]，厌蛮歌[5]，往事知多少？　　苍颜白发，故里欣重到。老马省曾行[6]，也频嘶、冷烟残照。终南山色[7]，不改旧时青，长安道。一回来，须信一回老。

✤ **注释**

[1]“山河百二”二句：是说山河关塞形势很险要。详见宋王清惠《满江红》词注。

[2] 征鞍：远征的车马。

[3] 萍梗落江湖：是说自己飘泊在江湖里，如浮萍和桃梗一样。《战国策·齐策》：“有土偶人与桃梗相与语，桃梗谓土偶人曰：‘子西岸之土也，挺子以为人，至岁八月，降雨下，淄水至，则汝残矣。’土偶曰：‘不然，吾西岸之土也，残则复西岸耳；今子东国之桃梗也，刻削子以为人，降雨下，淄水至，流子而去，则子漂漂者，将何如耳。’”

[4] 楚语：两湖一带的语言。

[5] 蛮歌：南方少数民族的歌声。

[6] 老马：作者自比。《韩非子·说林上》记载：管仲、隰朋从于桓公伐孤竹，春往冬返，迷惑失道。管仲曰："老马之智可用也。"乃放老马而随之，遂得道。

[7] 终南，山名，在陕西。

✤ 评 笺

况周颐《蕙风词话》说："以清遒之笔，写慷慨之怀，冷烟残照，老马频嘶，何其情之一往而深也。昔人评诗有云刚健含婀娜，余于此词亦云。"

蔡 珪

蔡珪(约公元 1174 年以前在世),字正甫,蔡松年之子。天德三年(1151)进士。他精于考古,著述甚富。

江城子

王温季自北都归,过余三河,坐中赋此[1]。

鹊声迎客到庭除[2],问谁欤?故人车。千里归来,尘色半征裾[3]。珍重主人留客意,奴白饭,马青刍[4]。　东城入眼杏千株,雪模糊[5],俯平湖。与子花间,随分倒金壶。归报东垣诗社友[6],曾念我,醉狂无?

✤ **注释**

[1] 词题:王温季,不详。北都,即大定府,在今辽宁宁城。三河,县名,今属河北省。

[2] 庭除:门庭前的台阶。

[3] 征裾:旅客的衣裳。裾,衣袍。

[4] "奴白饭"二句:是说蒸白米饭给仆人吃,用青刍来喂客人的马。刍,干草;青刍,刚锄下的草。

[5] 雪模糊:形容杏花盛开,一片望之如雪色。

[6] 东垣:县名,即今河北省正定县。

刘　迎

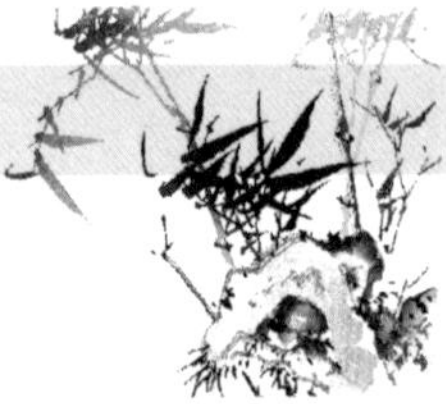

刘迎（？—1180），字无党，号无诤居士，东莱（郡治今山东莱州市）人。大定十四年（1174）进士，官太子司经。能诗，文词亦佳。著有《山林长语》。

乌夜啼

离恨远萦杨柳，梦魂长绕梨花。青衫记得章台月[1]，归路玉鞭斜。　　翠镜啼痕印袖，红墙醉墨笼纱[2]。相逢不尽平生事，春思入琵琶[3]。

✤ 注释

[1] 章台：见前韩玠《章台柳》词注。

[2] 醉墨笼纱：《青箱杂记》说，魏野与寇莱公同游陕府僧寺留题。后复同游，莱公诗已用碧纱笼护，而野诗尘昏满壁。从行官妓，以袖拂之，野题诗云："若得常将红袖拂，也应胜似碧纱笼。"

[3] 春思入琵琶：是说把春天的情绪谱成曲调，弹入琵琶。思读去声。

✤ 评笺

清徐釚《词苑丛谈》说："《中州乐府》，颇多深裘大马之风，唯刘无党《乌夜啼》云云，风调仿佛谢无逸《南歌子》后半阕，才人之见，殆无分于南北也。"

王　寂

王寂(1127？—1193?)，蓟州玉田(今河北省玉田县)人。天德三年(1151)进士。历官太原祁县令至中都路转运使。明昌中卒，年六十七，谥文肃。有《拙轩集》。

采桑子

十年尘土湖州梦[1]，依旧相逢。眼约心同，空有灵犀一点通[2]。　　寻春自恨来何暮，春事成空。懊恼东风，绿尽疏阴落尽红[3]。

✤ 注释

[1] 湖州梦：《丽情集》载，杜牧游湖州，刺史崔君素悉致诸妓，牧视之，殊不惬意。曰："愿张水戏，使州人毕观。"冀于此际，或有阅焉。刺史如言，至日，两岸观者如堵，竟无所得。忽有老姥引髫髻女，年十余岁，牧熟视曰："此真国色也。"接至舟中，姥女皆惧，牧曰："且未即纳，当为后期，吾十年后，必为此郡，十年不来，乃从所适。"以重币结之。牧归朝，以官卑职小，不敢发，后会周墀入相，乃并上三笺，乞守湖州。比至郡，已十四年矣，亟使召之，其母见曰："向约十年不来，而后嫁，嫁已三年，生三子矣。"牧俯首曰："其词直，强之不祥。"乃礼而遣之，因赋诗自伤曰："自是寻春去较迟，不须惆怅怨芳时。狂风落尽深红色，绿叶成阴子满枝。"此句湖州梦即借用此典，作者当别有所指。按湖州，今浙江湖州市吴兴区。

[2] 灵犀一点通：灵犀，古人把犀牛角中心有一条白纹道贯通的叫作通天犀，看作是神奇灵异之物。李商隐《无题》诗："心有灵犀一点通。"

[3] 绿尽疏阴落尽红：即杜牧"绿叶成荫子满枝"诗意。

完颜璟

完颜璟(即金章宗),大定二十九年(1189)嗣位,改元三(明昌、承安、泰和),博学工诗,在位二十年卒。《词林纪事》选词二首。

蝶恋花

聚骨扇[1]

几股湘江龙骨瘦[2],巧样翻腾,叠作湘波皱。金缕小钿花草斗[3],翠条更结同心扣[4]。　　金殿珠帘闲永昼,一握清风[5],暂喜怀中透。忽听传宣颁急奏[6],轻轻褪入香罗袖[7]。

✤ 注释

[1] 聚骨扇:也叫折叠扇。郭若虚《图画见闻志》载:“宋熙宁丙辰冬,高丽遣使来至中国,用折叠扇为私觌物,其扇用鸦青纸为之,是折叠扇,宋时即有之。”

[2] 湘江龙骨:湖南湘江地区产斑竹,可做折叠扇骨,龙骨是形容湘竹的样子。

[3] 金缕小钿花草斗:是形容金缕扇面上所绣的花草争妍斗艳。钿,金嵌的饰物。

[4] 翠条更结同心扣:是说竹子扇骨聚头处如同心扣结在一起。

[5] 一握清风:指扇子摇动时发生的凉风。

[6] 急奏:递进紧急的文书。

[7] 褪入:藏入的意思。

党怀英

党怀英（1134—1211），字世杰，冯翊（今陕西大荔县）人。少颖悟，大定十年（1170）进士，后为翰林学士。词见《中州乐府》。

鹧鸪天

云步凌波小凤钩[1]，年年星汉踏清秋。只缘巧极稀相见，底用人间乞巧楼[2]。　天外事，两悠悠，不应也作可怜愁。开帘放入窥窗月，且尽新凉睡美休。

✤ **注释**

[1] 云步凌波小凤钩：是说穿着凤头鞋微步轻盈，飘飘如云行在波上。凌波，见前贺铸《青玉案》词注。

[2] 乞巧楼：王建《宫词》："每年宫女穿针夜，敕赐诸亲乞巧楼。"《荆楚岁时记》载："七夕妇女结彩缕，穿七孔针……陈瓜果于庭中以乞巧。"

王庭筠

王庭筠(1151—1202),字子端,熊岳(今辽宁营口盖州)人。大定十六年(1176)进士,官至翰林修撰,居黄华山,自号黄华山主、黄华老人。精书法,学米芾,又善画枯木竹石,并能诗词。有《黄华集》。

谒金门

双喜鹊,几报归期浑错。尽做旧愁都忘却,新愁何处著。　　瘦雪一痕墙角[1],青子已妆残萼。不道枝头无可落,东风犹作恶。

✤ 注释

[1] 瘦雪:指残花似雪,所剩留的已不多了。苏轼《红梅》诗:“尚余孤瘦雪霜姿。”

✤ 评笺

这首词是名作。况周颐《蕙风词话》里说:“金源人词,伉爽清疏,自成格调,唯王黄华小令,间涉幽峭之笔,绵邈之音。《谒金门》后段云:‘瘦雪一痕墙角,青子已妆残萼。不道枝头无可落,东风犹作恶。’歇拍二句,似乎说尽‘东风犹作恶’,就花与风之各一面言之,仍犹各有不尽之意。‘瘦雪’字新。”

辛　愿

辛愿（约公元1231年以前在世），字敬之。福昌（今河南宜阳县）人，居县西南女几山下，以躬耕自给，自号女几野人。晚号溪南诗老。词见《中州乐府》。

临江仙

河山亭留别钦叔、裕之[1]。

谁识虎头峰下客[2]，少年有意功名。清朝无路到公卿。萧萧茅屋，白发老诸生[3]。　　邂逅对床逢二妙[4]，挥毫落纸堪惊[5]。他年联袂上蓬瀛[6]。春风莲烛影[7]，莫忘此时情。

✤ **注释**

[1] 河山亭：地名，在河南孟津。元好问亦有《临江仙》词一首，题为："孟津河山亭同钦叔赋，寄希颜兄。"钦叔，李献能字，河中人，官翰林学士。裕之，元好问字。

[2] 虎头峰下客：《大明一统志》："河南府虎头山在巩县治南，其西有骆驼岭，二山并峙甚奇。"这句是作者自称。

[3] 白发老诸生：是说年老还没考取功名。

[4] 二妙：《晋书·卫瓘传》："瓘学问深博，明习文艺，与尚书郎敦煌索靖俱善草书，时人号为'一台二妙'。"又《新唐书·韦维传》："（维）迁户部郎中，善裁剖，时邑外宋之问善诗，故时称'户部二妙'。"

[5] 挥毫落纸：指题诗或书画。杜甫《饮中八仙歌》："挥毫落纸如云烟。"

[6] 联袂：携手的意思。袂，衣袖。蓬瀛：即蓬莱、瀛洲，为海上仙山。词里指翰林院。

[7] 莲烛：即金莲烛。《新唐书·令狐绹传》："(绹)还为翰林承旨。夜对禁中，烛尽，帝以乘舆、金莲华炬送还。"

赵秉文

赵秉文(1159—1233),字周臣,晚自号闲闲居士。磁州滏阳(今河北磁县)人。大定二十五年(1185)登进士,累迁至礼部尚书。著书甚富,词高古简淡。有《滏水集》。

青杏儿

风雨替花愁,风雨罢,花也应休。劝君莫惜花前醉,今年花谢,明年花谢,白了人头。　　乘兴两三瓯,拣溪山好处追游[1]。但教有酒身无事,有花也好,无花也好,选甚春秋[2]。

✤ 注释

[1] 拣:选择。追游:追随景物游玩。苏轼诗:“客路晚追游。”

[2] 甚:什么。

✤ 评笺

这首词以“花”字贯串全篇,疏快流利,全用白描手法,不尚典故,其风格与南宋朱敦儒相近。

水调歌头

四明有狂客,呼我谪仙人[1]。俗缘千劫不尽,回首落红尘。我欲骑鲸归去[2]，只恐神仙官府，嫌我醉时嗔[3]。笑拍群仙手，几度梦中身。　　倚长松，聊拂石，坐看云。忽然黑霓落手，醉舞紫毫春[4]。寄语沧浪流水[5]，曾识闲闲居士，好为濯冠巾。却返天台去[6]，华发散麒麟[7]。

✤ 注释

[1] “四明”二句：《新唐书·李白传》：“（白）至长安，往见贺知章，知章见其文，叹曰：‘子，谪仙人也！’。”贺知章四明人，自号四明狂客。

[2] 骑鲸：传说李白死后骑鲸化去。陆游《长歌行》诗：“醉入东海骑长鲸。”

[3] 醉时嗔：醉时发怒。《中州乐府》作“醉时真”。

[4] “忽然黑霓”二句：是说写字题诗墨水落在纸上，如黑色云霓一般。紫毫，毛笔，一般用黄鼠狼毛或羊毛制成。白居易有《紫毫笔》诗。

[5] 沧浪：水名。《孟子·离娄上》：“有孺子歌曰：沧浪之水清兮，可以濯我缨。沧浪之水浊兮，可以濯我足。”又作青色的水解。

[6] 天台：山名。在今浙江天台县北，是仙霞岭余脉。

[7] 华发散麒麟：用韩愈“翩然下大荒，被发骑麒麟”诗意。

✤ 评笺

这首词上下阕即采取李白《梦游天姥吟留别》诗境，写入慢调，气势腾踔壮阔，铸语瑰丽，浪漫色彩很浓。

完颜璹

完颜璹（1172—1232），本名寿孙，字仲实（《中州集》作字子瑜），世宗之孙，越王之长子。封密国公。所居有樗轩，自号樗轩老人。著有《如庵小稿》。

朝中措

襄阳古道灞陵桥[1]，诗兴与秋高。千古风流人物，一时多少雄豪。　　霜清玉塞[2]，云飞陇首[3]，风落江皋[4]。梦到凤凰台上[5]，山围故国周遭[6]。

✤ 注释

[1] 灞陵桥：即灞桥。在今陕西西安市长安区东二十五里，跨灞水上。唐时因多于此饯别，名为销魂桥。

[2] 玉塞：泛指边塞。

[3] 陇首：即陇头。陇山在陕西陇县西北跨甘肃清水县，山高而长，延亘陇县、静宁、镇原、清水之境，叫陇首。

[4] 江皋：江岸高地。

[5] 凤凰台：《六朝事迹》："宋元嘉中凤凰集于是山，乃筑台于山椒，以旌嘉瑞。在府城西南二里。"

[6] 山围故国周遭：周遭，即周围。见前周邦彦《西河》词注。

青玉案

冻云封却驼冈路[1]。有谁访，溪梅去？梦里疏香风暗度。觉来唯见，一窗凉月，瘦影无寻处。　　明朝画笔江天暮，定向渔蓑得奇句[2]。试问帘前深几许？儿童笑道，黄昏时候，犹是廉纤雨[3]。

✤ 注释

[1] 驼冈：即紫驼冈。

[2] “明朝画笔”二句：暗用郑谷“江上晚来堪画处，渔人披得一蓑归”诗意。

[3] 廉纤雨：微雨。韩愈《游城南十六首·晚雨》诗：“廉纤晚雨不能晴。”

春草碧

几番风雨西城陌，不见海棠红、梨花白。底事胜赏匆匆[1]，政自天付酒肠窄[2]。更笑老东君[3]，人间客。　　赖有玉管新翻[4]，罗襟醉墨。望中倚栏人，如曾识。旧梦回首何堪，故苑春光又陈迹。落尽后庭花，春草碧。

✤ 注释

[1] 胜赏：快意去欣赏。《水经注》：“盖胜赏神乡，秀情超拔矣。”

[2] 天付酒肠窄：是说自己天生的酒量小，不能多饮酒。

[3] 东君：见前李清照《小重山》词注。

[4] 玉管：箫笛之类。王维《赠东岳焦炼师》诗：“玉管时来凤，铜盘即钓鱼。”

✤ 评笺

这首词，况周颐说：“密国公（璹）词，《中州乐府》著录七首，姜、史、辛、刘两派，兼而有之。《春草碧》云……《青玉案》……并皆幽秀可诵。”

李俊明

李俊明（1176—1260），字用章，号鹤鸣老人，泽州晋城（今属山西）人。少习二程理学，承安（1196—1200）间以经义举进士第一，弃官教授乡里，后隐居嵩山。金亡后，忽必烈召之，不出。卒，赐谥庄靖。能诗文词，有《庄靖集》。

感皇恩

出京门有感[1]

忍泪出门来，杨花如雪。惆怅天涯又离别。碧云西畔，举目乱山重叠。据鞍归去也[2]，情凄切！　　一日三秋[3]，寸肠千结。敢向青天问明月。算应无恨，安用暂圆还缺？愿人长似，月圆时节。

✤ 注释

[1] 京门：燕京城门。

[2] 据鞍：骑马。《后汉书 · 马援传》："披甲上马，据鞍顾盼。"

[3] 一日三秋：《诗经 · 王风 · 采葛》："一日不见，如三秋兮。"

王　渥

王渥（1186—1232），字仲泽，山西太原人。少游太学，以词赋著名。兴定二年（1218）进士。时帅爱其才，故居军中十年。正大七年（1230）出使宋朝，应对敏捷，有中州豪士之称。天兴元年（1232）战死。《中州乐府》录其词一首。

水龙吟

从商帅国器猎，同裕之赋[1]。

短衣匹马清秋，惯曾射虎南山下[2]。西风白水，石鲸鳞甲[3]，山川图画。千古神州，一时胜事，宾僚儒雅[4]。快长堤万弩[5]，平冈千骑，波涛卷，鱼龙夜[6]。　　落日孤城鼓角，笑归来、长围初罢[7]。风云惨淡，貔貅得意[8]，旌旗闲暇。万里天河，更须一洗，中原兵马[9]。看鞬櫜呜咽[10]，咸阳道左[11]，拜西还驾。

✤ 注释

[1] 商帅国器：《金史·完颜斜烈传》载："名鼎，字国器，年二十以善战知名，自寿泗元帅转安平都尉，镇商州。"见施国祈《元遗山诗笺注》。裕之，元好问字。

[2] "短衣匹马"二句：《史记·李将军列传》："广所居郡闻有虎，尝自射之。"杜甫《曲江》诗："短衣匹马随李广，看射猛虎终残年。"

[3] 石鲸鳞甲：《三辅黄图》："昆明池中有豫章台及石鲸，刻石为鲸鱼，长三丈，

每至雷雨，常鸣吼，鬣尾皆动。”杜甫《秋兴》诗：“石鲸鳞甲动秋风。”

[4] 宾僚儒雅：同官宾客，都是文雅之士。

[5] 长堤万弩：指吴越王钱镠射潮事。钱载《十国词笺略》：“吴越王钱镠筑捍海塘，怒潮急湍，版筑不就，命水犀军架强弩五百以射潮，潮头东趋西陵，遂定其基。”杜甫诗：“昨宵殷其雷，风过齐万弩。”

[6] 鱼龙夜：杜甫《秦州杂诗》二十首其一：“水落鱼龙夜。”仇注云：“鱼龙以秋日为夜。”

[7] 长围：指打猎。合围以困兽，以便猎取。

[8] 貔貅：指威武的军队。

[9] “万里天河”三句：刘向《说苑·权谋》：“武王伐纣，风霁而乘以大雨，散宜生谏曰：‘此非妖欤？’王曰：‘非也，天洗兵也。’”杜甫《洗兵马》诗：“安得壮士挽天河，净洗甲兵长不用。”

[10] 鞬櫜(jiān gāo)：古代马上盛弓矢器。

[11] 咸阳：秦朝都城所在地。旧址在今陕西咸阳市。

邓千江

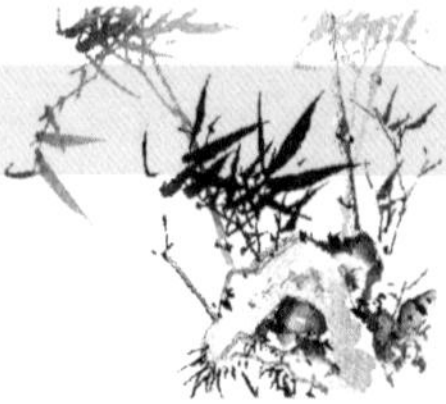

邓千江（生卒年不详），临洮（今甘肃临洮县）人。余无可考。

望海潮

献张六太尉[1]

云雷天堑[2]，金汤地险[3]，名藩自古皋兰[4]。营屯绣错[5]，山形米聚[6]，喉襟百二秦关。鏖战血犹殷[7]，见阵云冷落，时有雕盘[8]。静塞楼头，晓月依旧玉弓弯[9]。　　看看，定远西还[10]。有元戎阃命[11]，上将斋坛[12]。区脱昼空[13]，兜零夕举[14]，甘泉又报平安[15]。吹笛虎牙间[16]，且宴陪珠履[17]，歌按云鬟[18]。招取英灵毅魄[19]，长绕贺兰山[20]。

✤ **注释**

[1] 词题：献张六太尉，刘祁《归潜志》：“金国初，有张六太尉者，镇西边，有一士人邓千江者，献一乐章《望海潮》云云，太尉赠以白金百星。”按太尉是在朝的武职官员尊称。《中州乐府》载有张太尉信甫词一首，此张六太尉或即张信甫。《中州乐府》题作“上兰州守”。

[2] 云雷天堑：云雷，指军队声威之盛。任昉《禅梁玺书》：“锋驿交驰，振灵武以遐略，云雷方扇，鞠义旅以勤王。”天堑，天然的壕沟。原指长江，这里借指皋兰城外的黄河。

[3] 金汤：即金城汤池之省称。这句形容城池的险固。

[4] 名藩：著名的藩镇。皋兰：兰州的旧称。

[5] 营屯绣错：说军营齐整如锦绣之错置。柳宗元《邕州柳中丞作马退山茅亭记》："苍翠诡状，绮绾绣错。"

[6] 山形米聚：聚米为山，规划军事行动，略如近代之沙盘作业。《后汉书·马援传》："（援）于帝前聚米为山，指画形势，开示众军所从道径往来，分析曲折，昭然可晓。"

[7] 鏖（áo）战：激战。《汉书·霍去病传》："合短兵，鏖皋兰下。"颜师古注云："鏖谓苦击而多杀也。"殷：黑红色。

[8] 雕盘：雕，鹰鹫之大者。盘，盘旋。

[9] 玉弓弯：形容月亮如弯弓。李贺《南园十三首》其六："晓月当帘挂玉弓。"

[10] 定远：后汉班超为西域都护，封定远侯，详见晁补之《摸鱼儿》词注。

[11] 元戎：军事统帅。阃（kǔn）命：将命。《史记·冯唐列传》："阃以内者，寡人制之；阃以外者，将军制之。"

[12] 斋坛：斋戒设坛。《史记·淮阴侯列传》："萧何曰，王必欲拜之，择良日，斋戒，设坛场，具礼，乃可耳。"

[13] 区（ōu）脱：见张孝祥《六州歌头》词注。这里是指西夏营垒。

[14] 兜零：举烽火之器具。汉代防备匈奴，在边郡地区每十里筑一台，台上有桔皋，上悬兜零，以薪草置其中，有寇即火燃举之以相告。

[15] 甘泉又报平安：甘泉，秦汉宫名。旧址在陕西清化甘泉山上，汉文帝时匈奴十四万骑入朝那萧关，遂至彭阳，使骑兵入烧回中营，烽火及甘泉宫（见《汉书·匈奴传》）。又烽候，唐制每夜初放烟一炬，名平安火。

[16] 虎牙：山名。杜甫有《虎牙行》。见沈际飞《草堂诗余别集》注。

[17] 珠履：指贵宾。《史记·春申君传》："客三千余人，其上客皆蹑珠履。"

[18] 云鬟：鬟髻如云。这里指歌舞之女。

[19] 招取英灵毅魄：《中州乐府》作"未拓兴灵醉魂"。

[20] 贺兰山：见前岳飞《满江红》词注。当时是金与西夏竞相争夺之地。

折元礼

折元礼(生卒年不详),字安上,父定远,侨居于忻(今山西忻州),遂占籍。明昌五年(1194)两科擢第,官至延安治中,死于葭州之难。

望海潮

从军舟中作

地雄河岳[1],疆分韩晋[2],潼关高压秦头[3]。山倚断霞,江吞绝壁,野烟萦带沧洲[4]。虎旆拥貔貅[5]。看阵云截岸[6],霜气横秋。千雉严城[7],五更残角月如钩[8]。

西风晓入貂裘。恨儒冠误我[9],却羡兜鍪[10]。六郡少年[11],三明老将[12],贺兰烽火新收。天外岳莲楼[13]。想断云横晓,谁识归舟。剩著黄金换酒[14],羯鼓醉凉州[15]。

✤ **注释**

[1] 地雄河岳:是说有黄河急流,华山高耸,潼关地势雄壮。

[2] 疆分韩晋:是说潼关地当韩晋要冲。战国时韩国、晋国,包括今河南中部及山西一部。因在三家分晋后,尚保留绛州和曲沃两座城给晋幽公,所以说韩晋。

[3] 潼关高压秦头:潼关,在陕西省潼关县。古时陕西为秦国所在地,所以说压秦头。

[4] 沧洲:犹言水滨。李白《江上吟》诗:"诗成笑傲凌沧洲。"

[5] 虎旆:即虎旗,军中旗帜。

[6] 阵云截岸：是说战地风云拦住对岸。

[7] 千雉：雉，是雉堞，即城上女墙。千雉，形容女墙之多。

[8] 五更残角：杜甫《阁夜》诗："五更鼓角声悲壮。"

[9] 儒冠误我：见前晁补之《摸鱼儿》词注。

[10] 兜鍪(móu)：见前辛弃疾《南乡子》词注。

[11] 六郡：汉有六郡。颜师古注《汉书》云："六郡谓陇西、天水、安定、北地、上郡、西河。"

[12] 三明：苏轼《和梅户曹会稽铁沟》诗："山西从古说三明，谁信儒冠也捍城。"又东汉段颎字纪明，与皇甫威明、张然明并知名显达，被称为"凉州三明"。(见《后汉书·段颎传》)

[13] 岳莲楼：在西岳华山附近。杜甫诗有"云断岳莲临大路"，就是指华山的莲花峰而言。

[14] 剩著黄金换酒：《晋书·阮孚传》："迁黄门侍郎、散骑常侍，尝以金貂换酒。"又有奉黄金百斤为司马相如文君取酒事(见司马相如《长门赋》序)。《中州乐府》作"剩着黄金换酒"。

[15] 羯鼓醉凉州：羯鼓，一种乐器。羯族为我国古代少数民族之一，羯鼓据说是由羯族传来的。形状像漆桶，下以小牙床作架，用两杖敲击，声音急促高亢。凉州，地名，汉置。包括张掖、酒泉、敦煌等地，而酒泉出名酒，故曰醉凉州。

✤ 评笺

这首词是从军舟中所作。如此豪壮胸怀，与"醉卧沙场"意境迥然不同。

元好问

元好问（公元 1190—1257），字裕之，号遗山，太原秀容（今山西忻州）人。兴定五年（1221）进士，官至尚书省左司员外郎，金亡后不仕。以故国文献自任，著有《遗山集》，并编有《中州集》《中州乐府》，金人诗、词多赖是以传。诗多慷慨悲凉之作，有如实录，人以诗史目之，词亦逼近苏、辛，为世所重。

江月晃重山

初到嵩山时作[1]

塞上秋风鼓角[2]，城头落日旌旗。少年鞍马适相宜。从军乐，莫问所从谁。　　侯骑才通蓟北[3]，先声已动辽西[4]。归期犹及柳依依。春闺月，红袖不须啼。

✤ **注释**

[1] 词题：嵩山，在河南省登封市北，为五岳之一的中岳。

[2] 鼓角：鼓，战鼓。角，号角。

[3] 蓟北：今天津市蓟州区北部。

[4] 辽西：辽宁辽河以西地区。

鹧鸪天

只近浮名不近情[1]，且看不饮更何成。三杯渐觉纷华远[2]，一斗都浇磈磊平[3]。　　醒复醉，醉还醒。灵均憔悴可怜生[4]。《离骚》读杀浑无味，好个诗家阮步兵[5]。

✤ 注释

[1] 只近浮名不近情：是说自己虽薄有虚名，而却没有追求荣华利禄的思想。

[2] 三杯渐觉纷华远：纷华，尘世的浮华。三杯，指饮酒。这句是说喝了酒，对于世上荣华利禄之事渐觉淡远了。彊村本作"纷华近"，恐误。

[3] 磈磊：即垒块，胸中不平之气。《世说新语·任诞》："阮籍胸中垒块，故须以酒浇之。"这句是说饮酒一斗可使胸中不平之气消下去。

[4] "灵均憔悴"句：灵均，屈原字。可怜生，唐宋诗词惯用语。生，语助词。这句是说作者和屈原一样憔悴可怜。

[5] 阮步兵：阮籍。《晋书·阮籍传》："籍闻步兵厨营人善酿，有贮酒三百斛，乃求为步兵校尉。遗落世事，虽去佐职，恒游府内，朝宴必与焉。"

临江仙

自洛阳往孟津道中作[1]

今古北邙山下路[2]，黄尘老尽英雄。人生长恨水长东[3]。幽怀谁共语？远目送归鸿[4]。　　盖世功名将底用？从前错怨天公。浩歌一曲酒千钟。男儿行处是，未要论穷通。

✤ 注释

[1] 孟津：县名，金置，地濒孟津渡，因名。

[2] 北邙：在河南洛阳市北。古代王侯公卿多葬此山，唐新乐府有《北邙行》。

[3] “人生长恨”句：用李煜《乌夜啼》词：“自是人生长恨水长东。”

[4] 远目送归鸿：见前贺铸《六州歌头》词注。

最高楼

商於鲁县北山[1]

商於路，山远客来稀。鸡犬静柴扉。东家劝饮姜芽脆，西家留宿芋魁肥[2]。觉重来，猿与鹤，总忘机。　　问华屋、高资谁不恋？问美食、大官谁不羡？风浪里，竟安归。云山既不求吾是，林泉又不责吾非。任年年，藜藿饭[3]，芰荷衣[4]。

✤ 注释

[1] 词题：商於，在河南淅川县西，本战国时秦地，张仪谓楚王曰秦愿献商於之地六百里，即其地。

[2] 芋魁：大的芋头。《尔雅翼》：“芋之大者，《前汉》谓之芋魁，《后汉书》谓之芋渠。”

[3] 藜藿饭：指粗饭。藜茎高五六尺，叶心色黄，嫩时可食。藿，豆叶，穷人作为食物。

[4] 芰荷衣：隐者之服。《离骚》：“制芰荷以为衣兮，集芙蓉以为裳。”

水龙吟

从商帅国器，猎于南阳，同仲泽、鼎玉赋此[1]。

少年射虎名豪[2]，等闲赤羽千夫膳[3]。金铃锦领[4]，平原千骑，星流电转[5]。路断飞潜[6]，雾随腾沸，长围高卷[7]。看川空谷静，旌旗动色，得意似，平生战。　　城月迢迢鼓角，夜如何、军中高宴。江淮草木[8]，中原狐兔，先声自远[9]。盖世韩彭[10]，可能只办，寻常鹰犬[11]。问元戎，早晚鸣鞭径去，解天山箭[12]。

✤ **注释**

[1] 词题：商帅国器，见前王渥《水龙吟》词题注。南阳，在河南。仲泽，王渥字。鼎玉，施国祈《遗山乐府笺注》谓当即燕人王铉。

[2] "射虎"句：射虎，见前辛弃疾《水调歌头》词注。名豪，著名的英豪。

[3] 等闲：寻常，无足轻重。赤羽千夫膳：杜甫《故武卫将军挽歌》："赤羽千夫膳，黄河十月冰。"赤羽，旗帜。《新唐书·刘悟传》："宝历初，巫者妄言师道以兵屯瑠璃陂，悟惶恐，命祷祭，具千人膳，自往求哀。"

[4] 金铃锦领：武士和车骑的装束。

[5] 星流电转：形容打猎车骑奔驰迅速。

[6] 飞潜：指飞禽和潜鱼之类。

[7] 长围：见前王渥《水龙吟》词注。

[8] "草木"句：谢玄破苻坚于淝水，坚众奔溃，望见八公山上草木，风声鹤唳，皆以为晋兵。这里用以形容围猎的声势。

[9] 先声：谓军骑先张声威。

[10] 韩彭：谓韩信和彭越。都是西汉时著名武将。后来韩信被杀，彭越被醢。

[11] 鹰犬：指为人所驱使利用。

[12] 天山箭：唐高宗时，薛仁贵曾率军战胜九姓突厥于天山，军中有"将军三箭定天山"之称。

段克己

段克己(1196—1254),字复之,号遁庵。绛州稷山(今属山西)人。与弟成己早以文章擅名。赵秉文目为“二妙”,大书“双飞”二字名其居里。金末举士,入元不仕。与弟成己所著诗合为《二妙集》。亦工词,有《遁斋乐府》。

满江红

遁庵主人植菊阶下,秋雨既盛,草莱芜没,殆不可见。江空岁晚,霜余草腐,而吾菊始发数花,生意凄然,似诉余以不迂,感而赋之。因李生湛然归,寄菊轩弟。

雨后荒园,群卉尽[1],律残无射[2]。疏篱下、此花能保,英英鲜质[3]。盈把足娱陶令意[4],夕餐谁似三闾洁[5]?到而今、狼藉委苍苔,无人惜。　　堂上客,头空白。都无语,怀畴昔[6]。恨因循过了,重阳佳节。飒飒凉风吹汝急,汝身孤特应难立。漫临风、三嗅绕芳丛[7],歌还泣。

✤ **注释**

[1] 群卉:指百草千花。

[2] 无射(yì):本为十二吕律之一,亦指秋九月。

[3] 英英鲜质：英英，美貌。这句是说菊花有鲜艳幽美的品质。

[4] “盈把”句：晋陶潜曾为彭泽县令，故称陶令。他一生爱赏菊花，有“秋菊有佳色，裛露掇其英”诗句。盈把，掇取满把菊花。

[5] “夕餐”句：三闾，屈原曾为三闾大夫。他所写的《离骚》中有“餐秋菊之落英”之句。洁，清白的意思。

[6] 畴昔：往昔。

[7] 三嗅：三次来闻一闻。杜甫《秋雨叹》：“临风三嗅馨香泣。”

✣ 评 笺

这首词是咏岁晚菊花，以寓自己身世之慨，“飒飒凉风”二句，是说秋菊孤特性格，难以立身在污浊世间，“汝身”二字兼有劝勉其弟洁身自保之意。况周颐《蕙风词话》说：“节韵已下，情深一往，不辨是花是人，读之令人增孔怀之感。”

段成己

段成己（1199—1279），字诚之，号菊轩，绛州稷山（今属山西）人。克己弟，正大（1224—1231）间中进士。元初起为平阳府儒学提举，坚不赴任。有《菊轩乐府》。

江城子

季春五日有感而作，歌以自适也。

阶前流水玉鸣渠[1]。爱吾庐[2]，惬幽居[3]。屋上青山，山鸟喜相呼。少日功名空自许，今老矣，欲何如？　闲来活计未全疏。月边渔，雨边锄。花底风来，吹乱读残书。谁唤九原摩诘起[4]，凭画作，倦游图[5]。

✤ 注释

[1] 玉鸣渠：形容渠水流声如碎玉音。

[2] 爱吾庐：喜爱我的家居生活。陶潜《读〈山海经〉》其一："众鸟欣有托，吾亦爱吾庐。"

[3] 惬（qiè）：适意。

[4] 九原：春秋时晋卿大夫的墓地在九原，后人泛称墓地为九原。摩诘：唐诗人王维字。王维能诗善画，人称他"诗中有画，画中有诗"。

[5] 倦游：无意出外做官。《史记・司马相如传》："长卿故倦游，虽贫，其人材足依也。"

董解元

董解元，生卒年及名号、籍贯都不详（或发现其名朗，未有确据），约金章宗时人。解元疑是当时读书人的通称。以作《西厢记诸宫调》而著名。亦工词，《哨遍》一首，见称于时。

哨　遍

太皞司春[1]，春工著意[2]，和气生旸谷[3]。十里芳菲，尽东风，丝丝柳搓金缕。渐次第[4]，桃红杏浅，水绿山青，春涨生烟渚[5]。九十日[6]，光阴能几？早鸣鸠呼妇[7]，乳燕携雏。乱花满地，任风吹、飞絮濛空有谁主？春色三分，半入池塘，半随尘土。　满地榆钱，算来难买春光住。初夏永，薰风池馆，有藤床冰簟，纱厨日转午。脱巾散发，沉李浮瓜，宝扇摇纨素[8]。甚消磨永日，有扫愁竹叶[9]，侍寝青奴[10]。霎时微雨送新凉，些少金风退残暑。韶华早[11]，暗中归去。

✤ 注释

[1] 太皞（hào）司春：古代传说东方之帝叫太皞，统管春天的事。《礼记·月令》："孟春之月……其帝太皞，其神句芒。"

[2] 春工：把春天人格化，称为春工，略如东君春神之类。杨万里《农家叹》："春

工只要花迟着，愁损农家管得星。”

[3] 和气生旸(yáng)谷：是说和暖之气生自日出的地方。《尚书》注云：“日出于谷而天下明，故称旸谷。”

[4] 渐次第：渐渐地一个接一个。

[5] 春涨生烟渚：是说春水上涨到烟雾笼罩的小岛中。孟浩然《宿建德江》诗：“移舟泊烟渚。”

[6] 九十日：春天三个月，共为九十天。

[7] 鸣鸠呼妇：雄鸠呼唤雌鸠，这是形容天晴的时候。《埤雅》：“鸠，阴则辟逐其妇，晴则呼之。语曰：天欲雨，鸠逐妇。既雨，鸠呼妇。”

[8] 纨素：素绢。

[9] 扫愁竹叶：酒名有竹叶青。张华《轻薄篇》诗：“苍梧竹叶青，宜城九酝醝。”又苏轼《洞庭春色酒》诗：“应呼钓诗钩，亦号扫愁帚。”

[10] 侍寝青奴：青奴，即竹夫人。凉寝，竹器。黄庭坚《赵子充示竹夫人诗盖凉寝竹器憩臂休膝似非夫人之职予为名曰青奴……》诗：“青奴元不解梳妆，合在禅斋梦蝶床。”

[11] 韶华：犹言韶光、春光。

✤ 评笺

况周颐《蕙风词话》说：“柳屯田《乐章集》，为词家正体之一，又为金元已还，乐语所自出。金董解元《西厢记》，搊弹体倚奇也。时论其品，如‘朱汗碧蹄，神采骏逸’。董有《哨遍》词……此词连情发藻，妥帖易施，体格于《乐章》为近。明胡元瑞《笔丛》称董《西厢记》精工巧丽，备极才情，盖笔能展拓，则推演为如千字何难矣。自昔诗、词、曲之递变，大都随风会为转移。词曲之为体，诚迥乎不同。董为北曲初祖，而其所为词，与屯田有沆瀣之合，曲由词出，渊源斯在。”

元词

耶律楚材

耶律楚材（1190—1244），字晋卿，辽东丹王耶律倍八世孙、金尚书右丞耶律履之子。博览群书，旁通天文、地理、衍数及释老、医卜之说。太宗时，官至中书令。至顺元年（1330），追封广宁王。谥文正。有《湛然居士集》。

鹧鸪天

题七真洞[1]

花界倾颓事已迁[2]，浩歌遥望意茫然。江山王气空千劫[3]，桃李春风又一年。　　横翠嶂，架寒烟。野花平碧怨啼鹃[4]。不知何限人间梦，并触沉思到酒边。

✤ 注释

[1] 词题：七真洞，顾况《步虚词》："回步游三洞，清心礼七真。"此词似游道观而作，未必实指其地。

[2] 花界：犹香界，指佛寺。韦应物《游琅琊寺》诗："填壑跻花界。"

[3] "江山王气"句：是说江山王气已经消沉。千劫，佛家说天地间一成一败为一劫，千劫指过的时间久远。

[4] 平碧：犹平芜。是远望平原一片碧草。

✤ 评笺

况周颐《蕙风词话》说："耶律文正《鹧鸪天》歇拍云：'不知何限人间梦，并触沉思到酒边。'高浑之至，淡而近于穆矣。庶几合苏（轼）之清、辛（弃疾）之健而一之。"

刘秉忠

刘秉忠(1216—1274),字仲晦,初名侃,又名子聪,拜官后改名秉忠,邢州(今河北省邢台市)人。少为僧,随其师海云入见元世祖,遂留之。至元初,拜光禄大夫,位太保。卒赠太师,谥文正,追封常山王。著有《藏春散人集》。

干荷叶

干荷叶,色苍苍,老柄风摇荡。减清香,越添黄,都因昨夜一番霜。寂寞秋江上[1]。

✤ 注释

[1] 寂寞秋江上:本杜甫《秋兴》诗“鱼龙寂寞秋江冷”句而来。

木兰花慢

混一后赋[1]

望乾坤浩荡,曾际会,好风云。想汉鼎初成,唐基始建,生物如春[2]。东风吹遍原野,但无言、红绿自纷纷。花月留连醉客,江山憔悴醒人[3]。　龙蛇一屈一还伸[4],未信丧斯文[5]。复上古淳风,先王大典,不贵经纶[6]。天君几时挥手，倒银河、直下洗嚣尘。鼓舞五华鹭鹭，讴歌一角麒麟[7]。

✤ 注释

[1] 词题：混一后赋，是说元朝一统天下后所作。

[2]“想汉鼎初成”三句：是说元朝建国开基，统一天下，万物如春，显示出一片欣欣向荣的新气象。汉鼎，封建时代太庙内放有九鼎，鼎代表宗庙社稷，这里代表元朝廷。

[3]“花月”二句：是用对比写法，一方面写有留连花月好时光的醉客，另一方面写自己却是江山憔悴的醒人。这是因为作者出家做和尚，而且是被元世祖留用的，所以说是醒人，以屈原自比。因屈原《渔父》篇有“众人皆醉我独醒”之句。

[4] 龙蛇一屈一还伸：《后汉书 · 张奂传》：“蛇能屈伸，配龙腾蛰。”这句是说人生遭遇如龙蛇有屈有伸。

[5] 未信丧斯文：是说不信元朝统治中原，会把斯文丧尽。斯文，指礼乐制度等。

[6] 经纶：整理丝缕，引申为处理国家大事。

[7]“天君”以下四句：是说元朝平定天下后，偃武修文，还要重视文人才士的。倒银河洗嚣尘，用杜甫《洗兵马》诗意。嚣尘，污浊的泥土。五华鹭鹭(yuè zhuó)，鹭鹭，水鸟名，状如鸭而大，长颈、赤目、斑嘴，色紫绀如鸡鹊，古代相传为瑞鸟。《新唐书 · 张荐传》载：“(荐)为儿时，梦紫文大鸟，五色成文，止其廷。大父曰：‘吾闻五色赤文，凤也；紫文，鹭鹭也。若壮，殆以文章瑞朝廷乎？’遂命以名。”一角麒麟，《汉书 · 终军传》：“从武帝幸雍祠五畤，获白麟，一角而五蹄。”表示有太平祥瑞之意。

✤ 评笺

这首词雄伟磅礴，一气呵成，具有苏辛豪放词格。况周颐《蕙风词话》说：“曩半塘老人跋《藏春乐府》云：‘雄廓而不失之伧楚，酝藉而不流于侧媚。’余尝悬二语心目中，以赏会《藏春词》云。”

白　朴

白朴（1226—1307），字仁甫，又字太素，号兰谷，祖籍隩州（今山西河曲），后居真定（今河北正定）。其父华仕金为枢密院判官，幼逢世乱，父子相失，曾育于元好问家，常受其指点。元一统后，徙家金陵（今江苏南京），放情山水间。所作除杂剧散曲外，有《天籁阁词集》。

清平乐

朱颜渐老，白发添多少？桃李春风浑过了，留得桑榆残照[1]。　江南地回无尘，老夫一片闲云。恋杀青山不去，青山未必留人。

✤ **注释**

[1] 桑榆残照：指晚景，谓太阳将落时，斜光照在桑榆之间。《后汉书·冯异传》：“失之东隅，收之桑榆。”注：“桑榆谓晚也。”

沁园春

我望山形，虎踞龙盘，壮哉建康[1]。忆黄旗紫盖[2]，中兴东晋；雕阑玉砌[3]，下逮南唐。步步金莲[4]，朝朝琼树[5]，宫殿吴时花草香[6]。今何日？尚寺留萧姓[7]，人做梅妆[8]。

长江，不管兴亡。谩流尽、英雄泪万行。问乌衣旧宅，谁家作主，白头老子，今日还乡。吊古愁浓，题诗人去，寂寞高楼无凤凰[9]。斜阳外，正渔舟唱晚，一片鸣榔[10]。

✤ 注释

[1]“虎踞龙盘”二句：指金陵形势雄伟壮观。三国时诸葛亮论金陵地形说：钟阜龙盘，石城虎踞，真帝王之宅。按钟阜即钟山，石城即石头城。建康，即金陵，今南京市。

[2]黄旗紫盖：古代迷信说法，天上出现黄旗紫盖状云气，为出皇帝之兆。《宋书·符瑞志上》载：“汉世术士言：‘黄旗紫盖见于牛斗之间，江东有天子气。’”

[3]雕阑玉砌：李煜《虞美人》词：“雕阑玉砌应犹在，只是朱颜改。”

[4]步步金莲：《南齐书》：“东昏侯凿金为莲花帖地，令潘妃行其上，曰：‘此步步生莲花也。’”

[5]朝朝琼树：《陈书》：“后主制新曲有《玉树后庭花》，其略云：‘璧月夜夜满，琼树朝朝新。’大抵美张贵妃、孔贵嫔之容色。”

[6]宫殿吴时花草香：用李白《登金陵凤凰台》诗“吴宫花草埋幽径”句意。

[7]寺留萧姓：李肇《国史补》：“梁武帝造寺令萧子云飞白大书‘萧寺’，至今一‘萧’字存焉。”

[8]梅妆：宋武帝女寿阳公主，人日卧檐下，梅花落于额上，成五出之花。此为梅花妆之始。李商隐《对雪》诗：“忍寒应欲试梅妆。”

[9]“题诗人去”二句：指李白有登金陵凤凰台题诗事，谓李白早已死去，所以说题诗人去，楼无凤凰。

[10]鸣榔：古代捕鱼者用长木叩船舷，以惊鱼群，驱使入网内。潘岳《西征赋》：“纤经连白，鸣根厉响。”“榔”与“根”通。

王　恽

王恽(1228—1304),字仲谋,号秋涧,卫州汲县(今属河南)人。中统元年(1260),由详议官授中书省详定官,官至翰林学士,谥文定。著有《秋涧集》。

后庭花破子

晚眺临武堂

绿树远连洲,青山压树头。落日高城望,烟霏翠满楼。木兰舟。彼汾一曲[1],春风佳可游。

注释

[1] 彼汾一曲:《北史·宇文弼传》:"周武帝将谋出兵河阳以伐齐,弼进策曰:'……用兵须择其地。河阳要冲,精兵所聚,尽力攻围,恐难得志,彼汾之曲,戍小山平,攻之易拔,用武之地也。'"

鹧鸪天

赠驭说高秀英[1]

短短罗袿澹澹妆[2],拂开红袖便当场。掩翻歌扇珠成串[3],吹落谈霏玉有香[4]。　由汉魏,到隋唐。谁教若辈管兴亡。百年总是逢场戏[5],拍板门鎚未易当[6]。

✤ 注释

[1] 驭说:即说书。

[2] 罗袿(guī):即罗衣。袿,妇女长褂。

[3] 珠成串:形容歌喉婉转如一串珠。白居易《寄明州于驸马三绝句》:"何郎小妓歌喉好,严老呼为一串珠。"

[4] 谈霏:说言谈之美如玉屑飞散。辛弃疾《千秋岁》词:"珠玉霏谭笑。"

[5] 逢场戏:即逢场作戏。

[6] 拍板:唱歌时一种乐器,以木做成,用来按拍,调节音律。门鎚:鎚,同"槌"。苏轼《南歌子》词:"借君拍板与门槌。"

✤ 评笺

况周颐《蕙风词话》说:"此词清浑超逸,近两宋风格。"

张弘范

张弘范(1238—1280),字仲畴,河内(今河南沁阳)人。官至蒙古汉军都元帅,率师攻陷崖山,宋因以亡。能文,工诗词。有《淮阳集》及《淮阳乐府》。

点绛唇

独上高楼,恨随春草连天去。乱山无路,隔断巫阳路。　　信断梅花[1],惆怅人何处。愁无语,野鸦烟树,一点斜阳暮。

✤ **注释**

[1] 信断梅花:陆凯《寄赠范晔》诗:“折梅逢驿使,寄与陇头人。江南无所有,聊赠一枝春。”

临江仙

忆　旧

千古武陵溪上路[1],桃源流水潺潺。可怜仙侣剩浓欢。黄鹂惊梦破,青鸟唤春还[2]。　　回首旧游浑不见,苍烟一片荒山。玉人何处倚栏干?紫箫明月底[3],翠袖暮云寒[4]。

✤ 注释

[1] 武陵溪：在今湖南省桃源县境。

[2] 青鸟：犹翠鸟。杜甫《丽人行》："青鸟飞去衔红巾。"

[3] 紫箫：紫色箫。戴叔伦《相思曲》："紫箫横笛寂无声。"

[4] 翠袖：指绿色衣服。

✤ 评笺

沈雄《续古今词话》说："《淮阳乐府》不作夸大语，其《临江仙》有曰：'紫箫明月底，翠袖暮云寒。'风调不减晏小山，可知元之武臣，亦有能词者。"

梁 曾

梁曾(1242—1322),字贡父,燕(今河北省)人。少好学,日记书数千言,中统四年(1263)荐辟中书左三部令史,累官淮安路总管,两使安南,仁宗时为集贤侍讲学士。晚年寓居淮南。

木兰花慢

西湖送春

问花花不语,为谁落,为谁开?算春色三分,半随流水,半入尘埃。人生能几欢笑,但相逢、尊酒莫相推。千古幕天席地[1],一春翠绕珠围[2]。　　彩云回首暗高台[3],烟树渺吟怀。拚一醉留春,留春不住,醉里春归。西楼半帘斜日,怪衔春、燕子却飞来。一枕青楼好梦[4],又教风雨惊回。

✤ **注释**

[1] 幕天席地:以天地为幕席,比喻高旷。刘伶《酒德颂》:"行无辙迹,居无室庐,幕天席地,纵意所如。"

[2] 一春翠绕珠围:一春沉醉在妓女之中。珠翠是妓女的打扮。

[3] 高台:即高阳台,注见前。

[4] 青楼:指妓女所居之处。

仇远

仇远(1247—1326),字仁近,一字仁父,浙江钱塘(今杭州)人。因居余杭溪上之仇山,自号山村民。远在宋咸淳(1265—1274)间,即以诗名。至元(1264—1294)中,尝为溧阳教授,旋罢归,优游湖山以终。著有《金渊集》。

思佳客

日影扶花一万重[1],秋香阁下又芙蓉。旧时楚楚《霓裳曲》[2],移入长杨短柳中。　　文甃碧[3],朵墙红[4],金舆苍鼠玉华宫[5]。行人忍听啼乌怨[6],笛里阑干落叶风。

✤ **注释**

[1] “日影”句:由唐杜荀鹤“日高花影重”诗句脱化而来。

[2] 楚楚:鲜明的样子。

[3] 文甃(zhòu):用有花纹的瓦砌成的宫井。

[4] 朵墙:小墙。

[5] “金舆”句:帝王所乘的车轿。玉华宫,旧址在陕西宜君县西南。杜甫《玉华宫》诗有“苍鼠窜古瓦”之句。这句是说从前皇帝所来过的玉华宫,现在已成荒凉的地方了。

[6] “啼乌怨”句:古乐府有《乌夜啼》曲。

齐天乐

蝉

夕阳门巷荒城曲，清音早鸣秋树。薄剪绡衣[1]，凉生鬓影[2]，独饮天边风露。朝朝暮暮，奈一度凄吟，一番凄楚。尚有残声，蓦然飞过别枝去[3]。　齐宫往事谩省，行人犹说与，当时齐女[4]。雨歇空山，月笼古柳，仿佛旧曾听处。离情正苦。甚懒拂冰笺[5]，倦拈琴谱。满地霜红，浅莎寻蜕羽[6]。

✤ **注释**

[1] 绡衣：一种丝织成的薄衣。

[2] 鬓影：骆宾王《蝉》诗："不堪玄鬓影，来对白头吟。"玄鬓指蝉。

[3] 飞过别枝：方干《旅次洋州寓居郝氏林亭》诗："蝉曳残声过别枝。"

[4] 齐女：古齐王女儿死化为蝉。详见前王沂孙《齐天乐 · 蝉》词注。

[5] 冰笺：笺纸洁白如冰，薄如蝉翼。

[6] 蜕羽：指蝉蜕下的壳。

刘　因

刘因（1249—1293），字梦吉，号静修。河北容城人。至元十九年（1282）征授承德郎右赞善大夫，未几辞归。所作诗词风格高迈，比兴深微。有《樵庵词集》。

鹊桥仙

悠悠万古，茫茫天宇，自笑平生豪举[1]。元龙尽意卧床高[2]，浑占得、乾坤几许？　　公家租赋[3]，私家鸡黍[4]，学种东皋烟雨[5]。有时抱膝看青山，却不是、长吟《梁父》[6]。

✤ 注释

[1] 豪举：豪迈的举动，《史记 · 信陵君列传》："平原君之游，徒豪举耳。"

[2] "元龙"句：见前张元幹《水调歌头》词注。

[3] 公家租赋：公家犹言官家。这句是指统治者横征暴敛，滥收田租和赋税。

[4] 私家鸡黍：是说老百姓只希望有鸡，有小米，就算过着美好的生活。

[5] 学种东皋烟雨：皋，临水高地，这句是说在东边高地烟雨中学种庄稼。

[6] "有时抱膝"三句：三国时诸葛亮好为《梁甫吟》，每当晨夕从容抱膝长啸。词句是说有时抱膝看山消遣，却不像诸葛亮高吟《梁父吟》。按"父"与"甫"通。

念奴娇

忆仲良[1]

中原形势，壮东南，梦里谯城秋色[2]。万水千山收拾就，一片空梁落月[3]。烟雨松楸[4]，风尘泪眼，滴尽青青血。平生不信，人间更有离别。　　旧约把臂燕南[5]，乘槎天上[6]，曾对河山说。前日后期今日近，怅望转添愁绝。双阙红云，三江白浪[7]，应负肝肠铁[8]。旧游新恨，一生都付长铗[9]。

✤ **注释**

[1] 词题：仲良，王庭钰，元代广信（今江西上饶）人，字仲良，善画，尤工画龙。

[2] 谯城：在今安徽亳县，东晋姚襄屯兵于此。

[3] 空梁落月：用杜甫《梦李白》“落月满屋梁”诗意。

[4] 松楸：两种树名。楸，落叶乔木，干高叶大，夏天开花。

[5] 把臂：握住对方手臂，表示亲密。《后汉书 · 吕布传》：“临别把臂言誓。”燕南：燕山以南地。

[6] 乘槎：张华《博物志》云，旧说天河与海通，近世有人居海上，每年八月浮槎，往来不失期。人有奇志，立飞阁于槎上，赍粮乘槎而去，忽忽不觉昼夜。奄至一处，有城郭舍屋，望见室中多织女，一丈夫牵牛渚次饮之。牵牛人惊问曰：“何至此？”此人具说来意，并问：“此是何处？”答曰：“君还至蜀郡，访严君平则知之。”还，问君平，君平曰：“某年某月日，客星犯斗牛。”计其年月，即此人到天河也。

[7] 三江：指新安江、青弋江、乌江，都在安徽省境内。

[8] 肝肠铁：犹铁石心肠之意。皮日休《桃花赋》序：“余尝慕宋广平之为相，贞姿劲质，刚态毅状，疑其铁肠与石心。”又苏轼诗：“乌府先生铁作肝。”

[9] 长铗：长剑。《战国策 · 齐策》：齐人有冯煖（一作冯驩）者，使人属孟尝君愿寄食门下，孟尝君笑而受之。居有顷，煖弹其剑，歌曰：“长铗归来乎，食无鱼。”这句用来比喻作客清苦。

张　野

张野（约 1294 年前后在世），字野夫，河北邯郸人。张之翰子。官翰林学士。工词，著有《古山乐府》。

鹊桥仙

无穷前古，无穷后世，分得中间百岁。人生七十古来稀[1]，况八九、不如人意[2]。　荣枯梦幻，功名儿戏，争甚一时闲气。劝君从此更休痴，且拚却、花前沈醉。

✤ 注释

[1] 人生七十古来稀：用杜甫《曲江对酒》诗句。

[2] 况八九、不如人意：《晋书·羊祜传》："天下不如意，恒十居七八，故有当断不断。"黄庭坚《用明发不寐有怀二人为韵寄李秉彝德叟》诗："人生不如意，十事恒八九。"

水龙吟

酹辛稼轩墓，在分水岭下[1]。

岭头一片青山，可能埋得凌云气[2]。遐方异域，当年滴尽，英雄清泪[3]。星斗撑肠，云烟盈纸，纵横游戏[4]。漫人间留得，阳春白雪[5]，千载下，无人继。　　不见戟门华第[6]，见萧萧、竹枯松悴[7]。问谁料理，带湖烟景[8]，瓢泉风味[9]。万里中原，不堪回首，人生如寄。且临风高唱，逍遥旧曲[10]，为先生酹。

✤ 注释

[1] 词题：分水岭，在江西铅山县南二里许，为辛弃疾墓所在地。

[2] 凌云气：比喻意气昂扬。杜甫《戏为六绝句》："凌云健笔意纵横。"

[3] "遐方异域"三句：是说辛曾带兵到远方来抵抗金兵侵犯。

[4] "星斗撑肠"三句，是赞扬辛词笔纵横，挥毫满纸。

[5] 阳春白雪：古歌曲名。宋玉《对楚王问》："其为《阳春》《白雪》，国中属而和者，不过数十人。"

[6] 戟门华第：指当时驻军营门和第宅。

[7] 竹枯松悴：是说如今墓傍松竹已经凋零。

[8] 带湖：在江西省灵山下，为辛弃疾旧居之地。辛词《水调歌头》有"带湖吾甚爱，千丈翠奁开"之句。

[9] 瓢泉：在江西铅山。《铅山县志》："瓢泉，在县东二十五里，泉为辛弃疾所得，因而名之。"

[10] 逍遥旧曲：宋黄庭坚有《逍遥乐》词，逍遥曲或即指此。

✤ 评笺

辛词慷慨纵横，此词吊其墓，作于百余年后，内容浑厚，感情充沛，气势豪迈处，不减稼轩，虽寥寥数十字，能将稼轩一生主要事迹概括进去，可当作一篇小传读。

曾允元

曾允元(生卒年不详),字鸥江。江西西昌县(今江西泰和县)人。

点绛唇

一夜东风,枕边吹散愁多少?数声啼鸟,梦转纱窗晓[1]。　来是春初,去是春将老。长亭道,一般芳草,只有归时好。

✤ 注释

[1] 梦转:即梦醒。

✤ 评笺

况周颐《蕙风词话》里说:“曾鸥江《点绛唇》后段云:‘来是春初,去是春将老。长亭道,一般芳草,只有归时好。’看似毫不吃力,政恐南北宋名家未易道得。所谓自然从追琢中出也。”

释中峰

释中峰，即天目山中峰禅师，事迹不详。

行香子

短短横墙，矮矮疏窗，一方儿、小小池塘。高低叠嶂，曲水边旁。也有些风，有些月，有些香。　　日用家常，竹几藤床，尽眼前、水色山光。客来无酒，清话何妨。但细烘茶[1]，净洗盏，滚烧汤。

✤ 注释

[1] 烘茶：即焙茶。

✤ 评笺

这首词是禅师《行香子》三首中第一首。沈雄说："若不经意出之者，所谓一一天真，一一明妙也。"（见徐珂《历代词选集评》）

滕　宾

滕宾（生卒年不详），一名斌，字玉霄，黄冈（今湖北省黄冈市）人，或云睢阳（今河南商丘睢阳区）人。至大（1308—1311）间，任翰林学士，出为江西儒学提举。后弃家入天台为道士。有《玉霄集》。

鹊桥仙

斜阳一抹，青山数点，万里澄江如练[1]。东风吹落橹声远，又唤起、寒云片片。　　残鸦古渡，瘦驴村店，渐觉楼头人远。桃花流水小桥东，是那个、柴门半掩？

✤ **注释**

[1] 澄江如练：练，绸子。见前王安石《桂枝香》词注。

赵孟頫

赵孟頫(1254—1322),字子昂。浙江湖州人。年十四以父荫入仕。宋亡家居,会程钜夫访遗逸于江南,以孟頫入见,即授兵部郎中,累官翰林学士承旨。卒,追封魏国公,谥文敏。著有《松雪斋集》。

浪淘沙

今古几齐州[1]？华屋山丘[2]。杖藜徐步立芳洲[3]。无主桃花开又落,空使人愁。　　波上往来舟,万事悠悠。春风曾见昔人游。惟有石桥桥下水,依旧东流。

✤ 注释

[1] 齐州:中州,犹言中国。李贺《梦天》诗:“遥望齐州九点烟。”

[2] 华屋山丘:见前蔡松年《水调歌头》词注。

[3] 杖藜:藜,一年生草本,高五六尺,茎坚,老者可为杖,杖藜就是用藜做拐杖。杖,作动词用。

蝶恋花

侬是江南游冶子[1],乌帽青鞋,行乐东风里。落尽杨花春满地,萋萋芳草愁千里。　　扶上兰舟人欲醉,日暮青山，相映双蛾翠[2]。万顷湖光歌扇底，一声吹下相思泪。

✤ 注释

[1] 游冶子：就是冶游郎。

[2] 双蛾翠：用以形容青山远望如一双眉黛，古代以美女一双眉毛细长似蛾的触须，称为双蛾。

鲜于枢

鲜于枢(1256—1301),字伯机,渔阳郡(今北京市密云区)人。至元(1335—1340)间,为浙江行省都事,官至太常典籍。善词赋,文望与赵孟頫相伯仲。著有《困学斋集》及杂录散曲等。

念奴娇

八咏楼[1]

长溪西注[2],似延平双剑[3],千年初合。溪上千峰明紫翠,放出群龙头角。潇洒云林,微茫烟草,极目春洲阔[4]。城高楼迥,恍然身在寥廓。　　我来阴雨兼旬,滩声怒起,日日东风恶。须待青天明月夜,一试严维佳作[5]。风景不殊,溪山信美[6],处处堪行乐。休文何事?年年多病如削[7]!

✤ 注释

[1] 八咏楼:旧址在浙江省金华市。《金华志》:"沈约为东阳太守,作八诗题于元畅楼,后人更名八咏楼。"

[2] 长溪:在浙江省。

[3] 延平双剑:《晋书·张华传》说:雷焕为丰城令,掘狱基得一石函,中有双剑,一曰龙泉,一曰太阿。送一剑与华,留一自佩。华诛,失剑所在。焕子华为州从事,持剑经延平津,忽于腰间跃出堕水,使人没水求之,但见两龙各长数丈,光彩照水,波浪惊沸。

[4] 极目：用尽目力远眺。

[5] 严维佳作：尤袤《全唐诗话》："严维，字正文，越州人，与刘长卿善，长卿为睦州司马，以诗寄之。"按严维诗有"明月双溪水，清风八咏楼"之句。

[6] 信美：实在美丽。王粲《登楼赋》："虽信美而非吾土兮。"

[7] "休文"二句：休文，梁沈约字。多病如削，多病消瘦的意思。《梁书·沈约传》说：约陈情于徐勉曰，老病"百日数旬，革带常应移孔；以手握臂，率计月小半分"。元稹《二月二十四日宿曾峰馆夜对桐花寄乐天》诗："是夕远思君，思君瘦如削。"

管道昇

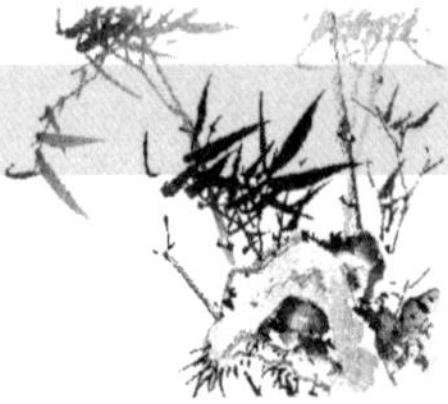

管道昇（1260—1319），字仲姬，一字瑶姬，浙江吴兴（今浙江湖州）人。赵孟頫妻。至大四年（1311）封吴兴郡夫人，延祐四年（1317）加封魏国夫人。

渔父词

遥想山堂数树梅，凌寒玉蕊发南枝。山月照，晓风吹，只为清香苦欲归。

又

南望吴兴路四千[1]，几时回去霅溪边[2]。名与利，付之天，笑把渔竿上画船。

又

身在燕山近帝居[3]，归心日夜忆东吴[4]。斟美酒，鲙新鱼，除却清闲总不如。

又

人生贵极是王侯，浮利浮名不自由。争得似，一扁舟，弄月吟风归去休。

✤ 注释

[1] 吴兴：在今浙江省湖州市。

[2] 雪溪：在浙江省湖州市南。

[3] 燕山：在河北省，为太行山余脉。

[4] 东吴：今江苏省苏州市地。因三国时为吴国所在地，所以称东吴。

周玉晨

周玉晨（生卒年不详），字晴川，钱塘（今浙江杭州）人。有《晴川词》。

十六字令

眠，月影穿窗白玉钱[1]。无人弄，移过枕函边[2]。

✤ 注释

[1]“月影穿窗”句：形容月光穿过圆形小窗，影子好像白玉钱一样。与陆游诗“月入幽扉影正方”句同工。

[2] 枕函：枕箱等类。司空图《杨柳枝》：“偶然楼上卷珠帘，往往长条拂枕函。”

马致远

马致远（生卒年不详），号东篱，元大都（今北京）人。曾任浙江省务提举，后来归隐山林。他被推为元代散曲大家，有《东篱乐府》。

天净沙

秋　思

枯藤老树昏鸦，小桥流水人家，古道西风瘦马，夕阳西下，断肠人在天涯。

虞 集

虞集(1272—1348),字伯生,仁寿(今四川眉山市仁寿县)人,寓居崇仁(今江西崇仁)。曾为大都路儒学教授,官至翰林学士兼国子祭酒。有《道园学古录》及《道园乐府》。

苏武慢

云淡风轻,傍花随柳,将谓少年行乐[1]。高阁林间,小车城里,千古太平西洛[2]。瞻彼泱泱[3],言思君子,流水俨然如昨。但清游,天际轻阴,未便暮愁离索。　长记得、童冠相随,浴沂归去[4],吟咏鸢飞鱼跃[5]。逝者如斯[6],吾衰甚矣[7],调理自存斟酌。清庙朱弦[8],旧堂金石,隐几似闻更作[9]。农人告我事西畴,窈窕挂书牛角[10]。

✤ 注释

[1] “云淡风轻”三句:程颢《春日偶成》:“云淡风轻近午天,傍花随柳过前川。时人不识余心乐,将谓偷闲学少年。”此三句即用其诗意。

[2] 西洛:宋时洛阳在都城汴梁西面,故称为西洛。

[3] 泱泱:水深广貌。《诗经 · 小雅 · 瞻彼洛矣》:“瞻彼洛矣,维水泱泱。”

[4] “童冠相随”二句:《论语 · 先进》:“春服既成,冠者五六人,童子六七人,浴乎沂,风乎舞雩,咏而归。”沂水在今山东省境内。

[5] 鸢飞鱼跃:《诗经 · 大雅 · 旱麓》:“鸢飞戾天,鱼跃于渊。”

[6] 逝者如斯:《论语·子罕》:“子在川上曰:逝者如斯夫,不舍昼夜。”是说时间像流水一样,过去得很快。

[7] 吾衰甚矣:《论语·述而》:“子曰:‘甚矣吾衰也,久矣吾不复梦见周公。’”

[8] 清庙朱弦:《礼记·乐记》:“清庙之瑟,朱弦而疏越,一倡而三叹,有遗音者矣。”

[9] 隐几:靠背椅之类。

[10] “农人告我事西畴”二句:陶潜《归去来辞》:“农人告余以春及,将有事于西畴。”按畴,田地。“既窈窕以寻壑”,亦出《归去来辞》。《新唐书·李密传》:“(密)闻包恺在缑山,往从之。以蒲鞯乘牛,挂《汉书》一帙角上,行且读。”

张　雨

张雨(1277—1350),字伯雨,一名天雨,别号贞居子,浙江钱塘(今杭州)人。年二十余出家为道士,往来华阳云石间,自称"句曲外史"。能诗词,工书翰,虞集、杨维桢辈甚称道之。著有《句曲外史集》等。

太常引

题李仁仲画舫

莫将西子比西湖[1],千古一陶朱[2]。生怕在楼居,也用着、风帆短蒲[3]。　　银瓶索酒[4],并刀斫鲙[5],船背锦模糊[6]。堤上早传呼,是那个、烟波钓徒[7]?

✤ 注释

[1] 西子比西湖:苏轼《饮湖上初晴后雨》诗:"欲把西湖比西子,淡妆浓抹总相宜。"西子即西施。

[2] 陶朱:即范蠡,字少伯,与越王勾践深谋二十余年,遂灭吴国。后乘轻舟游五湖,变姓名,自号鸱夷子皮。词里以陶朱比画舫主人。

[3] 风帆短蒲:南方有以蒲草编做风帆,如陆游《溪行》诗:"帆蒲挂暮烟。"即咏蒲帆。

[4] 银瓶:酒瓶。杜甫《少年行》三首其三诗:"指点银瓶索酒尝。"

[5] 并刀:见周邦彦《少年游》词注。

[6] 船背锦模糊:杜甫《送蔡希曾还陇右因寄高书记》诗:"马头金匼匝,驼背锦模糊。"是说船背饰以锦绣。

[7] 烟波钓徒:唐张志和,肃宗朝命待诏翰林,坐贬不复仕,居江湖,自称"烟波钓徒"。

许有王

许有壬（1287—1364），字可用，河南汤阴县人。延祐二年（1315）登进士第，累拜集贤大学士、太子谕德。著有《至正集》、《圭塘小稿》等。

水龙吟

游三台[1]

几年三到三台，往年不似今年好。故人云集，远山屏列，蔚蓝清晓[2]。赵舞燕歌[3]，一时奇绝，百壶倾倒[4]。对山川如昔，风烟不减，但人比、当时老。　　放眼秋容无际，碧澄澄、雁天霜早[5]。曹瞒事业[6]，悠悠斜日，茫茫衰草。为问漳流[7]，古来豪杰，浪淘多少？有建安遗瓦[8]，张吾笔阵[9]，把奸雄扫。

✤ **注释**

[1] 词题：三台，为铜爵（即铜雀）、金虎、冰井，在邺城，为曹操时所建。

[2] 蔚蓝：深蓝色，指天。

[3] 赵舞燕歌：古代相传燕赵地多佳人，善歌舞。

[4] 百壶：形容酒多。杜甫《城西陂泛舟》诗："百壶那送酒如泉。"

[5] 雁天：指秋天。鲍溶《行路难》诗："雁天明明凉露多。"

[6] 曹瞒：曹操小字阿瞒。

[7] 漳流：指漳河。

[8] 建安遗瓦：建安，汉献帝年号(196—219)。相传铜雀台瓦可当砚台。

[9] 笔阵：杜甫《醉歌行》诗："笔阵横扫千人军。"按笔阵谓文笔雄健如行军时的行阵一般。

张　翥

张翥(1287—1368),字仲举,世称蜕庵先生。晋宁(今山西省临汾市)人。至元初,以隐逸荐为国子助教,分教上都,寻退居淮东。会修宋、辽、金三史,起翰林国史院编修官。累迁翰林学士承旨。致仕,加河南行省平章政事,给俸终身。著有《蜕庵集》及《蜕岩词》。

踏莎行

江上送客

芳草平沙,斜阳远树,无情桃叶江头渡[1]。醉来扶上木兰舟,将愁不去将人去。　　薄劣东风[2],夭邪落絮[3],明朝重觅吹笙路。碧云红雨小楼空[4],春光已到销魂处。

✤ 注释

[1] 桃叶渡:在秦淮河口。详见前辛弃疾《祝英台近》词注。

[2] 薄劣东风:形容癫狂的春风。

[3] 夭邪:姿态轻盈。

[4] 红雨:形容落花。李贺《将进酒》诗:“桃花乱落如红雨。”

多　丽

西湖泛舟

晚山青,一川云树冥冥[1]。正参差、烟凝紫翠,斜阳画出南屏[2]。馆娃归、吴台游鹿[3]，铜仙去、汉苑飞萤[4]。怀古情多，凭高望极，且将尊酒慰飘零。自湖上、爱梅仙远[5]，鹤梦几时醒。空留得、六桥疏柳[6]，孤屿危亭[7]。　待苏堤、歌声散尽，更须携妓西泠[8]。藕花深、雨凉翡翠，菰蒲软[9]、风弄蜻蜓。澄碧生秋，闹红驻景[10]，采菱新唱最堪听。荡一片、水天无际，渔火两三星。多情月、为人留照，来过前汀。

✤ **注释**

[1] 冥冥：阴暗的样子。

[2] 南屏：正对西湖苏堤山麓有净慈寺，每寺钟初动，山谷皆应，逾时乃息。所谓“南屏晚钟”列为西湖十景之一。

[3] “馆娃归”二句：馆娃宫在苏州灵岩山上，吴王夫差为西施所建。伍子胥曾对夫差说：“臣今见麋鹿游姑苏之台也。”

[4] “铜仙去”二句：是说金铜仙人拆移后，汉苑里只见萤火飘来。

[5] 爱梅仙远：指宋代诗人林逋。林逋隐居孤山，一生爱梅爱鹤。

[6] 六桥：在西湖苏堤上，宋苏轼建。外湖六桥为映波、锁澜、望山、压堤、东浦、跨虹。里湖也有六桥，为环璧、流金、卧龙、隐秀、景行、浚源。

[7] 孤屿：指孤山。

[8] 西泠：桥名。在孤山西唤渡处。《武林旧事》：“西陵桥，又名西林桥，又名西泠。”

[9] 菰蒲：生在陂泽，菰叶如蒲苇。蒲是蒲草。

[10] 闹红：形容荷花。姜夔《念奴娇》词：“闹红一舸，记来时，常与鸳鸯为侣。”

倪瓒

倪瓒(1301—1374),字元镇,号云林,江苏无锡人。尝自谓懒瓒,亦曰倪迂。工诗善书画,所居曰清閟阁。著有《清閟阁集》。

人月圆

伤心莫问前朝事,重上越王台[1]。鹧鸪啼处,东风草绿,残照花开。　　怅然孤啸,青山故国,乔木苍苔。当时明月,依依素影,何处飞来?

✤ 注释

[1] 越王台:见前汪元量《金人捧露盘》词题注。

江城子

感　旧

窗前翠影湿芭蕉,雨潇潇,思无聊。梦入故园,山水碧迢迢。依旧当年行乐地,香径杳,绿苔饶[1]。　　沈香火底坐吹箫,忆娇娆[2],想风标[3]。同步芙蓉,花畔赤栏桥[4]。渔唱一声惊梦觉,无处觅,不堪招。

✤ **注释**

[1] 饶：多。

[2] 娇娆：美艳貌。

[3] 风标：犹风度，风流标格。

[4] 赤栏桥：温庭筠《杨柳枝》词："一渠春水赤栏桥。"

司马昂夫

司马昂夫(生卒年不详),原名超吾,回鹘人。汉姓司马,故亦称司马昂夫,字九皋。官三衢路达鲁花赤(地方最高长官)。有诗名,与萨都剌唱和。

最高楼

暮　春

花信紧,二十四番愁[1],风雨五更头。侵阶苔藓宜罗袜,逗衣梅润试香篝[2]。绿窗闲,人梦觉,鸟声幽。　按秦筝[3]、学弄相思调,写幽情、恨杀知音少,向何处,说风流。一丝杨柳千丝恨,三分春色二分休。落花中,流水里,两悠悠。

✤ 注释

[1]“花信紧”二句:花信,花开的消息。花信风,《荆楚岁时记》载:“始梅花,终楝花,凡二十四番花信风。”

[2]“逗衣梅润”句:是说黄梅天气衣裳常潮湿,须用熏笼来烘干。香篝,熏笼。周邦彦《满庭芳》词:“衣润费炉烟。”

[3]秦筝:乐器,古十二弦,后为十三弦。有弹筝、搊筝两种。《因话录》:“秦人鼓瑟,兄弟争之,又破为二,筝之名自此始。”

萨都剌

萨都剌（1308—?），字天锡，号直斋，蒙古族人。本答失蛮氏，祖父以勋留镇雁门（今山西代县），遂为雁门人。弱冠登泰定丁卯（1327）进士第，应奉翰林文字，出为燕南经历，擢御史于南台，以弹劾权贵，左迁镇江录事，历闽海廉访使知事，进河北廉访经历。著有《雁门集》。

卜算子

泊吴江夜见孤雁[1]

明月丽长空，水净秋宵永。悄无乌鹊向南飞[2]，但见孤鸿影。　　自离边塞路，偏耐江波静。西风鸣宿梦魂单，霜落蒹葭冷[3]。

✤ **注释**

[1] 词题：吴江，江苏一带的长江。又江苏省苏州市有吴江区。

[2] 乌鹊向南飞：曹操《短歌行》："月明星稀，乌鹊南飞。"

[3] 蒹葭：水草。《诗经 · 秦风 · 蒹葭》："蒹葭苍苍，白露为霜。"

小阑干

去年人在凤凰池[1]，银烛夜弹丝[2]。沉水香消[3]，梨云梦暖[4]，深院绣帘垂。　　今年冷落江南夜，心事有谁知？杨柳风柔，海棠月淡，独自倚栏时。

✤ 注释

[1] 凤凰池：唐时宫苑里的池名，是中书省所在地。词里凤凰池是借用，指翰林苑。

[2] 弹丝：弹奏琴瑟等乐器。丝，弦索。

[3] 沉水：见前周邦彦《苏幕遮》词注。

[4] 梨云梦暖：王建《梦梨花》诗："落落漠漠路不分，梦中唤作梨花云。"

满江红

金陵怀古

六代繁华，春去也，更无消息。空怅望、山川形胜，已非畴昔。王谢堂前双燕子，乌衣巷口曾相识。听夜深、寂寞打孤城，春潮急。　　思往事，愁如织[1]；怀故国，空陈迹。但荒烟衰草，乱鸦斜日。玉树歌残秋露冷[2]，胭脂井坏寒螀泣[3]。到如今、惟有蒋山青，秦淮碧。

✤ 注释

[1] 愁如织：胡浩然《秋霁》词："动人无限愁如织。"

[2] "玉树歌残"句：许浑《金陵怀古》诗："玉树歌残王气终。"按陈后主制《玉树后庭花》等曲，见《隋书·乐志》。

[3] 胭脂井：《金陵志》："景阳井在台城内，陈后主与张丽华、孔贵嫔投其中，以避隋兵。旧传栏有石脉，以帛拭之作胭脂痕，名胭脂井。一名辱井，在清华寺。"

百字令

登石头城，次东坡韵[1]。

石头城上，望天低吴楚，眼空无物。指点六朝形胜地，惟有青山如壁。蔽日旌旗，连云樯橹[2]，白骨纷如雪。一江南北，消磨多少豪杰？　　寂寞避暑离宫[3]，东风辇路[4]，芳草年年发。落日无人松径里，鬼火高低明灭。歌舞尊前，繁华镜里，暗换青青发。伤心千古，秦淮一片明月！

✤ **注释**

[1] 词题：石头城，即金陵城，昔为六朝都城。

[2] 樯橹：指船舰。

[3] 离宫：行宫，古代帝王出巡，为驻跸之所。

[4] 辇路：宫中御路。

木兰花慢

彭城怀古

古徐州形胜[1]，消磨尽、几英雄？想铁甲重瞳，乌骓汗血，玉帐连空。楚歌八千兵散，料梦魂、应不到江东[2]。空有黄河如带[3]，乱山回合云龙[4]。　　汉家陵阙起秋风[5]，禾黍满关中。更戏马台荒[6]，画眉人远，燕子楼空[7]。人生百年如寄，且开怀、一饮尽千钟。回首荒城斜日，倚栏目送飞鸿。

✤ 注释

[1] 古徐州形胜：徐州古为大彭氏国，春秋时为宋地，战国时属楚。项羽自称西楚霸王，都此，所以说是形胜之地。

[2] "想铁甲重瞳"五句：重瞳，目中有两眸子。《史记·项羽本纪》："舜目盖重瞳子，又闻项羽亦重瞳子，羽岂其苗裔耶?"乌骓，项羽所骑战马。汗血，古大宛产的千里马，这里用来形容乌骓。玉帐，指军营。楚歌八千兵散，《史记·项羽本纪》云："夜闻汉军皆楚歌，惊曰：'汉皆已得楚乎？是何楚人之多也！'"项王又说："且籍与江东子弟八千人渡江而西，今无一人还，纵江东父兄怜而王我，我何面目见之?"后自刎在乌江。

[3] 黄河如带：徐州东下为黄河。《史记·高祖功臣侯者年表》："封爵之誓曰：'使河如带，泰山若砺，国以永宁，爰及苗裔。'"

[4] 云龙：山名，在徐州南。《江南通志》："云龙山，宋武帝微时憩息此山，有云龙旋绕之。"

[5] 汉家陵阙：汉朝帝王的坟墓。李白《忆秦娥》词："西风残照，汉家陵阙。"

[6] 戏马台：旧址在徐州南，见前韩元吉《水调歌头》词注。

[7] 燕子楼：见前苏轼《永遇乐》词序注。

邵亨贞

邵亨贞(1309—1401),字复孺,号清溪,云间(今上海市松江区)人。做过松江府学训导,年九十三卒。著有《野处集》。

凭阑人

题曹云西赠伎小画

谁写江南一段秋,妆点钱塘苏小楼[1]。楼中多少愁,楚山无尽头。

✤ 注释

[1] 妆点:犹点缀。王禹偁《春居杂兴》诗:“两株桃杏映篱斜,妆点商州副使家。”苏小楼:张昱《惆怅》诗:“苏小楼前看洗马。”按苏小即苏小小,钱塘名妓。

顾德辉

顾德辉（1310—1369），一名阿瑛，字仲瑛，江苏昆山县（今苏州昆山市）人。筑玉山草堂与友人觞咏唱和。有《玉山草堂集》。

青玉案

春寒恻恻春阴薄[1]，整半月、春萧索。晴日朝来升屋角。树头幽鸟，对调新语，语罢双飞却。　　红入花腮青入萼[2]，尽不爽、花期约。可恨狂风空自恶，晓来一阵，晚来一阵，难道都吹落？

✤ 注释

[1] 恻恻：寒重意。

[2] 花腮：犹花面、花靥。白居易《简简吟》诗："芙蓉花腮柳叶眼。"

✤ 评笺

况周颐《蕙风词话》说："顾仲瑛《青玉案》过拍云：'晴日朝来升屋角，树头幽鸟，对调新语，语罢双飞却。'眼前景物，涉笔成趣，犹在宋人范围之中。歇拍'可恨狂风空自恶，晓来一阵，晚来一阵，难道都吹落'云云，即坠入元词藩篱。再稍纤弱，即成曲矣。"

刘燕哥

刘燕哥(生卒年不详),元代伎女。

太常引

饯齐参议归山东

故人别我出阳关[1],无计锁雕鞍[2]。今古别离难,兀谁画蛾眉远山[3]。　　一尊别酒,一声杜宇,寂寞又春残。明月小楼间,第一夜、相思泪弹。

✤ 注释

[1] 阳关:古关名。在今甘肃敦煌市西南一百三十里。《元和郡县志》:“以居玉门关之南,故曰阳关。”词句里泛指离别之地。

[2] 无计锁雕鞍:柳永《定风波》词:“悔当初不把雕鞍锁。”这句是说没法锁住雕鞍,留住行人。

[3] 兀谁:犹云谁。杨西庵《太常引》:“刚待不思量,兀谁管,今宵夜长。”

✤ 评笺

据《青泥莲花记》说:“(作者)善歌舞,齐参议还山东,刘赋《太常引》以饯,至今脍炙人口。”

明词

刘　基

刘基(1311—1375),字伯温,青田(今属浙江温州市)人。元末进士,官高安丞,有廉直声,后弃官归。明太祖定括苍,聘至金陵,佐太祖定天下,授太史令,累迁御史中丞。明初诸大典制,都是他与宋濂等计定。封诚意伯,以弘文馆学士致仕卒。有《诚意伯集》。

小重山

月满江城秋夜长。西风吹不断,桂花香。碧天如水露华凉[1]。人难见,有泪在罗裳。　　何许雁南翔?堪怜一片影,落潇湘[2]。百年身世费思量。空回首,故国渐苍茫。

✤ 注释

[1]“碧天如水”句:本温庭筠诗“碧天如水夜云轻”脱化而来。

[2]潇湘:二水名。见前刘禹锡《潇湘神》词注。

千秋岁

淡烟平楚[1],又送王孙去。花有泪,莺无语。芭蕉心一寸,杨柳丝千缕。今夜雨,定应化作相思树[2]。　　忆昔欢游处,触目成前古。良会知何许?百杯桑落酒[3]。三叠阳关句[4]。情未了，月明潮上迷津渚。

✤ **注释**

[1] 平楚：指平野。《天禄识余》："楚，丛木也，登高望远，见木杪如平地，故云平楚。"

[2] 相思树：左思《吴都赋》："楠榴之木，相思之树。"注："相思，大树也……其实如珊瑚。"又《搜神记》载：韩凭妻为宋康王所夺，凭自杀，妻亦投台下死。后冢上生交枝树，屈体相就，根交于下，号曰相思树。

[3] 桑落酒：《霏雪录》："河东桑落坊有井，每至桑落时，取水酿酒甚美，故名桑落酒。"

[4] 三叠阳关：见前张舜民《卖花声》词注。

杨　基

杨基（1326—约 1378），字孟载，其先嘉州（今四川乐山市）人，徙吴中（今江苏苏州市），明初为荥阳县（今荥阳市）知县，历官山西按察使，因事免官，卒于工所。有《眉庵集》。

夏初临

瘦绿添肥，病红催老，园林昨夜春归。深院东风，轻罗试着单衣。雨余门掩斜晖。看梅梁[1]，乳燕初飞。荷钱犹小，芭蕉渐长，新竹成围。　　何郎粉淡[2]，荀令香销[3]，紫鸾梦远[4]，青鸟书稀。新愁旧恨，在他红药栏西[5]。记得当时，水晶帘，一架蔷薇。有谁知，千山杜鹃，无数莺啼。

✤ **注释**

[1] 梅梁：《大明一统志 · 绍兴府志》："梅梁，在禹庙。梁时修，忽风雨飘一梁至，乃梅梁也。"按梅梁的梅，原或作"楳"，"楳"是"梅"的异体字。《尔雅 · 释木》：梅，树本，不直不坚，不是栋梁之材。《府志》所称"大梅山产"句，因误解"梅"字而加以附会。后来诗词人多沿误，称为梅梁，作为典故。

[2] "何郎粉淡"句：见前欧阳修《望江南》词注。

[3] "荀令"句：东汉荀彧，任尚书令，人称他为荀令君。

[4] 紫鸾：古代相传身似凤鸟五彩者为鸾。紫鸾，就是紫色的鸾鸟，相传为仙女所乘。

[5] 红药栏：即芍药栏。

高 启

高启（1336—1374），字季迪，号青丘子，长洲（今江苏苏州）人。洪武初召修元史，授翰林院国史编修，寻擢户部侍郎。知府魏观以改修府治获罪被诛，他尝为观撰府治上梁文，一并腰斩于南京。有文集《凫藻集》附《扣舷集》词。

沁园春

雁

木落时来，花发时归，年又一年。记南楼望信，夕阳帘外，西窗惊梦，夜雨灯前。写月书斜，战霜阵整，横破潇湘万里天[1]。风吹断，见两三低去，似落筝弦[2]。　相呼共宿寒烟，想只在、芦花浅水边。恨呜呜戍角，忽催飞起；悠悠渔火，长照愁眠，陇塞间关[3]。江湖冷落，莫恋遗粮犹在田。须高举，教弋人空慕，云海茫然[4]。

✤ 注释

[1]“潇湘”句：钱起《雁》诗：“潇湘何事等闲回。”

[2] 筝弦：筝柱上的弦索。李商隐《昨日》诗：“十三弦柱雁行斜。”

[3] 间关：道路艰险。

[4]“须高举”三句：《扬子》：“鸿飞冥冥，弋人何慕焉。”末三句，是喻己身应像大雁高飞，免受弋人射杀。然而作者虽匿迹韬光，终不免腰斩之祸，实堪喟叹。

瞿 祐

瞿祐（1341—1427），一作佑，字宗吉，钱塘（今浙江杭州）人。洪武中为临安教谕，永乐间任周王府长史。因诗祸编管保安，洪熙中释归，官复原职。著有《阅史管见》、《存斋诗集》、《归田诗话》等。

摸鱼儿

苏堤春晓[1]

望西湖、柳烟花雾，楼台非远非近。苏堤十里笼春晓，山色空濛难认。风渐顺，忽听得、鸣榔惊起沙鸥阵[2]。瑶阶露润。把绣幕微搴，纱窗半启，未审甚时分[3]。

凭栏处，水影初浮日晕，游船未许开尽。卖花声里香尘起，罗帐玉人犹困。君莫问，君不见、繁华易觉光阴迅。先寻芳信，怕绿叶成阴[4]。红英结子，留得异时恨。

✤ 注释

[1] 词题：苏堤，在杭州西湖，苏轼做杭州太守时，使人疏浚西湖，将所积葑草，筑为长堤，所以名为苏堤。堤自南山到北山，横截湖面，绵亘数里。

[2] 鸣榔：见白朴《沁园春》词注。

[3] 未审甚时：不知到什么时候。

[4] “绿叶成阴”二句：见前王寂《采桑子》词注。

✤ 评笺

《西湖志余》说："瞿宗吉风情丽逸，著《剪灯新话》及乐府歌词，多偎红倚翠之语，为时传诵。"

张红桥

张红桥（生卒年不详），福建闽县人。居闽之红桥西，因以为号。雅丽有诗名，与闽中才士林鸿相交好，倡和甚多。后林鸿去南京，红桥结想成疾而卒。

念奴娇

凤凰山下[1]，恨声声、玉漏今宵易歇。三叠阳关歌未竟，城上栖乌催别。一缕情丝，两行清泪，渍透千重铁[2]。重来休问，尊前已是愁绝。　　还忆浴罢描眉，梦回携手，踏碎花间月。谩道胸前怀豆蔻，今日总成虚设。桃叶津头[3]，莫愁湖畔[4]，远树云烟叠。剪灯帘幕，相思谁与同说？

✤ **注释**

[1] 凤凰山：当指福建省厦门市同安区北的大凤山。《清一统志》载："同安北山形延袤，形如凤翅……故名大凤山。"

[2] 渍透千重铁：指被窝被泪水浸透，冰冷如铁。杜甫《茅屋为秋风所破歌》："布衾多年冷似铁。"

[3] 桃叶津：即桃叶渡。

[4] 莫愁湖：在南京市水西门外。

✤ **评笺**

《明词综》引《词约》说："红桥雅丽能诗，豪右委禽，皆不纳。长乐王偁有诗名，亦拒之。及鸿托邻媪投以绝句云:‘桂殿焚香酒半醒,露华如水点银屏。含娇欲诉心中事,羞见牵牛织女星。’红桥答云:‘梨花寂寂斗婵娟,银汉斜临绣户前。自爱焚香消永夜,从来无事诉青天。’遂缔婚焉。相与唱和,诗甚夥。后鸿适金陵,作《大江东去》一阕,留连惜别。又明年,鸿自金陵寄《摸鱼儿》一阕,绝句四首。张自鸿去后,独坐小楼,顾影欲绝,及见鸿诗词,感念成疾,不数月而卒,惜其词传者绝少。”

陈　霆

陈霆（约 1515 年前后在世），字声伯，德清（今浙江湖州市德清县）人。弘治十五年（1502）进士，授刑科给事中。工诗词、古文。著有《水南稿》《渚山堂词话》等。

踏莎行

晚　景

流水孤村，荒城古道。槎牙老木乌鸢噪[1]。夕阳倒影射疏林，江边一带芙蓉老[2]。　　风暝寒烟，天低衰草，登楼望极群峰小。欲将归信问行人，青山尽处行人少。

✤ **注释**

[1] 槎牙：树枝参差歧出貌。

[2] 芙蓉老：荷花凋谢。李贺《江楼曲》诗："鲤鱼风起芙蓉老。"

唐　寅

唐寅(1470—1524),字伯虎,一字子畏,吴(今江苏苏州)人。弘治十一年(1498)乡试第一。坐事下狱,放归,还吴中。其后归心佛门,自号六如居士。有《六如居士集》。善书法,尤以绘画闻名。

一剪梅

雨打梨花深闭门[1]。忘了青春,误了青春。赏心乐事共谁论。花下销魂,月下销魂。　　愁聚眉峰尽日颦[2]。千点啼痕,万点啼痕。晓看天色暮看云。行也思君,坐也思君。

✤ 注释

[1]“雨打梨花”句:借用李重元《忆王孙·春词》原句。

[2]“愁聚眉峰”句:是说整天愁眉蹙聚如远峰耸起。王观《卜算子》词:“山是眉峰聚。”

文徵明

文徵明（1470—1559），号衡山，长洲（今江苏苏州市吴中区）人。以岁贡荐授翰林院待诏。有《甫田集》。

满江红

漠漠轻阴，正梅子、弄黄时节[1]。最恼是，欲晴还雨，乍寒又热。燕子梨花都过也，小楼无那伤春别[2]。傍阑干、欲语更沈吟，终难说。　　一点点，杨花雪[3]。一片片，榆钱荚[4]。渐西垣日隐，晚凉清绝。池面盈盈清浅水，柳梢淡淡黄昏月。是何人、吹彻玉参差[5]，情凄切！

✤ 注释

[1] “正梅子、弄黄时节”二句：见前贺铸《青玉案》词注。

[2] 无那：无奈。

[3] 杨花雪：苏轼《少年游》词：“今年春尽，杨花似雪。”

[4] 榆钱荚：榆叶未抽出时，先生榆荚，叫榆钱，或榆钱荚。

[5] 玉参差：玉箫。《楚辞 · 湘君》：“望夫君兮未来，吹参差兮谁思。”注：“参差，洞箫也。”

✤ 评笺

文徵明与徐祯卿、唐寅、祝允明号称“吴中四子”。他善书画，亦能诗词，词于雅饬之中，时见逸韵。

杨　慎

杨慎(1488—1559),字用修,号升庵。新都(今属四川成都)人。正德六年(1511)进士第一及第。以直谏忤旨,被明世宗廷杖,谪戍云南永昌,死于贬所。他博闻广识,著述极富,有《升庵集》、《词品》等。

转应曲

银烛[1],银烛,锦帐罗帏影独。离人无语消魂,细雨斜风掩门。门掩,门掩,数尽寒城漏点[2]。

✤ 注释

[1] 银烛:是说蜡烛光焰皎洁如银。杜牧《秋夕》诗:"银烛秋光冷画屏。"

[2] 漏点:古代计时所用漏壶更点。

✤ 评笺

此调始于唐戴叔伦,又名《调笑令》。笔意回环,音调宛转,此词措辞与戴词神似,非仅貌袭。

临江仙

《廿一史弹词》,第三段《说秦汉》开场词[1]。

滚滚长江东逝水,浪花淘尽英雄[2]。是非成败转头空。

青山依旧在，几度夕阳红。　　白发渔樵江渚上，惯看秋月春风。一壶浊酒喜相逢。古今多少事，都付笑谈中。

✤ 注释

[1]《廿一史弹词》：明杨慎作，清张丰丰注。以正史所记的事迹为题材，用浅近文言写成。

[2]“滚滚”二句：用杜甫“不尽长江滚滚来”及苏轼“大江东去，浪淘尽，千古风流人物”词意。

✤ 评笺

《乐府纪闻》载：“用修所著书百余种，号为博洽。金华胡应麟嫌其熟于稗史，不娴于正史，作《笔丛》以驳之。然杨所辑《百琲真珠》、《词林万选》，王弇州亦谓之‘词家功臣’也。因议礼谪戍永昌。暇时红粉傅面，作双丫髻插花，令诸妓扶觞游行，了不为愧。诗有‘罗衣香未歇，犹是汉宫恩’句，词亦华美流利。”

黄　氏

黄氏，遂安（今浙江金华）人，杨慎之妻。

巫山一段云

寄　外

巫女朝朝艳[1]，杨妃夜夜娇。行云无力困纤腰，媚眼晕红潮[2]。　　阿母梳云髻，檀郎整翠翘[3]。起来罗袜步兰苕[4]，一见又魂销。

✤ 注释

[1] 巫女：巫山神女。见前白居易《花非花》词“朝云”句注。

[2] 媚眼晕红潮：是说酒醉后媚眼下晕起红潮。苏轼《题姜秀郎几间》诗：“红潮登颊醉槟榔。”又古代妇女红妆亦曰潮妆。如吴文英《法曲献仙音·秋晚红白莲》词就有“艳拂潮妆，澹凝冰靥”之句。王清惠《满江红》词：“晕潮莲脸君王侧。”

[3] 檀郎：女子对男子的美称。见前唐无名氏《菩萨蛮》词注。翠翘：《山堂肆考》：“翡翠鸟尾上长毛曰翘，美人首饰如之，因名翠翘。”

[4] 兰苕：郭璞《游仙诗》：“翡翠戏兰苕，容色更相鲜。”注：“兰苕，兰秀也。”

✤ 评笺

《晚香堂清话》云：“升庵夫人黄氏……有《满庭芳》、《巫山一段云》诸词，皆为雅丽。”（《明词综》引）

李　濂

李濂（1488—1566），字川父，祥符（今河南开封市祥符区）人。正德进士。历官山西按察使佥事，后免归家居，以古文名于时。著有《嵩渚集》、《观政集》等。

柳梢青

修武道中[1]

烂漫春游，人生行乐，山水夷犹[2]。昨夜河阳[3]，今朝修武，明日怀州[4]。　　平生雅兴难酬。信辔去[5]，东风紫骝[6]。问酒花村，题诗松寺[7]，飞梦蓬丘[8]。

✤ 注释

[1] 词题：修武，今河南修武县。

[2] 夷犹：同“夷由”，迟疑不决的样子。《楚辞·九歌·湘君》：“君不行兮夷犹。”词里是盘桓、徘徊的意思。

[3] 河阳：今河南省孟州市。

[4] 怀州：今河南沁阳市。

[5] 信辔去：骑马随意出游的意思。

[6] 紫骝：紫色的马。骝，骅骝，名马。杨炯诗：“金鞭控紫骝。”

[7] 松寺：杜牧《寄题宣州开元寺》诗：“松寺曾同一鹤栖。”

[8] 蓬丘：《十洲记》：“蓬丘，蓬莱山是也。”

✤ **评笺**

李濂少负俊才，笔锋踔厉，泉涌风驰，于明“后七子”之外挺然自成一格，小词亦佳。

王世贞

王世贞（1526—1590），字元美，号凤洲，亦称弇州山人，江苏太仓人。嘉靖二十六年（1547）进士，官至南京刑部尚书。才识渊博，好为诗、古文。著有《弇州山人四部稿》。

渔家傲

细雨轻烟装小暝，重衾不耐春寒横[1]。袅尽博山孤篆影[2]。闲自省，天涯有个人同病。　　十二巫峰围昼永[3]，黄莺可唤梨花醒。雨点芳波揩不定。临晚镜，真珠簌簌胭脂冷[4]。

✤ 注释

[1] 春寒横（hèng）：是说春寒很重。此“横”字与欧阳修《蝶恋花》词“雨横风狂三月暮”的“横”字并妙。

[2] 博山篆影：《考古图》：“香炉象海中博山，下盘贮汤，使润气蒸香，以象海之四环。”《西京杂记》：“丁缓作博山香炉，镂以奇禽怪兽，皆自然能动。”篆影，指香烟缭绕影如篆字。

[3] 十二巫峰：见前李珣《河传》词注。

[4] 真珠簌簌：形容泪珠滴落。簌簌，下落貌。

✤ 评笺

汪伯玉评王世贞诗词云：“诗如孙武、韩信用兵，宫嫔市人无不可阵；词则沾沾自喜，亦出人一头地。”（王昶《明词综》引）

汤显祖

汤显祖（1550—1616），字义仍，号若士，临川（今属江西）人。万历十一年（1583）进士。历官吏部主事，以事谪徐闻典史，后迁遂昌知县。他以传奇名闻一代，所著《荆钗》、《还魂》、《南柯》、《邯郸》四记，世称“临川四梦”。有《玉茗堂集》。

千秋岁引

草展华茵，云披翠幕，画阁张枰向修薄[1]。角端不堪蛮触斗[2]，橘中自有神仙乐[3]。叹古今，争人我，分强弱！

高士洞知先一着。坎止流行心活泼[4]，日把闲情付丘壑。容易莫教莺语老，等闲可使花枝落。觅王郎，招谢傅，偿棋约[5]。

✤ 注释

[1] 修薄（bó）：草木丛生的地方叫薄。陆机《赴洛》诗：“谷风拂修薄，油云翳高岑。”

[2] 蛮触斗：《庄子·则阳》：“有国于蜗之左角者曰触氏，有国于蜗之右角者曰蛮氏，时相与争地而战，伏尸数万，逐北旬有五日而复反。”词里用以比喻下棋，两国交兵战斗。

[3] 橘中自有神仙乐：《幽怪录》：“有巴邛人，不知姓，家有橘园。因霜后，诸橘尽收，余有二大橘如三四斗盎，巴人异之，即令攀摘，轻重亦如常橘。剖开，每橘有

二老叟，须眉皤然，肌体红润，皆相对象戏，身仅尺余，谈笑自若，剖开后，亦不惊怖……又一叟曰：'王先生许来，竟待不得，橘中之乐，不减商山，但不得深根固蒂，为摘下耳。'"

[4]"坎止流行"句：坎止，《易》坎卦为险，遇险难而止。黄庭坚《赠李辅圣》诗："流行坎止一虚舟。"按坎止流行，谓人生出处随遇而安。

[5]"觅王郎"三句：《晋书·谢安传》：苻坚率众次于淮淝，谢安任征讨大都督，命驾出山墅，亲朋毕集，与谢玄围棋赌别墅，游涉至夜乃还，指授将帅，各当其任。按谢安卒赠太傅，故称谢傅。

孙承宗

孙承宗(1563—1638),字稚绳,河北高阳(今属河北保定)人。万历进士。授翰林院编修,官至兵部尚书。抗清有功,旋辞归,家居七年,会清兵攻高阳,他率家人拒守,城陷后殉节。福王时追赠太师,谥文忠。

塞翁吟

云叶才生雨[1],楼外铁马嘶风[2]。报急水,小河东。飞一箭青骢[3]。倚天剑[4]、破长风浪[5],小结画影腾空。漫道是、长杨词赋[6],细柳豪雄[7]。

匆匆。脱跳荡[8],惊帆绺满[9];走躞蹀[10],蟠花带松[11]。有渝海[12]、堪凭洗恨,看今日、蹀血玄菟[13],痛饮黄龙[14]。鸭江醅发[15],鹿岛萍开[16],谁是元功[17]?

✤ **注释**

[1] 云叶:层云片片如叶状。唐太宗《秋日即目》诗:"散岫飘云叶,迷路飞烟鸿。"

[2] 铁马:铁片制成小马形,挂在檐下,随风吹动作声。孟昉《八月乐》诗:"风弄虚檐铁马鸣。"

[3] 飞一箭青骢:是说青骢马跑起来快如飞箭。

[4] 倚天剑:宋玉《大言赋》:"长剑耿介,倚天之外。"

[5] 破长风浪：《晋书·宗悫传》：叔父问所志，“悫曰：‘愿乘长风破万里浪。’”

[6] 长杨词赋：长杨宫在今陕西周至县东南。《三辅黄图》：“长杨宫在今周至县东南三十里，本秦旧宫，至汉修饰之，以备行幸，宫中有垂杨荫数亩。”汉扬雄有《长杨赋》。

[7] 细柳豪雄：细柳，在今陕西咸阳市西南有细柳仓。《汉书》说：“以河内守亚夫为将军，军细柳，以备胡。”即指此。

[8] 跳荡：冲动敌人的阵脚。《新唐书·百官志》：“矢石未交，陷坚突众，敌因而败者，曰跳荡。”

[9] 惊帆辔满：形容船帆受风狂驶如马脱开缰辔。

[10] 躞蹀(xiè dié)：小步行走貌。卓文君《白头吟》：“躞蹀御沟上，沟水东西流。”

[11] 蟠花带松：是形容骑马打仗冲杀很猛烈，腰带都松了。蟠花，形容腰带的精美。

[12] 渝海：在河北省临榆县一带，古为渝海。

[13] 蹀血：战争中杀人流血遍地，践踏着血迹，叫蹀血。玄菟(tù)：汉武帝时置玄菟郡，在今吉林省南境一带地区。

[14] 黄龙：地名，为契丹所置府，辽又称黄龙府路。

[15] 鸭江醅发：鸭江，即鸭绿江。苏轼《武昌西山》诗：“春江绿涨葡萄醅。”醅(pēi)，新酿的酒。

[16] 鹿岛：在辽宁庄河市东南海中。

[17] 元功：大功。

徐石麒

徐石麒(1578—1645),字宝摩,号虞求,浙江嘉兴人。天启二年(1622)进士,历官刑部尚书,后被马士英、阮大铖所排挤,去职回乡,坚守嘉兴孤城,城破,坚贞不屈自缢。他善画花卉,工诗词,兼精制曲。著有《坦庵词曲》六种。

拂霓裳

望中原,故宫锦树障烽烟[1]。惊坐起,凉宵梦断蒋陵前[2]。金人倾宝露[3],玉女绣苔钱[4]。问当筵,谁能醉鼓渐离弦[5]?　　西台哭罢[6],三户里[7],识遗贤。欹皂帽[8],吹箫乞食总堪怜[9]?英雄身未死,屠钓技常连[10]。又何颜,许青门瓜种故侯田[11]!

✤ **注释**

[1] 锦树:《新五代史》云:"(钱)镠游衣锦城,宴故老。山林皆覆以锦,号其幼所尝戏大木曰'衣锦将军'。"杜甫《暮春题瀼西新赁草堂》诗:"锦树晓来青。"

[2] 蒋陵:南京钟山有蒋子文陵。

[3] 金人:指金铜仙人。李贺有《金铜仙人辞汉歌》。并见晏几道《阮郎归》"天边金掌"句注。

[4] 玉女绣苔钱:唐人诗有"苔昏玉女泉"之句,此词句或本此。

[5] 渐离:高渐离,战国燕人,善击筑,与荆轲善。荆轲死,为秦始皇击筑,以筑

击秦皇，未中被杀。

[6] 西台哭罢：浙江桐庐县富春山下有汉严子陵垂钓处，其地有东西二台，各高数十丈，下瞰富春江。后人统称严陵钓台。元初，宋遗民谢翱曾登西台设文天祥神主于亭隅，再拜号哭，写有《登西台恸哭记》。词句借以指痛哭明亡。

[7] 三户：《史记 · 项羽本纪》："楚虽三户，亡秦必楚。"词句指明朝遗民说。

[8] 皂帽：黑色的帽子。

[9] 吹箫乞食：《战国策 · 秦策》："伍子胥橐载而出昭关，夜行而昼伏。至于蓤水，无以饵其口，坐行蒲伏，吹箫乞食于吴市。"

[10] 屠钓：从事屠夫和钓者。

[11] 故侯田：见前晁补之《摸鱼儿》词注。

✤ 评 笺

这首词，是在南都失陷后所作，上阕是说故宫锦树，纯为烽烟所障。下阕连用"谢翱西台恸哭"、"管宁皂帽辽东"和"伍子胥吹箫吴市"三典故，说明自己处在国祚将移之秋，身世实在可怜。但在英雄未死之前，只好暂时混迹屠钓之间，有何颜面学邵平去种故侯之瓜呢。这表示他还要坚持抗敌，誓死坚守孤城，以图挽救明朝危亡局面。

徐之瑞

徐之瑞（生卒年不详），字兰生，浙江仁和（今属杭州）人。明崇祯九年（1636）举人，入清不仕。有《横秋词》。

水龙吟

登瓜步江楼[1]

怒涛千叠横江，是谁截断神鳌足[2]？却思当日，风云叱咤[3]，气吞巴蜀[4]。江左夷吾[5]，风流顿尽，神州谁复？但茫茫睹此，河山如故。悲何限、吞声哭[6]。　正拟清游堪续，剩荒台、乱鸦残木。伤心莫话，南朝旧事，春波犹绿。鼎鼎华年[7]，滔滔逝水，浮生何促！指三山缥渺，凌云东去，醉吹霜竹[8]。

✤ **注释**

[1] 瓜步：地名。在今江苏省南京市六合区东南。

[2] 截断神鳌足：共工氏与祝融战，不胜而怒，乃头触不周山崩，天柱折，地维绝。女娲乃炼五色石以补天，断鳌足以立四极。

[3] 风云叱咤：叱咤，怒声。骆宾王《为徐敬业讨武氏檄》："喑呜则山岳崩颓，叱咤则风云变色。"

[4] 巴蜀：今四川、重庆地区。

[5] 夷吾：管仲字。江左夷吾，指王导。

[6] 吞声：泣不成声。杜甫《梦李白》诗："死别已吞声。"

[7] 鼎鼎华年：是说年华过得很快。陆游《雨夜有怀张季长少卿》诗："鼎鼎百年如电速。"

[8] 霜竹：寒笛。见前黄庭坚《念奴娇》词注。

陈洪绶

陈洪绶(1599—1652),字章侯,号老莲。诸暨(今浙江省绍兴市)人,明监生。书法遒逸,善画山水,尤工人物。崇祯间召入供奉为中书舍人。明亡后,自号老迟,或称悔迟、弗迟,浪迹浮屠间,纵酒自放,饮必尽醉,必有所作。诗词颇多清刚之气。有《宝纶堂集》。

鹧鸪词[1]

行不得也哥哥[2]。我也图兰不作坡[3]。无山无水不风波。是非颠倒似飞梭。飞不起,可奈何!行不得也哥哥。

✤ 注释

[1] 鹧鸪词:唐乐府中有《鹧鸪词》,宋邓剡即以《鹧鸪词》入词调,此词四首乃仿邓之作。

[2] 行不得也哥哥:鹧鸪叫声,见前辛弃疾《菩萨蛮》词注。

[3] 图兰不作坡:南宋郑思肖,字所南,工画墨兰,自宋朝亡后,画兰不画土,有人问其缘故,他说土地已为元人夺去,你还不知道吗?这句用此典故,是作者慨叹明亡之意。

又

行不得也哥哥。凤雏龙种已无多[1]。败鳞残甲堕天河[2]。南阳市上鬼行歌[3]。飞不起，可奈何！行不得也哥哥。

✤ 注释

[1] 凤雏龙种：指当时明朝皇族子孙。魏徵《邢国公墓志》："渥洼龙种，丹穴凤雏。"

[2] 败鳞残甲：见前完颜亮《念奴娇》词。

[3] 鬼行歌：李贺《秋来》诗："秋坟鬼唱鲍家诗。"

又

行不得也哥哥。霜风夜剪向南柯。老翁卧哭山之阿[1]。翠鸟难脱虞人罗[2]。飞不起，可奈何！行不得也哥哥。

✤ 注释

[1] 山之阿：指山深处，曲处为阿。《楚辞·山鬼》篇："若有人兮山之阿。"

[2] 虞人罗：虞人，古代掌山林打猎事的官员。罗，网罗。

又

行不得也哥哥。华面鸠头舞婆娑[1]。紫髯碧眼塞上歌[2]。老年生日喜无多。飞不起，可奈何！行不得也哥哥。

✤ 注释

[1] 华面鸠头：《瀛涯胜览》载："那孤王一名花面王，在苏门答剌之西，国小仅比大村，人皆花面。"鸠头，即鸠形，消瘦丑恶的形象。

[2] 紫髯碧眼：白居易乐府《西凉伎》："紫髯深目两胡儿。"又《高僧传》："达摩大师，眼绀青色，后称碧眼胡僧。"

✤ 评笺

以上四首词，是陈洪绶仿宋邓剡《鹧鸪词》而作的。邓词云："行不得也哥哥！瘦妻弱子羸牸驮。天长地阔多网罗。南音渐少北语多。肉飞不起可奈何。行不得也哥哥。"此四首字句略同，音节奇诡高亢，陈去病《五石脂》说："此词似歌似谣，似乐府，似涕泣，似醉呓，庶几所南《心史》之文云。"

卢象昇

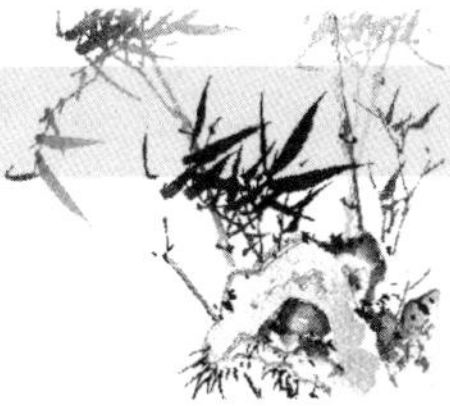

卢象昇（1600—1638），字建斗，常州宜兴（今属江苏）人。天启二年（1622）进士。官御史，崇祯十一年（1639）他统率军队抗拒清兵，师至蒿木桥，与清兵血战，身中四矢三刃，遂仆，一军尽覆，三郡哀之。福王时，追谥忠烈。

渔家傲

搔首问天摩巨阙，平生有恨何时雪[1]？天柱孤危疑欲折[2]。空有舌，悲来独洒忧时血。　　画角一声天地裂，熊狐蠢动惊魂掣[3]。绝影骄骢看并逐[4]，真捷足，将军应取燕然勒[5]。

✤ **注释**

[1]“搔首问天”二句：屈原《楚辞》有《天问篇》。阙，宫阙，即门观。古时为二台于门外，作楼观于上，中央阙而为道，也叫象魏。这句是说平生有恨不能雪，所以向天呼吁。

[2]天柱：《神异经》：“昆仑之山有铜柱焉，其高入天，所谓天柱也。”《博物志》：“共工氏……触不周之山，折天柱，绝地维。”

[3]“熊狐”句：指当时清兵骚扰百姓，如熊狐蠢动，使人惊心动魄。掣，牵引。

[4]骄骢：壮健的战马。骢，一种青白色的马。

[5]燕然勒：见前范仲淹《渔家傲》词注。

卓人月

卓人月（1606—1636），字珂月，浙江仁和（今杭州）人。明贡生。工词曲，有《寤歌词》及《花舫缘》杂剧，又有《古今词统》一书传世。

瑞鹧鸪

湖上上元

城中火树落金钱[1]，城外湖波起碧烟。夜夜夜深歌《子夜》[2]，年年年节度丁年[3]。　　玻璃一段湖称圣[4]，琥珀千钟酒号贤[5]。自分懒追儿女队，玉梅花下拾花钿[6]。

✤ **注释**

[1] 城中火树落金钱：是说城中放烟火像金钱花一样从空中落下来。火树，见辛弃疾《青玉案》“花千树”句注。又杜甫《秋雨叹》：“开花无数黄金钱。”

[2]《子夜》：曲名。《宋书 · 乐志》：“《子夜》歌者，有女子名子夜，造此声。晋孝武太元中，琅玡王轲之家有鬼歌子夜。”后人更为四时行乐之歌，谓之《子夜四时歌》。

[3] 丁年：成人年龄。古时男子二十岁为丁，后来改为十六岁成丁。

[4]“玻璃一段”句：玻璃，指湖水清澈。西湖又称明圣湖，见陆凤藻《小知录》。

[5]“琥珀千钟”句：琥珀，形容酒色。张说《城南亭作》诗：“北堂珍重琥珀酒。”又酒浊者为贤人，见《三国志 · 徐邈传》。

[6] 花钿：杜甫《雨》诗：“神女花钿落。”钿，金花。

✤ 评笺

王士祯说:“卓珂月自负逸才,《词统》一书,搜采鉴别,大有廓清之力。乃其自运,去宋人门庑尚远。”王言远说:“蕊渊于词家,有意出新,独辟生面,但于宋人蕴藉处,不无快意欲尽之病。”(见王昶《明词综》引)

陈子龙

陈子龙(1608—1647),字人中,更字卧子,号大樽,松江华亭(今上海松江区)人。崇祯十年(1637)进士,选绍兴推官,以定乱功,擢兵科给事中。命甫下而京师陷,乃事福王于南京,以时事不可为,乞终养去。南京陷,遁为僧,后受鲁王院部职衔,结太湖兵欲举事,事露被执,乘间投水死。所著诗文甚多。他的词风婉丽,晚作更绵邈凄恻,洵为明词大家。

浣溪沙

杨　花

百尺章台撩乱飞[1],重重帘幕弄春晖[2]。怜他飘泊奈他飞。　　淡日滚残花影下,软风吹送玉楼西。天涯心事少人知!

✤ 注释

[1] 章台:汉代长安中街名。见前韩翃《章台柳》词注。

[2] 春晖:春天的太阳。

✤ 评笺

清王士祯评论此词说:"不著色相,咏物神境。"(见《陈忠裕全集》)

诉衷情

春　游

小桃枝下试罗裳，蝶粉斗遗香。玉轮碾平芳草，半面恼红妆[1]。　　风乍暖，日初长，袅垂杨。一双舞燕，万点飞花，满地斜阳。

✤ 注释

[1] 半面恼红妆：《南史·梁元帝徐妃传》："妃以帝眇一目，每知帝将至，必为半面妆以俟，帝见则大怒而出。"宋祁《落花》诗："已落犹成半面妆。"

✤ 评笺

这首词，清王士祯说："弇州谓：'清真能作景语，不能作情语。'至大樽而情景相生，令人有后来之叹。"（见《陈忠裕全集》）

山花子

春　恨

杨柳迷离晓雾中，杏花零落五更钟。寂寂景阳宫外月[1]，照残红。　　蝶化彩衣金缕尽[2]，虫衔画粉玉楼空[3]。惟有无情双燕子，舞东风！

✤ 注释

[1] 景阳宫：南朝宫殿名。《南齐书·武穆裴皇后传》："置钟于景阳楼上，以应五鼓，宫人闻钟声，早起妆饰。"

[2] "蝶化彩衣"句：《罗浮山志》："山有蝴蝶洞，在云峰岩下，古木丛生，四时出彩蝶，世传葛仙遗衣所化。"词句本此。

[3]“虫衔画粉”句：是说虫子将玉楼画栋蛀蚀。

✤ 评笺

这首词，陈廷焯说：“凄丽近南唐二主，词意亦哀以思矣。”（见《白雨斋词话》）

蝶恋花

雨外黄昏花外晓，催得流年，有恨何时了。燕子乍来春又老，乱红相对愁眉扫。　　午梦阑珊归梦杳，醒后思量，踏遍闲庭草。几度东风人意恼，深深院落芳心小。

江城子

病起春尽

一帘病枕五更钟，晓云空，卷残红。无情春色，去矣几时逢？添我千行清泪也，留不住，苦匆匆。　　楚宫吴苑草茸茸[1]，恋芳丛，绕游蜂。料得来年，相见画屏中。人自伤心花自笑，凭燕子，骂东风。

✤ 注释

[1]“楚宫吴苑”句：楚宫吴苑，泛指旧宫苑。茸茸（róng），草长茂盛貌。

✤ 评笺

《明词综》引《古今词话》说：“大樽文宗两汉，诗轶三唐，苍劲之色，与节义相符。乃《湘真词》一集，风流婉丽如此，传称河南亮节，作字不胜罗绮；广平铁石，赋心偏爱梅花，吾于大樽益信。”

归　庄

归庄（1613—1673），一名祚明，字元恭，号恒轩，昆山（今江苏苏州）人。古文学家归有光之曾孙，工文辞，亦善书画，为明诸生。他和顾炎武同里，又同年生，同入复社。明亡，隐居不出，佯狂以终。有《恒轩集》。

锦堂春

燕子矶[1]

半壁横江矗起，一舟载雨孤行。凭空怒浪兼天涌，不尽六朝声。　　隔岸荒云远断，绕矶小树微明。旧时燕子还飞否？今古不胜情。

✤ **注释**

[1] 燕子矶：在今江苏南京市江宁区北之观音山。山上有石俯瞰大江，形如飞燕，故名。

[2] 兼天涌：兼天，连天，形容波浪高高掀起。杜甫《秋兴》诗：“江间波浪兼天涌。”

[3] “旧时燕子”句：郦道元《水经注》：“石燕山……其石或大或小，及其雷风相薄，则石燕群飞。”词句意本此。

金　堡

金堡（1614—1680），字道隐，号性因。浙江杭州人。明崇祯十三年（1640）进士，永历帝授礼科给事中，抗直不畏强御。桂林破，出家为僧，释名澹归，住韶州丹霞山寺。年六十七岁卒。所著有《遍行堂集》。

小重山

落落寒云晓不流[1]。是谁能寄语？竹窗幽。远怀如画一天秋。钟徐歇，独自倚层楼。　　点点鬓霜稠[2]。十年山水梦，未全收。相期人在别峰头。闲鸥意，烟雨又扁舟。

✤ 注释

[1] 落落：众多貌。孙绰《游天台山赋》："藉萋萋之纤草，荫落落之长松。"

[2] 点点鬓霜稠：是说两鬓发多如霜白。稠，多而密。

水调歌头

忆翠岩霁色[1]

好雨正重九，不上海山门[2]。螺岩却忆绝顶[3]，霁色满乾坤。少得白衣一个[4]，赢得翠鬟千叠，罗立似儿孙。独坐可忘老，何用更称尊[5]。　　龙山会[6]，南徐戏[7]，共谁论？

古今画里，且道还有几人存？便拂六铢衣尽[8]，重见四空天堕[9]，此处不交痕。远水吞碧落[10]，斜月吐黄昏。

✤ **注释**

[1] 忆翠岩雾色：翠岩，当指翠屏岩，在浙江天台县南二十里，因金堡与屈大均同时投靠浙江西湖名僧函是门下做和尚，后来移住广东韶州丹霞山寺做住持。此词可能是作者在广东忆浙江翠屏岩而作。

[2] 海山门：当指浙江台州海门山而言。

[3] 螺岩：即海螺岩。作者集中另有《水龙吟》词，亦有“螺岩绝顶凌虚”之句。

[4] 白衣：用刺史王弘九日与陶潜送酒事。见前蔡松年《念奴娇 · 九日作》词注。

[5] “赢得翠鬟千叠”四句：翠鬟形容山。“罗立似儿孙”，本杜甫《望岳》诗“西岳崚嶒竦处尊，诸峰罗列如儿孙”句而来。

[6] 龙山会：晋桓温九月九日燕僚佐于韶山。见《晋书 · 孟嘉传》。

[7] 南徐戏：宋武帝刘裕为宋公时在彭城九月九日出项羽戏马台登高。见《南齐书》。

[8] 六铢衣：相传为仙人之服。

[9] 四空天堕：四空，《华严经》载，有四空处天，无边处天，无所有处天，非想非非想处天。天堕，用杞人忧天事。

[10] 碧落：指天。《度人经》注：“东方第一天……有碧霞遍满，是云碧落。”

叶小鸾

叶小鸾（1616—1632），字琼章，一字瑶期，江苏吴江（今属江苏苏州）人，叶仲韶季女，四岁能诵楚辞，工诗，能书画，十七岁许人为妻，未嫁而卒。有《返生香词》。

南歌子

秋　夜

门掩瑶琴静[1]，窗消画卷闲。半庭香雾绕阑干，一带淡烟红树隔楼看。　　云散青天瘦，风来翠袖寒。嫦娥眉又小檀弯[2]，照得满阶花影只难攀。

✤ 注释

[1] 瑶琴：见前岳飞《小重山》词注。

[2] 嫦娥眉又小檀弯：是说天上又出现蛾眉月。小檀，是一种颜色，即浅赭色。唐宋妇女闺妆用这种颜色画眉。薛昭蕴《离别难》词："檀眉半敛愁低。"即其例。

王夫之

王夫之(1619—1692),字而农,号薑斋,湖南衡阳人。崇祯举人。瞿式耜荐于桂王,授官行人。不久归居衡阳的石船山下,筑土室名观生居,闭门著书甚多。有《鼓棹》初集、二集及《潇湘怨词》。

青玉案

忆　旧

桃花春水湘江渡[1],纵一艇,迢迢去,落日赪光摇远浦[2]。风中飞絮,云边归雁,尽指天涯路。　　故人知我年华暮,唱彻灞陵回首句[3]。花落风狂春不住。如今更老,佳期逾杳,谁倩啼鹃诉?

✤ **注释**

[1] 湘江：源出广西阳海山,流经湖南,汇各水流入洞庭湖。

[2] “落日赪光”句：赪,赤色。这句是说落日的红光摇漾在远水之中。

[3] 灞陵：见前李白《忆秦娥》词注。

绮罗香

流水平桥,一声杜宇,早怕雒阳春暮。杨柳梧桐,旧梦了无寻处。拚午醉、日转花梢，甚夜阑、风吹芳树？到更残、月落西峰，泠然胡蝶忘归路[1]。　　关心一丝别挂，欲挽银河水[2]，仙槎遥渡[3]。万里闲愁，长怨迷离烟雾。任老眼、月窟幽寻[4]，更无人、花前低诉。君知否？雁字云沈，难写伤心句。

✤ 注释

[1] 泠然：风清和之意。《庄子·逍遥游》："列子御风而行，泠然善也。"

[2] 挽银河水：见前张元幹《石州慢》词注。

[3] 仙槎：见前刘因《念奴娇》词注。

[4] 月窟：犹月宫。挚虞《思游赋》："扰毚兔于月窟兮，诘姮娥于蓐收。"

✤ 评笺

叶恭绰评说："缠绵往复，忠厚之遗。"（《广箧中词》卷一）

摸鱼儿

东洲桃浪[1]

剪中流、白蘋芳草，燕尾江分南浦。盈盈待学春花靥[2]，人面年年如故。留春住，笑几许浮萍，旧梦迷残絮。棠梂无数[3]。尽泛月莲舒[4]，留仙裙在[5]，载取春归去。　　佳丽地，仙院迢迢烟雾，湿香飞上丹户[6]。醮坛珠斗疏灯映[7]，共作一天花雨[8]。君莫诉！君不见、桃根已失江南渡[9]。风狂雨妒。便万点落英，几湾流水，不是避秦路[10]！

✤ 注释

[1] 词题：东洲桃浪，与雁峰烟雨、石鼓江山等，均在湖南境内，称为"潇湘小

八景”。

[2] 春花靥(yè)：是说面貌像春天花朵一样好看。靥，面颊。

[3] 棠桡：沙棠木做的船桨。词句里代指船。李白《江上吟》诗：“木兰之枻沙棠舟。”

[4] 泛月莲舒：用太乙仙人莲舟事。杨万里《太平寺水》诗：“是身飘然在中流，夺得太一莲叶舟。”

[5] 留仙裙：《赵飞燕外传》：“成帝于太液池作千人舟，中流歌酣，风大起。帝令冯无方持后裙，风止，裙为之绉。他日宫姝或襞裙为绉，号留仙裙。”

[6] 丹户：犹朱户。

[7] 醮坛：道士设醮的拜坛。戎昱《送王明府八道》诗：“孤猿傍醮坛。”珠斗：犹星斗。王维《同崔员外秋宵寓直》诗：“月迥藏珠斗，云消出绛河。”

[8] 花雨：即雨花之意。相传梁武帝时有法师讲经，感天雨花，起台名雨花台。词句一天花雨或用此典。

[9] “桃根已失”句：是说敌兵已迫近南京，门户尽失。桃根，见前辛弃疾《祝英台近》“桃叶渡”句注。

[10] 避秦路：用陶潜《桃花源记》里典故。谢枋得《庆全庵桃花》诗：“寻得桃源好避秦。”

✤ 评 笺

叶恭绰说：“故国之思，体兼骚辨。船山词言皆有物，与并时批风抹露者迥殊，知此方可以言词旨。”(《广箧中词》卷一)龙榆生说：“其词虽音律多疏，而芳悱缠绵，怆怀故国，风格遒上。”朱孝臧题云：“苍梧恨，竹泪已平沈。万古湘灵闻乐地，云山韶濩入凄音，字字楚骚心。所谓伤心人别有怀抱，真屈子《离骚》之嗣响也。”(《近三百年名家词选》)

朱一是

朱一是(生卒年不详),字近修,浙江海宁人。崇祯十五年(1642)举人。著有《梅里词》。

二郎神

登燕子矶秋眺

岷峨万里,见渺渺、水流东去[1]。指远近关山,参差宫阙,起灭长空烟雾。南望沧溟天边影[2],辨不出、微茫尽处。叹三楚英雄,六朝王霸,消沉无数。　　从古长江天堑,飞艎难渡[3]。自玉树歌残,金莲舞罢,倏忽飞乌走兔[4]。燕子堂前,凤凰台畔,冷落丹枫白露。但坐看,狎鸥随浪[5],渔父扁舟朝暮。

✤ **注释**

[1]“岷峨万里”三句:岷峨,指岷山、峨眉山,都在四川境内。这三句是说长江经四川奔腾万里东流到江苏入海。

[2]沧溟:大水弥漫的样子。

[3]飞艎(huáng):飞快的船。艎,艅艎,古代船名。

[4]飞乌走兔:指日月奔驰。庄南杰《伤歌行》:“兔走乌飞不相见。”

[5]狎鸥:《列子·黄帝篇》:“海上之人,有好沤鸟者,每日之海上,从沤鸟游。”陆游《大雨》诗:“户外鸥可狎。”按“沤”与“鸥”通。

吴 昜

吴昜(？—1646)，昜(yáng)，一作易，字日生，号惕庵，江苏吴江(今属苏州)人。崇祯十六年(1643)进士。官兵部主事，授尚书。明末他屯兵长白荡，坚持抗清，失败后往嘉善访友，为仇家告密被捕，于杭州草桥门殉难。有《南湖倡和词》。

满江红

斗大江山[1]，经几度、兴亡事业。瞥眼处[2]，英雄成败，底须重说？香水锦帆歌舞罢[3]，虎丘鹤市精灵歇[4]。尚翻来、吴越旧春秋[5]，伤心切！　伍胥耻，荆城雪[6]。申胥恨，秦庭咽[7]。羞比肩种蠡[8]，一时人杰。花月烟横西子黛[9]，鱼龙沫喷鸱夷血[10]。到而今、薪胆向谁论[11]？冲冠发[12]。

✤ 注释

[1] 斗大江山：作者吴昜作此词时，清兵已打到扬州，明朝江山日削，所以说“斗大江山”。

[2] 瞥(piē)眼：匆匆一看。

[3] 香水锦帆：《大业拾遗记》：“隋炀帝幸江都至汴，帝御龙舟，萧妃乘凤舸，每舟选妙丽女子执雕板、镂金楫，号曰殿脚女。锦帆过处，香闻十里。”

[4] 虎丘鹤市：虎丘，山名。周必大《吴郡诸山录》：“虎丘山在长洲县西北九里，

一名海涌山。”鹤市,《吴越春秋》记载:吴王有女滕玉自杀,“葬于国西阊门外,凿池积土,文石为椁,题凑为中,金鼎玉杯、银尊珠襦之宝,皆以送女,乃舞白鹤于吴市中,令万民随而观之,还使男女与鹤俱入羡门,因发机以掩之”。

[5] 吴越春秋:书名,汉赵晔撰,元徐天祐注。

[6] “伍胥耻”二句:伍员,字子胥,湖北武昌人,伍举之孙。父伍奢,兄伍尚,为楚平王所杀。员奔吴谋伐楚,鞭平王尸。词二句指此。

[7] “申胥恨”二句:春秋申包胥,楚大夫,姓公孙,封于申,故号申包胥。本与伍员善。员将出亡,对包胥说:“我必覆楚。”包胥答说:“我必存楚。”吴师伐楚入郢,包胥入秦求援军,依南墙而哭,七日不绝声。秦哀公被他感动了,遂出兵救楚。词句本此。

[8] 种蠡:越大夫文种和范蠡。

[9] 西子:西施。

[10] 鸱夷血:《吴越春秋》:“子胥伏剑而死,吴王乃取子胥尸,盛以鸱夷(酒器),投入江中。”

[11] 薪胆:指越王勾践卧薪尝胆,终灭吴国,以雪会稽之耻。

[12] 冲冠发:怒发冲冠。

✤ 评笺

词中列举了《吴越春秋》里许多英雄事迹,影射当时明末抗清诸英雄及各种人物。末尾“到而今、薪胆向谁论?冲冠发”几句,表示作者抗敌决心和英雄气概。

张煌言

张煌言(1620—1664)，字玄箸，号苍水，鄞县(今浙江宁波市鄞州区)人。崇祯举人。辅鲁王起兵抗清，血战经年。后助郑成功攻南京，兵败隐遁，阴图恢复，卒被清吏囚执，不屈牺牲。有《张苍水全集》。

满江红

萧瑟风云，埋没尽，英雄本色。最发指，驼酥羊酪[1]，故宫旧阙。青山未筑祁连冢[2]，沧海犹衔精卫石[3]。又谁知、铁马也郎当，雕弓折！　谁讨贼？颜卿檄[4]；谁抗虏？苏卿节[5]。拚三台坠紫[6]，九京藏碧[7]。燕语呢喃新旧雨，雁声嘹唳兴亡月。怕他年、西台恸哭人[8]，泪成血。

✤ **注释**

[1] 驼酥羊酪：为我国某些少数民族的食品饮料。词里指清军。

[2] 祁连冢：汉霍去病墓像祁连山。作者意谓其功业不能如去病之驱胡虏出塞外。《史记索隐》云去病破昆邪于祁连山，故令为冢象之以旌功。

[3] 精卫石：精卫，海边小鸟，文首、白喙、赤足，常衔西山木石以填东海。又古称炎帝女溺死，化为精卫。见《述异记》及《博物志》。

[4] 颜卿檄：即颜杲卿，唐临沂人，玄宗时为常山太守，安禄山反，独倡义传檄讨伐。

[5] 苏卿节：苏武在汉武帝时为中郎将，被单于(匈奴国王)拘留，他不投降，仗

节牧羊十九年。按节是古代使者所执的信物。

[6] 三台：汉官，尚书为中台，御史为宪台，谒者为外台，是为三台。见《宋书·谢灵运传》。

[7] 九京藏碧：九京，犹九原。《礼记·檀公下》："以从先大夫于九京也。"按九原，晋卿大夫的墓地。藏碧，《庄子·外物》："伍员沉于江，苌弘死于蜀，藏其血三年，而化为碧。"

[8]"西台恸哭人"：见前徐石麒《拂霓裳》词注。

屈大均

屈大均(1630—1696),初名邵龙,又名绍隆,字翁山,又字介子,广东番禺人。明末诸生,遭乱弃去,明亡后出家。工诗,与陈恭尹、梁佩兰齐名,号“岭南三大家”。著有《九歌草堂集》。

梦江南

悲落叶,叶落落当春。岁岁叶飞还有叶,年年人去更无人,红带泪痕新。

又

悲落叶,叶落绝归期。纵使归来花满树,新枝不是旧时枝,且逐水流迟。

✤ **评笺**

这首词,况周颐《蕙风词话》说:“‘且逐水流迟’五字,含有无限凄惋,令人不忍寻味,却又不容已于寻味。”

江城梅花引

黄花和我满头霜。怕重阳,又重阳。不分早梅还与斗寒香。老去看花如雾里[1]，被花恼，一枝枝，总断肠。断肠断肠苦参商[2]。夜已长，天已凉。一叶一叶落不尽，悲似潇湘。那得罗浮清梦到兰房[3]。明月笑人眠太早，飞去也，影徘徊，尚半床。

✤ **注释**

[1]“老去看花”句：杜甫《小寒食舟中作》诗：“老年花似雾中看。”谓老眼昏花看花如在雾里。

[2]参商：两星名，彼出此没，永远不得相见。杜甫《赠卫八处士》诗：“人生不相见，动如参与商。”

[3]罗浮清梦：《龙城录》：“隋开皇中，赵师雄迁罗浮，一日天寒日暮……因憩仆于松林间，酒肆旁舍，见一女人淡妆素服，出迓师雄，与语，但觉芳香袭人，至酒家共饮，有绿衣童子笑歌戏舞。师雄醉寐，但觉风寒相袭，久之，东方已白，师雄起视乃在大梅花树下，上有翠羽啾嘈，月落参横，但惆怅而已。”兰房：阮籍《咏怀》诗：“萱草树兰房。”

长亭怨

与李天生冬夜宿雁门关作[1]

记烧烛，雁门高处，积雪封城，冻云迷路。添尽香煤[2]，紫貂相拥夜深语。苦寒如许！难和尔、凄凉句。一片望乡愁，饮不醉，垆头驼乳[3]。　　无处，问长城旧主，但见武灵遗墓[4]。沙飞似箭，乱穿向、草中狐兔。那能使，口北关南，更重作、并州门户？且莫吊沙场，收拾秦弓归去[5]。

✤ **注释**

[1]词题：李天生，即李因笃，富平人，明季诸生。雁门关，在山西省代县西北雁门山上。

[2] 香煤：原为古代妇女画眉用。词句借用做好煤解。

[3] 驼乳：骆驼的乳汁，北方少数民族作为饮料。

[4] 武灵遗墓：战国时赵武灵王，胡服骑射，以教百姓，扩地北至苏代，西至云中九原。在位二十五年，后被困饿死在沙丘宫。其墓当在沙丘，今为河北省平乡县东北。

[5] 秦弓：相传秦地(今陕西地区)有南山檀柘，可做弓干。《楚辞・国殇》："带长剑兮挟秦弓。"

✤ 评笺

上阕写与李天生烛前夜话，饮乳和诗。下阕"问长城旧主"等句，是慨叹长城内外当时已被清军占据。"沙飞似箭，乱穿向、草中狐兔"句，是表示作者对敌极端仇恨的心情。末尾"收拾秦弓归去"句，是说明朝大势已去，恢复无望。叶恭绰评说："纵横排荡，稼轩神髓。"(《广箧中词》卷一)龙榆生说："大均尝北走燕赵，慨然有复兴明室之志，与一时名俊，酬唱亦多。近人朱孝臧题其词集云：'湘真老，断代殿朱明。不信明珠生海峤，江南哀怨总难平，愁绝庾兰成。'"(《近三百年名家词选》)

夏完淳

夏完淳(1631—1647),原名复,字存古,松江华亭(今上海松江区)人。允彝子。九岁善词赋古文,师事陈子龙,子龙很器重他。十五岁时追随其父起兵抗清,允彝兵败自杀,他又与陈子龙继续抗清,鲁王封他为中书舍人。后陈子龙被杀,他为清兵所执,押至南京,从容就义。他是明末著名诗人。有《玉樊堂集》、《内史集》及《南冠草》等。

卜算子

秋色到空闺,夜扫梧桐叶。谁料同心结不成,翻就相思结。　　十二玉阑干,风有灯明灭。立尽黄昏泪几行,一片鸦啼月。

✤ **评笺**

清王士祯评此词云:“寓意既工,自是再来人。”(王昶《明词综》引)

一剪梅

咏　柳

无限伤心夕照中。故国凄凉,剩粉余红。金沟御水日西东[1]。昨岁陈宫,今岁隋宫。　　往事思量一饷空[2]。飞絮无情，依旧烟笼。长条短叶翠濛濛[3]。才过西风，又过东风。

✤ 注释

[1] 金沟：《晋书·王济传》："时洛京地甚贵，济置地为马埒，编钱满之，时人谓之'金沟'。"司空图《杨柳枝》词："锦城分得映金沟。"

[2] 一饷：同"一晌"，一会儿。

[3] 濛濛：形容飞絮如小雨似的。欧阳修《采桑子》词："飞絮濛濛。垂柳阑干尽日风。"

烛影摇红

辜负天工[1]，九重自有春如海[2]。佳期一梦断人肠，静倚银釭待[3]。隔浦红兰堪采[4]。上扁舟，伤心欸乃[5]。梨花带雨，柳絮迎风，一番愁债。　　回首当年，绮楼画阁生光彩。朝弹瑶瑟夜银筝，歌舞人潇洒，一自市朝更改。暗销魂，繁华难再。金钗十二[6]，珠履三千[7]，凄凉千载。

✤ 注释

[1] 天工：自然界的工巧。陆游《新燕》诗："天工不用剪刀催，山杏溪桃次第开。"

[2] 九重：九重天，指皇帝所居之处。春如海：形容春光浩荡。

[3] 银釭：指灯。

[4] 红兰：兰花的一种。江淹《别赋》："见红兰之受露，望青楸之离霜。"

[5] 欸乃：棹歌声。柳宗元《渔翁》诗："欸乃一声山水绿。"

[6] 金钗十二：指侍女之多。《谈苑》："牛僧孺自夸服金石千斤甚得力，而歌舞之妓颇多。乐天戏赠诗云：'钟乳三千两，金钗十二行。'"

[7] 珠履三千：《史记·春申君列传》："春申君客三千余人，其上客皆蹑珠履。"

✤ **评笺**

清沈雄《柳塘词话》云:“夏存古《玉樊堂词》,向得之曹顾庵五集中。见其词致慷慨淋漓,不须易水悲歌,一时凄感,闻者不能为怀。留此数阕,以当《东京梦华录》也。”

清及民初词

钱谦益

钱谦益（1582—1664），字受之，号牧斋，又号蒙叟，江苏常熟人。明万历三十八年（1610）进士，官至吏部侍郎，坐事削籍归，福王时召授礼部尚书。入清，授礼部右侍郎，仕清不久归里卒。他的诗文成就丰硕，为文坛领袖，与吴伟业、龚鼎孳并称“江左三大家”。有《有学》、《初学》二集。词流传不多，亦韶秀可喜。

永遇乐

十六夜有感次韵

银汉红墙[1]，浮云隔断，玉箫吹裂。白玉堂前[2]，鸳鸯六六[3]，谁与王昌说？今宵二八，清辉香雾[4]，还忆破瓜时节[5]。剧堪怜，明镜青天[6]，独照长门华发[7]。　莫愁未老，嫦娥孤另，相向共嗟圆阙。长叹凭阑，低吟拥髻[8]，暗与阴蛩切。单栖海燕[9]，东流河水，十二金钗敲折[10]。何日里，并肩携手，双双拜月。

✤ 注释

[1] 银汉红墙：见前毛文锡《醉花间》词“银汉是红墙”句注。

[2] 白玉堂：装饰华贵的房屋。古乐府：“黄金为君门，白玉为君堂。”

[3] “鸳鸯六六”二句：即李商隐《代应》诗“谁与王昌报消息，尽知三十六鸳鸯”

之意。按李集道源注云:“古乐府:‘入门时左顾,但见双鸳鸯。鸳鸯七十二,罗列自成行。’此云‘三十六’纯举雌言之。”王昌:《襄阳耆旧传》:“王昌,字公伯,为东平相散骑常侍,早卒。妇是任城王曹子文女也。”

[4] 清辉香雾:杜甫《月夜》诗:“香雾云鬟湿,清辉玉臂寒。”

[5] 破瓜时节:相传俗以女子十六岁为破瓜,以瓜字可分为二八字。这句是借以指十六夜。

[6] 明镜青天:形容天上月明如镜子。

[7] 长门:汉宫名。

[8] 拥髻:见前刘辰翁《宝鼎现》词注。

[9] 海燕:沈佺期《古意》诗:“海燕双栖玳瑁梁。”

[10] 十二金钗:见前夏完淳《烛影摇红》词注。

邹祗谟

邹祗谟(？—1670)，字讦士，号程村，别号丽农山人，江南武进(今属江苏常州市)人。顺治十五年(1658)进士。有《丽农词》、《远志斋词衷》。

玉人歌

春　暮

春欲去，看窗外樱桃，离离满树[1]。湿烟生碧，澹荡飘红雨。闹花百舌花无语[2]，待唤春阴住。最难拼，千丈游丝，一帘飞絮。　　暗把韶光数。恨阵阵东风，将春压暮。长下虾须[3]，留取最深处。蝶争须叶蜂争蕊，总被多情误。趁榆钱，买断送春归路。

✤ 注释

[1] 离离：下垂貌。《诗经·小雅·湛露》："其桐其椅，其实离离。"

[2] 闹花：闹，热闹，形容盛开的花朵。陈亮《水龙吟》词："闹花深处楼台。"百舌：鸟名，伯劳的一种，一名反舌，似伯劳而小，黑色，喙甚尖，黄黑相杂，鸣声圆滑。

[3] 虾须：指帘子。陆畅《帘》诗："劳将素手卷虾须。"

李　雯

李雯（1608—1647），字舒章，江苏华亭（今上海松江区）人。明崇祯十五年（1642）举人，入清官中书舍人。有《仿佛楼草》、《蓼斋词》。又与宋徵舆合撰《幽兰草》。

菩萨蛮

蔷薇未洗胭脂雨，东风不合催人去。心事两朦胧，玉箫春梦中[1]。　　斜阳芳草隔，满目伤心碧[2]。不语问青山，青山响杜鹃。

✤ 注释

[1]“心事两朦胧”二句：是说双方思恋心事暧昧不明，好像玉箫相会在春梦之中。玉箫，女子名，见前晏几道《鹧鸪天》“小令尊前”句注。

[2] 伤心碧：李白《菩萨蛮》词：“寒山一带伤心碧。”谭献评称：“亡国之音。”（《箧中词》卷一）

吴伟业

吴伟业(1609—1672),字骏公,号梅村,江南太仓(今属江苏苏州)人。崇祯辛未(1631)科会试第一,廷试第二,官至少詹事。与马士英、阮大铖不合,假归。清世祖闻其名,力迫入都,累官国子监祭酒,后以病乞归。著有《梅村家藏稿》及《梅村诗余》等。

生查子

旅　思

一尺过江山[1],万点长淮树[2]。石上水潺潺,流入青溪去[3]。　六月北风寒,落叶无朝暮。度樾与穿云[4],林黑行人顾。

✤ 注释

[1] 一尺:指很窄的小路。

[2] 万点长淮树:是说远望淮水岸边,树木很多,又显得很小。

[3] 青溪:在今江苏南京市江宁区东北,即三国东吴时所凿东渠。

[4] 度樾(yuè):走过有树荫的地方。樾,指道旁成荫的树。

临江仙

过嘉定感怀侯研德[1]

苦竹编篱茅覆瓦[2]，海田久废重耕。相逢还说廿年兵。寒潮冲战骨，野火起空城。　　门户凋残宾客在，凄凉侍酒侯生。西风又起不胜情。一篇思旧赋[3]，故国与浮名。

✤ **注释**

[1] 词题：嘉定，今上海嘉定区；侯研德，未详。

[2] 苦竹：高六七丈，周围一尺五六寸。节长于他竹，可编为篱笆。

[3] 思旧赋：《晋书·向秀传》载：嵇康既被诛，向秀乃作《思旧赋》。

满江红

蒜山怀古[1]

沽酒南徐[2]，听夜雨、江声千尺。记当年、阿童东下[3]，佛狸深入[4]。白面书生成底用？萧郎裙屐偏轻敌[5]。笑风流、北府好谈兵，参军客[6]。　　人事改，寒云白。旧垒废，神鸦集[7]。尽沙沉浪洗，断戈残戟。落日楼船鸣铁锁[8]，西风吹尽五侯宅[9]。任黄芦苦竹打寒潮[10]，渔樵笛。

✤ **注释**

[1] 蒜山：在江苏镇江市丹徒区西九里，一作算山。

[2] 南徐：州名。晋南渡后，侨置徐州于京口，宋改称南徐，即今江苏镇江市丹徒区。

[3] 阿童东下：指晋王濬，武帝时为龙骧将军，修舟舰乃作大船连舫，方百二十

步，受二千余人，以木为城，起楼橹，开四出门，其上皆得驰马往来。于太康元年(280)正月，自成都出发攻吴国。按王濬小字阿童，东下即指攻吴事。

[4] 佛狸深入：宋文帝元嘉二十七年(450)十二月，魏太武帝率众至瓜步。佛狸，魏太武帝小字。

[5] “萧郎裙屐”句：《南史·梁武帝纪》：“大同十年，帝幸京口城北固楼。”轻敌，指被侯景所困而死。按王俭一见梁武帝谓何宪曰：“此萧郎三十内当作侍中，出此则贵不可言。”见《梁书》。

[6] “笑风流、北府好谈兵”二句：晋郗愔在北府，徐州人多劲悍，敌人畏之。见《晋书·郄超传》。又刘牢之为参军，领精锐为前锋，号北府兵。见《晋书·刘牢之传》。北府谈兵及参军客当指此。

[7] 神鸦：见前辛弃疾《永遇乐·京口北固亭怀古》注。

[8] 楼船鸣铁锁：吴人于长江险迹要害之处，并以铁锁横截江底，以拒楼船，王濬乃作火炬长十余丈，大数十围，灌以麻油，在船前遇锁，燃炬烧之。

[9] 五侯宅：即五侯家，指豪华贵族所居之处。按五侯：后汉桓帝封单超新丰侯、徐璜武原侯、具瑗东武阳侯、左悺上蔡侯、唐衡汝阳侯，五人同日封，世谓之五侯。见《后汉书·宦者传》。

[10] 黄芦苦竹：白居易《琵琶行》：“黄芦苦竹绕宅生。”

✤ 评笺

谭献评此词说：“涩于稼轩。”(《箧中词》卷一)

贺新郎

病中有感

万事催华发！论龚生[1]，天年竟夭，高名难没。吾病难将医药治，耿耿胸中热血。待洒向、西风残月。剖却心肝今置地，问华佗解我肠千结[2]。追往恨，倍凄咽。　故人慷慨多奇节[3]。为当年、沈吟不断，草间偷活。艾灸眉头瓜喷鼻[4]，今日须难诀绝。早患苦、重来千叠。脱屣妻孥非易事[5]，竟一钱不值何须说[6]！人世事，几完缺？

✤ 注释

[1] 龚生：西汉龚胜，哀帝时为光禄大夫。王莽篡国，遣使征之，胜不屈，绝食死。有老父来吊，哭甚哀，既而曰："嗟乎，薰以香自烧，膏以明自销，龚生竟夭天年，非吾徒也。"事见《汉书·龚胜传》。

[2] 华佗：三国时名医。

[3] "故人慷慨"句：指作者的平生故旧，明亡时慷慨死节，如陈子龙、夏允彝父子等。

[4] 艾炙眉头瓜喷鼻：《隋书·麦铁杖传》："及辽东之役，请为前锋，顾谓医者吴景贤曰：'大丈夫性命自有所在，岂能艾炷灸頞，瓜蒂喷鼻，治黄不差，而卧死儿女手中乎？"

[5] "脱屣妻孥"句：屣，鞋。妻孥，妻和子。脱屣，比喻轻而易举。《史记·封禅书》："吾诚得如黄帝，吾视去妻子如脱躧耳。"《汉书·郊祀志》作"脱屣"。《汉书·地理志》注谓小履无跟者。

[6] 一钱不值：词里是说自己做了清朝的官，有亏名节，深感惭愧之意。

✤ 评笺

清陈廷焯说："《贺新郎》一篇，梅村绝笔也。悲感万端，自怨自艾。千载下读其词，思其人，悲其遇，固与牧斋（钱谦益）不同，亦与芝麓（龚鼎孳）辈有别。"（见《白雨斋词话》）《四库全书提要》说："吴伟业诗余二卷，韵协宫商，感均顽艳，允足接迹屯田，嗣音淮海，王士祯诗称'白发填词吴祭酒'，亦非虚美。"

曹　溶

曹溶（1613—1685），字洁躬，一字鉴躬，号秋岳，一号倦圃，浙江秀水（今属嘉兴）人。明崇祯十年（1637）进士，官御史。入清，官至户部侍郎，康熙十七年（1678）举博学鸿词。有《静惕堂词》。

满江红

钱塘观潮[1]

浪涌蓬莱，高飞撼、宋家宫阙[2]。谁荡激，灵胥一怒[3]，惹冠冲发。点点征帆都卸了，海门急鼓声初发[4]。似万群、风马骤银鞍[5]，争超越。　江妃笑[6]，堆成雪；鲛人舞[7]，圆如月。正危楼湍转，晚来愁绝。城上吴山遮不住[8]，乱涛穿到严滩歇[9]。是英雄、未死报仇心，秋时节[10]。

✤ 注释

[1] 词题：钱塘观潮，《浙江通志》：“钱塘江在县东南，本名浙江，又名曲江。”江郡人以八月十八日倾城观潮为乐。

[2] 宋家宫阙：《浙江通志》：“宋行宫在杭州凤凰山下。”

[3] 灵胥：左思《吴都赋》：“习御长风，狎玩灵胥。”刘逵注说，《山海经》谓涛之神曰灵胥，亦即吴伍子胥。

[4] 海门：《咸淳临安志》：“海门，在仁和县东北六十五里……潮生出其间。”

[5] “似万群风马”句：李白《送窦司马贬宜春》诗：“天马白银鞍。”《西湖志》：

“方初起时，遥望海门白光一线。少焉，霜戈银甲，万马腾空……大地若为之动摇。”

[6] 江妃：左思《蜀都赋》注：“江妃，神女也。”

[7] 鲛人：见前陆游《钗头凤》词“鲛绡”注。

[8] 吴山：《咸淳临安志》：“吴山在城中，吴人祠子胥山上，因名胥山。”

[9] 严滩：即七里滩。《明一统志》：“七里滩在桐庐县西，一名严陵濑。”即东汉严光垂钓处。

[10] “是英雄、未死报仇心”二句：楚平王囚伍奢，使人召二子。伍尚欲往。员曰：“往而令仇不得报耳，不如奔他国，借力以雪父之耻。”伍尚说：“汝能报杀父之仇，我将归死。”伍胥遂亡奔吴。《论衡》：“吴王夫差杀伍子胥，煮之于镬，乃以鸱夷橐投之于江。子胥恚恨，驱水为涛，以溺杀人。”

沈 雄

沈雄(生卒年不详)，字偶僧，江苏吴江(今属苏州)人。工词。有《柳塘词》及《古今词话》传世。

金明池

秣陵怀古[1]

山上围棋[2]，渡头麾扇[3]，那怯寒潮夜雨？重借问、繁华六代，又荒堞、断碑如许！愿官家、世世生来，莫应似、衰草斜阳垂暮。叹幕府频移[4]，銮舆潜幸[5]，一任晚风吹去。 江左夷吾在何处[6]？便星散云驰，此身无主。问满目、虎旅鸳行[7]，还讲得、旧时门户？最伤心、烟柳台城，尽巷口乌衣，兴亡难诉。但万里长江，未销离恨，一派涛声犹怒。

✤ 注释

[1] 秣陵：即金陵，今为南京市。《南畿志》："金陵邑，秦改秣陵。"

[2] 山上围棋：《晋书·谢安传》说，苻坚率众次于淮肥，谢玄(谢安侄)入问计，安毫无惧色，命驾出山墅，亲朋毕集，与客围棋。后玄等既破苻坚，有书至，安看书毕，也无喜色，继续围棋。客问之，他答曰："小儿辈遂已破贼。"

[3] 渡头麾扇：《金陵志》："麾扇渡，一名毛翁渡，晋陈敏据建业，出军临大航岸，顾荣以白羽扇麾之，其军遂溃。"

[4] 幕府频移：古代军旅出征，居无常所，以幕帐为府署，谓之幕府。又江宁县

西北有幕府山，据《舆地纪胜》载："晋元帝初过江，王导建幕府其上，因名。"

[5] 銮舆：皇帝所乘銮驾。

[6] 江左夷吾：见前徐之瑞《水龙吟》词注。

[7] 虎旅鸳行(háng)：虎旅，指军队战士勇猛如虎。张衡《西京赋》："陈虎旅于飞廉，正垒壁乎上兰。"鸳行，也作"鹓行"，指朝官的行列。杜甫《秦州杂诗》二十首其二十："为报鸳行旧，鷦鷯在一枝。"

✤ 评笺

叶恭绰评此词说："亦兴亡之感。"（《广箧中词》卷一）

宋琬

宋琬（1614—1674），字玉叔，号荔裳，山东莱阳人。顺治四年（1647）进士，官至四川按察使。他的诗与施闰章齐名，有“南施北宋”之目。著有《安雅堂集》及《二乡亭词》。

浣溪沙

芳草

乍暖犹寒二月天，玉楼长抱博山眠[1]。沉香火冷少人添[2]。　残雪才消春鸟哢[3]，画阑干外草芊绵[4]。几时青得到郎边。

✤ 注释

[1] 博山：香炉。

[2] 沉香：见前周邦彦《苏幕遮》词注。

[3] 哢：鸟叫。左思《蜀都赋》：“云飞水宿，哢吭清渠。”

[4] 芊绵：草木蔓衍丛生貌。

破阵子

关山道中

拔地千盘深黑，插天一线青冥。行旅远从鱼贯入[1]，樵牧深穿虎穴行，高高秋月明。　　半紫半红山树，如歌如哭泉声。六月阴崖残雪在，千骑宵征画角清，丹青似李成[2]。

✤ 注释

[1] 鱼贯：如鱼游一样先后相续。《三国志》："将士皆攀木缘崖，鱼贯而进。"

[2] 李成：宋京兆人，工画山水。

✤ 评笺

这首词，董苍水评说："（玉叔）小令则如新筝乍调，雏莺初啭，尖俛新艳。"（见徐珂《清代词学概论》）

龚鼎孳

龚鼎孳（1615—1673），字孝昇，号芝麓。安徽合肥人。明崇祯七年（1634）进士，授兵科给事中。清顺治初以原官起用，康熙间官至礼部尚书。治闻博学，与钱谦益齐名。著有《定山堂集》、《三十二芙蓉词》。

东风第一枝

春夜同秋岳作[1]

凤琯排烟[2]，鹅笙沸月[3]，岁华初到街鼓。柳丝约定欢期，花信吹开恨处。今宵酒盏，又勾引、蝶翻蜂聚。近小窗，红雨生生，吹作一帘芳雾。　　飞艳缕，紫绒偷度[4]。挑锦字[5]，玉麟旧侣[6]。远山千叠销魂，画屏一联绣句。东风力软，便逗起，春愁无数。趁踏青，好赋闲情，莫遣少年空去。

✤ 注释

[1] 词题：秋岳，曹溶字，作者词友。

[2] 凤琯：琯同“管”，箫笛之类。

[3] 鹅笙：李贺《天上谣》：“王子吹笙鹅管长。”因笙管状如鹅毛管，所以叫鹅笙。

[4] 紫绒：姚月华《制履赠杨达》诗：“金刀剪紫绒，与郎作轻履。”

[5] 锦字：织锦成字。前秦安南将军窦滔镇襄阳，有宠姬赵阳台，绝其妻苏氏。苏悔恨自伤，因织锦为文，题诗二百余首，计八百余字，纵横反复，皆为文章，名《璇玑图》。滔览锦字，感其妙绝，因具车从迎苏氏至襄阳。

[6] 玉麟旧侣：范成大《浙东参政寄示会稽蓬莱阁诗轴次韵寄题》诗："仙翁来佩玉符麟。"此处玉麟旧侣，指所爱的人。

✤ 评笺

清初尤侗评此词说："先生词如花间美人，自觉妩媚，当与宋子京'红杏枝头'，晏同叔'桃花扇底'，并艳千古。"（徐珂《清代词学概论》引）

余　怀

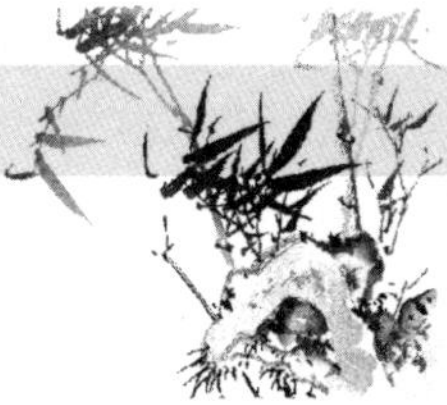

余怀（1616—1696），字澹心，一字无怀，晚号鬘持老人，福建莆田人。有《研山词》、《秋雪词》，总称《玉琴斋词》。

桂枝香

和王介甫，四十九岁感遇词[1]。

江山依旧，怪卷地西风，忽然吹透。只有上阳白发[2]，江南红豆[3]。繁华往事空流水，最飘零、酒狂诗瘦。六朝花鸟，五湖烟月，几人消受。　问千古英雄谁又？况伯业销沈[4]，故园倾覆[5]。四十余年，收拾舞衫歌袖。莫愁艇子桓伊笛[6]，正落叶、乌啼时候。草堂人倦，画屏斜倚，盈盈清昼。

✤ 注释

[1] 词题：王介甫，王安石字介甫。感遇词，用隐约的言语发抒心中的感想。

[2] 上阳白发：上阳，唐宫名，在河南洛阳西南。白居易有《上阳白发人》。

[3] 江南红豆：红豆，一名相思子。王维《相思》诗："红豆生南国，春来发几枝。愿君多采撷，此物最相思。"

[4] 伯业：同"霸业"。

[5] 故园：指故国。

[6] 桓伊笛：晋桓伊字野王，音乐尽一时之妙，得蔡伯喈柯亭笛，常自吹之。（见《晋书·桓伊传》）

✤ **评 笺**

清人吴伟业评此词说："澹心词，大要本于放翁……而藻艳轻俊，又得之梅溪、竹山。"（徐珂《清代词学概论》引）

宋徵舆

宋徵舆(1618—1667),字直方,一字辕文,松江华亭(今上海市松江区)人。清顺治进士,官至副都御史。有《林屋诗文稿》、《海闾香词》。

忆秦娥

杨　花

黄金陌[1],茫茫十里春云白。春云白,迷离满眼,江南江北。　　来时无奈珠帘隔,去时著尽东风力。东风力,留他如梦,送他如客。

✤ 注释

[1] 黄金陌:南北为阡,东西为陌,黄金陌是形容陌上柳树叶如缕缕黄金。

✤ 评笺

谭献评此词说:"身世可怜。"(《箧中词》卷一)

龚　贤

龚贤(1618—1689),一名岂贤,字半千,号野遗,又号柴丈人,江南上元(今江苏南京市)人。有《半亩园词草》。

渔家傲

春　归

昨日落花今日扫,落花扫遍人先老。又是春来添懊恼[1]。如何好?前村沽酒青钱少[2]。　　披衣日上寒窗早,梦中怕向邯郸道[3]。又见青青窗外草。儿童道,谢家[4]原上莺声悄。

✤ **注释**

[1] 懊恼:悔恨。

[2] 青钱:见刘克庄《玉楼春》词注。

[3] 梦中怕向邯郸道:暗用邯郸梦故事。

[4] 谢家:张泌《寄人》诗:“别梦依稀到谢家。”

董元恺

董元恺(生卒年不详),字舜民,号子康,江南长洲(今属江苏苏州市)人。顺治十七年(1660)举人。有《苍梧词》。

忆王孙

江　上

一江江水阅兴亡,花月春江事渺茫[1]。江上风吹雁两行。泪沾裳,江北江南总断肠。

✤ **注释**

[1]“花月春江”句:陈后主叔宝与宫中文学士及朝臣相和为诗,采其尤艳者名《春江花月夜》曲。后来唐张若虚也有《春江花月夜》诗。

酷相思

西江代内

帘卷帘垂朝复暮,断送落红无数。想杜鹃声里人何处?春山也,留君住。秋山也,留君住。　　两峰三竺西泠渡[1],旧是同行路。纵叮咛燕子浑无据。春江也,随君去。秋江也,随君去。

✤ **注释**

[1] 两峰三竺西泠渡：两峰，南高峰、北高峰。三竺，上天竺、中天竺、下天竺。西泠，一名西陵，又名西林，有桥。以上均为西湖名胜。

永遇乐

过虎牢关用辛稼轩韵[1]

千古崤关[2]，是英雄，战守纷争处。废垒寒沙，荒原宿草，精灵自来去。汜水滔滔[3]，河流滚滚，日夜何曾少住。把当年，袁曹刘项，一样销沉龙虎[4]。　　有恨兴亡，无端成败，赢得横鞭指顾。西去荥阳[5]，东来嵩渚[6]，险设成皋路。风响鸣环[7]，霜飞断镞[8]，隐隐犹闻金鼓[9]。惊心问，长陵抔土[10]，今犹在否？

✤ **注释**

[1] 虎牢关：在今河南荥阳市汜水镇西北。

[2] 崤关：在崤谷，即河南省灵宝市的函谷关。

[3] 汜水：在河南荥阳市。

[4] "袁曹刘项"二句：即袁绍、曹操、刘邦、项羽，这里是说这些英雄战斗在虎牢关附近，如龙虎相斗，但至今一样都消沉下去。

[5] 荥阳：地名，今属河南省郑州市。

[6] 嵩渚：《明一统志》："嵩渚山在开封府荥阳县东南二十五里，一名小陉山。"

[7] 风响鸣环：古代佩刀有环，手舞佩刀时，佩环就因风而响。

[8] 霜飞断镞：断镞，断的箭头。这句是说断的箭头还觉凛凛然有霜气。

[9] 金鼓：古代打仗鸣鼓进军，鸣金撤退。

[10] 长陵：汉高祖刘邦陵墓，旧址在今陕西咸阳市东。

万　树

万树(？—1687)，字花农，一字红友，江东宜兴(今属江苏无锡市)人，佐两广总督吴兴祚幕。以才称，尤工词曲，作乐府二十余种。以诗余谱旧图多紊乱，著成《词律》一书，士林珍之。又有《堆絮园集》、《香胆词》、《璇玑碎锦》等书传世。

杨柳枝

不合临池起画楼，断烟疏雨叶飕飕。谁能数得垂杨叶，一叶垂杨一点愁。

苏幕遮

彩分鸾[1]，丝绝藕。且尽今宵，且尽今宵酒。门外骊驹歌一奏[2]，恼杀长亭，恼杀长亭柳。　　倚秦筝，扶楚袖。有个人儿，有个人儿瘦。相约相思须应口，春暮归来，春暮归来否？

✤ **注释**

[1] 彩分鸾：鸾，指鸾镜。范泰《鸾鸟诗序》："昔罽宾王结置峻祁之山，获一鸾鸟，王甚爱之，欲其鸣而不能致也。……其夫人曰：尝闻鸟见其类而后鸣，何不悬镜以映之？……鸾睹形感契，慨然悲鸣，哀响中霄，一奋而绝。"又乐昌公主有破镜

重圆事,此处分鸾即分镜意。

[2] 骊驹:逸诗篇名,客欲去之歌也。辞云:“骊驹在门,仆夫具存。骊驹在路,仆夫整驾。”后因谓告别之歌曰骊歌。

尤　侗

尤侗（1618—1704），字同人，一字展成，号悔庵，一号艮斋，又号西堂。江苏长洲（今属苏州）人。顺治五年（1648）拔贡生，康熙十八年（1679）举博学鸿词，授翰林院检讨，官至侍讲。有《百末词》。

踏莎行

独上妆楼，青山如昨。画眉彩笔春来阁。休弹红雨湿花梢，泪珠自向心头落。　　可恨东风，年年轻薄。天涯不管人飘泊。漫将薄恨比杨花，杨花犹解穿罗幕。

✤ 评笺

曹顾庵说："悔庵词流丽圆转，如细管临风，新莺啼树，至其感慨诙谐，流传酒楼邮壁，又天然工妙，直兼苏、辛、秦、柳诸家所长。"（徐珂《清代词学概论》引）

徐 灿

徐灿（生卒年不详），字湘蘋，号深明，江南吴县（今属江苏苏州市）人，大学士陈之遴继妻。善属文，并精书画。填词得北宋风格，有《拙政园诗余》。

少年游

有 感

衰杨霜遍灞陵桥[1]，何物似前朝？夜来明月，依然相照，还认楚宫腰[2]。　　金尊半掩琵琶恨，旧谱为谁调？翡翠楼前[3]，胭脂井畔[4]，魂与落花飘。

✤ **注 释**

[1] 灞陵桥：见前完颜璹《朝中措》词注。

[2] 楚宫腰：形容女子细腰。《韩非子 · 二柄》："楚灵王好细腰，而国中多饿人。"

[3] 翡翠楼：乔知之《梨园亭子侍宴》诗："花红翡翠楼。"李白诗亦有"翡翠为楼金作梯"之句。

[4] 胭脂井：见前萨都剌《满江红 · 金陵怀古》词注。

踏莎行

芳草才芽，梨花未雨，春魂已作天涯絮。晶帘宛转为谁垂？金衣飞上樱桃树[1]。　　故国茫茫，扁舟何许？夕阳一片江流去。碧云犹叠旧河山，月痕休到深深处！

✤ 注释

[1] 金衣：指黄莺。《开元天宝遗事》："唐明皇每于禁苑中见黄莺，常呼为金衣公子。"

✤ 评笺

谭献评说："兴亡之感，相国愧之。"（《箧中词》卷五）

永遇乐

舟中感旧

无恙桃花，依然燕子，春景多别。前度刘郎[1]，重来江令[2]，往事何堪说？近水残阳，龙归剑杳[3]，多少英雄泪血！千古恨，河山如许，豪华一瞬抛撇。　　白玉楼前[4]，黄金台畔[5]，夜夜只留明月。休笑垂杨，而今金尽，秾李还销歇。世事流云，人生飞絮，都付断猿悲咽[6]。西山在，愁容惨黛，如共人凄切。

✤ 注释

[1] 刘郎：刘禹锡《再游玄都观》诗："种桃道士归何处，前度刘郎今又来。"刘郎，禹锡自称。

[2] 江令：梁江总，为梁太子中舍人，陈授中书令，好学能属文，诗伤于浮艳，为陈后主所爱幸，人称为江令。

[3] 龙归剑杳：《晋书·张华传》载，雷焕于丰城得双剑，送一与华，留一自佩。焕卒，子持剑行经延平津，剑从腰间跃出，堕水。使人没水取之，但见两龙各长数丈，蟠萦有文章。

[4] 白玉楼：天帝修成白玉楼，召李贺为记，见李商隐《李贺小传》。

[5] 黄金台：战国时燕昭王筑台于易水东南，置千金其上，延天下士，号黄金台。

[6] 断猿：猿声断断续续。

✤ 评笺

谭献评说："外似悲壮，中实凄咽，欲言未言。"（《箧中词》卷五）《林下词选》说："湘蘋夫人善属文，兼精书画。诗余得北宋风格，绝去纤佻之习。"

毛奇龄

毛奇龄（1623—1713），原名甡，字大可，号初晴，别号河右，又号西河，学者称“西河先生”，浙江萧山人。康熙十七年（1678）举博学鸿词，授翰林院检讨，预修《明史》。告归卒。精音律，工诗词。有《桂枝词》（一名《毛翰林词》）、《西河词话》。

南柯子

淮西客舍得陈敬止书，有寄。

驿馆吹芦叶[1]，都亭舞柘枝[2]。相逢风雪满淮西，记得去年残烛照征衣。　　曲水东流浅，盘山北望迷。长安书远寄来稀，又是一年秋色到天涯。

✤ 注释

[1] 芦叶：头管，以竹为管，卷芦叶为首，窍七。（见《元史·礼乐志》）又《觱篥格》载：“南蛮多用芦叶卷吹。”

[2] 柘枝：《乐史》引《乐苑》云：“羽调有《柘枝曲》，商调有《屈柘枝》。”此舞因曲为名。又宋寇莱公喜作柘枝舞。

✤ 评笺

姜汝长说：“河右词其旨精深，其体温丽。”（徐珂《清代词学概论》）

陈维崧

陈维崧(1625—1682),字其年,号迦陵,江苏宜兴(今属无锡)人。诸生,康熙十八年(1679)举博学鸿词,授翰林院检讨,纂修《明史》。工骈文及词,尝与朱彝尊合刊所作,曰《朱陈村词》。有《湖海楼诗文词全集》。

点绛唇

夜宿临洺驿[1]

晴髻离离[2],太行山势如蝌蚪[3]。稗花盈亩[4],一寸霜皮厚。　　赵魏燕韩[5],历历堪回首。悲风吼,临洺驿口,黄叶中原走。

✤ **注释**

[1] 临洺驿:临洺,县名,今河北省邯郸市永年区,其西有关,洺水经过其地。驿,驿站。

[2] 晴髻离离:晴日里,远处山峰青如螺髻。离离,犹历历,形容分明。

[3] “太行山势”句:是说太行山脉蜿蜒,远望有如蝌蚪。

[4] 稗花:稗有水稗、草稗两种,花甚繁,色白。

[5] 赵魏燕韩:战国时的四个国家,今属河北、山西等地。

虞美人

无　聊

无聊笑捻花枝说，处处鹃啼血[1]。好花须映好楼台，休傍秦关蜀栈战场开[2]。　　倚楼极目添愁绪，更对东风语：好风休簸战旗红[3]，早送鲥鱼如雪过江东[4]！

✤ **注释**

[1] 鹃啼血：《埤雅》："杜鹃一名子规。苦啼，啼血不止。"白居易《琵琶行》："杜鹃啼血猿哀鸣。"

[2] 秦关蜀栈：秦关，陕西的关口。蜀栈，四川多山，多设栈道，就是在山岩险壁上凿孔，架木铺板，以作通路。

[3] 簸：摇动。

[4] 鲥鱼：形扁而长，大者长三尺许，色白如银，味美。

醉落魄

咏　鹰

寒山几堵[1]？风低削碎中原路[2]。秋空一碧无今古。醉袒貂裘[3]，略记寻呼处[4]。　　男儿身手和谁赌？老来猛气还轩举[5]。人间多少闲狐兔？月黑沙黄，此际偏思汝。

✤ **注释**

[1] 几堵：几道墙。

[2] "风低削碎"句：是说苍鹰健翮如刀剑，乘风低掠，大有欲削碎中原道路之势。

[3] 袒：裸露。

[4] 呼：鹰听打猎者呼唤支使。

[5] 轩举：飞扬。

✤ 评笺

这首词是借鹰寄托壮怀，以期能消灭人间败类。清陈廷焯说："声色俱厉，较杜陵'安得尔辈开其群，驱出六合枭鸾分'之句，更为激烈。"(《白雨斋词话》)

唐多令

夜饮纪事

无梦觅封侯，随缘做浪游。尽颠狂、锦瑟红篝[1]。听得关山刚入破[2]，重惹起，半生愁。　　心事付沙鸥，闲身伴杜秋[3]。问乾坤、何处埋忧[4]？月到五更还未落，人倚在，水明楼[5]。

✤ 注释

[1] 锦瑟：《周礼乐器图》："雅瑟二十三弦，颂瑟二十五弦，饰以宝玉者曰宝瑟，绘文如锦者曰锦瑟。"李商隐有《锦瑟》诗。红篝：红色灯笼。

[2] 入破：谓乐曲将终而合奏。白居易《卧听法曲霓裳》诗："宛转柔声入破时。"

[3] 杜秋：即杜秋娘。杜牧《杜秋娘诗序》："杜秋，金陵女也，年十五为李锜妾。"词里泛指歌女或姬妾。

[4] 埋忧：排遣忧愁，使不复生。仲长统诗："寄愁天上，埋忧地下。"

[5] 水明楼：杜甫《月》诗："四更山吐月，残夜水明楼。"

水龙吟

秋　感

夜来几阵西风？匆匆偷换人间世。凄凉不为，秦宫汉殿，被伊吹碎。只恨人生，些些往事，也成流水。想桃花露井[1]，桐英永巷[2]，青骢马，曾经系。　　光景如新宛记，记瑶台[3]、相逢姝丽[4]。微烟淡月，回廊复馆，许多情事！今日重游，野花乱蝶，迷濛而已！愿天公还我，那年一带，玉楼银砌。

✤ **注释**

[1] 桃花露井：露井，无盖的井。王昌龄《春宫曲》诗："昨夜风开露井桃。"

[2] 桐英永巷：桐英，桐花。永巷，封建时代禁闭宫女的长巷。《列女传》："待罪永巷。"

[3] 瑶台：屈原《离骚》："望瑶台之偃蹇兮，见有娀之佚女。"

[4] 姝丽：美好而艳丽。姜夔《翠楼吟》："人姝丽，粉香吹下，夜寒风细。"

永遇乐

京口渡江用辛稼轩韵[1]

如此江山，几人还记，旧争雄处。北府军兵，南徐壁垒，浪卷前朝去。惊帆蘸水，崩涛飐雪，不为愁人少住。叹永嘉，流人无数，神伤只有卫虎[2]。　　临风太息，髯奴狮子[3]，年少功名指顾。北拒曹丕，南连刘备，霸业开东路。而今何在？一江灯火，隐隐扬州更鼓。吾老矣，不知京口，酒堪饮否[4]？

✤ **注释**

[1] 词题：京口，今江苏镇江市。

[2] "叹永嘉"三句：永嘉，晋怀帝年号。怀帝时，海内大乱，惟江东差安，士民多南渡。卫虎，《世说新语》："刘丹阳、王长史在瓦官寺集，桓护军亦在坐，共商略西朝及江左人物。或问：'杜弘治何如卫虎？'桓答曰：'弘治肤清，卫虎爽奕神令。'王、刘

善其言。”按卫玠小字虎，故称卫虎。

[3] 髯奴：大约指孙权。《三国志·吴书·吴主孙权传》注：“张辽问吴降人曰：‘向有紫髯将军，长上短下，便马善射，是谁？’降人答曰：‘是孙会稽。’”

[4] “不知京口”二句：《晋书·郗超传》说：“时愔在北府，徐州人多劲悍，桓温云：‘京口酒可饮，兵可用。’”

贺新郎

秋夜呈芝麓先生[1]

掷帽悲歌发，正倚幌，孤秋独眺，凤城双阙。一片玉河桥下水，宛转玲珑如雪。其上有、秦时明月[2]。我在京华沦落久，恨吴盐、只点离人发[3]。家何在？在天末。　凭高对景心俱折。关情处，燕昭乐毅[4]，一时人物。白雁横天如箭叫，叫尽古今豪杰。都只被、江山磨灭。明到无终山下去[5]，拓弓弦、渴饮黄獐血[6]。长杨赋[7]，竟何益？

✤ 注释

[1] 芝麓：龚鼎孳字。

[2] 秦时明月：王昌龄《出塞》诗：“秦时明月汉时关。”

[3] “恨吴盐”二句：用李贺“吴霜点归鬓”诗意。吴盐，见周邦彦《少年游》词注。

[4] 燕昭乐毅：燕昭王即位后，卑身厚币，以招贤者，为郭隗筑黄金台，师事之。于是乐毅自卫往，邹衍自齐往，剧辛自赵往，士争趋燕。王吊死问孤，与百姓同甘苦，国以富强。以乐毅为上将军，伐齐入临淄，下齐七十余城。在位三十三年卒。

[5] 无终山：一名翁同山，在今天津市蓟州区北。

[6] 黄獐：獐，似鹿而小，无角，毛褐色，所以称为黄獐。

[7] 长杨赋：西汉扬雄有《长杨赋》。长杨，汉宫名。

又

纤夫词[1]

战舰排江口，正天边，真王拜印[2]，蛟螭蟠钮[3]。征发棹船郎十万[4]，列郡风驰雨骤[5]。叹闾左、骚然鸡狗[6]。里正前团催后保[7]，尽累累、锁系空仓后。捽头去[8]，敢摇手？

稻花恰称霜天秀，有丁男，临歧诀绝，草间病妇。此去三江牵百丈[9]，雪浪排樯夜吼。背耐得、土牛鞭否[10]？好倚后园枫树下，向丛祠亟倩巫浇酒[11]。神祐我，归田亩。

✤ 注释

[1] 纤夫词：咏牵船人的词。

[2] 真王拜印：《史记·淮阴侯列传》说：韩信欲称王，借口齐人伪诈多变，须有假王镇服。刘邦闻报说："大丈夫定诸侯，即为真王耳，何以假为？"三藩变起，清帝命安亲王岳乐进兵江西，简亲王喇布镇守江南，"真王"当指此。拜印，授新印信。

[3] 蛟螭蟠钮：印钮雕为蛟螭的形状。

[4] 棹船郎：撑船的人。

[5] 风驰雨骤：犹言雷厉风行。

[6] 叹闾左、骚然鸡狗：官吏在闾里拉夫骚扰，闹得鸡狗不安。闾左，闾里的左侧，贫民居住的地方。

[7] 里正：唐制，凡百户为一里，里置正一人。杜甫《兵车行》："去时里正与裹头。"

[8] 捽（zuó）头：揪着头发。

[9] 牵百丈：劈竹为大辫，用麻绳连贯以为牵舟具，名为百丈。杜甫《祠南夕望》诗："百丈牵江色。"

[10] 背耐得、土牛鞭否：是说役夫被官吏鞭打，如打土牛一样。"土牛"，土作的牛，即春牛。旧制，立春日官吏祭农神后，以彩鞭鞭打春牛。

[11] 丛祠：树木荫翳的神祠。

✤ **评笺**

陈廷焯说："国初词家，断以迦陵为巨擘。后人每好扬朱而抑陈，以为竹垞独得南宋真脉。呜呼！彼岂真知有南宋哉？迦陵词气魄绝大，骨力绝遒，填词之富，古今无两，只是一发无余，不及稼轩之浑厚沈郁。然在国初诸老中，不得不推为大手笔。"(《白雨斋词话》卷三)

朱彝尊

朱彝尊（1629—1709），字锡鬯，号竹垞，又号金风亭长、小长芦钓鱼师，浙江秀水（今浙江嘉兴市）人。康熙己未（1679）举博学鸿词，授检讨，入直南书房，出典江南省试。罢归后，殚心著述。工诗词，著有《曝书亭诗文集》等。

忆王孙

夜泛鉴湖[1]

天边新月两头纤[2]，镜里晴山万点尖[3]。小棹乌篷不用帘[4]。夜厌厌，渐觉微风衣上添。

✤ 注释

[1] 词题：鉴湖一名镜湖，在浙江省绍兴市西南三十里。

[2] 新月两头纤：古乐府《两头纤纤》诗："两头纤纤月初生，半白半黑眼中睛。"

[3] 晴山万点尖：杜甫《送张二十参军赴蜀州因呈杨五侍御》诗："万点蜀山尖。"

[4] 小棹乌篷：带卧篷的小船。陆游《归三山》诗："乌篷画楫有新船。"

卖花声

雨花台[1]

衰柳白门湾[2]，潮打城还。小长干接大长干[3]。歌板酒旗零落尽，剩有渔竿。　　秋草六朝寒，花雨空坛。更无人处一凭阑。燕子斜阳来又去，如此江山！

✤ 注释

[1] 词题：雨花台，在江苏南京。《江宁府志》："雨花台在南城三里聚宝门外，据冈阜最高处，梁云光法师讲经于此。凡讲经，天雨花如雪，故以名其台。"

[2] 白门：古建业城西门，按建业城即今南京市。

[3] 小长干、大长干：南京地名。刘渊林《吴都赋》注："江东谓山间为'干'，建业南五里有山冈，其间平地，吏民杂居……大长干在越城东，小长干在越城西，地有长短，故号大小长干。"

✤ 评笺

谭献评此词说："声可裂竹。"(《箧中词》卷二)

南楼令

疏雨过轻尘，园莎结翠茵。惹红襟乳燕来频[1]。乍暖乍寒花事了，留不住，塞垣春。　　归梦苦难真，别离情更亲。恨天涯芳信无因。欲话去年今日事，能几个，去年人？

✤ 注释

[1] 红襟乳燕：郭璞《玄中记》："越燕斑胸声小，胡燕红襟声大。"

解珮令

自题词集

十年磨剑[1]，五陵结客[2]，把平生涕泪都飘尽。老去填词，一半是、空中传恨，几曾围、燕钗蝉鬓[3]？　　不师秦七，不师黄九[4]，倚新声、玉田差近[5]。落拓江湖[6]，且分付、歌筵红粉，料封侯、白头无分。

✤ 注释

[1] 十年磨剑：贾岛《剑客》诗："十年磨一剑，霜刃未曾试。"

[2] 五陵结客：《汉书·原涉传》说："郡国诸豪及长安五陵诸为气节者皆归慕之。"颜师古注曰：五陵谓长陵、安陵、阳陵、茂陵、平陵。

[3] 燕钗蝉鬓：燕钗，《洞冥记》载，元鼎元年起招仙阁，有神女留一玉钗，帝以赐婕妤，至昭帝时，发匣有白燕飞升天。宫人学作此钗，因名玉燕钗，言吉祥也。蝉鬓，古代妇女的一种发式。《古今注》说，魏文帝宫人莫琼树始制为蝉鬓，望之缥缈如蝉翼然。

[4] 秦七、黄九：秦观行七，黄庭坚行九。倚新声：就是填词。

[5] 玉田：南宋词人张炎，字叔夏，号玉田，有《玉田词》。

[6] 落拓江湖：落拓，犹落魄，失意无聊。杜牧《遣怀》诗："落魄江湖载酒行。"

消　息

度雁门关[1]

千里重关，凭谁踏遍，雁衔芦处[2]？乱水滹沱[3]，层霄冰雪，鸟道连勾注[4]。画角吹愁，黄沙拂面，犹有行人来去。问长途、斜阳瘦马，又穿入、离亭树[5]。　　猿臂将军[6]，鸦儿节度[7]，说尽英雄难据。窃国真王[8]，论功醉尉[9]，世事都如许！有限春花，无多山店[10]，酹酒徒成虚语！垂杨老，东风不管，雨丝烟絮。

✤ 注释

[1] 雁门关：一名西陉关，在山西省代县西北雁门山上。《代州志》："唐制关于绝

顶,元时关废,明初移今所。两山夹峙,形势雄险,即勾注故道,自古为戍守重地。"

[2] 雁衔芦处:《推篷寤语》:"雁北归必衔芦,越关则输之。予考雁从风而飞,春夏南风,故北飞。秋冬朔风,故南飞。秋冬过南,食肥体重,故借芦以助风力。塞北风高,则无此事,故投于雁门关。"

[3] 滹沱:河名。《清一统志》:"滹沱河在代州南二里。"

[4] 鸟道连勾注:鸟道,指山路峻险。《南中志》:"鸟道四百里,以其险绝,特上有飞鸟之道耳。"勾注,山名。《元和郡国志》:"勾注山在朔州(鄯阳)县东八十里。"

[5] 离亭:郊外送别休息之所。杨炯《送丰城王少府》诗:"离亭隐乔树,沟水浸平沙。"

[6] 猿臂将军:李广,长猿臂,善射,号称汉之飞将。

[7] 鸦儿节度:《新五代史·唐庄宗纪》:"克用少骁勇,军中号曰'李鸦儿'……中和元年……为代州刺史、雁门以北行营节度使。"

[8] 窃国真王:窃国,《庄子·胠箧》:"窃国者侯。""真王"见前陈维崧《贺新郎·纤夫词》注。

[9] 醉尉:《史记·李将军列传》:"(李广)尝夜从一骑出,从人田间饮。还至霸陵亭,霸陵尉醉,呵止广。广骑曰:'故李将军。'尉曰:'今将军尚不得夜行,何乃故也!'止广宿亭下。"

[10] 山店:山中客店。

金明池

燕台怀古,和申随叔翰林[1]。

西苑妆楼[2],南城猎骑[3],几处笳吹芦叶[4]。孤岛处,生烟夕照,对千里万里积雪。更谁来、击筑高阳[5],但满眼、花豹明驼相接[6]。剩野火楼桑,秋尘石鼓[7],陌上行人空说。　战斗渔阳何曾歇[8]?笑古往今来,浪传豪杰。《绿头鸭》悲吟乍了[9],《白翎雀》醉歌还阕[10]。数燕云十六神州[11],有多少园陵,颓垣断碣。正石马嘶残,金仙泪尽,古水荒沟寒月[12]。

✤ 注释

[1] 词题：燕台，《述异记》："燕昭王为郭隗筑台，今在幽州燕王故城中，土人呼为贤士台，亦谓之招贤台。"申随叔：申涵盼，字随叔，广平人，有《定舫诗草》。

[2] 西苑妆楼：西苑，《畿辅通志》："西苑在皇城内，周围深广，波光澄澈，岛皆奇石巉岩，下瞰池水，乔松古桧，烟云缭绕，隐然蓬莱仙府也。"妆楼，《尧山堂外纪》："金章宗为李宸妃建梳妆台于都城东北隅，今禁中琼华岛妆台，本金故物也，目为辽萧后梳妆楼误。"

[3] 南城猎骑：《大政记》："南苑方一百六十里……自永乐定都以来，岁时搜猎于此。"又《可斋笔记》载："南海子距城南二十里，獐鹿雉兔不可以数计，每猎则海户合围，纵骑士驰射于中，所以训武也。"

[4] 笳吹芦叶：见前毛奇龄《南柯子》词注。

[5] 击筑高阳：见前陆游《秋波媚》词注。高阳，今河北高阳县。

[6] 花豹明驼：花豹，《埤雅》载："豹花如钱，黑而小于虎。"明驼，《酉阳杂俎》："明驼千里脚，谓驼卧屈足，腹不著地而漏明者，最能行远，故曰明驼。一说明驼眼下有毛夜明，日行五百里。"

[7] 石鼓：《帝京景物略》："国子监左庙右学……庙门之石鼓，周宣王猎碣也。"

[8] 渔阳：郡名，今北京市以东、天津市以北及长城以南，丰润、遵化诸县以西皆其地，为古代战守争夺要地。

[9] 绿头鸭：曲名。苏轼《岐亭五首》其一："家有红颊儿，能歌绿头鸭。"

[10] 白翎雀：陶宗仪《辍耕录》："白翎雀者，国朝教坊大曲也。……雀生于乌桓朔漠之地，雌雄和鸣，自得其乐。"

[11] 燕云十六神州：《五代史·附录》云：契丹当庄宗、明宗时，攻陷营、平二州，及已立晋，又得雁门以北幽州，节度管内合一十六州，乃以幽州为燕京。按《广舆纪》注："直隶为山前曰燕，大同为山后曰云。"

[12] 古水荒沟：李贺《勉爱行二首送小季之庐山》其二："荒沟古水光如刀。"

✤ 评笺

李符说："竹垞词虽多艳语，然皆一归雅正。不若屯田《乐章》，徒以香泽为工者。词而艳，能如竹垞，斯可矣。"吴衡照说："竹垞自云：'倚新声、玉田差近。'其实玉田词疏，竹垞词谨严；玉田词淡，竹垞词精致。殊不相类。"郭麟说："竹垞词有名士气，渊雅深稳，字句密致。"（徐珂《清代词学概论》引）

吴兆骞

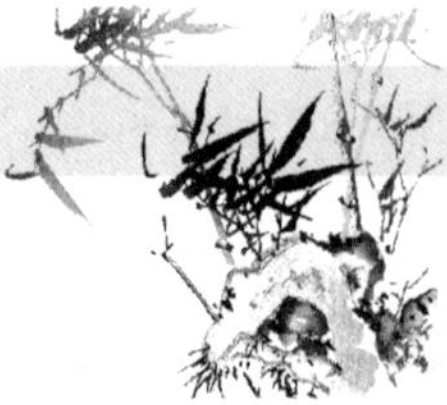

吴兆骞(1631—1684),字汉槎,江苏吴江(今属苏州)人。顺治丁酉(1657)举人。以科场案流放宁古塔二十余年,其诗词多写塞外景色和怀念故乡亲旧的哀怨。有《秋笳词》。

生查子

古　意

秋高紫塞风[1],阵阵衔芦雁[2]。盼断别时音,尘暗书难见。　昨岁灞桥头[3],折柳看如线。又是玉关春[4],絮卷天涯远。

✤ 注释

[1] 紫塞:《古今注》:"秦筑长城,土色皆紫,汉塞亦然。故称'紫塞'焉。"

[2] 衔芦雁:见前朱彝尊《消息·度雁门关》词注。

[3] 灞桥:见前陆游《秋波媚》词注。

[4] 玉关:即玉门关,在甘肃。王之涣《凉州词》:"羌笛何须怨杨柳,春风不度玉门关。"

念奴娇

家信至有感

牧羝沙碛[1],待风鬟[2],唤作雨工行雨[3]。不是垂虹亭子上[4]，休盼绿杨烟缕。白苇烧残，黄榆吹落，也算相思树。空题裂帛[5]，迢迢南北无路。　　消受水驿山程，灯昏被冷，梦里偏叨絮[6]。儿女心肠英雄泪，抵死偏萦离绪。锦字闺中，琼枝海上[7]，辛苦随穷戍[8]。柴车冰雪[9]，七香金犊何处[10]？

✤ **注释**

[1] 牧羝：此用苏武牧羝北海故事。沙碛：沙漠荒凉之地。

[2] 风鬟：指妇人。李清照《永遇乐》："如今憔悴，风鬟雾鬓，怕见夜间出去。"

[3] 雨工行雨：《异闻集》："柳毅见泾川妇人牧羊，问之。曰：'此非羊，雨工也。''何谓雨工？'曰：'雷霆之类也'。"

[4] 垂虹亭：《吴郡志》：吴江有垂虹亭。米芾《垂虹亭》诗："垂虹秋色满江南。"

[5] 裂帛：谓撕裂布帛为书函。《汉书·苏武传》："天子射上林中，得雁足有系帛书，言武等在某泽中。"

[6] 叨絮：谓话多而连绵不断。

[7] "锦字闺中"二句：杨慎有"易求海上琼枝树，难得闺中锦字书"之句。

[8] 穷戍：因作者远戍东北边地宁古塔，故云。

[9] 柴车：粗劣的车子。

[10] 七香金犊：曹操《与太尉杨彪书》云："今赠足下画轮四望通幰七香车一乘。"犊，小牛。温庭筠《春晓曲》："油壁车轻金犊肥。"

彭孙遹

彭孙遹(1631—1700),字骏孙,号羡门,又号金粟山人,浙江海盐(今属嘉兴)人。顺治己亥(1659)进士。康熙己未(1679)召试博学鸿词,以第一人授编修。著有《松桂堂集》、《延露词》、《金粟词话》等。

生查子

旅　夜

薄醉不成乡[1],转觉春寒重。鸳枕有谁同[2]?夜夜和愁共。　　梦好恰如真,事往翻如梦。起立悄无言,残月生西弄。

✤ 注释

[1] 乡:指醉乡,谓隐于醉中别有一种境界。
[2] 鸳枕:枕上绣着鸳鸯。

✤ 评笺

谭献评此词曰:“唐调。”(《箧中词》卷一)

柳梢青

感　事

何事沉吟?小窗斜日,立遍春阴。翠袖天寒,青衫人老，一样伤心。　　十年旧事重寻，回首处山高水深。两点眉峰，半分腰带[1]，憔悴而今！

✤ 注释

[1] 半分腰带：形容人体消瘦。《梁书·沈约传》："革带常应移孔，以手握臂，率计月小半。"

✤ 评笺

谭献评说："不嫌太尽。"（《箧中词》卷一）

画屏秋色

芜城秋感[1]

野照芜城夕。送远目，云水苍茫不极[2]。琼蕊音遥[3]，青楼梦杳[4]，玉钩人寂[5]。何处认隋宫？见衰草寒烟堆积。攒一片，伤心碧。听柳外哀蝉，风高响殢，如诉兴亡旧恨，声声无力。　　今昔，可胜凄恻，莫重问、锦帆消息[6]。竹西歌吹[7]，淮南笙鹤[8]，尽成陈迹。转眼又西风，辞巢越燕还如客[9]。落叶千重萧槭[10]。万事总销沉，惟有清江皓月，曾照昔人颜色。

✤ 注释

[1] 词题：芜城，在江苏扬州江都市东北，即广陵故城。鲍照有《芜城赋》。

[2] "云水苍茫"句：是说云水苍茫望不到头。

[3] 琼蕊：即琼花。王禹偁诗序说："后土庙琼花……天下独一株尔，欧阳永叔为扬州作无双亭以赏之。"

[4] 青楼：见秦观《满庭芳》词注。

[5] 玉钩：指玉钩斜，在江都西，为隋炀帝埋葬宫女处。

[6] 锦帆：《开河记》载，炀帝御龙舟，幸江都，“舳舻相继，连接千里，自大梁至淮口，联绵不绝，锦帆过处，香闻百里”。

[7] 竹西歌吹：见姜夔《扬州慢》词注。

[8] 淮南笙鹤：原注：“用高骈事。”（见《全清词钞》）唐高骈驻广陵时，于府第别建道院，有侍女数百，皆羽衣霓服，和声度曲，拟之钧天。

[9] 越燕还如客：杜甫《立秋后题》诗：“秋燕已如客。”

[10] 萧槭：犹萧瑟。杜甫《法镜寺》诗：“萧槭寒箨聚。”

✣ 评笺

严绳孙说：“羡门惊才绝艳，长调数十阕，固堪独步江左。至其小词，啼香怨粉，怯月凄花，不减南唐风格。”（徐珂《清代词学概论》引）

曹贞吉

曹贞吉(1634—1698),字升六,号实庵。山东安丘(今属潍坊市)人。清康熙三年(1664)进士,官礼部郎中。诗格遒炼,著有《珂雪诗词集》。

浪淘沙

咏　史

秋老伏波营[1],海气凄清。鹧鸪啼上越王城[2]。玉几金床何限恨[3],紫殿苔生。　　霸业总飘零,青盖亭亭。五千甲楯忆行成[4]。回首羊车游幸地[5],多少娉婷[6]?

✤ 注释

[1] 伏波营:汉马援的军营。马援拜伏波将军。

[2] 越王城:旧址在广东,为汉南越王赵佗所居之地。

[3] 玉几金床:北魏咸阳王元禧恣极声色,后以叛诛。宫人为歌曰:“可怜咸阳王,奈何作事误?金床玉几不得眠,夜踏霜与露。洛水湛湛弥岸长,行人那得渡。”

[4] “五千甲楯”句:《左传·哀公元年》云:“吴王夫差败越于夫椒,报檇李也。遂入越,越子以甲楯五千保于会稽,使大夫种因吴太宰嚭以行成。”

[5] 羊车游幸地:君王所游玩之处。羊车,《晋书·胡贵嫔传》:“(武帝)掖庭殆将万人,而并宠者甚众,帝莫知所适,常乘羊车,恣其所之,至便宴寝。宫人乃取竹叶插户,以盐汁洒地,而引帝车。”按竹叶、盐汁,皆为羊所喜食。

[6] 娉婷:美好貌。这里指美女。

扫花游

春雪，用宋人韵。

元宵过也，看春色蘼芜[1]，澹烟平楚[2]。湿云万缕，又轻阴作晕，蜂儿乱舞。一夜梅花，暗落西窗似雨。飘摇去，试问逐风，归到何处？　　灯事才几许[3]？记流水钿车[4]，画桥争路。兰房列俎，叹蕣华易掷[5]，鬓丝堆素。拥断关山，知有离人独苦。漫凭伫，听寒城、数声谯鼓[6]。

✤ 注释

[1] 蘼芜：多年生草，野生，茎高尺许，夏月开白花，有清香。古诗："上山采蘼芜。"

[2] 平楚：见前刘基《千秋岁》词注。

[3] 灯事：指元宵灯节的事物。

[4] 钿车：见前史达祖《绮罗香》词注。

[5] 蕣华：木槿花，朝开夕落。

[6] 谯鼓：城上谯楼的更鼓。

✤ 评笺

王士祯说："实庵不为闺襜靡曼之音，而气韵自胜，其淡处绝似宋人。"（徐珂《清代词学概论》引）陈廷焯说："绵雅幽细，斟酌于美成、梅溪、碧山、公瑾而出之者。"（《白雨斋词话》卷三）

王士祯

王士祯（1634—1711），本名士禛，为避清世宗讳，后人改名士祯，字贻上，号阮亭，别号渔洋山人，山东新城（今属淄博）人。顺治十五年（1658）进士，官至刑部尚书，谥文简。有《衍波词》、《花草蒙拾》，又与邹祗谟合选《倚声初集》。

点绛唇

春初和漱玉韵[1]

水满春塘，柳绵又蘸黄金缕[2]。燕儿来去，几阵梨花雨。　　情似黄丝[3]，历乱难成绪。凝眸处，白蘋红树，不见西洲路[4]。

✤ 注释

[1] 词题：和李清照词韵。宋李清照有《漱玉词》。

[2] 柳绵：柳絮。苏轼《蝶恋花》词："枝上柳绵吹又少。"又蘸黄金缕：形容柳丝被雨水蘸湿，如金色丝缕。

[3] "黄丝"句：也是形容柳丝。鲍照《行路难》："黄丝历乱不可治。"

[4] 西洲路：贾岛《送神邈法师》诗："柳絮落濛濛，西洲道路中。"

醉花阴

和漱玉词

香闺小院闲清昼，屈戌交铜兽[1]。几日怯轻寒，篝局香浓[2]，不觉春光透。　　韶光转眼梅花后，又催裁罗袖。最怕日初长，生受莺花，打叠人消瘦[3]。

✤ 注释

[1] 屈戌交铜兽：屈戌，陶宗仪《辍耕录》云："今人家窗户设铰具，或铁或铜，名曰环纽，即古金铺之遗意，北方谓之屈戌。"铜兽，即指古代门上铜铸兽环。

[2] 篝局：熏笼的别名。

[3] 打叠：安排，收拾。

贺新郎

夜饮，用蒋竹山韵[1]。

过雨花如绣，正罘罳[2]、低垂四面，繁英香透。结客十年知己少，何似银筝翠袖。莫须问、涛飞山走[3]。且解金龟休作恶，未伤神，丝竹中年后[4]。空泪堕，金城柳[5]。　　长安一雨分新旧[6]。更谁能、望尘膝席，争名鸡口[7]。高誓安期灵气尽[8]，一望三山似阜。但海水、尽成醇酒。鹦鹉螺杯金不落[9]，问狂生、得似公荣否[10]。休暂住，捱筝手[11]。

✤ 注释

[1] 词题：蒋捷，字竹山，南宋词人。

[2] 罘罳(fú sī)：《雍录》："罘罳者，镂木为之，其中疏通，可以透明，或为方空，或为连锁，其状扶疏，故曰罘罳。"

[3] 涛飞山走：喻世乱。涛飞，即海水群飞。《南齐书·高帝纪》："神厌灵绎，海水群飞，彝器已尘，宗禋谁主。"山走，《述异记》："桀时，泰山山走石泣。"

[4] "金龟"三句：李白《对酒忆贺监》诗序："(贺监)呼余为'谪仙人'，因解金龟换酒为乐。"作恶，闷损。《晋书·王羲之传》："谢安尝谓羲之曰：'中年以来，伤于哀乐，为亲友别，辄作数日恶。'羲之曰：'年在桑榆，自然至此，顷正赖丝竹陶写，恒恐儿辈觉，损其欢乐之趣。'"

[5] 金城柳：金城，即金墉城，在今河南洛阳市东北。《晋书·桓温传》："温自江陵北伐，行经金城，见少为琅邪时所种柳皆已十围，慨然曰：'木犹如此，人何以堪。'"

[6] "长安一雨"句：杜甫诗小序云："卧病长安旅次，多雨生鱼，青苔及榻，常时车马之客，旧雨来，今雨不来。"按新旧雨指新友和故友而言。

[7] 鸡口：《史记·苏秦列传》："宁为鸡口，毋为牛后。"这里鸡口比喻小的意思。

[8] 高誓、安期：相传二人都是古时仙人。《史记·秦始皇本纪》："三十二年，始皇之碣石，使燕人卢生求羡门、高誓。"陆游《长歌行》："人生不作安期生，醉入东海骑长鲸。"按安期生，秦时人，即抱朴子。相传后成仙，住在海上蓬莱仙山。

[9] 鹦鹉螺杯金不落：酒杯名。鹦鹉螺壳乳白色，有青丝斑，里面有光如真珠，大者可受二升，可做酒器。金不落，酒器。白乐天《送春》诗："银花不落从君劝。"

[10] 公荣：刘公荣。《晋书·王戎传》："戎尝与阮籍饮，时兖州刺史刘昶字公荣在坐，籍以酒少，酌不及昶，昶无恨色。戎异之，他日问籍曰：'彼何如人也？'答曰：'胜公荣，不可不与饮；若减公荣，则不敢不共饮；惟公荣可不与饮。'"

[11] 捱筝手：弹筝。筝，古乐器，其制如筝而七弦有柱，用竹轧之。手，弹筝的人。

✤ 评笺

邹祗谟说："衍波词小令，极哀艳之深情，穷倩盼之逸趣，其《醉花阴》、《浣溪沙》诸阕，不减南唐二主也。"(徐珂《清代词学概论》引)

李良年

李良年(1635—1694),原名法远,字符曾,一字武曾,号秋锦,浙江秀水(今属嘉兴)人。监生,康熙十八年(1679)荐举博学鸿词。有《秋锦山房词》、《词家辨证》、《词坛纪事》。

踏莎行

金　陵

两岸洲平,三山翠俯[1]。江豚吹雪东流去[2]。故陵残阙总荒烟,斜阳鸦背分吴楚[3]。　青雀钿缸[4],朱楼画鼓。冥冥一片杨花路。游人休吊六朝春,百年中有伤心处。

✤ **注释**

[1] 三山:《江南通志》:"三山在江宁府西南五十七里。"其山临大江,三峰行列,南北相连。李白《登金陵凤凰台》诗:"三山半落青天外,二水中分白鹭洲。"

[2] 江豚:鲸属,胸有两孔,喷水直上,状似猪,俗称水猪。许浑《金陵怀古》诗:"江豚吹浪夜还风。"

[3] "斜阳鸦背"句:温庭筠《春日野行》诗:"鸦背夕阳多。"金陵古为吴楚之地,所以说分吴楚。

[4] 青雀:舟名。隋炀帝《江都宫乐歌》:"渌潭桂楫浮青雀,果下金鞍跃紫骝。"钿缸:金花装饰的灯。

✤ 评笺

曹贞吉说:“秋锦论词,必尽扫蹊径,独露本色。尝谓南宋词人,梦窗之密,玉田之疏,必兼之乃工,今读是集,洵非虚语。”(徐珂《清代词学概论》引)

顾贞观

顾贞观(1637—1714),字华峰,号梁汾。江苏无锡(今无锡市)人。康熙五年(1666)举人。为国史院典籍,戊申因父死归家居丧,丙辰复入京,馆纳兰相国家,与相国子性德交契。著有《积书岩集》及《弹指词》等。

金缕曲

寄吴汉槎宁古塔,以词代书[1]。

季子平安否[2]?便归来,平生万事,那堪回首!行路悠悠谁慰藉,母老家贫子幼[3]。记不起、从前杯酒。魑魅搏人应见惯[4],总输他、覆雨翻云手[5]。冰与雪,周旋久[6]。

泪痕莫滴牛衣透[7]!数天涯、依然骨肉,几家能够[8]?比似红颜多命薄[9],更不如今还有。只绝塞、苦寒难受[10]。廿载包胥承一诺[11],盼乌头、马角终相救[12]。置此札,君怀袖[13]。

✤ 注释

[1] 词题:吴汉槎,即吴兆骞,字汉槎,清顺治十四年(1657),他因江南科场案,流徙宁古塔(今黑龙江宁安)。

[2] 季子:指吴汉槎,汉槎有两兄兆宽、兆宫,按伯仲叔季排列,故称季子。又因春秋时吴季札被称延陵季子,汉槎姓吴,故借作此称谓。

[3] 母老家贫子幼:按江南科场案判决,应考者的父母兄弟妻子均流宁古塔,由

于友人斡旋，吴的父母兄弟得免流徙，所以说"母老家贫"。吴子振臣，康熙三年(1664)生于宁古塔，此时年十三。

[4] 魑魅搏人：杜甫《天末怀李白》诗："文章憎命达，魑魅喜人过。"汉槎子振臣为《秋笳集》跋，谓其父"为仇家所中，遂遣戍宁古塔。"即谓此。

[5] 覆雨翻云手：见前文天祥《满江红》词注。

[6] 冰与雪，周旋久：谓吴汉槎在冰雪欺凌之下周旋很久。周旋，犹言对付。

[7] 牛衣：乱麻编制的衣服。汉王章贫困时卧牛衣中与妻对泣。

[8] "数天涯"句：汉槎于顺治十六年(1659)遣戍宁古塔，越四年，其妻葛氏出关省夫，在戍所十余年，生一子四女。

[9] "比似红颜多命薄"句：是说红颜薄命，自古已然，不仅今日有此事。

[10] 绝塞苦寒：《研堂见闻杂记》："宁古塔在辽东极北，去京师七八千里，其地重冰积雪，非复世界。"

[11] 包胥：申包胥，见前注。

[12] 乌头马角：战国末，燕太子丹为质于秦，求归。秦王曰："乌头白，马生角，乃许耳。"

[13] "置此札"二句：《古诗十九首》："置书怀袖中，三岁字不减。"

又

我亦飘零久。十年来，深恩负尽，死生师友。宿昔齐名非忝窃[1]，试看杜陵消瘦，曾不减、夜郎僝僽[2]。薄命长辞知己别[3]，问人生、到此凄凉否？千万恨，从君剖。　兄生辛未吾丁丑[4]。共些时、冰霜摧折，早衰蒲柳[5]。词赋从今须少作[6]，留取心魂相守。但愿得、河清人寿[7]。归日急翻行戍稿[8]，把空名、料理传身后。言不尽，观顿首。

✤ 注释

[1] 宿昔齐名：王士祯《感旧集》卷十六，顾震沧云："贞观幼有异才，能诗，尤工乐府，少与吴江吴兆骞齐名。"

[2] “试看杜陵消瘦”三句：杜甫尝自称杜陵野老，杜陵布衣。夜郎僝僽，李白坐永王李璘事，被流放夜郎。僝僽，谓遭恶詈。此三句作者自谓与吴汉槎才名相等，犹如杜甫和李白一样。

[3] 薄命长辞知己别：顾贞观《弹指词》有《金缕曲为悼亡》一首，编在此一首《金缕曲·寄吴汉槎宁古塔》之后，与纳兰性德《亡妇忌日》词同韵。薄命指其妇，知己别，指与汉槎长别。

[4] 兄生辛未吾丁丑：汉槎生于崇祯四年辛未(1631)，贞观生于崇祯十年丁丑(1637)。

[5] “共些时”三句：些，量词。此谓在一些时间内，共受冰霜摧折，像蒲柳那样早衰。蒲柳，水杨。《世说新语》：“顾悦与简文同年，而发蚤白。简文曰：‘卿何以先白？’对曰：‘蒲柳之姿，望秋而落；松柏之质，经霜犹茂。’”按贞观作此词时四十岁，汉槎四十六岁。贞观《金缕曲·丙午生日自寿》云：“三十成名身已老。”汉槎寄顾书亦云：“弟年来摇落特甚，双鬓渐星。”

[6] 词赋从今须少作：汉槎除词外，还以赋擅名。《国朝先正事略》记：“(汉槎)童时作《胆赋》，累千余言。”他还有《秋雪赋》、《羁鹤赋》、《兰赋》、《长白山赋》等篇。

[7] 河清：《左传·襄公八年》：“俟河之清，人寿几何。”旧传黄河水百年一清，此祝其早日归来。

[8] 行戍稿：谓戍边时所写的稿。

✤ 评笺

顾氏《弹指词》所载《金缕曲》后有自注云：“二词，容若(纳兰性德)见之，为泣下数行，曰：‘河梁生别之诗，山阳死友之传，得此而三。此事三千六百日中，弟当以身任之，不俟兄再嘱也。’余曰：‘人寿几何，请以五载为期。’恳之太傅(容若之父明珠)，亦蒙见许，而汉槎果以辛酉入关矣。附书志感，兼志痛云。”清陈廷焯《白雨斋词话》卷三说：“华峰《贺新郎》两阕，只如家常说话，而痛快淋漓，宛转反复，两人心迹，一一如见，虽非正声，亦千秋绝调也。”又说：“二词纯以性情结撰而成，愁之深，慰之至，丁宁告戒，无一字不从肺腑流出，可以泣鬼神矣。”谭献也评论说：“使人增朋友之重，可以兴矣！”(《箧中词》卷一)

李 符

李符（1639—1689），原名符远，字分虎，号耕客，又号桃乡，浙江秀水（今属嘉兴市）人。李良年之弟，少与兄绳远、良年并著诗名，时称“三李”。著有《香草居集》、《耒边词》。

河满子

经阮司马故宅[1]

惨澹君王去国，风流司马无家。歌扇舞衣行乐地，只余衰柳栖鸦。赢得名传乐部，春灯燕子桃花[2]。

✤ 注释

[1] 词题：阮司马，阮大铖为兵部尚书，因兵部尚书古为大司马，所以称阮司马。

[2] 春灯燕子桃花：《春灯谜传奇》和《燕子笺》等剧，为阮大铖所撰。进呈宫中，福王大悦。按《桃花扇》有《选优》一折，即演福王搜歌妓入禁中，演习《燕子笺》事。

绮罗香

春 游

屏山翠远[1]，镜槛红深[2]，好在一旬无雨。结伴携筇，爱煞踏青柔路[3]。正花底、梦蝶飞来[4]，又溪上、盟鸥招去。隔垂杨水曲桥横，晴丝引入断魂处[5]。　　画楼谁弄凤竹[6]，碍闲云一朵，欲飞还住。几树斜阳，啼过乱莺无数。最难禁、片霎欢游，重唤起、那回愁绪。待重寻、含笑桃门[7]，冷烟迷断浦。

✤ 注释

[1] 屏山：见温庭筠《菩萨蛮》词“小山重叠”句注。

[2] 镜槛：李商隐有《镜槛》诗，程梦星注云：“谢朓《咏镜台》诗‘玲珑数丹槛’，此镜槛，当是镜台。”

[3] 踏青：见前张先《木兰花》词注。

[4] 梦蝶：见前吴激《风流子》词注。

[5] 晴丝：晴天游丝，系蜘蛛青虫之类所吐的丝。吴文英《瑞鹤仙》词：“晴丝牵绪乱。”

[6] 凤竹：指箫笛之类。武三思《奉和过梁王宅即目应制》诗：“凤竹初垂箨。”

[7] 含笑桃门：用崔护“去年今日此门中，人面桃花相映红”诗意。

✤ 评笺

高二鲍说：“耒边词，能扫尽臼科，独露本色，在宋人中绝似竹山。”（徐珂《清代词学概论》引）陈廷焯说：“二李词绝相类，大约皆规模南宋，羽翼竹垞者。符曾较雅正，而才气则分虎为胜。”（《白雨斋词话》卷三）

蒲松龄

蒲松龄(1640—1715),字柳泉,一字剑臣,号留仙。山东淄川(今为淄博市淄川区)人。诸生。幼有轶才,老而不达。著作颇多,以《聊斋志异》见称于世。有《聊斋词》一卷。

浣溪沙

秋　柳

旧向长堤缆画桡[1],秋来秋色倍萧萧。空垂烟雨拂横桥。　斜倚西风无限恨,懒将憔悴舞纤腰。离思别绪一条条。

✤ 注释

[1] 画桡:画船。储光羲《江南曲》四首其二:“为惜鸳鸯鸟,轻轻动画桡。”桡,船桨。这里代船。

孔尚任

孔尚任(1648—1718),字聘之,又字季重,号东塘,又号岸塘,自称云亭山人。山东曲阜人。康熙间授国子监博士,累官户部员外郎。博学有文名,著述甚富。通音律,尤以《桃花扇》传奇最负盛名。著有《绰约词》。

西江月

平山怀阮亭[1]

几度平山高会,词成人去堂空。风流司李管春风[2],又觉扬州一梦。　　杨柳千株剩绿,芙蕖十里残红[3]。重来谁识旧诗翁,只有江山迎送。

✤ 注释

[1] 平山:堂名,在扬州北之蜀冈上,宋欧阳修为守时所建。王士祯曾多次游宴此处。

[2] 风流司李:指王士祯。按士祯在顺治庚子(1660)岁任扬州司理,故云。李,与“理”通。

[3] 芙蕖:荷花。

纳兰性德

纳兰性德(1655—1685),原名成德,字容若,满洲正白旗人。大学士明珠子。清康熙十五年(1676)进士。官一等侍卫。词婉约清新,接近李煜。论者认为“其词纯任性灵,纤尘不染”,为清初“第一词人”。纳兰词中名句“人生若只如初见,何事西风悲画扇”,尤为脍炙人口,三百年来倾倒世人。著有《饮水词》。

江城子

湿云全压数峰低[1],影凄迷,望中疑。非雾非烟,神女欲来时[2]。若问生涯原是梦,除梦里,没人知。

✤ **注释**

[1] 湿云:含雨的云彩。崔橹《华清宫》三首其三:“湿云如梦雨如尘。”

[2] 神女:《襄阳耆旧传》:“楚怀王游于高唐,昼寝梦见与神遇,自称是巫山之女。”“遂为置观于巫山之南,曰朝云。”李商隐《无题》诗:“神女生涯原是梦。”

采桑子

谁翻乐府凄凉曲[1]?风也萧萧,雨也萧萧,瘦尽灯花又一宵。　　不知何事萦怀抱,醒也无聊,醉也无聊,梦也何曾到谢桥[2]。

✤ 注释

[1] 乐府：汉武帝刘彻定郊祀之礼，乃立乐府，以李延年为协律都尉，乐府之名始此。后来凡歌曲都称为乐府。

[2] 谢桥：见前晏几道《鹧鸪天》词“又踏杨花过谢桥”句注。

菩萨蛮

问君何事轻离别，一年能几团圆月？杨柳乍如丝，故园春尽时。　　春归归不得，两桨松花隔[1]。旧梦逐寒潮，啼鹃恨未消。

✤ 注释

[1] 松花：指松花江。

太常引

自题小照

西风乍起峭寒生[1]，惊雁避移营。千里暮云平，休回首、长亭短亭。　　无穷山色，无边往事，一例冷清清。试倩玉箫声，唤千古英雄梦醒[2]。

✤ 注释

[1] 峭寒：微寒。徐积《杨柳枝》诗：“清明前后峭寒时。”

[2] 英雄梦：韩琦《南乡子》词：“自古英雄都如梦。”

浪淘沙

夜雨做成秋，恰上心头。教他珍重护风流。端的为谁添病也[1]，更为谁羞？　　密意未曾休，密愿难酬。珠帘四卷月当楼。暗忆欢期真似梦，梦也须留。

✤ 注释

[1] 端的：犹言“真个”或“究竟”。晏殊《凤衔杯》词：“端的自家心下眼中人，到处里、觉尖新。”

念奴娇

人生能几[1]？总不如，休惹情条恨叶[2]。刚是樽前同一笑，又到别离时节。灯灺挑残[3]，炉烟爇尽，无语空凝咽[4]。一天凉露，芳魂此夜偷接[5]。　　怕见人去楼空，柳枝无恙，犹扫窗间月。无分暗香深处住，悔把兰襟亲结[6]。尚暖檀痕[7]，犹寒翠影，触绪添悲切。愁多成病，此愁知向谁说？

✤ 注释

[1] 人生能几：韦庄《天仙子》词：“人生能几何。”

[2] 情条恨叶：洪瑹《水龙吟》词：“念平生多少，情条恨叶，镇长使、芳心困。”

[3] 灯灺：灯烛灰。

[4] 凝咽：喉咙里像是塞住，说不出话来。柳永《雨霖铃》词：“竟尢语凝咽。”

[5] “芳魂此夜”句：史达祖《醉落魄·一斛珠》词：“今夜梦魂接。”

[6] 兰襟：美好的衣襟。班婕妤《捣素赋》：“侈长袖于妍袂，缀半月于兰襟。”这里是比喻用法。

[7] 檀痕：犹言香痕。

齐天乐

梳妆台怀古[1]

六宫佳丽谁曾见[2]？层台尚临芳渚。露脚斜飞[3]，虹腰欲断[4]，荷叶未收残雨[5]。添妆何处，试问取雕笼，雪衣分付[6]。一镜空濛，鸳鸯拂破白蘋去。　　相传内家结束[7]，有帕装孤稳，靴缝女古[8]。冷艳全消，苍苔玉匣[9]，翻出十眉遗谱[10]。人间朝暮，看胭粉亭西[11]，几堆尘土？只有花铃[12]，绾雨深夜语。

✤ **注释**

[1] 词题：梳妆台，高士奇《金鳌退食笔记》："琼华岛，在太液池中，从承光殿北度石梁至岛……其巅古殿榜曰：'广寒之殿。'相传本辽后梳妆楼，历金至明，皆有宫殿，为游观之地。"

[2] 六宫：《礼记·昏义》："古者天子后立六宫。"郑玄注："王后寝宫有六，正寝一，燕寝五，合为六宫。"

[3] 露脚斜飞：李贺《李凭箜篌引》诗："露脚斜飞湿寒兔。"

[4] 虹腰：杨奂《通济桥》诗："虹腰千尺驾云间。"

[5] 荷叶：殿名。《金鳌退食笔记》："荷叶殿在方壶前……三间方顶。"

[6] 雪衣：鹦鹉名。《太真外传》："广南进白鹦鹉，洞晓言词，呼为'雪衣女'。"

[7] 内家结束：内家，见前注。又《焚椒录》载，辽宫婢单登诬后与伶官赵惟一淫通，耶律乙辛俱知之，欲乘此害后，更命他人作十香淫词为诬案，其中有"青丝七尺长，挽出内家装。不知眠枕上，倍觉绿云香"等句。

[8] 帕装孤稳，靴缝女古：《焚椒录》："清宁元年，册为皇后……宫中为语曰：'孤稳压帕女古靴菩萨，唤作耨斡磨。'盖以玉饰首，以金饰足，以观音作皇后也。"

[9] 玉匣：汉帝后之死，以珠襦玉匣为殓。（见《汉书》）

[10] 十眉遗谱：《开元天宝遗事》："明皇幸蜀，令画工作《十眉图》。"蔡珪《画眉曲》七首其四诗："画手新翻十样图。"

[11] 胭粉亭：《金鳌退食笔记》："胭粉亭，在荷叶殿稍西，盖后妃添妆之所也。"

[12] 花铃：《开元天宝遗事》载："（宁王）至春时于后园中纫红丝为绳，密缀金铃，系于花梢之上，每有鸟鹊翔集，则令园吏掣铃索以惊之，盖惜花之故也。"

金缕曲

赠梁汾[1]

德也狂生耳[2]！偶然间，缁尘京国[3]，乌衣门第[4]。有酒惟浇赵州土[5]，谁会成生此意[6]？不信道、遂成知己[7]。青眼高歌俱未老[8]，向尊前、拭尽英雄泪。君不见，月如水。　　共君此夜须沈醉。且由他，蛾眉谣诼[9]，古今同忌。身世悠悠何足问，冷笑置之而已，寻思起、从头翻悔。一日心期千劫在[10]，后身缘[11]、恐结他生里。然诺重[12]，君须记！

✤ **注释**

[1] 梁汾：顾贞观字。

[2] 德也狂生耳：德，性德自谓。狂生，《齐东野语》："（王迈）有文名，落魄不羁……上怒不答，径转御屏，曰：'此狂生也。'"

[3] 缁尘京国：谓在京城奔走供职，衣服为风尘染黑。缁，黑色。李益《答许五端公马上口号》诗："少游京洛共缁尘。"

[4] 乌衣门第：谓生在皇家贵族。"乌衣巷"见前周邦彦《西河》词注。

[5] 有酒惟浇赵州土：李贺《浩歌》："买丝绣作平原君，有酒惟浇赵州土。"平原君赵胜，喜宾客。言今无其人，当买丝绣他，以酒浇地祭他，表示景仰之意。

[6] 成生：性德自指，性德原名成德，后因避讳，改性德。

[7] 不信道：谓出乎意料，与顾贞观成为知己。

[8] 青眼高歌：用杜甫《短歌行》“青眼高歌望吾子，眼中之人吾老矣”诗意。青眼注见前李元膺《洞仙歌》词注。

[9] 蛾眉谣诼：谓美女遭人妒忌。屈原《离骚》：“众女嫉余之蛾眉兮，谣诼谓余以善淫。”

[10] 一日心期千劫在：谓一日心期相许，成为知己，其情感虽经历千劫，仍然存在。劫，佛经言天地之一成一坏为一劫。

[11] 后身缘：即身后因缘。因缘之说，乃佛家思想。这句话是说到来生还要成为知己朋友。

[12] 然诺重：答应了的话，不再食言。《旧唐书·哥舒翰传》：“家富于财，倜傥任侠，好然诺。”

✤ **评笺**

此首词，徐釚在《词苑丛谈》里说：“词旨嵚崎磊落，不啻坡老、稼轩，都下竞相传写。”顾贞观说：“容若词一种凄惋处，令人不能卒读，人言愁，我始欲愁。”周之琦说：“容若长调多不协律，小令则格高韵远，极缠绵婉约之致，能使残唐坠绪，绝而复续，第其品格，殆叔原、方回之亚乎？”（徐珂《清代词学概论》引）

曹　寅

曹寅（1658—1712），字子清，一字楝亭，号荔轩，一号雪樵，汉军正白旗人。官至通政使、江宁织造、两淮盐政。有《楝亭词钞》（一名《西农词》）。

浣溪沙

曲曲蚕池数里香[1]，玉梭纤手度流黄[2]，天孙无暇管凄凉[3]。　　一自昭阳新纳锦[4]，边衣常碎九秋霜[5]，夕阳冷落出高墙。

✤ **注释**

[1] 蚕池：原注："明时宫人纳锦之所。"

[2] 玉梭：喻织梭之美。江总《内殿赋新诗》："织女今夕渡银河，当见新秋停玉梭。"流黄：黄色的绢。

[3] 天孙：即织女。

[4] 昭阳：汉殿名。见前王建《调笑令》词注。

[5] 边衣常碎九秋霜：谓戍边者所穿的衣服常带霜花。

龚翔麟

龚翔麟(1658—1733),字天石,号蘅圃,浙江仁和(今为杭州)人。康熙二十年(1681)副贡生,官至监察御史。有《红藕庄词》三卷,辑《浙西六家词》十二卷。

好事近

沂水道中[1]

极目总悲秋,衰草似黏天末。多少无情烟树,送年年行客。　　乱山高下没斜阳,夜景更清绝。几点寒鸦风里,趁一梳凉月[2]。

✤ **注释**

[1] 词题:沂水,即沂河,在山东省南部和江苏省北部。

[2] 一梳凉月:杨万里《晚步》诗:"半匹轻烟束翠山,一梳寒月印青天。"

✤ **评笺**

这首词,李符评说:"竹垞客通潞时,蘅圃与共朝夕,悉取诸编而精研之,故为倚声最早,无纤毫俗尚,得以入其笔端。"(徐珂《清代词学概论》引)

洪　昇

洪昇（1659—1704），字昉思，号稗畦，浙江钱塘（今杭州）人。清监生，以作《长生殿》传奇著名。有《昉思词》、《四婵娟词》（又称《啸月词》）。

更漏子

渡瓜洲[1]

暗潮生，斜日坠，瓜步晚云初霁。离别苦，客途难，江风吹暮寒。　　疏窗静，孤帏冷，旅梦还家才醒。年少日，客中多，好春能几何[2]？

✤ 注释

[1] 瓜洲：在江苏省扬州江都区南长江北岸，当运河之口，又名瓜埠洲。

[2] 几何：多少。曹操《短歌行》："对酒当歌，人生几何。"

✤ 评笺

洪昇诗高超闲淡，不落凡境，尤工乐府，宫商不差唇吻，旗亭画壁，往往歌之。尤以《长生殿》传奇得盛名，其审音协律，极为谨严，无一句一字之逾越，为近代曲家第一，当时与《桃花扇》齐名，而音律过之。吴舒凫说："爱文者喜其词，知音者赏其律。"观其词，亦可当之。

厉　鹗

厉鹗（1692—1752），字太鸿，号樊榭，浙江钱塘（今杭州）人。康熙五十九年（1720）举人。乾隆元年（1736）荐举博学鸿词。有《秋林琴雅》四卷、《樊榭山房词》二卷、续词一卷、集外词一卷，又与查为仁同撰《绝妙好词笺》七卷。

谒金门

七月既望，湖上雨后作[1]。

凭画槛，雨洗秋浓人淡[2]。隔水残霞明冉冉[3]，小山三四点。　　艇子几时同汎？待折荷花临鉴[4]。日日绿盘疏粉艳[5]，西风无处减。

✤ 注释

[1] 词题：七月既望，农历七月十六日。湖上，当指杭州西湖。

[2] 雨洗秋浓人淡：是说经过雨洗，秋色更浓，人更觉淡雅了。司空图《诗品》：“人淡如菊。”

[3] 冉冉：行貌。屈原《离骚》：“老冉冉其将至兮。”这里形容残霞行将消失。

[4] 鉴：古时所铸铜镜。这里形容西湖明如镜子。

[5] “绿盘”句：绿盘，指荷叶。粉艳，指荷花。疏粉艳，谓荷花逐渐凋谢稀疏。

✤ 评笺

陈廷焯说：“中有怨情，意味便厚，否则无病呻吟，亦可不必。”（《白雨斋词话》卷四）

眼儿媚

一寸横波惹春留[1]，何止最宜秋。妆残粉薄，矜严消尽[2]，只有温柔。　当时底事匆匆去？悔不载扁舟。分明记得，吹花小径[3]，听雨高楼。

✤ 注释

[1] 横波：指美人眼睛。李白《长相思》其二："昔时横波目，今作流泪泉。"

[2] 矜严：矜持严肃。

[3] 吹花：虞世南《奉和咏风应魏王教》诗："动枝生乱影，吹花送远香。"

百字令

丁酉清明

春光老去，恨年年心事，春能拘管[1]。永日空园双燕语，折尽柳条长短。白眼看天，青袍似草[2]，最觉当歌懒。愔愔门巷[3]，落花早又吹满。　凝想烟月当时，饧箫旧市[4]，惯逐嬉春伴[5]。一自笑桃人去后[6]，几叶碧云深浅。乱掷榆钱，细垂桐乳[7]，尚惹游丝转。望中何处，那堪天远山远！

✤ 注释

[1] 拘管：拘束管理。

[2] 青袍似草：庾信《哀江南赋》："青袍如草，白马如练。"

[3] 愔愔：深静之意。柳恽《长门怨》："玉壶夜愔愔，应门重且深。"

[4] 饧箫：旧时在市上卖糖的常以吹箫为记号。

[5] 嬉春伴：游春的伴侣。

[6] 笑桃人去：用崔护诗意。注见前。

[7] 桐乳：《太平御览》引《庄子》："桐乳致巢。"司马彪注："桐子似乳，著叶而生，鸟喜巢之。"

曲游春

郊外探春作

一水仙源曲，被柳条遮断，千缕婀娜[1]。有约湔裙[2]，怪逢伊还向，重帘单舸[3]。出意新梳裹[4]，看飐鬓，蕊黄微涴[5]。纵近来，远似天涯，谁倩玉颜初破[6]。　　禁火[7]，心情偏妥。伴钱藕偷分[8]，钿荇轻堕[9]。容易斜阳，恐穿烟凤子[10]，尚寻珠唾。波面虹桥卧，任怨咽、玉箫吹过。无奈淡月笼灯，翠扉恨锁。

✤ **注释**

[1] 婀娜：美貌。曹植《洛神赋》："华容婀娜。"

[2] 湔裙：湔（jiān），洗濯的意思。古代风俗每逢农历正月，从初一到三十，士女们到水边湔裳酹酒，以度厄运。李商隐《拟意》诗："濯锦桃花水，湔裙杜若洲。"

[3] 单舸：一只船。

[4] 梳裹：古人梳发头裹巾帻，叫梳裹，后来诗词中多用来形容妇女打扮。

[5] 蕊黄微涴：蕊黄，即额黄，因似花蕊，故以为名，古代妇女的一种妆扮。温庭筠《菩萨蛮》词："蕊黄无限当山额。"涴，污染。这句是说额上微染黄色。

[6] 玉颜初破：是说美女玉颜如花初破萼。

[7] 禁火：即禁烟。见前周邦彦《兰陵王》词"榆火"注。

[8] 钱藕：《宣和博古图》："藕心钱有四，大小虽殊，皆如破藕状。"

[9] 钿荇：谓钿带如荇带。白居易《对酒吟》："钿带舞双姝。"梁简文帝《鸳鸯赋》："时排荇带，乍拂菱华。"

[10] 凤子：大蝴蝶。《古今注》注："（蛱蝶）其大如蝙蝠者，或黑色，或青斑，名为凤子。"

齐天乐

秋声馆，赋秋声。

箪凄灯暗眠还起，清商几处催发[1]？碎竹虚廊，枯蓬浅渚，不辨声来何叶，桐飙又接[2]。尽吹入潘郎[3]，一簪华发。已是难听，中宵无用怨离别。　　阴虫还更切切[4]。玉窗挑锦倦，惊响檐铁[5]。漏断高城，钟疏野寺，遥送凉潮呜咽。微吟渐怯。讶篱豆花开，雨筛时节[6]。独自开门，满庭都是月。

✤ 注释

[1] 清商：指凉风。潘岳《悼亡》诗："清商应秋至，溽暑随节阑。"

[2] 桐飙：梧桐树上的风。

[3] 潘郎：指晋潘岳。潘岳小字檀奴，后人叫他檀郎，也称潘郎。

[4] 阴虫：指蟋蟀之类。颜延之《夏夜呈从兄散骑车长沙》诗："阴虫先秋闻。"切切：虫叫声。

[5] 檐铁：檐间铁马。铁马，也叫檐马，即悬于檐下之风铃。《西厢记》第二本第四折："莫不是铁马儿檐前骤风？"

[6] 雨筛时节：下雨时候。筛，过筛，作动词。言雨细如同粉状之物，过筛落下一般。

✤ 评笺

徐紫珊说："樊榭词生香异色，无半点烟火气，如入空山，如闻流泉，真沐浴于白石、梅溪而得之者。"陈玉几说："樊榭词清真雅正，超然神解；如金石之有声，而玉之声清越；如草木之有花，而兰之味芬芳。"（徐珂《清代词学概论》引）陈廷焯说："厉樊榭词，幽香冷艳，如万花谷中，杂以芳兰，在国朝词人中，可谓超然独绝者矣！……

樊榭词拔帜于陈、朱之外，窈曲幽深，自是高境。然其幽深处，在貌而不在骨，绝非从楚骚来，故色泽甚饶，而沉厚之味终不足也。樊榭措词最雅，学者循是以求深厚，则去姜、史不远矣。”（《白雨斋词话》卷四）

郑 燮

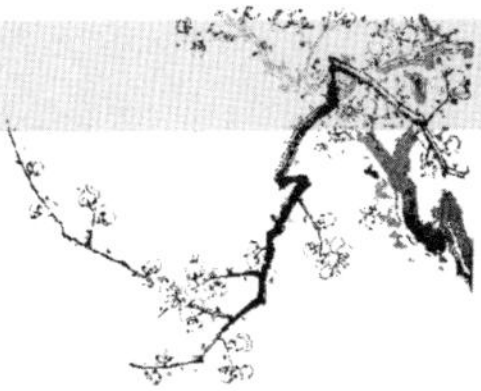

郑燮(1693—1765),字克柔,号板桥,江苏兴化(今属泰州)人。少颖悟,家贫,落拓不羁。乾隆元年(1736)进士。官山东范县知县,调潍县,值岁歉,活人无算,有“循吏”之目。以请赈忤大吏,乞归。诗书画均佳。著有《板桥诗词钞》。

浪淘沙

暮 春

春气晚来晴,天澹云轻。小楼忽洒夜窗声。卧听潇潇还淅淅,湿了清明。　　节序太无情,不肯留停。留春不住送春行。忘却罗衣都湿透,花下吹笙。

✤ **评笺**

郑燮善诗,工书画,人称其“三绝”。诗言情述事,恻恻动人,不拘体格,兴至则成,颇近香山、放翁。书画有真趣,人争宝之。词抒情摅怀尤佳。

蒋士铨

蒋士铨(1725—1785),字定甫,一字心余,号清容,又号苕生。江西铅山(今属上饶市)人。乾隆二十二年(1757)进士,选入翰林庶常馆为庶吉士,后授翰林院编修。有《忠雅堂集》、《铜弦词》等。

水调歌头

舟次感成

偶为共命鸟[1],都是可怜虫[2]。泪与秋河相似,点点注天东。十载楼中新妇,九载天涯夫婿,首已似飞蓬[3]。年光愁病里,心绪别离中。　　咏春蚕,疑夏雁,泣秋蛩。几见珠围翠绕,含笑坐东风?闻道十分消瘦,为我两番磨折,辛苦念梁鸿[4]。谁知千里夜,各对一灯红!

✤ **注释**

[1] 共命鸟:《翻译名义集》云:“《杂宝藏经》:‘雪山有鸟,名为共命,一身两头,识神名异’同共报命,故曰共命。”杜甫诗:“莲花交响共命鸟。”

[2] 可怜虫:南朝梁《企喻歌》:“男儿可怜虫,出门怀死忧。”

[3] 飞蓬:是说头发不梳如蓬草之乱。《诗经·卫风·伯兮》:“首如飞蓬。”

[4] 梁鸿:后汉梁鸿,家贫而尚节介,博览无不通,娶同县孟氏女共入霸陵山中,以耕织为业。适吴,依皋伯通庑下为人赁舂。这里作者以梁鸿自比。

✤ 评笺

蒋士铨所为诗能拔奇于古人之外，与袁枚、赵翼合称为“江右三大家”。工词，《水调歌头》一阕尤佳。谭献说：“生气远出，善学坡仙。”（《箧中词》卷二）

王 昶

王昶(1725—1806),字德甫,号兰泉,晚号述庵,江苏青浦(今上海青浦区)人。乾隆十九年(1754)进士,官至刑部侍郎。有《琴画楼词》四卷、《红叶江村词》一卷、《词综补人》二卷、《明词综》十二卷、《国朝词综》数十卷,并辑刻《琴画楼词钞》二十五卷、《续钞》二十五卷等。

洞仙歌

自题小照

梨云梦远[1],怅春愁谁省。自写吟魂伴梅影。念晕红词句[2],惨绿年华[3],都付与,小阁轻寒薄病。　雨丝风片里[4],憔悴相如[5],懒踏寻芳旧香径。小榻扬茶烟[6],碧叶愔愔,好占取,松溪蕙磴。只一片,伤心画难成。怕点鬓秋霜,又添明镜[7]。

✤ 注释

[1] 梨云:见前周密《曲游春》词注。

[2] 晕红词句:周翰《五凤楼赋》有"绮窗晕红"之句。

[3] 惨绿年华:指年少。《幽闲鼓吹》:"潘炎拜礼部侍郎,会同列。其妻自帘中视之,问末座惨绿少年何人? 曰补阙杜黄裳。"

[4] 雨丝风片:形容风雨微小。韦庄诗:"雨丝烟柳欲清明。"僧圆至诗:"窗明风片乱。"

[5] 相如：西汉司马相如。

[6] “小榻扬茶烟”：杜牧《题禅院》诗：“今日鬓丝禅榻畔，茶烟轻扬落花风。”

[7] “点鬓秋霜”二句：李贺《还自会稽歌》：“吴霜点归鬓。”李白《将进酒》：“高堂明镜悲白发。”

吴翌凤

吴翌凤(1742—1819),字伊仲,号枚庵,江苏吴县(今苏州市)人。诸生。有《词约》六卷、《曼香词》二卷、《红沫词》一卷。

齐天乐

十年不上吹笙路[1],相看俊游都老[2]。野径无花,闲门有燕,愁入故园芳草。烧灯过了[3]。问隔水人家,冷烟多少?负尽年华,钿车密约那曾到。　　新来吟兴渐懒。春衫都试遍,犹自寒峭。破梦灯痕,恋衣香气,消领旧时怀抱。绿窗深窈[4]。知柳外花边,几番残照。如此溪山,甚时归去好。

✤ **注释**

[1] 吹笙路:姜夔《点绛唇》:"绿杨低扫吹笙道。"

[2] 俊游:指游玩的人。秦观《望海潮》:"金谷俊游。"

[3] 烧灯:点灯。《旧唐书·玄宗纪》:开元二十八年二月望日,明皇"御勤政楼,宴群臣,连夜烧灯"。

[4] 深窈:深远。

吴蔚光

吴蔚光(1743—1803),字悊甫,一字执虚,号竹桥,江苏昭文(今苏州常熟)人。乾隆四十五年(1780)进士,官礼部主事。有《执虚词钞》一卷、《小湖田乐府前集》十卷、续集四卷、《诗余辨伪》二卷、《姜张词约》二卷。

喝火令

十一月十五夜对月

画阁层层上,雕阑曲曲连。也无云片也无烟。只有匣中鸾镜,挂在碧罗天[1]。　　香篆心同结[2],茶膏手自煎[3]。莲花漏紧且无眠[4]。笑说今宵,明月十分圆。笑说今年明月,犹有一回圆。

✤ 注释

[1] 碧罗天:碧空。刘禹锡《春日书怀寄东洛白二十二杨八二庶子》诗:“游丝撩乱碧罗天。”

[2] 香篆心同结:香屑萦回如同篆文一样。秦观《减字木兰花》:“断尽金炉小篆香。”同心结,见前林逋《长相思》词注。

[3] 茶膏:古人煮茶用活火,泡沫甚浓,如膏状。如黄庭坚《满庭芳·茶》词就有“研膏溅乳”之句。

[4] 莲花漏:《翻译名义集》:“僧慧要,患山中无刻漏,乃于水上立十二叶芙蓉,因波而轮,以定十二时,晷景无差。”

✤ **评笺**

《全清词钞》注云:“此词为鱼门前辈所酷赏。《戊戌南归送行》诗云:‘楼头寒月开圆镜。’注:君有《对月》词最工,指此也。”

黄景仁

黄景仁(1749—1783),字汉镛,号仲则,江苏武进(今常州市武进区)人。监生,候选县丞。有《竹眠词》,一名《悔存词抄》,又名《两当轩诗余》。

点绛唇

雨霁

瘦骨无情,年年此际恹恹病。小立风前,讨个伤春信。　淡月微云,作出春宵景。斜还整,断无人处,卍字栏干影[1]。

✤ **注释**

[1] 卍(wàn)字栏:卍字形的栏杆。卍,佛教相传的吉祥标志。

贫也乐

一匹马,千金买,邯郸少年有声价[1]。唱龙沙[2],拍胡笳,吾曹健儿不听筝琵琶。　汉家边衅今朝始,去去同生复同死。天苍苍,野茫茫,一片秦时明月挂边墙[3]。

✤ 注释

[1] 邯郸：今河北省邯郸市成安县西北，战国时为赵国都城所在地。

[2] 龙沙：见前张元幹《石州慢》词注。

[3] 边墙：边塞城墙，即长城。

苏幕遮

雪初晴，帘正卷，未试春灯[1]，先把春衣浣[2]。第一番风须放软，怯怯春魂，万一惊他转。　　饮厌厌，歌缓缓。蓦地思量，春近家乡远。细粟柳芽枝上满[3]。待尔春深，把我离愁绾[4]。

✤ 注释

[1] 试灯：见前刘辰翁《兰陵王》词注。

[2] 春衣浣：杜甫《曲江二首》其二："朝回日日典春衣。"浣，洗。

[3] 细粟：形容柳初发芽时细如金粟。

[4] 绾：系住。

贺新郎

太白墓，和稚存韵[1]。

何事催人老？是几处，残山剩水[2]，闲凭闲吊！此是青莲埋骨地[3]，宅近谢家之朓[4]。总一样、文人宿草[5]。只为先生名在上，问青天、有句何能好？打一幅，思君稿。
梦中昨夜逢君笑。把千年、蓬莱清浅[6]，旧游相告。更问后来谁似我？我道才如君少，有亦是、寒郊瘦岛[7]。语罢看君长揖去，顿身轻、一叶如飞鸟。残梦醒，鸡鸣了。

✤ 注释

[1] 词题：太白墓，在安徽马鞍山市当涂县青山西北麓。稚存，姓洪，名亮吉，江苏阳湖人，有《卷施阁》等集。

[2] 残山剩水：杜甫《陪郑广文游何将军山林》诗："剩水沧江破，残山碣石开。"

[3] 青莲：李白幼年时随其父迁居绵州彰明(今四川江油市)青莲乡，因自号青莲居士，后人称他为青莲。

[4] 宅近谢家之朓：李白墓在青山，南齐谢朓曾筑室其地，所以说宅近谢朓。

[5] 宿草：《礼记·檀弓》："朋友之墓，有宿草而不哭焉。"

[6] 蓬莱清浅：《神仙传》："麻姑自说云：'接侍以来，已见东海三为桑田。向到蓬莱，水清浅于往者，会时略半也。'"

[7] 寒郊瘦岛：唐孟郊、贾岛的诗，以清刻瘦硬为尚，故称为郊寒岛瘦。苏轼《祭柳子玉文》："元轻白俗，郊寒岛瘦。"

✤ 评笺

黄景仁性高迈伉爽，有狂名，工诗词，以奇肆新警见长。朱筠督学安徽时，招入幕。于三月上巳，为会于采石矶之太白楼，赋诗者十数人，景仁年最少，著白袷立日影中，顷刻数百言立就，客皆为辍笔。其填词如《贺新郎·太白墓和稚存韵》一阕，亦如其登太白楼诗之豪放。其他小令，亦可观。

左　辅

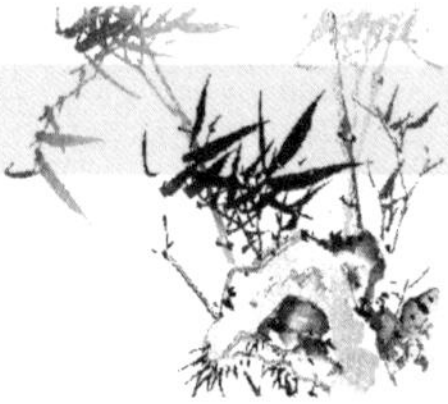

左辅(1751—1833),字仲甫,一字蘅友,号杏庄,江苏阳湖(今属常州市)人。乾隆年间,以进士分发安徽任知县,嘉庆年间官至湖南巡抚,卒。著有《念宛斋诗》、词和古文、书牍等五种。

南　浦

夜寻琵琶亭[1]

浔阳江上[2],恰三更、霜月共潮生。断岸高低向我,渔火一星星。何处离声刮起?拨琵琶、千载剩空亭。是江湖倦客,飘零商妇[3],于此荡精灵[4]。　　且自移船相近,绕回阑、百折觅愁魂。我是无家张俭[5],万里走江城。一例苍茫吊古,向荻花、枫叶又伤心。只琵琶响断,鱼龙寂寞不曾醒[6]。

✤ **注释**

[1] 琵琶亭:在江西九江市西大江滨。唐白居易送客湓浦口,夜闻邻舟琵琶声,作《琵琶行》,后人因以名亭。《中山诗话》:“江州琵琶亭,前临江左,右枕湓浦,地尤胜绝。”

[2] 浔阳江:九江市古名浔阳郡,江名浔阳江。

[3] 飘零商妇:指《琵琶行》中的琵琶弹奏者。

[4] 荡精灵:飘荡着江湖倦客与飘零商妇的灵魂。今哲学上亦谓灵魂曰精灵。

[5] 无家张俭：张俭，东汉人，尝劾中常侍侯览，览诬以党事，俭困迫遁走，望门投止，所至莫不重其名行，破家相容。（见《后汉书·张俭传》）

[6] 鱼龙寂寞：见前耶律楚材《乾荷叶》词注。

✤ 评 笺

左辅精于诗、词、古文，其词以《南浦》一阕最佳，谭献《箧中词》曾收之，并评曰："濡染大笔，此道遂尊。"

凌廷堪

凌廷堪（1757—1809），字次仲，安徽歙县人。乾隆五十五年（1791）进士。官宁国府教授。有《梅边吹笛谱》词。

国香慢

怕惹离愁，任秋光老去，不上危楼。今宵偶然乘兴，暂豁双眸。浩浩长江声壮，荡明月、千古东流。情人怨遥夜，竟夕相思[1]，都为清秋。

故人何处在？但风沦历水[2]，烟锁齐州[3]。七桥花柳，湖上知共谁游？寂寞江干游子[4]，也顾影、憔悴无俦[5]。何时一尊酒？握手高歌，重看吴钩[6]。

✤ 注释

[1]“情人怨遥夜”二句：用张九龄《望月怀远》诗“情人怨遥夜，竟夕起相思”诗意。

[2] 历水：在山东历山下。

[3] 齐州：后魏置，宋改为济南府，今山东济南市历城区。

[4] 江干：江边。

[5] 俦：伴侣。

[6] 吴钩：见前张孝祥《水调歌头·闻采石战胜》词注。

张惠言

张惠言（1761—1802），原名一鸣，字皋文。江苏武进（今属常州市）人。嘉庆四年（1799）进士。官编修七年，卒，享年仅四十二岁。少为词赋，尝拟司马相如、扬雄之文，深于易学，又尝辑《词选》，为常州词派之开山。著有《茗柯文集》及《茗柯词》。

相见欢

年年负却花期，过春时，只合安排愁绪送春归。　梅花雪，梨花月，总相思，自是春来不觉去偏知。

✤ 评笺

谭献评此词说："信手拈来。"（《箧中词》卷三）

玉楼春

一春长放秋千静，风雨和愁都未醒。裙边余翠掩重帘，钗上落红伤晚镜。　朝云卷尽雕阑暝，明月还来照孤凭[1]。东风飞过悄无踪，却被杨花送微影。

✤ 注释

[1] 孤凭：独自靠着栏杆。

✤ 评笺

谭献评此词说:“善学子野(张先)。”(《箧中词》卷三)

水调歌头

春日赋示杨生子掞

东风无一事,装出万重花。闲来阅遍花影,惟有月钩斜。我有江南铁笛[1],要倚一枝香雪[2],吹彻玉城霞。清影渺难即,飞絮满天涯。　　飘然去,吾与汝,泛云槎[3]。东皇一笑相语[4]:芳意在谁家?难道春花开落,更是春风来去,便了却韶华[5]。花外春来路,芳草不曾遮。

✤ 注释

[1] 铁笛:陆游《客谈荆渚武昌慨然有作》诗:“戏拈铁笛吹出塞。”

[2] 香雪:指梅花。

[3] 云槎:见前刘因《念奴娇》词“乘槎”句注。

[4] 东皇:古代相传司春之神。《尚书纬》:“春为东皇,又为青帝。”

[5] 韶华:美好的时光,作品中多指春光。

✤ 评笺

谭献评说:“胸襟学问,酝酿喷薄而出,赋手文心,开倚声家未有之境。”(《箧中词》卷三)陈廷焯说:“皋文《水调歌头》五章,既沉郁,又疏快,最是高境,陈、朱虽工词,究曾到此地步否?不得以其非专门名家少之。热肠郁思,若断仍连,全自风、骚变出。”(《白雨斋词话》卷四)

水龙吟

瓶中桃花

疏帘不卷东风，一枝留取春心在。刘郎别后[1]，年年双鬓，青青未改。冷落天涯，凄凉情绪，与花憔悴。趁红云一片，扶侬残梦，飞不到、垂杨外。　　看取窗前细蕊。酿幽芳、几多清泪。六曲屏风[2]，一痕愁影，搅来都碎。明月深深，为花来也，为人无寐。怕明朝，又是清明点点，看他飞坠。

✤ **注释**

[1] 刘郎别后：刘禹锡《自朗州至京戏赠看花诸君子》诗："玄都观里桃树，尽是刘郎去后栽。"

[2] 六曲屏风：李商隐《行至金牛驿寄兴元渤海尚书》诗："六曲屏风江雨急。"

张 琦

张琦(1764—1833),初名翊,字翰风,一字翰丰,号宛邻,江苏武进(今属常州市)人。嘉庆十八年(1813)举人,官山东馆陶县知县。有《立山词》一卷,又与兄惠言合撰《宛邻词选》二卷。

丑奴儿慢

乍晴又雨,消得几番风信[1]。正一片,新苔似绣,细草如茵。蝴蝶飞飞,不曾认得绿罗裙。凄凉庭院,海棠一树,个是残春。　　多少冶游,莺歌燕舞,吹暗芳尘。尽剩得,断红零粉,付与愁魂。相对天涯,轻寒漠漠又斜曛[2]。凭谁知道,鹧鸪啼罢,独自黄昏。

✤ **注释**

[1] 风信:即花信风。见前万俟咏《昭君怨》词注。

[2] 斜曛:犹斜阳。陈旅《题韩伯清所藏郭天锡画》诗:“晴窗展玩到斜曛。”

南 浦

惊回残梦,又起来,清夜正三更。花影一枝枝瘦,明月满中庭。道是江南绮陌[1],却依然、小阁倚银屏。怅海棠已老，心期难问，何处望高城？　　忍记当年欢聚，到花时、长此托春酲[2]。别恨而今谁诉？梁燕不曾醒。帘外依依香絮，算东风，吹到几时停？向鸳衾无奈，啼鹃又作断肠声。

✤ 注释

[1] “绮陌”句：是说江南锦绣般的原野。陌，阡陌。

[2] 春酲(chēng)：春日病酒。唐庚《春日杂兴》七首其六：“月团新碾破春酲。”

✤ 评笺

谭献评此词说：“所谓深美闳约。”(《箧中词》卷三)又说：“翰丰与哲兄同撰《宛邻词选》，虽町畦未尽，而奥窔始开。其所自为，大雅遒逸，振北宋名家之绪，其子仲远序《同声集》有云：‘嘉庆以来名家，均从此出。’信非虚语，周止斋益穷正变，潘四农又持异论，要之倚声之学，由二张而始尊耳。”(同前)

邓廷桢

邓廷桢(1775—1846),字嶰筠,江苏江宁(今南京)人。嘉庆六年(1801)进士,道光间总督两广,时值禁烟,与英人六接战,英船皆败退。终其任英军不得犯虎门。既而清朝廷屈辱议和,邓与林则徐同被严谴,远戍新疆伊犁。旋召回,官至陕西巡抚。著有《双研斋词》。

酷相思

寄怀少穆[1]

百五佳期过也未[2]?但笳吹,催千骑。看珠澥、盈盈分两地[3]。君住也,缘何意?侬去也,缘何意?　　召缓征和医并至[4]。眼下病,肩头事。怕愁重、如春担不起。侬去也,心应碎!君住也,心应碎!

✤ 注释

[1] 词题:少穆,林则徐字。

[2] 百五:《荆楚岁时记》:“去冬节一百五日,即有疾风甚雨,谓之寒食。”按农历清明节前一日为寒食节。

[3] “看珠澥盈盈”句:邓廷桢原任两广总督办理查禁洋船贩卖鸦片烟事,后来清朝廷把他调到两江总督,而两广总督即由林则徐继任,所以词里说“珠澥盈盈分两地”,珠澥,指广州滨海而言。

[4] “召缓征和”句:医缓、医和为秦国良医。事见《左传》。这句是讽刺清廷病

急乱投医。缓、和当指琦善、伊里布之流,是嘲弄他们的反话。

青玉案

天涯未识春来处,却又被,春阴误。芳信连番风暗度。禁烟时节,湔裙[1]天气,几阵廉纤雨。　　残红片片催春去,多谢游丝绊春住。为问春痕留几许?屏留倩影,幕留香雾,池也留飞絮。

✤ 注释

[1] 湔裙:见前厉鹗《曲游春》词注。

月华清

中秋月夜,偕少穆、滋圃登沙角炮台绝顶晾楼。西风泠然,玉轮涌上,海天一色,极其大观,辄成此解[1]。

岛列千螺[2],舟横万鹢[3],碧天朗照无际。不到珠瀛[4],那识玉盘如此[5]。划秋涛,长剑珠寒;倚峭壁,短箫吹醉。前事。似元规啸咏[6],那时情思。　　却料通明殿里[7],怕下界云迷,蜃楼成市。诉与瑶阊[8],今夕月华烟细。泛深杯,待喝蟾停[9];鸣画角,恐惊蛟睡。秋霁。记三人对影,不曾千里。

✤ 注释

[1] 词题:滋圃,关天培字。天培,山阳(今江苏淮安)人,守虎门,道光辛丑

(1841)二月督战靖远台,战殁。沙角炮台,在虎门海口外。

[2] 千螺: 形容岛屿之多。陆游《晨起坐南堂书触目》诗:“奇峰角立千螺晓。”

[3] 万鹢: 形容船艘之多。鹢,水鸟,古人常画其形于船头,名鹢首。《淮南子·本经训》:“龙舟鹢首,浮吹以娱。”

[4] 珠瀛: 即瀛海,因海内有蚌生珠,故曰珠瀛。

[5] 玉盘: 形容圆月。李白《古朗月行》诗:“小时不识月,呼为白玉盘。”

[6] 元规: 晋庾亮字。他曾有登武昌南楼据胡床赏月事。

[7] 通明殿: 古代传说为天上玉皇所居的宫殿。陆游《花时遍游诸家园》诗:“绿章夜奏通明殿,乞借春阴护海棠。”

[8] 瑶阊: 阊阖,古代传说为天门。

[9] 待喝蟾停: 蟾,蟾蜍。古代相传月中有蟾蜍,这句用李贺“酒酣喝月使倒行”诗意。

换巢鸾凤

少穆留镇两粤,而余承乏三江,临行赋此。

梅岭烟宵,正南枝意懒,北蕊香饶。甚因催燕睇,底事趁鸿遥?头番消息恰春朝。蓼汀杏梁,青云换巢。离亭柳,漫绾线、系人兰棹[1]。　　思悄,波渺渺。箫鼓月明,何处长安道?洗手谙姑[2],画眉询婿[3],三日情怀应恼。新妇无端置车帷[4],故山还许寻芳草。珠瀛清,者襟期、两地都晓。

✤ **注释**

[1] 兰棹: 犹兰舟,泛指船。

[2] 洗手谙姑: 王建《新嫁娘》诗:“三日入厨下,洗手作羹汤。未谙姑食性,先遣小姑尝。”

[3] 画眉询婿: 朱庆余《近试上张籍水部》诗:“妆罢低声问夫婿,画眉深浅入

时无。”

[4] 新妇无端置车帷：见刘克庄《贺新郎》词注。

高阳台

鸦度冥冥，花飞片片[1]，春城何处轻烟[2]。膏腻铜盘[3]，枉猜绣榻闲眠。九微夜爇星星火[4]，误瑶窗、多少华年？更那堪，一道银潢[5]，长贷天钱[6]。　星槎恰到牵牛渚，叹十三楼上[7]，暝色凄然。望断红墙，青鸾消息谁边[8]？珊瑚网结千丝密[9]，乍收来、万斛珠圆。指沧波，细雨归帆，明月空舷。

✤ **注释**

[1] “鸦度冥冥”二句：首先点出“鸦片”二字。

[2] 春城何处轻烟：韩翃《寒食》诗：“春城无处不飞花，寒食东风御柳斜。日暮汉宫传蜡烛，轻烟飞入五侯家。”句中嵌“烟”字，乃借用。

[3] 膏腻铜盘：李贺《秦宫》诗：“十夜铜盘腻烛黄。”句里借指吸鸦片烟所用器具。

[4] “九微”句：何逊《七夕》诗：“月映九微火，风吹百和香。”骆宾王《帝京篇》诗：“秋夜兰灯灯九微。”这里借以形容鸦片烟灯。

[5] 银潢：天河。苏轼《和文与可洋川园地三十首·天汉台》诗：“银潢左界上通灵。”

[6] 长贷天钱：《道书》：“牵牛取天帝二万钱备礼，久不还，被驱在营室。”又天钱星十二，形如圆钱。二句谓毒品流入，国帑耗尽。

[7] 十三楼：指当时广东十三洋行而言。广东通商最早，凡洋货鸦片到埠，皆由洋行十三家承揽转售，获利甚多。

[8] 青鸾：郑常《洽闻记》载，汉光武时有大鸟五色备举而多青，咸以为凤。太史令蔡衡曰：“凡象凤者有五，多赤色者凤，多青色者鸾，此青者乃鸾非凤也。”周邦彦词：“凭仗青鸾道情素。”

[9]“珊瑚网结”句：李商隐《碧城三首》其三：“铁网珊瑚未有枝。”又《寄成都高苗二从事》：“莫将越客千丝网。”

✤ 评笺

雷瑨《蓉城闲话》云：“道光朝林文忠公则徐，奉朝旨由江督调粤治鸦片案，邓嶰筠尚书廷桢，实为粤督，两公志同道合，誓除毒氛。时权贵受人运动，忌文忠并及尚书，两公先后戍边，而烟禁遂由此除矣。尚书督粤有《高阳台》词一阕，即咏文忠焚鸦片事也。”

水龙吟

雪中登大观亭[1]

关河冻合梨云，冲寒犹试连钱骑[2]。思量旧梦，黄梅听雨，危阑倦倚。被氅重来[3]，不分明处，可怜烟水。算夔巫万里[4]，金焦两点[5]，谁说与，苍茫意。　却忆蛟台往事[6]，耀弓刀、舳舻天际[7]。而今剩了，低迷鱼艇，模粘雁字。我辈登临，残山送暝，远江延醉。折梅花去也，城西炬火，照琼瑶醉。

✤ 注释

[1] 词题：大观亭，江苏高邮城东文游台上有湖天一览亭，旧名大观亭。

[2] 连钱：马名。《尔雅·释畜》：“青骊驎，驒。”注：“色有深浅斑驳隐粼，今之连钱骢。”又作马饰解。梁元帝《紫骝马》诗：“金络铁连钱。”

[3] 被氅：晋王恭清操过人，美姿仪，披鹤氅裘，涉雪而行。（见《晋书》）“被”与“披”通。

[4] 夔巫：即夔州和巫山。

[5] 金焦：即金山和焦山。金山在镇江西北江中，上有妙高台，原名浮玉山，因裴头陀江际获金，李锜奏易名金山。焦山在镇江东北江中，相传为焦先隐居之处。

[6] 蛟台：在广东省海边沙角虎门附近。

[7] 舳舻：长方形的船。又一说船尾曰舳，船首曰舻，见王先谦《汉书注》。又李斐注“舳舻千里”云：“舳，船后持柁处也。舻，船前头刺棹处也。言其船之多，前后相衔，千里不绝也。”

周　济

周济（1781—1839），字保绪，一字介存，号未斋，晚号止庵，江苏荆溪（今无锡宜兴市）人。嘉庆十年（1805）进士，官淮安府学教授。论词推重周邦彦，崇尚雅、正，强调寄托，要求作品以隐约迷离的手法，通过刻画景物，抒写身世之感，家国之忧。他为常州派重要词论家，著有《止庵词》、《味隽斋词》、《词辨》、《介存斋论词杂著》等。

蝶恋花

柳絮年年三月暮。断送莺花，十里湖边路。万转千回无落处，随侬只恁低低去。　　满眼颓垣欹病树[1]。纵有余英，不直封姨妒[2]。烟里黄沙遮不住，河流日夜东南注。

✤ **注释**

[1] 病树：刘禹锡《酬乐天初逢席上见赠》诗："病树前头万木春。"

[2] 封姨：相传为风神。《博异志》载，唐天宝中，处士崔元徽夜与女子杨氏、李氏、陶氏、石氏及封家十八姨共饮。石氏忤姨，皆起去。明夜诸女复来，云诸女皆住苑中，每岁多被恶风所挠，居止不安，常求十八姨相庇；昨石氏忤姨，故不能应难取力，求元徽岁旦作朱幡，图日月星辰之文，立于苑东，则可免。至期，元徽依言立幡。时东风震地，折树飞沙，而苑中繁花不动。乃知封十八姨，风神也；杨、李、石诸女，乃杨柳及李花、桃花、石榴也。

✤ **评笺**

谭献评此词说："浑灏。"（《箧中词》卷三）

垂 杨

立冬前七日闻蝉，和叔安。

秋怀渐远，听苍黄病柳，一声凄婉。曳入西风[1]，可应还似秋前满。分明凝绝重低转。替人说，嫩凉池馆。被连番，青女无情[2]，把露华偷剪。　　知否吟蛩乍缓，便户下床头，不成浓暖。漫立高枝，夕阳偏向疏林展。谁留鬓影谁纨扇？但赢得、琴丝题怨[3]。宵来霜月孤行，魂易断。

✤ **注释**

[1] 曳入西风：是说在西风里听到蝉鸣的声音拉得很长。

[2] 青女：《淮南子·天文训》："至秋三月……青女乃出，以降霜雪。"注："青女，天神，青霄玉女，主霜雪也。"李商隐诗："青女素娥俱耐冷，月中霜里斗婵娟。"

[3] 琴丝：琴弦。姜夔《齐天乐》词："写入琴丝，一声声更苦。"

渡江云

杨 花

春风真解事，等闲吹遍，无数短长亭。一星星是恨[1]，直送春归，替了落花声。凭栏极目，荡春波、万种春情。应笑人、春粮几许[2]？便要数征程。　　冥冥。车轮落日[3]，散绮余霞[4]，渐都迷幻景。问收向、红窗画箧，可算飘零？相逢只有浮云好，奈蓬莱东指，弱水盈盈[5]。休更惜，秋风吹老莼羹。

✤ 注释

[1] “一星星”句：一星星，一点点。是恨，当指杨花被春风吹得飘零坠落而言。

[2] 舂粮：捣米。《庄子 · 逍遥游》：“适百里者宿舂粮。”这首词里以风里杨花飘泊天涯为比，而觉得舂粮计程之人可笑。

[3] 车轮落日：太阳将落，人望之大如车轮。

[4] 散绮余霞：谢朓《晚登三山还望京邑》诗：“余霞散成绮。”《文选》注：“绮，文缯也。”

[5] 弱水：《山海经 · 大荒西经》：“西海之南，流沙之滨……有大山，名曰昆仑之丘……其下有弱水之渊环之。”注云：“其水不胜鸿毛。”

✤ 评笺

谭献评说：“怨断之中，豪宕不减。”（《箧中词》卷三）

董士锡

董士锡(1782—1831),字晋卿,一字损甫,江苏武进(今属常州市)人。嘉庆十八年(1813)副贡生,候选直隶州州判,从其舅张惠言学,工古文诗赋,兼长填词。著有《齐物论斋词》。

虞美人

韶华争肯偎人住?已是滔滔去。西风无赖过江来,历尽千山万水几时回? 秋声带叶萧萧落,莫响城头角。浮云遮月不分明,谁挽长江一洗放天青?

江城子

丙寅里中作

寒风相送出层城,晓霜凝,画轮轻[1]。墙内乌啼,墙外少人行。折尽垂杨千万缕,留不住,此时情。 红桥独上数春星,月华生[2],水天平。镜里芙蓉,应向脸边明。金雁一双飞过也[3],空目断,远山青。

✤ 注释

[1] 画轮:彩画的车子。欧阳修《浣溪沙》词:“湖上朱桥响画轮。”

[2] 月华：月光。李白《峨眉山月歌送蜀僧晏入中京》诗："黄鹤楼前月华白。"

[3] 金雁：秋雁。因秋天属金，故称金雁。

✤ **评笺**

谭献评此词说："格高。"（《箧中词》卷三）沈曾植说："《齐物论斋词》为皋文正嫡，皋文疏节阔调，犹有曲子律缚不住者。在晋卿则应徽按柱，敛气循声，兴象风神，悉举骚雅古怀，纳诸令慢。标碧山为词家四宗之一，此宗超诣，晋卿为无上之乘矣。玉田所谓'清空骚雅'者，亦至晋卿而后尽其能事。其与白石不同者，白石有名句可标，晋卿无名句可标，其孤峭在此，不便摹拟亦在此。仲修备识渊源，对之一辞莫赞，毗陵词人亦更无能嗣响者，可谓门庭峻绝！"（《菌阁琐谈》）

周之琦

周之琦（1782—1862），字稚圭，号退庵，河南祥符（今开封市）人。嘉庆十三年（1808）进士，官刑部右侍郎，广西巡抚。能词，有《金梁梦月词》、《怀梦词》、《鸿雪词》、《退庵词》，总称《心日斋词》。又辑有《十六家词选》。

踏莎行

劝客清尊，催诗画鼓，酒痕不管衣襟污。玉笙谁与唱消魂？醉中只想瞢腾去[1]。　　绮席频邀[2]，高轩惯驻，闷来却觅栖鸦语。城头一角晋阳山，怪他青到无人处。

✤ 注 释

[1] 瞢腾：朦胧迷糊。范成大《嗅梅》诗：“宿酒瞢腾正耐春。”

[2] 绮席：丰美的筵席。唐太宗《帝京篇》：“兰肴陈绮席。”

三姝媚

交枝红在眼，荡帘波香深[1]，镜澜痕浅[2]。费尽春工[3]，占胜游惟许，等闲莺燕。步屧廊回[4]，盈褪粉、蛛丝偷罥[5]。小影玲㻂[6]，冷到梨云，便成秋苑[7]。　　容易题襟吹散[8]，又酒逐花迷，梦将天远。系马垂杨，但翠眉还识，旧时人面。暗数韶华，空笑我、樱桃三见。剩有盈盈胡蝶，西窗弄晚。

✤ 注释

[1] 帘波：形容竹帘如水波纹。李商隐《烧香曲》："玉珮呵光铜照昏，帘波日暮冲斜门。"

[2] 镜澜：谓澜光如明镜。谢灵运《山居赋》："罗层崖于户里，列镜澜于窗前。"

[3] 春工：把春天拟人格化，称为春工，略如东君春神之类。杨万里《农家叹》："春工只要花迟著。"

[4] 步屧廊回：见前吴文英《八声甘州》词"廊叶秋声"句注。

[5] 罥（juàn）：挂。

[6] 跉跰：同"伶俜"，行不正貌。

[7] "冷到梨云"二句：用李贺《河南府试十二月乐词·三月》词"梨花落尽成秋苑"诗意。梨云，见前萨都剌《小阑干》词注。

[8] 题襟：即题诗之意。《新唐书·艺文志》载有《汉上题襟集》，乃温庭筠、段成式、余知古唱和之作。

✤ 评笺

谭献评此词说："功甚深。"（《箧中词》卷三）黄燮清说："梦月词，浑融深厚，语语藏锋，北宋瓣香，于斯未坠。"（《词综续编》）

林则徐

林则徐（1785—1850），字少穆，一字元抚，晚号竢村老人，福建侯官（今属福州市）人。嘉庆十六年（1811）进士。道光十八年（1839）奉命以钦差大臣赴粤治鸦片烟案，继邓廷桢任，移督两广，声威为之一振。后清廷改命琦善督粤议和，诬以轻于启衅罪，与邓廷桢同时被谴戍伊犁。旋又起用，授陕甘总督，未到任而卒。著有《云左山房诗钞》。

月华清

和邓嶰筠尚书《沙角眺月》原韵[1]

穴底龙眠，沙头鸥静，镜奁开出云际[2]。万里晴同，独喜素娥来此[3]。认前身，金粟飘香[4]；拚今夕，羽衣扶醉[5]。无事。更凭栏想望，谁家秋思[6]。　　忆逐承明队里[7]，正烛撤玉堂[8]，月明珠市。鞅掌星驰[9]，争比软尘风细[10]。问烟楼，撞破何时；怪灯影，照他无睡。宵霁。念高寒玉宇[11]，在长安里。

✤ 注释

[1] 词题：邓嶰筠，邓廷桢。词见前。

[2] 镜奁开出云际：形容天上月出，如明镜开奁。

[3] 素娥：指嫦娥。

[4] 金粟飘香：指月中仙桂。《格物丛话》："桂花谓之金粟，以其花蕊如金粟点缀枝头，故名。"

[5] 羽衣：道士之服。唐明皇时有《霓裳羽衣曲》。

[6] "凭栏想望"二句：用王建《十五夜望月》"今夜月明人尽望，不知秋思落谁家"诗意。

[7] 承明队里：汉朝有承明庐，为皇帝侍从之臣所居之处。这句是说作者曾到朝班做京官。

[8] 烛撤玉堂：《宋史·苏轼传》："轼尝锁宿禁中，召对入便殿，宣仁后……彻御前金莲烛送归院。"又玉堂殿在未央宫。

[9] 鞅掌星驰：鞅掌，烦劳貌。《诗经·小雅·北山》："或王事鞅掌。"这句是说为公务烦劳奔走。

[10] 争比：怎比。软尘：指京尘，旧时有"东华十丈软红尘"之说。

[11] 高寒玉宇：苏轼《水调歌头》词："又恐琼楼玉宇，高处不胜寒。"

高阳台

和嶰筠尚书韵

玉粟收余[1]，金丝种后[2]，蕃航别有蛮烟[3]。双管横陈，何人对拥无眠。不知呼吸成何味，爱挑灯，夜永如年[4]。最堪怜，是一丸泥[5]，损万缗钱[6]。　春雷欻破零丁峡[7]，笑蜃楼气烬[8]，无复灰燃[9]。沙角台高，乱帆收向天边。浮槎漫许陪霓节[10]，看澄波，似镜长圆。更应传、绝岛重洋，取次回舷[11]。

✤ 注释

[1] 玉粟：作者自注："罂粟，一名苍玉粟。"按罂粟，草名，实未熟时，中有浆，为制鸦片的原料。

[2] 金丝：作者自注："吕宋烟草曰金丝醺。"

[3] 蕃航：指英国船。蕃，与“番”通。蛮烟：借指英商贩卖鸦片烟土。

[4] “双管横陈”四句：描写吸鸦片烟者的情状。横陈，侧卧状。李商隐《北齐二首》其一：“小怜玉体横陈夜。”

[5] 是一丸泥：形容鸦片烟膏。

[6] 缗(mín)钱：钱贯。

[7] 春雷欻破零丁峡：欻，忽。零丁峡即零丁洋，在广东珠江口。此句的春雷，当谓炮声击破零丁洋的沉寂，指中英爆发战争。

[8] 蜃楼：《史记 · 天官书》：“海旁蜃气象楼台，广野气成宫阙然。”按蜃楼现象，实由空气变化及光线反射所致。

[9] 灰燃：烧残的灰重新燃烧起来。

[10] 浮槎：编竹木代舟。霓节：古代使臣及封疆大吏执符节，用以示信。霓，指符节上装饰物之色彩。《宋史 · 乐志》：“霓旌羽盖。”时林则徐系以钦差大臣赴粤帮办军务，故曰陪霓节。

[11] 回舷：舷，船边。此代“船”字。回舷，指敌舰返航。

戈　载

戈载(1786—?),字弢甫,一字宝士,号顺卿。江苏吴县(今属苏州市区)人。诸生,官国子监典籍。有《翠薇花馆词》、《宋七家词选》、《词林正韵》、《续绝妙好词》等。

徵　招

韦君绣以《鹤阜看云图》属题,因赋此解。此黄钟下徵调,白石道人所制,言之精且详矣。予考其旁谱,起韵末韵皆用凡四,而换头第二字亦注凡四。其词用纸、寘韵,第二乃“迺”字,其为叶韵显然。况赵虚斋《咏雪》一首,用“际”字,叶纸、寘韵。张玉田有二首,一用“里”字,亦叶纸、寘韵。一用“洛”字,作郎到切,叶篠、啸韵,更有明证。惟周草窗《九日》词未叶。此阕未见笛谱,即非伪托,亦属弁阳之疏漏处。万氏词律取以为法,谬矣。予故揭出之,以俟世之知音者[1]。

幽居喜傍青山住,闲来倚筇登眺。出岫本无心[2],但松阴飘缈。谷风松径扫,引空翠、扑襟多少?一片秋情,几重春梦,雾昏烟晓。　　窈窕薜萝深[3],三高去[4],遗踪更谁凭吊。黄鹤叹悠悠,伴石床泉绕,拂琴眠正好。听萧寺[5]、晓钟催早。美人远,碧合愁痕,黯隔林斜照。

✤ 注释

[1] 词题：鹤皋，即鹤山，亦名四明山，在四川成都邛崃市西。白石道人，宋姜夔号。赵虚斋，宋赵以夫，字用父，号虚斋，长乐人，有《虚斋乐府》。张玉田，宋张炎字叔夏，号玉田，西秦人，有《山中白云词》及《词源》等书。周草窗，宋周密字公谨，本济南人，流寓吴兴，有《草窗词》。

[2] 出岫本无心：陶潜《归去来辞》："云无心以出岫，鸟倦飞而知还。"

[3] 窈窕：幽深貌。

[4] 三高：《中吴纪闻》："越上将军范蠡、江东步兵张翰、赠右补阙陆龟蒙，各有画像在吴江鲈乡亭。东坡尝有《吴江三贤画像》诗，后易其名曰'三高'，且更为塑像。"

[5] 萧寺：佛寺。《释氏要览》："今多称僧居为萧寺者，是用梁武造寺，以姓为题也。"

龚自珍

龚自珍（1792—1841），一名巩祚，字璱人，号定盦，浙江仁和（今杭州）人。道光九年（1829）进士，官礼部主事。学务博览，负才气。于经通《公羊春秋》，于史长西北舆地，生平著作甚富。所作诗文，极力提倡“更法”、“改图”，并洋溢着爱国热情。有《定盦诗文集》及《定盦词》。

桂殿秋

明月外，净红尘。蓬莱幽窅四无邻[1]。九霄一派银河水[2]，流过红墙不见人。

✤ 注释

[1] 幽窅：幽深。

[2] 九霄：九重天，谓天空极高之处。杜甫《春宿左省》诗：“月傍九霄多。”

又

惊觉后，月华浓。天风已度五更钟。此生欲问光明殿[1]，知隔朱扃几万重？

✤ 注释

[1] 光明殿：《三辅黄图》：“未央宫渐台西作桂宫，中有光明殿，皆金玉珠玑为帘

箔，金陛玉阶，昼夜光明。”

减字木兰花

人天无据，被侬留得香魂住。如梦如烟，枝上花开又十年！　　十年千里，风痕雨点斓斑里[1]。莫怪怜他，身世依然是落花。

✤ 注释

[1] 斓斑：形容残花狼藉满地状。

浪淘沙

写　梦

好梦最难留，吹过仙洲[1]。寻思依样到心头。去也无踪寻也惯，一桁红楼[2]。　　中有话绸缪[3]，灯火帘钩，是仙是幻是温柔。独自凄凉还自遣，自制离愁。

✤ 注释

[1] 仙洲：神仙境界。朱熹《次清湍亭韵二首》其二诗："莫忘仙洲涧底泉。"

[2] 一桁(háng)：一排。

[3] 绸缪：犹缠绵。

又

书　愿

云外起朱楼，缥缈清幽。笛声叫破五湖秋。整我图书三万轴[1]，同上兰舟。　　镜槛与香篝[2]，雅憺温柔，替侬好好上帘钩。湖水湖风凉不管，看汝梳头。

✤ **注释**

[1] 图书三万轴：形容图书之多。韩愈《送诸葛觉往随州读书》诗："邺侯家多书，插架三万轴。"

[2] 镜槛：见前李符《绮罗香》词注。香篝：篝是薰笼，用竹做成，可罩在炉上以熏衣物。周邦彦《花犯・咏梅》词："香篝熏素被。"

定风波

燕子矶头擪笛吹[1]，平明沈玉大王祠[2]。无数蛾眉深院里，晏起。晓霜江土阿谁知？　　山诡潮奔千万变[3]，当面。身轻要唤鲤鱼骑[4]。蓦地江妃催我去[5]，飞渡，樽前说与定何时？

✤ **注释**

[1] 燕子矶：见前归庄《锦堂春》词注。

[2] 擪笛：以指按物曰擪。元稹《连昌宫词》："李謩擪笛傍宫墙。"沈玉：古代风俗祭祀河神献宝，把宝玉投到水里，叫沈玉。《史记・河渠书》："搴长茭兮沉美玉，河伯许兮薪不属。"

[3] 山诡：山形奇怪。

[4] 鲤鱼骑：岑参《阻戎泸间群盗》诗："愿得随琴高，骑鱼向云烟。"琴高骑鲤故事，见《列仙传》。

[5] 江妃：王褒《四渎祠碑铭》："河鱼送迎，江妃来往。"

✤ **评笺**

龚自珍的诗词，瑰丽奇肆，自成一家，有"龚派"之称。谭献评说："定公能为飞仙剑客之语，填词家长爪、梵志也。昔人评山谷诗，'如食蝤蛑，恐发风动气'，予于定公词亦云。"(《箧中词》卷四)又说："阅定盦诗词新刻本。诗佚宕旷邈，而豪不就律，终非当家；词绵丽飞扬，意欲合周、辛而一之，奇作也。"(《复堂日记》)

项鸿祚

项鸿祚(1798—1835),名廷纪,字莲生,浙江钱塘(今杭州)人。道光十二年(1832)举人。两应进士试不第,穷愁而卒。其词多抑郁感伤情致。有《水仙亭词》、《忆云词》。

清平乐

池上纳凉

水天清话,院静人销夏[1]。蜡炬风摇帘不下[2],竹影半墙如画。　醉来扶上桃笙[3],熟罗扇子凉轻。一霎荷塘过雨,明朝便是秋声。

✤ 注释

[1] 销夏:消磨夏日。唐陆龟蒙《奉和袭美太湖诗二十首·销夏湾》诗:"遗名复避世,销夏还销忧。"

[2] 蜡炬:蜡烛。李商隐《无题》诗:"蜡炬成灰泪始干。"

[3] 桃笙:竹簟。《方言》:"簟,宋魏之间谓之笙。"左思《吴都赋》:"桃笙象簟。"按四川阆中万山中,有桃笙竹,节高而皮软,杀其青可作簟。暑月寝无汗,故人呼簟为桃笙。见陈鼎《竹谱》。

太常引

客中闻歌

杏花开了燕飞忙，正是好春光。偏是好春光，者几日、风凄雨凉。　　杨枝飘泊[1]，桃根娇小[2]，独自个思量。刚待不思量，吹一片、箫声过墙。

✤ **注释**

[1] 杨枝：白居易《对酒有怀李十九郎中》诗："往年江外抛桃叶，去岁楼中别柳枝。"注谓：柳枝、樊素、小蛮。

[2] 桃根：晋王献之妾。见前辛弃疾《祝英台近》词注。

水龙吟

秋　声

西风已是难听，如何又著芭蕉雨？泠泠暗起[1]，澌澌渐紧[2]，萧萧忽住。候馆疏砧[3]，高城断鼓[4]，和成凄楚。想亭皋木落，洞庭波远。浑不见，愁来处。　　此际频惊倦旅，夜初长、归程梦阻。砌蛩自叹[5]，边鸿自唳，剪灯谁语？莫更伤心，可怜秋到，无声更苦。满寒江剩有，黄芦万顷，卷离魂去。

✤ **注释**

[1] 泠泠：风声。宋玉《风赋》："清清泠泠，愈病析酲。"

[2] 澌澌：亦风声。

[3] 候馆：客馆。姜夔《齐天乐》词："候馆迎秋，离宫吊月。"疏砧：砧，捣衣石。疏砧，指稀疏的捣衣声。

[4] 断鼓：断断续续的鼓声。

[5] 砌蛩：阶下的蟋蟀。

✤ 评笺

谭献说："莲生，古之伤心人也！荡气回肠，一波三折，有白石之幽涩而去其俗，有玉田之秀折而无其率，有梦窗之深细而化其滞，殆欲前无古人。其《乙稿自序》：'近日江南诸子，竞尚填词，辨韵辨律，翕然同声，几使姜、张俯首。及观其著述，往往不逮所言。'云云，婉而可思。又《丙稿序》云：'不为无益之事，何以遣有涯之生？'亦可以哀其志矣。以成容若之贵，项莲生之富，而填词皆幽艳哀断，异曲同工，所谓别有怀抱者也。"（《箧中词》卷四）

吴 藻

吴藻(约1840年前后在世),字蘋香,自号玉岑子,浙江仁和(今杭州)人。幼而好学,长则肆力于词。家居城东,为厉鹗旧居。后嫁商人黄姓为妻,郁郁不得志以终。有《花帘词》、《香南雪北词》。

连理枝

不怕花枝恼,不怕花枝笑。只怪春风,年年此日,又吹愁到。正下帷趺坐没多时,早蜂喧蝶闹。　　天也何曾老?月也何曾好?眼底眉头,无情有恨,问谁知道?算生来并未负清才,岂聪明误了?

✤ **评笺**

黄燮清说:“女士工诗,善琴,娴音律,尤精倚声。初刻《花帘词》,豪俊敏妙,兼而有之,续刻《香南雪北词》,则以清微婉约为宗,亦久而愈醇也。尝与研讨词学,辄多慧解创论,时下名流,往往不逮,其名噪大江南北,信不诬也。”(徐珂《清代词学概论》引)

沈善宝

沈善宝（生卒年不详），字湘佩，浙江钱塘（今杭州）人。咸丰时吏部郎中武凌云继室。有《鸿雪楼词》。

满江红

渡扬子江

滚滚银涛，写不尽、心头热血。问当年、金山战鼓，红颜勋业[1]。肘后难悬苏季印[2]，囊中剩有江淹笔[3]。算古来、巾帼几英雄[4]，愁难说。　　望北固，秋烟碧；指浮玉[5]，秋阳出。把蓬窗倚遍，唾壶敲缺。游子征衫搀泪雨，高堂短鬓飞霜雪。问苍苍、生我欲何为，空磨折。

✤ **注释**

[1]“金山战鼓，红颜勋业”二句：宋韩世忠妻梁红玉，懂兵知战术，世忠与金兀术战于黄天荡，她亲执桴鼓助战，助夫击败金兀术。

[2] 苏季印：苏季，战国时苏秦，曾佩六国相印，封武安君。

[3] 江淹笔：江淹少时，梦人授五色笔，由是文藻日新。

[4] 巾帼：指妇女的头巾和发饰，通常作为妇女的代称。

[5] 浮玉：金山原名浮玉山，因裴头陀江际获金，易名金山。

顾　春

顾春（1799—1876），原姓西林觉罗氏，后改为姓顾，字梅仙，号太清，满洲镶蓝旗人，宗室奕绘侧室。有《天游阁集》、《东海渔歌》。

栏干万里心

听雨忆云林

窗前新种绿芭蕉，夜雨声声枕上敲。困不成眠转寂寥。耐清宵，有美人兮不可招[1]。

✤ 注释

[1] “有美人兮”句：由苏轼《前赤壁赋》“望美人兮天一方”句脱化而来。

如梦令

送　春

昨日送春归了，枝上残红渐少。帘外绿阴多，满地落花谁扫？休扫，休扫，一任东风吹老。

风光好

春　日

好时光，恁天长。正月游蜂出蜜房[1]，为人忙。　　探春最是沿河好，烟丝袅。谁把柔丝染嫩黄，大文章。

✤ 注释

[1] 蜜房：酿蜜的蜂房。宋祁《落花》诗："可能无意传双蝶，尽付芳心与蜜房。"

浪淘沙

登香山，望昆明湖[1]。

碧瓦指离宫，楼阁玲珑。遥看草色有无中[2]。最是一年春好处，烟柳空濛。　　湖水自流东，桥影垂虹。三山秀气为谁钟[3]？武帝旌旗都不见[4]，郁郁蟠龙。

✤ 注释

[1] 香山：北京市西郊西山之一岭，在昆明湖西。李晏《香山记》："西山苍苍，上干云霄，重冈叠翠，来朝皇阙，中有道场曰香山。"昆明湖在颐和园内。

[2] "遥看草色"句：用韩愈《早春呈水部张十八员外》"草色遥看近却无"诗意。

[3] 三山：指翠微、卢师、平波三山。

[4] "武帝旌旗"句：用杜甫《秋兴》诗"昆明池水汉时功，武帝旌旗在眼中"诗意。这里借指清朝皇帝。

南乡子

惜花词

一夜妒花风[1]，吹过栏干第几重？何事封姨情太薄[2]，匆匆，零落深丛与浅丛。　　春冷逼房栊，晓起开帘扫落红。风势未停天又雨，濛濛，乱卷飞花小院中。

✤ 注释

[1] 妒花风：周邦彦《水龙吟·梨花》词："传火楼台，妒花风雨。"

[2] 封姨：见前周济《蝶恋花》词注。

定风波

恶　梦

事事思量竟有因，半生尝尽苦酸辛。望断雁行无定处，日暮，鹡鸰原上泪沾巾[1]。　　欲写愁怀心已醉，憔悴，昏昏不似少年身。恶梦醒来情更怯，愁绝，鸟飞叶落总惊人。

✤ 注释

[1] 鹡鸰原上：鹡鸰，一作脊令，形似燕，飞时作波状，行则摇动其尾，栖息水边。《诗经·小雅·常棣》："脊令在原，兄弟急难。"以后文人多以鹡鸰来比喻兄弟。

喝火令

久别情尤热，交深语更繁。故人留我饮芳樽。已到鸦栖时候，窗影渐黄昏。　　拂面东风冷，漫天春雪翻。醉归不怕闭城门。一路璚瑶[1]，一路没车痕。一路远山树，妆点玉乾坤[2]。

✤ 注释

[1] 璚瑶：美玉，这里形容雪洁白如玉色。

[2] 玉乾坤：即宋王沂孙《无闷·雪意》词"看取玉壶天地"之意。

江城子

落　花

花开花落一年中，惜残红，怨东风。恼煞纷纷，如雪扑帘栊。坐对飞花花事了，春又去，太匆匆。　　惜花有恨与谁同？晓妆慵，忒愁侬[1]。燕子来时，红雨画楼东。尽有春愁衔不去，无才思[2]，是游蜂。

✤ **注释**

[1] 忒：太。

[2] 无才思：韩愈《晚春》诗："杨花榆荚无才思，惟解漫天作雪飞。"

✤ **评笺**

况周颐评说："一片空灵，天仙化人之笔。"(《东海渔歌》注)

江城梅花引

雨中，接云姜信。

故人千里寄书来，快些开，慢些开，不知书中安否费疑猜。别后炎凉时序改，江南北，动离愁，自徘徊。　　徘徊，徘徊，渺予怀[1]。天一涯，水一涯。梦也，梦也，梦不见，当日裙钗。谁念碧云凝伫费肠回[2]。明岁君归重见我，应不是，别离时，旧形骸。

✤ **注释**

[1] 渺予怀：苏轼《前赤壁赋》："渺渺兮余怀，望美人兮天一方。"

[2] 肠回：《汉书 · 司马迁传》："肠一日而九回。"

✤ 评笺

况周颐评说："情文相生，自然合拍。"(《东海渔歌》注)

霜叶飞

和周邦彦《片玉词》

萋萋芳草，疏林外，月华初上林表[1]。断桥流水暮烟昏，正夜凉人悄。有沙际、寒蛩自晓。星星三五流萤小。见白露横空，那更对，孤灯如豆[2]，清影相照。　　昨夜梦里分明，远随征雁，迢递千里难到。西风吹过几重山，怅故人怀抱。想篱落，黄花开了。尊前谁唱凄凉调？应念我，凝情处，听雨听风，恨添多少？

✤ 注释

[1] 林表：林梢，林外。

[2] 孤灯如豆：形容灯光很小。

✤ 评笺

顾春自署名曰太清、西林春，或简称之曰太清春。其《东海渔歌》，王鹏运论词谓"满洲词人，男有成容若，女有太清春而已"。足见对其词评价之高。

陈　澧

陈澧(1810—1882),字兰甫,号东塾,广东番禺(今广州)人。道光十二年(1832)举人,曾任河源县训导,为广州学海堂长数十年,晚年主讲菊坡精舍以终。著有《东塾读书记》、《声律通考》及《忆江南馆词》等。

百字令

夏日过七里泷,飞雨忽来,凉沁肌骨。推篷看山,新黛如沐,岚影入水,扁舟如行绿颇黎中。临流洗笔,赋成此阕。倘与樊榭老仙倚笛歌之,当令众山皆响也[1]。

江流千里,是山痕寸寸,染成浓碧。两岸画眉声不断[2],催送蒲帆风急[3]。叠石皴烟,明波蘸树,小李将军笔[4]。飞来山雨,满船凉翠吹入。　　便欲舣棹芦花,渔翁借我,一领闲蓑笠。不为鲈香兼酒美,只爱岚光呼吸。野水投竿,高台啸月,何代无狂客?晚来新霁,一星云外犹湿。

✤ **注释**

[1] 词题:七里泷,又名七里濑,在浙江桐庐县严陵山西,连及七里,两山夹峙,

水驶如箭，风波险恶。樊榭，厉鹗字。

[2] 画眉：鸟名。产四川，全身黄黑色，其眉如画，声如百灵。

[3] 蒲帆：江西常用蒲草编制船帆，大者数十幅。李端《送路司谏侍从叔赴洪州》诗："蒲帆轻似叶。"

[4] 小李将军：唐李昭道，人号为小李将军。汤垕《画鉴》："（李思训）子昭道，变父之势，妙又过之，时人号为大李将军、小李将军。"

✤ 评 笺

谭献论陈澧词风说："兰甫先生，孙卿、仲舒之流，文而又儒，粹然大师，不废藻咏。填词朗诣，洋洋乎会于风雅，乃使绮靡、奋厉两宗，废然知反。"（《箧中词续》卷二）

承　龄

承龄（1814—1865），字子久，一字尊生，裕瑚鲁氏，满洲镶黄旗人。道光十六年（1836）进士。官至贵州按察使。有《冰蚕词》（一名《大小雅堂诗余》）。

忆旧游

怎燕子莺儿，匆匆舞倦，便劝春归。荏苒随流水[1]，算榆钱买得，能住多时。落花乍低还起，如诉隔年期。纵说道东风，年年依旧，老了杨枝。　徘徊。认踪迹，是碧泛萍圆，红沁苔肥。打叠和愁送[2]，奈天涯梦远，粘着游丝。绿阴近来门巷，蜂蝶不曾知。但目断斜阳，芳园客去帘昼垂。

✤ **注释**

[1] 荏苒：犹辗转，指光阴过得很快。张华《励志》诗："日欤月欤，荏苒代谢。"

[2] 打叠：见前王士祯《醉花阴》词注。

蒋春霖

蒋春霖(1818—1868),字鹿潭,江苏江阴(今无锡江阴市)人。父尊典,官荆门州。春霖幼随侍任所,尝登黄鹤楼赋诗,老宿敛手,一时有"乳虎"之目。父殁,家中落,奉母游京师。不得志于有司,乃弃举业,就两淮鹾官,后去官居扬州东台而卒。有《水云楼词》。

卜算子

燕子不曾来,小院阴阴雨。一角栏干聚落华,此是春归处。　　弹泪别东风,把酒浇飞絮:化了浮萍也是愁[1],莫向天涯去。

✤ 注释

[1] "化了浮萍"句:见前苏轼《水龙吟·杨花》词注。

柳梢青

芳草闲门,清明过了,酒滞香尘。白楝花开[1],海棠花落,容易黄昏。　　东风阵阵斜曛,任倚遍红阑未温。一片春愁,渐吹渐起,恰似春云。

✤ 注释

[1] 白楝：楝，乔木，春末开花，通常为淡紫色，亦间有白色一种。

浪淘沙

云气压虚阑，青失遥山。雨丝风絮一番番。上巳清明都过了[1]，只是春寒。　　华发已无端，何况华残？飞来胡蝶已成团[2]。明日朱楼人睡起，莫卷帘看。

✤ 注释

[1] 上巳：农历三月上旬的巳日为上巳。《韩诗章句》："郑国之俗，三月上巳，之溱洧两水之上，招魂续魄，秉兰祓除不祥。"

[2] 胡蝶已成团：林逋《杏花》诗："等莺期蝶猛成团。"

唐多令

枫老树流丹，芦花吹又残。系扁舟、同倚朱阑。还似少年歌舞地，听落叶，忆长安。　　哀角起重关，霜深楚水寒。背西风、归燕声酸[1]。一片石头城上月[2]，浑怕照、旧江山。

✤ 注释

[1] 归燕声酸：是说燕子叫声听起来使人悲酸。王勃《鸢赋》："声酸夕露，影怨秋风。"

[2] 石头城：即金陵城。

木兰花慢

江行，晚过北固山[1]。

泊秦淮雨霁，又灯火送归船。正树拥云昏[2]，星垂野阔[3]，暝色浮天。芦边夜潮骤起，晕波心、月影荡江圆。梦醒谁歌楚些[4]，冷冷霜激哀弦[5]。　婵娟，不语对愁眠。往事恨难捐。看莽莽南徐[6]，苍苍北固，如此山川！钩连更无铁锁[7]，任排空、樯橹自回旋。寂寞鱼龙睡稳，伤心付与秋烟。

✤ 注释

[1] 北固山：在今江苏镇江市丹徒区北一里，山斗入江，三面临水，梁武帝萧衍改名叫北顾。

[2] 树拥云昏：杜甫《返照》诗："归云拥树失山村。"

[3] 星垂野阔：杜甫《旅夜书怀》诗："星垂平野阔。"

[4] 楚些：楚辞句尾多作"些"字，所以说"楚些"。

[5] 哀弦：周邦彦《兰陵王》词："又酒趁哀弦，灯照离席。"

[6] 南徐：在今江苏镇江市丹徒区。详见前吴伟业《满江红》词注。

[7] 铁锁：见前汪元量《莺啼序》词"铁索千寻"句注。

✤ 评笺

李冰叔说："君为诗，恢雄肮脏，若《东淘杂诗》二十首，不减少陵秦州之作。乃易其工力为长短句，镂情刿恨，转豪于铢黍之间，直而致，沈而姚，曼而不靡。"谭献评说："水云楼词，婉约深至，时造虚浑，要为第一流矣。"(《复堂日记》)

薛时雨

薛时雨(1818—1885),字慰农,一字澍生,晚号桑根老人。安徽全椒(今属滁州市)人。咸丰三年(1853)进士,官至杭州知府。晚年主讲崇文书院、惜阴书院。有《西湖橹唱》、《渔舟欸乃》,总称《藤香馆词》。

临江仙

大风雨,过马当山[1]。

雨骤风驰帆似舞[2],一舟轻度溪湾。人家临水有无间。江豚吹浪至[3],沙鸟得鱼闲。　　绝代才人天亦喜,借他只手回澜[4]。而今无复旧词坛。马当山下路,空见野云还。

✤ **注释**

[1] 词题:马当山,在江西省彭泽县东北,安徽省东流县西南,北临长江,形势雄险。《九江记》:"山形似马,横枕大江,回风撼浪,舟船艰阻。"

[2] 帆似舞:李清照《渔家傲》词:"星河欲转千帆舞。"

[3] 江豚:见前李良年《踏莎行·金陵》词注。

[4] "只手回澜"句:韩愈《进学解》:"回狂澜于既倒。"

✤ **评笺**

谭献评此词说:"结响甚遒。"(《箧中词》卷四)

张景祁

张景祁(1827—1900),字蘩甫,一字蕴梅,号韵梅,又号新蘅主人,浙江钱塘(今杭州)人。为薛时雨门下士。同治十三年(1874)进士,以庶常改知县。晚岁由福建渡台湾,官游淡水、基隆等地。有《新蘅词》等。

小重山

几点疏鸦眷柳条[1]。江南烟草绿,梦迢迢[2]。十年旧约断琼箫。西楼下,何处玉骢骄[3]?　　酒醒又今宵。画屏斜月上,篆香销。凭将心事记回潮。青溪水,流得到红桥。

✤ 注释

[1] 眷:顾,回视。

[2] 迢迢:遥远貌。

[3] 玉骢骄:玉骢,马名。苏轼《西江月》词:"障泥未解玉骢骄。"

✤ 评笺

谭献评说:"高寻欧、晏,参异己之长。"(《箧中词续》卷二)

齐天乐

台湾自设行省,抚藩驻台北郡城,华夷辐凑,规制日廓,洵海外雄都也。赋词纪盛[1]。

客来新述瀛洲胜[2]，龙荒顿闻开府[3]。画鼓春城，瑰灯夜市[4]，娖队蛮靴红舞[5]。莎茵绣土，更车走奇肱[6]，马徕瑶圃[7]。莫讶琼仙[8]，眼看桑海但朝暮。　　天涯旧游试数。绿芜环废垒，啼鵙凄苦[9]。绝岛螺盘，雄关豹守[10]，此是神州庭户。惊涛万古。愿洗净兵戈，卷残楼橹。梦踏云峰，曙霞天半吐。

✤ 注释

[1] 词题：台湾在清光绪十二年(1886)设立行省。

[2] 瀛洲：传说中的仙山。

[3] 龙荒：边境荒远地带。贺铸《石州慢》词："平沙消尽龙荒雪。"

[4] 瑰灯：珍贵华丽的灯。

[5] 娖(chuò)队蛮靴：娖队，谓齐整队伍。《后汉书·中山简王传》："凡诸侯出境，必备左右，故夹谷之会，司马以从。今五国各官骑百人，称娖前行。"注："称娖，犹齐整也。"蛮靴，舒元舆《赠李翱》诗："便脱蛮靴出绛帷。"

[6] 车走奇肱：《博物志》："奇肱国民……能为飞车，从风远行。"

[7] 马徕瑶圃：汉《天马歌》："天马徕，从西极，涉流沙，九夷服。"瑶圃，屈原《九章》："吾与重华游兮瑶之圃，登昆仑兮食玉英。"

[8] 琼仙：天仙。

[9] 鵙：即伯劳，体大于雀，背灰褐色。

[10] 雄关豹守：《楚辞·招魂》："虎豹九关，啄害下人些。"

✤ 评笺

郭则沄《十朝诗乘》载："台湾抚垦开山之议，创自沈文肃(葆桢)。自台北分设郡邑，民物繁庶，渐侔内地，台绅林时甫太仆(维源)督办抚垦最久。当垦辟时，吴霁轩镇军通路至八同关，时方盛夏，严霜积岭，士皆衣皮。张虁甫《大令》诗有云'独怪严霜飞暑路，八同关外振师还'者也，或谓安平阴隘，基隆夷旷，以建治台北为失策。

藜甫以进士知县莅闽，尝宰淡水，有《台疆杂感》诗云：'基隆形势逊安平，使节偏屯北府兵。筹海十年成铸错，东溟从此失金城。'即论建治之失。"录此备考。

曲江秋

马江秋感[1]

寒潮怒激，看战垒萧萧，都成沙碛。挥扇渡江[2]，围棋赌墅[3]，诧纶巾标格。烽火照水驿，问谁洗、鲸波赤[4]？指点鏖兵处，墟烟暗生，更无渔笛。　　嗟惜，平台献策，顿销尽、楼船画鹢[5]。凄然猿鹤怨[6]，旌旗何在，血泪霑筹笔[7]。回望一角天河，星辉高拥乘槎客。算只有鸥边，疏荭断蓼[8]，向人红泣。

✤ **注释**

[1] 词题：马江，在福建省，即马尾，又作马头江。据《十朝诗乘》载："张篑斋在朝敢言，负时望。政局既变，乃命以卿衔会办闽防。固辞不得。及莅闽，敌已迫。闽督何小宋本书生，又与篑斋不相谋，临敌几于束手。然我师奋战，犹两坏法舰。卒之策援无方，纵敌深入，遂致丧师。"此词《马江秋感》，即咏此事。

[2] 挥扇渡江：《晋书·顾荣传》："周玘与荣及甘卓、纪瞻潜谋起兵攻敏（广陵相陈敏）。荣废桥敛舟于南岸，敏率万余人出，不获济，荣麾以羽扇，其众溃散。"

[3] 围棋赌墅：见沈雄《金明池》词"山上围棋"注。

[4] 鲸波：巨浪。杜甫《舟出江陵南浦奉寄郑少尹》诗："溟涨鲸波动，衡阳雁影徂。"

[5] 画鹢：见前邓廷桢《月华清》词"万鹢"句注。

[6] 猿鹤：《艺文类聚》引《抱朴子》："周穆王南征，一军尽化，君子为猿鹤，小人为沙虫。"

[7] 筹笔：筹谋计策。诸葛亮筹谋计划之处叫筹笔驿。

[8] 荭：即水荭。水草名。

秋　霁

基隆秋感[1]

盘岛浮螺，痛万里胡尘，海上吹落。锁甲烟销[2]，大旗云掩，燕巢自惊危幕[3]。乍闻唳鹤[4]，健儿罢唱《从军乐》。念卫霍[5]，谁是汉家图画壮麟阁[6]？　　遥望故垒，毳帐凌霜[7]，月华当天，空想横槊[8]。卷西风、寒鸦阵黑，青林凋尽怎栖托，归计未成情味恶。最断魂处，惟见莽莽神州，暮山衔照，数声哀角。

✤ 注释

[1] 词题：基隆，在台湾。作者以进士官闽，莅闽常宰淡水县，有《台湾杂感》诗。后台湾为日本所侵占，作者斯时在淡水，词当作于此时。

[2] 锁甲：即锁子甲。周必大《二老堂诗话》："至今谓甲之精细者为锁子甲。"

[3] "燕巢自惊"句：谓岌岌可危。丘迟《与陈伯之书》："鱼游于沸鼎之中，燕巢于飞幕之上。"

[4] 唳鹤：《晋书·谢玄传》载，苻坚众号百万，列阵临淝水。谢玄以兵八千涉水，坚众奔溃，弃甲宵遁，闻风声鹤唳，皆以为王师。

[5] 卫霍：即汉武帝时大将卫青与霍去病。

[6] 麟阁：即麒麟阁。汉宣帝时图画功臣之所。李白《塞下曲》六首其三："功成画麟阁，独有霍嫖姚。"

[7] 毳(cuì)帐：毡帐。

[8] 横槊：槊，古兵器。苏轼《前赤壁赋》："酾酒临江，横槊赋诗。"

✤ 评笺

谭献评说："笳吹频惊，苍凉词史，穷发一隅，增成故实。"(《箧中词续》卷二)叶衍兰说："《新蘅词》选调必精，摛辞必炼，有石帚之清峭而不偏于劲，有梅溪之幽隽而不失之疏，有梦窗之绵丽而不病其秾，有玉田之婉约而不流于滑，寻声于清浊高下之别，审音于舌腭唇齿之分。剖析微茫，力追正始。"(《新蘅词序》)

庄　棫

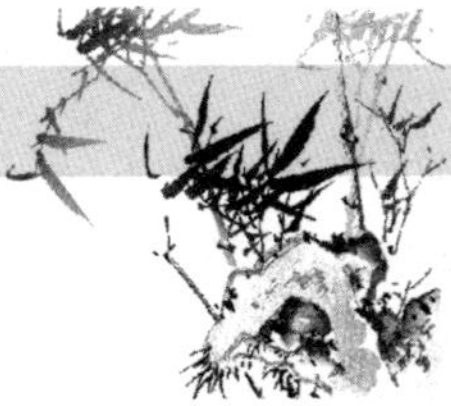

庄棫(1830—1878)，字中白，江苏丹徒(今镇江丹徒区)人。治《易》及《春秋》，兼通纬候。先世业鹾，后家中落，校书淮南、江宁。著有《蒿庵词》(一名《中白词》)。

定风波

为有书来与我期，便从兰杜惹相思[1]。昨夜蝶衣刚入梦[2]，珍重，东风要到送春时。　　三月正当三十日[3]，占得，春光毕竟共春归。只有成阴并结子[4]，都是，而今但愿著花迟。

✤ **注释**

[1] 兰杜：兰花和杜若(香草名)。

[2] 蝶衣：张耒《夏日》诗："蝶衣晒粉花枝舞。"

[3] 三月正当三十日：用贾岛《三月晦日赠刘评事》诗句。

[4] "成阴并结子"二句：见前王寂《采桑子》词"湖州梦"句注。

凤凰台上忆吹箫

瓜渚烟消[1]，芜城月冷[2]，何年重与清游？对妆台明镜，欲说还羞。多少东风过了，云缥缈、何处勾留？都非旧，君还记否？吹梦西洲[3]。　　悠悠。芳辰转眼，谁料到而今，尽日楼头。念渡江人远，侬更添忧。天际音书久断，还望断，天际归舟。春回也！怎能教人，忘了闲愁。

✤ 注释

[1] 瓜渚：在扬子江畔。

[2] 芜城：见前彭孙遹《画屏秋色》词题注。

[3] 西洲：在今江苏南京市江宁区。

✤ 评笺

陈廷焯说："蒿庵词穷源竟委，根柢槃深，而世人知之者少。余观其词，匪独一代之冠，实能超越三唐、两宋，与风、骚、汉乐府相表里，自词人以来，罕见其匹。而究其得力处，则发源于国风、小雅，胎息于淮海、大晟，而寝馈于碧山也。"又说："如《定风波》云云，暗含情事，非细味不见。"（《白雨斋词话》卷五）

谭　献

谭献（1832—1901），初名廷献，字仲修，号复堂，浙江仁和（今杭州市）人。同治六年（1878）举人，历署歙、全椒、合肥、宿松县等知县。工骈体文，于词学致力尤深。选清人词为《箧中词》。

蝶恋花

庭院深深人悄悄。埋怨鹦哥[1]，错报韦郎到[2]。压鬓钗梁金凤小[3]，低头只是闲烦恼。　　花发江南年正少。红袖高楼，争抵还乡好？遮断行人西去道，轻躯愿化车前草[4]。

✤ 注释

[1] 鹦哥：鹦鹉。

[2] 韦郎：范摅《云溪友议》载：西川节度使韦皋，少游江夏，止于姜使君之馆，有小青衣曰玉箫，常令祗侍。后稍长，因而有情。时廉使得韦季父书，发遣归觐，遂与言约，少则五载，多则七年，取玉箫。至八年春，玉箫遂绝食而殒。

[3] 钗梁金凤：罗虬《比红儿》诗："金凤双钗逐步摇。"

[4] 车前草：一名车前当道，子可入药。多在牛迹中生，故名。这里是双关语。

✤ 评笺

陈廷焯说："'庭院深深'阕，上半传神绝妙，下半沈痛已极，所谓情到海枯石烂时也。"（《白雨斋词话》卷二）

渡江云

大观亭同阳湖赵敬甫、江夏郑赞侯。

大江流日夜，空亭浪卷，千里起悲心。问花花不语，几度轻寒，恁处好登临？春幡颤袅[1]，怜旧时、人面难寻。浑不似、故山颜色，莺燕共沈吟。　　销沈。六朝裙屐[2]，百战旌旗，付渔樵高枕。何处有、藏鸦细柳，系马平林？钓矶我亦垂纶手[3]，看断云、飞过荒浔[4]。天未暮，帘前只是阴阴。

✤ **注释**

[1] 春幡：见前欧阳炯《清平乐》词注。

[2] 裙屐：古代高人雅士常着裙屐。如羊欣就爱着白练裙，阮孚就爱着屐等。屐，木底有齿的鞋。

[3] 垂纶手：钓鱼的人。纶，指钓丝。

[4] 浔(xún)：水边。

✤ **评笺**

叶恭绰评说："曲而有直体。"(《广箧中词》卷二)

金缕曲

江干待发[1]

又指离亭树。恁春来，消除愁病，鬓丝非故。草绿天涯浑未遍，谁道王孙迟暮？肠断是、空楼微雨。云水荒荒人草草，听林禽、只作伤心语。行不得，总难住。　　今朝滞我江头路。近篷窗、岸花自发，向人低舞。裙衩芙蓉零落尽[2]，逝水流年轻负。渐惯了、单寒羁旅。信是穷途文字贱，悔才华、却受风尘误。留不得，便须去。

✤ 注释

[1] 词题：江干，江边。

[2] 裙衩芙蓉：李商隐《无题》诗："十岁去踏青，芙蓉作裙衩。"

✤ 评笺

叶恭绰评说："如此方可云'清空不质实'。"（《广箧中词》卷二）

王闿运

王闿运(1833—1916),初名开运,字纫秋,改字壬秋,湖南长沙湘潭人。咸丰二年(1852)举人,官翰林院检讨加侍讲衔。辛亥革命后,任清史馆馆长。治经学,诗文模拟汉魏六朝。著书甚富,有《湘绮楼词钞》、《湘绮楼词选》等。

南乡子

赋得"惜花春起早"[1]。

春恨压屏山,细雨欺花困牡丹[2]。雨若再晴花再艳,应难。唤起双鬟摘下看[3]。　　凭暖曲阑干,晓逗微光似不寒。忽地玉阶风过觉衣单,重入罗帏又懒眠。

✤ 注释

[1] 词题:《增广贤文》:"惜花春起早,爱月夜眠迟。"

[2] 欺花:史达祖《绮罗香·咏春雨》词:"做冷欺花。"

[3] 双鬟:指美女。

宴清都

和卢蒲江[1]

春梦无拘管。人去后,粉墙花影撩乱。分明月在,栏干倚处，佩香犹暖。荼蘼似肯相伴，过夏雨，池台绿换。只刺藤，曾罥罗裙，横斜占了西苑。　　窗前帕印脂冰[2]，床偎簟汗，娇笑如见。重帘暂护，芳尘莫扫，一方空院[3]。良缘若道真断。怎犹得、欢情在眼。耐思量，惟有闲愁，依依傍晚。

✤ 注释

[1] 卢蒲江：卢祖皋，字次夔，号蒲江，永嘉人，有《蒲江词》。

[2] 帕印脂冰：谓脂粉印在罗帕上，滑如冰状。刘铣《和东坡四时词》其四诗："玉盆脂水红冰薄。"

[3] 一方空院：刘禹锡《金陵五题·生公讲堂》诗："一方明月可中庭。"

✤ 评笺

王闿运为人恬淡洒脱，言行警拔，门生满天下，诗文被仰为泰斗。好治经学，以致用为主，尤长《公羊》之学，著作丰富。其词清微窅眇，矜练之极，归于自然。

黄遵宪

黄遵宪(1848—1905),字公度,广东嘉应州(今梅州)人。光绪二年(1876)举人。光绪时历任驻日、英参赞及旧金山、新加坡总领事,后官湖南长宝盐法道,署按察使。参加戊戌变法,奉命出使日本,甫行而政变起,罢归。有《人境庐诗词集》等。

双双燕

题潘兰史《罗浮纪游图》[1]

罗浮睡了,试召鹤呼龙,凭谁唤醒?尘封丹灶[2],剩有星残月冷。欲问移家仙井[3]。何处觅,风鬟雾鬓。只因独立苍茫[4],高唱万峰峰顶。　　荒径,蓬蒿半隐。幸金谷无人,栖身应稳。危楼倚遍,看到云昏花暝。回首海波如镜。忽露出、飞来旧影。又愁风雨合离,化作他人仙境。

✤ 注释

[1] 潘兰史:即潘飞声,广东番禺人,举经济特科,有《说剑堂词》。罗浮,山名,在广东。

[2] 丹灶:道家炼丹所用炉灶。

[3] 移家仙井:晋葛洪闻交趾出丹砂,求为勾漏令,行至广州,止罗浮山,著述不辍,自号抱朴子。又,葛洪有丹砂井。(见《晋书》)

[4] 独立苍茫:杜甫《乐游园歌》:“独立苍茫自咏诗。”

✤ **评笺**

梁启超《饮冰室诗话》载:“公度集中诗多词少,然亦曾为数十首,其原稿昔在余箧中,戊戌之后,同成灰烬,平生一憾也。兰史顷以公度一词见寄,调寄《双双燕》,题为《题兰史罗浮纪游图》,今录之。”“又兰史与其夫人旧有偕隐罗浮之约,故‘风鬟’句及之。潘词云:‘罗浮睡了,看上界沉沉,万峰未醒。唤起霜娥,照得山河尽冷。白遍梅田千井。见玉女、青青两鬓。恰当天上呼船,倒卧飞云绝顶。　仙洞,有人赋隐。羡胡蝶双栖,翠屏安稳。烟扃易叩,还隔花深松暝。谁揭瑶台明镜。应画我,高寒瘦影。指他东海火轮,只是蓬莱尘境。’注云:‘昔在菊坡精舍,听陈兰甫先生话罗浮之游云,仅得“罗浮睡了”四字,久之未成词也。壬寅三月,余游罗浮,至东江泊舟,望四百峰横亘烟月中,觉陈先生此四字,神妙如绘,故于游记中记其事。而黄公度京卿,以飘逸仙才,成词一首见寄。猿惊鹤举,惜不能起陈先生相赏也。寒夜无眠,独起步月,如置身五龙潭上,玉女峰边。忽忆京卿原韵,意有所悟,拟和成稿。盖距京卿寄示时又易一寒暑矣。’”

王鹏运

王鹏运(1849—1904),字幼霞、佑遐,号半塘、鹜翁,广西临桂(今属桂林市)人。同治九年(1870)举人,官至礼科掌印给事中。其词颇有关涉清末时事之作。有《半塘定稿》等。所辑《四印斋所刻词》,以校勘精审见称。

点绛唇

饯　春

抛尽榆钱,依然难买春光驻。饯春无语,肠断春归路。　　春去能来,人去能来否?长亭暮,乱山无数,只有鹃声苦。

忆闷令

倚竹愁生珠未卖[1],算天寒同耐。当时悔嫁王昌[2],空怨吟谁会?　　密意传罗带,望飞鸿天外。等闲便唤得春醒,应泪痕长在。

✤ **注释**

[1]"倚竹"句:杜甫《佳人》诗:"天寒翠袖薄,日暮倚修竹。……侍婢卖珠回,

牵萝补茅屋。”

[2]“嫁王昌”句：李商隐诗：“谁与王昌报消息，尽知三十六鸳鸯。”按《襄阳耆旧传》载：“王昌字公伯，为东平相、散骑常侍，早卒。妇任城王曹子文女也。”

南乡子

斜月半胧明，冻雨晴时泪未晴。倦倚香篝温别语，愁听，鹦鹉催人说四更。　　此恨拚今生，红豆无根种不成。数遍屏山多少路？青青，一片烟芜是去程。

满江红

朱仙镇谒岳鄂王祠，敬赋[1]。

风帽尘衫，重拜倒、朱仙祠下。尚仿佛、英灵接处，神游如乍。往事低徊风雨疾，新愁黯淡江河下。更何堪、雪涕读题诗[2]，残碑打！　　黄龙指[3]，金牌亚[4]。旌旗影，沧桑话。对苍烟落日，似闻悲咤[5]。气耆蛟鼍澜欲挽[6]，悲生笳鼓民犹社[7]。抚长松、郁律认南枝[8]，寒涛泻。

✤ 注释

[1] 词题：朱仙镇，在河南开封市西南。岳飞大败金军于郾城，进军朱仙镇。其地有岳鄂王祠。按岳飞在宁宗时追封为鄂王。原注：“道光季年，河决开封，举镇惟岳祠无恙。壬午扶护南归，曾梦游祠下。”

[2] 雪涕：拭泪。《列子》：“（齐景）公雪涕而顾晏子。”

[3] 黄龙：即黄龙府。今辽宁开原以北及吉林全境、内蒙古自治区东北境皆其辖地。岳飞所说直抵黄龙府，即指此。

[4] 金牌：秦桧主张划淮水以北与金人议和，并假造诏书，以十二金牌召回岳

飞，诬以“莫须有”罪名下狱害死。

[5] 悲咤：悲而且怒。咤，怒声。

[6] 詟(zhé)：恐惧。

[7] “民犹社”句：是说千载以下人民犹祭祀纪念他。

[8] 郁律：形容长松盘拿状。苏轼诗：“文字郁律蛟龙走。”

八声甘州

送伯愚都护之任乌里雅苏台[1]

是男儿、万里惯长征，临歧漫凄然。只榆关东去，沙虫猿鹤，莽莽烽烟。试问今谁健者？慷慨著先鞭[2]。且袖平戎策，乘传行边[3]。　　老去惊心鼙鼓，叹无多哀乐，换了华颠。尽雄虺琐琐[4]，呵壁问苍天[5]。认参差、神京乔木，愿锋车[6]、归及中兴年。休回首，算中宵月，犹照居延[7]。

✤ 注释

[1] 词题：伯愚，志锐。字伯愚，一字廓轩，号穷塞主，去乌里雅苏台任参赞将军。乌里雅苏台在今蒙古人民共和国三音诺颜西境，清时有定边左副将军驻之。

[2] 先鞭：《晋书·刘琨传》说：琨与祖逖为友，闻逖被用，与亲故书曰：“吾枕戈待旦，志枭逆虏；常恐祖生先吾著鞭。”后以“先鞭”表示“先一著”。

[3] 乘传：乘坐传车。古代先以车为驿，谓之传车。其后又单置马，谓之驿骑。李商隐诗：“终见降王走传车。”

[4] “雄虺”句：虺，蛇类。屈原《天问》：“雄虺九首，儵忽焉在？”琐琐，细小貌。

[5] 呵壁：屈原放逐，彷徨山泽，见楚有先王之庙及公卿祠堂、图画天地山川神灵，琦玮僪佹，及古贤圣怪物行事，因书其壁，呵而问之，以泄愤懑。(见《楚辞集注》)

[6] 锋车：即追锋车。《晋书·舆服志》：“追锋车，去小平盖，加通幰，如轺车，驾二。追锋之名，盖取其迅速也。”

[7] 居延：在今甘肃酒泉边。

✤ **评笺**

朱祖谋说:“君词导源碧山,复历稼轩、梦窗,以还清真之浑化。与周止庵氏说契若针芥。”(《半塘定稿序》)叶恭绰说:“幼遐先生于词学独探本原,兼穷蕴奥,转移风会,领袖时流,吾常戏称为桂派先河,非过论也。彊村翁学词,实受先生引导。文道希丈之词,受先生攻错处,亦正不少。清季能为东坡、片玉、碧山之词者,吾于先生无间焉。”(《广箧中词》卷二)

陈廷焯

陈廷焯（1853—1892），字亦峰，江苏丹徒（今镇江市丹徒区）人。光绪十四年（1888）举人。有《白雨斋词钞》、《白雨斋词话》、《词则》等。

鹧鸪天

一夜西风古渡头，红莲落尽使人愁。无心再续西洲曲，有恨还登舴艋舟。　　残月堕，晓烟浮，一声欸乃入中流。豪怀不肯同零落，却向沧波弄素秋。

✤ 注释

[1] 西洲曲：郭茂倩《乐府诗集》有《西洲曲》。

[2] 欸乃：见前夏完淳《烛影摇红》词注。

蝶恋花

回首行云三月暮。竟日相思，不道相思苦。私祝东风休作雨，凭伊遮断春归路。　　帘外断红重拾取。眼依依，枉自关情绪。金箧留香还记否？沉吟前度凭栏处。

✤ 评笺

叶恭绰说："《白雨斋词话》，极力提倡柔厚之旨，识解甚高，所作亦足相副。"（《广箧中词》卷一）

志　锐

志锐（1853—1912），字伯愚，一字廓轩，号穷塞主，属满洲他他拉氏。初到乌里雅苏台任参赞将军，继任杭州将军，最后任伊犁将军。

柳梢青

乌城上元灯社[1]

水戏鱼龙[2]，锦江灯火，璀璨云霞。月色依然，风情依旧，人又天涯。　　回头廿八年华，酒醒后，寒烟暮笳。九陌金莲[3]，千门箫鼓，春在谁家？

✤ 注释

[1] 词题：乌城，即乌里雅苏台，在今蒙古人民共和国三音诺颜西境，清时有定边左副将军驻之。时志锐为参赞将军。上元灯社，是元宵节观灯之处。

[2] 水戏鱼龙：《隋书·音乐志》："齐武平中有鱼龙烂漫……杀马、剥驴等，奇怪异端，百有余物，名为百戏……及大业二年，突厥染干来朝。炀帝欲夸之，总追四方散乐大集东都。初于芳华苑积翠池侧，帝帷宫女观之，有舍利先来戏于场内，须臾跳跃激水满衢，鼋鼍龟鳌，水入虫鱼遍覆于地。又有大鲸鱼喷雾翳目，倏忽化成黄龙。"夏竦《奉和御制上元观灯》诗："鱼龙漫衍六街呈，金琐通宵启玉京。"

[3] 金莲：莲花灯。《新唐书·令狐绹传》："为翰林承旨，夜对禁中烛尽，帝以乘舆、金莲华炬送还。"

✤ **评 笺**

郭则沄《十朝诗乘》载:“珍瑾二妃,姊弟也。同镌苕玉,并侍椒风。珍妃明慧,尤承上眷,稍预朝事,为慈圣所忌。妃谪谴,其兄伯愚侍郎,亦出为边帅。都人为之谚曰:‘一自珍妃失宠来,伯愚乌里雅苏台。’谓伯愚远谪也。”

文廷式

文廷式(1856—1904),字道希,号芸阁,纯常子。江西萍乡人。光绪十六年(1890)进士,任翰林院侍读学士,为赞助光绪帝亲政,支持康有为发起强学会,受到慈禧太后嫉视,被参革职。戊戌政变发生,东走日本。能诗词,词学苏、辛,也有慨叹时政之作。有《云起轩词钞》。

浣溪沙

缥缈眉痕忆远山,一春愁思不曾闲。断云只在有无间。　原是花身应惜惜[1],犹凝竹泪记斑斑[2]。小楼今夜恰轻寒。

✤ 注释

[1] 花身:范成大《十一月十日海云赏山茶》诗:“客鬓花身俱岁晚,妆光酒色且时新。”

[2] 竹泪记斑斑:相传舜死苍梧,二妃哭帝极哀,泪染于竹,故斑斑如泪痕。

鹧鸪天

赠　友

万感中年不自由,角声吹彻古《梁州》[1]。荒苔满地成秋苑，细雨轻寒闭小楼。　　诗漫与[2]，酒新篘[3]，醉来世事一浮沤[4]。凭君莫过荆高市[5]，滹水无情也解愁[6]。

✤ 注释

[1]《梁州》：曲名。本作《凉州》，西凉所献，后多误作《梁州》，唐人诗中已通用。

[2] 诗漫与：杜甫《江上值水如海势聊短述》诗："老去诗篇浑漫与。"按漫与，言即景口占，率意而作。

[3] 酒新篘：新漉的酒。篘（chōu），一种竹制的滤酒器具。

[4] 浮沤：同浮鸥。

[5] 荆高市：《史记・刺客列传》："荆轲嗜酒，日与狗屠及高渐离饮于燕市，酒酣以往，高渐离击筑，荆轲和而歌于市中，相乐也。"

[6] 滹水：滹沱河。发源山西，经河北至天津，会北运河入海。

八声甘州

送志伯愚侍郎赴乌里雅苏台参赞大臣之任，同盛伯羲祭酒、王幼霞御史、沈子培刑部作。

响惊飙[1]、越甲动边声[2]，烽火彻甘泉[3]。有六韬奇策[4]，七擒将略[5]，欲画凌烟[6]。一枕瞢腾短梦，梦醒却欣然。万里安西道，坐啸清边。　　策马冻云阴里，谱胡笳一阕[7]，凄断哀弦。看居庸关外，依旧草连天。更回首、淡烟乔木[8]，问神州、今日是何年？还堪慰，男儿四十，不算华颠。

✤ 注释

[1] 惊飙：狂风。

[2] 越甲：《说苑》：越甲至齐，雍门子狄请死之，曰："臣闻之，昔者王田于囿，左毂鸣，车右请死之，而王曰：'子何为死？'……王曰：'左毂者工师之罪也，子何事之有焉？'车右曰：'臣不见工师之乘而见其鸣吾君也'，遂刎颈而死。"今越甲至，其鸣吾君，岂左毂之下哉！遂刎颈而死。王维《老将行》："耻令越甲鸣吴军。"

[3]"烽火彻甘泉"句：见前邓千江《望海潮》词注。

[4] 六韬：兵书。谓文韬、武韬、龙韬、虎韬、豹韬、犬韬。旧题为周吕望撰。

[5] 七擒：诸葛亮曾七擒孟获。

[6] 凌烟：唐太宗李世民图画功臣像在凌烟阁上。

[7] 胡笳一阕：汉蔡文姬有《胡笳十八拍》。

[8] 乔木：树高而直者为乔木。这里为故里的代称。

✤ **评笺**

王瀣评说："后遍豪宕而神色愈凄。"（《手批〈云起轩词钞〉》）

水龙吟

落花飞絮茫茫，古来多少愁人意！游丝窗隙，惊飙树底，暗移人世。一梦醒来，起看明镜，二毛生矣[1]。有葡萄美酒[2]，芙蓉宝剑[3]，都未称，平生志。　我是长安倦客[4]，二十年、软红尘里[5]。无言独对，青灯一点，神游天际。海水浮空，空中楼阁[6]，万重苍翠。待骖鸾归去[7]，层霄回首，又西风起。

✤ **注释**

[1] 二毛：头发花白。

[2] 葡萄美酒：王翰《凉州曲》："葡萄美酒夜光杯。"

[3] 芙蓉宝剑：春秋时，欧冶子作名剑纯钩、湛卢等，薛烛称纯钩："沉沉如芙蓉始生于湖。"（见《吴越春秋》）

[4] 长安：指京城。

[5] 软红尘：苏轼《次韵蒋颖叔钱穆父从驾景灵宫二首》其一："软红犹恋属车尘。"今称都会繁华之地。

[6] 空中楼阁：沈括《梦溪笔谈》："登州四面临海，春夏时，遥见空际有城市楼台之状，土人谓之海市。"

[7] 骖鸾：驾着鸾鸟。江淹《别赋》："驾鹤上汉，骖鸾腾天。"

✤ 评 笺

王瀣评说："思涩笔超，后片字字奇幻，使人神寒。"（《手批〈云起轩词钞〉》）叶恭绰评说："胸襟兴象，超越凡庸。"（《广箧中词》）胡先骕说："云起轩词，意气飙发，笔力横恣，诚可上拟苏、辛，俯视龙州。其令词秾丽婉约，则又直入《花间》之室。盖其风骨遒上，并世罕睹，故不从时贤之后，局促于南宋诸家范围之内。诚如所谓美矣善矣。"（《学衡》第二十七期《评云起轩词钞》）

谭嗣同

谭嗣同（1865—1898），字复生，号壮飞，湖南长沙浏阳人。能文章，好任侠，善剑术。自甲午战事后，发愤提倡新学。入资为江苏候补知府，以徐致靖荐充军机章京。与杨锐、林旭、刘光第同参预新政，时号为“军机四卿”。慈禧太后垂帘，被诛，为“戊戌六君子”之一。小词所作不多，饶有英雄气概。有《谭浏阳全集》。

望海潮

自题小影

曾经沧海，又来沙漠，四千里外关河。骨相空谭[1]，肠轮自转[2]，回头十八年过。春梦醒来么？对春帆细雨，独自吟哦。惟有瓶花，数枝相伴不须多。　　寒江才脱渔蓑。剩风尘面貌，自看如何！鉴不因人，形还问影[3]，岂缘酒后颜酡[4]。拔剑欲高歌，有几根侠骨，禁得揉搓。忽说此人是我，睁眼细瞧科[5]。

✤ 注释

[1] 骨相：谓人之体格及状貌。

[2] 肠轮：谓肠回转如轮。韩偓《倒押前韵》诗：“别袂翻如浪，回肠转似轮。”

[3] 形还问影：《庄子 · 齐物论》：“罔两问影曰：‘曩子行，今子止；曩子坐，今子

起,何其无特操与?’”又,陶潜有《形赠影》、《影答形》诗。

[4] 酡：饮酒而赭色著面。《楚辞·招魂》:“美人既醉,朱颜酡些。”

[5] 科：语助词。

刘毓盘

刘毓盘(1867—1928)，字子庚，号噙椒，浙江衢州江山人。光绪二十三年(1897)拔贡，官陕西云阳县知县。有《噙椒词》一卷、《词史》十一卷、《词律斠注》、《词学斠注》及《唐五代辽金元词辑》等。

解语花

新笳送怨，旧笛迎欢，江关素秋冷[1]。翠禽啼竟[2]，荒祠外、社鼓暮鸦犹竞[3]。归觞未整。先忘却、鸥波渔艇。空自笑，云水霏微[4]，重访招提境[5]。　　斫地哀歌暗省[6]。有风摇九子[7]，铃语相应。废墙颓井，休看作、松菊故园三径[8]。闲花吊影，谁怜我、无家陶令[9]。向此间、一任鱼龙唤梦醒。

✤ 注释

[1] 江关：江水和关口。杜甫《咏怀古迹五首》其一：“庾信生平最萧瑟，暮年诗赋动江关。”

[2] 翠禽：翠羽，翠鸟。姜夔《疏影》梅词：“有翠禽小小，枝上同宿。”

[3] 社鼓：旧时民间祭神常打鼓，叫做社鼓。

[4] 霏微：云水微茫状。杜甫《曲江对酒》诗：“水晶宫殿转霏微。”

[5] 招提：寺庙。《唐会要》：“官赐额为寺，私造者为招提兰若。”

[6] 斫地哀歌：杜甫《赠王郎司直》诗：“王郎酒酣拔剑斫地歌莫哀，我能拔尔抑

塞磊落之奇才。”

[7] 九子：铃名。《南齐书·东昏侯纪》：“庄严寺有玉九子铃……以施潘妃殿饰。”李商隐《齐宫词》诗：“梁台歌管三更罢，犹自风摇九子铃。”

[8] 松菊故园三径：陶潜《归去来辞》：“三径就荒，松菊犹存。”

[9] 陶令：陶潜做过彭泽令，所以称为陶令。

✤ 评笺

查猛济说：“《噙椒》一集，中土绝伦，云门、哭庵，非其敌手，以少标榜，知之者寡，大庠多士，亦鲜解此。”（见《刘子庚先生的词学》一文的丘竹师按语）

秋　瑾

秋瑾(1875—1907),字璇卿,号竞雄,别署“鉴湖女侠”,山阴(今浙江绍兴市)人。1904年赴日本留学,积极参加留日学生的革命活动,次年由光复会员加入同盟会。1906年,为反对日本取缔留学生而归国。1907年在绍兴主持大通学堂,联络金华、兰溪等地会党,组织光复军,与徐锡麟分头准备皖浙两省起义。失败后被捕,不屈而死。有《秋瑾集》。

昭君怨

恨煞回天无力[1],只学子规啼血。愁恨感千端,拍危栏。　　枉把栏干拍遍,难诉一腔幽怨。残雨一声声,不堪听!

✤ 注释

[1] 回天无力:谓清廷腐败,外患频仍,无人能出力挽回国家危亡命运。《新唐书·张玄素传》:“(魏徵)叹曰:‘张公论事,有回天之力。’”

鹧鸪天

祖国沉沦感不禁,闲来海外觅知音[1]。金瓯已缺总须补[2],为国牺牲敢惜身。　　嗟险阻,叹飘零,关山万里作雄行。休言女子非英物[3]，夜夜龙泉壁上鸣[4]！

✤ **注释**

[1]“海外觅知音”句：作者于光绪甲辰(1904)三月赴日本东京留学，在日本与进步青年、革命志士鲁迅、陶成章、宋教仁、王时泽、何香凝、冯自由等均有交往。

[2]“金瓯已缺”句：清朝末年，政治愈趋腐朽，朝廷慑于列强，到处割地赔款。所以词里说金瓯已缺。《南史·朱异传》：“(武帝)言：‘我国家犹若金瓯，无一伤缺。’”

[3] 英物：杰出的人物。

[4] 龙泉：剑名。《晋书·张华传》载：斗牛之间，常有紫气。豫章雷焕曰：“宝剑之气，上彻于天耳。”华问在何郡？焕曰：“在豫章丰城。”即补焕丰城令。焕到县，掘狱基，入地四丈余，得一石函，光气非常，中有双剑，并刻题，一曰龙泉，一曰太阿，是夕斗牛间气不复见。

满江红

小住京华[1]，早又是、中秋佳节。为篱下、黄花开遍，秋容如拭[2]。四面歌残终破楚[3]，八年风味徒思浙[4]。苦将侬、强派作蛾眉，殊未屑！　　身不得，男儿列；心却比、男儿烈。算平生肝胆，因人常热[5]。俗子胸襟谁识我？英雄末路当磨折。莽红尘、何处觅知音？青衫湿！

✤ **注释**

[1] 京华：京都，这里指北京。

[2] 秋容如拭：谓秋光明净如拭。沈周《过湖偶书》诗：“净碧不可唾，百里借秋拭。”

[3]“四面歌残”句：楚霸王项羽被刘邦围困在垓下，“夜闻汉军四面皆楚歌，项王乃大惊，曰：‘汉皆已得楚乎？是何楚人之多也！’”(《史记·项羽本纪》)这句是慨叹外国列强进逼侵略，国家前途危殆。

[4]“八年”句：指作者自光绪二十二年(1896)在湖南结婚起到作这首词时，恰为八年。“风味徒思浙”，空想家乡浙江的风味。

[5]因人常热：为别人而屡热。

✤ 评笺

这首词是清光绪二十九年(1903)作者在北京时所作。笔调雄健，感情奔放，渗透着爱国救亡的革命思想，不愧为中华的巾帼英雄。

如此江山

萧斋谢女吟《愁赋》[1]，潇潇滴檐剩雨。知己难逢，年光似瞬，双鬓飘零如许。愁情怕诉。算日暮穷途，此身独苦。世界凄凉，可怜生个凄凉女。　　曰“归也”，归何处？猛回头，祖国，鼾眠如故。外侮侵陵，内容腐败，没个英雄做主。天乎太瞽[2]！看如此江山，忍归胡虏？豆剖瓜分[3]，都为吾故土。

✤ 注释

[1]萧斋：李肇《国史补》：“梁武帝造寺，命萧子云飞白大书一‘萧’字。至今‘萧’字独存。李约见之，自江南买归东洛，匾于小亭以玩，号为‘萧斋’。”后来文人泛称书斋为萧斋。谢女：晋谢道韫，王凝之妻，谢安之从女，聪明有才辩，能赋诗。后来文人多称她为谢女。《愁赋》：庾信有《愁赋》已失传，见前注。

[2]天乎太瞽：是说天瞎了眼。

[3]豆剖瓜分：当时帝国主义列强虎视眈眈，大有瓜分中国之势。《晋书·地理志序》：“平王东迁，星离豆剖；当涂驭寓，瓜分鼎立。”鲍照《芜城赋》：“出入三代，五百余载，竟瓜剖而豆分。”

✤ 评笺

此词约为留学日本时所作，全篇洋溢着爱国主义思想。

徐自华

徐自华(1873—1935),字寄尘,号忏慧,崇德(今属浙江嘉兴市)人。与其妹蕴华,俱能诗,热心革命,秋瑾尝引为知己。有《忏慧词》。

满江红

感怀,用岳鄂王韵,作于秋瑾就义后[1]。

岁月如流[2],秋又去,壮心未歇。难收拾,这般危局,风潮猛烈[3]。把酒痛谈身后事,举杯试问当头月。奈吴侬[4]、身世太悲凉,伤心切!　　亡国恨,终当雪;奴隶性,行看灭。叹江山已是,金瓯碎缺[5]。蒿目苍生挥热泪[6],感怀时事喷心血。愿吾侪、炼石效娲皇,补天阙[7]。

✤ **注释**

[1] 词题:此词用岳飞《满江红》词原韵。岳飞死后,在南宋宁宗嘉定四年(1204)追封为鄂王。秋瑾闹革命,因徐锡麟案牵连,在大通学校被捕,就义于绍兴轩亭口,时年仅三十一岁。

[2] 岁月如流:孔融《论盛孝章书》:“岁月不居,时节如流。”

[3] 风潮猛烈:秋瑾就义后,浙江各地的光复军余部和会党,纷纷举事为秋瑾复仇。在日本东京的同盟会总部也派人回国,到上海策动起兵。而在上海的浙江革命党人,集会制定发动武装起义的计划,清廷十分恐慌。“风潮猛烈”,即指此。

[4] 吴侬:吴俗称人为侬。古代吴国包括淮泗以南至浙江嘉、湖之境。秋瑾是

浙江人，故称她为吴侬。

[5] 金瓯：见前秋瑾词注。

[6] 蒿(hāo)目：尽量往远望。《庄子·骈拇》："今世之仁人，蒿目而忧世之患。"苍生：老百姓。晋桓温请谢安为司马，高崧曰："安石不出，如天下苍生何。"(见《晋书》)

[7] "炼石效娲皇"二句：神话传说，上古伏羲同母女弟女娲氏，尝炼五色石，以补苍天。(事见《史记》及《淮南子》)

庞树柏

庞树柏(1884—1916),字檗子,号芑庵,别号龙禅。江苏常熟人。与兄树松,俱为南社巨子。诗文并茂,有《庞檗子集》。

满江红

灵岩谒韩蕲王墓,并读纪功碑敬赋[1]。

南渡江山,空留此、一抔残土[2]。尚仿佛、将军旌旆,美人桴鼓[3]。江上风云鸥梦冷,湖边烟月鹃声苦。只伤心,遗憾最难消,骑驴去[4]!　　沧桑泪,挥无绪;舆亡迹,寻无据。算千秋歌哭,英灵知否?螭背丰碑余几字[5],销磨那更风兼雨!望栖霞[6]、一样旧斜阳,埋冤处!

✤ 注释

[1] 词题:灵岩,山名,在江苏苏州市西南,有西施洞、浣花池、采香径及琴台诸胜,韩世忠墓在其地。韩世忠,南宋孝宗时追封为蕲(qí)王。

[2] 一抔土:一握之土。喻极少的土地。

[3] 美人桴鼓:韩世忠夫人梁红玉,本京口娼,世忠与金兀术战于黄天荡,红玉亲执桴击鼓助战。

[4] "骑驴去"句:岳飞死,宋朝与金人和议成;韩世忠乃连疏乞罢,骑驴游西湖以自乐。

[5] 螭背丰碑:指纪功碑,古代碑座都刻有螭龙花纹。螭似龙,无角。

[6] 栖霞:岳飞墓在浙江西湖栖霞岭下。

吴　梅

吴梅(1884—1939),字瞿安,号霜厓,江苏长洲(今苏州市)人。专研南北曲,制谱、填词、按拍,一身兼擅。历任北京、中山、中央等大学教授。著有《霜厓三剧》、《霜厓诗录》、《霜厓词录》等。

清平乐

题郑所南画兰,次玉田韵[1]。

骚魂呼起,招得灵均鬼[2]。千古伤心留一纸,认取南朝天水[3]。　　北风吹散繁华,高丘但有残花[4]。花是托根无地,人还浪迹无家。

✤ **注释**

[1] 词题:郑所南,宋郑思肖,字所南,工画墨兰。自宋朝亡后,他画兰不画土,有人问他的缘故,他说土地为番人(指元人)夺去,你还不知道么?他的画,虽当时权贵的人逼迫去要也不给。玉田,南宋词人张炎。次韵,和韵。

[2] 灵均:屈原字。他所作的《离骚》内多以兰花比正人君子,故题画兰用"骚魂"。

[3] 天水:夏文彦《图绘宝鉴》:"徽宗,万几之暇,惟好书画……后押字用天水及宣和、政和小玺志。"后代文人多以"天水"二字代表赵宋。

[4] 高丘:《离骚》:"忽反顾以流涕兮,哀高丘之无女。"

临江仙

短衣羸马边尘紧[1]，五年三渡桑乾[2]。漫天晴雪扑归鞍。邮亭呼酒，黄月大如盘[3]。　　苦对南云思旧雨[4]，杏花消息阑珊。新词琢就付双鬟。紫箫声里，但看六朝山。

✤ 注释

[1]“短衣羸马”句：杜甫《曲江三章》其三诗：“短衣匹马随李广，看射猛虎终残年。”羸(léi)马，疲马。

[2]桑乾：河名，源出山西马邑县。

[3]“黄月”句：吴筠《游仙诗》二十四首其三：“凌晨吸丹景，入夜饮黄月。”又李白《古朗月行》诗：“小时不识月，呼作白玉盘。”

[4]旧雨：老朋友。见前王士祯《贺新郎》词注。

✤ 评笺

夏敬观说：“瞿安为曲家泰斗，其词亦不让遗山、牧庵诸公。近得……诸词，豪宕透辟，气力可举千钧。予尝谓元初词得两宋气味，不似明清诸家堕入纤巧。曲盛词衰，实在明代。元曲高过后来，正由继两宋后，词尚未衰也。”(《忍古楼词话》)叶恭绰说：“瞿庵为曲学专家，海内推挹。词其余事，亦高逸不凡。”(《广箧中词》卷三)

冯 煦

冯煦(1842—1927),字梦华,号蒿庵,江苏金坛(今常州市金坛区)人。光绪十二年(1882)进士,官至安徽巡抚。辛亥革命后,自称蒿隐公。能骈文和诗词,有《蒙香室词》(一名《蒿庵词》)、《蒿庵词话》等,编有《宋六十家词选》。

一枝花

晓经秦邮,过故居作[1]。

帆影收残驿,问讯鸥边消息。未黄寒柳下,晓风急,湖水湖烟,一抹伤心碧。甚处寻秦七[2]?衰草微云,依然旧时词笔。　　霜重城阴湿,归路暗惊非昔。东偏三五亩,薜萝宅[3],十载尘颜,算只有颓波识。俊游忘不得,认秃树荒祠,乳鸦犹带离色。

✤ **注释**

[1] 词题:秦邮,即今江苏高邮市,因秦时筑台置邮亭,故名。

[2] 甚处:何处。秦七:即秦观。

[3] 薜萝宅:隐居之处。《楚辞 · 山鬼》:“若有人兮山之阿,被薜荔兮带女萝。”

琵琶仙

野泊，寄拂青。

何事西风，又催我，一点征帆东下。无那寒驿灯昏，沈沈怨遥夜。秋色里、青袍似草[1]，算离恨、不堪重写。倦倚烟篷，霜空雁杳，谁共情话？　　最惆怅、石老云荒，渐忘却、城阴旧游冶[2]。剩有一钩残月，映晴川如画。添几许、枯荷败苇？便梦回，误了亭榭。为语沙际轻鸥，恁时来也？

✤ 注释

[1] 青袍似草：袍如青草颜色。庾信《哀江南赋》："青袍如草，白马如练。"

[2] 游冶：谓狎妓。欧阳修《蝶恋花》词："玉勒雕鞍游冶处。"

✤ 评笺

冯煦少好词赋，有"江南才子"之目，工诗词骈文，尤以词名，谭献以为深入容若、竹垞之室。

樊增祥

樊增祥（1846—1931），字嘉父，号云门，一号樊山，湖北恩施人。光绪三年（1877）进士，清末官江宁布政使，护理两江总督。曾师事李慈铭。诗词浮艳。有《东溪草堂诗余》、《五十麝斋词赓》，总名《樊山词》。又辑《微云榭词选》。

采桑子

荆江晚泊[1]

娟娟月子随人惯[2]，写影春田，锁梦秋烟，曾见家乡几度圆？　　碧鸾一去桐心悴[3]，燕子帘前，鸥鹭江边，一样青灯一样眠。

✤ **注释**

[1] 荆江：即楚江，湖北一带的江水。

[2] 娟娟月子：美好的月亮。宋代民歌："月子弯弯照九州。"

[3] 碧鸾：即青鸾。《洽闻记》："凡象凤者有五，多赤色者凤，多青色者鸾。"传说凤凰非梧桐不栖。

金缕曲

阑干，同爱伯子缜[1]。

江外青青柳，倚东风、回廊几曲，断魂时候。细燕轻狸都不隔，卍字玲珑嵌透[2]。曾几度、玉罗衫袖。一树东头梨花景，熨微寒、总在春前后。同徙倚[3]，听清漏。　如今得似当时否？绕银墙、轻红一抹，绪风吹旧[4]。录曲凝尘轻拍遍[5]，空认指痕纤瘦。恁步屧[6]、邻家声逗。画遍相思都无迹，剩回文、不断苔花绣。明月底，怕回首。

✤ 注释

[1] 词题：李慈铭，字莼客，号爱伯。

[2] 卍字：指卍字形的回廊。

[3] 徙倚：犹低徊。《楚辞 · 哀时命》："然隐悯而不达兮，独徙倚而彷徉。"

[4] 绪风：即余风。《楚辞 · 九章 · 涉江》："欸秋冬之绪风。"

[5] 录曲：刻木屈曲貌。亦作曲录。朱彝尊《柳梢青》词："花时犹记，者边曾见。曲录栏干，玲珑窗户。"

[6] 步屧：犹步履。屧，以木为之，而空其中。

✤ 评笺

樊增祥天性聪颖，工为文章，游京师，为李慈铭所称赞。任陕西渭南知县，吏民畏爱之。入民国，寓北京，文酒过从，与周树模、左绍佐称为"楚中三老"。工于诗词，好为艳体，其判牍亦佳。

沈曾植

沈曾植(1850—1922),一作增植,字子培,号乙盦,晚号寐叟,浙江嘉兴人。光绪六年(1880)进士,授刑部主事,官至安徽布政使。有《曼陀罗寱词》。

临江仙

沪上与子封同居作

倦客池塘残梦在,秋声不是春声。小屏风上数行程。三危玄趾[1],关塞不分明。　　楼阁平芜天远近,长宵圆月孤清。夜阑珍重短檠灯[2]。对床病叟,欹枕话平生。

✤ 注释

[1] 三危玄趾:柳宗元《天对》:“问:黑水玄趾,三危安在?……对:黑水淫淫,穷于不姜,玄趾则北。三危则南。”王逸曰:“玄趾、三危,皆山名也,在西方,黑水出昆仑山也。”

[2] 短檠灯:古代灯有长檠、短檠两种形式。檠,灯柄。韩愈《短灯檠歌》:“长檠八尺空自长,短檠二尺便且光。”

渡江云

赠文道希[1]

十分春已去,孤花隐叶[2],怊怅倚阑心。客游今倦矣!

珍重韶光，还共醉花阴。长亭短堠，向从来，雨黯烟沉。人何处？匣中宝剑，挂壁作龙吟[3]。　　登临，秦时明月[4]，汉国山河，尽云寒雁噤[5]。行不得[6]，鹧鸪啼晚，苦竹穿林。寻常总道归帆好，者归帆、愁与潮深。苍然暮，高山流水鸣琴[7]。

✤ 注释

[1] 文道希：即文廷式，字道希。

[2] 孤花：韦应物《游开元精舍》诗："孤花表余春。"

[3] "匣中宝剑"二句：用李白《独漉篇》"雄剑挂壁，时时龙鸣。不断犀象，绣涩苔生"诗意。

[4] 秦时明月：见陈维崧《贺新郎》词注。

[5] 噤：闭口不叫。

[6] "行不得"句：见前陈洪绶《鹧鸪词》注。

[7] 高山流水鸣琴：《列子 · 汤问》："伯牙鼓琴，志在高山，钟子期曰：'善哉，峨峨兮若泰山。'志在流水，曰：'善哉，洋洋兮若江河。'"

✤ 评笺

沈曾植博极群书，耽史学，精佛典，工诗词。陈衍谓其爱艰深，薄平易。

林　纾

林纾（1852—1924），原名群玉，字琴南，号畏庐、冷红生，福建闽县（今福州市）人。光绪八年（1882）举人，任教于京师大学堂。能诗画，曾翻译欧美等国小说一百七十余种。有《畏庐文集》、《畏庐诗存》、《畏庐词》（又名《补柳词》）及传奇、小说、笔记等多种。

齐天乐

一襟天宝年间恨，凄凄寄怀筝柱。小部花辰[1]，离宫雁候[2]，挑起深愁无数。湖光正曙，看供奉宸班，按歌金缕。水碧山明，四弦能作海青语[3]。

歌喉初转变徵[4]，替贞娥诉怨，何限凄楚。地下冤忠，人间酸泪，黯到无情飞絮。收场更苦，演独樯西冷[5]，翠阴庭户。数遍梨园，吉光留片羽[6]。

✤ 注释

[1] 小部：乐史《杨太真外传》："贵妃生日，上（明皇）命小部音声（小部者，梨园法部所置，凡三十人，皆十五以下），于长生殿奏新曲。"

[2] 离宫：皇帝行宫，古时帝王出巡筑之，以为驻跸之所。

[3] 四弦：指琵琶。海青：雷海青，唐乐工。《明皇杂录》："天宝末，禄山陷西京，大会凝碧池，梨园子弟欷歔泣下，乐工雷海青掷乐器，西向大恸。"

[4] 变徵：古七声音阶（宫、商、角、变徵、徵、羽、变宫）之一。以此为主调的歌

曲，凄怆悲凉。《战国策·燕策》："高渐离击筑，荆轲和而歌，为变徵之声。"

[5] 槥：棺材。

[6] 吉光留片羽：吉光，兽名。《海内十洲记》："武帝天汉三年，西国王献吉光毛裘，色黄白，盖神马之类也。裘入水数日不沈，入火不燃。"以后文人辞章于残余仅见者，称为吉光片羽。

✤ 评笺

冒广生《小三吾亭词话》载："杭州惠兴女士，以身殉学，天下悲之。田伶际云，摭其遗事，排为乐府，座客有欷歔泣下者。琴南曾赋《齐天乐》云。"按惠兴女士瓜尔佳氏，杭州旗官某之妻，光绪戊戌新政，惠兴自立女学，颇具规模。及政变作，仍独力支持。前后数年毁家倾产，孤立无助，不得已上书将军苦请补救，服毒毕命。后得杭郡同乡京官奏谙表扬，奉旨建坊。北京《女学报》闻而宣传，特约田艺员排演新戏。田饰惠兴女士，激烈动人。临场募款，集近万金，交杭绅贵林，重建惠兴女学，建坊立碑。后女学虽已改名。而惠兴路其名尚存。

陈　锐

陈锐(1861—1922),字伯韬,一字伯涛。湖南武陵(今常德市武陵区)人。光绪十九年(1893)举人,官江苏试用知县。有《褒碧斋词》、《褒碧斋词话》。

望江南

春不见,孤负可怜春。淡柳锁愁烟漠漠[1],小阑扶恨水粼粼[2],往事已成尘。　　人不见,孤负可怜人。花下又逢三月雨,梦中犹隔一条云,风露夜纷纷。

✤ **注释**

[1] 漠漠:李白《菩萨蛮》词:“平林漠漠烟如织。”

[2] 粼粼:水在石间十分清澈的样子。宋翁卷《题东池》诗:“一池寒水绿粼粼。”

水龙吟

题大鹤山人《樵风乐府》[1]。

十年雪涕神州,气酣西蹴昆仑倒。素商夜起[2],潜蛟暗舞,危弦苦调。乱插繁花[3],时温浊酒,自成凄悄。为一闲放汝,掉头高咏,苍茫处,无人到。　　回首东华尘渺,溯题襟旧游都老。尧章歌曲[4]，玉田身世[5]，最伤怀抱。占得吴城，荒园半亩，尽堪愁了。怕茂陵他日，人间流落，有相如稿[6]。

✤ 注释

[1] 大鹤山人：郑文焯号，他的词集名《樵风乐府》。

[2] 素商：秋曰素商，亦曰素秋。

[3] 乱插繁花：杜甫《苏端薛复筵简薛华醉歌》诗："乱插繁花向晴昊。"

[4] 尧章歌曲：宋姜夔，字尧章，有《白石道人歌曲》。

[5] 玉田身世：宋张炎，字叔夏，号玉田。宋亡入元，落魄卖卜。大鹤山人郑文焯亦由清入民国，故以玉田相比。

[6] "怕茂陵他日"三句：《汉书·司马相如传》：长卿未死时，为一卷书，曰："有使求书，奏之。"其遗札书言"封禅事"。林逋《自作寿堂因书一绝以志之》诗："茂陵他日求遗稿，犹喜曾无封禅书。"

✤ 评笺

叶恭绰评说："褒碧居吴，与朱（孝臧）、郑（文焯）齐名，但功力稍逊。"

康有为

康有为(1858—1927),原名祖诒,字长素,一字广厦,号更生,广东南海(今佛山市南海区)人。光绪二十一年(1895)进士,官工部主事。主张变法,失败后逃往日本。有《万木草堂诗集》附词。

蝶恋花

记得珠帘初卷处。人倚阑干,被酒刚微醉[1]。翠叶飘零秋自语[2],晓风吹坠横塘路。　　词客看花心意苦,坠粉零香[3],果是谁相误。三十六陂飞细雨[4],明朝颜色难如故!

✤ 注释

[1] 被酒:犹言中酒。《史记·高祖本纪》:"高祖被酒,夜经泽中。"

[2] 翠叶:指荷叶。姜夔《念奴娇·咏荷》词:"翠叶吹凉,玉容消酒,更洒菰蒲雨。"

[3] 坠粉零香:谓荷花凋谢。杜甫诗:"露冷莲房坠粉红。"

[4] 三十六陂:《寰宇志》载:"中牟县圃田泽为陂三十六。"又《舆地纪胜》载,有扬州三十六陂。王安石《题西太乙宫壁》诗:"三十六陂烟水,白头想见江南。"

✤ 评笺

康有为与梁启超变法失败后,亡命海外,周游欧洲各国。为文浩瀚雄杰,并工诗,喜学杜甫,虽生平由学术闻,不以诗鸣。填词不多,然亦非同凡响。

郑文焯

郑文焯(1856—1918),字俊臣,号小坡、叔问,又号大鹤山人,别号冷红词客,奉天铁岭(今属辽宁铁岭市)人。属汉军正黄旗,自言原籍山东高密。光绪元年(1875)举人,官内阁中书。能词,兼长于金石、书画、医学。有《大鹤山房全集》。词有《冷红词》、《比竹余音》、《苕雅余集》、《瘦碧词》,晚年删定为《樵风乐府》。

杨柳枝

赋小城梅枝

谁家笛里返生香[1]?倾国风流解断肠。头白伤春无限思,不应此树管兴亡。

✤ **注释**

[1] 返生香:《十洲记》:"神鸟山多返魂树……伐其木根心,于玉釜中煮,取汁,更微火煎如黑饧状,令可丸之,名曰惊精香,或名之为震灵丸,或名之为反生香……死者在地,闻香气乃却活。"这里用以形容梅花香气。

又

万枝寒玉照溪桥[1]。鹤语今年雪未销[2]。自占东风故城曲，凄凉烟月属前朝。

✤ 注释

[1] 万枝寒玉：形容梅花繁盛如玉。陈亮《梅花》诗："疏枝横玉瘦。"又雍陶《韦处士郊居》诗："万条寒玉一溪烟。"

[2] "鹤语"句：庾信《小园赋》："龟言此地之寒，鹤讶今年之雪。"注：《异苑》："晋太康(司马炎年号)二年冬，大雪，南州人见二白鹤于桥下，曰：'今兹寒不减尧崩年也。'于是飞去。"

谒金门

行不得！黦地衰杨愁折[1]。霜裂马声寒特特[2]，雁飞关月黑。　　目断浮云西北，不忍思君颜色。昨日主人今日客，青山非故国。

✤ 注释

[1] 黦：黄黑色。此指折断落地的枝条所生出的霉斑。

[2] 特特：马蹄声。温庭筠《常林观歌》诗："马声特特荆门道。"

湘　月

山塘秋集，分题得坏塔。

夜铃语断，更斜阳瘦影，谁问今古。独立苍茫，镇占老、一角青山无主。衰草丛生，枯枫倒出，时见归禽度。残烽零劫，仗他半壁支拄[1]。　　长见峭倚荒天，凄凉如笔，写愁边风雨。不许登临，怕倦客、题遍伤心秋句。卧影空丘，招魂破寺，剩有孤云驻。梦痕飞上，故王台榭何处[2]？

✤ 注释

[1] 支拄：支撑。

[2] 故王台榭：姜夔《一萼红》："野老林泉，故王台榭，呼唤登临。"

庆春宫

同羁夜集，秋晚叙意。

霜月流阶，芜烟衔苑，戍笳愁度严城[1]。残雁关山，寒蛩庭户，断肠今夜同听。绕阑危步，万叶战、风涛自惊。悲秋身世，翻羡垂杨，犹解先零。　行歌去国心情。宝剑凄凉[2]，泪烛纵横。临老中原，惊尘满目，朔风都作边声。梦沈云海，奈寂寞、鱼龙未醒。伤心词客，如此江南，哀断无名[3]。

✤ 注释

[1] 严城：戒严之城。杜甫《水宿遣兴呈群公》诗："严城叠鼓鼙。"

[2] 宝剑凄凉：李商隐《风雨》诗："凄凉宝剑篇。"

[3] 哀断无名：是说心中悲哀得很，无法形容出来。

✤ 评笺

俞樾说："论其身世，微类玉田，其人与词，则雅近清真、白石。"又说："君词体洁旨远，句妍韵美。"(《瘦碧词序》)谭献说："《瘦碧词》持论甚高，摛藻绮密，由梦窗以跂清真，近时作手，颇难其匹。"(《复堂日记》)

陈 衍

陈衍（1856—1937），字叔伊，号石遗，福建侯官（今福州市）人。光绪八年（1882）举人，官学部主事。有《朱丝词》，辑有《近代诗钞》等。

扬州慢

南浦残红，西山冷翠，一舟怎去温存[1]。自江郎赋别[2]，此恨莫重论。望烽火、乡关照彻，酒旗歌扇，消歇芳尊。已全家儿女，片帆来挂荆门[3]。　自来俊赏[4]，总牵缠、哀感余根。把白练裙题[5]，紫罗囊佩[6]，并与消魂。寂寞鸥波门馆[7]，花无主、蝶梦黄昏。有溪流和泪，潺湲都到江村。

✤ 注释

[1] 温存：亲切安慰之意。

[2] 江郎赋别：南朝梁江淹有《别赋》。

[3] 荆门：山名，在湖北省宜都市西北。

[4] 俊赏：犹胜赏。王勃《晚秋游武担山寺序》："鸡林俊赏，萧萧鹫岭之居。"

[5] 白练裙：白色绢制的裙子。《南史》载，羊欣字敬元，美容止，长隶书，王献之甚知爱之。欣尝夏月著新绢裙，昼寝，献之见之，书裙数幅而去。陆龟蒙《怀杨台杨鼎文二秀才》诗："重思醉墨纵横甚，书破羊欣白练裙。"

[6] 紫罗囊：《晋书·谢玄传》载：谢玄少好佩紫罗香囊，谢安患之，而不欲伤其意，因戏赌取，即焚之。

[7] 鸥波门馆：元赵孟𫖯故宅。在浙江归安县东南，有鸥波馆、松雪斋。

✤ 评笺

夏敬观《忍古楼词话》说:“陈石遗衍,闽之经师。尤以诗名噪海内。……早岁有《朱丝词》一卷,晚不复作,闽人论前辈词,惟数(王)又点,不知先生虽不多作,出其余技,实在又点之上,先生有《扬州慢》云。”

朱孝臧

朱孝臧（1857—1931），原名祖谋，字古微，号沤尹，又号彊村，浙江归安（今湖州市吴兴）人。光绪九年（1883）进士，官礼部侍郎。词风近于吴文英。有《彊村语业》，对辑校词籍用力甚专，刻唐、宋、金、元人词为《彊村丛书》。又辑《今词综》、《湖州词征》等。

减字木兰花

剑头微吷[1]，海水刺天漂热血[2]。惨月中庭[3]，谁解张弦受广陵[4]？　　富春一角[5]，零乱岩花朱鸟啄[6]。白首何归？山色无人问是非。

✤ 注释

[1] 剑头微吷：吷（jué），小声，像小孔出声。《庄子 · 则阳》："吹剑首者，吷而已矣。"

[2] 海水刺天：扬雄《剧秦美新》："神歇灵绎，海水群飞。"李善注："海水群飞，喻大乱也。"又韩愈《祭柳子厚文》："一斥不复，群飞刺天。"

[3] 惨月：月色惨淡。许浑《送从兄别驾归蜀》诗："风凄闻笛处，月惨罢琴时。"

[4] 广陵：即琴曲《广陵散》。嵇康游洛西，暮宿华阳亭，引琴而弹。夜分，忽有客至，索琴鼓《广陵散》以授康。后康为司马昭所害，临刑索琴弹之。曰："《广陵散》于今绝矣。"详见《晋书 · 嵇康传》。

[5] 富春：山名，在浙江桐庐县西，前有富春江，有严陵东西两钓台。

[6] 朱鸟：元初宋遗民谢翱曾登西台，设文天祥神主于亭隅，再拜号哭，以竹如

意击石歌曰:“魂朝往兮何极,暮归来兮关山黑,化为朱鸟兮有咮焉食。”歌毕,竹石俱碎。

隔溪梅令

己巳元日,赋示诘禅。

换年箫鼓沸邻东,故情空。镜里凋颜不媚烛花红,思悲今已翁。　　闲门芳信比人慵,问东风。留命伤春深浅酒杯中[1],去年同不同?

✤ 注释

[1] 留命:李商隐《海上》诗:“可能留命待桑田。”

鹧鸪天

九日,丰宜门外过裴村别业[1]。

野水斜桥又一时,愁心空诉故鸥知。凄迷南郭垂鞭过[2],清苦西峰侧帽窥[3]。　　新雪涕,旧弦诗[4],愔愔门馆蝶来稀。红萸白菊浑无恙[5],只是风前有所思。

✤ 注释

[1] 丰宜门:金中都城南门,此处指明清北京城右安门。

[2] 垂鞭:李白《赠郭将军》诗:“薄暮垂鞭醉酒归。”

[3] “清苦西峰”句:姜夔《点绛唇》词:“数峰清苦,商略黄昏雨。”侧帽,北周独孤信,美风度,在秦州,尝因猎日暮驰马入城,其帽微侧。诘旦,吏人有戴帽者,咸慕信而侧帽。(见《北史·独孤信传》)

[4] 弦诗:即弦歌。谓依琴瑟而咏诗。

[5] 红萸：红茱萸。旧时九月九日，人们常插头上。

✤ 评笺

龙榆生说："此为刘光第被祸后作。刘为'六君子'之一，死戊戌之变。"（见《词学季刊》第一卷第三号）

小重山

晚过黄渡[1]

过客能言隔岁兵。连村遮戍垒，断人行[2]。飞轮冲瞑试春程。回风起，犹带战尘腥。　　日落野烟生，荒萤三四点，淡于星。叫群创雁不成声[3]。无人管，收汝泪纵横。

✤ 注释

[1] 黄渡：在黄浦江附近，顾彧《海上竹枝词》："黄浦西边黄渡东，张泾正与泗泾通。"

[2] 断人行：杜甫《月夜忆舍弟》诗："戍鼓断人行，边秋一雁声。"

[3] 创雁：受伤的大雁。

声声慢

辛丑十一月十九日，味聃赋《落叶词》见示，感和[1]。

鸣螿颓城[2]，吹蝶空枝[3]，飘蓬人意相怜[4]。一片离魂，斜阳摇梦成烟[5]。香沟旧题红处[6]，拚禁花[7]、憔悴年年。寒信急[8]，又神宫凄奏[9]，分付哀蝉[10]。　　终古巢鸾无分[11]，正飞霜金井[12]，抛断缠绵。起舞回风，才知恩怨无端[13]。天阴洞庭波阔[14]，夜沈沈、流恨湘弦[15]。摇落事，向空山、休问杜鹃。

✤ 注释

[1] 词题：辛丑，光绪二十七年(1901)；庚子(1900)，八国联军入侵北京的第二年。味聃，洪汝冲字，湖南宁乡人，官吉林知府，有《候蛩词》。

[2] 鸣螿颓墄：螿，寒蝉。颓墄，坏的阶齿。《三辅黄图》："左墄右平。"注："殿阶九级，中分左右，左有齿，人行之，右则平之。"

[3] 吹蝶空枝：谓树叶被风吹下如蝴蝶飞舞，树上只剩空枝。

[4] 飘蓬：蓬，草名，秋枯根拔，卷而飞，故谓飞蓬或飘蓬。这里比喻不幸人的命运。

[5] "离魂"二句：写光绪皇帝还宫后对珍妃的怀念。姜夔《踏莎行》："离魂暗逐郎行远。"

[6] 香沟题红：唐宣宗时，舍人卢渥偶临御沟，得一红叶，上题绝句一首，乃藏于笥。及帝出宫人，许适人，其归渥者，适为题诗之人，睹红叶，验其书，无不惊讶。诗曰："流水何太急，深宫尽日闲。殷勤谢红叶，好去到人间。"(见《云溪友议》卷十)

[7] 禁花：宫禁中的花，指珍妃。

[8] 寒信：寒冷的信息，这里指秋风。

[9] 神宫：《梁雅乐歌·献雅》："神宫肃肃，天仪穆穆。"这里指光绪皇帝所住的宫殿。

[10] 哀蝉：《拾遗记》："汉武帝思李夫人，因赋《落叶哀蝉》之曲。"

[11] 巢鸾：巢中的鸾鸟。《禽经》："凤翥鸾举，百羽从之。"故世以凤鸾喻后妃。

[12] 金井：指珍妃井。

[13] "起舞回风"二句：宋祁《落花》诗："将飞更作回风舞，已落犹成半面妆。"这句是说光绪皇帝对珍妃是恩，那拉氏对珍妃是怨。

[14] 洞庭波阔：《楚辞·湘夫人》："袅袅兮秋风，洞庭波兮木叶下。"

[15] 湘弦：孟郊《湘弦怨》："湘弦少知音，孤响空踟蹰。"

✤ 评笺

龙榆生说："此为德宗还宫后恤珍妃作。'金井'二句谓庚子西幸时，那拉后下令推堕珍妃于宫井，致有生离死别之悲也。"(《彊村本事词》)

夜飞鹊

香港秋眺，怀公度[1]。

沧波放愁地，游棹轻回[2]，风叶乱点行杯[3]。惊秋客枕，酒醒后，登临倦眼重开。蛮烟荡无霁，飐天香花木，海气楼台。冰夷漫舞[4]，唤痴龙、直视蓬莱。　　多少红桑如拱[5]，筹笔问何年，真割珠崖[6]？不信秋江睡稳，掣鲸身手[7]，终古徘徊。大旗落日[8]，照千山、劫墨成灰。又西风鹤唳，惊笳夜引，百折涛来。

✤ 注释

[1] 公度：黄遵宪字。

[2] 游棹：游船。

[3] 行杯：酌酒饮人。元稹《拟醉》诗："一樽清酒始行杯。"

[4] 冰夷：又作冯夷，水神。《庄子·大宗师》："冯夷得之，以游大川。"

[5] 红桑：《拾遗记》："穷桑者，西海之滨有孤桑之树，直上千寻，叶红椹紫，万岁一实。"曹唐《小游仙》诗："海畔红桑花自开。"

[6] 珠崖：在今广东海口市琼山区东南，出珍珠，故名。

[7] 掣鲸：杜甫《戏为六绝句》其四诗："或看翡翠兰苕上，未掣鲸鱼碧海中。"

[8] 大旗落日：杜甫《后出塞五首》其二诗："落日照大旗，马鸣风萧萧。"

摸鱼儿

马鞍山访龙洲道人墓。山在昆山县西北隅[1]。

占城阴，颓云一角[2]，有人持恨终古。书生满眼神州泪[3]，凄断海东烟雾。坟上土，怕有酒能浇，踢遍桥南路[4]。

英游迟汝[5]，向笙鹤遥空[6]，不逢骞广[7]，心事更谁诉？天难问，身世儒冠误否？凭渠笔力牛弩[8]。铜琶无分《中兴乐》[9]，消受此生栖旅。凭吊处，剩破帽疲驴[10]，怅望千秋去。啼鹃最苦！要无主青山，有灵词客，来听断肠语。

✤ 注释

[1] 词题：马鞍山，在江苏苏州昆山市西北。龙洲道人刘过为吉州太和(今江西泰和县)人，晚年住在江苏昆山。

[2] 颓云：王初《自和书秋》诗："颓云萧索见层空。"

[3] 书生满眼神州泪：刘过系宋爱国词人，尝以书抵时宰，陈恢复方略，谓中原可不战而定。故云"满眼神州泪"。

[4] "怕有酒能浇"二句：作者自注："'行到桥南无酒卖，老天犹困英雄。'龙洲词断句也。"李贺诗："有酒惟浇赵州土。"

[5] 迟汝：等待你。迟，读去声。

[6] 笙鹤：宋之问《缑山庙》诗："王子宾仙去，飘飖笙鹤飞。"

[7] 不逢骞广：作者自注："苏绍叟《摸鱼儿·忆刘改之》词：'任槎上张骞，山中李广，商略尽风度。'"

[8] 笔力牛弩：李商隐《赠四同舍》诗："狂来笔力如牛弩。"

[9] 铜琶无分《中兴乐》：铜琶，镶铜的琵琶。词调中有《中兴乐》。

[10] 破帽疲驴：苏轼《续丽人行》："蹇驴破帽随金鞍。"

✤ 评笺

张尔田说："先生所为词，跨常迈浙，凌厉跞朱，逌然而龙鸾翔，邑然而兰苕发。拟之有宋，声与政通，如范、如苏、如欧阳，深文而隐蔚，远旨而近言，三薰三沐，尤近觉翁。"(《彊村遗书序》)"侍郎词晚年颇取法于苏。"(龙榆生《忍寒词序》)王国维说："近人词如复堂词之深婉，彊村词之隐秀，皆在半塘老人上。彊村学梦窗，而情味较梦窗反胜，盖有临川、庐陵之高华，而济以白石之疏越者，学人之词，斯为极则。然古人自然神妙处，尚未见及。"(《人间词话》卷下)

夏孙桐

夏孙桐(1857—1941),字闰枝,一字悔生,晚号闰庵,江苏江阴(今无锡市江阴)人。光绪十八年(1892)进士。入翰林院为庶吉士,后授翰林院编修,官浙江湖州府知府。有《悔庵词》。叶恭绰云"悔庵填词甚早,因平生不事表襮,故知者较稀"。(《广箧中词》)

南楼令

秋怀次韵

残叶下寒阶,秋风震旅怀。话莼鲈[1]、空自低回[2]。莽莽神州兵气亘,听不得,泽鸿哀[3]。　　夕照澹金台[4],销沈几霸才!对霜天、尊酒悲来。丛菊漫淹词客泪[5],偏多傍,战场开。

✤ 注释

[1] 莼鲈:见前辛弃疾《水龙吟》词注。

[2] 低回:犹徘徊。

[3] 泽鸿哀:以哀鸿比喻居民因战争流离失所。

[4] 夕照澹金台:金台夕照,为燕京八景之一。

[5] "丛菊漫淹"句:用杜甫《秋兴八首》"丛菊两开他日泪"之意。淹,留。

易顺鼎

易顺鼎(1858—1920),字实甫,又字中实,号哭庵,湖南龙阳(今常德汉寿县)人。光绪元年(1874)举人。清末官至广东钦廉道。能诗词及骈文。有《丁戊之间行卷》、《四魂集》、《湘弦词》、《琴台梦语》。

踏莎行

京口舟行作[1]

铁瓮楼船[2],银山戍鼓[3],江南江北愁来路。断霞鱼尾画金焦[4],残阳鸦背分吴楚[5]。　　三十功名,万千词赋,英雄才子俱尘土。佛狸祠下听潮回[6],垂虹桥上呼秋去[7]。

✤ 注释

[1] 词题:京口,古地名,在今江苏镇江市,以京岘山得名。一说谓京江之口。

[2] 铁瓮:城名。《明一统志》:"铁瓮城在镇江府,吴孙权所筑。"

[3] 银山:在江苏镇江市丹徒区西,即蒜山。

[4] 断霞鱼尾:苏轼诗:"断霞半空鱼尾赤。"金焦:金山和焦山,都在镇江市。

[5] 残阳鸦背:温庭筠诗:"鸦背夕阳多。"

[6] 佛狸祠:见前辛弃疾《永遇乐》词注。

[7] 垂虹桥:又名长桥,在今江苏苏州市吴江区东,凡七十二洞。

霜花腴

和叔由[1]

乱山做雨，怪楚天，行云也不思归。社燕初来，残梅未扫，帘栊似是还非。客愁暗随，忆小楼、瓦当油衣[2]。乍销魂，一夜听残，晓妆慵问杏花迟。　纵有离情黯黯，但春欢半点，终胜秋悲。旧国清游，华年影事[3]，东风暗里推移。柳边路歧，已十年，吟尽斜晖。怕归鞍，又到春深，更吟金万丝[4]。

✤ 注释

[1] 叔由：易顺豫，字由甫，号叔由，湖南龙阳人，有《琴思楼词》。

[2] 瓦当油衣：《新唐书・谷那律传》："从太宗出猎，遇雨沾渍，因问曰：'油衣若为而无漏耶！'那律曰：'以瓦为之，当不漏。'帝悦其直，赐帛二百段。"

[3] 影事：佛经用语，意谓世界上一切事皆虚幻如影，故曰影事。

[4] 金万丝：当指柳条或柳叶而言。韦庄《清平乐》词："柳吐金丝莺语早。"

✤ 评笺

易顺鼎幼有"神童"之目，稍长，有"才子"之称。曾骑驴冒雪吟诗入金陵，遍访六朝及前明遗迹，一日成《金陵杂感》二十首。袁世凯称帝，命代理印铸局长。袁死后，放荡于歌场舞榭以终。

梁鼎芬

梁鼎芬(1859—1919),字星海,一字伯烈,号节庵,又号夕庵。广东番禺(今广州市番禺区)人。光绪六年(1890)进士,授翰林院编修,官至湖北按察使。著有《款红楼词》。

卜算子

万叶与千枝,红照花如海[1]。可惜车尘日日来,顷刻容颜改。　　想象好芳时,寂寞闲庭外。只好明年再踏春[2],携酒同君待。

✤ 注释

[1] 花如海:陆游诗:“燕宫最盛号花海。”

[2] 踏春:犹踏青。

✤ 评笺

梁鼎芬少入词林,工诗词,多作悲慨超逸之语。

潘飞声

潘飞声(1858—1934),字兰史,广东番禺(今广州市海珠区)人。举经济特科。有《海山词》、《花语词》、《珠江低唱长相思》词,总名《说剑堂词》。又有《粤词雅》、《粤东词钞》。

清平乐

月夜坐梧桐庭院中,秋影满帘,花阴如梦,黯然赋此,不自知其销魂也。

一庭香雾,卷入红帘去。檀板玉箫无意绪[1],闲杀秋宵如许。　　碧梧影落沈沈,冷萤飞照秋心。欲向曲栏微步。愁他满地花阴。

✤ 注释

[1] 檀板:用檀木做的拍板。林逋《山园小梅》诗:“不须檀板共金樽。”

双双燕

和黄公度韵[1]

罗浮睡了,看上界沈沈,万峰未醒。唤起霜娥[2],照得山河尽冷。白遍梅田千井[3]，见玉女、青青两鬓。恰当天上呼船[4]，倒卧飞云绝顶。　　仙洞有人赋隐。羡胡蝶双栖，翠屏安稳。烟扃拟叩，还隔花深松暝。谁揭瑶台明镜[5]，应画我、高寒瘦影。指他东海风轮[6]，未隔蓬莱尘境。

✤ 注释

[1] 黄公度：即黄遵宪。见前小传。

[2] 霜娥：指嫦娥。

[3] 梅田：刘楚《游梅田洞记》："出水东二十里而近曰梅田，有石洞焉。"词里泛指种梅之地。又兴化城西有梅井。（见《明一统志》）

[4] 天上呼船：杜甫《小寒食舟中作》诗："春水船如天上坐。"

[5] 瑶台明镜：形容月明。卢仝《感秋别怨诗》："魄散瑶台月。"

[6] 风轮：邢邵《甘露颂》："风轮踝汉，毛舟沈河。"此句借用指轮船。

✤ 评笺

叶恭绰评说："兴会飙举，雅近东坡。"（《广箧中词》卷二）

况周颐

况周颐（1859—1926），原名周仪，字夔笙，一字葵孙，号蕙风，广西临桂（今桂林市临桂区）人。光绪五年（1879）举人，官内阁中书。工词，有《蕙风词》及《蕙风词话》。

减字浣溪沙

万里移春海亦香[1]。五云扶槛渡花王[2]，从教彩笔费平章。　　萼绿华尤标俊赏[3]，藐姑射不竞浓妆[4]。遍翻芳谱只寻常[5]。

✤ 注释

[1] "万里移春"句：这首是作者咏日本樱花词九首之一，因樱花是由日本渡海移来中国，所以说万里移春。

[2] 五云：五色云，彩云。花王：本言牡丹，这里借指樱花。日本以樱花为国花。

[3] 萼绿华：古女仙。作者自注："（日本樱花）绿者尤娟倩。"故以萼绿华相比。

[4] 藐姑射（yè）：神话中的山名，《庄子・逍遥游》："藐姑射之山，有神人居焉，肌肤若冰雪，绰约若处子。"亦借指仙女。

[5] 芳谱：即花谱。古籍中有《广群芳谱》一书，载各种花木甚详。

✤ 评笺

郭则沄说："东瀛有所谓观樱节者，旧制春三花发，公卿百官，皆给假赏春，今则士女征逐，举国婴婴，墨江左右堤有樱数百树，烂如霞锦，相率笙歌，轰饮花下，或以樱和饭曰樱饭，或团花为餡，煎蒸参用，曰樱饼；又或点樱为汤，下以盐，可醒酒，曰樱茶。游客折花或插帽或裹袖绾带，岁久成俗，号以'花王'。东人云朱舜水居东酷爱之，庭植数十株，花开恣赏，曰使中土有之，亦当弁冕群芳，其在日本客于水户义公，义公于其殁，环植樱树于祠堂之旁，存遗爱焉。其花多深红浅绛，有白与绿者，以罕尤珍，况夔笙东游赋樱词最多。有《减字浣溪沙》多阕，悉用樱典。择录之'万里移春海上香'云云。"(《清词玉屑》卷十)

定风波

未问兰因已惘然[1]，垂杨西北有情天。水月镜花终幻迹[2]，赢得，半生魂梦与缠绵。　　户网游丝浑是罥[3]，被池方锦岂无缘[4]？为有相思能驻景[5]，消领，逢春惆怅似当年。

✤ 注释

[1] 兰因：男女相恋缔结的良缘。典出《左传·宣公三年》。

[2] 水月镜花：喻空幻。《诗家直说》："诗有可解不可解，若镜花水月，勿泥其迹可也。"

[3] 户网：即网户，古代户作网文状。《楚辞·招魂》："网户朱缀。"王逸注："网户，绮文镂也。"

[4] 被池：《侯鲭录》："池者，缘饰之名，谓其形象水池耳。左太冲《娇女》诗云：'衣被皆重池。'即其证也。今人被头别施帛为缘者，犹呼为被池。"

[5] 驻景：犹驻颜不老之意。李商隐《碧城》诗："检与神方教驻景。"

握金钗

铁笛倚层楼[1]，天涯怨芳草。定巢新燕能道[2]，毕竟无尘是壶峤[3]。花作伴，海流愁，人未老。　　竟夕听笙歌，枨枨甚时晓[4]？翠尊莫惜频倒，沈醉东风梦长好。春黯黯，事茫茫，难自料。

✤ 注释

[1] 铁笛：见前张惠言《水调歌头》词注。

[2] 定巢新燕：杜甫《堂成》诗："频来语燕定新巢。"

[3] 壶峤：即方壶圆峤，相传为神仙之境。

[4] 枨枨(chéng)：弦声。李贺《秦王饮酒》诗："金槽琵琶夜枨枨。"

满路花

彊村有听歌之约，词以坚之[1]。

虫边安枕簟，雁外梦山河。不成双泪落，为闻歌。浮生何益，尽意付消磨。见说寰中秀，曼睩修蛾[2]，旧家风度无过。　　凤城丝管，回首惜铜驼[3]。看花余老眼，重摩挲。香尘人海、唱彻定风波。点鬓霜如雨，未比愁多。问天还问嫦娥[4]？

✤ 注释

[1] 词题：彊村，朱孝臧号。

[2] 曼睩修蛾：《楚辞·招魂》："蛾眉曼睩，目光腾些。"王逸注："曼，泽也；睩，视貌也。"

[3] 铜驼：见前秦观《望海潮》词注。

[4] "问天"句：作者自注："梅郎兰芳以《嫦娥奔月》一剧，蜚声日下。"

曲玉管

忆虎山旧游[1]

两桨春柔，重闽夕远[2]，尊前几日惊鸿影。不道琼箫吹彻，凄感平生。忍伶俜[3]。杳杳蘅皋[4]，茫茫桑海，碧城往事愁重省[5]。问讯寒山，可有无限伤情？作钟声。　　换尽垂杨，只萦损，天涯丝鬓。那知倦后相如，春来苦恨青青。楚腰擎[6]。抵而今消黯[7]，点检青衫红泪[8]，夕阳衰草，满目江山，不见倾城。

✤ **注释**

[1] 词题：虎山，江苏苏州市西北七里有虎丘。词题所说虎山，当指虎丘。

[2] 重闉（yīn）：城内重门。

[3] 伶俜：孤单的样子。潘岳《寡妇赋》："少伶俜而偏孤兮。"

[4] 蘅皋：近水的草岸。贺铸《青玉案》词："碧云冉冉蘅皋暮。"蘅，杜蘅，一种香草。

[5] 碧城：仙境。李商隐有《碧城》诗三首。

[6] 楚腰：指细腰美女。古代传有"楚王好细腰，宫中多饿死"之语，故以细腰为楚腰。

[7] 消黯：黯然销魂之意。柳永《曲玉管》词："一场消黯，永日无言，却下层楼。"

[8] 点检：即检点。

苏武慢

寒夜闻角

愁入云遥，寒禁霜重，红烛泪深人倦。情高转抑，思往难回，凄咽不成清变。风际断时，迢递天涯，但闻更点[1]。枉教人回首。少年丝竹，玉容歌管。　　凭作出、百绪凄凉，凄凉惟有，花冷月闲庭院。珠帘绣幕，可有人听？听也可曾肠断？除却塞鸿，遮莫城乌，替人惊惯[2]。料南枝明月，应减红香一半。

✤ 注释

[1] 更点：即指铜壶漏点，古代用铜壶漏滴以记时刻。

[2] “除却塞鸿”三句：温庭筠《更漏子》词：“惊塞雁，起城乌，画屏金鹧鸪。”

✤ 评笺

王国维说：“境似清真，集中他作，不能过之。”又说：“蕙风词小令似叔原，长调亦在清真、梅溪间，而沈痛过之。彊村虽富丽精工，犹逊其真挚也。天以百凶成就一词人，果何为哉？”（《人间词话》下卷）叶恭绰说：“夔笙先生与幼遐翁崛起天南，各树旗鼓。半塘气势宏阔，笼罩一切，蔚为词宗；蕙风则寄兴渊微，沉思独往，足称巨匠；各有真价，固无庸为之轩轾也。”（《广箧中词》卷二）

赵　熙

赵熙(1867—1948),字尧生,号香宋,四川自贡荣县人。光绪十八年(1892)进士,授翰林院编修,官监察御史。有《香宋诗前集》、《香宋词》。

婆罗门令

一番雨滴心儿碎,番番雨便滴心儿碎。雨滴声声,都装在、心儿里。心上雨、干甚些儿事?　　今宵滴声又起,自端阳、已变重阳味。重阳尚许花将息[1],将睡也,者天气怎睡?问天老矣,花也知未?雨自声声未已,流一汪儿水,是一汪儿泪。

✤ 注释

[1] 将息:休息。花将息,也就是群芳歇之意。李清照《声声慢》词:"乍暖还寒时候,最难将息。"

桂念祖

桂念祖（1869—1915），一名赤，字伯华，江西德化（今九江市柴桑区）人。光绪二十三年（1897）举人。从康、梁变法，主沪《萃报》馆。梁启超离湖南，举念祖代时务学堂讲席，未行而难作。嗣后，留学日本十余年。民国四年（1915）卒。

临江仙

落尽红英万点，愁攀绿树千条。云英消息隔蓝桥[1]。袖间今古泪，心上往来潮。　　懊恼寻芳期误，更番怀远诗敲。灵风梦雨自朝朝[2]。酒醒春色暮，歌罢客魂消。

✤ 注释

[1]“云英”句：裴铏《传奇》载：裴航秀才傭巨舟于湘汉，同载有樊夫人，使袅烟持诗一章，曰：“一饮琼浆百感生，玄霜捣尽见云英。蓝桥便是神仙窟，何必崎岖上玉清。”航后经蓝桥驿，见老妪求浆，妪曰云英擎一瓯浆来，俄于苇箔下出双玉手捧瓷瓯，航接饮之，真玉液也。

[2]灵风梦雨：李商隐《重过圣女祠》诗：“一春梦雨常飘瓦，尽日灵风不满旗。”

✤ 评笺

叶恭绰评说：“语含哲理，诗杂仙心。”（《广箧中词》卷二）

徐　珂

徐珂(1869—1928),字仲可,浙江仁和(今杭州市)人。光绪十五年(1889)举人,官内阁中书。有《纯飞馆词》、《近词丛话》、《清代词学概论》七卷、《历代词选集评》一卷、《清词选集评》一卷。

南乡子

疏雨晚来晴,一带长堤草色青。青到夕阳红尽处,回汀。知是兰桡第几程[1]。　　双髻坐调筝,不道朱弦手惯生[2]。柳外东风花里月,清明,容易高楼又晚莺。

✤ 注释

[1] 兰桡:即木兰舟。

[2] 生:语助词。如可怜生、太瘦生等。

霓裳中序第一

斜阳闪屈戌[1],雨过眉峰凝恨碧。休傍茸窗小立[2]。尚点点声声,隔花残滴。听他不得,比昨宵、还更凄恻。沈吟久、黛蛾双蹙。徙倚玉阑侧。　　风急,落英狼籍。只一霎、枝头寂寂。香泥谁肯护惜。念晓镜妆台,憔悴颜色。

峭寒罗袖逼[3]。怎倚竹，无言暗泣。春深矣，牡丹依旧，甚处问消息。

✤ 注 释

[1] 屈戌：见前王士祯《醉花阴》词注。

[2] 茸窗：《韵府群玉》载蒋捷《高阳台》词："灯摇缥晕茸窗冷。"茸，古与"绒"通。

[3] 峭寒：风紧而寒。徐积《杨柳枝》诗："清明前后峭寒时。"

✤ 评 笺

夏敬观说："杭县徐仲可舍人珂，早岁学词于谭复堂。"又说："仲可著述最勤。晚卜居康桥，与余比邻，朝夕相过，辄以所撰笔记诗文词就相商榷，谦问再四，恂恂然君子人也。"(《忍古楼词话》)

陈　洵

陈洵(1871—1942),字述叔,广东江门潮连芝山(今属江门市新会县)人。有《海绡词》。

南乡子

己巳三月,自郡城归乡,过区苹吾西园,语旧。

不用问田园,十载归来故旧欢。一笑从知春有意,篱边,三两余花向我妍。　　哀乐信无端,但觉吾心此处安。谁分去来乡国事,凄然,曾是承平两少年!

风入松

丁卯重九

人生重九且为欢,除酒欲何言?佳辰惯是闲居觉,悠然想、今古无端。几处登临多事,吾庐俯仰常宽。　　菊花全不厌衰颜,一岁一回看。白头亲友垂垂尽,尊前问、心素应难[1]。败壁哀蛩休诉,雁声无限江山。

✤ 注释

[1] 心素：心中所向的人。陶渊明《移居二首》其一："闻多素心人，乐与数晨夕。"

✤ 评笺

叶恭绰说:"述叔词最为彊村翁所推许,称为一时无两。述叔词固非襞积为工者,读之可知梦窗真谛。"(《广箧中词》卷三)

梁启超

梁启超（1873—1929），字卓如，号任公，又号饮冰室主人，今广东江门市新会人。光绪十五年（1889）举人，康有为学生。他和康有为一起，主张变法维新，人称“康梁”。晚年在清华大学讲学。有《饮冰室全集》。

金缕曲

丁未五月归国，旋复东渡，却寄沪上诸子。

瀚海飘流燕[1]，乍归来、依依难认，旧家庭院。唯有年时芳俦在[2]，一例差池双剪[3]。相对向、斜阳凄怨。欲诉奇愁无可诉，算兴亡、已惯司空见[4]。忍抛得，泪如线[5]。
故巢似与人留恋。最多情，欲粘还坠，落泥片片。我自殷勤衔来补，珍重断红犹软。又生恐、重帘不卷。十二曲阑春寂寂，隔蓬山、何处窥人面[6]？休更问，恨深浅。

❖ 注释

[1] 瀚海飘流燕：瀚海，沙漠。周邦彦《满庭芳》词：“年年如社燕，飘流瀚海，来寄修椽。”

[2] 芳俦：芳侣，即好的侣伴。

[3] 差池双剪：《诗经 · 邶风 · 燕燕》：“燕燕于飞，差池其羽。”时大本《白燕》

诗:“玉剪一双高下飞。”

[4] 已惯司空见:唐司空李绅,慕刘禹锡名,邀饮,命妓侑酒。刘于席上赋诗,有“司空见惯浑闲事,断尽江南刺史肠”句,今凡数见不鲜者,亦借用此语。

[5] 泪如线:杜甫《湖城东遇孟云卿复归刘颢宅宿宴饮散因为醉歌》诗:“庭树鸡鸣泪如线。”

[6] 隔蓬山:蓬山,即蓬莱山。李商隐《无题》诗:“刘郎已恨蓬山远,更隔蓬山一万重。”

✤ **评 笺**

这首咏燕词,是作者自己的写照。作者鉴于当时清廷政治极端腐败,与康有为积极鼓吹和推进维新活动,在戊戌政变失败后逃亡日本,后又回国。这是一首意内言外有寄托的佳作。

易　孺

易孺（1874—1941），号大厂，又号韦斋，广东江门市鹤山人。早岁肄业广雅书院，为陈澧再传弟子。中年游学日本。工诗词书画，尤精篆刻。历任北京高等师范学校、上海音乐院教授。有《大厂词稿》。

满江红

一叶舆图[1]，惨换了，几分颜色。谁忍问，二陵风雨[2]，六朝城阙。雨粟哭从仓颉后[3]，散花妙近维摩侧[4]。咽不成、鬲指念奴娇[5]，声声歇。　　尘根断[6]，无生灭[7]。山河在，离言说[8]。剩仓皇辞庙[9]，报君以血。蜀道鹃魂环佩雨[10]，胡沙马背琵琶月[11]。莽乾坤、今日竟如何？同倾缺。

✤ 注释

[1] 舆图：地图。

[2] 二陵风雨：《左传 · 僖公三十二年》："殽有二陵焉，其南陵，夏后皋之墓也；其北陵，文王之所辟风雨也。"崔曙《登望仙台》诗："三晋云山皆北向，二陵风雨自东来。"

[3] "雨粟"句：《淮南子 · 本经训》："昔者仓颉作书，而天雨粟，鬼夜哭。"

[4] "散花"句：《维摩经》："维摩诘室有一天女，见诸天人闻所说法，便现其身。即以天华，散诸菩萨、大弟子上。"

[5] 鬲指念奴娇：姜夔《湘月》词小序云："予度此曲，即《念奴娇》之鬲指声也，

于双调中吹之。鬲指亦谓之‘过腔’。见晁无咎集。凡能吹竹者，便能过腔也。”

[6] 尘根：六尘六根，佛家语。佛经称色、声、香、味、触、法六者为六尘。又以眼、耳、鼻、舌、身、意六者为六根。谓眼为视根，耳为听根，鼻为嗅根，舌为味根，身为触根，意为念虑之根。六尘与六根接，而人之种种嗜欲因之而起。

[7] 无生灭：佛教以无生无灭为义。王维《秋夜独坐》诗："欲知除老病，惟有学无生。"

[8] 离言说：佛家语。柳宗元《晨诣超师院读禅经》诗："澹然离言说。"

[9] 仓皇辞庙：李煜《破阵子》词曰："最是仓皇辞庙日，教坊犹奏别离歌，垂泪对宫娥。"

[10] "蜀道鹃魂"句：暗用杨妃事。郝经《落花》诗："关山明月杜鹃魂。"又杜甫《咏怀古迹五首》其三诗："环佩空归夜月魂。"

[11] "胡沙"句：暗用昭君出塞事。辛弃疾《贺新郎》词："马上琵琶关塞黑。"又姜夔《疏影》词："昭君不惯胡沙远。"

张尔田

张尔田(1874—1945),一名采田,字孟劬,浙江钱塘(今杭州市)人。父上和,曾从蒋春霖受词学,又与郑文焯为词画至交。寓居苏州,著有《遁庵乐府》。

木兰花令

繁华催送,人世恍然真一梦。何处笙歌?水殿风来散败荷。　　饥乌啄肉[1],回首都亭三日哭[2]。国破城空,残照千山泪点红。

✤ 注释

[1] 饥乌啄肉:柳宗元《跂乌词》:"无乃饥啼走路旁,贪鲜攫肉人所伤。"

[2] 都亭三日哭:庾信《哀江南赋序》:"三日哭于都亭,三年囚于别馆。"按都亭,城外的驿亭。则是庾信听到梁朝败亡的凶信,他寄寓别国不能发表,只得到城外的都亭去遥哭。作者词中引用此典,或系指日本侵华时期在沦陷区寄慨而言,故下句有"国破城空"之语。

玉漏迟

古微丈逝世海上,读弁阳翁吊梦窗"锦鲸仙去"句,怆怀万端,即用其调,以当哀些[1]。

乱离词客少！锦鲸仙去，鹤归华表[2]。把酒生平，都是旧时言笑。零落霜腴润墨[3]，流怨入、江南哀调。春恨渺，十年心事，残鹃能道。　　白头饱阅兴亡，又浅到红桑，海尘扬了[4]！万里吞声，凄绝杜陵愁抱。归唱水云夜壑[5]，料应比、人间春好。鸥梦觉，沈沈卞峰残照[6]。

✤ 注释

[1] 词题：古微，朱孝臧字，词人。弁阳翁，即宋词人周密，号弁阳啸翁。梦窗，宋词人吴文英号。周密《玉漏迟 · 题吴梦窗词集》有“锦鲸仙去”之句。

[2] 鹤归华表：《搜神后记》：“丁令威本辽东人，学道于灵虚山，后化为鹤归辽，集城门华表柱。时有少年，举弓欲射之，鹤乃飞，徘徊空中而言曰：‘有鸟有鸟丁令威，去家千年今始归。城郭如故人民非，何不学仙冢累累。’遂高上冲天。”

[3] 霜腴润墨：朱孝臧词学吴文英，吴集中有《霜花腴》词著称，所以说“霜腴润墨”。

[4] “红桑”二句：见前黄景仁《贺新郎》词注及朱孝臧《夜飞鹊》词注。

[5] 水云夜壑：朱孝臧卒葬吴兴道场山麓，水云夜壑即指其地。

[6] 卞峰：即卞山，又名弁山，在浙江湖州市乌程县西北。

满庭芳

丁丑九月，客燕京，书感[1]。

照野江烽，连天海气，物华卷地休休[2]！残阳一霎，怎不为人留？几点昏鸦噪晚，荒村外、鬼火星稠。伤高眼，还同王粲，多难强登楼。　　惊弓如塞雁，林间失侣，落影沙洲。便青山纵好，何处吾丘？夜夜还乡梦里，分飞阻、重到无由？空城上，戍旗红闪[3]，白日淡幽州[4]。

✤ 注释

[1] 词题：丁丑九月，一九三七年九月，正是卢沟桥事变后日军侵占北京时期。

[2] 物华：景物。柳永《八声甘州》词："苒苒物华休。"

[3] 戍旗：戍守城上的旗帜。

[4] 白日淡幽州：黄景仁《赠杨荔裳即寄酬令兄容裳》诗："名心淡似幽州日。"

✤ 评笺

夏敬观说："君自遘世蹇屯，益励士节，勤撰述。其寓思于词也，时一倾吐肝肺芳馨，微吟斗室间，叩于窈冥，诉于真宰，心癯而文茂，旨隐而义正，岂余子所能几及哉？"（《遁庵乐府序》）

王国维

王国维（1877—1927），字静安，一字伯隅，号观堂，浙江海宁人。清末秀才，曾任通州、苏州等地师范学堂教习及清华研究院教授，从事古文字学、音韵学及词曲的研究。著有《曲录》、《宋元戏曲考》及《人间词》、《人间词话》、《观堂集林》等。

点绛唇

屏却相思，近来知道都无益[1]。不成抛掷，梦里终相觅。　　醒后楼台，与梦俱明灭。西窗白，纷纷凉月[2]，一院丁香雪。

✤ **注释**

[1]“屏却相思”二句：用李商隐《无题》诗“直道相思了无益”句意。

[2]纷纷凉月：杜甫《陪郑广文游何将军山林》诗：“絺衣挂萝薜，凉月白纷纷。”纷纷，乱貌。

浣溪沙

掩卷平生有百端，饱更忧患转冥顽。偶听啼鴂怨春残。　　坐觉无何消白日，更缘随例弄丹铅[1]。闲愁无分况清欢！

✤ 注释

[1] 丹铅：古代校勘文字，多用丹砂及铅粉。韩愈《秋怀诗》十一首其七："不如觑文字，丹铅事点勘。"

又

六郡良家最少年[1]，戎装骏马照山川。闲抛金弹落飞鸢[2]。　　何处高楼无可醉，谁家红袖不相怜。人间那信有华颠。

✤ 注释

[1] 六郡良家：《汉书·赵充国传》"六郡"注云："六郡为陇西、天水、安定、北地、上郡、西河。"

[2] 闲抛金弹：《西京杂记》：韩嫣以金为弹丸，一日失数十，每出儿童随之。长安语曰："苦饥寒，逐弹丸。"李商隐《富平少侯》诗："不收金弹抛林外。"

蝶恋花

阅尽天涯离别苦，不道归来，零落花如许。花底相看无一语，绿窗春与天俱暮。　　待把相思灯下诉，一缕新欢，旧恨千千缕。最是人间留不住，朱颜辞镜花辞树。

青玉案

姑苏台上乌啼曙[1]。剩霸业，今如许。醉后不堪仍吊古。月中杨柳，水边楼阁，犹自教歌舞。　　野花开遍真娘墓[2]，绝代红颜委朝露[3]。算是人生赢得处。千秋诗料，一抔黄土，十里寒螀语。

✤ 注释

[1] 姑苏台：在江苏苏州西南姑苏山上。相传吴王夫差所造或云阖闾所筑。李白《乌栖曲》："姑苏台上乌栖时。"

[2] 真娘墓：唐范摅《云溪友议》说："真娘者，吴国之佳人也，时人比之于钱塘苏小小。死葬吴宫之侧，行客慕其华丽，竞为诗题于墓树。"

[3] 委朝露：言人的生命短促，犹如朝露易干。

✤ 评笺

王国维早年研究哲学、文学，受到德国哲学和文艺思想的影响，辛亥革命后以遗老自居，从事中国古代史料、古器物、古文字学、音韵学的考订，尤致力于甲骨文、金文和汉晋简牍的考释。对词学研究深邃，以《人间词话》著称。樊志厚在《观堂长短句序》里说："君词往复幽咽，动摇人心，快而能沈，直而能曲，不屑屑于言词之末，而名句间出，往往度越前人，至其言近而指远，意决而辞婉。自永叔以后，殆未有工如君者也。"

吕碧城

吕碧城(1883—1943),字圣因,一字兰因,安徽旌德(今为芜湖)人。工诗词,漫游欧洲、美洲各国。有《信芳集》、《晓珠词》。

绛都春

拿坡里火山[1]

禅天妙谛[2],证大道涅槃[3],薪传谁继[4]。世外避秦[5],那有惊心咸阳燧[6]。飙轮怒碾丹砂地[7],弄千丈红尘春翳。倦飞孤鹜,几番错认,赤城霞起。　凝睇,镌冰斫雪,指隔浦迤逦,瑶峰曾寄[8]。火浣五铢[9],姑射仙人翔游袂。流金铄石都无忌[10],认世态炎凉游戏。任教烧蜡成灰,早干艳泪[11]。

✤ 注释

[1] 拿坡里火山:作者《信芳集·鸿雪因缘》载:"火山山顶作莲花形,火井居中,恰如莲实。白烟滚滚,如晴云喷吐不已,隐现红色。若于夜间观之,必明透全赤,纯然火也。体积甚巨,直冲天际,数十里外,皆可见之。山头惟熊熊烈焰及巉巉焦石,绝无植物。吾人行处,砂砾松动,着履即流。攀登莲瓣形之尖顶,其处较火口尤高,愈得纵观。"

[2] 禅天:佛经说有四禅天,为极高之处。

[3] 涅槃:佛家死的化名,所谓寂灭之意。

[4] 薪传：谓传火于薪，前薪尽而火犹传于后薪。《庄子·养生主》："指穷于为薪，火传也，不知其尽也。"

[5] 世外避秦：谓世外桃源。

[6] 咸阳燧：咸阳，秦都，今陕西省西安市长安区东。项羽曾入咸阳，火烧阿房宫，火三月不绝。燧，古代取火的器具。

[7] 飙轮：即飙车、风车。

[8] "镌冰斫雪"三句：指芒特如境的雪山而言，作者《鸿雪因缘》云："计予自芒特如至拿坡里，相隔仅五日，两地观山，一雪一火，寒热悬殊，赤白相判，极宇宙二伟观矣。"

[9] 火浣：火浣，遇火不燃的布。《列子》："火浣之布，浣之必投于火，布则火色，垢则布色，出火而振之，皓然疑争雪。"

[10] 流金铄石：《楚辞·招魂》："十日代出，流金铄石些。"谓极炎热。

[11] "烧蜡成灰"二句：用李商隐"蜡炬成灰泪始干"诗意。

齐天乐

吾楼对白琅克冰山，晨观日出，山顶赋此[1]。

曜灵初破鸿濛色[2]，长空一轮端丽。霞暖熔金[3]，云苏泻玉，蓦发天硎新砺[4]。冰峦峻倚，更反射皑皑，银辉腾绮。尽斗寒暄，素韬飞弩恼神羿[5]。　　鹃声残梦唤起，绣帘先自卷，偏惯凝睇。光满瑶峰，春溶碧海，慵顾姮娥梳洗[6]。羲鞭漫指[7]，怕渐近黄昏，短英雄气。影恋花枝，断红谁共系。

✤ 注释

[1] 词题：白琅克冰山，作者《破阵乐》词序云："欧洲雪山以阿尔伯士为最高，白琅克次之，其分脉为冰山，余则苍翠如常，但极险峻，游者必乘飞车悬于电线掠空而行。"

[2] 曜灵：太阳。左思《吴都赋》："回曜灵于太清。"鸿濛：自然界大气。

[3] 熔金：李清照《永遇乐》词："落日熔金，暮云合璧。"

[4] 天硎新砺：硎，砥石。这句形容冰山像磨刀石把刀磨出新刃来。

[5] "素韬飞弩"句：羿是古代英雄，传说他射落九日。这句是说太阳出来好像使神羿都发恼，要张弓射它。

[6] 姮娥：即嫦娥。这里指月亮。

[7] 羲鞭：羲和，古代传说是日神的御者，有鞭日之说。杜甫《同诸公登慈恩寺塔》诗："羲和鞭白日，少昊行清秋。"白居易《题旧写真图》亦有"羲和鞭日走，不为我少停"之句。

汨罗怨

过旧都作[1]

翠拱屏嶂，红逦宫墙，犹见旧时天府[2]。伤心麦秀，过眼沧桑，消得客车延伫。认斜阳、门巷乌衣，匆匆几番来去？输与寒鸦，占取垂杨终古[3]。　闲话南朝往事，谁踵清游，采香残步[4]？汉宫传蜡[5]，秦镜荧星[6]，一例秾华无据[7]？但江城、零乱歌弦，哀入黄陵风雨[8]。还怕说，花落新亭[9]，鹧鸪啼苦。

✤ **注释**

[1] 旧都：当指南京而言。

[2] 天府：谓自然条件优越、形势险固、物产富饶的地方。这里指南京。

[3] "输与寒鸦"二句：用李商隐《隋宫》"终古垂杨有暮鸦"诗意。

[4] 采香：采取花草。吴王馆娃宫山前十里有采香径，这里借用。

[5] 汉宫传蜡：韩翃《寒食》诗："日暮汉宫传蜡烛，轻烟散入五侯家。"注："《西京杂记》载：'寒食禁火日，赐侯家蜡烛。'"

[6] 秦镜荧星：杜牧《阿房宫赋》："明星荧荧，开妆镜也。"按荧荧，星光明亮的

样子。

[7] 秾华：繁华。

[8] 黄陵：山名，在湖南湘阴县北，滨洞庭湖，一名湘山，湘水由此入湖。相传舜二妃墓在其上，旧有庙。词句借指钟山明太祖陵等处。

[9] 新亭：见前刘克庄《贺新郎》词注。

解连环

巴黎铁塔[1]

万红深坞，怕春魂易散，九州先铸[2]。铸千寻铁网凌空，把花气轻兜，珠光团聚[3]。联袂人来，似宛转、蛛丝牵度。认云烟缥缈，远共海风，吹入虚步[4]。　年时战氛重数。记龙蛇起陆，泪血飘杵[5]。望铜标、犹想英姿，问叱咤茵河，阿谁盟主[6]。废苑繁华，化梦影凄凉秋雨。更低徊、绿波素月，美人甚处[7]？

✣ 注释

[1] 巴黎铁塔：作者《信芳集・鸿雪因缘》载："铁塔为巴黎特有之建筑，位于河岸之右，介乎鲍登乃及瑟佛伦二路之间，前为霞穆马广场。建于一千八百八十九年，高九百八十四尺，有电梯升降，可纵览巴黎全城之景。因全体为镂空铁网所制，大风时且摇曳微颤。"

[2] 九州先铸：唐罗绍威谓亲吏曰："聚六州四十三县铁，打一个错，不成也？"见孙光宪《北梦琐言》。词里借用此典，说明塔是铁铸而成。

[3] "把花气轻兜"二句：形容花花世界的巴黎，城市一片繁盛景象。

[4] 虚步：谓登高若凭虚而行。

[5] "年时战氛重数"三句：当指第一次世界大战而言。龙蛇起陆，形容战事发生，《易经》："龙战于野，其血玄黄。"泪血飘杵，谓战争杀人之多。《书经》："血流漂杵。"

[6]“望铜标”三句：指法国拿破仑而言。当时拿破仑，叱咤莱茵河上，大有不可一世之概，故作者以汉马援比之。铜标，即铜柱标，马援植两铜柱于象林南界，与西屠国分疆。宋之问《韶州》诗云：“铜柱海南标。”

[7]美人甚处：作者自注：“同游者美国唐麦生君，已返纽约。”

✤ 评笺

凌启鸿在《信芳集》跋语中说：“戊午冬余游美洲，获识吕碧城女士于哥伦比亚大学。女士为皖南望族，幼擅诗词，精六法，工丹青，年十七八即长北洋女校教务，才名满天下。”

邵瑞彭

邵瑞彭(1888—1938),字次公,浙江淳安(今属杭州)人。精研《齐诗》、《淮南子》及古历算学。民国初被选为众议院议员,后以反对曹锟贿选,著声于世。其后历任北京师范大学、河南大学教授。晚岁寓居开封,穷愁潦倒而卒。著有《扬荷集》、《山禽余响》。

木兰花慢

邺城怀古[1]

渡黄河北去,鞭不起,古漳流[2]。想万里风烟,三更灯火,残霸中州[3]。封侯,壮心在否?听西陵歌舞使人愁[4]。高树闲栖乌鹊[5],空阶长卧貔貅[6]。　　平畴,落日下荒丘,慷忾看吴钩。问倾泪移盘[7],沈沙折戟[8],谁记恩仇?回头,汉家宫阙,剩鸳鸯瓦冷雉媒秋[9]。欲唤南来王粲,为君重赋《登楼》。

✤ 注释

[1] 邺城:在今河北临漳县西南四十里。《河南通志》:“彰德府,战国魏之邺地,曹操封于此,称邺都。”

[2] 漳流:指漳河。漳河发源于太行山,有清漳、浊漳二源,至河南省林州市乃合,至大名注入卫河。

[3] 残霸:吴文英《八声甘州》:“名娃金屋,残霸宫城。”中州:河南。

[4] 西陵歌舞：《邺都故事》云魏武帝（曹操）遗命诸子曰："吾死之后，葬于邺之西岗上……妾与伎人，皆著铜雀台，台上施六尺床，下穗帐。朝晡，上酒脯粻精之属。每月朝十五，辄向帐前作伎。汝等时登台，望吾西陵墓田。"

[5] "乌鹊"句：曹操《短歌行》："月明星稀，乌鹊南飞。"

[6] 貔貅：见前陆游《水调歌头》词注。

[7] 倾泪移盘：见刘辰翁《兰陵王》词注。

[8] 沈沙折戟：杜牧《赤壁》诗："折戟沉沙铁未销。"

[9] 雉媒：猎者养雉子，至长狎人，能招引野雉，因而猎取之，故名曰媒。陆龟蒙诗："五茸春草雉媒娇。"

夜半乐

戊辰中秋[1]

素商荏苒行迈[2]，青天碧落[3]，凉露方诸泻[4]。应令节年年，月轮斜挂。绛河卷夕[5]，金风荡暑，望中千里清光，凤城如画。照绣陌、香尘暗随马[6]。　　故人此际引领，刻烛吟成[7]，弄珠游罢[8]。帘幕外，重重仙云争迓。旧情偷药，新愁倚树，为谁起舞霓裳，广寒宫下？听吹笛、高楼怨遥夜。　　向晓惆怅，桂魄难修[9]，翠鬟空亚。换小劫[10]、山河又衰谢；举琼杯[11]、深恨万古常娥寡[12]。浓梦里、那有骓虞话[13]？蓟门秋好终无价。

✤ **注释**

[1] 戊辰：一九二八年中秋节日。

[2] 素商：见前陈锐《水龙吟》词注。荏苒：指时间渐渐过去。

[3] 碧落：道家称天空曰碧落。

[4] 方诸：古于月下取水之器。《周礼·秋官·司烜氏》："以鉴取明水于月。"注："鉴，镜属。取水者，世谓之方诸。"

[5] 绛河：天河。杜审言《七夕》诗："白露含明月，青霞断绛河。"

[6] 香尘暗随马：苏味道《正月十五夜》诗："暗尘随马去。"

[7] 刻烛：《南史·王僧孺传》云："竟陵王子良尝夜集学士，刻烛为诗，四韵者则刻一寸，以此为率。"

[8] 弄珠：张衡《南都赋》："耕父扬光于清泠之渊，游女弄珠于汉皋之曲。"

[9] 桂魄：指月。

[10] 小劫：佛教语。谓人寿从十岁增至八万岁，又从八万岁减至十岁，经二十往返为一小劫。

[11] 琼杯：玉杯。

[12] 常娥寡：杜甫《月》诗："斟酌姮娥寡，天寒耐九秋。"

[13] 驩虞：欢乐。《孟子·尽心上》："霸者之民，驩虞如也。"按"驩"通作"欢"。

✤ 评笺

夏敬观说："次公为词，宗尚清真，笔力雄健，藻彩丰赡。近自中州寄示所作五词，则体格又稍变，运用典实，如出自然，博综经籍之光，油然于词见之，盖托体高，乃无所不可耳。"（《忍古楼词话》）

蔡　桢

蔡桢（1891—1944），字嵩云，江西上犹（属赣州市）人。受学于吴梅，后执教于省立河南大学，著有《柯亭长短句》、《词源疏证》。

摸鱼儿

京西访圆明园遗址[1]

问铜犀、禁垣何处？西风催换尘世。寒芜夕照人踪绝，呜咽御沟流水。游宴地，只极目、蒿莱断础参差是[2]。笙歌梦里。早长乐春空，昭阳月冷[3]，盛事久谁记。

荒地畔，依旧垂杨旖旎[4]，纤腰曾妒佳丽。栖鸦谩诉当作恨，辇路劫灰飞起。兴废史，君不见，秦宫汉阙浑如此。行行未已。又入境遥峰，将昏欲暝，愁色锁烟翠[5]。

✤ 注释

[1] 圆明园：在北京海淀区。清康熙四十八年（1709）建，以赐世宗，题名“圆明”。世宗立，增修殿宇，每夏游园中避暑听政，历朝遂以为常。乾隆时高宗屡次南巡，仿天下名胜，筑亭台楼阁点缀其间，周围三十里。咸丰十年（1860）秋，英法联军侵入京都，入园劫掠，纵火焚烧，殿宇尽毁。

[2] 蒿莱：野草。

[3] 长乐、昭阳：长乐，汉宫名，在长安西北故城中。昭阳，汉宫殿名。

[4] 垂杨旖旎：李白《愁阳春赋》：“何垂杨旖旎之愁人。”旖旎，柔美貌。

[5] 烟翠：形容山色含烟，一片翠绿。岑参《峨眉东脚临江听猿怀二室旧庐》诗："峰眉烟翠新，昨夜秋雨洗。"

✤ 评笺

叶恭绰说："嵩云邃于词学，所作《词源疏证》，于音律剖析精微，多发前人未尽之意。自填词，亦当行出色，无愧作者。"（《广箧中词》卷三）